播火記

红旗谱第二部

梁斌

中国青年出版社

图书在版编目（CIP）数据

播火记 / 梁斌著 . — 北京 : 中国青年出版社 , 2024.4
ISBN 978-7-5153-7241-9（2025.1 重印）

Ⅰ . ①播… Ⅱ . ①梁… Ⅲ . ①长篇小说－中国－当代 Ⅳ . ① I247.5

中国国家版本馆 CIP 数据核字（2024）第 047017 号

本版责任编辑：叶施水　夏　青
内 文 注 释：阎浩岗　聂晶晶

出版发行：中国青年出版社
社　　址：北京市东城区东四十二条 21 号
网　　址：www.cyp.com.cn
电子邮箱：jdzz@cypg.cn
编辑中心：010-57350406
营销中心：010-57350370
经　　销：新华书店
印　　刷：山东新华印务有限公司
规　　格：850mm×1168mm　1/32
印　　张：18.5
插　　页：2
字　　数：460 千字
版　　次：2024 年 4 月北京第 1 版
印　　次：2025 年 1 月山东第 2 次印刷
定　　价：48.00 元

如有印装质量问题，请凭购书发票与质检部联系调换
联系电话：010-57350337

目　录

卷　一

1

猛地，从遥远的北方刮过黄色的风暴，夹着大量尘沙，滚滚腾到高空，像才出山的云头，一直滚到头顶上。

正是七月初头，麦收以后，翠绿的田苗一眼望不到边际。高粱没了牛了，玉蜀黍才齐大腿高，一棵棵长得那么茁壮：粉红色的须根，有力地抓住土地；精力充沛地舞着肥厚的叶子，像无数绿色的旗帜，在风前呼啦啦地飘着，像大海中翻滚着绿色的波涛。风声和着树声，鼓噪起来。一簇簇村舍，绕着树林，使你只能看见一只屋角，或是一个屋顶上的烟囱。柳树挡着风，像疯人摇着乱发，风暴夹杂的沙土更加浓厚了，像是悬着纱帐，稍远的地方，使你看不清是树林还是村庄。

一阵连理的轴音从庄稼地里传过来，愈来愈清脆。一辆蓝布帏子小轿车，从干涸的庄稼道上走出来。赶车人跨在车辕上，车上套着一匹白马。这匹马奓起鬃，撒开四蹄向前跑，看起来四条腿已经走得很快、很吃力了，赶车人还是扬起胳膊，举起拌草杈子打它。每打一次，嘴上不断地吆喝着："走！快走！……"那匹马，把头一低一扬，一股劲儿向前跑。马是跑得很乏累了，浑身淌着汗水，饿得卡起肚子，弓起腰来。赶车人是个高个子长手脚的人，约摸有五十多岁年纪，高眉峰，长胡子，长脸颊又黄又瘦，皱起很深的竖纹。他把两条腿攀住车辕，任凭马拉着车子蹿上天去，颠簸得再厉害，也不会把他摔下来。风太大了，黄沙蒙住他的脸，衣褶里也尽是沙土，眼睛用力张开两条窄缝，才能向外看出事物。可是天空都是漫漫黄沙，他只能看出几步路。他顾不得擦去眼上的尘土，打一会子马，又回转头，注目凝神地向车后望，一连望了好几次，见没有什么人赶上来，才松了一口气说：“天哪！看样子他们赶不上我们了。”他又皱起鼻子，呼吸着温热的气息。车里坐着一个年轻姑娘，跪起两条腿，向车窗外面眺望，从这个车窗望望，又从那个车窗望望，心情很是急灼。她穿着一件蓝布长衫，显得身材更加修长。白净的脸上，很枯焦，没有血色；鼻梁高起，眼窝深进去，显得眼睛更加圆大了。她已经几天几夜没有很好睡觉了，眼轮干瘪得成了青褐色，觉得疼痛。她极力镇静自己，不露出惊慌的颜色，看看窗外没有什么动静，才闭上眼睛，无可奈何地倒在车角里，想歇一会。可是，风太大，刮得车帘不住地呼呼摆动。呆不一会，又不由得睁开眼睛，扒着车窗向外看着，听赶车人自言自语，她也在车内答了腔：“没有什么人赶上来吗？大伯！”

赶车人回转头，向车后连连望着，说：“姑娘，放心吧！没有人赶上来，要是有人赶上来，你藏在车里不动，等我向前答话，瞅个冷不防儿，照他面门就是一草杈。”这时，姑娘在车里盘腿坐着，两只胳膊抱了头，垂下去静了一刻。立夏过后，天气热起来了，她已经在车里闷了半天一夜，没吃饭也没喝水。车里也避不住风沙，她很想露出头来看看广阔的天地，呼吸一下新鲜空气。可是，风大黄土又多，四面不见人影，只是浑黄的天色，心上实在焦渴。赶车人看她闷倦的样子，说：“姑娘！你闷得慌吗？我把车帘掀起来，叫你豁亮豁亮？”姑娘摆了一下头，说：“不……”赶车人说：“漫洼野地里，这样大的风，即便有人看见也不要紧，也许认为咱去走亲戚。”

风刮得更大了，出去五步不见人影。村上没有鸡叫，连一声蝉鸣也听不到。姑娘听了这句话，吸了一口长气，说：“亏得遇上你，好心的大伯！不然的话，我就要在特务们手里了。”赶车人说：“不，我是好打抱不平的，见不得遇上灾难的人。你们不是为自己的事情，是为了抗日，为了革命嘛！这些事老忠兄弟都对我说过。常说道：为人为到底，送人送到家。咱们既有缘相见，就是我一生的喜庆，说句大话，你这就算脱离虎口了！”姑娘沉吟说：“不，大伯！他们会知道我的家乡住处，会赶上来的……”说着，两只手捂上脸埋下头，如钢刀绞肠刮肚，实在难受。赶车人听到这里，不由得惊诧，说：“嗯？他们会有那么大的神通？”姑娘说：“特务嘛，行营里调查科，专门调查抗日青年的社会关系。平时装得没事人儿似的，单等时机一到，就一网打尽。”赶车人睁圆眼睛，倒抽一口气，咧起胡子嘴说：“嘿呀！好歹毒的家伙！我还亲眼看见过，他们不管是十六七岁的男学生，也不管是十八九岁的女学生，都以抗日革命的罪名逮捕起来，砍头下狱。”姑娘叹了一口长气说：“他们坚持不抵抗嘛。咳！我可逃出虎口了，不知道江涛他们怎么着呢！”赶车人说：“在这个世界上，一个人的命运，难以设想啊！要不是我跟老忠和志和有几辈子的交情，怎么能遇到你哩？”

这个姑娘就是严萍，赶车人是万顺老店的掌柜。从两个人的谈话里，可以听出他们沉重的心情。第二师范“七六”惨案的第二天夜晚，贾老师曾到严萍的家里。严萍正在收拾书报，做着准备。贾老师给她任务，叫她设法营救被捕的同志，就匆匆离开保定了。严萍把书报上有共产主义字样的，印着红旗的，都拿到厨房里烧了。她回来看了“出水”的道路，在夹道里放上个小梯子，才回到房屋，拉下蚊帐，想睡一觉，歇息困乏了的身子。仄耳细听时，城郊已经有叫晓的鸡啼。刚把头放在枕上，远远有汽车开过来，悄悄地停在门前。有人开动车门，踏上石阶拍打门环。严萍探起头静听一刻，当她意会到“出了事”的时候，立刻从床上跳起，披上衣服，开门走出来。严知孝从暗影里走出来，拍了一下严萍的肩膀，叫她赶快逃走。她迅速走进夹道，又回转身从墙角探出头去看。严知孝慢步走到门前，问：“什么人叫门？”

是南方口音，拍着门说：“甭管什么人，开门吧！”

严知孝说：“如今治安不静，深更半夜，你们是干什么的？”

另一个人粗暴地说：“甭他妈废话，快开门！”说着，抬脚踹门。

严萍一听，南腔北调，嘴里不干不净，跷腿爬上梯子跳过邻家，背后还听得爸爸跟那群特务动交涉。特务们要严知孝交出严萍，叫她到行营去谈话。严知孝说：头天下午，她就离开家，不知到什么地方去了。特务们骂他胡说，今天下晚，还见她送客人呢。起初，她还不忍把这场灾难丢给爸爸，听那群特务们吵得不祥，才开了邻家门慌忙走出来。深夜的胡同里，冷冷清清，身上直打寒颤。走到十字路口，觉得无处可去，到目前为止，她还闹不清到哪里去好。暗蓝的天上闪着星群，她趁着星光向城墙走去。她又想到城头陡峭，高不可攀，又折转身向万顺老店走去，想去找朱老忠和严志和。她走到店门口，推了推门，店门紧闭。轻轻敲了两下，立刻有人走出来。这时，店掌柜一个人在院子里踱步，他正为江涛的事情捏着一把冷汗，听得有人叫门，蹑悄悄地走出来，把门开了个小缝，问：“是谁敲门？”

严萍仓皇地说：“是我，找志和叔叔。”

店掌柜趋眼一看是严萍，告诉她，朱老忠和严志和，为江涛的事情，从今天早晨出去，直到这早晚不见回来。到了这刻，严萍两手搓着胸脯，没有办法。她实在想不出到什么地方去，只得把特务捉人的事情说了。店掌柜一听，乜起两只眼睛问："有这样的事？"

严萍眼上挂下一串泪珠说："是的，大伯！"

店掌柜二话不说，左手把严萍的胳膊一抓，右手把门带上，迈开脚步走出来，嘴上不断说着："走！姑娘，事不宜迟，快走！快走！"店掌柜走得并不快，只是大步迈着，严萍就觉得流星似的跟不上了。踏着墙根的暗影，一溜烟走出南门。直到目前为止，严萍还像是在一个梦境里。想不出，当时是怎样通过白军的岗哨走出城关。

两个人走到南大街一家小店，一进大门，店掌柜就喊："老三！老三！快起来！"在黑夜里，小店的主人听他喊叫，腾地从炕上爬起来，开了门问："什么事？大哥！"店掌柜说："把你的车马借给我使一下。"主人把手一拍，说："不凑巧，明天我要送客人。"店掌柜喷出唾沫星子，说："兄弟！明理不用细讲，我有磨扇压住手①的事情，借你的车马使一下，你送客人再借别人的。"说着，不管三七二十一，走进马棚抓马套车。小店主人急得搓着手说："大哥！不行，不行，可不行！我已接了定钱。"说着，赶上去抓住笼头夺马。店掌柜一手抓住马笼头，一手把小店主人搡开，说："不管怎么，好兄弟！这是救人急难的事，我管不了那么许多，有困难你去应付吧……"说着，夺过马套上轿车，对严萍说："姑娘！快上车！"他看身上还没带什么应手的武器，走到槽头抄起拌草杈子，腾身跃上车辕，大声吆喝："兄弟！开开梢门②，哥哥我要下乡走一趟，回来车资马价一

① 比喻遇到危难，需要帮助。

② 临街的门。

并算给你，要多少哥哥我给你多少。”说着，左手拉起扯掳[①]，右手握紧草杈，照准马屁股擂了两下子，高声喊叫：“开门！车马出去了！”

这匹马拉着小轿车，一溜烟跑在黑暗的原野上，把清脆的轴音丢给深沉的夜晚。直到中午，才走过唐河。恐怖还紧紧抓住他们，窒息得透不过气来。

刚刚出城的时候，她还觉得像是老虎爪上的小鸟，被恐怖捉弄着。像一只鸽子，被老鹰追着，你落在地上，它追到地上，你飞到天上，它追到天上……当她想到江涛说的：“我们要回到家乡去，回到滹沱河的两岸去，领导革命的农民暴动起来，挽救祖国的危亡……”又想到：离开城市，我们又到乡村，到乡村里去播种，到乡村里去扎根……她的胸襟就豁亮起来，浑身就有了力量。

到了下午，大风渐渐平息，迷迷蒙蒙落下很多沙粒，积在路上，如同黄色的晨霜。天又阴霾起来，黑云密布。他们为了早一点赶到家乡，好预防未来的事故，又一直走了个通宵。直到天亮，车子才走到九龙口上。严萍隔着车帘看见翠绿的梨林，看见长堤上的白杨，挺直的树干，在朝阳下闪着白光，由不得脸上漾出笑容。赶车人回过头来说：“姑娘！到家了！”说着，把布帘上的黄土抖了一下，掀上车顶去。

严萍从车里探出头，看看平坦的原野，笑了说：“到了家就好了！”车子进村的时候，为了不被人看见，又把车帘放下来。直到轿车拐进院子，才从车上跳下来。不知怎么，一到了家乡，心情立时感到轻松，恐怖的情绪也松快下来。她走进二门，喊了一声：“奶奶！萍儿回来了！”

① 缰绳。

奶奶正在屋里闲坐，听得稔熟的声音，颤着腿腕走出来，站在台阶上，摘下老花眼镜，笑出来说："可怜见儿，闺女！可回来了，没把别人想死！忙屋里来，我给你搬行李。"说着，走下台阶去拉严萍的手。当她看见孙女的模样又黄又瘦，下巴颏儿尖尖的，穿着件蓝布长衫，不像往日回家，穿着彩色闪光的衣裳，老人不由得吃了一惊，心里说："嘿呀！孩子出了什么事？"走到外院，往车上一看，并没有柳条箱子和网篮。根据往日的经验，父女们每每回家，总要带回时兴衣料、什锦饼干、各色点心和喷香的茶叶，没有一次空着手儿回来过。她反复思量：一定是为婚姻事情，父女们闹翻了。说："闺女！还没吃饭吧？奶奶给你做。"

严萍像没有听见，悄悄走进屋里，见奶奶走进来，赔笑迎上去，说："奶奶，你身体好！"她看到奶奶确实老了：手上瘦出骨节，脸上长出酱色的瘢痕；原来做下的毛蓝布褂子，穿在身上，显得又肥又大；听话时总是仄起耳朵看你的表情，看你口腔的活动，看半天才能明白你说的是什么意思。严萍又走出来帮助店掌柜卸下车，喂上牲口。吃完饭，店掌柜就要套车回去。严萍说："大伯！你看天这么晚了，明天再回去，歇歇马！"店掌柜说："姑娘！你还不知道，这车马是怎么来的！"严萍听了这句话，怔着眼睛愣了一刻，问："大伯！这趟车价人家要多少钱？"店掌柜拍拍衣褶里的尘土，仰起头哈哈大笑，说："要是讲价钱，万两黄金我也不来送你。"严萍从衣袋里掏出一张钞票，说："大伯你拿去吧，路上喝壶茶！"店掌柜接过钞票，用两只手展开，颤得像蝴蝶扇翅，脸上笑出来说："姑娘！这点钱不太少吗？"严萍一下子怔住，说："怎么，你嫌少？再给你一点。"她又从衣袋里掏出一张十元钞票。店掌柜摇摇头说："我是不要钱的。”严萍睁圆眼睛愣住，问：“那么叫我怎么办？给你拿点粮食吧！”

店掌柜站在车前，拿起拌草杈，在眼前晃着，笑花了眼睛说：“姑娘！说句实话，我一不要金钱，二不要粮食，单表我老汉一片诚心！请你记住，我是束鹿人，自从我父亲在世，就在保定开下这座小店，如今也有几十年了。希望多少年以后，你们这‘共派儿’兴时了，不要忘记，今年今月的今天，我曾到大严村走过一趟。好，后会有期！”说着，把腰一纵，跃上车辕，照马脊梁搐了一杈子，哦吁了一声，车子飞快地拐出梢门口。

2

严萍送出门外，听着车声走远，心里想：亏得碰上他……眼前还闪着这位老人的音容笑貌。她在门前小塘边站了一刻，太阳从云彩缝里露出半个脸，照着池水清涟；几只白色的鸭子，在水边酣睡；老柳树上的叶子又浓又密，把细长的枝条垂在水面上，风一吹动，枝条划得水面上皱起一圈圈波纹。她平时也常想到家乡，今天面对着孩童时代熟悉的村舍、树林，只觉身上服帖。可是因为江涛他们的事情，她心上还是不安，按也按不住心头波动的情绪。

才回到农村，开始乡居生活，一切都感到新鲜。因为回来得仓促，连一本书也没带回来，找出几本江涛给她的旧杂志来读。《创造》月刊，《太阳》月刊，《拓荒者》什么的。奶奶见她偷偷叹气，认为是少女们通有的心情。笑了笑，走上来说：“闺女！大人啦，有什么心事，在没人儿的时候，跟奶奶说说。”严萍立时低下头说："没有什么，奶奶！心气不舒。"奶奶两眼笑得开了花，说："知道你的心事，奶奶也从年幼时候过来。闺女家，一到了年纪儿，心花开放的时候，就自然而然地添了没名儿的烦恼。"严萍一听，喷地笑出来，说："不，奶奶……不是你说的……"奶奶说："不是也不要紧，说句笑话，叫你开开心。放心吧，闺女！媒人早就来了好几遍，就是该死的你爹不松嘴，要是他答应一句话，亲戚摞亲戚，庄户一大片，人儿也用不着相看，坐花轿的日子就到了。"奶奶一说，严萍不知不觉，脸上涌起潮红。倒不是害羞，怕奶奶提出婚事，受到难堪的刺激。奶奶说："轻轻年岁儿，不缺吃，不缺烧，可有什么愁的，除了是想心上的人儿。"奶奶更加高兴，两只脚颤颤巍巍，一步一步迈过来，伸出两只手，拍着掌说："看！我一猜就猜着，不说不笑不成笑话，念书念醒了，学得大方点儿，有什么话说出来就好了，窝在心里，年长日久，会积成不痛不痒的病儿。"奶奶说起话来连行押韵，使你不笑也得笑。严萍说："不，奶奶！你说得不对，我不是想的那个。"奶奶说："不是也不要紧，说个笑话。"在她心上，还在记挂着冯登龙，想着有一天把严萍给冯登龙成亲。严萍说："不，你说得不对，我还要拿工人的锤头、农夫的锄头，像男子汉大丈夫在世界上做一番事业。"奶奶一听，绷起嘴来说："咕！哪里话，哪里话，咱是千金小姐嘛！想得出奇！"

乡村生活，与城市不同：表面看起来，没有市声，听不见车马，是那样恬淡、宁静。严萍在保定工作惯了，一个人呆不下去，白天坐在台阶上读书，夜间躺在奶奶身边，听街道上的犬吠，黎明的鸡啼，杜鹃鸟一声声在叫。清晨的街道上，有卖豆腐的梆子声。蓦地，她想起一件什么事情，立刻走出来，绕过门前的水塘，踏着梨林里的小径，向小严村走去。路旁的草丛，油绿新鲜，太阳光从叶隙中筛下来，照在草上，一片片亮晃晃的影子。走着，她又想起，在几年以前，反割头税的年月里，她在这里第一次向江涛提出参加组织，江涛一口应允了。想到这里，像是从心血里涌出一股什么力量在召唤她。

走在江涛家门前，离远看见菜园上有个人，弯着腰锄菜，走近一看，是春兰。春兰没有发觉有人从背后走来，只是弯着腰锄菜，头也不抬，有时晃一下头，把滑下来的长辫摆到背上。严萍悄悄地站在井台上，扇动一下眉毛，呼唤说："嘿哟！做活的心好盛，是谁把你雇来的？"春兰听得尖脆的声音，猛地转头一看是严萍，黑润的脸上笑起来说："雇？两匹白布、一匹蓝布也雇不了我来。"她穿着深蓝色的印花裤褂，手里拿着一把小锄，见严萍走过来，理了一下额上的长发，歪起头冲着严萍笑。滋润的脸庞被太阳晒成古铜的颜色，瘦了，显得脸儿更长，身子骨儿更加贴实。严萍问："那，你为什么吃着自家的饭，给别人做活呢？"春兰低下头，瓷住眼珠瞅着严萍说："只为一样，为了是革命人家。"她又反问了一句："什么风儿把你吹了来？"严萍说："什么风？任凭多大的风也吹不了我来。"春兰笑了说："用不着多大的风，只有一种力量，就把你吸引来了。"严萍笑欣欣地说："不要说你自己吧！"春兰说："连你也说着。"她站起身，拍拍手上泥土，说："你看！他父子们革命在外，园子地都荒着，我看不过！"说着，放下锄头坐在畦塍上，抖起褂子襟，扇着脸上的汗。天旱，春兰觉得浑身热得不行，脸上汗水顺着发绺流下来，从河上吹过一阵风，刮得杨树的叶子呱啦呱啦响起来。严萍说："忙掩上怀，叫风吹着！"

这个小菜园，真的荒芜了。北瓜畦里长起大深的蓬蒿，细长的瓜蔓在乱草里开着瘦小的黄花，瓜结得只有拳头大。畦塍上长满了蒲公英和马齿菜，野菊开着细小的花朵。严萍走过去，弯下腰跟春兰拔草。春兰正弯着腰耪草，一下子从乱草里蹿出个柳条青大长蛇，扬起三角脑袋，吐出火红色的舌，像是在草尖上飞过来。春兰并不害怕，看着长蛇发愣。严萍心惊了一阵，说："春兰！还不打，愣着什么？"春兰用锄头挑起毒蛇，尖叫了一声，朝天上抛上去，又呱呱大笑。那条毒蛇刚落在地上，又返回头，朝春兰赶过来。春兰气红了脸，瞪起眼睛发狠说："我又没怎么你，你想干什么？我就是不怕你！"她举起锄头要砸它。严萍伸起拳头说："砸！砸死它个脏东西，它像蒋介石、像特务一样。"春兰说："扔开它吧，怪腻人的，多讨厌！"她用锄头挑起毒蛇，绷起嘴说："俗话说，神鬼怕愣人，你只要有胆量对付它，它就不敢欺侮你。要是它看你绵软可欺，就编着法儿找寻你，你说是不？"说着，用锄头挑起毒蛇，抛到长堤外头去，走回来说："怎么你也不胆小了？"严萍说："在革命里锻炼，经过惊涛骇浪，就什么也不怕了？"严萍拔了一会草，又说："我问你，你们运涛怎么着呢？"春兰停住锄头，睖着眼睛盯着严萍，问："这是怎么说法儿？你们江涛又怎么着呢？"一句话把严萍说了个大红脸，闭上嘴不知怎么好。春兰大声问："怎么了？嫌羞吗？"又说："告诉你说吧！他还在监狱里，我把摘花掐谷的钱攒起来，等时候一到，就上济南去看他。"说着，也不笑一笑。

严萍想起运涛，自然也想起江涛，想起监狱，由不得一股情绪袭上心来。她把"七六"惨案，把江涛落狱的情况告诉春兰，春兰听说江涛也落在监狱里，更加难过起来。

春兰摇了一下手说："别尽难受，去看看树林里有人没有，别叫闲人听了去，说咱们的笑话。"她拉起严萍的手，悄悄走进林子。树木沿着堤坡形成一个林带，高的杨树，低的杏树，枝叶繁密，几乎遮住太阳。她们蹑手蹑脚走进去，林下大深的草，柔软细嫩，踩在脚下，像是棉毯，腐叶的味道喷人的鼻子。两个人牵着手，一步一步迈进去，没有人，才放下心来。严萍见老杨树底下拱起一个大鼓堆，蹲下身子说："春兰你看，这是什么？"春兰弯下腰，把土拨开，说："嘿哟！是蘑菇！"是褐色的鸡腿蘑菇，小的有枣儿那么小，大的有茶杯大。一簇一簇的，长在腐朽的树根上。

两个人蹲在树下刨蘑菇，春兰张开褂子襟兜着，采完了蘑菇，从林子里走出来，坐在草地上。春兰问："来，说说，现在形势怎么样？"严萍说："形势不好，日本鬼子就要攻进来了。"春兰说："你就该去报告组织。"严萍说："老忠大伯不在家。"春兰说："去报告老明大伯，里头的事由他当家主计，别看老人家没眼没户，斗争的心可盛呢！"两个人说了一会话，又开始耪草。

这时，涛他娘正在炕上叠补衬，给江涛做鞋子。想起江涛又想运涛，两只老眼，不由得噗噜噜滚出泪珠来。运涛在监狱里，又不知江涛出了什么事情，他爹还不回来……当她想到，江涛真的遇上好和歹儿，老伴俩都上了年纪，这样的年月，又怎么过下去呢？她虽然是个女人，也就成了顶天立地的顶梁柱了……想到这里，心不由主，两只手哆哆嗦嗦，再也拿不住补衬，眼泪像一粒粒珠子滚在炕席上。她低下头，无声地饮泣。一片昏黑，从眼睛里飞出一群细小的火花。她为父子们的命运悲愁，也为自己的命运哭泣。那时一个家庭妇女，没有文化，还不懂得一个革命家庭的命运是和整个革命的命运连在一起。江涛和运涛肩负着革命的重担奔波在漫长的道路上，一个做母亲的人，为儿女们担忧，也就是将全部心血流给革命。正在梦梦地迟疑，听得园子里有人说笑，她把眼睛对在窗棂上，隔着桃形的小玻璃一看，有两个姑娘，一个是春兰，一个是严萍，正在园子里耪草。心上一喜，出溜下炕走出来，在大门阶上站了一刻，心里还是不相信，把手遮住太阳，看了半天，才说："好姑娘！谁叫你们来给俺耪园子？"春兰和严萍直起腰。春兰说："谁叫我们来……"涛他娘一下子笑出来，说："真是的，折煞老婆子了！闺女们忙家来，我给你们烧壶水喝。"又对着严萍问："姑娘！什么时候回来的？江涛怎么着呢？"

听得问，春兰看了看严萍，严萍看了看春兰，两个人相对着笑了笑，拍着手上的泥土走过来。严萍说："没有什么，好好儿的！"说着，跟着涛他娘走进院子。院子里和墙头上都长满了草，像是没有人住着。走到屋里，涛他娘用铜洗脸盆端进水来，说："闺女！忙来洗洗，草茬子扎破了你们的手，叫我老婆子心疼。"春兰说："我的手不怕扎，成天价拾柴拾粪，萍妹子的手怕扎，她是拿笔管儿的。"严萍说："别说得那么俏皮，你不是跟运涛喝过墨水吗？"春兰说："你喝的墨水更多，有三大碗。"涛他娘看了看严萍说："正是大门不出二门不迈的年岁儿，给我来收拾园子，叫人心里多不落意？"春兰说："你说的那是地主家小姐，俺们可不是。"江涛娘拿起笤帚扫扫炕沿，说："忙来坐下，晌午了，我给你们做好吃的。"春兰问："婶！给俺做什么吃？"

涛他娘说："烙饼炒鸡蛋。老头子不在家，我攒下一大堆鸡蛋呀，就是没人吃。"她从炕头里搬出一个小坛子，掀开破草帽子一看，满满一坛鸡蛋。春兰说："婶！你自已也舍不得吃一个？"涛他娘说："我哪里舍得，一辈子吃过两次鸡蛋，一次是生运涛的时候，一次是生江涛的时候。我省着这些鸡蛋，换个油儿买个盐儿的。”说着，她把一个黄得透明的大鸡蛋，搁在这个手心上看看，又搁在那个手心上看看，眯眯笑着。

春兰坐在炕沿上，问：“婶！做的什么活儿？”涛他娘说：“做什么活？上了年纪，手拙眼笨。给他兄弟们做双鞋袜，做也做不成，不做又想做，心里慌。”春兰说：“婶！还有什么活儿，你打点好，我去做了来。”涛他娘一听，笑了说：“活儿有，哪能老是叫你做？”严萍说：“做做有什么关系？”涛他娘说：“我想给坐狱的做两件衬衣，去年纺成线，老婆子纺呀纺呀，黑天白日地纺。老头子织呀织呀，黑天白日地织，才织成了布，就是没有人手儿。”春兰听着，心上直打颤，哆嗦起嘴唇说：“拿来我做去。”

涛他娘开了橱子，拿出布匹，放在炕上。又拿出尺剪裁衣，说：“先给他做一件衬褂，再给他做一件衬裤，那监狱是脏地方，说不定有多少蚊子臭虫咬他的肉，吸他的血哩！”

春兰一听，眼圈一下子红了，因为严萍在一旁站着，没有让眼泪流出来，只是揹在眼边上。涛他娘裁完了运涛的衣裳，仰起头，停住尺剪，但不就收起。她又想起江涛，夏天来了还没有过伏的衣裳。她说：“江涛的衣裳还没有人做，我老了，连一个针脚也缝不到合适的地方。”她一手持剪，一手持尺，仰起头停了一刻，又看着窗外的天空说：“天呀！小哥儿们什么时候才能回来？”严萍看着这慈心的老人，想儿想得心切，心上一动，说：“革命成功了，哥儿们就回来了。”涛他娘紧紧追问一句：“这革命什么时候才能成功？”严萍心上一时紧张，索索抖着，脸上红起来，说：“甭上愁了吧……快裁出衣裳来我去做！”涛他娘噗嗤地笑了，说：“这就好了！运涛的活儿有人做，江涛的活儿也有人做了。”她笑开两只眼睛，看了看春兰，又看了看严萍。春兰心上受不住，拿了活计，提起脚三步两步走出来，严萍也悄悄跟出来，两个人一同到春兰家去。

春兰走上房后头那条小道，回头看了看严萍，又等了一刻，喊：“萍妹子快一点！”她仔细看了一下严萍，又问：“怎么那么不高兴？”严萍手里托着布，慢慢走上来，出了口长气说：“这家子人家，怎么过呀？”春兰说：“又有什么办法？如今社会就是好人不好过，坏人活千年嘛！”严萍怔了一下说：“还是好人吃饭！”春兰说：“不，坏人吃肉！”严萍一下子笑出来，说：“坏人吃人肉，好人吃猪肉！”

两个人说着话进了村，一进春兰家院子，听得老驴头正跟春兰娘吵架。老驴头红了脖子涨了脸地喊着：“来个亲戚，一住就是十天半月，吃我多少粮食？过日子，过个蛋吧！”春兰娘在屋子里说：“谁家没个三亲六故，谁家没个青黄不接的时候？”老驴头说：“像我这样大的年纪，自春到夏，一个汗珠摔八瓣儿，打点粮食不是容易！”春兰娘走出来，站在台阶上说：“谁家也有困难着的时候，就是你死羊眼[①]！”说着，一看春兰后头跟着严萍走进来，又停住嘴，不说了。

老驴头看见严萍，溜鞘[②]着步儿走出二门。这严萍，在锁井镇上可不是平常人物。在人们眼里，是名门闺秀，是个女学生，在老驴头和春兰娘眼里，好像天上掉下来的。春兰娘一见严萍，连忙收起愁容，走前两步，说：“萍姑娘！可是头一次上俺家来。”春兰也说：“进来，在俺家土坯窝窝里坐坐。”

---

① 比喻睁着眼睛看不到，固执、不灵活。

② 不敢正视，低头走。

严萍跟着春兰走进屋里，虽然土坯房子，窗户挺大，窗棂格很宽，倒还敞亮。人们都说春兰爱干净，锅台上屋角里，拾掇得利利落落。迎门放着木床碗架，西头屋放着一对旧橱子，东头屋里放着谷囤、农具，也是春兰的房屋。严萍坐在炕沿上问："两位老人为什么青天白日吵嘴？"春兰说："俺姥姥家住在下梢里，去年秋天发了大水，今年麦子上了黄疸，又收成不好，留下俺表妹住几天，秋天打下粮食来再家去，俺爹就是不依！"严萍说："至紧亲戚，住几天也是应该。"

正说着，有个姑娘，端着簸箕，迈着细碎的脚步走进二门，严萍隔着窗棂格一眼就看见她，不高不矮，粉红的圆脸儿，走起路来轻轻的，踮着脚尖走路，心里想："这是谁？怎么长得这么好？"

那姑娘进了屋，一到槅扇门，转着大眼睛看了看，见有生人，又退了出去，说："姑！面磨完啦，把牛牵回来？"春兰娘说："你先去把家伙拾回来，我去牵牛。"说着走出去。

春兰说："这就是俺表妹，叫金华。穷人家，长得可是够大方的。姑娘家年轻轻的，在大街上走来走去，抛头露面，叫人家看过来看过去，评头论脚，多么不好？"严萍说："在家里住一阵子算了。"春兰撇起嘴来说："俺爹可也容得起呀！"严萍问："那可怎么办？"春兰说："俺娘想给她寻个主儿，有了依靠，也有了饭吃了，也到了年岁儿。"说着话，金华肩上扛着瓦罐走进来。大姑娘长成了身手，穿一身毛蓝衣裳。

严萍玩了一会，问春兰有什么要紧的事情。春兰说，他父子们革命在外，都不回来，他家梨树没人收拾，稷子地也荒了，想去帮他家掐小梨儿，耪稷子。严萍一口答应下，要跟她一块去。

3

勤恳劳动的人，觉儿就睡得香甜。春兰躺在炕上，一直睡到深夜，香甜得像是醉人的浓酽的蜜汁。笼里的公鸡，叫过头一遍，晨风从村郊的树林上响起来，一股股吹进窗棂，吹拂着春兰盖着的夹被。春兰打了个寒噤，从睡梦里醒过来，抬起头看了看窗外，天发亮了，屋顶上还腾着暗云。她翻身坐起来，隔着窗户，看蓝蓝的天上闪着明亮的星子，冲她挤着眼。春兰披上褂子，低下头呆了一刻，像是舍不得失去的梦境，合上眼睛，想再睡一会儿，可是劳动在等待她，再也睡不着了，穿上褂子，跳下炕来，一下子把金华惊醒了，问她："怎么今天起这么早？"春兰说："我还要去找严萍，去给江涛家掐小梨儿。"金华说："我也跟你去。"春兰说："不用，你给俺们送早晨饭去。"说着，开门走出来。天空是那样晴明无边，千里堤上大杨树上的叶子，迎着风豁朗朗地响着。微风吹动她的长发，徐徐飘起。她深深呼吸了一下清凉的空气，向长堤走去。清晨的田野，像是翠绿的海洋。茼麻圆大的叶子上，滚动着透明的露珠，露珠沾在叶毛上，不要担心它会溜下来。春兰穿过林中小径，踏着路边草地，走到池塘边上，看着水上的影子，身个儿长得高了。走到严萍家小梢门跟前，才说拍着门环叫门，严萍开门走出来。她今天换了乡居的穿着，芝麻呢裤子，大红格子小褂。笑着问："你起得好早！"春兰笑欣欣地说："还要攀高凳呢！"

两个人走进严萍家里，从房夹道里抬出高凳。当她们出门的时候，长工们牵出骡马去饮水了。春兰和严萍抬着高凳，走到堤湾里。那是一片不大的梨园，还有杏树和桃树，杏子黄了，桃子正扭着红嘴儿，梨子才有鸡蛋大。树林里很安静，阵风吹过，吹得梨树的叶子滴溜转着。梨子挂得很多，一窝一窝的。她们把高凳放在梨树底下，严萍说："我拜你做师傅，告诉我怎样掐小梨儿。"春兰说："不用人教，懂得道理就行了：树上长得梨子多了，津液不够用，把那些被蛆虫咬过，刮风碰伤的小梨掐去，去了小的，大的自然会长得更肥大。"严萍说："你这么一说，我就明白了。"春兰说："明白了就动手吧！这是个麻烦活儿，你得拿在手上，一个个看过。吃梨的人们，哪里知道这梨子是用我们的眼睛一个个看过的？每个梨子上都留下我们的手印。"严萍说："这倒是一句真话，眼前的世界，还不知道农民的劳动滋养了些什么样的人呢！"春兰说："一会你就知道，蹬在高凳上久了，会使你手麻脚酸，眼睛发迷。吃梨的人们光知道梨味酸甜，哪里会想到我们在每个梨子上费的心血呢！"

两个人挽上袖子，开始动手，把又肥又大的梨子留在枝上。梨子上爬着露珠儿，露水泼在手上，泼在脸上，虽然是一点点，也沁透人的心脾。静穆的园林安睡的时刻过去了：嘎鸪鸟从睡梦里醒过来，黄鹂开始在大杨树上呖呖啭着，小黄雀从这个枝上跳到那个枝上，絮叫个不停。鲜红的太阳，透过林梢从东方升起，金色的光带辉耀着天空的云彩。闪出红色的、蓝色的霞光。严萍张开两只臂膀，对着天上，敞开胸怀尖声叫着："啊呀，天啊！家乡有多么美丽呀，可惜他们不和我们在一块了……"她又想起江涛，自从离开保定，无论做着活，吃着饭，她总是忘不了"七六"惨案那场惨景。

春兰不再说什么，也不再想什么。劳动对于她是一个亲热的伴侣，只要在劳动里，她不烦闷，也不苦恼。自从那年运涛入狱，她就从黑天到白天，又从白天到黑天地劳动着。一个人坐在家里纺线、弹花、织布，或是到田野上去耕田、耙地、播种、收获。她只要一劳动起来，就合紧嘴巴，什么也不说，什么也不想，这样她会是镇静的。可是，两只手一闲下来的时候，头脑里就像翻江倒海一样，想起运涛，想起自己，想起一连串烦恼的事。一想到这里，就像有刀子在心里绞动。她的爹娘老了，运涛的爹娘也快老了，青春的年岁将要从她滋润的面颊上消逝。在她认为：一生不出嫁，不是什么令人愁苦的事情，可是老年到来的时候，黑发里要长出银丝，跟前没有一儿半女，怎么度过风烛的晚年呀？有个头疼脑热，有谁来伺候？想到这里，她立刻就想：革命成功，他是会回来的。什么时候革命成功呢？日本鬼子又打来了。这个问题，在她心上是急迫的，不论在做着活，或是吃着饭，一想到这里，她会长久地发痴。做着活的时候，要停下针；吃着饭的时候，要停下箸。严萍看她发痴，两只眼睛直勾勾地愣着，一下子叫起来说："春兰！死丫头！怎么了？"

春兰从高凳上跳下来，蹲在地上，低下头呆了一会。严萍说："嘿哟！谁惹动你了，跟我说！"她从高凳上一步一步迈下来，弯下腰拍拍春兰的肩膀，问："怎么了，好好儿的！"见春兰只是低着头不说话，严萍又问，"你到底是在想什么了？"春兰蹲了一会，抬起头梦梦地看着严萍，说："日本鬼子一来，就什么希望都完了！"严萍睁起宁静的黑眼瞳笑着说："不，我不那么想，决定中国命运的，不是蒋介石，是工农大众。今后的日子是斗争！斗争！斗争！"她抬起头看着天上，老半天才说："不要难过，我们要相信中国共产党！"春兰抬起头来，说："是的！"

两人一递一句儿谈着，她们相信没有第三个人听见，就放开心胸大胆地谈着心里话。一会儿金华送了饭来：玉米窝窝、秫米饭、黄豆芽蒸咸菜。两个人吃了饭，打发金华回去，就又爬上高凳掐小梨儿。春兰一手托起梨枝，一手掐摘小梨，十个指头动得那么利落，那么快当。严萍想学一下，也学不来。掐得快了，会把大的掐下，把小的留在枝上。一下子又笑了，说："怎么你的手那样巧？"春兰说："熟能生巧，掐得多了，自然掐得快。别看你写起字来那么伶俐，做起庄稼活可不如我，我的两只手，会榜小苗，会打花尖，还会拿耧耩地什么的。"严萍说："那倒是真的，你能做那么多的活，我什么时候才能学会？"

看看天快小晌午，春兰说："天快热了，咱们回去吧，我领你到老明大伯那儿去。"说着，两个人并着肩走出梨园，循着一条庄稼小道，走到朱家老坟。老明大伯正蹲在大杨树底下吹火做饭，听得有轻倩的脚步声走近身边，抬起头，眯瞪眯瞪眼睛，问："谁呀？又是春兰来啦！"春兰和严萍同时说："是我们俩。"春兰又说："有严萍，她才从府里回来，跟明大伯接关系。"

朱老明笑呵呵地说："好！自己人，一说就知道了，我们又多了一个同志！"说着，由不得心里高兴。又问："你忠大伯和志和叔怎么还不回来？"朱老明一问，严萍立时愣住，迟迟地说："不用提了，蒋介石镇压抗日救亡，镇压了二师学潮，当场死了十几个人，三十多人被捕，押在监狱里……"她把"七六"惨案的事情对朱老明详细说了。

朱老明听了，耳朵里嗡地叫了一声，蹲在地上愣了一刻，下意识地，一个身子不支，扑通地一个后仰跤，坐在地上。春兰叫起来说："明大伯！明大伯！你怎么了？"喊着和严萍跑上去，架起老人的两只胳膊。朱老明脸上焦黄，颤着嘴巴，缓缓地说：

"哎呀！难呀！日本鬼子打到山海关，蒋介石还不叫抵抗，我们快拿起刀枪吧！"

正在这时，春兰看见有个人，坎坎坷坷地顺着地边小道走进老坟，一时又被高粱叶子遮住。她昇起眼睛寻了半天，猛地有个大高个儿，趔趔趄趄走出高粱界。春兰一看，正是严志和，高叫了一声："志和叔叔回来了！"

严志和怔着两只眼睛走近小屋，看见朱老明坐在地上，紧跑几步，扑在朱老明的身上，说："老明哥！老明哥！要亡国了！"说着，两只眼睛噗噜噜地流下泪来。他才从保定走回来，脸上变得又黑又瘦，头发也长了。

朱老明猛地把严志和搂在怀里，搂得紧紧，咬紧牙关说："好狗日的！他们不叫打日本，夺去我们的运涛，又夺去我们的江涛。好啊！他们要打着鸭子上架！"严志和说："蒋介石不抵抗，他挡不住我们！"朱老明直起脖颈说："是，一点不错！"

4

春兰和严萍把严志和扶回家去。他躺在炕上，呻吟说："狗日的！又把我们江涛关起来了！"涛他娘听了，又免不了一场悲痛。春兰和严萍安慰了一阵子，天晌午才走出来，到贵他娘家去。春兰把江涛入狱的事情说了，贵他娘也流了一会子眼泪，抽咽了一会子。春兰说："别光是难受了，还有一件高兴的事情跟你说说。"贵他娘止住抽泣，说："什么事情？你说吧！"春兰说："给你家说一房子儿媳妇，管保你一见就满意。"贵他娘问："谁？"春兰说："俺表妹，比我小两岁。"贵他娘问："在哪儿，我要亲自过过眼。”春兰说：“过眼也不费难，就是忠大叔不在家，没人做主。”贵他娘说：“他不在家有我哩，他在家也做不了我的主儿。”

三个人叙了一会子家常话，春兰和严萍要回去，贵他娘也跟着上春兰家去，和金华说了一会儿话。看这闺女，又聪明又本分，还挺会说话，说起话来甘甜脆声。直到中午，才回到家来。大贵从地里回来了，正坐在台阶上等着吃饭，见娘这早晚才回来，他问：“娘！你干什么去了？”贵他娘说：“我去串了个门儿，回来晚了。咳！开门七件事，人手少事情多，顾得东顾不了西。我老了，手脚也迟了，做活做饭都不灵便了。”说到这里，大贵就知道她的意思了，低下头不说什么。贵他娘又说：“我想给你寻个人手儿，一来有人做鞋做袜，有人服侍你们，再说我心上也少结记一件事。”大贵说：“娘！难受什么，事情由你好了。可是，房少地又不多，寻人家谁呀？”他嘴里虽是这么说，可是自从那年提过春兰，直到如今，他心上老是影影绰绰地想着。有时只要一合上眼睛，就会看见她。他也想过：和运涛是自幼的朋友，一块长大起来，我能抢他心上的人儿？虽然这样想，毕竟心上有过这么一回子事，青年人遇到这样事，就像才长成的嫩葫芦上打上烙印，一生永久擦不掉了。他也想过：不论寻个什么样人儿，绝了这个念头算了，免得成天价心上不静。娘今天一说，正对他心上的事。

贵他娘一面抱柴做饭，说：“春兰的表妹来了，今日个我去过了眼来，长得身子骨儿结实，人也精明伶俐，找个空儿你去看看。”大贵嘴上正含着烟袋抽烟，隐约之间，在年轻的赤色的唇沿上带出笑意，慢悠悠地说：“娘看着好就是好，我还看什么？好歹有人做活做饭，替娘点辛苦。有空儿我把咱这西坡掘土垫垫，往外升升，盖上两间小西屋……”

说着话，二贵也扛着锄回家来吃饭。贵他娘一说，二贵嘻嘻地笑着，合不上嘴儿。吃过饭，贵他娘又走到村北大黑柏树坟里，去找朱老明。他们自从关东回来，大事小情，没有不先跟朱老明商量的。一到大杨树底下，林子里一派清凉，一股股爽朗的小风吹过来。朱老明正蹲在大杨树底下抽烟，听得有人走过来，自然地摆过头去，想看一看。可是他什么也看不见，只是眯瞪眯瞪眼睛，问：“谁呀？”贵他娘说：“是我，大哥！”她走到屋里拿个小板凳坐下，说：“就是为大贵的亲事。”朱老明一听，喷地笑了说：“如今年幼人们的心思，我扑摸不清了，那年好心好意把春兰说给大贵，不料脑袋上碰了个大疙瘩。如今运涛出不了狱，春兰一天天地长成大人了，咳！真叫老人们焦心！”停了一刻，朱老明又说：“要是别人，咱也可以不管，春兰是个好闺女，又是咱自己人，把她老在屋里，我心上不忍。”贵他娘说：“春兰的事，咱就不用提了，常言说得好：‘只有成亲之美，哪有破亲的亲人。’人家春兰愿意守着运涛，咱可怎么能说给大贵呢，咱就说这金华吧！”朱老明问：“金华是谁？你看那闺女脾气性格怎么样？”贵他娘说：“春兰的表妹，我看是个安稳的闺女，脾气又细致又温柔。模样也对得起大贵。”朱老明说：“模样尚在其次，要紧的是心眼好，脾气直正，将来能顶门过日子。”

两个人又说了一会子江涛入狱的事，贵他娘又动了一会子悲伤，才离开柏树坟，走到春兰家里，和春兰定规好，请人写了书帖送过去。春兰又找贵他娘说：“既然两情如意，就看好日子过门吧！”她坐在大贵家炕沿上，一字一句地说：“俺爹眼里下不去沙子，金华妹子来了不几天，他就摔家打伙，闹没好气。我背地里和他闹了几次，也扳不过他的犟脾气，我娘也为表妹受气。”贵他娘说：“年月不好，粮米又贵，谁家养得起闲人呀。既是这样，咱就看日子过门，反正是咱家的人了。”

说到这里，春兰才吐了一口长气，觉得身上轻松了。自从明大伯给春兰提过大贵，说心里话，她心上也曾思量过这件事情。和运涛、大贵，他们都是从小一块革命长大的，心思知心思，脾气知脾气。可是，她觉得那么办了，对不起运涛。她想：久后一日，运涛还有个出狱的日子，拿什么样的脸面去见他呢？于是她暗里下定决心，宁自舍弃青年人的幸福，也不辜负运涛对她的好心。可是，大贵一天天长大起来，到了年岁，自己年岁也不小了。一想到这里，她又觉得对不起大贵。她发誓，一定要给大贵寻个可心的人儿，比自己还要好。如今提到金华的事，心上由不得高兴。把金华给了大贵，自己心上也算了结了一场心愿。从此一心一意扑着运涛过日子，盼望运涛出狱的那一天。

贵他娘回到家里，立刻吩咐大贵二贵脱坯盘炕，沙抹屋子。说话就到了好日子。朱老明走到大贵家里，说：“一天天地喜事临近了，你们有什么动用的没有？你们不来找我，我可是放心不下。”贵他娘说：“日月紧窄，哪里……”朱老明说：“也不叫个戏子喇叭？也不订顶花轿？”贵他娘说：“我看把人娶过来算了，还摆什么谱？”朱老明一下子笑出来，说：“你说得正对我的心思，咱哪里有那么多的粮食，有那么多闲钱？也别动客送礼，办了喜事算了！”他合着眼睛，笑笑哈哈，从朱大贵家里走出来，又到春兰家里。问了金华的家庭光景，说了会子话。把这件事情安排妥当，才走回去。

金华过门的前一天，朱老明找到朱老星和伍老拔说：“你看！大贵的喜事到了，咱也不送个喜幛贺联的？这事别人不动，咱们自己人可也得出出头。不的话，忠兄弟不在家，事上冷冷清清的，也不好。”朱老星和伍老拔都同意，他拄上拐杖走到西锁井买了一副喜对儿，还买了几张双喜纸，顺脚走到小学堂里，请先生动动笔。先生磨好墨写好对联，当他听到幛心写的是“绳其祖武”，他摇摇头说：“不对头，还是‘一文一武’好，光有文没有武，缺少顶天立地的梁柱；光有武没有文，也不成一台戏。”当他听到抬头写的是“大德望忠翁令郎花烛之喜”，他又摇摇头说：“不对头，大德望是个封建的意思，不如大革命好，你看大革命的时候，那个威势！”先生只得依了他，写成“大革命忠翁令郎花烛之喜”。朱老明说：“这就对头了！”他拿了红对联和写好的幛心，笑哈哈地走回来。那天，金华娘抱着两个梳头匣子，抱着几件粗布衣裳来看金华。年月紧窄，买不起穿着，也买不起嫁妆，只好叫闺女光着身子出嫁，一想起来眼里就想掉泪。屋里没有人的时候，金华娘走过去拍着金华肩膀说：“好闺女！你爹没有本事，日子过得紧，叫你跟着受了十几年的苦，吃没吃的，穿没穿的，娘一想起来就心疼。如今你要出门去了，也没什么填箱的。”又搬过那两个梳头匣子说：“这还是我过门的时候，你姥姥给我的。到了你家，也没舍得使过，成年价用包袱包着，等你大了用。几件梳篦，是我平时赶集上庙买下的，也别嫌不好，你只记着我这片好心就是了。弟妹们小，我也不为你去使账借钱了！”

金华一听，立刻流下泪来。两只手抓着怀襟，颤着嘴唇说：“娘！别说了，难受死人了。我什么也不要，只要人家不嫌，有身衣裳遮住身子，不光着露着就算了，家里过的日子我全知道。”说着，抽抽咽咽哭起来。

金华娘强打起精神，说：“娘的好闺女！别哭了，哭肿了眼泡不好看，叫人家笑话。”她提起褂子襟走过去，给金华擦眼泪。

金华眼上越发酸起来，亮晶晶的泪珠子，噗噜噜地滚出来。说：“娘！别说了，我倒不是为别的难受，是想从今以后，不在爹娘跟前了，弟妹们小，头痛脑热，有谁来侍候。”

金华娘说：“不要老是结记着我，到了人家，就是人家的人了。一敬丈夫，二敬公婆，做红了媳妇，才有脸回家来见我。我从小带着你，抓屎擦尿，不是容易。只要公婆待你好，女婿看得起你，就算养闺女的人家烧了高香了。闺女家，哪有一辈子不离开娘的，哪有使闺女使一辈子的？再说，春兰姐是个知事懂理的人，保成这门亲事，想也错不了。朱老忠在锁井镇上是个响亮的名字，婆婆大大方方，公公义义气气，女婿身子骨壮壮实实的。人家穷不要紧，只要带着满身的力气，还怕一辈子没有吃穿？那些少爷公子们，守着祖爷留下的千顷园子万亩地，一时运仄，还抱了爷爷腿呢！”

金华听到这里心上亮了，停止了抽噎，用袖头子擦着泪说：“享祖爷的福算什么？自个儿苦巴苦曳，端住个碗沿子，才算是金饭碗呢！”金华娘一听，立时笑出来，说：“我儿有这心地，我就放心了！”

娘儿俩正说着，春兰和严萍走进来。严萍怀里抱着个小红包袱，放在炕沿上说：“借来两件衣裳，还豁亮新鲜的，妹子过来试试！”严萍给金华穿上一看，可身可体，怪好的。春兰开了柜头，拿出两件常穿的蓝布裤褂，是才下过水的，干干净净。她说：“过了新日子，你就穿我的。日子长了，大贵会给你做新衣裳。”金华娘看姑娘们肯帮忙，笑得什么似的，说：“叫闺女花子似的出门子，怪丢人的！”春兰说：“快别那么说，谁家有了什么了？穷人家办喜事……”金华娘一听，笑了说：“姑娘们都这样，我也不觉难看了。”

金华娘又到大集上买了两条猪排骨、两棵双蒂大葱来，用红纸签裹好，叫金华带去。“离娘骨”说明自此以后，闺女离开娘了。双蒂大葱，取个夫妻和好的比喻。

第二天，天还不亮，房檐上的草，还滴着露水。大贵早早起来，打扫了院子，挑了水，穿上新洗的粗布大褂，跟着朱老明走到春兰家里。春兰也把院子扫得干干净净，炕上放个小桌，烧了一壶茶，摆上四个果碟儿。把明大伯和大贵让到炕头上，斟了茶水，叫他们喝着。又到那头屋里，和严萍帮助金华梳头绞脸，穿上衣裳。一切整致停当，春兰娘煮了四个鸡蛋来，叫金华吃了两个，把两个装在金华口袋里，叫她饿了的时候吃。不一会，二贵套过牛车来，车上搭上棚笼，挂上帏子。春兰给金华头上蒙上个红包袱，和严萍两人搀她上车。不知怎么，一说上车了，要上婆家去了，金华止不住地流下眼泪来，抽抽搭搭哭个不停。严萍把嘴头放在她的耳根上，细声问：“妹子！你身上不好？”金华哭声细气儿说：“不，不不好！”春兰说：“妹子！莫哭了，有什么作难的？有我呢，俺俩送你去，管保你一看就高兴。”金华听了这句话，才止住哭。

金华上了车，春兰和严萍也上了车，并膀坐在车辕上，二贵赶着牛车慢慢走到门口。看娶媳妇的人们，站了一街两巷。贵他娘说：“老乡亲们！闪开条道儿，庄户人家娶媳妇，有什么好看的？”在那个年头，人们还没见过这么简单的婚礼，既省钱，又省工夫，觉得怪有意思。

春兰和严萍，从车上搀下金华，向小门里走。朱老星家的端着一升子玉米和红高粱，一大把一大把地往金华头上撒。金华只低着头往前走，走到天地桌跟前，朱老星家的叫她站住，说："先拜天地！……再拜你公婆！"金华跪在地上磕了三个头。朱老星家的又说："天地不天地呗，咱又不讲究那个细礼。春兰和萍姑娘，为了你不是容易，你也拜上一拜。"金华不跪，只是侧起身子抖了一下手。朱老星家的又说："和大贵你们也别拜了，大家为你们操心，盼的是你们夫妻和美，早早生下个大胖娃娃。"

朱老星家的一句话，说得满院子人们哄哄大笑，连金华都想笑出来。春兰和严萍搀她走到屋里，端端正正坐在炕中间，桌上斟上茶水。屋子是新沙抹的，炕是新盘的，黄土垫地，屋子里飞腾着阴凉的空气和黄土的香味，金华心里很是高兴。

贵他娘煮熟了面条，亲手把碗端进屋里，叫春兰和严萍劝着金华吃。春兰让了半天，她不肯吃。春兰说："这家里没有别人，老婆婆亲手煮了面来，是个婆媳和好的意思，你吃吧！比不得财主人家，新人要坐个三天儿，从明天起，你就要下地做饭了！"贵他娘亲手把面碗递到金华手里，说："他嫂子，你吃吧！看着老婆子面上，日后大贵有个一言半语冲碰着你，你可多包涵着点儿。今日个，为了大贵，你吃了我这碗面吧！"

金华低下头，用手接了碗。自从下生以来，还没有听过有人说给她这么几句贴心的话，心情一时激动，两手不住地哆嗦打抖。春兰急忙用两只手卡住碗，说："妹子，慌什么？烫着了！"金华眼上含着泪花，低下头低声细语说："咳！俺穷人家女儿，叫老娘说得我心里难受！"春兰说："难受什么？自今以后，一个锅里抡马勺，辛苦甘甜谁也知道。婶子有了一把年纪，你多替她点辛苦，什么都有了。"

一阵话说得贵他娘笑得合不上牙，走出走进，照顾明大伯吃饭，请看热闹的人们喝茶，满院子人们说不尽的喜庆话，对于这新兴的婚礼感到说不尽的兴趣。过了中午，人们才散完了。春兰又帮助金华梳头洗脸。从今天开始，她不再梳当姑娘时梳的那条红绳子大辫，要梳成“圆头”了。年长日久，要慢慢和当姑娘时候的那股轻倩、活泼的性格离别，担负起家庭生活的重担。

春兰忙了一天，等太阳西斜了，悄悄对金华说：“我家去看看，明天再来看你，晚上你要好好跟大贵说话，要畅快点，他是个耿直人，刚性子脾气！”

金华送出春兰，弯腰拿起扫帚来扫地。贵他娘说：“他嫂！上炕坐着去，我人手儿少，也不能叫新娶的媳妇当天扫地！”贵他娘赶过去，把金华手里的扫帚夺下来，自己扫。金华又要抱柴做饭，贵他娘打打呱呱，把她推到炕上去。

这天，大贵高兴得没有吃晚饭，闹新房的人们说说笑笑，一直闹到夜深才走了。贵他娘打发二贵，从明大伯小屋里把他叫回来。大贵嘴上叼着小烟袋，唱唱喝喝，走回家去。一进大门，院子里静悄悄，新房里好似青灯儿似的，没有一点声音。金华一个人坐在炕沿上，低着头剪指甲。听见大贵进来，也不抬起头。大贵站在她的头前，看了金华一眼，心上扑通乱跳，用手碰了一下金华的头发说：“你可抬起头来呀！”金华还是不抬起头。大贵又捅了她一下，说：“你可抬起头来叫人家看看呀！”

金华脸上一阵绯红，身上由不得抖颤起来，还是低着头呆着，一动也不动。过了一刻，才慢慢抬起头，斜起两只又圆又亮的眼睛，瞅着大贵，轻轻笑了说：“着什么急，早晚还看不见呀？”

大贵伸过手去说：“也给我剪剪指甲！你看天天不是拉牛就是掖耙，把指甲都弄劈了，你给剪剪不行？”金华盯着大贵，噘起小嘴说："不！"金华拿眼睛盯了大贵半天，才扳起大贵的指头，一个个剪着，一直剪了老半天，剪得干干净净。大贵问："怎么老是剪不完？"金华说："晚上的工夫，着什么急？"说着，大贵一下子坐在金华跟前，金华机灵地躲开，两手一推，说："坐在一边去。"大贵睖着眼睛笑了说："我身上又没背着蝎子！"金华斜了他一眼，低下头去，说："没背着蝎子也不行。"大贵脸上一下子红起来，说："你给我倒上一碗茶！"金华斜起圆大的眼睛，愣了半天，说："你自己倒吧，我倒的那么香呀！"

两个人正在屋里一递一句儿说笑，二贵扒着窗台，吐出舌头，把窗纸舔了个大窟窿，格立起右眼，往屋里窥着。看到这时，肚子一时憋不住，噴地笑出来。说："娘！快来看西洋景哟！"贵他娘在西头屋，听见二贵喊，伸开嗓子说："二贵！快来睡觉！别撒促狭[①]，将来你嫂子不给你做鞋做袜。"二贵笑嘻嘻地说："他们俩好像唱小戏儿！"金华噘起小嘴，瞟着大贵说："不嫌羞？光自叫二贵看了去！"

5

严萍帮助办完了金华的喜事，好像做了一件有益于社会的事情，心上觉得轻松愉快。可是一闲下来的时候，又感到烦恼，她又想起惨案，日本鬼子要来了。于是，她总是找些事情做：读书，读革命的诗歌和小说。一读起书来，便什么都忘了。脑子里

① 指暗中捣鬼作弄人。

就隐现出江涛的形象：他戴着手铐脚镣……她心上更加不安。于是她就老是找事情做，找些书读。

这天晚上，她早早醒来，奶奶还在呼呼睡着。她也躺在炕上睡了一刻，睡也睡不着，连睫毛也合不上，只是对着窗外的天空出神，她觉得心上寂寞。在已往的夜晚，奶奶常在睡不着觉的时候，给她讲古话儿，讲家长里短，讲儿时的故事。可是今天，奶奶睡得着着的，怎么也醒不过来。不到黎明，她就跳下炕走出来，在院里站了一刻，悄悄开了梢门。塘里的水是明亮的，水上映着星星，涌着蓝色的波涟。有几只青蛙在水边上，此起彼落地叫着，远处有杜鹃鸟的叫声。她一步一步踏着田野上的小路，向着杜鹃鸟叫的地方走去。偶然听到大杨树上的叶子在响，风很小，叶子也响得那么微渺。弯下腰走上堤坝，伸开胳膊，深深地呼吸了一下夜凉的空气。她在长堤上走来走去，又停住步，倾听滹沱河上的水流声。她沉默着，在大杨树底下站了一会，看了看天上，自言自语："天为什么还不亮？"又走下堤岸，去找春兰。

这天晚上，春兰一个人睡在枕上，睡得熟熟的，那么香甜。听得有人叫门，有抖动门环的声音。她坐起来，伸开胳膊打了个舒展，看了看屋子还黑着。仄起耳朵听了听，真的有人叫门，才出溜下炕，悄悄走出来，蹑手蹑脚走到门前，隔着门缝看了一会儿，也看不见是什么人，她问："是谁？"严萍说："是我！"春兰呆了一刻才开门，笑了问："黑天半夜，来干什么？"严萍说："黑夜里，心上闷得不行，睡又睡不着，来找你说个话儿。"春兰说："跑工作跑惯了的人就是这样，我心里也烦躁得不行。好像有什么大事来临！"严萍说："实在烦得不行！"说着，两个人关好门走进来，站在台阶上，仰望天上星河，低声细语地说了一会话，走回春兰屋里。春兰睡在枕上，严萍坐在春兰枕旁说："这么长的夜，天还不亮，叫人等得多不耐烦！"春兰说："快睡下吧，夜里本来是睡觉的工夫，非叫别人陪你玩儿，想说什么话，说吧！"说着，严萍倒在春兰身边，心上不再惊怔，眼睫毛直想打架。她说："不知怎么，我又想睡了。"

严萍睡着了，可是春兰再也睡不着，好像有一种什么意念触动了她。她坐起身子，看看窗外，星光照耀之下，在薄暗中，看得见院子里放着的犁、锄、锨、耙……一件件的农具。小黑牛在窗台底下出着长气酣睡。它们静静地伴着春兰，消磨这不眠的夜晚。从春到夏，从夏到秋，她无时无刻不离开它们。她依靠它们生活，依靠它们度过时光。只要有它们在身旁，她是愉快的，就什么也不想。她坐了一刻，转过头看了看严萍还在睡着，可是呼吸并不均匀，睡得也不安静。一会翻身，一会翻身，还不断地梦语，她恐怖的心情还未过去。

她们一个是生长在农民的小屋子里，一个是生长在城市里的女学生，可是她们总觉得彼此的命运是一样的，"革命"把她们联系在一起。黎明的时刻到来，公鸡在笼里一叫，春兰凭着窗台看了看天上，比秋后的河水还清明。她伸开手，按按严萍的臂膀说："醒醒儿！"看她还睡得着着的，才伸腿跳下炕来，去担筲挑水。东方地平线下射出亮晶晶的光线，光明驱散了杨树上的黑影，显出白色的枝干。早起的鸟儿，开始在天上飞旋。她挑了几担水，严萍也起来梳了头，洗了脸。春兰对严萍说："我去放牛，你再睡一会吧！"严萍说："不，我也跟你去。"春兰说："那也好，女学生们，过过这村野生活，你的娇气也就变了。我牵牛，你背上筐拿上镰刀，咱们走吧。早起水草嫩生，迟一会太阳上来，天就热了。"严萍说："你也不拢一下子头？"春兰说："俺庄稼人，常是不梳头就下地。"她牵出牛，叫牛头里走，轻轻在牛背上拍了一掌，说："快走！快一点！"小黑牛往前跑了两步，又一步一步慢下来。两个人拐过屋角，踏着园子上的小路，走上千里堤。河风越过河身里的庄稼，滴溜溜刮过来，吹到她们脸上，又凉爽又舒服。微风吹起春兰的长辫，曲连飘动。严萍说："多好的风光！"春兰说："城市人们才会觉得村野风光的美丽，我们天天在荒郊野外，就不觉怎么的了。"

庄稼浴着露水，草上披满了露珠，堤岸上开满了红的、白的小花。小黑牛渴了一夜，见了路旁庄稼，就想张开大嘴吃。春兰唬它说："呆住！呆住！庄稼人一年四季不是容易，到河边上去吃草吧！"

走到堤坡，春兰一撒缰绳，小黑牛低下头，张开大嘴，哺呵哺呵地吃起草来。嫩草和着露水，又香又甜。她们顺着长堤，一步一步往南走。严萍放下筐，开始割草。把割起的草，绑成一捆一捆的，放在筐里。露水把她的袖子、裤脚都溅湿了。牛沿着堤坡，一步一步吃着，一直走到锁井村东，千里堤拐弯的地方。严萍觉得累了，跑上堤坝，顺着河流向东一看，通红的日头，从水面上钻出来，照得河水通红火亮。天上映出锦缎般的彩云。一时高兴，跑到堤上，跳起脚尖喊："春兰！春兰！来！"春兰把牛拴在树上，跑上来说："干什么？出了什么事？"严萍指指河水，又指指天上，说："你看，这有多么好看！"春兰站在一旁，看着严萍笑着。

牛吃饱了，大肚子撑得圆圆，好像气儿吹的，不想再吃了，只是扬起脖子，冲着天上哞哞叫。春兰说："来，咱坐下歇歇儿。"

严萍坐在春兰一边，张眼看着河身里庄稼，高的高粱，低的谷子，向着太阳发出油绿的光亮，显得茁壮肥厚，柳树上长出细长枝条，红荆子开出紫色的小花。一会儿，从河套里庄稼小道上走出两个人。春兰把手掌放在眉睫上，遮着太阳看了看，猛地说："那边来了两个人。"严萍问："是谁？"春兰又把手搭在眉梢上，歪起头，这么看看，那么看看，说："是穷秀才李德才，走！"说着，立刻起身跑下堤坝，牵起牛来要走。严萍跑下来问："怕什么？"春兰说："你不知道，那是锁井镇上第一等大坏人。"严萍说："怎么坏法？还敢吃人？"春兰说："别看他上了几岁年纪，那人嘴坏、眼坏、心坏。你多咱要是遇上他，他就张开两只大眼睛看你，看过来看过去，恨不得一口把你吞进去。说起话来信口开河，有用的也说，没用的也说。说不定他心眼里还会琢磨你。"

说着话，有一个小姑娘，十二三岁，长得鸭蛋脸儿，细白面皮，重眼双皮的挺俊气。她叫珍儿，是李德才的独生女儿。怀里抱着个大西瓜，走到跟前，春兰问她："珍儿！去干什么来？"珍儿呆着大眼睛，下牙咬着嘴唇，停了一刻，说："去给俺娘买西瓜，她病得不行了。"说着，又呆呆地出神。春兰问："什么病？也值得这么上愁。"珍儿说："是卧床不起的病。又有什么办法，吃的药有一车了，总是不见好。"父亲虽然坏，闺女可是个好闺女，春兰常跟她说话。

正说着，李德才走过来。他弯着腰，提着大烟袋，胡子上挂着鼻涕，走一步一哼哼。到了跟前，止住步张开眼睛，看了看春兰。春兰用胳膊肘碰了严萍一下，悄悄说："你看，是呗？"严萍偷偷看了李德才一眼，低下头不抬起来。李德才顺着堤坡走了几步，看坡上有牛蹄子脚印，倒背起手，回转身问春兰："是你在这堤上放牛来？"

李德才一说，春兰机灵地想起来，李德才还是堤董冯老兰手下的巡堤员，一时吓得怔住，拿起腿跑过去，牵起牛来就要走。李德才三步两步闯上去，说："你先别走，咱们得念叨清楚！"他呱嗒着眼皮看着春兰，吐出舌头，舔着唇上的胡子。严萍在一旁看着，也闹不清他想干什么。李德才冷笑一声说："你小人儿家，不懂得什么，就不该在这堤上放牛割草。"春兰说："怎么？一千人一万人都放了牛割了草，俺放一次、割一次都不行？"李德才说："这千里堤是公产，千古以来是有则例的，任谁不敢动这堤上一草一木。"春兰一下子耷下脸来，牵起牛要走，说："从今以后，俺不放了！"她睃了严萍一眼，说："走！"李德才三步两步跨到春兰前头，叉开腿挡住去路，说："走？你走不了！"春兰说："俺怎么走不了？"李德才说："说了个好听！"他伸出食指戳着自已鼻子尖儿，问："我是干什么的？"春兰说："我知道你是干什么的？卖姜的还是卖蒜的？"李德才向前一把抓住牛鼻圈说："走！跟我上村公所。"

这时，春兰才明白过来，李德才决心要讹诈她，上前掠住李德才的袖子说："想干什么？那万万是不行，我就是不去。"伸手也拉起牛鼻圈，鞧着身子往后拉。李德才拉起牛鼻圈往西走，边走边说："你犯了王法，王法是不容情的。"

春兰一时着急，横起身子朝李德才碰过去，一下子碰了李德才个大斤斗，倒在地上不起来，可是他拉紧牛鼻圈不放手。春兰用力一拉，连李德才也拉起来。李德才气得哺哺的，猛地用力一拉，一下子把个牛鼻子拉豁了，呼地流出血来，痛得小黑牛尥起蹶子蹦起来，撅起尾巴在庄稼地里乱蹿。春兰见李德才拉破了牛鼻子，哇地大哭起来，抬起脚去赶牛。小黑牛觉得实在疼痛，就东跑一阵，西跑一阵，春兰说什么也赶不上。

严萍一时生气，走上去气呼呼地说："哼！你想干什么？什么东西，也这么大的威风？”李德才拉破了春兰家牛鼻子，睁着两个大眼看着小黑牛在河滩里乱跑，呆了一刻，掸了掸身上尘土，走过去对严萍说：“看你脸形像知孝，你不是知孝家的？”严萍说：“是呀，你敢怎么的？”李德才舔着长胡子，说：“我当然不敢，你跟她不一样，你是大家闺秀，应该是大门不出，二门不迈，也跑出来跟黄毛丫头们一块放牛割草？”严萍气红了脸，跺起脚来说：“放牛割草又怎么的？”李德才摆了摆头，说：“那就失了身份。”

春兰赶了一会子牛，赶不上，气呼呼地走回来。看李德才气儿下去，她可就气愤起来，走上去说：“在堤坡上放牛割草又算什么，河神庙前后四十八亩官地，冯老兰一家独吞了，你可也说说……你好好地赔俺牛！”李德才立定脚跟，停了一刻说：“是呗！说你小人儿家不懂得什么，谁敢说这个，你说。看你小女嫩妇的，不跟你一样。要不呵，够你一呛！”说着，又转着大眼珠子瞪春兰。春兰气愤愤红着眼睛，数落着：“有什么了不起，什么要紧事情，也这么吓唬人？老霸道想仗着那么几亩地、几个臭钱，压服俺一辈子吗？就是不行！”李德才觉得跟闺女家讲不出什么长短道理，往前走了几步又停住，看春兰嘴里骂骂咧咧，气得仄歪仄歪脑袋，说：“是呗？叫你享福，你不会享。冯家老头给你一顷地，一挂大车，连鞭杆儿递给你，叫你享一辈子福，你都不干，非愿意放牛割草！”

春兰一听，李德才当着严萍说起这个话，一时暴躁，张开大嘴骂：“你老糊涂，老混账了，拿着人家青春小女瞎糟蹋，他娘的快该入土了！”李德才听春兰开口骂人，也发起火来，走回几步说：“你呈着漂亮，简直是个混世魔王，成天价满街筒子撒疯，谁也惹不了你，你爹没打死你？”说着，一直往前走，说：

“等着啊，这事咱不算完！”春兰听他骂人，赶上去说：“当然完不了，你走不了，得赔俺牛！”说着，跑上前去，把两手叉在腰里，气呼呼地瞪着李德才。

李德才见春兰拦住去路，越说越难听，恨恨地跺着脚大骂。严萍在一旁看不过，生气说：“还没见过这么不要脸的人。”李德才气红了脸，春兰还是骂不绝口，不让他走。他抽个冷不防，把春兰推了个侧不楞倒在地上，拿起脚来跑了。严萍赶了几步，也没赶上，又慢慢走回来。春兰伏在地上不起来，严萍拉她胳膊说：“春兰！走，咱家去，也许那牛自个儿跑回去了。”春兰从地上爬起来，呆了一会，说：“人穷了，任谁都来欺侮。咱不家去，咱去找明大伯说说去。”说着，从地上爬起来，打打身上尘土。严萍气红脸说：“什么东西？整着个儿是人渣子，河流边上的泡沫子，早晚会被大水冲下去。”春兰说：“当然是，这样的人，我们不打他自己也会倒的。”严萍背起筐，停了一刻，又说：“不打，那算便宜了他。一定要打倒这些土豪霸道们。”

两个人说着话，沿着村边小路，走到村北大柏树坟里。明大伯正趴着锅台做饭。每到夏天，他在大杨树底下盘个小锅台，有树林里的风吹着，在这里做饭倒挺凉快。他听得有脚步声，轻轻地走近，仰起头来问：“是谁呀？”春兰说：“是我们，大伯！”严萍把草筐放下，说：“我们受了欺侮，来跟你诉冤来了。”朱老明一听，笑了说：“姑娘们，受了什么样的冤屈？说说吧！”春兰把李德才要讹诈她的话说了说，又说：“我们正在堤上放牛，穷秀才走过来，拿不正经的眼睛看了我们，还吓唬我们说‘走着瞧吧，这事咱不算完！’”朱老明说：“看看没关系，他说的这话，咱可得要注意。”春兰说：“不，好人看了我们，等于夸奖我们，我们高兴。坏人看了我们，就等于是骂了我们，我们不干！”严萍说：“他还拉破了春兰家牛鼻子。”

朱老明抬起头来，停了一会，说：“当然是，我们的缺点，我们自己知道，我们会自我批评。敌人骂我们，我们不接受。那也不要紧，就当他是满嘴里喷粪，我们不听他那个。拉坏了咱们的牛鼻子，打翻了天咱也不干，一条牛顶半个家，这是咱满有理的事！”春兰和严萍一听就笑了，春兰说：“大伯的心像是一盏灯，一点就亮。”朱老明说：“真理是一把快刀！”停了一刻，他抓一把柴送进灶里，站起来说：“姑娘们！不是我责嫌你们，从目前来看，这就是一件小事了。人们都说，日本鬼子又占了咱们的满洲，就要攻进关里来，他要抢我们的国，灭我们的种。蒋介石不光是‘剿共’，还镇压我们抗日。这就是目前的一件大事了！”

6

春兰和严萍背上筐走回去，朱老明咂着嘴在地上站了半天，他觉得在目前的锁井镇上，这不是一件平常的事情，是李德才给出了斗争的题目。就快吃完了饭，把碗泡在锅里，锁上门，盖上锅帘，拿起拐杖走出来。一进春兰家大门，就听得老驴头在院里嚷喝。当他进了二门，老驴头红头涨脸，拍胸打掌，冲他走过来说：“老明兄弟！你来了正好，我得跟你说说，李德才拉坏了咱的牛鼻子，咱们应该怎么办？”朱老明听老驴头气势汹汹，跺跺脚说：“我就是为这个来的，怎么办，咱庄稼人养个牛不是容易，一年到头耕犁曳耙净指望着它哩，一条牛就顶半个家。他拉坏了咱的牛鼻子，官司打到衙门里，咱也不干……”老驴头等不得听完朱老明的话，就红涨了脖子，出了满脸汗，气愤鼓动着胸脯，忽起忽落，向春兰走过去问："你倒说说，他为什么拉坏了咱的牛鼻子？"

春兰把在堤上放牛割草碰上李德才的事情说了说，严萍也为春兰抱屈。春兰一边说着，一边为小黑牛擦嘴巴上的血。小黑牛被拉破了鼻子，痛得在野地里横冲直撞跑了半天，才跑回家来，痛得把头钻在墙角里，呆呆地站着，再也不能动一动。老驴头见小黑牛嘴巴上血糊淋漓，心疼得流出眼泪来，冷孤丁地跑上去，伸开两只手搂住牛头，把嘴亲在犄角根上，两只大眼睛噗嚓噗嚓地流下泪来，说："牛呵！牛呵！你跟着我经冬历夏不是容易，我人家穷，也没有什么好吃喝。每年一到了夏天。就连一点草也没有了，只得叫春兰牵你到河身里吃点青草香香嘴，不提防又碰上李德才。牛呵！牛呵！你可活得不是容易！"他实在气愤，可是也实在没有办法，他觉得不敢怎么李德才，只是气得一声声大哭。

朱老明在一旁听着，惨得心疼，拉起拐杖走过去说："你光是哭又有什么用？你能哭死李德才？人再坏，他也不怕你哭。你怕李德才？你要是怕他，就别哭了！"

朱老明一阵话提醒了老驴头，急得他哧的一声把纽扣扯开，脱了个大光膀子，猛地跑到屋里扯出把切菜刀来，在台阶上一拍，说："我老驴头疯了！"说着，一阵风似的往外跑。春兰、严萍和春兰娘，慌慌张张赶出来，朱老明也在后头跟着。老驴头出了门，一直向大街上跑，一边跑着，举起菜刀破口大骂："李德才！你拉坏了我的牛鼻子，你想讹诈我，我日你八辈子血姥姥！"一行骂着，顺着大街往西跑。跑到朱老忠家门口，二贵正在门口吃饭，看见老驴头手里拿着菜刀，风是风火是火地跑过来，慌忙迎上去说："大伯！你这么大年纪了，拿刀动杖干什么，有什么话不好说呢？"说着，向前拦住老驴头。老驴头说："我日李德才他老祖宗！他老是想着欺侮我小户人家，拉坏了我的牛鼻子，还想讹诈我……"春兰和严萍也赶上来，把她们在堤坡上放牛割草的事说了。二贵站在旁边悄悄听着，听到李德才拉坏春兰家牛鼻子，还口出不逊，侮辱春兰，跳起脚来说："狗日的拉坏咱的牛鼻子当然不行，今天就得叫他脑袋上开个花。"二贵一说，老驴头把切菜刀在胸脯上一拍，跳起脚张开大嘴骂："李德才！你小子有骨头站出来……"一直骂到西锁井。看打架的人们，拥拥挤挤，站了一街两巷，都说："老驴头一辈子了，还没发过这么大火哩！"

老驴头骂到冯家大院门口，冯焕堂正端着碗在那里吃饭，看见老驴头骂着街跑到门上，一时气愤，说："他妈的你们要造反了，谁敢在俺门上骂街，你们骂！"说着，举起饭碗往老驴头扣过去，正巧扣在老驴头的脑袋上，一下子开了满面花，又是饭又是汤，血糊淋漓顺着脖子脸流下来。

春兰见冯焕堂用饭碗砍破了爸爸，把身子一纵，跳过去抓挠冯焕堂。冯焕堂慌忙跑回家去，叫出老山头和李德才。李德才跑出梢门口，拍着膝盖说："反了你们了，骂街骂到西锁井来！"老驴头一见李德才，瞪出血红的眼珠子，张口大骂："李德才我日你八辈子奶奶，为什么拉坏了我的牛鼻子？"李德才说："你们春兰为什么在千里堤上放牛割草？"说着，两只脚一直向前出溜。老驴头说："整个锁井镇上，谁没在千里堤上放过牛割过草？"李德才拍着大腿说："整个锁井镇上人，谁愿在千里堤上放牛割草都行，就是你家不行！"春兰一听，也赶上去说："他还想拉着俺家牛上村公所去，我看是扯着老虎尾巴抖威风！"老驴头摇着菜刀走上去说："你就仗着是在冯家大院里当着二爷！"

李德才见老驴头父女真的数落起他来，一时气愤，瞅个冷不防跑上去，一手抓住老驴头手里的菜刀，一手攥住老驴头的小辫子，一下子把个老驴头摁得弯下腰去。老山头冷手夺下老驴头的刀，老驴头张口大骂："老山头拉偏架，我操你亲娘呀！"李德才见老驴头还骂，两只手把他胳膊一拧，噗嗤一下子，把老驴头摁了个嘴啃地，把嘴巴摁到土里去。老驴头憋足了全身的力气，伸开两只胳膊一捞，捞住李德才两只脚，用力一拱，把李德才拱了个侧不楞。可是李德才抓住老驴头的辫子，缠在手上不放。老驴头向前一扑，李德才以为是来打他的脸，他把头一摆，老驴头趁势向前抓住李德才脑袋后头那撮头发。李德才抓住老驴头的辫子，老驴头抓住李德才的头发，两个人弯着腰，头顶着头，在大街上像拉锯一样，一来一往地打起来。老驴头上了年纪，再说也连跑带跳地在大街上骂了半天街，身上乏累了，一个前腿不支，扑通一下子跪了下去，再也挣扎不起来。春兰和严萍见李德才把老驴头摁在地上，一齐跑上去，举起拳头在李德才脊梁上乱打。春兰也抓住李德才脑袋后头那撮头发，严萍两手卡住李德才的脑袋往下摁，二贵也跑上去，举起两只拳头在李德才脊梁上捶。几个人一来一往，人仰马翻，尘土飞扬。正打得热闹，冯老兰从家里一步一步走出来，问老山头为什么打架，老山头把春兰在千里堤上放牛，李德才拉坏了她家牛鼻子的事情说了说。冯老兰朝这里摇了一下手，说："住手！住手！"

李德才和老驴头听得冯老兰喊住手，下意识地，真的住起手来。春兰和严萍，还举起拳头在李德才身上乱捶。冯老兰这时又改换一副面目，走过去拉开春兰说："这就是你的不对了，人家住了手，你们还打冷捶！"说着，拉起李德才往家走。李德才被打得猫腰瘸腿，嘴里骂骂咧咧，还是不拉倒。等人们都走散，朱老明才一步一步走回来，笑了说："哼哼！今天老驴头也上了阵了，好！"

李德才是滹沱河南岸李家屯人。李家屯在堤套里，屯小人稀，年年水涝。收成不好。村外都是沙田，沙田上尽长着柳子和红荆，长不出多少庄稼。每年过了秋天，街上没有柴草，村边上只有很小的几堆秫秸。街上的房子，像是临时用砖砌成，台阶挺高，好像楼梯。一年到头漫天刮着沙土，不管你把门关得多么紧，窗户糊得多么严密，沙土都会钻进去，落得满屋满炕，李德才最是讨厌。

屯子穷苦，毕竟也出了财主，李德才他父亲活着的时候，有一顷多地。地不太多，都是雇长工耕种。这位目不识丁的父亲，倒是很热衷于功名利禄，成立了一个家塾，请一位出名的塾师教李德才读书。到了前清末年，李德才居然也中了一名秀才。自从他中了秀才，就再也不耕土地、不种桑麻了。天天到锁井镇上走走，买点好吃的，买点好穿的。镇上市面比屯里繁华，人们穿得干干净净，说起话来咬文嚼字，比屯里文明多了。他常说："屯里风沙太多，不是久居之地。"一心一意想迁居。父亲不愿离开故乡，说："我祖祖辈辈生在这沙土上，长在这沙土上，我不能做异乡鬼！"李德才劝不转父亲，心上老是憋着一口气。

李德才等老父亲咽了这口气，立刻去了十亩地，在朱老忠家对过觅了一处四合子小院搬了家。这房屋正和朱老忠是邻居，和冯老锡是对门。这一来，离屯远了，连地租都懒得去讨。民国以来，科举制度废除，就连诗书也懒得念了，成天价拎着个画眉笼子，提条大烟袋，在大街上摆来摆去。人们都剪发了，他舍不得剪去，只把辫子剪去半截，留下个小麻刷子。镇上人们欺生，外来人不好过日子，不是割他青苗就是拔他棉花。他只好年有年礼，节有节礼，死乞白赖巴结上冯老兰。穷家富路，又不事生产，过了不几年，就把屯里的田地卖净吃光了。穷愁潦倒，使他学会了抽大烟，有时也想起过去的繁荣，可是他既不会织布，又不会种田，只好钻在屋子里读诗作词。他也梦想过卖文为生，可是那个名士风流的年代已成过去，不过消遣时日罢了。后来他又改了行，学看药书，学会了看“阴阳宅”。开始在冯家大院里行走起来。

珍儿娘亲眼看着火爆的日子一天天哗啦下来，老是觉得心气不舒，和李德才吵过几次嘴，打过几场架，可是胳膊拧不过大腿，又有什么办法呢？因此，她得了一身大病，卧在炕上三年多了。

今天，珍儿抱着西瓜走进家门，院子里静静的没有一点声音。长天日影，死寂得可怕。邻家的鸡群，满院子跑着，咯嗒咯嗒地叫个不停。珍儿把西瓜放在台阶上，喊了一声：“娘！”仄起耳朵听了听，听不见屋里有人答话，她心上立时扑通乱跳起来。圆睁着眼睛，在院子里愣了一刻，抬起脚走上台阶，轻轻推开门。因为人口少，使用不多，这门转枢连响也不响，哑摸悄声地走进去。

珍儿欠着脚，悄悄撩起门帘，走进槅扇门。珍儿娘横躺在炕上，瘦得只剩下皮包骨头，脸上黄得怕人。有人进来，也不动一动。眼瞳在眼睑里晃了两下，也未睁开。一只红头苍蝇，走在她的眼睫毛上，像是跐着高跷走路。珍儿一时又愣住，看娘的鼻子翅儿也不扇动，她怀疑早就咽气了，眼上立时噙着泪花，唤了一声：“娘！我给你买了西瓜来了。”说着，娘还是一动不动，她害起怕来，放下西瓜，三爬两爬，爬上炕去，趴在娘的怀里，喊："娘！娘！西瓜买来了！"

这时，娘才慢慢睁开两只深陷的眼睛，看了看珍儿又闭上。珍儿用手扇了一下，想赶跑苍蝇，也不知道那只苍蝇见人少还是怎么的，用手赶它还不飞开，等到珍儿伸出手指把它捏了一下，才拉开长声，嗡地飞起来。嗡的声音是那样响，显得屋子里那么空阔。苍蝇飞到窗户上，在窗纸上嘣嘣乱碰。珍儿伸手在娘的天灵盖上按了一下，还在发着高烧。颧骨向外突着，颧顶上有一小片朱砂色的晕红。珍儿又喊了一声："娘！你吃西瓜？"她心上还在跳着，颤着两只小手，打开西瓜，用汤匙剜起瓜瓤，慢慢放在娘的唇上。娘用舌头吐出瓜瓤，出了一口长气，说："那会儿心窝里像有火炭烧着，想吃西瓜，这会儿又不想吃了。吃不吃吧，又有什么用呢？"她是那样的无气无力，说到最后，几乎听不到一点声音，连把话送出唇的力量都没有了。说完了这句话，停了老半天，猛力睁开眼来，盯住珍儿，握住珍儿的小手，放在心窝里。她用力搂住珍儿的手，嘴里不住地喘息。珍儿觉得她的两只手又有了一点力气，以为她病势轻了，高兴起来，把脸凑上去说："娘！西瓜又凉又甜，甜甜儿的，你吃一点吧！"

娘摇摇头说："我不想吃什么了。"说完这句话，就又合上眼睛，说："我想说……珍儿，我，我不行了！"她把最后一个字，拉得很长，只剩下一丝丝凉气，没有声音了。喘了几口气，才说完一句话。说着话，瘦细的脖颈，像是移栽在地上的瓜藤，缺少了水露，一见日头，就蔫下来。慢慢垂在枕头底下，闭上了眼睛。

珍儿真的害怕起来，尖声喊着："娘！娘！你睁开眼睛呀！"珍儿尖锐的喊声，刺动了娘的心，她又睁开眼睛，转着眼瞳盯着珍儿，嘴唇开始颤动，鼻孔里滴下两滴清水，眼上津出泪花来，说：“珍儿，娘的好闺女！我还不要紧，你不要害怕。你爹呢？你找到他了吗？”珍儿收住抽泣，说：“找到了，买了西瓜，他就又走了。”娘说：“老王八羔子，自从我病了，他连个照面儿不打，再也不进家了，咳！”叹着气，又转过头对着珍儿说：“珍儿，好孩子！娘一连病了三年，你伺候了娘三年，娘说不出怎么感激你……”珍儿听这话不像是娘对闺女说的，却像是一个陌生人。珍儿说：“娘！我伺候娘是应该的，我孝顺你，等你好了，我更加孝顺你。”真的，自从娘病了，做活、做饭、请医生、买药，都是珍儿一个人。在病情危急的深夜里，她一个人伴着小灯守候。

娘听了，嘴唇上好像带出一丝丝笑意，摇摇嘴巴问：“珍儿！娘还会好吗？”她从两只眼睛里射出慈祥的光芒，笑着说：“珍儿！邻家大贵他娘是个好人，那人畅快、大方，又肯帮助别人。你还小，需要个依靠。你叫她干娘，等我不行了，你就一心去依靠她……”珍儿不懂她的意思，问：“她是我干娘？真的？”这时，珍儿有些喜出望外。娘说：“唔！你……跪下磕头叫……娘吧！”

珍儿娘说完这句话，趴在枕头上点了一下头。好像做完一件出力气的大事，心上颤得不行，嗓子里粘住一股黏痰，有些酸臭。她想咳嗽一下，把这块痰吐出来，可是那股痰粘在喉咙管上，嗽也嗽不出来。一咳嗽起来，再也停止不住了，咳嗽了又咳嗽。也许咳嗽使她肺部受了创伤，不一会工夫，脖颈向下一垂，把一口鲜血吐在枕上，就断气了。珍儿睁圆两只眼睛，看着母亲，一下子扑在娘的身上，哇的一声哭起来。过了一会子，珍儿机灵地想道：“只是哭又有什么用！”提起腿走出来，跑到贵他娘家里，隔着窗户听得贵他娘在炕上纺线，她喊：“干娘在屋吗？”贵他娘听得喊，停下纺锤，伸直脖子听了听说：“谁？进来吧！”珍儿跑进屋里，跪下磕头说：“干娘！我娘咽气了！”

贵他娘一时愣住，问：“什么？”珍儿说：“我娘咽气了！”

贵他娘是好人呀，放下纺锤走出来，走到珍儿家里一看。珍儿娘躺在炕上，已经没有声息了。贵他娘一时慌乱，很觉得为难。看珍儿这个苦命的孩子哭得悲切，心上也觉得酸酸的，走上去拍拍珍儿肩膀说：“孩子！光是哭有什么用？快拿出装裹衣裳，给她穿戴上，一会吊棺的人们来了，不好看哩！”珍儿摇摇头，张开大嘴哭着说：“没有，爹不在家，什么也没有。”贵他娘听得说，忙跑回家去，打发二贵到冯家账房里去找李德才，告诉他珍儿娘咽气了。二贵不去，庆儿去了。她又跑回来，拾掇堂屋，打扫灵床。

李德才听到这个噩耗，并不觉得怎么惊讶。他对他的家、他的女人早就不抱什么希望了。过去他也打算过怎样改善他的家境；扎挣着少用钱，默念朱子治家格言。可是，在冯老兰还没有完全吞噬了他的财产以前，要想浪子回头是万万不能的。李德才也走过一条弯曲的路，既然脱不开冯老兰的手掌，只有俯下头去，听从冯老兰的摆布。

李德才坐在椅子上呆了一刻，才弯着腰，提着大烟袋，一步一步走回家去。走过苇塘，一过朱老忠家小门，就听到珍儿的哭声。他觉得头皮有些麻木，停住脚站了一刻，眯缝上眼睛，张开鼻孔，深深地呼吸了两口气。到这时分，他无论如何也得走进门去，不的话有谁给她料理丧事呢？

他一步一步地走进大门，先看到的是满院子荒凉，院子里堆满了砖头瓦块，烂柴火叶子。墙底下尽长着草，风一吹刮得满院子草簌簌响着。珍儿的哭声也刺动了他的心，不由得流出两滴眼泪。因为是独门独姓，行事儿不好，又没有人缘，遇上婚丧喜事，也没有街坊邻舍来帮手，冷冷清清的。看见贵他娘从门外走进来，他只好罗锅着腰，走上台阶。贵他娘说："你看！人咽气了，还没有装裹衣裳，快到裁缝铺里去拿吧！"李德才回过头说："哪里拿得起衣裳，穿上旧的算了。"贵他娘说："那还行？珍儿这么大了，又不是装裹不起，不觉得寒碜？"李德才摇摇头，叹口气说："看着有这么几间房子，不过是个摆设罢了。唉！完了，神支鬼拨的，就算家败人亡了！"当然，他也明白，他就是败家的罪魁。他话虽然这么说，到底是要面子的人，转回头到大街上拿来一套新装裹。贵他娘忙给死去的人穿上寿衣，停灵破孝。

7

李德才送完了殡，埋完了人，冯大奶奶打发护院的老山头叫他。李德才擦去满脸灰尘，弯着腰，提着大烟袋，一步一步蹭上高台阶，走进上房，探进头去问："大奶奶喊我来？"冯大奶奶说："你进来！"李德才走进槅扇门，吸溜着嘴唇问："什么事？大奶奶！"冯大奶奶说："也没有什么大事情，你坐下，咱慢慢商量。"李德才坐在凳子上，拿起烟袋装烟，眯瞪眯瞪眼睛，捉摸不出冯大奶奶撅什么尾巴拉什么屎，悄悄地问："大奶奶，有什么事情，你吩咐吧！"冯大奶奶看李德才蔫头耷脑的，一下子笑出来，说："如今世界钱紧，利息也大了！"李德才一听，以为是借了她的钱，催他的文书借帖，他说："可就是，那天拿了一百块钱，还没写下把握。"冯大奶奶说："不止一百块……"

李德才说："当然我不能忘了，那天还拿过一百块。"冯大奶奶说："这个年头要是放着庄户土地，脊梁上背着账，太不上算了。"

李德才眨巴着眼睛听了半天，也听不出她是什么意思。冯大奶奶见他老是明白不过来，心里急痒，说："就像你吧，家里只剩下珍儿一个人，放着一大片庄户没人住，身上倒背得这么沉重。三分利，三年本利相停，还不够打利钱的哩！"李德才听到这里，他才明白过来，心上一时沉重，皮笑肉不笑地说："嘿嘿！那两间房，我早就想着哩，早就得归了你老人家。"他这么一说，冯大奶奶哗地笑了，说："我不在乎那几间房，是替你打算，怕你背账背苦了，是搁着房子背着账，还是卖了房子把账还清，哪头炕热，你自己挑吧！"李德才低下头，捋着胡子，左思右想，实在没有别的办法。除了这座房，再也没有别的财产。他仰起头，苦苦哀求说："你让我想想看！"冯大奶奶看他左右为难，思想上解不开扣儿，她说："你去想想吧！看怎么办才上算，是背着账，还是闲着庄户？"

李德才弯着腰，把手背在脊梁上，停了一刻，无可奈何地走出来。走到账房里，他想坐在屋里闷着头歇一会。看着他眼前使了多年的笔砚和老年账册，想起他目前的处境，他心上跳动不安，再也歇不下去，就一个人走回家去。走到门前，小门虚掩着，走进院里，静悄悄没有一点声音，死寂得厉害，他站在阶沿下出神。这座房子，他住了十几年，但他并不熟悉，自从搬到锁井镇，成日价呆在街上。房子不是他亲手盖的，他没有住在这里耕耘过土地，他对这座房子，没有亲切的感情。可是到了这刻，要把这座房子折账，他心上滚上滚下，好不难受。折了账会觉得轻松，可是从此再没有窠巢，好像乌鸦，成日里落在树梢上，哀婉地长鸣，伸起脖颈，听着日暮的蝉音出神，再也无家可归了。不折账又怎么办，冯大奶奶在逼着。于是，大奶奶的形象又现在他的眼前：肥胖的身体，大肚皮，像一个屠夫。一双大眼睛向外凸着，头上梳着个鸭尾巴，走起路来一颠颤一颠颤的，像是寺院里守门的煞神。这人说起话来嘴冷，骂起人来，爱嚼牙错齿。呆了一刻，院子里还是静静的，他叫了一声："珍儿！珍儿！"珍儿听得脚步声，从屋里走出来，用手抹着眼泪，把脊梁靠在门框上，也不看李德才一眼，低着头啜泣。李德才一看，又觉得心酸起来，他问："你吃了饭吗？"珍儿猛地抬起头，盯着李德才问："叫我喝西北风？"李德才说："你不会到街上去要口儿吃？"珍儿一下子扭过头来，说："什么？那么好当的花子？饿死算了！娘死了，我也不想活着了。"她说完这句话，就呜呜地大哭起来。

李德才弯下腰看着地上，呆了老半天，嗫嚅说："我想把这房子卖了，还还账，剩下点钱，好叫你做件衣裳，吃吃饭什么的……"珍儿冷孤丁抬起头来，问："什么？卖了房子叫我去住庙？"说完，又大哭起来。

李德才不想再说什么，他觉得没有什么可说的，就一个人奔奔坷坷地走出来。走过大街的时候，好像什么都没看见，他的两只眼睛昏迷了，走回来坐在账房的椅子上。冯大奶奶打发护院的老山头在等着他，老山头一看，吃惊地问："德才！你怎么了？"李德才打起精神，挣扎说："不怎么。"老山头说："不怎么，你的脸怎么发灰？黄得可怕！"停了一刻又说："你快去吧，老内当家的叫你。"

他实在不想进去，可是，又该怎么办呢？他又呆了老半天，像乏驴上磨，一步一步走进内宅，站在大奶奶门口。冯大奶奶问他："德才！你想过了吗？"李德才仰起脸，说："想过，想过了！"冯大奶奶紧迫着问："你想怎么办？"李德才见冯大奶奶逼得要紧，不容一刻工夫，就是像李德才这样的人也觉气愤，他气愤倒不是发脾气，却冷笑起来，说："庄户，写给你，我不要了！"冯大奶奶说："什么？房子不要了，恐怕还不够吧！"李德才睖起眼睛问："还不够？"

冯大奶奶说："当然啊，那座房子怎么能值二百块钱哩，还得搭上点什么东西。"李德才问："还要搭什么东西？搭什么？你想要什么？说吧！"一说要卖房子，他受了严重的刺激，好像锥子穿心。虽然很多土地都是由他一人卖出去，如今要是卖了房子，他就一无所有了。这时，他抬起头嘻嘻笑了一阵，就地脱下两只鞋，低下头用手翻过来，说："就这两只鞋底子了。"冯大奶奶看李德才半疯半傻的样子，说："怎么，放着你那标标致致的小闺女干什么？"李德才一听，身上激灵地冷颤了一下，想：她又想着我的闺女了！他张开无神的大眼，问："什么，你要珍儿？"这时，他觉得实在无可奈何，由不得流下两行眼泪，滴在衣襟上。冯大奶奶紧跟着说："快别难受，这完全是为了你自己。娘死了，闺女大了，一个人丢在屋里，你那么放心？我这院里还缺一个贴身的丫头，一早一晚的，你们父女还能见见面、说说话，有多好！这么一安排，你一家大小都有饭吃了。"

李德才一听，倒也觉得有道理。房子卖了，珍儿无家可归。再说一个闺女家呆在家里，又不放心，可是一想到"做丫头"，他还不愿意。在他的意识里，珍儿应该是"小姐"，如今只剩下"做丫头"的份了。他点了一下头，说："唔！叫我想想。"说着，他又罗锅着腰走出来，也没听到冯大奶奶在背后说了些什么话。走出冯家大院，他觉得没处可去，一个人走上大街，坐在酒馆里，喝了二两酒。喝二两酒，本来用不了多长时间，用手一掀，一抬下巴，咕嗒一下子就喝下去了。他却不，如今口袋里的钱已经有限，二两酒也是值重的。他又要了二两花生米，郑重其事地坐在桌子旁，细细地品着酒，咂着花生米，也不知道是什么滋味。一个人沉默不言，整整喝了半天。这时，他什么也不想，更不想卖庄户和珍儿的事。他不敢想，一想起来，比刀子搅心还疼。他正在酒馆里愣着，老山头又来叫他："冯大奶奶叫你哩！"这句话，比雷殛还响，在耳朵里嗡嗡叫了半天。他只好离开酒馆，走回冯家大院。冯大奶奶正在屋里等着他，当他刚刚坐在凳子上，冯大奶奶凸出两只大眼睛，问："你想怎么办？"

这时，李德才又想到：冯老兰倒是会办事，他不出面，倒叫冯大奶奶出面，使他无话可说，可是，他又不想离开冯家，他上了年纪，再也没有别的行业可做。于是他只得说："依着你吧！"一说要写文书，李德才又迟疑住。他曾逼人给冯老兰写过多少文书借帖，如今又轮到他的头上，他心上还是委决不下，实在难受。冯大奶奶说："想好吧，这也在你，谁也别勉强谁。"

李德才抬起头，想来想去，想了老半天，只得如此。他拿起笔，写了一张出卖庄户的文书。冯大奶奶是认识字的，拿起那张文书对着窗户看了看，又放在桌子上，说："你那点庄户，可不值二百块钱，添上珍儿吧！"李德才闭上眼睛，伸出舌头舔着胡子呆了抽袋烟的工夫，嗓子里唔了一声，下定了决心，写下了一张卖闺女的文书。十三岁的女儿，卖了冯家五十块钱。

冯大奶奶一看，笑出来说："穷秀才！谁也斗不了你，又亏了我五十块钱。"立刻开了钱柜，把五十块洋钱点给他，说："你敲敲吧！"李德才拿起洋钱，仔细看了成色，又一块块地敲过，听着那尖脆的金属的声音，他心上又轻松起来，慢吞吞走出房门。冯大奶奶赶出来说："论理说，一手交钱，一手交人。现在放你拿出钱去，随后你可要把人领进来。"

李德才走出冯家大院，走到十字街心，他想回去看看珍儿，却又不敢，他不忍心和她见面。他想到鸿兴饭馆去找找刘二卯，想个办法。可是，到这个节骨眼上，还有什么话可说呢？还是去酒馆吧。向着酒馆走了几步，他又走回来，踌躇了半天，一个人呆瞪瞪站在十字路口。最后，他还是想回到家去看珍儿，和她商量商量今后的日子，将怎样过下去。

这天，日头下去，贵他娘等金华做熟了晚饭，走过去看珍儿。院子里没有一丁点儿声音，黄昏的日影照着房檐。贵他娘走到房屋里，珍儿盖着夹被躺在炕上，贵他娘惊诧地说："我的闺女，不到天黑就睡觉？"珍儿并未睡着，听见贵他娘的声音，猛地从炕上爬起来，说："干娘！我才说去找你！"说着爬下炕去，磕了三个头。贵他娘扎煞[①]着胳膊，愣了一刻，说："你这是干什么？""有我娘的时候说过了，你是个好心人，叫我拜你做干娘，收下我吧！"

贵他娘愣了一刻，想：从天上掉下个干闺女？但是，当她想到珍儿的处境，和她年小的时候一样。没房没地，怎么过下去呢？……她觉得眼眶发酸，她说："走，跟我家去吃饭。"说着，拿起笤帚，扫了扫炕，又扫了扫地，说："看！也没个人给你把屋子拾掇拾掇，满院子都是一些个破补衬烂套子……孩子！以后就剩下你一个人了，院子要自己拾掇，屋子要自己打扫。走吧！吃了饭就在我院里睡。看，这么大院，你闺女家一个人，多么不好。"说着，她叠起一条褥子，拿上一个枕头、一条夹被，夹在胳肢底下走出来。走下阶台时，又说："你把门划上，

① 张开，伸开。

明儿我给你把院子、屋子扫扫，病人一连病了几年，怎么住得下去。”她领珍儿走回家里，说：“来！跟你大贵哥哥、二贵哥哥、你嫂子见个面，过去咱是两姓两家，从今以后，你们都是弟兄。你独门独姓，一个人呆在家里，我不放心，就在这院里过吧！”她盛上一碗饭，放在桌上，又搬个凳儿放下，说：“来，闺女！坐在这儿吃。”

金华也说：“大妹子！年轻轻的没了娘，怪可怜见儿。吃吧，吃吧，吃完了一碗，嫂子再给你盛上一碗。”

珍儿强睁开泪眼，看了看金华，表示感谢，拿起碗筷悄悄吃着。贵他娘看珍儿吃完饭，把珍儿的被褥铺在炕上，说：“你就在我这炕上睡，老头子不在家，晚晌你跟我说个话，也免得闷着。眼看你们家里也没有什么了，从今以后，你也别嫌俺家土房土屋，房院狭小。我是个粗人，不会说话。”珍儿说：“哪里？我娘把我托靠给你，我就当你亲娘看待。”她觉得遇上这样一个好心人，实在难得，由不得心上一热，又流出眼泪来。

当李德才走回家去的时候，门关着，家里一个人也没有。他想珍儿一定是到哪家邻舍赶饭吃去了。眼看天黑下来，他划个火去点灯，灯里没有油，点也点不着。他在黑影里抽着一袋烟，放身仰在炕上安静一下。这时他脑子里，再也停不住了：想起他老爹怎样辛苦地经营家业，又想起他既不能生息，又不能守业……一想到冯老兰和冯大奶奶的时候，禁不住寒噤起来，身上不住地颤抖。这时，他有些后悔，不该走进冯老兰的圈套，可是后悔也晚了，又有什么用哩？正在睡得糊糊涂涂，听得外面有人叫，仔细一听，是老山头。他伸起脖子，冲着窗子说：“在屋里，你进来吧！”老山头摸着黑影走进来，说：“你睡得倒好，老内当家的还没把肚子气崩了呢！”李德才一下子从炕上坐起来，问：

“她老人家又为什么生气？”老山头说：“她一跳八丈高，你赶快去吧！”李德才跟着老山头走回西锁井，一进冯家大院，听得冯大奶奶在内宅骂天扯地，正在吵闹。老山头说：“我把你叫回来，算交代了，你自己进去吧！”李德才蹑悄悄走进内宅，说：“大奶奶！我回来了。”

冯大奶奶猛地从屋里闯出来，瞪出两个大眼珠子一看，没有珍儿，伸出手指戳着李德才的眼眶说：“怎么不给我领进人来？”李德才一见冯大奶奶这个架势，麻沙着嗓子浅笑两声，说：“何必生这么大气，我给你去叫她。”冯大奶奶说：“迟一刻都不行，好好地给我领进人来！”立刻叫老山头跟着李德才上东锁井去叫珍儿。李德才和老山头，走到十字大街，老山头说：“你算捅下马蜂窝来了！”李德才说：“那有什么办法，咱花了人家的钱。”从此再没有话说，两个人合紧嘴，默默无言地走过苇塘，进了李德才的家，还是没有一个人，还是那样寂静无声。老山头划着洋火，走到北屋看看，又走到东屋、走到西屋看看，找不见珍儿，连一个人芽也没有。他啧着嘴说：“看，怎么办？”迟疑了半天，他抬起头想：“她上哪儿去了？”真的，他想不到是上贵他娘家去了。老山头两腿圪蹴[①]在炕沿上，为李德才作难，说：“看情势，你今天交不出人来还许受点罪。”李德才屈声哀告地说：“那，又有什么办法？你替我央恳央恳。”老山头说：“走吧，回去试试，不准怎么样！”

当李德才和老山头走到冯大奶奶面前，还未开口，冯大奶奶就开了腔，像连珠炮一样喊：“怎么？花了我的钱，不给我人？你要明白，白纸黑字，你给我写下了文书。”李德才在黑影里，眯瞪眯瞪眼睛，说不出什么，转着眼珠子想了想：“嗯？她别投

① 蹲着。

河自尽了！”真的，要是珍儿投河自尽了，就又成了大问题。立刻叫了老山头到河边、到井里去打捞了半天，也捞不到。只好呆呆地走回来，冯大奶奶又逼着李德才说：“嗯？她钻到哪个王八窝里去了，你给我脱了衣裳，到东锁井去骂。”

李德才在冯大奶奶的逼迫之下，只好闪去了褂子，装得气势汹汹，拍着胸脯向外走。冯大奶奶又把他叫回去，说：“你脱了裤子去羞臊他们。”李德才咧起薄薄的嘴唇，哭声说：“咳！那怎么见人呀？”冯大奶奶把眼一瞪，说：“你还有脸见人？连自己亲闺女也管不住，叫她绕世界疯去。”老山头跟冯大奶奶说了半天好话，讲着情，才允许李德才穿着裤子，跟老山头走出来。李德才光着脊梁，在黑影里深一脚浅一脚地走到东锁井。一上土坡就开腔：“小珍儿！你钻到哪个王八窝里去了……谁家窝着我的人口，你给我撤出来……”

夜将深了。李德才在东锁井街上骂来骂去，这时珍儿还没睡着，小人儿耳朵尖，她听得清清楚楚。不由得身上一激灵坐起来，拍着贵他娘说：“干娘！你听，谁在大街上骂？”贵他娘伸直脖颈愣了一刻，听得是李德才的声音，她说：“好闺女！你甭动，等我出去看看。”她披上衣裳，走出槅扇门。出门一看，老山头打着灯笼，李德才光着膀子，掰瓜露籽儿才骂哩。贵他娘三步两步走出去，问：“你们骂的什么街？”李德才一看是贵他娘，说：“骂窝着我的人口的。”贵他娘问：“谁窝着你的人口？”李德才说：“谁要是窝着我的珍儿，我就骂他是拐带人口。”贵他娘说：“珍儿娘临死托付与我，珍儿就在我家！”

李德才听见说，还是破口大骂，并说：“如今珍儿是冯家的人，你不能给我窝着。窝着我就要骂！”贵他娘一时气愤，说：“你可不能走……”一句话没说完，转身向家走，一进大门就喊："大贵！二贵！李德才骂到咱的门上来了，你们去给我揍他！"大贵正在屋里炕上睡觉，听得娘喊叫，一下子从炕上蹦起来，从小棚子里叫出二贵，小哥两个，两手卡着腰，晃着肩膀走出大门。街坊四邻，在深更半夜里听得有人在街上吵嚷，都从家里走出来，站在大街上看。大贵两手撑着腰走上去问："你骂谁？"李德才说："我骂窝着珍儿的。"大贵说："李德才你来看……"他又跑回家去，拉出珍儿，说："你敢捅珍儿一手指头？"李德才闯上来夺珍儿。贵他娘大喊："大贵！二贵！不能叫他夺走珍儿，你给我揍他！"朱大贵走上去，一把抓过李德才的胳膊，翻身拧在脊梁上。二贵跑上去，照准李德才的脊梁，唧唧就是一拳。李德才咬住牙根大骂："朱大贵我日你姥姥！"贵他娘又喊一声："你们给我狠打！"

大贵和二贵，伸开拳头三上四下，像擂战鼓一样，照准李德才的脊梁捶起来。老山头才说上手去拉，不知是谁伸过脚去踢掉他手里的灯笼。在黑影里，也说不清有多少只拳头打李德才的脊梁，有多少只脚踢到李德才的身上。人们哇啦哇啦喊着："打呀！打呀！"整个东锁井，闹得翻江倒海，实在热闹。到了这刻上，大贵他娘并不胆怯。她虽然是个女人，但和朱老忠一起同甘苦共患难，过了这些个年，经了多少场大小事故，锻炼的性格更加刚强，阶级仇恨在心上烧得正旺。如今敌人又骂到门上，她心上一气，问珍儿："珍儿！珍儿！你还要你爹呗？"珍儿说："他浪荡梆子，当了冯家大院的狗腿子，一点人性都没有了，要他干什么？"贵他娘听了珍儿的话，跺脚大喊："大贵！他比个吃屎的狗都不如，你给我把他扔到黑水潭里去！"

大贵和二贵听了母亲的话，真的把李德才从人群里扯出来，一人卡住他的脖子，一人攥着两条腿，抬到水塘边上。看热闹的人们拥拥挤挤，在后头跟着。朱大贵问李德才："你还骂不？"李德才以为有冯家的仗恃，嘴上更加强硬了，说："我还是骂。"贵他娘说："甭问他，你们给我把他扔下去！"二贵问："娘！娘！真的扔呀？"贵他娘说："吃人肉喝人血的东西，要他干什么，扔下去！"

这时，李德才才软下来，挣扎着身子，说："我不骂了，我不骂了！"贵他娘说："不骂也不行，扔下他去。"二贵摁着李德才说："你叫个亲爹算拉倒。"李德才真的叫了一声亲爹。贵他娘说："叫亲爹也不行，扔下他去！"

这时，全村看热闹的人们都哈哈大笑，呐喊起来。趁着喊声，朱大贵伸直胳膊从地上抓起李德才，举起头顶，双脚跳起，大吼一声："去你娘的！"扑通的一声，把李德才扔进深水潭里，溅起挺高的泡沫。老山头见把李德才投进水塘，扑身跳进水里，一个猛子扎进水底，去寻李德才。在深沉的夜晚，大贵二贵把李德才扔进水潭的声音，传得那样快，那样远，惊动锁井全镇。老头儿、老婆婆、大人、孩子，都从炕上爬起来，走出大街来看，成了一件了不起的大事情。

贵他娘把珍儿拉回家里，叫珍儿站在灯前，上下看了一遍，说："孩子！我为你闯下祸了！"珍儿睁着两只泪眼，看了看贵他娘，又噗噜噜地落下泪来。贵他娘说："事到此刻，你也别难受了。走，咱们到明大伯那里去，请他老人家出个主意。"珍儿也不说什么，悄悄跟在贵他娘后头，走到村北大黑柏树坟里。朱老明正在大杨树底下默默地站着，抽着烟听着村里人喊狗叫，在揣摩出了什么大事情。听得有人走近，他问："是谁呀？"贵他娘说："是我，大哥。"朱老明从嘴上拿下烟袋，眨了眨眼睛，问："听得有大贵二贵的喊声，我才说进村去看，又出了什么事情？”贵他娘说：“大贵二贵把李德才扔到水潭里去了。”朱老明听了这句话，不由得倒抽一口气，皱紧眉头，口吃着嘴急问：“什么？”贵他娘连忙跑过去，扶住朱老明，说：“把李德才扔到大水坑里去了。”朱老明仰起头，举起两只手，对着天上，抖着说：“天哪！好，你干得好！”贵他娘说：“又有什么办法，他要把我干闺女推到火坑里去，我不干，他就在大街上跳着脚噶咧我。”朱老明问：“谁，谁是你的干闺女？”贵他娘说：“珍儿。”

听了这话，朱老明站在地上，把烟袋含在嘴里，半天不说话。在他们的生活历史上，跟地主阶级做了多少次斗争，打了多少次官司，但还没有这样大胆过，他心上又惊又喜。抽完了这袋烟，把烟锅磕在鞋底上，说：“好，你女人家行事，倒挺有胆略。这人为非作歹，扔在水潭里也应该。可是，这不是一件小事，我们还得做个打算。”说着，朱老明走回小屋，摸着火柴，点着龛里的小油灯。

贵他娘拉着珍儿走进明大伯小屋里，说：“求大伯指教吧！这是救人急难的事情。我为这闺女，闯下这么大的祸，连累了你。”说着坐在炕沿上，珍儿在屋子地上站着，哭泣着，用手抹着眼泪。朱老明静默了一刻，慢搭搭地说：“老忠兄弟不在家，就闯下这么大的事。你们就不想想，李德才是冯老兰的红人儿；李德才的所作所为都是代表了冯老兰，他能跟咱善罢甘休？李德才死了倒好，要是死不了，就要和咱敌对一辈子了！”说到这里，贵他娘也觉得事情做得莽撞，但她并不害怕，说：“大哥！你也别为难，我一时性急，没有跟你商量，就做了这么大的事情。没有别的，我叫大贵跟他们去打人命官司！”朱老明左思右想，老半天才说：“也说不一定，要是李德才真的死了，冯老兰也许就要借机下手，要咱朱家家败人亡。”贵他娘说：“这么着吧，大哥！你甭管了，我一个人当着，我修下这个干闺女，不能眼睁睁看着把她推到火坑里。”朱老明说：“你不能那么说，你要那么说，就小看我朱老明了！你要知道，冯老兰向来把我们看成眼中钉，他要是不抬起手来，说什么咱也过不去。”贵他娘问：“那可怎么办呢？”

朱老明说：“沉沉再说，李德才死了是一个办法，死不了又是一个办法……”说着，他抬起头来，又在沉思。

夜深了，贵他娘领着珍儿，从朱老明那儿走回来。两个人在黑暗中走着，天上星光迷离，天色昏暗，像要刮风。一边走着，贵他娘说：“珍儿！你看，我们活得多么难呀！”珍儿不说什么，只是用袖子捂着嘴，呜呜地哭。贵他娘停了一刻，又说：“珍儿！我看，你还是跟着你爹去吧！跟俺穷人过活有什么好处？”贵他娘这句话还未说完，珍儿跑了两步，咕咚地跪在贵他娘面前，说：“干娘！俺娘死的时候，明明白白把我托靠给你，死活我是跟你一辈子，你不答应我就不起来。”贵他娘向前扶起珍儿，用衣襟给她擦着眼泪说：“可怜的孩子！小小年纪没了娘……”她又想起自己：娘死的时候，她也只有珍儿这么大……一想起来，噗噜噜落下泪来，说：“苦命的孩子！起来，跟娘家去。”贵他娘走在前头，珍儿跟在后头。贵他娘又说：“从今以后，跟着穷娘，你有这个决心？”珍儿说：“有！”贵他娘回转头来，弯下腰，在黑暗中又仔细看了看珍儿的脸，说：“多好的孩子，从今以后，你要听娘的话。”珍儿说：“是！”贵他娘说：“你既然肯跟着穷娘，就该有胆量跟冯老兰打这份人命官司。从今以后，你虽然是个闺女家，也要硬气，跟大贵二贵一样。”珍儿说：“是，跟哥哥一样。”贵他娘说：“叫你打，你就打。叫你骂，你就骂。”珍儿说：“是，听娘的话。”

两个人一边说着，一边走着。这时，她又想起朱老忠，着实想念：老头子也该回来了，要是有他在家，用得着我这样流星拨拉的？贵他娘和珍儿，说着话走到小门口，开门进去。伍老拔、朱老星、春兰他们，都在屋里坐着。朋友家出了大事情，都来关心探望了。

8

冯老兰在屋里坐着抽烟，单等李德才的消息。听说朱大贵哥们把李德才扔到水潭里，他大吃一惊，心里想：他们豁出去了，竟敢这样大胆！扭头对冯大奶奶说：“女人办事总是这样，一个小妞子，你要她干什么？也值得费这么大的争竞？”冯大奶奶凸出大眼珠子，瞪着冯老兰说：“有屁不早放？你又有理了。”冯老兰说：“李德才要是死在水里哩？”冯大奶奶说：“死的是该死，这一来朱家就家败人亡了。”冯老兰挥起一只手说：“算了吧，那妞子咱不要了！”冯大奶奶说：“什么？你不要我要，死不了就是我的人了，有钱买得鬼上树！”

正说着，有人喊：“老山头把李德才背回来了！”冯老兰踉踉跄跄走到场院里一看，李德才伸开四肢躺在槐树底下，两只手搂着大肚子乱哼哼。冯老兰打发老山头在大槐树上挂起一盏泡子灯，照得满院子灯明彻亮。本来李德才的肚子是很瘪的，像晒干了的南瓜；如今喝的水太多了，撑的大肚子像锅一样圆，嘴里吭吭哧哧，痛得摇头摆尾。老山头见冯老兰走出来，说：“这怎么办？快把肚子撑崩了！”

冯老兰站在一旁直啧嘴，左看看，右看看，说："这还不好说！"他把一只脚蹬在李德才的大肚子上，好像踩着一个木滚，前后滚着。李德才觉得疼痛难忍，咧起大嘴咳呀咳呀地叫喊，可是肚子里的水连一点也吐不出来。冯老兰急得不行，用手拄着拐杖，蹬上一只脚去，索性把后脚也欠起来。李德才瞪圆了眼睛，用力撑着肚子，张开大嘴喊："咳呀！我好难受呀！"冯老兰见这也不是办法，说："把他脑袋朝下吣吣！"

老山头从屋里搬出个圈椅，把李德才腿朝上头朝下吣在圈椅上。吣了半天，还是吣不出水来。李德才瘪皱的老脸上流着汗，咧开大嘴，爹呀娘呀地叫个不停，肚子更加疼痛难忍。冯老兰说："去拿擀面杖来！"老山头跑到里院厨房里，拿出一根擀面杖，冯老兰和老山头把擀面杖按在李德才的肚子上往下擀。老山头把擀面杖在李德才肚子上一轧，往下一碾，哇的一声，一股黄汤绿沫从鼻子嘴里冒出来，哗哗地往外冒。李德才咧开大嘴，伸直两只手推着擀面杖，他觉得肚子里像刀割一样疼痛。冯老兰问："你觉得怎么样？"

李德才咧开大嘴，颤着薄嘴唇说："喝的水多了……"眼里流着泪，哭出来说："不行呀！疼呀！"他撑开两只手，用力推着擀面杖，不让老山头再擀他的肚子。咧开大嘴，咳呀咳呀地叫着，实在难忍。冯老兰又叫老山头把他放在条案上，拿了他家头号擀面杖来，用力轧他的肚子。冯大奶奶颦蹙起脸，说："慢点！慢点！你们把他折掇[①]死了怎么办呢？他欠咱二百五十块钱，只铺下一张文书，房和人还没到手！"冯老兰生气说："女人家，短见识！把他肚子里的水轧出来就好了。"冯大奶奶着急说："要是轧死了呢？"冯老兰说："哪里？他总比一头牛搁

---

① 折磨。

折掇！”

老山头用擀面杖碾着李德才的大肚子，冯老兰把袖子捋到胳膊肘上，有力地伸出两只手，在李德才肚子上乱摁。绿色的苦水，从鼻子嘴里流出来，流在条案上、地上，满院子酸臭难闻。吃顿饭时间，那个锅大的肚子就瘪下来。长工和短工们，围在槐树底下看着，用手捂着鼻子，咯咯地笑个不停。冯老兰回过头来骂：“妈的！少见多怪！”把他们都轰跑了。

李德才吐完了肚子里的水，再也不睁开眼，只是躺在地上乱哼哼，而且越哼哼声音越小。冯大奶奶又着起急来：“看，光自把他摆布死了！”冯老兰说：“哪里，他死不了；想了个便宜，才把家业糟完就死去，省下那些穷罪叫谁受？”冯大奶奶说：“他还有后代呀，叫珍儿替他受。”

说着话，李德才又哼哼了两声，冯老兰伸出长毛毛的手指，扳开他的眼睛，说：“穷秀才！你可不能死，你的寿数还没有终，咱们还得搭几十年的老伙计！”说着，把胳膊搭在李德才肩膀上，亲亲热热地搂着他。李德才真的睁开眼来，打了个舒展。冯老兰笑了说：“去给他做点好吃的，他还得好好活着。他给咱说合拉纤做了不少好事情！”冯大奶奶说：“是呀，我好好给他做一碗面汤来，还打上两个鸡蛋。”

李德才把水吐完了，吃了那碗面，冯老兰扶他慢慢走进账房，躺在炕上睡了一大觉。第二天早晨，他才醒过来，用手扳着膝盖坐起来，睖着眼睛看着窗外。大场院里静得不行，长短工们都下地了，早晨的阳光，照在树梢上，几只野雀在枝头聒噪。他垂着头看着桌子上的笔砚算盘，他用这些家伙，不知为冯老兰收入了多少银钱，拉了多少年硬套，如今他也落得房无一间地无一垄了。最无良心的人，对于自己的私事，也会想出道理。他用手捶了几下胸，伸出两只手掌长叹一声："咳！我李德才算完了！"直到如今，他才承认，河山虽好，不是自己的。一时气愤，想跺一下脚走出冯家大院，拉起珍儿去游走四方，去找寻自己生活的道路。想到这里，他心上真的豁亮起来，返身从炕上卷起他的被褥，夹在胳肢底下，就往外走。一出门，才说三步两步跨出梢门，冯老兰正在槐树底下站着，听着屋里的动静，看见李德才夹着铺盖，溜鞧着步儿走出来，三步两步闯上去，瞪出黄眼珠子，撅起胡子说："你要逃跑，行！你把房和人交到我的手里，然后离开我冯家大院！"李德才浑身一哆嗦，把铺盖掉在地上，弯下腰笑着说："哪，哪里？我敢？"冯老兰走前一步问："你想干什么？"李德才说："珍儿走了，家里没有人，家家伙伙无人看管，常说破家值万贯哩，叫人随便拾掇了去我心疼。我守着家去睡。"

李德才是个聪明人，他的两片薄嘴唇，能把死人说活，把活人说死。可是今天，无论怎么说，冯老兰还是不信任他，说："哼！你豆腐嘴刀子心！"又大声喊叫："老山头！老山头！"等老山头颠着屁股跑到跟前，他说："去！把他看起来，他要走了，唯你是问！"老山头说："是！"又对李德才说："这就是你的不对了，大贵把你扔到水潭里，我拼着死命把你捞上来，还不为主家出力，倒想逃跑。"李德才蹑悄悄弯下腰，抱起铺盖夹进屋里，往炕上一扔，眼泪唰地流下来，拍拍膝盖说："唉！我胡思乱想什么哟！"老山头说："谁知道你呢？"李德才垂下脑袋，瞪直眼睛，伸直两手拍着大腿，说："咳！我还不如吃屎的孩子。我，连鸡狗都不如。"

老山头说："珍儿窝在朱老忠家里，你不跟他干，倒想……"老山头对李德才说这句话，倒不如说是为了叫冯老兰听的。冯老兰果然听见了，三步两步闯进来，拍着屁股说："你想投奔朱老忠去当共匪！"他这么一说，李德才把脑袋一拨楞，撅起胡子冲着冯老兰说："老当家的！你这么说？我豁出我的老命去剿灭他们，跟他们干到底，我知道他们跟你老人家打过三场官司，反过你老人家的割头税！"冯老兰说："大贵霸占你的闺女，不是给你脸上抹灰？早就该这么办，你有这个胆量？"李德才说："胆量是随身带着的，我李德才念书知礼，还能怕了那些庄稼百姓？"冯老兰说："好，你要是这么办，今天这件事情算是过去了，看你的吧！"随后对老山头说："看着他！"就家去了。

李德才坐在椅子上，低着头盘算，他想不出这件事情应该怎么办。那一头，他惹不起朱老忠；这一头，他惹不起冯老兰。珍儿藏在大贵家里，他从哪里去找？如今，老山头把他看起来，投河死不了，上吊也不能。

这天晚上，冯老兰把李德才和老山头叫到内宅，说："去，先跟穷小子们要账！"李德才问："跟谁要账？"冯老兰说："跟朱老星和伍老拔，他们跟朱老忠是一个窝里的泥鳅，他们几个人穿一条裤子，一个鼻窟窿里出气。"李德才说："可，我哪里走得动？"冯老兰说："叫老山头架着你，放开胆子，说骂就骂，说打就打，脚底下刨钱。"

这时候，天已经黑下来。老山头架着李德才的胳膊，一步一蹶离开冯家大院，到东锁井去。他们从朱老星家走到伍老拔家，都是逼着死命要账，不给就叫去坐班房。朱老星和伍老拔都是直声的：要命有命，要钱没钱。要了半夜，也没要到一个钱，只得走回西锁井。在路上，李德才对老山头说："兄弟！你看今日个老当家的叫我过去吗？"老山头说："过不去也得过去，穷小子们，一个个都是蒸不熟煮不烂的东西。你跟他们要钱，他还想跟你拼命呢！”说着，走到冯家梢门口，李德才又停下脚，说：“我不想进去。”老山头说：“怎么？你没要回账来，得跟老当家的交代一下。”李德才蔫头耷脑说：“跟他说也听不了好气儿。”又抬起绝望的眼睛，看看天上，说：“我好像活到头了。”老山头说：“怎么？你想死？你的罪还没有受完，想得那么便宜！他是咱的主子，过了这个村，还没这个店哩！咱这辈子只有啃他了，谁养活咱？”

老山头砸开梢门，拉着李德才进去。李德才拉着后鞧[1]一步步往里走。走进上房屋里，没等开口，冯老兰从椅子上站起身来，问：“要上账来了吗？”老山头说：“他们不给！”冯老兰把眼一瞪，问：“不给？”老山头说：“朱老星说：‘不给定了！要命有命，要钱没钱。’”冯老兰问：“伍老拔呢？”老山头说：“他说的更不好听，说：‘除了把我煮煮，撕了拆骨肉吃了，穷得不行，哪里有钱还账？’”冯老兰气得立时耷下脸，发起紫来，黄着眼珠子说：“他们一个个都这么厉害？李德才！你看怎么办？”李德才头也不抬，唔唔哝哝说：“他们不给钱，我有什么办法？”冯老兰把脚一跺，像打个霹雳，说：“有的是办法，看你敢干不敢干！”李德才说：“到了这份上，我敢不干？为了……为了你老人家，我，我，我家败人亡了！”说着，直想哭出来。冯老兰说：“既是这样，好汉不吃眼前亏，在锁井镇上，你不是一名白丁。去，你死在朱老忠家门上，看我叫他好好埋殡你，一下子就坑了他的家了！”李德才一听，小腿肚子立时发起抖来，弯着腰，仰起焦黄的脸，哀求说：“死？叫我去死？”冯老兰说：“看你那个没血没肉的样子，你活着干什么？房无一间地无一垄，闺女叫朱大贵霸占着，有什么脸面见人？”李德才暗

① 尽量拖在后面。

暗抽泣说："好死还不如歹活着！"冯老兰大声喝着："你还想不通？活着也是受罪，死了干净！"

李德才到了此刻，真的想到：与其这样活下去，还不如死了，躺在九泉之下，倒也安静。可是一想到死，他像有多少冤屈，泪水就像泉流一样涌出来。两手拍着膝盖，说："咳！人穷了，活着干什么？死，死吧！叫我去死吧！"冯老兰一听，哈哈大笑。叫冯大奶奶立时端上酒菜，说："你们俩吃个饱，喝个足，完成一件大事。"

老山头一见酒菜，狼吞虎咽吃起来。李德才可是吃不下，他不知道冯老兰葫芦里装着什么药，是故意吓唬他，还是真的拿他当鸡蛋去碰碌碡[①]，做陷害朱老忠的枪手？老山头偷眼看了看李德才，说："你吃！吃了再说。"李德才也偷眼看了看老山头，摇摇头不敢吭声。老山头说："你吃吧！不吃也是白不吃！"冯老兰拿了一条绳子来，扔在地下：说："吃饱了喝足了，你到朱老忠门上去上吊！"他这么一说，李德才停住筷子呆得像木鸡一样，浑身打起哆嗦，偷眼看了冯老兰一眼，抖着嘴唇说："真叫我去死？"冯老兰说："你不去怎么办？去也得去，不去也得去！"他把脸孔板得像铁片一样。

李德才到了此刻，知道逃不过这一关，把筷子在桌上一拍，硬着胆子说："跟他干！再过几十年，就又长成这么大了。"说着，大口喝酒，大块吃肉。两人吃过酒肉，老山头拿起绳子，背起长枪，架着李德才走出来。这天是个夜黑天，黑得对面不见人影。出门时，冯老兰对老山头说："你拉着他点，他走不动。"一面走着，老山头说："你这真是摸着好路了。"李德才长叹一声，说："咳！我这一辈子，好衣裳也穿过了，好东西也

---

① 也叫石磙，农具名。圆柱形，用石头做成，用来轧场或轧地。

吃过了。当过财主，享过人间的大福。到了如今，也算是死而无怨了！”老山头说：“哼！你死而无怨，朱老忠可要倾家败产呢。”两个人摸着黑路，偷偷摸摸走过苇塘，上了坡，摸到朱老忠家小门口。门楣低，摸了半天，摸不到挂绳子的地方。老山头低声说：“没有地方挂绳子。”李德才说：“我看挂不上就算了。”老山头说：“那不行，老当家的得骂我无能。”李德才生气说：“你就说挂不上绳子。”老山头说：“挂不上绳子也不要紧，把门槛上钉上个木橛子，我得把你这一辈子结束起来，不然回去要挨骂。”

两个人正在小门底下鼓鼓捣捣，从屋檐上探出个头来，粗声闷气，像雷鸣一样大喊一声：“谁！看砖！”说着，抡下一块大砖来，嗡楞一下子，从李德才脑门上飘过去，吓得李德才抱起脑袋叫了一声：“我娘呀！”连爬带跑，滚下坡去。老山头抬头一看，有人站在屋檐上，又抡下一块砖来，不由分说，咕咚咚地跑开了。

朱大贵的喊叫，引起村落上一阵犬吠声。朱老明、朱老星、伍老拔正在屋里坐着，念叨李德才要账的事，商量怎样对付冯老兰，听得大贵在房上喊叫，一齐跑出来看。朱老明问：“大贵！大贵！怎么了？”朱大贵站在房檐上说：“我正在房上瞭哨，看见来了两个人，在门底下嘀嘀咕咕，一定是想偷咱的门。”朱老明摇摇头说：“不会，不会，哪里有偷门的？一定是到门上来寻死上吊，叫咱吃官司，快去看看！”

二贵走出去开了门，贵他娘拿了个灯亮来照了照，看见门前有一支长枪，一条绳子。二贵说：“一定是砸明火的。”朱老明又摇摇头说：“哪有上咱家来砸明火的？他砸什么？”二贵说：“一定想偷咱的猪，或是想偷咱的鸡。”朱老明说：“他也不偷你家的猪，也不偷你家的鸡，那不是别人，是李德才。他来寻死觅活，要咱朱家门里倾家荡产。要账是假的，他们狐假虎威，要把珍儿夺出去。”朱老明说到这里，他又想到：阶级斗争就到了热火头上，越来越尖锐了。他缓缓地摇着头，捉摸今后的对策。

朱老星和伍老拔也低下头，左思右想，怎样应付这个艰难的局面，心里直觉作难。贵他娘说：“大哥！甭作难了，咱不怕他们了，豁出来叫大贵去跟他打官司吧！”朱老明慢吞吞地说：“事情不是那么简单，一切都在其次，日本兵就到了脚下，革命工作要紧，还得往长处着想。”

9

为了应付这个艰难的局面，第二天上午，他们不去打短工，也不下地，在朱老明的小屋子里，召开了党支部会议。真的，农村形势，在大革命的年代里，在反割头税的年代里，都没有这样紧张过；日本鬼子来了，阶级敌人还不叫松一口气。朱老明直觉作难。他叫大贵在老坟前后巡风瞭哨，和严志和、朱老星、伍老拔，坐在屋里的小炕上开会。朱老明盘腿坐在炕沿上，伸长脖子抽着烟，慢搭搭地说：“自从反了割头税，咱村建立下支部，村里工作一历历上升了。如今连续出了几桩事情，我们都牙对牙眼对眼地做了斗争，没个结局，大家商量商量，看是怎么办吧！”他合紧眼睛，一字字讲着，分析了乡村形势，但一讲到对策，他又停下来，说：“忠兄弟不在家，我觉得肩膀上太沉重，要是他在家，哪里用着我发这个愁！”说着，扬起头，听着坟前一起一落的蛙鸣。

严志和为了江涛的事情急病了，听说今天开会，拄着棍子走了来，躺在朱老明的炕头里，趴着小枕头抽烟。他脖子瘦细了，眼窝也塌进去，看朱老明实在作难，抬起头一字字地说："真是形势逼人呀！"他谈到这里，就不再说下去。运涛入了狱，江涛又入了狱，他心上说不出的难受。如今形势紧张，还不知落成什么样子。窗外有大杨树遮着，小屋子里光线很是阴暗。他们木木地呆着，小屋子里气氛沉闷下来。人逢喜事精神爽，心中有事瞌睡多，不多一会工夫，不约而同地迷糊起来。朱老明听人们半天不说话，他静不下去，才唔哝说："到了这个节骨眼儿上，不论多么大的泥水，反正不能窝住车，大家一齐使把子劲吧！"

伍老拔说："如今阶级斗争就像烧开锅了，大火烧着，锅里的水煮得咕嘟咕嘟地响。"

几十年来，他们经过几次重大斗争，都有些经验了，绝不能轻举妄动，冒冒失失，使工作再受到损失。商量来商量去，左思右想，一个个愁眉苦脸。朱老明抬起头，看着天上不吭声。正在这时，朱大贵在门外粗声闷气喊了一声："我爹回来了！"严志和听得说，翻身坐起来，扒着小窗户往外看。朱老星也爬过去，跟严志和挤着往外瞅。伍老拔以为出了什么事情，拨楞地从炕上站起来，跑过去趴在朱老星和严志和身上，三个人挤着往外看，三个脑袋一齐钻。伍老拔瞄见朱老忠一点影子，从高粱帐子里走出来，更加着了急，抬起脚咔嚓的一声，踹断了窗棂，在朱老星身上一挺，三个人同时蹿出窗户，脑瓜朝下，爬滚在地上，由不得哈哈大笑。朱老忠走到跟前，闪披着褂子，迈着矫健的脚步，古铜色的脸和古铜色的胸膛上放着黝黑的光亮，扎煞着满腮长胡子。一见三个人的样子，弯下腰两手拍着膝盖大笑："你们这是玩什么把戏？"

这时三个人才从地上爬起来，伍老拔说："我们想你想的。你再不回来，我们就要憋出尾巴来了。"说着，拽起朱老忠的胳膊，大家围随着走进小屋。

朱老明一听，哈哈大笑了，说："你看，说着关公关公就到了！"

严志和拍着朱老忠肩膀说："大哥，你可回来了，你不在家，我们肚里就没了主心骨儿。"

朱老星说："大哥不在家，有谁来择这一团乱线头子？"

伍老拔说："好像一团乱绳子缠住我们的脚，想前进一步也不行了！"

大家又说又笑，一时高兴。朱老忠回来，好像给严冬带来了春天，好像旱天逢甘雨，小屋子里立时豁亮起来。朱老忠这次回来，显得身子骨结实，手脚硬朗，天气正热，走了两天的路程，身上像腾着一团火。他拿起朱老明吃饭的大黑碗，弯腰从半截破水缸里舀起一碗凉水，仰起头咕嗒咕嗒地一下子喝下去，哈哈大笑说："好！先浇浇心火！"说着，一屁股坐在炕沿上，拽过朱老明的旱烟袋，搁在嘴里吸着，说："来吧！有什么发愁的？兵来了将挡，水来了土屯，出水才看两腿泥哩！"

朱老明说："大兄弟嘴上总是说着这么一句话，没有你这金刚钻，谁敢揽这个大瓷缸？"

朱老忠说："日本鬼子来了，冯老兰家大业大，他才发愁呢。咱们一身轻巧，把两个脚跟一提算是搬了家了，发的什么愁？"

朱老明说："看你出去几天，像是隔了几年。"伍老拔也说："出去这么几天，不知道人们多么想你，想得连鼻子眼儿都合不上。"朱老星也眯眯笑着说："左盼右盼，总算把你盼了回来！”朱老忠出去的时间并不长，可是人们总是有久别重逢的心情。朱老明把春兰和严萍在千里堤上放牛割草、李德才拉坏了春兰家牛鼻子、老驴头在冯家大院门口骂了街的事情说了说。朱老忠仰起头哈哈大笑，说："好！好！骂得好！骂得痛快！"朱老明又把珍儿到了大贵家里的事情说了说，说到冯老兰逼着李德才要人，李德才在大贵门口骂街，大贵把李德才扔到大水坑里，朱老忠说了一声"好！"老半天也不说话了。听到李德才开始到朱家门上来寻死觅活，他想：斗争到了这个节骨眼儿上……

朱老忠合紧嘴摇摇头，半天不吭声，他明白，斗争形势到了火候上。心里热血滚上滚下，像一团怒火烧着。他踩跶着脚，转着眼珠想了半天，才破开响亮的嗓音说："乡村形势和全国一样，斗争更加尖锐了，反动派调动了大兵，对苏区进行第四次'围剿'。蒋介石讨好日本帝国主义，一面进攻苏区，一面'镇压'抗日。十四旅包围了第二师范，闹了'七六'惨案。十几个同志当场被杀，三十多个同志被捕了。江涛他们都陷在监狱里。"讲着，他有些气愤，鼓动得胸脯一起一伏。

朱老忠一说，朱老明、严志和、伍老拔、朱老星，一齐低下头去，沉默了老半天。他们不约而同地为死去的同志们志哀，为被捕的同志们祝祷，盼他们在黑暗的监狱里身子骨儿结实，顶得住敌人的严刑拷打。这时，窗外远远传来树林里一片蝉声，聒噪得难耐。当朱老忠谈到他用洋车拉着张嘉庆脱险的时候，伍老拔一下子从炕上站起来，把大拇指头一伸，说："好样的！有勇有智，你算是鸡群里的凤凰！"

朱老忠也拍拍胸膛说："到了困难的时候嘛。在这刻上，不智也得智，不勇也得勇了，能在阶级敌人面前出丑？不过，说来说去我们都上了几岁年纪，老了！"

朱老星喷红了脸说："别说老了，咱一辈子都是斗争过来，黄忠人老刀不老！"说着，满屋子人们都仰起头哈哈大笑了一阵子。

说着笑着，抽了一会子烟。朱老明不说不笑，缩着脖颈呆了老半天，才说："咳！天大的灾难，这就要来了！"

这时，朱大贵从墙角里走出来，问："还有什么更大的灾难，这个灾难还小吗？"

朱老明说："自从反了割头税，咱这里安上交通站，每天人来人往，要是有人被捕，屈打成招，人多嘴杂，一下子扯了瓜蔓儿可怎么办？形势又有变化，大家讨论讨论吧！"

朱老忠说："李德才拉坏了春兰家牛鼻子，是咱满有理的事，咱可以发动群众舆论。李德才要出卖亲生女儿，咱向前搭救，正义也在咱这一边。李德才上吊不成，也被乡亲们笑掉了大牙！"

伍老拔说："大贵把李德才扔到大水潭里，他要告咱一状，咱可受不了。"

朱老明说："李德才拉坏了咱的牛鼻子固然不对，可是春兰和严萍到底在千里堤上放了牛割了草，他要是讹诈咱一下，也是一个问题。李德才要卖他的亲生女儿是不对，可是按现社会说，那是他的闺女，他有这个权利。他要告咱拐带人口，咱可也受不了。"

支部会就在这个话题上争论起来，你说一个道理，我说一个道理，争论不休。朱老忠站起来叉开两腿，瞪着晶亮的眼珠子，说："依我看百不怎么的！"

朱老明问："你看怎么样？"

朱老忠扬起两只胳膊说："单等贾老师一来，咱把镰刀斧头一举，就抗日到底了！"

严志和听着，把手一拍，说："好！日本鬼子来了，反了吧！"

伍老拔也觉精神百倍，说："反了好！这个日，他不抗咱也得抗。"他觉得这就找到解决问题的办法了。

朱老星在一旁听着，老半天没有说什么。农民暴动，在乡村里传说了多少年：太平天国、捻军起义，没有成功。闯王起义，打到北京，坐了十八天皇帝，就失败了。如今日本鬼子快来了，形势有变化，他不知怎么才好。就一直伸着头瓷着眼不说话。

朱老忠一接触到这么复杂的问题，也感到心里烦躁。一想到冯老兰，他肚子里有一股愤气滚上滚下，觉得头脑不清，拿了朱老明的烟袋走出来。刚刚转过小屋，有一阵清风从柏树林里刮过来，他敞开怀襟迎着风走去，为了珍儿的问题，他感到作难。咂着嘴考虑来考虑去，感觉到还是从大处着眼，不能因小失大，为了虱子烧个袄。他在柏树坟里转了个圈，又一步一步走回来，坐在炕沿上，说："依我看，按目前形势，咱先来个缓兵之计，把珍儿送回去……"

朱老忠还未说完，朱大贵就开了腔，他正拿着小烟袋蹲在墙角里抽烟，听到这里，腾地站起来，说："我看咱和他顶到底，他把年轻小女向火坑里推，咱能抄着手儿不管？"说着，把大粗胳膊一伸，说："要是把珍儿给了他，他还不干呢？"

朱大贵一说，倒把人们说愣了，你看着我，我看着你，谁也没个准主意。朱老忠说："大贵！你还不知道，目前反动派要派几十万大军进攻苏区，镇压抗日。好像强盗拿着枪来抢东西，还不叫我们拿起切菜刀。这是咱满有理的事。贾老师说，咱要组织工农红军，夺取政权！建设抗日根据地，迎接红军北上抗日。比较起来，这不是鸡毛蒜皮？"他又瞪出雪亮的眼珠子，说："年幼的人们，总是把事情想得那么简单，想隔山伸拳打死个牛！路得一步步走，能隔着门上炕？不管不顾，愣手愣脚，能做好了工作？"

朱老忠这么一说，朱老明伸起两只手哈哈大笑，说："这就是了，农民一起手，红军一北上，什么问题都解决了。"

开完了党的支部会，天正晌午。朱老忠走出小屋，觉得浑身轻快，叫了大贵，父儿两个，一同走回去。离远看见他亲手栽植的柳树，郁郁葱葱，围绕着亲手垒起的小屋，腾起一片岚光。他嘻嘻笑着，走进盼望已久的家门，觉得浑身舒贴，叹了一声，说："咳！又回到我的家！"看见金华在小院里拾掇饭桌，这女孩子身子骨结实，手脚也灵便。一堆毛茸茸的小鸡，吱吱叫着，围着她的脚下乱跑。

贵他娘见朱老忠回来，高兴地对金华说："你公公回来了，快给你公公磕头！"

金华走前两步和老公公见了礼，朱老忠笑了说："咱穷人家，不讲这个细礼。"

贵他娘说："孩子！忙给你爹盛饭来，他连走了两天的路，早就累了！"

朱老忠说："不用说是两天，自从离开家，总是饥一顿饱一顿，这心老是在半空中吊着，哪里放平？哪里有心吃饭！"说着，端起碗吃饭。贵他娘说："你不回来我们也吃不下饭，你这一回来，我的心也算放平了。"

朱老忠说："咳！斗争的年头，有多大的载货，家人父子们一齐伸肩吧！"说着，朱老忠从坐杌[①]上站起来，在院子里走了几步，舒散了一下筋骨，走到南墙根底下。小黄牛正低着头吃草，看见朱老忠走过来，带动缰绳，往前奔了两步，抬起头来，挨在朱老忠身上，哞哞地叫着。当他看见有个女孩儿呆在金华身边，叫了贵他娘，走到屋里，悄悄问："那闺女不是李德才家的？"

---

① 凳子。

贵他娘一听，哗地笑了，把珍儿娘去世，珍儿认干娘的话说了。又走出来对珍儿说：“快来！给你干爹磕头。”

珍儿跑进屋里，要给朱老忠磕头。朱老忠心里有火气，可是脸上笑出来，说：“哈哈！干闺女，不用磕头了！”嘻嘻笑着，心里可是老大的不自在，把敌人的孩子引进家来，对他来说是意想不到的。又一转念，想到：珍儿和她爹不一样，没娘的孩子有这么个不成器的爹，也够可怜的！想到这里，才又走回来吃饭。

贵他娘看朱老忠不高兴，说：“你一个月不在家，添了两口人……”说着，两手搭在怀里，嘻嘻笑个不停。

朱老忠把送珍儿回去的意思说了说，珍儿在旁边伸直耳朵听着，立时走过去，跪在地上，说：“干爹！干娘！也别为我生气，珍儿命运不济，叫我去吧！亲娘死了，亲爹坏了良心，还有谁来疼我哩？”

朱老忠一听，连忙眯住眼睛，伸出手拍着珍儿肩头说：“闺女！虽然才来了几天，我并不多嫌你，只是这样的年月，日本鬼子来了，阶级敌人还不放松。就是把你干爹扔在车辙里，也挡不住冯老兰的车轱辘呵！你要是个有胆有识的，去受几年苦吧！短里五月，长里五年，我替你兴众报仇。你干爹要是给你报不了这份仇，你用手指头剜下我的眼珠子，滚在地上当泡儿踩！”

珍儿一听，眼泪唰地流下来，说：“听干爹的话，叫我去我就去。”说着，像鸡儿啄米，给朱老忠磕头。

朱老忠连忙扶起珍儿，用手摩着她的头顶说：“听干爹的话，我拿你当亲闺女看待！要留点心计，有什么风吹草动，快来报信。”

贵他娘说：“在冯家大院里，咱要伸出一只手，摸住他们心脉的跳动。”

贵他娘问朱老忠说："要是去的话，珍儿什么时候去？"

朱老忠说："赶早不赶迟，那人们不是吃屈让人的，爱犯疑忌，夜长梦多。要是神不知鬼不觉地一棒槌，杵在咱的眼眶子上，那时就晚了。"

贵他娘点点头说："那，今天就去吧！"贵他娘看珍儿要走了，心上也觉怪不好意思，说："我给你把衣裳包上，你去吧！从今以后，你没了亲娘，也离开干娘了！"珍儿一听，两只胳膊趴在炕席上，呜噜呜噜大哭起来。贵他娘又说："你十二三岁，也不是小孩子了。要拿心计，那人家不是好门好户，人性不好……"珍儿不说什么，只是哭。贵他娘把她的衣裳包好，又说："你就去吧，要听干爹的话，记在心里，几年以后，干爹给你报仇。他说得出来，就干得出来！"

珍儿一听，更加哭得厉害，金华也跑过来，说："妹子！别哭了，叫干娘心里难受。"

朱老忠说："咳！知道的，知道咱是为了工作；不知道的，还说咱拿着别人闺女往火坑里推哩。不过，又有什么办法！大敌当前，咱又不能跟地主们碰。"

贵他娘包好珍儿的衣裳，卷好被褥，叫过大贵来，送珍儿过去。朱大贵在院子里蹲着生闷气，他说："干别的事我去，干这事我不去。"贵他娘说："我去！"二贵说："我去！"

10

冯大奶奶得到珍儿，吞噬了李德才的庄户，算是得到胜利了，起心眼里高兴。第二天，吃过早饭，站在高台阶上，看了看天上，晴得蓝蓝的，没有一丝云影，心里说："今天又是个热天道！"打发珍儿搬了藤椅，到场院里槐树底下乘凉去。这棵槐树，长得直溜溜的，绿叶子密密层层，向下垂着，像是一个大伞盖。下起雨来，只听得雨点子打得叶子噼啪乱响。日头晒时一缕缕细碎的阳光筛在地上。

冯老兰也走过来，坐在躺椅上，摇着芭蕉扇说闲话。得意地看着经营了几代的场院，又宽广，又平整，四围长了很多树，遮得半个院子阴阴的。马棚、猪圈、水井，什么都有了，称得起是一个老财主家的宅院。冯大奶奶叫珍儿快拿壶来烧水喝茶。冯老兰歪起脸，盯着珍儿，又回过头对冯大奶奶说："怪不得你想上她，人儿长得怪标致！"冯大奶奶翻了冯老兰一眼，镇起脸来，说："有鼻子有眼儿罢了，算了什么好人儿？"李德才正在账房里算账，听得冯老兰夸奖珍儿，也走出来赔笑说："敢情是，有她娘的时候，就拿她当成一颗明珠，如今她娘死了，跟着大奶奶……"冯大奶奶不等李德才说完，就说："反正比跟着大贵他娘好，那是一些个什么人们？吃草刨粪的！"李德才又对珍儿说："你看！这院里吃的是什么，穿的是什么？"

昨天晚上，珍儿到了冯家。今天早晨冯大奶奶找出几件孩子们穿旧的衣裳，把珍儿装扮起来。黑裤、花褂、粉红鞋子。冯大奶奶瞅着珍儿不住地笑，说："这么一穿戴，就长三分人才了。"冯老兰又弯下腰，对着珍儿巴眨了一会子，拿蒲扇拍着珍儿头顶说："好闺女！好好侍候人，将来我给你寻个好女婿！"说着瞟了大奶奶一眼，又呱呱大笑。冯老兰一说，珍儿脸上腾地红起来，心上不由得寒栗。

正说着话，一辆小轿车轰进大院，后头又跟着轰进几辆大车，车上载着木器铁货哐啷响着。冯大奶奶以为是来了亲戚，走过去一看，冯贵堂从小轿车上跳下来：穿着雪白的裤子，把白绸子衬衫抽在裤腰里，头发上抹着油，明光光的。他说：“要不，昨日个晚上就赶到家了，大车切了轴，一直耽误了半天。”冯大奶奶忙走到二门上，喊出人来搬东西。听得一声喊叫，月堂家里的，贵堂家里的，焕堂家里的，妯娌们一齐走出来，搬行李的搬行李，搬箱子的搬箱子。冯贵堂把给老人们买回来的细巧点心、海参、鱿鱼，摆在躺椅上。孩子们都围上来，贵堂家的大雁二雁，月堂家的桂兰，焕堂家的春红，四个女孩儿围在一旁看着。冯贵堂把一些洋纱洋布，扎花的绒线什么的分给孩子们。把点心匣子打开，让老爹老娘就着茶水吃。冯大奶奶把糖果分给孩子们，说：“东西都分给你们了，这不是女孩儿们呆着的地方，快家去吧！”女孩子们抱上那些海味、吃食、布匹，又说又笑跑进二门去了。

冯贵堂和冯老兰父子两个，坐在大槐树底下说闲话。冯贵堂把十四旅攻破第二师范的新闻说了说，最后瞪起眼睛，故作张致说：“第二师范闹了一场惨案……”

冯老兰说：“我也听到说了，土匪坯子，年轻轻的就动刀动枪的！”

冯贵堂说：“听说他们要冲出来，跑到太行山上去。”

冯老兰把脖子一拧，说：“那可不行，一入山林就成了胡子。”冯老兰说着，又摇摇头，心气不平起来，不知不觉出了一口长气。虽然保定的军警镇压了抗日学潮，可是在他的心上还是结成一块病。又断断续续说：“听说共产党闹暴动厉害着呢，又是开仓济贫，又是打土豪分田地。”

冯贵堂把头发一拨楞，说：“成不了什么气候！我想再买下几杆枪，看家护院。把四乡的民团也成立起来。”

冯老兰叹了一声，说："凡事要先发制人，我看这年头也不平伏。"

父子两个，一答一理儿说着，村头上一阵呜里哇啦地大叫驴叫，不一会冯大有赶车回来。冯贵堂眼角上带着笑纹，从躺椅上坐起来看他的大车。这三挂大车都是在他当家主计以后，经自己的手拴起来的。

头车把式冯大有，使六套死头大车。黑乌头白玉顶大阉马驾辕，脑门上有烧饼大的一片白毛，离远一看，像黑天里出了月亮。黑乌头大叫驴勾里，大车一进村，就尥着蹶子叫起来，显得多么火爆。黑乌头大骡子拉梢，黑乌头大骒马勾外，黑乌头大骡驹子拉短套。新车，皮绳套。有的是黑豆红高粱，喂得骡马胖得滚瓜儿圆。二车是活头大车，四大套：青马驾辕，三个大青骡子拉梢，都是墨里寻针。三车是野鸡红，四蹄蹬雪。这三挂大车，方圆百里出了名，冯贵堂为了接闺女送媳妇，又置下一挂红酡呢小轿车。

冯大有年幼的时候赶过脚车，学了一身好手艺：会耕地，会使牲口，会治牲口病。骡马有个大灾小病，使个偏方不求人。今天他赶着车一进梢门，先打两个响鞭儿，走进梢门洞，又连打三鞭，抽得山响，然后站车，见冯老兰和冯贵堂在大槐树底下看着，想卖两手儿叫当家的看看，甩开红缨鞭子，号令着："向前三步走！"大辕马擎起脖颈，支绷起耳朵，睁得大眼睛雪亮，向前走了三步。他又喊："向后退三步！"大辕马又鞧着屁股，向后退了三步。长工们见冯大有赶车回来，连忙走上去，卸下牲口，打滚饮水。

冯贵堂哈哈笑着说："好把式！好把式！"回头对冯老兰说："爹！你看，这有多好，比养个小牛子小驴儿的强多了。"

冯老兰摸了摸他的花白胡子，摇着满脑袋白头发说："唉！好是好，这是一大洼洋钱呀！"

冯大有听了冯贵堂两句宽心话，拉开话匣子说："这不是跟你老人家吹！这喂牲口是有名讲的，常言说，'马不得夜草不肥'，干这一行，就得付这份辛苦。卸下车来，先叫牲口打个滚，才能饮水。饮了水再打滚，牲口好闹肚子疼。饮水的时候，不能一气喝饱。冷水，一口喝岔了气，就是一场病，牲口、人是一理。饮水回来，先喂花草，再喂拌草。喂了拌草，再喂苜蓿。拌草前后不能饮水，饮了水，牲口好闹病。这筛草，也有名讲：草要晒得干，筛得净，不能夹带一点尘土。牲口吃土多了，就要上火，上了火就要长鼻子……行行出状元，这扛长工，也得有门道。"冯老兰听着听着，噗地笑了，说："嗬！他娘的！大有今日个跟我念起牛马经来了。"冯贵堂背插着一只手捋着黑胡子，说："好！倒是经验之谈！"

冯大有满嘴里喷着白沫说："牛屁股不是吹的，泰山不是垒的！你看这棚子里，哪个牲口不是马壮膘肥？黑的是墨锭儿黑；白的，是雪花儿白；青的，黢青；红的，火炭般红。说句笑话，这是跟师傅学的，可不是跟师妹学的。要是调不好水草，把黑的喂成灰的，白的喂成紫的，那就败坏手艺了。这轰大车，和摆弄个小牛儿小驴子的可不一样！"他满嘴喷着唾沫星子说着，拍拍辕马鼓溜溜的屁股，龇出白牙才笑呢。他已经扛了二十年长工，身上带着全般武艺，可是繁重的劳动夺去他的青春，一历历地身子骨儿越老越瘦。流水年月，在他脸上刻下又深又密的皱纹，脸上耷拉下褐色的肉皮。他还爱喝二两烧酒，吃两套烧饼果子，一年到头，剩不下一个大钱。二十年里挣下来个白头发老娘，成天价哼哼咿咿，拄着拐棍从这家走到那家，到处赶饭吃。

他在艰难的岁月里，只有在劳动里找寻生趣，和骡马一块睡，一块吃，一块做活，交下了朋友，有了感情。一天不见他的骡马，就结记得心慌。他心上的骡马一旦得了灾闹个病，就吃不下饭，睡不着觉，一直把牲口治好为止。人们都说他着了牲口迷，可是他天上顶着人家的，地下蹬着人家的，自己也想不清为什么非尽这份孝道。说来说去，是受不住沉重的劳动，只有找个事由儿开开心。一听得人说他喂得牲口好看、水灵、胖，他就龇出白牙，嘿嘿地笑个不停。他在冯家大院里扛了十几年长工，是作了红活的。冯贵堂不只为了他带着一身好武艺，主要是看他脾气随和，好使唤。冯大有下洼耕地的时候，冯贵堂常常亲自送一块白面烙饼裹鸡蛋去。走到地头上，不言声儿递给他。他影在牲口后头，背着人儿吃下去。然后，拍打拍打手儿，两眼笑眯眯地高兴起来。冯贵堂手儿一指点，说铲哪家桑棵就铲哪家桑棵，绝不可惜打破几个犁铧。那个世道，谁敢吱声？冯贵堂看牲口归了凉槽，亲手斟上一碗茶说："大有！先来喝碗吧！"冯大有听得叫，笑嘻嘻地走过来，不用礼让，端起那碗茶水，坐在当家的躺椅上，瞅了瞅冯老兰，问："老当家的！你看咱这几挂车，拴得齐整不齐整？"冯老兰摇摇头说："我还是不悦服这新派，总不如牛拉车稳当。再说这个年头，兵荒马乱，拴这么好的车马，有多么招摇？要是遇上个失错，就糟蹋一大堆洋钱哪！"冯大有一听，仰起头来，张开胳膊哈哈大笑，说："老当家的还是守旧思想，过起这么大的日子，也该火爆火爆了。"冯老兰脸上也不笑一笑，说："我一辈子也火爆不上来。我不知道这大骡子大马使起来醒脾？可是，过日子一步迈大了，一招摇就要出闪失。这年头！哪里平妥？不是明抢就是暗夺，要是碰上了，你有什么法子？"冯大有撇了撇嘴，说："有多少那个年头？锁井镇上，除了老天爷，谁敢惹你老人家！”冯老兰紧接着说：“你可不能那么说，皇上家银子还碰上绿林英雄呢！强中更有强中手，谁要是不认这个头，他就要栽大斤斗。”

冯贵堂看着长工们从大车上把水车铁货卸下来，放在场院里。他想了多少年的水车到了家了，胖胖的脸上由不得闪闪发光，撅起小胡子笑模悠悠的。他走出梢门口，向东看了看，又向西看了看，看见老驴头背着粪筐走过来，打个招呼，说：“忙来，我叫你看个稀罕儿。”老驴头可没经着过冯贵堂跟他说过话，龇开大黄牙，嘿嘿着嘴唇说：“有什么稀罕儿叫我看？”说着闯过冯家梢门口走开了。冯贵堂见老驴头不进来，在大街上叫了一些小孩子和老太太们，来看他的水车。那时在这一带乡村人还没见过水车，跑进来一大群人挤着看。冯贵堂伸开胳膊挡住人们，说：“慢着点！咱们村眼不小，怎么这么没见过什么？”

冯贵堂指手画脚，讲说水车的好处，说明一天能浇多少地，水浇地一年能打多少粮食，比手拧辘轳好多了。正在说得天花乱坠，冯老兰气不忿，咚咚地走过来，说：“有水车的人家活着，人家没水车的还能饿死吗？老人们都讲靠天吃饭。巧夺天工，总不是发家的正道。”

冯贵堂听着不顺耳，睖着眼睛看着，不再说什么。他只好走开，又到凉槽上去看他的骡马。心里说：“偷坟劫墓也找不出这些个俗套子，这道理早老得掉了牙了！”父子两个，为了在过日子上意见不一致，常引起感情不和。他觉得老人们活在世界上，除了穿衣吃饭，似乎没有什么必要了。正在这刻上，冯贵堂的兄弟冯焕堂背着半截小锄走回来，蹲在槐树根上打火抽烟。这人穿着紫花小褂，穿着一双开了花的破鞋。他这人斗大的字不认识二升，光学会勤俭治家，过好庄稼日子。他和大哥二哥不一样：舍不得吃，舍不得穿，一个棉袍子穿十年，拿麻绳头子当褡包。冬天不烧炕，夏天就是那顶破草帽子。他有个外号，叫“守财奴”。专爱和长工们在一块，摸他们的心思，看他们吃哪一套。见人先来个笑迷虎儿，睁得两个圆眼睛像猫头鹰，滴溜溜乱转，看起来很有几分精神劲儿。说起话来软言细语，在短工市上叫人的时候，叫你少挣个钱儿也愿跟了他去。冯老兰一看见这样的人就高兴。冯贵堂见三兄弟回来，走过去说：“别看天下了几点雨，早起来没有救星，快叫锄上二遍。一下里上二遍，一下里挂水车。人家说是靠天吃饭，咱说是粪大水勤不用问人……”

11

第二天清晨，天还不亮，院子里的大白鹅就嘎啦嘎啦地叫起来。冯焕堂翻身看了看窗户发了亮，从炕头上爬起来，连眵目糊[①]也不擦，就开门走出来。仰起头看看天上，星星还亮着，墙角里树杈上还挂着暗影。走到场院里凉槽上一看，骡马还窝着脖子睡着，听得有人走近，一个个腾地从地上站起来，伸开脖子腿打舒展。冯焕堂看院里静静的，长工们还没有动静，他只好站在槐树底下抽烟，烟气刺激着他的喉咙，一股劲咳嗽起来。咳嗽声惊动了做饭的老拴，伸起胳膊打了个哈欠说：“唉呀！天还不亮呢，他又在叫。”冯大有也醒过来，说：“一年三百六十五晌，谁又能睡一天囫囵觉呢？夜里喂一宿牲口，喂饱了牲口就有大半夜了，才倒下头睡觉，一下子天就明了。”

① 方言，指眼屎。

说着，大个头领青的也起了炕。他把腿垂在炕沿上，迷糊上眼睛，抽了一袋烟，拿起锄头在门外大石头上磨。一边磨着，一边喊打杂和帮青的人们起炕。冯焕堂见长工们都起来，饮牲口的饮牲口，担水的担水，走过去对大个头领青的说："趁这点雨，咱要上二遍，我去市上叫人。"大个头问："今日个叫多少张锄？"冯焕堂说："我想叫个三十张五十张的，不然太阳一晒，地就又干了。"说着叫了老山头走出来，下了坡，转过苇塘，走进大柳树林子。天上只剩下稀稀的几颗大明星了，乌鸦在大杨树上一声声叫着。一上千里堤，看见短工市上人很多，夏天的早晨，风还凉着，短工们都蹲在庙台上、杨树底下，抽烟说话。大贵和二贵也来到市上，放下锄头，坐在庙台上。伍老拔、朱老星、庆儿、小顺儿，都上市了，看见朱大贵，都凑过来。朱全富老头说："大贵！昨日个你爹才从府里回来，带来什么新闻儿，给咱说说。"朱老星也提着锄头走过来说："今日个市上人多，你把国家大事给人们宣讲宣讲！"朱大贵把抗日前线的情形说了一遍，人人关心这件事情，都瞪眼睛听着。朱老星说："你说大的！"伍老拔说："你把南方苏区的情形给人们说说，我人老嘴笨，说不上来。"

朱大贵清了清嗓子，说："蒋介石宁自叫日本鬼子占了东四省，也不放弃'剿灭'红军……"停了一刻，睁起大眼睛想了想，把苏区人们反三次"围剿"的情形说了说。伍老拔站在一边，把两只手撑在腰上，咧起大嘴嘻嘻笑着，说："看看！红军有多么威势吧！"

朱老星也说："日本鬼子打到咱的家门上，蒋介石还镇压抗日。"

朱全富老头摇摇头说："日本鬼子来进攻了，一家子还打架！”

人们说着笑着，冯焕堂带着护院的老山头走上千里堤。冯焕堂走到河神庙，眨巴眨巴圆眼睛，东瞰瞰，西看看。他见今天市上人多，不着慌，不着忙，站在杨树底下抽起烟来。冯家大院里在市上叫短工也有一套办法：先看你人，要是人强力壮，有多少尽管跟上来。再看你的锄，锄板明亮，知道你是耪地的熟手；要是锄板上长满铁锈，就说你是借了张锄来趁大价儿，要不就说你是三天打鱼两天晒网的手，耪不出好地来。冯焕堂在市上走来走去，巴睃了一会子，看到朱大贵，小伙子长得黑黑的，身子骨儿很壮实，走过来问："大贵！你跟我去？"朱大贵说："去，也行，给多少钱？"冯焕堂说："叫好了人，咱再议价儿。"

朱大贵说："那就二贵也去。"冯焕堂低下头看了看，说："小人儿家，会耪什么地？"朱全富也走过来说："我也给你耪去。"冯焕堂斜了他一眼，冷笑说："白了胡子了，还是摇着蒲扇坐在树荫凉里歇歇吧！还耪什么地？"

冯焕堂挑好了二十五张锄，然后和冯老洪家管事的碰头议价。锁井镇上是这个规矩，在短工市上，三大家先议着价儿雇，等他们雇够了，小人家小主儿再随价雇。三大家把工价议定了，短工们想抬个价儿也抬不上去。那年，赵老杰不等三大家先雇，哄着市价雇了三张锄，惹得冯老兰派老山头在他家门口上骂了三趟街，刘二卯出来说合着，叫他请了两席酒，才算了事。可是这早晚，只剩下两大家了，冯老锡跟冯老洪打了三年官司，拿下马来，叫不起短工了。今天人们把锄扛在肩上，等着听市价下地。冯焕堂跟冯老洪家管事的把工价议定，扬扬胳膊，说："今天市价，八十个铜圆，去的跟上，不去的拉倒！"朱大贵一听，立时沉下脸，瞪起大眼睛，从短工群里站出来说："我就不去！”冯焕堂瞪着眼睛问：“你为什么不去？”朱大贵说：“天才下雨，也不涨个价儿？”冯焕堂笑了笑说：“嘿嘿！两毛钱，还嫌少？”朱大贵说：“一年里有多少这个日子，该涨工价的时候也不涨？”冯焕堂说：“下了没有四指雨，涨什么工价？”朱大贵把嘴一噘，说：“不涨工价，俺不下市。”二贵也跟着说：“两毛钱俺不去！”冯焕堂一听，红了脖子脸说：“你不去，有的是人，什么好锄张？没有你这块狗肉俺也得垫碗儿。”朱大贵听冯焕堂口出不逊，满脑袋冒出火星子，抡起锄杠赶上去，说：“你说谁是狗肉？”

正在这刻上，看架势要动武，从大杨树后头闪出一个人来：扫帚眉毛、三角眼睛、胖胖的小敦实个儿，戴着个窝窝头破草帽，敞襟掖怀，露出满膛的胸毛，他两腿一叉，伸开拳头擂着胸脯说：“你不去，拉你娘的倒，别在这里耍刺儿头！”又扬起下巴，对着短工们问：“谁不去？谁敢不去？”这人正是冯家大院里护院的老山头。

伍老拔看朱大贵跟冯家大院里碰了，一下子站出来，冷笑两声，说：“哼哼，我就敢。”朱老星老头，生着气把锄头在庙台上一戳，说：“我也敢，咱们都不去！看看谁跟他去？”

有的人看今天市上不平伏，见老山头气势汹汹，要出事故，扛起锄头要走。朱大贵气得脸上紫涨，横起脖子说：“叔叔大伯们！等一等！”听得说，人们又停住。

冯焕堂看人们的气势不同别日，打起笑脸往朱大贵走了两步，说：“大贵！你这是想干什么？”朱大贵一见冯焕堂，眼里冒出金星子说：“想干什么？我想停工罢市，阴天连着下雨，叫你们草苗一块长！”老山头两只手叉在腰里，横着眼睛瞅了朱大贵一眼，说：“那样一来，你他娘的算成了锁井镇上头一号的大光棍了！”冯焕堂问：“你要多少钱？”朱大贵镇起脸来说：“天才下雨，正是耪地的好时候，你花一百五也不算多！”冯焕堂伸出指头说：“一百三，行不行？”朱大贵举起右手，回过身向短工市上大喊：“叔叔大伯们！行不行？”

他不问便罢，他这么一问，人们嗡的一声，说：“不行！不给一百五，咱不去给他耪一天地。”伍老拔说：“凭值，一百八也不算多。”二贵说：“那就一百八。”人们一齐喊起来：“一百八！不给一百八，咱就罢市啦！”人们围着庙台，你一言、他一语，闹闹吵吵。老山头一时起火，拔腿向二贵赶过去。朱大贵看老山头要打二贵，抡起锄扛，瓮声瓮气地说：“干吗？想打人？”

大贵一喊，人们呼噜的同时举起锄杠。也闹不清是谁说了一声：“打他狗日的！”大家一齐拥上去，要打老山头。这时，朱二贵见老山头要打他，返身背起锄头跑下千里堤，老山头随着赶下堤来。二贵转着大柳树林子跑，老山头转着大柳树林子追。短工们见老山头要追上二贵，举起锄头呐喊着赶上去。这时，早晨的风吹着大柳树的叶子，呼呼响着，滹沱河里水流湍急。一时，风声、水声、呐喊声，响成一片，这顿架打了个翻天覆地，好不热闹。

朱老忠昨天从保定走回来，觉得身上很是乏累，翻个身在炕上躺着，听得堤上有人喊叫，侧耳细听时，有大贵二贵的声音，一下子从炕上跳起，慌忙披上衣裳走出来，站在高坡上一看，短工市上打起架来。朱老忠是个好管事的人，村里人们有个大事小情都离不开他。他快步走上千里堤，见二贵红着脸，举着锄头，变貌失色，慌慌忙忙跑过来。老山头举起锄头，在他后头追着。朱老忠一见，热血一下子冲红了脸庞，暴跳起来，两步并作一步，赶上前去，大喊一声：“老山头你想干什么？”

老山头看见朱老忠远远跑过来，一下子愣住，瞪起眼睛说：“想干什么？他搅闹市场，我要揍他！”

朱老忠攥紧拳头，横起身子赶上去，说：“你想打人？”说着，举起两只拳头，直奔老山头。

老山头见朱老忠赶上来，举起锄头去扒他，朱老忠摆了个式子，伸出右胳膊，迎住老山头的锄头，就势握住锄钩，飞起左脚啪的一声踢在老山头的手腕子上，那把锄头得尔楞地飞上半天空里。老山头失去锄头，两手卡着腰，摇了摇脑袋撞过来，他想一头碰在朱老忠的胸膛上，把朱老忠碰倒。朱老忠往旁一闪，老山头碰了个空，前失一脚，骨碌地跌在地上。朱大贵两步赶上去，要捉老山头，老山头手疾眼快，一个鲤鱼打挺，从地上站起来。他看短工们要一齐动手，更加火起来，伸过头又向朱老忠碰过去。朱老忠大喊一声：“老乡亲们！上！”

朱大贵一听，也把两只手叉在腰里，伸起头照准老山头碰过去，一头碰在老山头的头顶上。老山头也不示弱，伸起头，顶住朱大贵。两个人在千里堤上，从东头顶到西头，又从西头顶到东头，一来一往，顶过来顶过去，不相上下。朱老忠一时气愤，站在朱大贵后头喊：“大贵！你给我把他顶下去！”

冯焕堂见老山头和朱大贵顶起牛来，也气愤地走上去，站在老山头背后喊：“老山头！你给我把朱大贵顶下去！”

朱老忠见冯焕堂也要上手，大喊一声：“老乡亲们！快上！”短工们听得朱老忠一声喊，一齐举起锄头赶上去。正在不可开交，从千里堤西头走过一个人来，转着两个黑眼珠，捋着两撇小黑胡子，大喊一声：“住手！”这人正是冯贵堂。

老山头一时愣住，呼呼哧哧地喘着气，走上去说：“看下了两点雨，朱大贵要闹停工罢市，哄抬市价，给他八十，他硬要一百五！”冯贵堂弯下腰去，两手拍着膝盖，哈哈笑了，说：“我以为什么大事，一百五就一百五吧，丑不丑一伙手，亲不亲当乡人，叫谁占着便宜？”冯焕堂把手一甩，跺起脚来说：“哪里用得着花这么大价儿？”冯贵堂笑了笑，走过去对着冯焕堂说：“咱哪在乎这个，占小便宜吃大亏。去吧，天不早了，赶快下地。”他说着，斜起眼睛瞅朱老忠。

朱老忠见人们都耷拉下手来，也变个口气说：“去，老的少的，大家都去！”

一行说着，有怕事的人，就悄悄地溜走了，剩下三四十个人。伍老拔暗里笑着说：“行！要吃姜是老的辣！”朱全富也笑开了缺了牙的嘴说：“哈哈！还是老忠侄子是干家儿！”

冯焕堂和老山头，拧不过冯贵堂，耷拉下脑袋不再说什么。太阳露红了，冯家大院的长工班也走上千里堤，领青的、贴青的、打杂儿的，都来到了，带起短工下地。长短工一起几十张锄，在堤坡上走起来一大溜子，锄板在晨光中闪亮。

大个头领青的带起短工们到了地头上，打好稼垄。今天班子大，长工们领着的领着，押着的押着。长短工四五十张锄，站开一大排。冯焕堂常跟长工们说：“平常日了，多耪点少耪点没有关系。短工们多的时候，一个人多耪一分地，就是几亩。这做长工，会做不会做就在这个节骨眼儿上。”今天，正该长工们卖力气了，又赶上闹停工罢市，大个头领青的直上愁。他伸开膀子在前头耪着，朱大贵在后头嘟嘟囔囔，说：“这还骗得了谁？你觉着刀子把在你手里攥着，还不知道一分钱一分活？给一个钱，做一个钱的活，给两个钱，做两个钱的活，看谁占着便宜！”朱老星和伍老拔低下头耪地，说：“大侄子说的一点不假。”

冯焕堂站在千里堤上，看着长短工下了地，才无精打采地一步一步走回去，坐在账房里生了一会子闷气。见今天市上不平静，他还是不放心，在槐树底下扛起小锄，戴上破草帽子，溜溜达达走到地里。他走到这边锄两下子，走到那边锄两下子。趁着天还凉快，一步不放松，老是撮着短工们的尾巴尖儿，嘴里不住地说着，什么锄得深了，锄得浅了，锄得稀了，锄得密了……絮絮烦烦说个不停。可是，他有千言万语，短工们有一定之规，总是松松弛弛，鼓不起劲来。朱大贵歪起头瞰着冯焕堂，心里说："这年头儿，就得吃这碗腌心饭！"

做饭的老拴，送了早晨饭来，给冯焕堂带来白馒头咸鸭蛋，他背过身子吃了，又喝了一碗稀饭汤。等人们吃完饭，正抽着地头烟的时候，他慢搭搭走过来，笑迷虎儿似的说："今儿天道热，老拴！晌午饭多搁绿豆，大伙儿把绿豆汤一喝，要多凉快有多凉快！"他把话说得甜甜儿的，挤巴着两只圆眼睛，显得那样精神。朱大贵偷偷地说："怪不得过财主，就靠会灌米汤！"

可是，不论冯焕堂怎么说，今天的短工班子还是催不上劲。他转了个过儿，走到大个头领青跟前，咧起嘴把头一摆，说："伙计，干！拉垮他！"

大个头领青的是这一带耪地的名手，一年里才能挣上冯家几十块洋钱。他把唾沫吐在手上，绷起嘴斜起眼睛瞄了瞄朱大贵，放低了声音说："当家的豁得出来，我怕什么？手艺和力气就带在咱这两只胳膊上。"冯焕堂转了一下锥子眼，咬着牙应了一声，说："唔！就是！"说完，转了个弯，背起锄头回家了。

大个头领青站直腰瞰了一下短工班，弯下腰去耪着，就再也不直起腰来。看起来他是不慢不快，两只手一下一下耪着，其实他的两只腿早就迈快了。一个眼不眨，像快马出群，耪到前头。

朱大贵直起腰一看大个头耪远了，拾起块土坷垃[1]投了伍老拔一下，直着眼睛说："叔！你看，他要拉垮咱！"伍老拔直起腰来看了看，不慌不忙，点着烟袋叼在嘴上，说："唔！可就是，他要在圣人门前卖字画。咱的两只手是活的，他耪得快，不如咱耪得快，当下三锄我下两锄，当下两锄我下一锄。你耪得慢，不如我耪得慢，一步五十锄也能行。各人有各人的小九九儿，怕他那个！"伍老拔说着，看了看朱老星和朱二贵，还是慢慢地落在后头，尖声辣气地喊了一声："伙计们！看呀，兔子屁股上插上鸡翎了。"

他这么一喊，短工班不约而同地抬起头来看，一齐喊着："嘿！追他！"喊着，一齐伸开膀子，疾速地耪上去。朱大贵瞄着人们追上去了，也伸直腰连擂几锄，耪到地头上。回头一看，短工班子稀里哗啦地放了羊了。

几年以前，朱大贵是军队上的机枪射手，后来是反割头税的战将。这早晚，是庄稼沾上的好把式。年岁大了，长成了身腰。他长得宽肩膀、大身量、活眉大眼儿，是个腿脚沉重的小伙子。说起话来，瓮声瓮气，嘴头上挺稳重，心里可是爱走事儿。他耪到地头上，看看稼垄还没耪完，太阳早已正南了，火辣辣地晒着，晒得谷叶子都拧了绳儿。天道热得厉害，汗水把人们的粗布裤子都湿透了，用手一拧，哗哗地往下流水。

大个头领青的，看短工班子垮了，午前再也耪不完，骄傲地站在地头上说："快点吧，伙计们！你们不是裹着脚的大闺女，一步挪不了四指，你们眼前也没有一条河呀！"

伍老拔被太阳晒得脊梁上像冒出黑油儿，急忙耪到地头上，抬起头看了看，嘻嘻哈哈笑着说："掌班的！这话是你说，你们

---

① 土块。

扛长工的，今年扛好了，挣个来年。俺打短工的，今天东家，明天西家，此处不养爷，还有养爷处，横竖一天的买卖。吃不了你们这碗饭，俺不吃了，何必这么短见？”领青的格立起眼睛，看了看太阳，说：“伍老拔别哭坟头了！午前耪不完，那条稼垄咱不耪了，也得叫你们吃上这顿饭，乡亲当块儿能那么着？”伍老拔说：“我说也是，咱都是受苦人嘛！”其实，大个头看他自己不是朱大贵和伍老拔的对手，他不敢再干下去，只得下了降书。

短工班听说不再耪那条稼垄，都伸开腰，手疾眼快，呋哧呋哧地耪上来，一个个满头大汗。和尚憋了一口气，闷着大脑袋耪到地头上，每个毛孔里都噙着个汗珠儿，觉得浑身冒火。他说：“咳呀！好热的天，好难吃的一碗饭呀！”说着，朝大贵连连挤眼扭鼻子。

大中，长着两条长腿，外号叫“大沙杆”。见和尚耪到地头上，也把锄放稀，连擂了几锄跟上来，猫下腰看瓦罐里还有水，二话不说，端起来就往头上浇，哗啦啦从头上淋到脚上。看了看身上垂下褐色的肉皮，像晒皱了的黄瓜，说：“老天爷！要煎鱼呀！”他觉得头上昏昏沉沉，直想倒下去。

小牛，年轻力壮的小个子，外号叫“黑的粹”，也擂着锄头赶上来，说：“蒸饽饽吧！甭上笼扇了！”

看人们都锄到地头上，和尚说：“咳呀！快热死人了，大贵哥，算了，咱改改行吧，打洋鬼子发洋财的时候，咱还受这个罪！”

“黑的粹”说：“对！咱也到关东去参加义勇军，打日本去。这个年头，有钱的王八大三辈，老天爷还不睁开眼。”他两腿一伸，躺在地上，一个鲤鱼打挺儿又站起来，摸着脊梁说：“我娘，曝下一层皮！”

大个头领青的看人们直想“乍刺”，咧起嘴来说：“阎王爷才走了，小鬼就要造反。打日本去，你们哪个敢？”

和尚看了他一眼说：“你想干什么？我看你屎壳郎飞到烟袋锅上，要拱老爷的火儿。”

“黑的粹”说：“不，他是屎壳郎飞到车道沟里，充硬骨头。”

“大沙杆”说：“不，他是屎壳郎飞到面箥箩里，想充小白人儿！”

短工班里你一言我一语，呱呱大笑，笑得大个头满脸火，吧嗒吧嗒嘴头，觉得不是滋味，低下头不再说什么。

朱大贵看今天人们情绪好，就说：“咱拉起竿儿抗日去吧！谁敢？”和尚把胳膊一伸，说：“我就敢。”“大沙杆”说：“只要你前头走，咱后头跟着。”

大个头领青的等齐稼垄，伸开脚丫擦着锄板，说了声：“家去，塞小米饭去！”扛起锄头往家走，短工班在后头跟着。朱大贵把锄头一举，喊了一声：“喲！打日本去了，敢入伙的跟上来！”说着，迈开大步往村里跑。和尚、“黑的粹”、“大沙杆”、二贵、伍顺……一齐举起锄头，喊着叫着，滚着尘头跑回村里去了。

跑到冯家大院，朱大贵把锄杠戳在大槐树上，从井里提出两筲新凉水，叫人们舀水洗了脸，淋了脊梁，蹲在大槐树底下抽了一会子烟，长工们才赶回来。太阳晒着场院，炽燥得人难受，一只“伏凉儿”，在大槐树上，“伏凉伏凉”地叫着。做饭的老拴，把槐树花扫干净，摆上条案，抬出饭床子。饭床上有小米水饭、棒子面窝窝、北瓜菜汤和老腌咸菜，还有一大盆绿豆汤。

朱大贵看抬出饭来，喊了一声说：“来！下手！”短工们一齐抄起碗筷，叮当乱响，动手吃饭。

冯焕堂端着一碗绿豆汤，慢搭搭地从里院走出来，笑眯眯地说："咱这当家的和受苦的是一理，受苦的人们辛苦了，饭食就得吃好点儿。也别说是受苦人养活当家的，还是当家的养活受苦人……"他说完这句话，还咂着嘴，瞅了瞅大贵，又得意地走进二门，家去了。朱大贵开始还摸不清楚，冯焕堂为什么不着头不着脚地吣出这么几句话，抬头想了半天，才记起有那么一天：他正跟和尚、老拴，在大柳树林子里谈着这个问题，冯焕堂猛古丁从大树后头走出来……听今天的话头，是被他偷听了，故意描出来敲打人。

短工老头，喝着绿豆汤说："当家的今日个说给就给了绿豆汤喝，太阳从西边出来了。"老拴笑咧咧地说："太阳从来是打东边出来的，羊毛出在羊身上。先煮上绿豆，把汤舀出来，再把豆子煮在饭里，有了绿豆饭，也有了绿豆汤，不费当家的半升绿豆，这是精灵鬼的巧打算。"说着，伸起两只手，合上了眼打个呵欠。说："呵呀！春乏、秋困、夏打盹，睡不醒的冬三月！"

冯家大院，是明朝发家的财主，有了名的祖辈传流的"一天三只鸡（饥）"。多少年来，四面八方的长短工们都知道，他家总会想出各种办法，不叫短工们吃饱。有时短工们还没有吃个半饱，从饭锅里捞出个老鼠来，人们只好空着肚子留恋不舍地丢下碗筷。有一年夏天，短工们黑灯瞎火地才从谷场上走回来，端起饭碗吃菜粥，越吃越香，像搁上猪油一样，点灯一看，盆里浮着一条大蛇。冯大奶奶也告诉过老拴："晚上饭，把粥熬稀点儿。叫人们趁热喝，喝不完，明日个咱好喂猪。"老拴不听她的话，她就和老拴闹了别扭。成天价站在厨房里盯着，看剩的饭多少，烧柴省费，总能挑出点毛病来挂在嘴头上，好像念丧经，数落得老拴心上发烦。老拴也爱出她的洋相：噘起嘴，鼓起肚子，瞪出大眼珠子，哈叭哈叭地学她走路，活像一只疥蛤蟆，逗得人们呱呱大笑。老拴今年二十一岁了，父亲是冯家大院的老佃户，孩子多，把头大的扔出来，挣个吃穿。他人穷惯了，只要有两碗饭吃，成天价高兴得合不上嘴。他喜欢下雨天，不干活，歇歇身子。他常说："阴了别晴，黑了别明，大小有点病儿，可别丧了命儿。"每逢阴天下雨，他就睡上一大觉，睡得熟熟的。碰到过秋过麦当家的叫长工们吃顿饺子，他一直吃得撑圆肚皮。他还喜欢过年，他说："一年三百六十五晌，就是过年最热闹。"过年可以不干活，可以睡觉，可以吃饺子，可以押"宝"，拱"牛子牌"。每年不到十一月，就唱起年画儿，两脚蹬着"脚踏箩"，唱："胖小子刁，胖小子刁，爬到树上掏野雀。掏了小的他不要，掏了大的，得尔楞楞地又飞了。"唱着，又想起贴门神、燎星星草儿、放爆竹、拜年、看年戏、过灯节儿……一大溜子高兴的事情就都来了。过完年，破五儿一上工，他就又说："再过十一个月零二十五天，就又要过年了！"

12

自从今天早晨，冯贵堂在短工市上让了朱老忠，叫朱大贵领导短工们停工罢市得到了胜利，冯焕堂就满心里没好气。从地里回来，一个人坐在账房里长吁短叹，心气不舒。这天中午，冯贵堂正坐在炕上吃饭，冯焕堂端着饭碗一步一步走到窗台根底下，说："二哥！家里的事你管吧，我不管了。"冯贵堂伸起脖子愣怔了一下，隔着窗户眼一看，冯焕堂正端着碗在窗户外头吃饭，眼上掉着泪，像一线串珠，噗嗤噗嗤地落在碗里。冯贵堂额上猛地冒出汗来，他知道又要起家变了，把筷子在桌上一放，说：“三兄弟！那是为什么？你屋里来吧！”

冯贵堂一问，冯焕堂更觉冤屈，咧开大嘴哭出来，说：“几辈子了，咱冯家大院方圆百里出了名，谁不知道？咱立在谁跟前不高半截。在锁井大集上，咱说个一谁敢说个二？今日个你在朱老忠跟前说了好听的，叫他把咱压住了。他要一百五，你就给他一百五，从今以后，我出不去门了。二哥！这家我不管了！”

冯贵堂看是为了今天早晨短工市上的事情，一时着急，像有一团火气从头上升起。他把两条胳膊趴在窗台上说：“咳！三兄弟！怎么心眼这么小？自古道：‘占小便宜吃大亏’，你虽然年纪不小了，还不懂得怀柔之道？《三国演义》上，诸葛亮对孟获还‘欲擒先纵’呢！”

冯焕堂听不懂他的话，扭起鼻子，把饭碗在窗台上一蹾，满碗粥饭溅在明亮的窗纸上，说：“你甭跟我咬文嚼字！你一辈子光是念书，花了多少钱？我没念过书，我不懂得那个！”他越说越觉难受，眼泪顺着鼻子往下流，一下子蹲在窗台根底下，拉开长声哭起来。

冯贵堂只好靸上鞋子走出门，看冯焕堂大吵大闹，也觉生气，皱起眉头说：“看！为这么一点小事就惊天动地地嚷叫，这是干什么，不叫人家笑话？”他一边说着，指手画脚，五官都挪了位置。

冯焕堂看冯贵堂变貌失色，一下子从地上跳起来，说：“我不怕人家笑话！自小儿叫你念书，叫我耪地。你念书念醒了，光会吃好的穿好的。进城上县走动官面是你的事；起早恋晚，泥里水里是我的事。你说的都对；我说的都不对。你在朱老忠跟前低声下气，你不知道朱老忠是共产党？你不知道朱大贵把李德才扔到大水坑里？”说着，他把右脚一踢，把左脚一踢，两只鞋子扑棱棱地飞到天上，又落下来，叩在地上。

一家人听哥俩吵得不祥，冯焕堂竟说出这样话来，都停止了吃饭。月堂家的、贵堂家的和孩子们都走出来，站在屋门口，大眼瞪小眼儿看着。冯贵堂家的，长得高个儿细腰肢，脚儿小得像是跐着木跷，一拧一拧走过来，拍拍焕堂脊梁，说：“兄弟！甭吵了，屋里来，有什么话不好说呢？不叫外人看笑话。”冯焕堂见嫂子来劝解，扑啦啦地躺在地上，张开大嘴哭出来说：“我一辈子没受过这个欺侮，今日个他叫朱老忠欺侮了我。不帮我打架争强，还纵着朱老忠在我眼里插棒槌。你成了大少爷了，脚踢油瓶不扶！”

冯老兰正在上房屋里吃饭，听得哥俩吵架，也慢慢走出来，站在台阶上。看二门外头挤着一堆人，都是长、短工们，伸头探脑，来看热闹，一时起火，跳起脚来喊：“你们看什么？俺是吵家务，家丑不可外扬，你们倒来看笑话，一个个给我滚出去！”长短工们吓得拥拥挤挤，一齐跑出去。他才一步一步走回来，对冯贵堂说：“这就是你的不对，你不知道春兰在大堤上放牛割草？简直没有王法了！”冯大奶奶听冯老兰也吵起来，三步两步走出来，说：“他还不知道朱大贵霸占了珍儿呢，胳臂肘子往外扭，兄弟受了欺侮，倒助着外人压自己。”冯贵堂听得母亲说，又赶过去，咬牙切齿，指手画脚地说：“你们都是戴着木头眼镜，只看一寸远，从不往长处着想！”冯焕堂又从后头赶过来，说：“俺们都是戴着木头眼镜，就是你一个人戴着水晶眼镜……”

冯老兰一步一步走过来，眼里噙着泪花说：“你们都是初生之犊不怕虎啊！就不睁开眼看看，共产党在南方大乱了，在北方还今天在这里暴动，明天在那里暴动。你们不咬着牙暗里使劲，好好过日子，成天价吵吵嚷嚷。等红军起来，把你们一个个都杀了！”

冯贵堂看一家人的手指头都指了他来，一时气愤，跳起脚来说："你们都这么说，好！咱不怕他们，我立刻进城，约合四乡绅士办起民团，剿灭共党。可是，你们可不能怕花钱，买枪要花钱，雇兵要花钱……"冯焕堂左手搂起怀襟，伸出右手拍着膝盖说："你别给我搁这个罪名，我又没挡着你去剿除共党！"冯贵堂也把膝盖一拍，向前走了一步，说："可，光自一说买枪，你们就舍不得了。"冯焕堂又把膝盖一拍，走前一步说："是谁舍不得？我为了种地要账成年价打早起恋夜晚，干别的舍不得，你给我把朱老忠压下去，买一打机枪我都干！"

冯老兰也冲冯焕堂走了一步，连拍着大腿，说："别说了，一句话抄百总[①]，春兰在千里堤上放了牛割了草，朱大贵霸占了珍儿，又把李德才扔到大水坑里；这还不算，今天朱大贵又到短工市上去推横车[②]。这都是在咱冯家大门上抹屎，有小子骨头，给咱祖爷争口气……"冯老兰越说越气愤，一边喘着气，一边说着，鼻涕涎水顺着胡子流下来。父子三人像雄鸡鸽架，一左一右一前一后，伸着脖子，在院子里大吵起来。

这时冯贵堂可真的动起心火，气得肚子鼓鼓的，不等冯老兰说完，把大腿一拍走上去说："这是你说的，好说！好说！我立刻进城，纠合四乡绅士，办起民团。我和那些穷小子们，既不是亲戚又不是朋友，怕他们什么来。"一行说着，走到二门上大喊："大有！大有！"冯大有正在凉槽上喂牲口，听得冯贵堂喊他，小跑溜丢儿跑过来，问："有什么要紧事情？二当家的！"他看冯贵堂气色不对，鼻子不是鼻子，脸也不是脸，蹑悄悄地弓着腰站在二门前听着。冯贵堂说："快把小车子套出来，打扫干

---

① 总而言之。

② 将车子横阻路间，比喻出面阻挡，有意捣乱。

净，我要进城！”冯大有说：“又有官司打了？那个好说，你不用生气，我把鞭儿一举就到了。”说着，又小跑溜丢儿跑回去，叫了老拴，牵出两个野鸡红大骡子，把红酡呢小轿车套出来，站在槐树底下，又跑进去叫冯贵堂上车。冯贵堂穿上夏布大褂、黑纱马褂，戴上纱帽盔，提上条黑漆手杖走出来。冯老兰还愣在台阶上站着，看见冯贵堂就说：“看你！这就要走，也不等吃完饭？”冯贵堂眼也不抬，说：“城里吃去！”高声叫着老山头：“走，跟我进城！”就走出来。

冯大有今天要赶车进城，穿上不常穿的毛蓝大褂，戴上皂布帽盔，穿上两道脸的靸鞋，左手拿着红缨鞭子，右手抓住扯拷，等冯贵堂上车。冯贵堂走到辕前，两脚一纵，跨上车辕。冯大有把扯拷一抖，把左手里的鞭子一晃，大红骡子把耳朵一支绷，铃铛一响，小轿车出了梢门口。老山头不上车，只在车后头斤斗趔趄地跟着，走几步跑几步。到了城门口，冯大有站下车，把帽盔戴正，把大褂襟掖在裤带上，连打三个响鞭，小轿车进了城门。冯大有右手勒紧扯拷，左手举起红缨鞭子，走几步打个响鞭儿。一阵铃铛响，小车子燕儿飞似的走过大街。买卖家都站在门口看着，说：“好火爆的轿车！错非是冯家大院，哪里有这样的好车马！”

小轿车跑到宴宾楼门口，冯贵堂跳下车来，把脚蹬在阶台上，用手绢掸掸鞋上尘土，一步步走上楼梯。伙计见来了熟客，连说带笑让到楼上一个大客房里，伸手给冯贵堂脱下马褂和大褂，接过帽盔，递过芭蕉扇，又连忙跑下楼去泡茶。冯贵堂敞开怀襟，用芭蕉扇扇着，在地上走来走去。他心里在盘算，这次进城要走哪条门路。自从反割头税以后，他从没进过衙门，他想先去拜见四大城绅，或是拜访马快队上张大队长。想来想去，他觉得能走通张福奎的门路，倒是一条捷径。过去他曾和他见过面，没打过交道，就是因为张福奎不是正派出身，才疏远了他；如今张福奎做了特务队长……想到这里，立刻打发老山头去买一百两烟土，又坐在椅子上写了一个便条：

福奎仁兄大人阁下：

久不会晤，实深系念。送上薄礼，敬请哂纳为盼。并祝夏祺。

弟冯贵堂拜

寓宴宾楼

冯贵堂写完这封短简，把老山头叫上楼来，说："送到县队上张队长那里去！"老山头听得说叫他去给张福奎送信，低下头吐出舌头说："叫我去呀？"冯贵堂一听，立时凸起眉棱，说："叫你去怎么的？赃官不打送礼人，他还能扒你一层皮？不要胆小，去吧！"

老山头无可奈何，只好带上烟土，拿了这封信，一并送到县队上去。等了一会，传达拿出一个纸条交给他，上面写着："贵堂仁兄大人阁下：手示敬悉，有暇定趋寓拜访，奈因公事冗繁，请于下晚来敝寓小叙。"下款大草写着"张福奎"三个大字，盖着一颗朱红印章。冯贵堂看到张福奎的回条，肯接见他，实在惊喜不尽，他没有想到一百两烟土会有这么大的神通。他虽然和这人见过几次面，并没有什么深交。说实话，他不敢和这样的人深谈，他知道这个人的厉害。他精神愉快地用过午餐，躺在床上齁齁地睡了一觉。自从保定回来，他还没有过这样充足的睡眠，直到太阳平西，老山头才把他叫起来。洗了脸，梳了头，点了饭菜，坐在临窗的桌上喝茶，见桌上有一副天九牌，拿起来搭小桥玩儿，他问老山头："你看我这次进城怎么样？"老山头说："那还有错，今天我把烟土送上去，立刻飞出条子来，我看有求必应，不信你算个卦。"

冯贵堂用天九牌在桌子上算了一会子卦，算着卦吃完了饭。等太阳下去，才穿上衣裳，跟着老山头走出来。南大街路东，有一座青砖瓦房，磨砖对缝，好一座大宅子！瓦楼大门前站着两个马快，穿着黄布军装，拿着枪，背着彩绸大刀。老山头向前走了两步，说明来意。冯贵堂不打招呼，一直迈上石阶，走进院里。老山头走进门房，叫出传达，领冯贵堂进去。四方大院里拴着不少马匹，两厢屋子墙上挂满了枪械子弹。房里住的人不穿军装，都是白绸裤褂打扮。见有人进去，争先恐后地挎上枪站出来。里院是四合院，走进二门时，传达喊了一声："客人到！"立刻有两个青年妇女走出来，掀起竹帘让冯贵堂进去。张福奎叉开腿，隔着竹帘看着他，等待迎接客人。这人长得胖大个子，比冯贵堂还高一头；黑脸大汉，两只圆眼睛滴溜转着；推着人背头，大八字胡子，眼眉很宽很长，须眉很黑。看见冯贵堂进来，把脚一跺哈哈大笑，走前一步，握紧冯贵堂的手，说："老弟！你进城了也不家来，还叫人通风报信，没的等哥哥我去请你？"冯贵堂看张福奎像老朋友一样招待，立刻精神焕发，哈哈笑着说："你是忙人，哪里比得我闲散身子，要什么时候见就什么时候见？"

张福奎握着冯贵堂的手走进来，外屋北墙放着红油条几，几上放着插瓶横镜；里屋北墙上挂着镜框字画，下面放着红油方桌，太师椅子。张福奎把冯贵堂让到椅子上说："你要来就来，还送什么东西？无论多么忙，别人不能见，你还不能见？你是保南名门，有名的士绅嘛！"冯贵堂说："早就想来看看你，在僻乡村里，成天价闷得不行，来城里住几天罢了，也没有什么要紧事情。”张福奎说：“你家是明朝手里财主，你是有名的法学家，可是有的事情你不如我。俗语说：县官不如现管，比如失盗啦，路劫啦，走失牲口啦，你就得找我了。咱是手到擒来，你就得干瞪着眼。”冯贵堂说：“当然是呀，这条道上的人们，谁敢不在你面前烧香？可惜党派之争你就不行了！”张福奎一听，把两撇黑胡子一翘，瞪圆了眼睛说：“哪里话？过去我不懂得，现在再不能小看我了。在曹、吴和张作霖时代，咱也办过国民党的案，那时他们还在地下。目前他们得势，咱就得听他们的了。如今国共分了家，咱又得跟共产党作对，办起共产党的案来。”说到这里，他走向冯贵堂悄悄地说：“保定行营调查科还请咱们的客呢！”冯贵堂吃了一惊，说：“这样一说，你老兄就平步青云了，也不拉小弟一把？”张福奎一听更加得意起来，说：“不瞒你老弟说，南方过来的CC们也拿咱当自己人了。”冯贵堂说：“CC过来也好，这共产党闹得不祥了，几年来他们一连闹了反对‘苛捐杂税’，反对‘验契验照’，反对‘盐斤加价’，反对‘地租高利贷’……咳！他们明是保护农民利益，其实堵住咱进钱的道儿，不叫发家致富。没有家哪里有国？他们净是扶助那些窝囊废泥巴腿们，在大街上撒传单，闹请愿，横冲直撞，你也不管一管！”

说到这里，张福奎哈哈大笑了，说：“哪里？自从共产党在乡村里一扎根，我就派骑兵黑天白日下乡搜捕，哪里放松来？可是，共产党也和人是一样，脸上哪里漆着字儿？你有再大的本事，上哪里去拿，上哪里去绑？前天逮住一个人，轧杠子灌凉水，收拾了八个死儿，就是那样也镇压不住他们。”

一边说着话，青年妇女们端上茶点，张福奎站起身，眼看着冯贵堂说：“我给你介绍介绍，这是你两个小嫂子，明天给你包饺子吃！”冯贵堂一下子站起来，两掌一拍，把右手伸出去说：“久仰！久仰！不知道嫂子在这里，也没带一点稀罕东西来。”

两个青年妇女，约有二十三四年纪，雪白的长圆脸儿，大眼睛。穿一身黑绸衣裳，沿着桃花白边，像是在孝里，很像姊妹两个。见了冯贵堂，脸上也不红也不热，眉开眼笑，提高嗓音说：“那样说也太外道了，请都请不到的，明天请你过来喝两杯酒，认熟认熟。”连说着，扭搭扭搭走出去。

张福奎问冯贵堂：“老弟你说，在乡村里过日子，有什么困难的？”冯贵堂说：“不是才说了吗？前几年这城里学堂里有个贾老师，不好好教书，成天价宣传共产。他今天走到这个村，明天走到那个村，好像端着升子撒种，在穷乡僻壤里，这儿撒上一把，那儿撒上一把。当时还不显眼，过了几年可就显出来了，男的女的，老的少的，出了一些个共产党。他们今天抗捐，明天抗税，闹得人四体不安……”张福奎说：“你一说我就知道了，过去我叫人盯过他的梢。我看这个人不是个起眼的人物，一个小学教员罢了！”冯贵堂把桌子一拍说：“你算了吧，大哥！过去我也这么想，像俺村朱老忠、朱老明，小严村的严志和，和他们的小子们，严运涛、严江涛、朱大贵……都是一些个庄稼百姓，一个大字不识，哪里读过社会科学，懂得什么共产主义原理？他们连共产主义 ABC 都没读过，反了我的割头税。前天又在乡村里闹罢工罢市，抬高工价……咳！闹得不像话了！”他说着，咧起大嘴，跺脚拍掌，生起气来。

张福奎笑了说：“老弟！不过是一些庄稼百姓，长工头子们，也值得气成那样？”冯贵堂说：“别看是一些宵小之徒，他们是鱼里的刺、酱里的蛆。别看人物小，单等时机一到，就要给你眼里插棒槌！”张福奎看冯贵堂为难的样子，绷紧了脸，瞪直眼睛，站起身来摇摇手说："老弟！不用说了，我给你收拾他们还不行？"冯贵堂又咧起嘴说："你光是动嘴，哪里肯劳动一下身子？"张福奎说："别人的事情我可以不管，你的事情我能不管？这点小事，如探囊取物！"冯贵堂把桌子一拍，说："这么着吧，你要是能把朱老忠牵了来，我给你送十匹好马，叫你骑着。"张福奎把手一摇说："至紧弟兄，过的着那个？"冯贵堂说："到了冬天，我给你送两身白狐皮袍来，叫你冻不着。"张福奎说："算了老弟！知道你冯家大院里是富贵之家，明朝手里的财主，有的是珠宝玉器，我稀罕那个？"冯贵堂说："那个好说，走着瞧吧！你对得起我，我一定对得起你。"

正在说着，西屋里有用鞭子打人的声音，打得啪啪地响，被打的人不声不响，没有一点声息。冯贵堂问："大哥！这是官邸还是衙门？"张福奎说："要说是住宅也是住宅，要说是衙门也是衙门。要是有人过我这道衙门还得费点事。"冯贵堂说："俗语说，官刑好过，私刑难挨嘛！"张福奎说："不瞒你说，别看衙门小，县里各科各局谁敢小看咱？"冯贵堂说："你有枪杆嘛！"说着，他觉得谈的时间不短了，移动脚步想往外走。下了台阶，看见西屋里正在点着灯过堂问供。走过去一看，一个农民跪在铁链子上，马快们用绳子蘸上水打他，打一阵就问："你招也不招？"那人只是憋足气，垂下头不吭声。冯贵堂看了一会，哈哈笑了，说："嘿呀！好硬的骨头！怪不得老兄说，你也不放过他们。是个共产党？"张福奎说："哪里？保安行营调查科向我要'共犯'，有那么现成？胡乱拿个人来拷打成招送去，就算销账了。谁知道共产党在哪里？"冯贵堂把张福奎肩膀一拍，绷起脸来说："那，你还不去抓朱老忠，我保证他是共产党，差一点儿，把我'冯'字倒写了。"张福奎说："老弟！你消消气，跑了和尚跑不了寺，早晚请他吃这碗冷干饭，老弟既然说过，小兄决不食言。”

两个人一边说着向外走，走到外院里，冯贵堂看了看墙上拴着的坐马，个个肥得滚疙瘩，走过去拍拍马屁股说：“真好的坐马！喂得这么好看，比我的马还肥。”张福奎手捋着胡子，说：“左不过是老百姓的粮食，多喂点怕什么？”冯贵堂说：“那，当然是！”说着他又停住脚，仰起脸对着天上愣了一刻，向张福奎走过几步，悄悄说：“我看咱们成起民团来，四个区里成立四个营，四营一团，正合适。弄一半骑兵，一半步兵。你当团长，我给你帮忙……”张福奎听了，把掌一拍，哈哈笑着说：“英雄所见略同！团长不团长，我又不在乎那个。荒乱之年，维持地方治安，保护民众生命财产要紧。现在只靠咱们队上这一百多支大枪，今天跑到这区，明天跑到那区，哪里办得过来？要是一下子闹起红军来，咱到哪里哭秦廷去？”冯贵堂两只黑眼睛盯住张福奎说：“你知道白洋淀里李霜泗吗？那也是一股人马。”张福奎说：“知道倒是知道，过去还在一块搭过伙计。那人有点拐孤脾气，如今不肯着我的边儿。”冯贵堂说：“我手下倒有一人与此人有一面之交。”张福奎说：“这人邪僻透了！保定行营要成立高博蠡七县联合肃反总队，我说叫他来，他不肯来。你给他带个信去，叫他送十支大枪一千粒子弹来！”说到这里，两个人同时往外走。那些马快们以为张福奎要出门，挎上枪跑出来。张福奎把冯贵堂送到门口，说：“成立民团的事，咱明天进衙门谈谈！”一说进衙门，冯贵堂一下子从心上笑到脸上，说：“我和县太爷还不太熟悉。”张福奎说：“有我介绍。”冯贵堂把两手一拱，说：“奉陪！”

第二天早晨，冯贵堂吃完早饭，坐在楼窗下休息。因为昨天见到了张福奎，谈得很投洽，火气消了，心情平静下来。看天上晴得很净，太阳刚刚升起，天气倒还凉爽。叫老山头沏上一壶茶来喝着，听得一阵马蹄声，他伸头一看，是张福奎带着十几个马快跑过来，身上都挎着枪。他以为张福奎从门前经过，要进衙门。可是他走到门口翻身下了马，把缰绳往身后一抛，扬长走进宴宾楼。这时冯贵堂还不相信是来回拜，直等到张福奎在楼下问起他的名字，才急忙下楼去迎接。刚要下楼，张福奎嗵嗵地走上楼梯。他今天穿了黑纱马褂，浅色丝罗大褂，粉底黑色缎鞋。新刮了脸，显得两道宽眉更黑，八字胡儿更长，一见冯贵堂伸出宽大的手掌，响亮地笑出来说："老弟，我来看你了！"冯贵堂一时高兴，弯下腰鞠个大躬，握起张福奎的手说："在下真真是感激不尽了，我是什么身子骨儿，敢劳动你？"张福奎说："哪里，你是有名的士绅嘛！不过话又说回来，你是读书出身，上过大学，念过'法科'，一出马就在外面做事儿。我呢，是行伍出身，从枪子群里钻过来，自来就没离开过这块土。再说，我是个粗人。"他说这话，倒也谦虚。其实在本乡本土，他不说人们也会知道，这人自幼是"响马"[①]出身，成群结伙，夜集明散。有一位县长实在对他没有办法，才把他收编成特务队，利用他捕盗缉匪，传票办案。自从他在这方面立下大功，就出了名了，无论哪一位县长到任，得先传见他。他还是一位青帮大爷。

冯贵堂握紧张福奎的手，连连掂着说："哪里？哪里？不过是读了几本子书罢了，有什么学问成就？可是，话又说回来，既然不能著书立说，干脆回到老家本土来，办点公益事业，造福桑梓。"张福奎捋着黑胡子说："心同此理！"说着，两个人坐在楼上喝茶。张福奎看了看手上的表说："走吧，老弟！咱一块去王县长那里聊聊，看看他对成立民团的事情有什么意见？"冯贵

① 强盗。

堂一听，马上笑起来，他想起为包割头税的事，碰过王县长一脑袋疙瘩。可是今天有张福奎陪着，也许会谈得好，他说："聊聊就聊聊，兴许他还不认识我。"张福奎说："哪里？一说是冯家大院，他巴不得出来在大堂上迎接你，再说过年过节你也得结记[①]着他点儿！"

冯贵堂穿上衣服，戴上纱帽盔，跟着张福奎走下楼梯。张福奎出了门也不上马，两个人并肩在大街上走着。那班子马队跟在后头。走到大堂门口，马队停下，两个人扬长走进去，两旁警察和保安队见了张福奎，一股劲拿眼盯着打敬礼。张福奎也不理睬，一直走进花厅里。王县长正陪着四大城绅的胡老云和王老讲坐着。胡老云和王老讲看见张福奎进来，一齐站起来走前两步，笑笑嘻嘻说："队长今天进衙门了！"县长王楷第也站起来说："我还说去请你哩！"他看张福奎背后站着一个人，似曾相识，可也记不清楚了。他把头斜了一下，把眼镜对了一下光，看清这个人的面目。

张福奎在一旁看着县长的表情，笑了说："我一说你就知道了，这就是咱县有名的大财主，冯家大院里的当家的，冯贵堂！"王楷第一听就明白了，随即忆起为割头税的事，曾和冯家大院闹过一场纠纷。可是今天他陪张福奎进来，把事情抛在脑后，故作不知算了。捋捋胡子，笑笑说："你不来城里走动，也就无缘相见了。"张福奎说："哪里，他一直在外面做事，对本县的人们倒有些生疏了。"其实冯贵堂为了打官司常进县城，不过他走动的地方，是班房和代书处，常和那班子衙役狗腿们打交道。

胡老云是个胖壮老头，雪白头发，白圆脸，他是在城商会的会长。听说是冯家大院的人，走前两步，伸出胖胖的手掌说：

---

① 挂念，惦记。

“老财主！过去都是你们老人冯老兰进城办事，我们倒是老交情，这几年也不见他进城了。”他虽然上了几岁年纪，口齿还伶俐，说起话来谈笑风生，膛音挺大。

冯贵堂握住胡老云的手，把嘴头亲过去说：“那是敝人的椿庭，他上了几岁年纪，懒怠进城了。小可年幼，还没拜见过老前辈们。”

说着，王老讲也拄起拐杖，移动迟钝的脚步，一步一步走过来，张开没了牙的嘴说：“说起冯老兰，年幼时候常在衙门口里见面。这人长于经济之学，会过财主。”他身形很大，年幼时候也还是个胖子，如今只剩皮包骨头。肉皮一皱，皮肤呈黄褐色，脸上长出酱色的斑纹。

说着，一齐坐下。差役端上茶来，把四面窗户打开。这是一间收拾得很整齐的四方亭子，墙上挂着几张字画。窗外后院是花园。说是花园，倒种了很多蔬菜桃李之类。靠西一座小土山，山上造起一座草亭。王楷第对着窗外出了一会神，又转回头，对胡老云、王老讲说：“张队长来了，把你们的意思谈谈吧，今天公安局许局长不来了。”胡老云斜倚着椅背，笑模悠悠儿说：“说，也是老话了。如今淞沪抗战失利，日寇进占东北，东北各地义勇军蜂起，说是抗日，不过是一些胡子趁机作乱罢了。咱县如今也四乡不静，未免有些宵小之徒浑水摸鱼，张队长可知道？”张福奎说：“你说的是路劫、明火？”王老讲紧跟上说：“路劫不过是打劫路行客商，明火不过是窃夺些金银财物，是古来常有的。如今共匪作乱，是自古以来没有的了。”他颤动着嘴唇，麻沙着嗓子说着，好像一谈起这个问题就担惊受怕的样子。冯贵堂一听，从椅子上站起来说：“二位前辈说的一点不假，都是一些个庄稼百姓们，懂得什么‘政治’？偷偷地钻在农民的小茅屋里，蝇子式地蚊子式地瞎嗡嗡。如今大敌当前了，他们扰乱后方。”王老讲一听，无力地摊开颤动的手掌说：“哎！就是这样。”胡老云有力地咳嗽一声，接着说：“他们说是抗日，不过结党营私，贪图小利而已！”冯贵堂把手一摆，说：“不然，大有洪杨作乱之势！”王老讲说：“白莲教和团匪，就是趁国家多事之秋闹起来的。”

王楷第听到这里，难过地摆摆头，慢慢取出胡梳，梳着胡子，说：“咳！党国多难呀！淞沪抗战失利，国都要西迁洛阳了，中央尚无一定对策。地方上土匪流氓，蠢蠢思动，后顾堪忧啊！”他一字一句说着，眼睛看着远处，有一股哀伤之情在他心头萦回。他在前清末年保定武备小学堂毕业之后，就入陆军大学深造，在军阀混战的年代里，给一个军阀办过军需。军阀失败，他抓了一笔外财下了野，在天津租界里做了几年寓公，如今又出马做地方官了。一谈起战争，他着实觉得头痛。

张福奎把手一拍，一下子跳起来说：“蒋委员长要先肃清地方，再对付日本鬼子。他们偏是强调对付民族敌人，一下里对付民族敌人，一下里暗暗蠢动，四乡里串通。昨天我还和贵堂老弟商量，我们早把民团办起来，一旦地方有事，咱手里就有戡乱之力了。”冯贵堂也说：“县虽不大，一团武力满可以保护全县民人生命财产了！”胡老云抬起头，笑着斜起眼睛看冯贵堂，他看这位年轻的士绅心胸还开阔，侧起头问了一声：“团费从哪儿所出？”在他的经验里，这些事情往往与商会有关，他对这事感觉特别灵敏。冯贵堂说：“如今一般则例，都是随粮附征。老前辈！你看怎么样？”王老讲一听，说：“一团人的枪弹饷项，筹划起来，就所费不赀了。依我看，咱还是去请军队到咱县来驻防。”王老讲是县城里有名的大地主，对于随粮附加，他并不表示同意。冯贵堂说："那倒容易，国民党十四旅旅长就是我的老朋友，一封信就调了兵马来。其实，那还不是一样吃粮食？粮食还不是从咱地里长出来？还不是就地筹饷？"王老讲说："那，一仓粟米挡住他了。"冯贵堂说："他吃你的老仓米？他才不吃呢。到了有事的时候，他还不真卖力气。如今带兵的人们都讲保存实力，保存自己地盘，谁肯为地方利益牺牲自己力量？我看还是咱自己成立起一个团的兵力，张队长当团长，我帮着。"谈到这里，张福奎一下子跳起来说："是嘛！我要是指挥起民团来，说早晨出动，早晨出动，说晚上出动，晚上出动。请了兵来，他要就地筹饷，还要好吃好喝，一旦有事，请他们卖力气了，还像求爷爷告奶奶一样。要是请下神来送不上去，成年累月在县境住着，还不像咱自己成立民团一样？"张福奎一句话说开了，胡老云和王老讲一齐舒过脸去问王楷第："听县长的意见！"

王楷第把视线从后园里收回来，暗暗点头，似胸有成竹地说："我外来人做地方官，还是听你们地方上的。你们认为请兵有利，咱就请兵。保定驻的有十四旅，安国县驻的有骑兵十七旅，都是老朋友负责，去封公函，就请到了。你们认为办民团有利，咱就办民团。至于饷项弹械，我呈请省政府，随粮附加民团捐就可以了。"

话说到这里，算是告一段落，胡老云和王老讲不再说什么。冯贵堂也不再说什么。王楷第看了看手表，对张福奎说："今后要特别注意地方治安，有一股谣传，说冀东专员要独立！"大家一听，一齐舒过脸来，听县长说话，可是他不再说下去。胡老云说："不过是一个小小的专员而已，也闹独立？"王县长说："他和日本人勾上了。这年头，吃日本人的饭倒容易。不过，目前条件尚不成熟，看将来怎么样吧！"说着，各自戴起帽子，提上手杖走出来。张福奎出了县衙骑马往家走，走到石牌楼底下，碰上国民党部的刘书记长，他机灵地从马上跳下来，扯住刘书记长的手说："我有一件要紧的事情，要跟你商量！"

刘书记长是个长条个子，瘦长脸，瘦眉狭骨的。见张福奎一下子跳在他的跟前，几乎吓了一跳，机灵地躲开，两手正了一下眼镜，说："张队长！什么事情？你说吧！"张福奎说："保定行营叫咱成立高博蠡七县联合肃反总队，这件公事，怎么你们老是不批？锁井镇上出现了共匪朱老忠，你们可有情报？"刘书记长打了个愣怔，口吃着说："那件公事，你们不用忙，等我们研究好了再说，经费是一件大事。情报倒是有，不在锁井镇上，那里没有什么征候。"张福奎说："要不就先通过你们呢，不然人马伞旗地去了，什么东西也见不到。保定行营叫咱们合作！"刘书记长立刻笑嘻嘻地说："好呗！当然要通过我们一下，办党案不比别的，这是政治问题！"张福奎说："是呀！咱国民党掌政嘛，当然要听你们的，请多关照！"刘书记长说："彼此！彼此！"说着，张福奎骑上马走回去。刘书记长瞄着他的马尘飘远，长出一口气，从衣袋里摸出手绢，擦去额上汗珠，愣了一会。本来他想进衙门去办事，可是他看张福奎神色不对，立刻转回身，迈开脚步走回去。

13

刘书记长离开张福奎，匆匆走回国民党县党部，坐在椅子上休息了片刻。那是办公室后头两间僻静屋子，前山一面窗户，因为有前面高房影着，并不敞亮。窗前是个长条院子，院里一个长方花池，几丛玉簪，开着白色的喇叭花，放散着香气。屋里北墙上挂着个大玻璃镜子，罩着影印的“总理遗嘱”。东墙下放着一只大床，他躺在床上，眼睁睁看着屋顶想来想去，觉得问题严重。又坐起来，在屋子里走来走去，心上烦乱不安，再也静不下去。才说拉开门走出来，正好有人敲了两下门，咳嗽了一声。他由不得怔了一下，把门开了个小缝，向外看了看，压低了声音，笑了说：“原来是你，快请进来！”他伸出一只手，把客人引进屋里，皱紧眉头，问：“你怎么到这里来了？”

客人穿着蓝布长衫，秃隙顶，头发却很长了，脸上放着光亮，他两手插进衣袋里走进门来，随手把门关上。停了一刻，缄默地笑了说：“我怎么不敢来？你这里还不是保险地？”刘书记长问：“你知道这是国民党部吗？”客人睁开晶亮的眼睛，笑笑说：“我到的是国民党部。”刘书记长喷地笑了说：“我正想去找你！”说着，拉起客人的手，回到床边，两人并肩坐下。客人问：“有什么要紧事情？这么惊讶！”刘书记长问：“锁井镇上有个朱老忠？”客人一听，低下头寻思一刻，故作镇静，问：“你怎么知道？”刘书记长说：“马快头张福奎说的，事情已经是很紧急。”客人暗暗抽了一口气，说：“张福奎？”他反问了这么一句，脑子里立刻映出一个彪形大汉的形象，一般人见了他，身上都会寒战。他想到这个阶级敌人，眼前的对头，也许就要下毒手了！

刘书记长看客人慎重的样子，轻笑一声，说：“这些人不过是一些个流氓土棍，上炕举起烟枪，下炕拿起手枪，没有什么政治头脑。今天跟随这家，明日跟随那家，有奶便是娘，谁多给他钱，他就跟谁叫爹。过去他不过是个跑黑天出身，杀人越货，手头子很黑的恶徒。今天一步登天，当了特务队长，和 CC 们勾结起来，谁落在他的手里，死不了也得扒下一层皮……”他一壁说着，心上由不得有些愤恨。客人说：“不要焦急，有多少羊也得轰到山里。”刘书记长说：“宜早不宜迟……”

客人不等他说完，低下头挖空心思，想出还有可用的力量，而且满可以做张福奎的对手，心情才沉静下来。于是，他拔步要走，又抬起头来问：“你还有什么事吗？”刘书记长看客人要走，他又走前一步，拉住客人的手，笑了说：“我向县委提的意见，你知道了吗？”客人睁开两只黑亮的眼睛，对着他沉默一刻，笑了说：“开玩笑，你简直是开玩笑！养兵千日，用在一时嘛！正在这个节骨眼上，你想扯后腿？张校长也不让。”刘书记长一听，皱起眉头，把两只手搂在怀里，叹了一声，颤颤腿腕说：“不是！我绝不。我想跟你说说。你是我的老上级，老张也是我的老朋友，你介绍我入了党，即便我说得不对，你也会了解我错误思想的根源。我实在不愿再做这个工作，到了国民党部里，人家叫我‘同志’，到了咱县委机关里，人们也叫我‘同志’，你看我成了什么了？到了省党部，人家拍着我的肩膀说：‘好同志！你要多做些工作，要把共产党一网打尽，要铲草除根。’我听不顺耳，实在听不进去。慌忙赶回来，走到咱县委机关，县委同志们又拍着我的肩膀说，‘好同志！你一定要顶得住，保护咱的领导机关，保证同志们的安全。’你看，我成了什么了？如今省党部又叫成立高博蠡七县联合‘肃反’总队，叫张福奎当队长，这件公事我还压着……”他说着，心里翻上倒下，实在不安。他是一个老党员，第一次国共合作的时候，他加入了国民党。经过“四一二”反革命政变，他担过多大的凶险才留在国民党里。自从调到国民党部工作，就赶上抗捐、抗税、抗租、抗债，一连串的群众运动。在国民党部里，应付这些个工作不是容易。他绞尽了脑汁，费尽了心血，才没出危险。咳呀！几年以来，他做了最难做的工作。

客人不等他说完，弯下腰去，停了一刻，把膝盖一拍，幽默地笑了说："好嘛！你做的工作很有成绩！只有这样，你才能长期埋藏下去，发挥你的能力。干脆告诉你说吧！依我看，你不能调动工作，不管反动派闹得怎样凶，我们不能随便从党政机关，从军队里调出一个干部，不能放弃阵地。那样做就是右倾，就是取消派的主张。相反，我们要把更多的同志派到政府机关、派到军队里去。在任何情况下，不能放弃一切军队、政权的领导，这个问题非常重要。过去，曾经有人喊出这样的论调：'一切权力归国民党，我们要从军队、从政权里撤退！我们不过是帮助资产阶级完成民主革命……'就是因为这样，他们就犯了最大的错误，你明白吗？"

客人郑重其事地说着，想到自从"四一二"反革命政变之后的工作，是怎样的艰难。反动派以迅雷不及掩耳之势，发动了政变，逮捕了很多共产党员，镇压了工农群众，破坏了领导机关，打乱了革命的队伍。在北方虽有不同，可是也经过了党内两条路线的斗争。一方面要掌握队伍，一方面要应付阶级敌人，费尽心血，才把一部分人留在国民党部里支持工作。如今听说刘书记长要退出国民党部，他心上实在懊腻。刘书记长在一边听着，两只手互相扭结，心在胸膛里突突跳着，这时他才把调动工作的想法打消了，说："国民党的省党部里净骂我无能，我们的人也说我工作做得软，顶不住，在背后议论我，我心里太难过了。自从入党以来，我还是单线领导，不能参加小组会，人们都提高了，我却越来越低了。如今人们轰轰烈烈地搞群众运动，在群众里锻炼，有多好；我呢，成天价穿着长袍马褂，摆起官僚架子，在衙门口里走出走进。过堂，我要去陪审。开县务会议，我要和那些土豪劣绅们平起平坐，称兄道弟……”他说着，由不得从眼里滴下泪来。

客人听他说出心里话，也明白这个同志的苦衷。走前几步，拍了拍他的肩膀说：“好嘛！你能这样认识这个问题，就说明了你的政治水平，你有阶级警惕性。很好！只要你能从始至终地这样下去，你就不会腐化，你就能完成任务。可是，据我所知，县委坚决不调动你的工作。要站稳阵地，纹丝不动地工作下去。要把工作做好，要有一分热，发一分光，和阶级敌人战斗到底。但是，你们要注意，要做长期埋伏，不能只顾眼前，一刻的粗心大意，都会造成严重的损失，明白吗？”

客人一口气谈到这里，刘书记长火气全消了，心血慢慢沉下来，他想要说的话，都说完了，脸容恬静下来，一下子笑了说：“说是说，笑是笑，还是工作要紧，别的都在其次！”

客人又走上去，热情地握住他的手说：“本来嘛！当时是根据你的智慧，根据你的工作能力和社会经验，才调你做这个工作。你是我们最老的同志，怎么能这样呢？”客人一说，刘书记长又沉下脸来，他像是接受了这个批评。客人又拍着他的肩膀说：“要求做好做的工作，想在群众里显示自己的才能，那是一种什么思想？恰好这个工作不是那样岗位。好同志！你埋头苦干，做一辈子无名英雄吧！”

刘书记长听到这里由不得吃了一惊，说：“一辈子？”

客人说：“是嘛！你看，你又在考虑自己。你要首先考虑到党的利益，然后才能谈到自己。你要干一辈子革命，就要做一辈子这个工作，党是永远不会忘记你的！”

刘书记长听到这里，狠了一下心说：“好吧！我下这个决心。”又问：“省党部叫成立七县联合‘肃反’总队的事情怎么办？”

客人有力地转了一下眼瞳，胸有成竹地说：“昨天县委研究过了，要用尽一切办法拖延，实在拖不过去，就看机会把我们的人安上去，咵的一下子成立起来，把‘肃反’总队变成我们的。这个工作，每个环节都要细心做好，你比我有经验，我就不多说了。”

刘书记长听到这里，连连点头，表示对这个答复甚为满意，这时他的精神完全松散下来，有一搭无一搭地问了一句：“那个问题能解决吗？”

客人说：“我今天来找你，就是想和你研究这个问题。这个问题要是解决不了，就会影响全局！”

刘书记长又笑了说：“我看你跟老曹研究吧，那是个关键。我这里两手空空，手无寸铁！”说着，他摊开两只手，表示为难。

客人连连点头，他深刻地了解对方的意思，不想再往下谈这个问题。

这位客人就是贾老师，他的真实姓名是贾湘农。目前是保东特派员，他在“七六”惨案的那天夜里，离开保定。敌人在到处追捕他，他不得不离开保定，跑回来。另一方面是为了布置一件重大的工作，中心县委决定在属下各县——滹沱河两岸农村，检查基层工作。那天夜晚，他在定县下了火车，就住在平民教育促进会里，那里有同志们接待他。他在文庙前一间考棚里，接见了路西山地一带来的同志们，了解了山地基层党的工作情况，就开始从定县一个村一个村地向东转移，沿途住在农民的小屋子里，吃着他们自己园子里种出来的新鲜蔬菜，吃着他们自己土地上打出来的粮食。他觉得受了农民们的热情招待，吃着他们朴素的饭食，就像母亲的奶汁一样甘美。他和每一个来会见的农民，或是小学教员，攀谈目前农村阶级关系，了解他们的斗争状况，他们的生活和他们的要求。考察完了一个村庄，同志们在夜晚骑上自行车把他转送到另一个村庄。他这样走过了定县、安国、博野的一部分农村，他觉得那里的工作做得扎实，农民的阶级觉悟很高，工作又积极又热情，他很满意，就像中心县委估计的那样。这时，他又想到：也许自己对这一带工作的估计不是十分准确！想到这里，他感到浑身松快；在保定的日子里，他经常受着军警的重压，觉得头脑沉重。问题越来越多、越来越复杂，他总是皱着眉杲过日子。可是一离开保定，摆脱了阶级敌人的压迫，他的心情立时豁亮起来。

贾湘农叫刘书记长到门外看了看，门口没有人，才匆匆走出来，回到县立高小，坐在床上歇了一刻，走到窗前，抬起眼睛望着窗外操场上。操场上还是那几个篮球架子，学生们一群群一伙伙地做着游戏。他一见到青年人们的天真活泼，心上就高兴起来。自从多少年前，他从天津来到这个地区开辟工作，就住在这间小屋子里。这个房间很僻静，门前来往人也很少，他和这个房间有了感情。猛地，他又想起拾掇一下东西，快到锁井镇上去，传达那个重要的消息。可是他又想起那个重要的问题还未解决，他考虑了又考虑。走到南窗前，看着窗外两棵马榕花，粉色的花朵正在开着，放散着香气，沁人的鼻子。看着，他的视线越过院落，注视着对过的古圣殿。在那艰难的岁月里，他在滹沱河两岸，明来夜去，过着合法存在、非法活动的生活。他对这里一草一木，一间房子，都有着深厚的感情。想着，他又走出来，到县衙前街去。太阳西斜了，通红的光亮射在他的脸上。大路上车马很多，蹚起很多尘土，腾在空中。可是，他好像什么都没有看见，匆匆地走过去。过了财政局，走进路北一个小门里，进门就喊：“曹局长在家吗？”

有人从屋里走出来，正是曹局长。中等身材，紫糖色的脸，和蔼可亲。他伸出胳膊，握住贾湘农的手，搂在怀里，说：“本来昨天晚上我想去看你。”又心情沉重地问了一句，“怎么你青天白日出来？”

贾湘农笑笑说：“我不到别处去，到你这里来，总没有人怀疑吧！”

曹局长点了一下头，说：“是呀！昨天吃过晚饭，才说到你那儿去，县长又派人叫了我去，为印花税的问题谈了半夜。这宗税我们已经压了半个多月。我是本地人，我完全了解农民的痛苦。近几年来，军阀混战，就地筹款，一道这个税，又一道那个捐，你看农民还能活吗？可是，这些税都从财政局所出，我不能为广大农民解除痛苦，我算做了什么工作呢……”他抖着两只手，觉得很是为难。说着，手拉手走进小屋，坐在椅子上。

贾湘农不等他说完，就说：“很好！你这样考虑问题很好！从目前来说，在什么岗位上，从什么角度来使劲，是一个很重要的问题。”说着，他又走过去，拍拍曹局长的肩膀，把嘴就在他的耳根上说：“县委向你提出的要求怎样？最近我们将要领导一次农民暴动，你既然做这项工作，在军需、经费方面，得卖把子力气才行！要知道日本法西斯的军队已经到了山海关、长城一线呀！”

曹局长一听，一下子笑了，从椅子上站起来，说：“算了吧！我的老伙计！成立河北红军，建立抗日根据地，一切用费，你跟我说！”他一边说着，激动得脸上喷红，嘴上不住地嘻嘻笑着，两手哆嗦打抖。为着这个重大的任务，热血在他心上激流奔泻，鼓荡着他的心房。

贾湘农一听，弯下腰大笑了，拍着膝盖说："好嘛，同志！……"走过去拍拍他的肩膀，伸出大拇指头说："先筹划两千块钱，一挺机枪，你看怎么样？"

曹局长把手一拍说："可以！我们在这里干了多少年，光等着这个哩，你尽管提出问题吧！"

贾湘农挺直了腰，伸出一个手指点着说："老兄！牛皮不是吹的，泰山不是垒的，我来问你，这笔钱你从什么地方所出？"

曹局长把头一摆，说："唔！我做的是这个工作嘛！开开县库拿呗！"

贾湘农紧跟上问："你敢？要是被敌人发觉了呢？"

曹局长说："那就要看这次行动怎么样了。起义成功了，天下成了我们的，算是解决了问题。"说着，两个人仰起头，又哈哈大笑了一会子。

贾湘农听到这里，一下子跑上去，搂住曹局长的脖颈，说："好啊，好同志！你是个好共产党员，该着抗日成功了。同志！你要明白，国家、民族，已经面临危机的关头啊！日本法西斯的军队侵入我们的东四省，又要侵占上海，想要奴役我们中华民族啊！反动派勾结帝国主义对日妥协，一心'剿共'，他要向苏区发动一次更大规模的四次'围剿'。这样一来，抗日救国的重担，就放在我们共产党人的肩头了！长城一线离我们脚下近在咫尺之间，强敌压境啊！你能帮助党完成这个艰巨的任务，将来你这里就成了红军的供给部了！"他说着，弯下腰去，伸开胳膊握紧曹局长的两只手，连连抖着，表示衷心的钦佩。

曹局长看贾湘农感激的样子，跺起脚来说："这是党的任务嘛，当然要努力完成。”

说到这里，曹局长紧张的心情才松散下来。从衣袋里掏出小烟袋，把两只脚圪蹴在椅子上，打火抽烟。看起来他已经有四十岁年纪，中等身材，由于在地主家里繁重的劳动，已经有一些拱腰了。他本来是一个贫农，在乡村小学里读过两年书，学过木匠。后来因为破了产，不得不给地主扛长工维持一家人的吃穿。可是那又能有多少收入呢？有人说他和那些绿林英雄们有些来往，不知道的人，说他是个“花狸脖子”。知道的人，明白他是为党做了这项工作，专门团结改造警察、保安队和那些干“明火”“路劫”的家伙们，也要他们为革命事业付出血汗。由于党的帮助，他在这些人里树立了威信。几年之后，再由于党的帮助，他到北京一个机关里做了几年小职员。后来通过亲戚的关系，回到县里，做了县公署财政局的局长。这样一来，解决了党的工作问题，也解决了他全家的生活。在每月交纳党费的时候，他几乎把财政局长的薪金大部分交给党，此外还有人跪下磕头向他借酒饭钱。可是他自己向来不吸香烟，不喝酒，只是抽一袋旱烟。一年到头，不过穿一身黑布制服。

贾湘农从曹局长那里走出来，已经黄昏时分。路上经过一片空地，长着一片青菜和庄稼，他站住脚静了一刻，红色的夕阳射在树梢上。天上飘起锦缎一般的霞云，一大群云雀在云霄高处围绕云霞乱飞。他仔细看着云雀穿绕云纹姿态，真的看迷了。他正在怔怔地出神，有一只手掌慢慢从旁边伸出去，把他的视线挡住，他猛地像从梦中惊醒，扭头一看，是张校长，抿着嘴向他笑着说：“你还有这样的闲情逸致？”说着，握了他的手，一同走着。张校长是个细高挑儿，四十多岁年纪，白净脸儿。为了农民暴动，党派他来接替贾湘农的工作。

贾湘农说："你去干什么来？"张校长说："我到教育局谈了一下，了解了些情况。"贾湘农说："好，你可以开始工作了。"张校长说："不，我离开这里这么些年了，也生疏起来了。"贾湘农说："你是毛泽东同志的学生，又是熟地方，工作会是顺利的。"张校长说："希望如此。"远在大革命时期，张校长接受党的任务，到广州农民运动讲习所学习，毕业之后，分配他到高、博、蠡一带工作，当初贾湘农来接替他的工作的时候，只发展了一些党员，还未建立县委；如今他又回来接替贾湘农的工作，已经成了另一种局面了。

回到学校，贾湘农又介绍了一些情况，说了一会子离情别绪。张校长说："你是特派员，以后我听你的。"贾湘农说："哪里，你是老前辈，是得到毛泽东同志的真传的。不是你介绍了广州农民运动讲习所的心得，我哪里能做这个工作。"张校长说："咱还按毛泽东同志的意见办：搞农村的大革命，打土豪分田地，闹农民暴动。"他停了一刻又说："由于外祸、内难，再加上天灾，农民广泛发动了游击战争。学生救亡运动有极大的发展，要冲破卖国贼的戒严令，制止警察、侦探、学棍、法西斯蒂的破坏和屠杀……工人、农民、学生、士兵，要配合起来……总之，时刻到了。"他一面说着，觉得津津有味。

贾湘农吃完了饭，慢慢走回来收拾东西。夜暗慢慢地从天上降下来，张校长打发一个厨工和一个摇铃的同志，送他到锁井镇上去。他叫摇铃的同志腰里别着枪，骑着车子头里走。叫厨工同志陪他在后头跟着。正是八月中旬，天气正热，高粱已经长得一房高了，有风吹过来，庄稼叶子互相擦得哗哗乱响。

这天晚上，金华和大贵正在屋里睡着。朱老忠睡不着觉，坐在院里看星星。和冯家大院里闹的几场纠纷，还没有结局，不知将来落到什么地步，他心上不安。正在吧咂着嘴抽烟，听得有人敲门，朱老忠身上激灵了一下子，从捶布石上站起来，他想：是谁？已经是深更半夜了，有谁来敲门？连忙走进屋去，把贵他娘从炕上捅醒，又叫起大贵二贵。贵他娘拿起一把菜刀，大贵走到门道口，抽出一把禾叉。二贵手上擒起一柄粪叉。自从白色恐怖以来，保定行营的特务们，不是在这里捕人，就是在那里捕人，闹得人心惶惶，都警惕起来。在夜暗中，他们把两眼睁得直勾勾地向门洞走去。朱老忠摇了一下手，叫大贵二贵退后几步，他一步一步走到门前，又回头说："要听我的，我说个打，你们就一齐下手。我要是不吱声，你们可不能下家伙。"说着，走过去悄悄地问："是谁叫门？"他不住地回头望着墙头上，屋檐上，看有没有人上房"压顶"，又走过去把耳朵贴在门缝上，问："着实说，你是谁？"门外有人小声说："我是老贾！"朱老忠一听是贾老师来了，心里立时高兴，但也怕冒名顶替，又憋粗嗓音问："着实说是谁，不然的话，就要上房扔禾叉！"这时贾湘农才大声说："你算了吧！我早听出是老忠大伯，还听不出是我老贾来。"

朱老忠嘴唇对着大贵的耳朵说："听话音像是贾老师。"大贵摇摇头，表示怀疑。朱老忠又说："在保定的时候，他就说要下来，你们准备好，咱们开门看看。"说着，手上抄起一把锹，一家人逞起战斗的架势，把小门一开，走进三个人来。朱老忠趋着眼睛在黑影里一看，果然是贾老师。贾湘农看见朱老忠和大贵二贵，看见他们紧张的战斗姿态，笑默默地说："干吗？想跟我们拼？"朱老忠噗嗤地笑了，说："一场虚惊！"二贵说："真的要是闹起特务来，我这一粪叉下去，管保他的脑袋要分家！"贾湘农连忙用手抚摸了一下后脑壳说："唉呀，我后怕！"贾湘农对护送他的人们说："这就算到了家了，你们回去吧！"摇铃的同志把枪夹在腋下，走过去对朱老忠说："我来看看老忠同志是个什么模样？"朱老忠走前一步，攥住那个人的手，哈哈笑了说："来看看吧！也是骨头肉人，没有两样。"摇铃的同志说："朱老忠同志！人，这就算是交到底了，我们就要回去。"

朱老忠、大贵、二贵，送那两个人出了大门。朱老忠对大贵说："你送他们一程。"摇铃的同志说："不用送了。"朱老忠说："你们头一次来，道路不熟，万一碰上什么事情不好应付。"

朱老忠和二贵插上大门走回去，二贵走到贾湘农跟前，用手抹了一下脸，在黑暗里笑出两颗白牙说："我们有些鲁莽，差一点吓坏你！"贾湘农走过去拍拍二贵肩膀说："自己人，没有说的。正是兵荒马乱的年头嘛！"又对着二贵的脸看了看，笑吟吟地说："几年不见，你长得这么高了，简直成了大人。"他仰起头看了看庭院和庭院上空的柳树说："唉呀！又回到老家了！"

贵他娘听得说，才从黑影里走过来说："你看这么热的天道，忙来扇扇。"她把蒲扇递到贾湘农手里，贾湘农一面扇着，在院里走来走去，看看房屋、院落，说："还没有多大改变。"朱老忠说："这才几年？能有多大改变！"贾湘农说："不知怎么，一想起家乡，孩子时候经过的事情，一件件晃在眼前，孩子时候经过的地方印象那么深，到了什么时候也忘不了。"朱老忠说："你想家乡，家乡人们也想你。"贵他娘说："听说贾老师来了，我心上扑通扑通地跳，忙来我看看！"她巴巴起眼睛看贾湘农，从上看到下，又从下看到上，浑身上下看了个遍。笑了说："模样没有变，就是胡髭长得长了些！"贾湘农笑了说："老了，能不长胡子？"

贵他娘说："自从你走了，涛他娘、顺他娘、庆儿他娘，俺们天天念叨你。那年闹了秋收斗争，反了割头税，人们也扬了一下子头，直了一下腰。俗语说，有饭送给亲人，有话说给知人。”贾湘农说：“这几年，他们不找寻我了，我要来碰碰他们。”贵他娘说：“算是棋逢对手了！”

朱老忠把他在保定的工作汇报了一下，谈到张嘉庆逃出虎口，贾湘农把茶碗在桌上一放，惊讶地站起来，走过去拍拍朱老忠肩膀说：“嘿呀！我早就看出，朱老忠同志有勇有谋，机警善变，完成了党的任务，救出了张嘉庆，给游击战争添了一员虎将！”朱老忠说：“这也是党的教育，革命的锻炼。”他说这话，倒是一句真话，过去他光知道和地主阶级拼命，不知道怎么干法，后来党就教给他们反帝反封建。经过“四一二”政变，经过“七六”惨案，运涛入了狱，江涛又入了狱。他们才切实地知道阶级斗争的厉害。咳！如今日本鬼子又打到家门上，他们的肩膀上更加沉重了！

贾湘农抬头看着天上，天空蔚蓝深远，繁星闪闪，他说：“革命的道路是艰难的，长远的。”说着，他又回忆了这几年的生活。经过多少次生活上的波折，经过多少政治上的惊涛骇浪。今天为了领导农民暴动，起来打日本保家乡，他又回到锁井镇上。反动派虽然破坏了第二师范，可是，青年们的英雄气概，抗日的决心，可以与日月同辉。一想到这里，他又长时间地沉默。一会儿，大贵回来了，他放下茶碗问：“打起仗来，你怕不怕！”朱大贵知道贾老师的意思，不等说完，把大粗胳膊一伸，说：“我盼不到的，单等着这个呢。我当过兵打过仗，学会了放机关枪，正没地方施展呢！”贾湘农不等他说完，说：“游击战争一起手，你就英雄有用武之地了！”反动派要镇压抗日运动，屠杀进步青年，出卖民族利益，他们就要发动广大农民起来，进行抗日游击战争。打土豪、分田地、建立抗日根据地，迎接红军北上，迎击日本法西斯的进攻。

贾湘农和大贵二贵，和贵他娘，说了一会子话，朱老忠领着他到村北大黑柏树坟里去睡觉。夜黑天，天上星星挺密，草上露水泼在脚上凉凉的。走到朱老明的小窗前，朱老忠拳起手指磕了三下窗棂，朱老明在黑暗里伸起脖子，下意识地问："谁呀？"他听到是朱老忠的声音，就说："一听就知道是老忠兄弟。"他摸下炕来，穿上鞋子走出来开门，说："我听着不是一个人的脚步。"朱老忠问："你听出是谁？"朱老明在黑暗里昂起头想了想，说："咱这里，是内部的交通要道，今天天津的来，明天保定的来，哪里记得那么清楚。今天来的人足音挺熟。"朱老忠笑笑说："谁？"朱老明摇摇头。朱老忠说："你着实想念的人儿到了。"朱老明猛地一摆头说："是贾老师？"

说到这里，贾湘农才笑出来，说："你真好耳性！"朱老明说："我没了眼睛，光凭耳朵活着呢！忙来，我的老上级，先叫我摸摸你！"他走过去，伸出手摸摸贾湘农的手，再摸摸他的胳膊和他的脸庞，说："咳，革命把你累瘦了，胡子也长长了。"贾湘农说："怎么能不瘦？哪有歇心的空儿？"朱老明说："革命成功了，你就有歇心的空儿了！"

朱老忠点着龛里的灯，叫贾湘农坐在炕沿上，把李德才拉破了春兰家牛鼻子、老驴头在冯家大院门口骂街的事情说了说，又把为了珍儿，大贵哥们把李德才扔到大水坑里的事情说了，最后说到朱大贵领导停工罢市。

一边说着，贾湘农也想起张福奎要抓朱老忠的事，由不得心上沉重，把手一拍说："滹沱河上的阶级斗争步步登高，更加尖锐了，这些事情还没有结局？"朱老明说："哪里？都集在一块，好像乱麻一样。没有党的直接帮助，怎么能择弄得开？贾老师，你忙伸伸手吧！”真的，贾湘农在这刻上来到锁井镇上，就像从天上掉下来的，朱老明说不出心上有多么高兴。贾湘农说：“斗争到了节骨眼上，火山就要爆发，大雷雨就要来了。从今以后，你们要更加注意警惕，预防阶级敌人的袭击。”朱老忠看贾湘农郑重其事的样子，他问：“有什么大事？”贾湘农说：“马快班上有了你们的名字，说不定什么时候，马队就要下来抓人。”朱老忠听到这里，心上也觉惊诧，挺了挺腰胯说：“好！来吧！先干他一场再说！从今天开始，俺一家子人晚晌到野地里去睡觉。吃饭的时候，门外站着个人看着，有个风吹草动，跳墙就跑。”话是这样说，他的心情还是有些不同。多少年来，他是在流浪中，在斗争中过来。可是新的情况一来，他就觉得经验不足了，有些烦躁。迈开脚步走出朱家老坟，上小严村去找严志和。抬头看着蓝色的天上，大明星向他挤着眼睛。夜深了，驴声从村落上叫起来。他独自一个人，沿着长堤走去。走到严志和的门前，敲了两下门。严志和在门外小井台上坐着，走过来问：“是老忠哥？”朱老忠愣了一下，说：“是我，你怎么在这儿坐着，还没睡觉？”严志和说：“我在井台上歇凉儿。”他从保定回来，差不多每天晚上睡不着觉，一个人坐在井台上，抱着膝盖抽烟，抬着头看着那深远缥缈的天空。白色恐怖的年月，不是这个同志入狱，就是那个同志牺牲。如今事情到了他的头上，两个孩子都被反动派关在监狱里，家里剩下两个老人，孤孤零零地过日子。

朱老忠看着他无可奈何的神情，心里也很难过。他说：“事情已经过去，你就不要难受了，‘命’还得要革，日子还得要过。”严志和抬起头来说：“我不难受，就是觉得心老是不在肚里，缺手缺脚的。睡觉不解乏，吃饭不甘甜。”朱老忠告诉他贾老师来了，他也明白是为什么事情来的。朱老忠说：“明天早晨，你到老明哥那里去站站岗，如今环境起了变化，别人放哨我还不放心呢！”严志和说：“这几天心里闷得慌，巴望他来哩，他既然来了，我们同志们打破了脑袋也得保护他的安全！”

两个人说了一会话，朱老忠回到家里抱起一杆禾叉，朝着窗子说了一声：“我出去了，你起来上门！”就走出来。走到朱家老坟，到了小屋跟前，仄起耳朵，隔着小窗户听了听贾湘农的鼾呼声，睡得那么甜蜜，他嘴上笑默默地走开了。围着坟地转了几个圈，又走进大柏树林子。到了半夜里，贾湘农睡醒一觉起来，两个人蹲在坟前石桌上说了一会子工作上的话。贾湘农说：“忠大伯！我站着岗，你去睡一会觉吧！”朱老忠说什么也不去，最后贾湘农强从朱老忠手里夺过禾叉，到坟前坟后去巡瞭哨。夜深了，天寒露冷，身上衣裳都被露水打湿了。晨风吹起的时候，千里堤上的人杨树响起来，滹沱河里的水哗哗流着。贾湘农站在大坟顶上，载负着革命的重担，含着失去多少同志的痛苦和革命的辛酸，怀里抱着禾叉，踮起脚尖，伸起脖颈，向着高处、向着远处瞭望……

14

过了一些日子，贾湘农在锁井镇上召开了活动分子会议。在阶级斗争一天天尖锐起来的时候，民族斗争也走上高潮。正在阶级斗争与民族斗争并行交叉的情况下，他在会议上提出“提高阶级警惕性”，“发动抗日游击战争”的问题，要在各个农村支部建立游击小队，夜集明散，操练枪炮，站岗放哨，监视敌人。开完了会，又把朱老忠叫到一边，说："老忠同志，你要特别注意！"朱老忠说："我早就注着意哩，可是，我们还有没有办法对付张福奎？"贾湘农说："不，常言说得好，咬人的虎不露齿！张福奎的问题，我们还有力量去解决。"说着，他伏在炕桌上，又写了一封信，叫朱老忠再派个人给张嘉庆送去，说有一件重要工作，等张嘉庆去完成。又郑重其事地说："这个工作做好了，我们可以按部就班地安排下一步工作。这个工作做不好，被敌人打乱了阵营，下一步工作就不好做了！"朱老忠拿了信，贾湘农从腰里抽出一支手枪，递给他，说："做这种工作没有枪不行，把我这支枪给他带去！"朱老忠把枪插在腰带上，高高兴兴地走回家去，吩咐二贵到唐河岸上送信去。贵他娘立刻抱柴火做饭。二贵吃了饭，穿上小褂。母亲见褂子脊梁上开了缝，又扯住他，给他缝上，顺手把信缝在褂子贴边里，说："一来怕丢失，二来也怕碰上敌人。"随后，二贵把枪插在腰里，插得结结实实的，就出发了。这时，正是八月天气，大庄稼都长起来，青纱帐正浓的时候。二贵在庄稼大道上连蹦带跳，一直跑到太阳歪西。一路上听得蝈蝈叫，就捉蝈蝈，看见蚂蚱飞，就捉蚂蚱。追着一个"红裙纱"，赶了多老远又跑回来。小跑蹓丢儿到了朱老忠指定的李豹家里。李豹见了二贵，问他："二贵！你来干什么？"二贵嘻嘻笑着说："我呀，来搬兵！"李豹问："来搬什么兵？"二贵从褂子襟里拆出信来，在眼前晃了一下，笑了说："搬张飞！"李豹又问："你吃了饭了没有？"二贵说："我吃了早晨的。"李豹安排二贵吃了饭，挎上个饭篮，拎上饭罐，领二贵去找张嘉庆。出村不远，顺着一条明光小道，走进一家园子，张嘉庆正在井台上舀水洗脸。李豹站住脚一怔，伸长脖子，瞪出两只大眼睛，说："怎么，你出来了？"张嘉庆说："我的伤养好了，出来洗洗脸，溜达溜达。"说着，一看是二贵来了，跑过去攥住他的手问："是忠大伯派你来的吧？"他早想到：一定是为我来的。二贵见了张嘉庆，一下子笑出来说："贾老师到了锁井镇，叫我来搬你这个大将。"李豹放下饭篮，嘟嘟囔囔说："张飞同志！你不能轻易暴露目标。昨儿保定行营来了特务，在西边庄上捕了人去，你没听见枪声？你不知道前些日子保定大乱了，十四旅打开了第二师范，立了大功，上边允许他们在城里大抢三天，把学生们的衣裳、被褥，都抢光了；还搜了四城四关，眼下一直搜到乡下来。说谁家要是窝藏第二师范的学生，不是下监入狱，就是砍脑袋。你要不警惕，我这脑袋就要搬家。"二师学潮虽然过去了多少日子，惊惶还留在他们心上，静不下来。

张嘉庆说："不怕他们瞎胡闹，就怕最后算总账，早晚拾掇他们的瓜摊子！"见李豹谨慎小心的神情，又走进小屋。园屋很小，黑洞洞的，他索性把小门上的苇帘子卷起来，叫小屋里见见阳光。

李豹三十多岁，是个织布工人，在锁井镇上织过洋布，参加了反割头税运动，后来朱老忠介绍他入了党。自从张嘉庆从保定跑出来，朱老忠把他安排在这小园子里，李豹每天给他站岗放哨，送水送饭，好容易才把伤养好了。李豹给他盛上红高粱米饭，拿出棒子面窝窝头、腌咸菜，从袖筒里掏出两个老腌鸡蛋，剥开蛋壳，蛋黄上汪着一窝黄油，喷香。张嘉庆吃着饭，拿过信来看，贾湘农叫他到白洋淀去，团结改造一股武装力量……他一边看着信，脸上由不得放出光亮，笑了。

李豹在一边看着，问："张飞同志！什么事情，这么高兴？"张嘉庆说："这是一种新的工作，我还没有做过。"李豹又问："什么工作？"张嘉庆笑了笑，说："秘密。不告诉你们，闷死你们，告诉你们吓死你们！"说着，他抬起头来自言自语："工作来了，就是缺少一件应手的家伙。"二贵听得说，歪起头来问："什么家伙？你说什么家伙？"不待张嘉庆张嘴，又说："说来就来，来了！"一下子翻开衣襟，露出黝黑的枪把，叫张嘉庆看。摇着脑袋，像拨浪鼓儿，说："看看怎么样？"张嘉庆立时放下碗筷，跳起来捺住二贵的腰，把枪抽出来，举过头顶，大笑一声说："哈哈！张飞把伤养好了，枪也来了。"手里有了枪，病也没有了。他见了枪，饭也忘了吃，扳得机头咯咯地响，伸出胳膊就要响枪。李豹跑上去，搂住他的胳膊，说："我娘！你好冒失家伙，四围有人，那可不行！"张嘉庆笑得弯下腰去说："哪里，我吓着你们玩儿。"他手里有了枪，仗起胆来，心气硬了，身子骨也壮实多了。动身的那天下午，张嘉庆坐在井台上，洗洗脚穿上李豹的新鞋子，好容易等得太阳西斜，把盒子枪别在腰里，带上二贵和小豹就出发了。走到太阳没，天上几颗大银星闪着蓝光。乡村、庄稼和树木，在夜暗中显出静谧的影子。他们为了没有声音，脱下鞋子，光着脚悄默无声地走着。走到唐河岸上，张嘉庆要脱鞋下水，小豹晃了一下手，止住张嘉庆说："那可不行！有个好和歹儿，我们对党不起，等我下水试试深浅再说。"

小豹脱了衣裳，一下子跃进河里，河水很深，流得并不太急。小豹刚下河，身旁扑通一声，扭头一看是二贵。他说："小小人儿，不怕淹死？"二贵手里举着衣裳，踩着水，立凫着说："你看！咱是滹沱河边上人，莫说小河沟儿，夏天河水涨大的时候，也能横凫滹沱河。要是淹着奶头，算咱没有本事。"二贵和小豹嘴里喷着水，呼哧呼哧地凫过河去。二贵放下衣裳，又跟小豹凫回来。小豹说："啊呀，水深呀，张飞同志！"

张嘉庆说："没关系！"脱下衣服，用腰带绑在头顶上，晃开肩膀游过河去。小豹说："张飞同志，你水性还不赖！"张嘉庆说："我家也住在滹沱河边上，凫水摸鱼，小时候干惯了！"没顾得擦干身上的水，就穿上衣裳，踩着河滩沙坂向东走。水面上明亮亮的，很静，不断有青蛙跳进河潭，鱼群泼得水面卜卜响着。走到一个大河滩上，往南一拐有棵大树，三个人坐在树根上歇下脚。张嘉庆才说划火抽烟，有脚步声从小路上走过来。张嘉庆一摆手，小豹和二贵躲到玉蜀黍地里藏下。呆不一刻工夫，有人踩着沉重的脚步走过来。张嘉庆心里说：真糟糕！出门碰上打杠子的！正想着，走过一个人来，摆着手问："来！你是干什么的？"说话瓮声瓮气的。张嘉庆想：说是干什么的？说是学生，保定才闹了学潮惨案。说是做买卖，要受路劫。说是农民，又不像。他说："我去走亲戚来！"那个人说："来！借给咱个钱儿花花！"说话中间，又走近了几步。

张嘉庆探身一看，是个彪形大汉，黑大个子。十字披红挎着两条子弹带，背上插着一把大砍刀，脸上黑黝黝的。他心里想：果然是碰上了！就说："好汉！要钱，我身上没带着，是朋友的，请你抬下手，让我过去。你给我写下个地址，缺多少钱我给你寄去。含糊一点儿，咱算不够朋友！"那个黑大汉楞楞角角地说："那可不行，得搜搜！"说着话走过来，就要下手。张嘉庆一时气火，按捺不住性子，他说："甭搜，我给你掏！"说着，伸手抽枪，唧唧就是两枪。那个家伙看势不好，猛回头把脑袋往庄稼地里一扎就跑。张嘉庆又照他脑瓜皮上饶了两枪，回身叫出小豹、二贵，撒腿就跑，二贵在后头斤斗趔趄地跟着。小豹呼哧着嘴说："我娘！那是个什么家伙？"二贵也说："娘呀！真是怕人！”张嘉庆说：“小豹同志！你们这里好硬的地皮子呀！哈哈！把钱寄给他都不干，非要搜搜。凡是这行人都不是好过的，不然我一枪撂倒他。”张嘉庆自幼学会骑马打枪，这次是不想真的打他，要是真打的话，不能让他倒在百步以外。

三个人悄悄并膀走着，时间不长，到了贾湘农信上指定的村庄。村西北角上有个小庄子，庄子上家家户户长满槐树，就叫作槐树庄。每当初夏，树上垂着一嘟噜一嘟噜雪白的槐花，满村流泻着槐花的香气。走到一个小土坯房门口，张嘉庆叫小豹、二贵两边站上岗，他轻轻拍打门环。院里门声一响，走出个人来，问：“是谁？”声音苍劲而响亮。张嘉庆说：“我，张飞到了，你是谁？”那人走近门前，二话不说，吱扭地把门开了，说：“我？朱老虎呗！”说着，朱老虎在黑影里觑眼看了看，又嘎嘎地笑了，低声说：“真是盼不到的，张飞同志到了！”说着，走进小北屋。织布机上挂着个小铁灯，燃着豆儿大的灯火。炕上坐着个白头发老婆婆，朱老虎说：“娘！这就是前些年里，领导滹沱河南里闹秋收运动的张飞同志！”白头发老婆婆蹭下炕来，从织布机上摘下小油灯，照了照张嘉庆的脸，说：“来！我忙看看你！”张嘉庆笑眯眯地说：“看看吧！我又不是新媳妇。”白发婆婆说：“不是新媳妇，也是新来乍到，我忙给你们烧壶水喝！”说着，走出槅扇门。

张嘉庆在灯底下看得出，朱老虎有四十多岁年纪，敦实个子，腿脚粗壮，方脸盘，大耳朵。辛苦劳动在他脸上划下几条坚硬的竖纹，浑身带着挺拔的神气，说起话来，简单干脆。这人扛了半辈子长工，父亲死了，姐姐出了嫁，和母亲两个人过日子。参加了反割头税运动，入了党。眼下靠着打打短工，挑担做个小买卖过生活，是唐河岸上的区委书记，有了名的穷孝子。年幼的时候讨饭吃，宁肯自己饿着，把讨来的东西让母亲吃饱。冬天没有棉衣，拾点棉花给母亲穿。他一年到头，历冬临夏，永是披着一件破袍子，晚上当被褥，白天在身上一披就是衣裳。他常说：老娘开肠破肚生养我一场，擦尿刮屎不是容易。没吃没穿就够过意不去了，哪能让她冻死饿死。在这一方人口里，一说起朱老虎，没有不尊重的。今天，张嘉庆来了，朱老虎很是高兴，他说："我正遭着难哩，前几天湘农同志有信来，说今天你到这里来做这个工作。我就和俺外甥商量好了，规定今天晚上打枪为号，他来接你。吃过晚饭，左等也不来，右等也不来，我跑到村头去了好几趟，在这个道口上站站，在那个道口上站站，又不知道你从哪条道上来，心里真的焦急。"说到这里，他打着火抽着烟，又说："几天以前我在高阳集上看见外甥李霜泗，说张福奎要收编他当'肃反'总队长，'剿灭'共产党。征求我的意见。我说：'那可不行，共产党是给咱穷苦农民当家做主的，你得上咱这边来。'我觉得这是一件大事，立刻汇报上级党委，上级认为这个人虽然当上土匪，可是一向杀富济贫的，可以团结改造。"

张嘉庆一听，心上直觉不安。他一生来，还没有和这行人打过交道。一时心上七上八下，嘴上可没说出来。朱老虎看张嘉庆眼神有些发呆，在他肩上一拍，说："同志，去吧！没有关系，他不敢怎么咱们，有我这当舅舅的在，他要是不仁不义，我就敢送他忤逆不孝！不过，你要注意，这行人们挺重义气。在目前来说，这个工作要是做好了，就能打开一个局面。"

两个人说着话，喝着水，村西响了两声枪，不一会工夫，走进一个人来，说："八爷到了！"枪声引起远近村落上一阵狗咬，朱老虎对白发老娘说："娘！霜泗来了！"又对张嘉庆说：

“走吧，张飞同志！咱去迎他！”他在腰上束条小褡包，从被叠子底下抽出“独一撅”，挂在褡包上。张嘉庆也抽出枪来，提在手里。朱老虎说：“张飞同志，你得给我助点劲。”张嘉庆说：“自己亲人，要什么紧？”朱老虎说：“倒不是别的，叫特务们知道了，非同小可。”说着，两个人并排走过一条小街，到村西干巴枣树坟里。有人粗声辣气地喊：“站住！干什么的？”朱老虎喊：“卖香的！你是干什么的？”那头说：“我们瓢把子到了！”

说着，那个黑大汉朝空放了两声枪，捏起嘴唇，打了一个长长的口哨。呼啦啦地从高粱地里钻出一群人，个个身上穿着黑衣衫，手里提着锯把枪。在夜暗中看见为首的一个人，穿着雪白裤褂，戴着洋草帽，中等身材，消瘦脸，看起来像个文弱书生。见了朱老虎，问：“舅舅！姥姥身子骨儿可好？”朱老虎说：“好！”他介绍霜泗和张嘉庆见了面。李霜泗握起张嘉庆的手，轻轻地掂了掂，笑笑说：“共产党人，我们是初次相会。”态度言语之间，肃然起敬。

朱老虎说：“八儿！你既然有这个意思，我把张飞同志请了来，你们去好好商量，谈好谈不好的，不要伤了朋友义气。”李霜泗说：“舅舅不用担心，外甥推重友情，向来不伤害朋友。”

朱老虎又说：“你们谈得合手不合手，给我捎个信来，好不结记。”又说：“八儿！张飞同志的伤还没好，你可照顾他点儿，我算把他交给你了，有个一差二错，我可不干！”李霜泗说：“舅舅！你回去吧，没有错儿。”

这时夜已深了，庄稼地上静静的，蓝色的天上，有星星照着。张嘉庆和李霜泗在头里走，小豹、二贵和李霜泗的随从们在后头跟着。不知不觉，李霜泗就出了脚步，张嘉庆紧走也跟不上。他问：“嗯？听说你们有‘飞毛腿’，是真的吗？”李霜泗笑了说："哪有什么'飞毛腿'？夜间走路惯了，只要一上道儿，就想走得飞快。"真的！他脚尖着地，在地皮上噌噌走着，脚步迈得滴溜乱转。张嘉庆大步跟上，两条腿还得紧走，一会儿头上就津出汗滴来。小豹和二贵在后头抬起腿叽里呱嗒跑着。张嘉庆觉得实在有意思，喷地笑出来说："你这是成心叫俺出身汗！"李霜泗说："再走一程，天明到家。不然的话，天要明了，咱这打扮儿像是干什么的？"说着，他上身不动，两腿动得更快了。

天道刚亮，东方发了白了，从油绿的庄稼上，射出白色的光线，天上只剩下几颗又明又大的星星。立秋了，早晨凉下来，玉蜀黍叶子上，高粱叶子上，滚着露珠儿。他们走了一会，进入一片洼地，洼地上长着尖叶的、长叶的、圆叶的、各种各样的草，密密匝匝，高高低低，开着大大小小各色的花朵，一眼望不到边际。洼地上有一片片的港汊湖淀，淀边上尽是青青芦苇。苇丛上空，流荡着乳白色的水雾。随风吹过鱼腥味，青草的气味，还有甜甜的苇管的气味，沁人的鼻子。蝼蛄在森森的草塘里不住地叫着，苇丛里有各色各样的鸟儿在鸣啭。转过一片苇塘，走上一条弯弯曲曲的长堤。这条堤不高，也不宽，堤旁有青青的苇丛，堤上长着垂柳，枝条垂到水面上，划出细致的波纹，树上有夜莺在喧唱。堤里是一眼望不到边的绿油油的淀水。清晨的白光，射到水面上，照得水波银亮。一群群水鸟在涟波上游着，人一走过，扑棱棱飞上天去，嘹亮地叫着，划破了清晨的静寂，飞上蓝色的天空。李霜泗转回头来问："朋友！你看我这家乡怎样？"张嘉庆点头说："美极了！你怎么选到这地方落户？"李霜泗连眨着眼睛，微微笑着说："人活着也是一辈子，一辈子也是活着。天高皇帝远，就是我们的好家乡。"张嘉庆听着，俗语里似乎含有一种什么深沉的哲理，他问："这是什么意思？"李霜泗说："像我们这一行，只要活着一天，什么好吃什么，什么好穿什么。”他说着，言语之间，流露出哀伤的情愫。说到这里，不再往下说了，张嘉庆也不便深问。

走不多远，堤上一个席棚，席棚底下有锅灶和碗筷，是个卖大碗面的铺子。他们在板凳上休息下，张嘉庆解开衣襟，叫淀上的风吹个满怀，淀风吹起衣襟，像羽翎飘飘飞舞。李霜泗取出烟盒子，递给张嘉庆一支香烟，自己也吸着一支。等他的随从们都赶上来，从苇丛里牵出几只小船，坐在船上等着。一会儿，小豹和二贵才赶上来。张嘉庆问：“怎么老是跑不上来？”二贵说：“可也得跟得上呀！拐弯抹角在堤上走着，只怕迷糊了道儿。”小豹也出了满身汗，把衣裳脱下来，脱了个大光脊梁叫凉风吹着。张嘉庆问：“二贵！这地方怎么样？”二贵笑眯眯地说：“真好地方，好像到了西洋景里！进了水乡，就有水味，我就爱闻这水草的气味！”李霜泗说：“小家伙！喜欢水不费难，这里尽是水，到了庄子上，请你们吃大鱼。”

二贵和小豹走下堤岸，坐上小船。又歇了一会，等李霜泗和张嘉庆上了船，随从们摇起木桨，船儿慢慢移动了，又惊起无数水鸟，在水面上拍拍翅膀飞起来。东方，太阳从水里钻出来，血红血红的，照得水面上通红彻亮。水上有插帘子的，有起篓子的，有扳罾的……人们开始治鱼了。

15

小船顶着水溜儿，经过一片水淀，划进苇塘。苇塘很大，看起来一片青葱，无边无际。苇塘里有纵横的渠壕，船在渠壕里走过，两旁岸上苇子有一房高，长得亭亭直立。苇梢青青，根上叶子却苍黄了。水面上浮萍很厚，荷叶长得很旺，荷花开过，结下青色的莲蓬。菱角开着白色小花，鸡头早有拳头大。渠边岸上长着很多杂草和野花：三菱草、蔓子草、地梨、野蒜，还有红蓼花和白蓼花。长得严严密密，插脚不下。张嘉庆看着清亮的淀水，说："你看！这水里的草有多么好看！"李霜泗说："咱旱地上人到了水乡，觉得着实稀罕。鱼虾不用说，光是这水草就不知有多少种。"张嘉庆说："水多草多，就是土地少点，人们依靠什么生活？"李霜泗说："一方水土养一方人嘛，靠山吃山，靠水吃水。水淀里人，凭着治鱼介苇维持生活，不靠土地。"

小船从这道渠壕划进那道渠壕，拐弯抹角走了半天，才出了苇塘。塘边上一大片稻田，畦塍把稻田隔成一方一方的。李霜泗说："这就是稻子，咱旱地上人没有见过。"二贵说："可就是，像黍子一样。"李霜泗笑了说："就是粒儿大点。"

二贵和小豹，坐在船上，瞪着两只大眼睛，看着水上的景色：苇丛葱郁，淀水蓝蓝，远看西方太行山的峰峦，连绵不断。他们闭着嘴听各样鸟叫，什么也不说。船往东走，又越过一个大淀，淀边上有个小渔村，村边长着很多歪脖子老柳树。船靠了岸，有个老人打鱼回来，也把船系在树根上。见了李霜泗，笑嘻嘻地问："八哥！你远出回来？"李霜泗说："也没远出，接了朋友来。你打住什么鱼？"老人说："打了一宿，打住两条红腮鲤鱼，拿去炖着吃吧！"说着，笑嘻嘻地拎着渔笼走过来。李霜泗走过去，歪起渔笼看了看，两条大鱼在笼里活蹦乱跳，青鳞梢，粉红色的腮颊。他说："我还想跟老叔说，今天来了客人，要请他们吃各式各样的鱼，还要请你老帮忙哩！"老人愣了一刻，说："真不凑巧！这几天天干水浅，鱼不上网。这也不要紧，我划上船前村后淀给你找去。”李霜泗说：“鱼不好打，多出点钱没有关系！”

说着话，张嘉庆弯腰爬上坡去，走过一条小街，就是李霜泗的宅院。一座古式瓦楼闪门，外院没有车马牲口，打扫得很是洁净。走进古老的贴金圆门，是一个小小的中院。两旁厢房，中间是过厅。过厅后面是一个四方大院。三进宅院都是瓦房，院子里方砖墁地，过厅窗外有一架葡萄。看得出来原是一个老财主的宅院。他们走进大厅，李霜泗扯开嗓子喊：“来客了，打洗脸水！”一声喊叫，从外院走进几个人来，个个柞绸裤褂，腰里插着短枪，恭恭敬敬打洗脸水，扫地擦桌子，斟上茶水。那是三间大厅，东南房角盘着一条煤火炕，靠北墙放着八仙桌子，太师椅子，墙上挂着名人字画：中堂是八大山人写意花卉，两旁挂着对联。屋子西头放着几架书，都是经史子集之类。南墙下放着一只长条儿，几上放着水盂笔砚和一些报纸画报。张嘉庆暗暗摇头，看生活方式，他捉摸不透主人的阶层和身份。笑着说：“看你像个书香人家？”李霜泗说：“我不读书，内人爱读书，每天在这里教女孩子做功课。”

二贵和小豹，在屋里呆不住，眨眼不见就到淀边上玩去了。张嘉庆跨在炕沿上，脊梁靠着被叠子歇了一刻，转着眼珠看着窗外想了半天。想着想着，又独自噗地笑了，问：“说了半天话，我还闹不清你的职业！”他抿嘴笑着，嘻着两只眼睛盯着李霜泗。霜泗也一下子笑了，说：“傻兄弟！逗着哥哥玩儿，还看不出俺这气派儿？是专门杀富济贫的！”他叉开两条腿，站在屋子地上，说到这里，擎起脖颈，睁大了眼睛，闪出逼人的光芒。张嘉庆腾地从炕上站起来，惊讶地说：“好啊！在目前来说，‘杀富济贫’是英雄的行为，可是社会科学上并没有这门学问。”

霜泗说："你们那社会科学上是找不到的。我小里受过土豪霸道的害，父母去世，人亡家败，逼得没有办法，才走上这条江湖道路。有了钱，既不置田，也不放账，专是骑马打抢，打抱不平。"他两手叉在腰里，气愤愤地挺着胸膛。

李霜泗的母亲，就是朱老虎的姐姐，是白头发老婆婆的头生女儿。这个女孩子年幼时候有名的漂亮，跟着父亲母亲种着十几亩土地。一个土豪想上了她，请求媒人跑了好几趟。老婆婆总说年岁不合，退回豪华的彩礼，给女孩子寻了个门当户对的小女婿。小两口儿养种二三十亩土地，住着一所三合子小砖房，过了几年，生下霜泗。那个土豪贼心不死，气不过，下了毒手，勾结土匪，在一天深夜里把小伙子打死，把女孩子抢走了。老霸道和土匪们拉着竿儿把她带到关东，那时霜泗才有四五岁，她为了孩子，才跟着这股土匪恶霸过了几年山林生活。当霜泗到了十几岁，母亲病倒在原始森林的小屋里。正是隆冬时节，外面北风呼叫，飞着鹅毛大雪，堆在地上有几尺深。母亲躺在一堆篝火的旁边，身上瘦得只剩下皮包骨头，深深的眼窝，尖尖的鼻准，脸上黄得怕人。她攥起孩子的手说："霜泗！你年岁不小了，已经到了知事懂理的时候，不用娘服侍，也能活下去了。我死了你要为娘报仇，奔走千里万里，也要回去看看你姥姥！"母亲死了，又过了几年，霜泗年岁大了，能够一个人跑回家乡的时候，他偷了土匪的枪支，沿着山林跑回来，藏在姥姥家里。一天夜晚，他纠合几个亲戚朋友闯进土豪的家里，杀了个鸡犬不留。抢了不少金银财物，放火烧了庄户，跑到这水淀上来过起江湖生活。他痛恨土豪霸道，同情庄户人家。自此以后，"李霜泗"的名字，就在百里以内出了名了。如今他已经有了四十多岁年纪，长得中等身材，白净脸，两只大眼睛，乍看上去，倒像是个文墨书生。

李霜泗说罢，脱下大褂，从腰里抽出枪来挂在墙上。穿着一身白绸裤褂，长头发又黑又亮。张嘉庆从上到下看着他，说："你的群众关系倒不赖，看人们挺尊敬你。"霜泗说："对庄户人家，咱只有帮助的，跟庄稼人有什么仇恨？俗语说：'兔子不吃窝边草！'我还依靠他们给我通风报信，依靠他们维护我呢！"李霜泗宁自有吃有穿，不常作案。即便作案也不在本地，带着人出去一二百里，找那些出了名的大地主、大恶霸、大官宦，那些有权有势的人家，打家劫舍，掳掠财物。水淀上人们并不觉得霜泗可怕，反倒多了一条门路。遇到饥荒年月，凡是登门求助的，他没有不帮助的，不是给些钱，就是给些粮米。在他觉得，只有这样修好行善才对得起死去的母亲。

张嘉庆问："那，官兵就不捉拿你？"李霜泗猛地脖颈一扬，把头发挑上头顶，冷笑一声说："他们捉拿我？他们还靠我活着哩！你看，这样大的水淀，他们哪里进得来？即便进得来，咱上苇塘里一钻，他到哪里去寻？枪弹在苇塘里只五十步就失去效力。在这个世道上，万般是个'维持'，'维持'得当，谁怕洋钱扎手？不过，这几年也受他们的压制了！"他两手撑在腰里，走来走去，一行说着，心上气愤不平。又伸出右手一拳一扬地说："他妈的！他们缺钱找我，缺枪找我，失迷了东西找我，把我当成了什么了？"张嘉庆问："谁对你这样不客气？"李霜泗说："张福奎！前些年，他在马下的时候，我们还有朋友交往。如今，他归顺了官家，当了马快队长，就凭着官派势力压人了。咳！路遥知马力，日久见人心呀！他刚一上马，为了取得官家的信任，邀功请赏，就把我的盟兄骗到酒楼上，五花大绑，送进监狱了。这个人，是绿林的反叛，吃里爬外，什么东西！"说着，气得胸脯一起一伏，又跺起脚说："这个仇还没有报，现在他又欺侮到我的头上来。前些日子，他跟大财主冯贵堂勾结，叫冯贵堂派了人来，要我归顺他们的民团，还叫我参加七县‘肃反’总队。”张嘉庆一听，心上大吃一惊，立时插嘴问：“他们怎么说的？”霜泗说：“他们说共产党要‘暴动’，要打土豪分田地，他们要赶紧成立民团，成立起七县联合‘肃反’总队，下决心对付共产党。”张嘉庆心上一时惊诧，脸上可还平静，抑制着内心感情的激荡，有一搭无一搭地问：“你可是去呀不去？”霜泗坐在炕沿上，挺起腰，叉开大腿，想了半天工夫，气愤地说：“他们这样压服我，我当然是不去。”讲到这里，他停了一刻，又平静下来，慢搭搭地说：“可是，去，也有好处，将来有了个出处。只是这样下去，怎么是长法？不过这件事情，还没有跟俺内人商量。”张嘉庆心里寻思：他的家里倒是对他有很大的权威，不知是个什么样人儿？又追问了一句：“你想有什么出处？”霜泗说：“冯贵堂的堂兄冯阅轩，是国民党军队的旅长。跟他们搞好了，将来可以到军队上去做事，这辈子也算有了安身之处了！”张嘉庆摇了摇头，歪起头盯着他说：“你想坐高官得厚禄，攀附权贵？那你就不是杀富济贫、扶危救困的英雄了！跟了他们，你就得穿上蓝大褂，去当法西斯杀贫济富了。那样一来，人们就要远离你，再不会敬你，维护你了！”

这几句话，深深打动了李霜泗的心。原先，他只想到自己老来的出路，可没有深想过，要是跟了张福奎、冯贵堂，他就会失去维护自己的人们。多少年来，他喜欢庄户人家，离不开他们，他不能没有他们的维护。李霜泗一会低下头，一会又仰起头，思谋了半天，说：“我舅舅也不让我跟他们去，他说：‘那可不行，你不能上他们那边去，得上咱这边来！’”张嘉庆指着鼻子问：“八哥！你来看，我是干什么的？”霜泗说：“你的大名，我早就知道，你是滹沱河岸上大闹秋收运动的张飞同志。你是共产党员，是信奉共产主义的。这共产主义，咱也摸索过，那学问深，我脑子浅，灌不进去，光知道一些粗浅的道理。我捉摸着就是杀富济贫，扶危救困，有钱大家花，有饭大家吃，有衣大家穿。所有世界上的人，大家都享福，都自由，谁也管不着谁，一律平等。”

张嘉庆等不得听完他这段话，由不得噗地一下子笑出来，说：“八哥！你真正天真得可爱！这不叫共产主义，这叫无政府主义。光想享福，光想自由，光想有钱大家花、有饭大家吃、有衣大家穿。可是，钱从哪里来？衣从哪里来？饭从哪里来？自由从哪里来？唔，你想过没有？”李霜泗听了，一下怔住，一会又畅快地说：“咱领着人到城里抢去！到北京、到天津抢去！那里有的是大钱庄、大铺号、大财主、大工厂，有的是金银财宝，古玩玉器，有的是好东西。”张嘉庆仰起头哈哈笑了，笑得弯下腰又抬起来，走过几步，拍着霜泗肩膀，说：“好心的朋友！那些国民党的军队、警察、保安队手里有盒子炮呀！有机关枪呀！他叫你抢吗？冯贵堂和张福奎，那些看家狗们让你抢吗？”他瞪起两只黑眼瞳，从上到下，从左到右，看着李霜泗，看过来看过去，眯眯笑着。李霜泗被张嘉庆问得无话可说，在地上走来走去，停了一刻，扬起脖颈，说：“所以要打，要杀，杀他们个鸡犬不留！”张嘉庆又问：“要是打不过杀不过呢？就是一时得手，你一个人可解救得了天下人的苦难？”李霜泗低下头，寻思了半天才说：“可就是，我糊涂死了！走了多少年的瞎道儿，还没摸透这个道理。”霜泗说到这儿，心里豁亮起来，觉得张嘉庆这人真是以诚待人，直爽可亲，心下异常高兴。兴冲冲地叫人们端上酒菜，把小豹和二贵喊进来，说：“今天不叫你们见一丁点儿猪羊肉，光是吃鱼。”说着，摆下烩鱼头、煎鱼尾、鱼鳞膏、鱼丸子……有十几个碗碟，都是用鱼身上的东西做成。李霜泗笑笑嘻嘻，给张嘉庆斟上一杯酒，亲自把酒杯和筷子递到张嘉庆的手里说：“兄弟！哥哥在山林里野惯了，虽然长了四十多岁年纪，还不懂得人生的大道理，请你指条明路吧！”张嘉庆端起酒杯，和霜泗碰了一下，又笑默默地斜起眼睛瞟着他说：“你相信舅舅吗？还是走舅舅的路吧！”霜泗问：“你说叫我跟着共产党走？”张嘉庆笑了说：“打开天窗说亮话，我今天到这里来，就是朱老虎同志决心要成全你，请你出山抗日，成全你做一个流芳百代的民族英雄。世界上只有跟着共产党去革命，才能做到有钱大家花，有饭大家吃，有衣大家穿。只有工农当权，穷人坐了天下，归总一句话，列宁同志说的，只有到了无产阶级专政的时候，广大人民才能有了真正自由，有了解放。一切都从艰苦工作里来，劳动创造世界，不能光想从天上掉下馅饼来。”张嘉庆一阵话，把霜泗说乐了，他用筷子击着酒杯，发出规律的音响，笑着说：“我说句笑话，你们共产党是三句话不离本行！我问你，革命成功了，叫我怎么办？”张嘉庆不等他说完，笑了说：“好！够了条件，叫你入党，看有多么光荣？你要是跟我们一块把日本鬼子打出去，建立起社会主义，叫你有领兵打仗的权利，叫你当个大将。别看我们共产党人喜欢劳动，到了那时候，你也就上了年纪，想劳动也不叫你去。”

李霜泗一听，越发地兴高采烈，放下酒杯站起来，把胳膊伸上去，出了一口长气，说：“好！你说的实在，哥哥我信服你！”他把拳头在桌子上一擂，震得瓷器叮咚乱响，说：“好！我跟着他们去冲锋陷阵！什么法西斯蓝大褂，什么反动派国民党，一股脑儿打他个落花流水，再也不受他们辖制了！”李霜泗一边说着，换了大碗喝酒，一大口一大口地吃着菜。

正在说得高兴，窗外有一个女人的声音，劝告说："霜泗！你又在瞎说什么？客人今天才来，不怕笑话你！你少喝一点酒，不要喝醉了。"

李霜泗听得说，把脖子向下一沉，说："看！又来管教我了！"嘉庆抬起头向窗外看了看，有一位妇女四十上下年纪，脸上有几个麻子，剪发天足，细高身材。上身穿着纺绸小褂，下身穿着黑色绉绸长裙。腋下夹着一卷书，手扶着葡萄架背身站着。他笑着问："那是谁？"霜泗说："是孩子他妈。"嘉庆说："怎么管得这么紧？不叫你越雷池一步。"霜泗说："亏得有她，不的话，我就没有今天了！"说着，李霜泗又叫人端上菜来：炒虾钱、烹虾段、虾米豆腐……都是虾米做成的菜。

李霜泗一时兴奋过去，又低下头，吊起眼睛呆了半天，盯着张嘉庆说："要说'共产'我同意，就是不同意'共妻'！"张嘉庆刚把一盅酒抿进嘴里，听得李霜泗说，一只手举着空杯愣了半天，问："这是谁说的？"李霜泗说："老山头说是冯贵堂说的，我们内人不相信有这回事。"张嘉庆说："那是国民党胡造谣言！"张嘉庆才喝了两盅酒，脸就红了，说："老兄！今天我清楚明白地告诉你，朱老虎同志也不向歪道上送他的外甥，况且你的父亲母亲都死得不明，我们是来帮你复仇的。要说'共产'也是将来的事，目前只是打土豪，分田地，建设抗日根据地！"他说着，又和李霜泗碰了一下杯，说："来，大哥！有决心就一条路上走吧。我们眼下就要发动群众，建立红军，开展游击战争，去打日本鬼子！"

张嘉庆又谈了日本关东驻军怎样进攻东北，占了东北四省，今年一月又进攻了上海。祖国正在多灾多难时期，有血性的男儿汉都要拿起枪拿起刀，拯救祖国的危亡。李霜泗听到这里，又陷入了深思：他闯过关东，走遍了东北的草原和森林，那些山岭和林场，像他的家乡一样，一闭上眼睛就会看到。在他环境困难的时候，有几次想拉起竿子，回到东北的山林去。今天，谈起日本鬼子占了东北，动了他的心肠。他在地上走来走去，心上沉闷得难受，又叫人端上几个大菜：红烧鲤鱼、黄焖鲇鱼、烹鲑鱼、糖醋鲂鱼……接连不断，端上二三十种鱼虾类。饭是“小鱼钻沙”，汤是“八卦汤”，大碗小碟摆了一大桌子，都是鱼鲜。

张嘉庆说：“我这一辈子还没有吃过这么多鱼！”霜泗说：“听得舅舅说，老弟在保定学潮里受了伤了。我们内人也在报上看过保定学潮的事。你到了我这儿，就算到了家了，放心大胆地养养身体，吃点好的，解解鱼馋吧！”说着，他仄起耳朵，听得前边院里有吃酒猜拳的声音，有人大说大笑。李霜泗说：“兄弟！你们吃着，前边还有几桌子朋友，我去照看照看。”说着，他放下筷子走出去。

张嘉庆昨天晚上一夜没睡，一路上腿也跑酸了。吃完饭，躺在炕上就睡着了。一觉睡到太阳平西，才醒过来。拿湿手巾擦了擦眼睛，看了看前后院，都是静静的，没有人声。却听得后院老是响枪，一会儿砰地响一声，一会儿砰地又响一声。他纳着闷，踮起脚悄悄走下台阶。他觉得受了伤的这条腿有些酸痛，想在院里散散步。后院一排七间大瓦房，东西三间厢房。院子里方砖砌地，打扫得干干净净。因为不种地，连根柴草都没有。他又仄起耳朵听了听，枪声从北房西头传出来，他迈着轻轻脚步走过去。二贵正站在台阶上，隔着门缝向里窥着。张嘉庆悄悄走上台阶，捅了二贵一下，问：“你看什么？”二贵歪起头，龇出牙齿无声地笑了笑，说：“嘿嘿！大闺女打枪！”

张嘉庆拨开二贵，向屋里一看，是三间大敞厅。窗子用苇席遮着，屋里稍微暗一点。一个十六七岁的姑娘，白脸盘，活眉大眼儿，穿着黑纺绸裤子，沿着桃色花边，裤腿盖住脚面，上身穿着藕荷色绸子小褂，把左手叉在腰里，捻紧褂子襟，右手拿着一把盒子，一脚在前，一脚在后，探着身腰，绷紧嘴，黑眼珠盯着屋那头墙上插的几支香火。聚精凝神，手儿向上一挑，“砰”的一枪打出去，手儿再向上一挑，“砰”的一枪又打出去。铜壳子乒乓乱蹦了满世界。张嘉庆断定这姑娘是霜泗的闺女，是朱老虎同志的外甥孙女儿。见她打了几枪才打着一支香火，轻轻推开门走进去，站在姑娘后面。那姑娘听得背后有换息的声音，回过头来，仄起脸瞅了他一眼。见是个穿学生服的青年人，不觉绯红了脸颊，笑了说：“看我练得怎么样？”女孩子白牙齿，染着青牙根儿；头发挺黑，放出蓝色的光亮；梳着一条油亮的大辫子，缯着鲜红的绒绳。

张嘉庆一时很觉出奇，抱起两只胳膊，摇摇头说：“打法不对！”姑娘怔了一刻，问：“怎么不对？”说着话又连打了几枪，最后一枪，打中了一支香火，红色的火星立时逝灭。她停住手问：“你说怎么不对？”她睁起两个黑眼瞳，不眨眼地盯着张嘉庆，显出高傲的神色。张嘉庆说：“使枪的方法不科学！”姑娘瞪起水汪汪的大眼睛，冷追一句：“什么叫科学？”

一下子把张嘉庆问愣了，他一句话也难说清什么叫科学。这时，他只好从腰里抽出枪来，也不摆什么架势，随便把枪向上一举，枪到眼前，枪机一动，“砰”的一声，香火向上一跳，跳崩碎了。连打连中，打灭了三支香火。姑娘惊奇地一下子笑出来说：“叔叔！是今天才来的？这样好的枪法！称得起是爸爸的好朋友！”她一时脸上升起几片红云，两只大圆眼睛瞟着张嘉庆，合不拢嘴地嘻嘻笑着。二贵看着姑娘也笑个不停。姑娘说："叔叔！教教我！"看样子她并不怯生，倒很亲切，像是和人们在一起熟惯了的。张嘉庆说："这没有什么奥妙，你的枪由下往上挑，不看准星缺口，打住也是蒙碰。要把枪从上往下放，看好准星缺口，枪机一动，百发百中！"他说着，又连试几枪，果然应验。姑娘腼腆地说："是爸爸教我这样练的，他就是这样打枪，也百发百中呢！"张嘉庆说："当然，糟蹋子弹多了，熟能生巧，也能摸准诀窍……"他一句话没说完，听得背后有人，歪起头一看，是李霜泗站在一旁，立时觉得脸上热辣辣的，怪不好意思。

可是霜泗并不在乎，他才睡醒午觉起来，在这里看了半天。见张嘉庆他们停下手，不言声儿也从腰里抽出枪来，把手向上一挑，"砰"的一声打着一个香火。连打连中，他问："兄弟！看哥哥武艺如何？"张嘉庆谦逊地说："大哥比我高明多了，我才活了几天！"李霜泗说："没有什么出奇，一句话抄百总，久惯久惯，熟能生巧！"又说："站着打枪容易，骑马打枪最难！"说着，也不征求同意，就扯着张嘉庆的手，挪动脚步走出后门。房后淀边上，有妇女们织席破苇、碾篾子。穿着花褂蓝裤，和旱地上的劳动妇女不一样打扮。见了姑娘就问："芝姑娘！干什么去？"姑娘说："来客了，下淀玩儿去。"

淀边树底下拴着一只小船，他们坐在小船上。霜泗说："芝儿！摇着船，带你叔叔上点将台上玩儿去！"芝姑娘摇起桨，小船前儿似的往淀上蹿去。张嘉庆问："大侄女怎么不学针线，倒学枪法？"霜泗叹了一口气，说："像咱这人家，天天不是人来就是客往，哪得安生？学什么针线？学学骑马打枪，跟我一块干吧！"他说着，又抬起头来，看着深远的天上，从他两只黑亮的眼睛里，看出是有着无限的哀愁。一只白鹭从淀上惊起，一直向青天上飞去。淀水油绿油绿，周围岸上都是苇塘，塘边上长满了紫花水萍，还有蒲草。

张嘉庆看他有感伤的情绪，说：“看姑娘怪好的！”霜泗说：“人倒伶俐，就是有点好胜，无论做什么事情，都不愿落在别人后头。咳！生在咱这人家，就把孩子给耽误了！”

船在一大片荷塘上走过，荷花开败了，叶子倒还茂盛。转过苇丛，就是一片陆地。陆地很高，像是一个水岛，岛上有树尖高的苇坨，周围长着高大的杨树和柳树，树下有几间小屋。霜泗打了个尖锐的口哨，从小屋里跑出一匹菊花青溜蹄大走马。身上毛色黢青，脊梁上有几片旋花白毛，活像菊花，颈上戴着一串水泡铜铃，马一走起来，铃声唧唧响着。他又连打了两个口哨，又跑出一匹小乌头马，一匹红花大白马。颈上都戴着厚铜大铃，叮叮响着。后头跟出看马老人，拿着缰绳口嚼，问：“八爷要骑马？”霜泗说：“来了客人，骑上马遛着玩儿！”看马老人又问：“八爷要出淀？”说着，他把马一一披上了鞍韂。霜泗看了看天上，说：“天晚了，就在台上玩儿吧！”

芝姑娘不等人说，拎起一把鞭子，拿在手里掂了掂。走近菊花青，抓住鬃毛，才要抬腿上马，霜泗说：“姑娘！骑小马吧！”芝姑娘歪了下头笑了说：“不，骑大马！”语声尖脆而响亮，看是久惯骑马的。她攀住鬃毛，一拧身子，手不着马，跃上鞍韂，勒住缰绳等爸爸上马。看马老人走过去，拍拍菊花青，说：“姑娘认上镫，别摔着了！”芝姑娘斜了他一眼，噘起嘴不高兴，说：“上了年纪的人，总是爱婆婆妈妈的。又不出远门，认什么镫？”她大腿夹紧鞍韂，脚跟一磕马肋，一阵串铃响，那匹菊花青溜蹄大走马，蹬着小碎步，四平八稳，疾驰如飞。

霜泗眯起眼睛笑着，看心爱的女儿已经遛开马了，纵身跳上乌头小马，跳蹓地跟上去。芝姑娘照着大菊花青擂了两鞭，菊花青像是受了刀刺一样，“嘿耳”地叫了一声，猛地跳起来，一阵风似的没了踪影，只听得葵花林中一阵铃声。

张嘉庆骑上花马追上去，对霜泗笑了说：“好姑娘！吓了我一大跳啊！”芝姑娘回过头抿嘴笑着，也不说什么。霜泗说：“怎么样？兄弟！咱蹚两步儿玩玩？”张嘉庆坐稳鞍韂，抬起屁股颤了颤，说：“来吧，试试，我可是有这么几年不骑马了。”霜泗说：“看你是个熟手！”说着话，两腿一夹，那匹乌头小马，踏开大步，抖开鬃毛，趴起绷子，像飞虎插翅遛下去。菊花青看小乌头出了步儿，“嘿耳”地叫了一声，一阵风似的遛下去。芝姑娘勒紧缰绳，身子前仰后合，像一盏灯粘在马背上。只是把张嘉庆落在后头。他扬起马鞭照马脊梁擂了几下，马一跑快，耳旁的风呼呼响着。只听得前面马铃叮咚乱响，蓦地天上飞过一只水鸟，张嘉庆说：“姑娘！你看！”说着，伸手取枪。芝姑娘刚一回头，张嘉庆“砰”的一枪，打下那只鸟儿，扑啦啦落在苇坨上。芝姑娘嘻嘻笑着，身子一纵，跳下鞍韂，把缰绳往马背上一扔，菊花青跑向前去，又跑回来，张嘉庆也停住马。芝儿爬上苇坨，拾下那只水鸟，两手掂起翅膀，绷紧嘴唇说：“好胖哩！可以下一锅挂面吃。”她对张嘉庆一枪打下水鸟很觉惊奇。

霜泗的马本来已经跑过去，又拨马跑回来，放了缰绳，跳下马走过来，拿鞭柄敲着嘉庆的肩膀，说：“兄弟！不用瞒我，咱是一家人！”张嘉庆的枪法，已经把他们的感情联系得更紧，更加亲密。李霜泗满心高兴，嘻着眼睛看了看张嘉庆，又看了看芝姑娘，说：“我李家好运气，遇上了这样有本事的人。”张嘉庆说：“我们会走在一条路上。”李霜泗说：“兄弟！没有问题！”

芝姑娘心上像开了一朵花，今天来的客人，年轻又漂亮，她就老是笑眯眯儿的，像不知道什么是愁闷了，一声声赞不绝口："叔叔！好枪法！"霜泗说："看叔叔好吗？我们就不叫他走了，永远住在咱们家里做客，也为咱李家门里增增光！"他又上下左右瞧了瞧张嘉庆，心里实在高兴。芝姑娘说："是吗？巴不得的！"张嘉庆瞧着芝姑娘说："多么伶俐的姑娘！"霜泗说："伶俐倒是伶俐，就是太任性！要仨不能给俩，要红的不能给白的。"张嘉庆说："年岁大点了，知道生活的艰辛了，就好了。"

他们又骑上马，慢步由缰走回来，岛上没有庄稼，种着满地向日葵、木槿树、紫藤和葡萄。太阳落下去了，余晖落在枯树上，天上映出一片片花丽彩云。黄鹂在大柳树上呖呖叫着，见有人走来，扑棱地飞起来。霜泗抽出枪，才说要打，芝儿耸动胸脯，尖声叫起来："爸爸！不要打它，叫它们飞上天去！"说着，她两脚一纵，跳上鞍韂，扬起头，伸出两只手，向着蓝色的高空招呼："飞吧！飞上天去吧！给我摘下一块红云彩来！"霜泗一下子笑了说："咳呀，我的姑娘有多好啊！有多么大的慈悲心呀！"芝儿听了，回过头儿说："爸，盼你长寿吧！"霜泗说："我还不知道活多大年纪哩！"

他们下了马，把缰绳搭在马背上，三匹马一同走回小屋。霜泗和嘉庆靠在苇坨上吸着烟。这时天已晚了，夕阳照耀着苇塘和稻田。水淀上有三三两两过往的渔帆，映着亮闪闪的影子。霞光照着芝儿的脸，显得那样的天真无邪。霜泗问嘉庆："看！我们的生活自在不自在？"张嘉庆说："你们自在得出了边儿了！"

一会儿，有人摇船来喊："八爷！有客人来了！"霜泗问："哪里来的？"那人说："是锁井镇上来的！"张嘉庆一听，心上就犯了思索：锁井镇上来的？也许又是贾老师派了人来？

16

芝儿摇着船，转过苇塘，李霜泗立在船头，手搭凉棚一看，是老山头在淀边上柳树底下站着。这人是个团圆脸，小小的三角眼睛，闪披着褂子，手里拿着个大芭蕉扇。李霜泗向他打个招呼说："老山兄弟！是你来了？"老山头用蒲扇遮住阳光仔细看了看，说："是呀，你上哪儿去来？"霜泗说："点将台上去来。"船到岸边，霜泗又问老山头："兄弟！是骑马来的？"老山头噗嗤地笑了，说："不，是骑鹿（路）来的！"又斜起眼睛看了看张嘉庆，问："这是哪里来的客人？"他还不认识张嘉庆，反割头税的时候，他还在外头。李霜泗说："是我兄弟！"

老山头听霜泗的口气是个熟人，就不再问下去。可是他有点怀疑，看张嘉庆既不像军人，又不像农民。张嘉庆见不是自己的人，也就明白是冯贵堂的人到了。他还记得霜泗说过，老山头叫他去参加民团，参加七县联合"肃反"总队的事。他心里暗暗盘算，也许和这事有关系。

他们回到过厅里，坐下喝茶。天道已是薄暮了，蚊群在窗外乱飞，嗡嗡叫着。他们从天气谈到人情，谈到张福奎怎么器重李霜泗。霜泗对张嘉庆说："兄弟！你歇着，俺俩去说个话儿。"他拉着老山头走到北屋，两个人围桌坐下。这时，霜泗心情烦乱，觉得屋里燠热，实在闷得不行，说："兄弟！屋里太热，咱们水上呆着去。"

他们开了后门走出来。老山头坐上小船，霜泗摇了两下桨，船到水淀中心，果然凉风习习，蚊子也没有了。蓝蓝的淀水像镜面一样平静，有风吹来，不时皱起一些些微小的波纹，在夜暗里映着星光。岸上风拂苇叶，沙沙响着。

老山头身体短胖，最喜欢凉爽，他把半个身子歪在船帮上，斜起三角眼睛，问："八哥！你和大嫂商量好了没有，到底打算怎么着？"老山头从军队上开小差回来，曾在李霜泗手下入过几天伙，如今仗着冯贵堂的势力，居然和霜泗称兄道弟起来。霜泗摇摇头，撒了个谎说："你大嫂还没打定主意。"老山头说："我可等不得了，冯二爷早就着了急，你是黑是白也该露露。我看你过去不是这样脾气，怎么今天这样粘滞[①]起来？"霜泗说："一辈子的事情，能着那么大急？"老山头说："共产党早吣出话来，要搞农民暴动，拉起竿儿打游击，说要打日本，真是穷极生疯。他们能打出日本？我看你不愿到民团去，就到肃反总队去。再说张队长你们也是老交情。"一行说着，脸上变貌失色，心里风是风火是火的。霜泗冷笑了说："你沉着点气！着那么大急干吗？"老山头一下子从船板上站起来，用蒲扇呼扇呼扇胸毛，说："人家等着你这米下锅哩！你还不知道，共产党可有这么股子猛劲，他说干就干，来无踪去无影。真是人心不足蛇吞象。来吧！把咱的人拉过去，干吧！"霜泗又噗嗤地笑了，问："说得那么简单？"老山头咧起嘴角说："怎么？心上又出了岔儿？"霜泗也发急躁说："你就不想想，上山容易下山难！张福奎有什么打算？弄好了怎么办？弄不好怎么办？将来，我的一辈子交代给谁？"老山头说："你这人怎么这样糊涂？把竿儿一拉，吃肉有肉，喝酒有酒，管他呢！常言说得好，今朝有酒今朝醉，明日愁来明日再愁嘛！"霜泗两手抱着膝盖坐在船头上，抬起下颏，看着天上繁星，慢悠悠地说："我是杀富济贫的人，张福

① 形容做事不爽利。

奎是大马快、黄带子，冯贵堂是明朝手里的财主。我怎么能跟了他们？跟了他们，'剿灭'了共产党，又该怎么安排我？"老山头说，"不是说过了吗？给你弄个团长，当个官儿还不行？"霜泗说："哪只凭一句话？他侄子才是个旅长，就能给我弄个团长？官儿是他们手里拿着的？"老山头说："将来剿匪有功，当然有赏！"霜泗瞪起眼睛问："什么是匪？匪在哪儿？"他这么一问，老山头浑身打了个愣怔，从船头上站起来，说："嘿！你算不知道，在咱这脚下，共产党的势力凶着哪！他们都是夜聚明散，麦糠底下走水，瓜瓜葛葛，粘粘连连，明里不见，暗里一大片。上头一道命令，嗡地就轰起一大群。"他绷着个嘴，瞪着眼睛说着，恨不得一句话说转了李霜泗。李霜泗愣怔眼睛看着他说完，笑了笑，说："你这不是长共产党的威风？"又伸出手去说："拿来我看！"老山头抢上一步，啪地在李霜泗手上拍了一掌，然后把手一攥，说："傻哥哥！你算是不知道，哪能拿得住？要能拿得住的话，早就卡个死！"李霜泗说："真的也罢，假的也罢，共产党能对我怎么样？"老山头说："你看！说来说去，我不是为了给你找个出头之日吗？"李霜泗摆摆手说："等等再说！"老山头说："人家等着用你这把刀子杀人呢！"李霜泗说："我的刀子倒是挺快，能不能服他使用，目前还在两可之间！"说到这里，他又想起朱老虎和张嘉庆的话，完全不像老山头所说的，反倒对老山头生出一种厌恶之心，说："我告诉你，将来咱们不是朋友，就成仇敌。"老山头一听，立时瞪起三角眼睛，说："怎么？你变了心了？越说越谎了，想是受了什么人的鼓吹！"这时，他也想起张嘉庆，他想张嘉庆一定不是他们一路上的人物。

李霜泗低下头，自言自语："……我又不是三岁的小孩儿！”老山头是个急性子脾气，看李霜泗不能一口说定，一时生起气来，嘟嘟囔囔说：“跑来跑去，跑了多少趟，结果是竹篮打水一场空。咱不管你的事情算了，免得以后将恩为仇。”李霜泗把胳膊趴在膝盖上，睖着眼睛看了老山头半天，猛地哈哈笑了，说：“当然是，咱将来不是恩人就是仇人！”老山头问：“真的？”李霜泗说：“不是你说的吗？”老山头说：“是我说的，我说这话是有口无心。”李霜泗仰起胸脯，朝天大吼一声，摇摇头说：“你有口无心，我耳听有意。走！回去睡觉！”

谈到这里，朋友两人的谈话，算是谈崩了。李霜泗又想起很多事情：如今日本鬼子占了东北，将来有个风吹草动，要回到东北时，也增加了困难。一想起东北草原的广阔，想起长白山的山岭和森林，林场是那样深远，母亲就死在那无边的森林里。他又想起母亲的不幸，想起母亲的死去，由不得滴下泪来。到了这时，他又想起张嘉庆，是那样豪爽，那样热情。他讨厌了老山头，拉过几次话，他已经看出老山头不过是为了在冯贵堂手里邀功受赏，多吃点酒肉，一个鬼鬼祟祟、微不足道的家伙，很难谈到一起了。老山头看这事情越谈越远，就也不再说什么。李霜泗拿起船桨，在水上摇着。桨一着水，在平静的水面上荡起无数波圈。夜快深了，淀上静静的，只有几只水鸟吱吱叫着。老山头又问：“喂！老兄！张队长跟你要的十支大枪、一千粒子弹，怎么着呢？”李霜泗一时怔住，两只眼睛盯了老山头半天，才说：“以后再说！”到了岸边，霜泗把船缆在树根上，拿起腿走回来。十支大枪的问题，在他心上实在沉重。走进过厅时，张嘉庆正在睡着。没有别的睡铺，霜泗把老山头安排在方桌上睡下，他还嘟嘟囔囔地不高兴。霜泗走回北屋，房屋里黑黑的，家里人们都到房顶上去乘凉。他一个人点着灯，独自个儿坐在炕沿上抽着烟，低头沉思：“好难过的人生呀！平白无故勒我十支大枪，一千粒子弹，真是仗势欺人！……”

这时，霜泗又想起他的身世，想起母亲和父亲的死，想起他的老家近邻，想起人世间无数风云变幻。想着想着，眼里滚出泪珠来，噗噜噜落在炕席上。他心上又是难受，又是急躁，两只手抓住头发乱撕，又攥紧拳头擂着炕沿，咬紧牙齿说：“杀！杀！杀！……杀他个鸡犬不留！”李霜泗的心上腾起杀机。可是，他仔细一想，又觉得这件事情非同小可。他在别的事情上，愣手愣脚，说干就干，干错了另干。遇到这件事情，关乎他一生的前程，就心思绵软起来，委决不下。他扶着桌子，低着头吸了一棵烟，想找芝儿娘商量商量，她们都在房顶上，夜又深了，不愿惊动她们。他又吹灭灯，走出来去找张嘉庆。在夜暗里，看见张嘉庆睡在炕上，呼吸得挺均匀。他想：跑踏了一天，他累了！老山头佝偻着腰，袒露着胸膛，戳着腿，仰面朝天，斜抹角儿躺在方桌上，张着大嘴，哈噜哈噜地发出雷鸣的鼾声。霜泗拍拍张嘉庆叫着：“兄弟！醒醒儿！”可是，张嘉庆知道老山头并未睡着，他不能戳破这面鼓，也装着睡得熟熟的。李霜泗站在那里呆了一刻，又走出来。一出门，守夜人在房上喊：“是谁？”霜泗说：“是我！”抬头一看，夜暗中有人腋窝里夹着枪，爬着瓦脊走过来。霜泗问：“是谁？”“我！”那个人又悄悄地说：“八爷！你手使的枪，不能随便挂在墙上。今天客人多，人多手杂……”他还没说完，霜泗机灵地打了个手势，不让他再说下去。

原来当李霜泗进屋来叫张嘉庆的时候，老山头正在醒着，还在吸着烟。一听到脚步声，知道李霜泗来找张嘉庆商量那件事情，一时心上无名火起，假装睡死，打着鼾声。当霜泗一出门，他就坐起来，隔着窗格看着。听说墙上有枪，他后悔还没有注意到，在黑影里转着脖子看，墙上漆黑，什么也看不见。他从桌子上轻轻跳下，踮着脚尖走到墙角里，把脸贴在墙上，转着眼珠向这边瞧瞧，向那边瞧瞧，还是瞧不见。天上罩满了黑云，满屋子一片漆黑。他焦急极了，后悔不该放松时机，张着手儿跑了一笔横财。他靠着墙山打了个盹儿，想道：可不要误了大事……可是大事是张福奎和冯贵堂的，小事是我的……

张嘉庆是被李霜泗送老山头进屋时惊醒的，看老山头也睡在这屋里，他心上犯了踌躇，再也睡不着了。又看见老山头弄灭了烟火，假装睡着，他断定其中定有玄虚。这时，张嘉庆看见老山头要偷枪，枪到了这样人的手里是危险的，于是也从枕下抽出枪来瞄着。这时霜泗咵咵地走进屋来，老山头机灵地躲开，蹭到墙角里。在夜暗里看见李霜泗大踏步走过去，噼啪地从墙上摘下那支枪，右手一抡，挎上肩头走出去，张嘉庆这才放下心来。

老山头睁大了眼睛，嘴上打着咯咯，瞧着李霜泗走出去。他愣了一刻，蹑悄悄地跟出去，李霜泗头里走，老山头在后头跟着。张嘉庆也悄悄地起了身，跟出来。李霜泗走进上房屋，芝儿和她娘已从房顶上下来。他问："嗯？你们不凉快着了？"芝儿娘说："凉快透了，天道上来，风儿滴溜溜的。你还不睡？"霜泗说："睡！"老山头两手趴在窗台上，伸直耳朵听着。张嘉庆站在他的后面，用枪铳点着他的脑壳。李霜泗用褂子呼扇了一下蚊群，倒在炕上。翻过来掉过去，还是睡不着觉，芝儿娘问他："怎么？你心里不静？"霜泗说："就是！我活了四十多岁的人了，没有经着过朋友会出卖朋友，好朋友会不给实心眼儿；他们欺人有，笑人无，明着一套，暗里又是一套，对自己一套，对别人又是一套……"

芝儿娘长叹一声说："咳！乱世为人嘛，是不容易的！草野朋友，没有什么政治的约束，平时追逐酒肉，事情一来，就投井下石。交这样的酒肉朋友，没有什么意思！”

老山头听着，心上一惊，耳鸣起来，再听时，下边再也听不到什么了。这几句话可着实打动了张嘉庆的心，觉得这女人不是一般人物。老山头心上可发起颤来，想：李霜泗好歹毒家伙，他知道我要偷他的枪！他知道李霜泗确实不是好惹的，他敌视恶霸，敌视官兵，多少年来势不两立。他好义气，为朋友两肋插刀，不惜牺牲一切。向来不吝啬金钱，可是，一经发现他的朋友不忠于他，有侮辱或是掏他墙脚的行为，就是最好的朋友，也得白刀子进去红刀子出来……想到这里，老山头再也站不住脚了，心里慌作一团，他怀疑李霜泗在夜影里偷看了他的行为。又想：也许，他知道我趴着窗子听他……想着，他四肢打抖，说什么也挺不住身子了，浑身颤抖起来。他哆嗦着小腿离开窗户，咧起嘴，瞪直眼睛，一步一步走回来。走到台阶边，又不想回到屋里，就在院里站了一刻，看天上云彩闪开，露出满天星河，他胸膛里一时亮了，心上一横，说：“左不过是这么回子事了，看看屋里边还有什么成用的东西！”抬脚走上台阶，才说进屋，一脚迈进门槛，听得张嘉庆在梦里喊：“打倒土豪劣绅的爪牙……”声音那么洪亮。

当老山头一转身要回到屋里的时候，张嘉庆早先溜回屋里，睡在炕上。直到这刻为止，他决心驱逐这个危险的人物。老山头不再等听完下边的话，反射地跳出门槛，浑身抖得筛糠一样，几乎瘫软在地上。他弯着腰支撑着，出了浑身大汗。又听得前院临街房上，守夜人在喊：“夜深了。防火防盗！”喝声就像利爪，撕裂他的心肝。

他吐出舌头呆了一刻，等声音静下来，又蹑手蹑脚走过院子，走到后门。门洞黑黑的，伸手一摸，上了大锁。他摇摇头，心上窘急，像是坐上没底的轿，他怀疑有人掩在暗影里看着他，其实张嘉庆真的在黑影里拿枪瞄着他。他走出门洞，顺着墙根围着宅院走了一遭。扬头走着，一下子碰在扶梯上。扶梯用粗笨的木头做成，看来是不常搬动的。看到扶梯，他心上轻松下来，手挠脚抓爬上屋顶。走过房墀，往下一看，房后是个夹道。也没看准这房到底有多么高，腾身向下一跳，幸亏跳惯了，身子向下一蹴，虽然倒在地上，并未伤着腿脚。

老山头三步两步走到塘边，那只小船还在树上拴着，弯腰解下缆绳，跳上船去，摇动木桨。可是那只小船，不像他想象得那么驯顺，划不前去，直在水上打转。他用桨这么拨拨，那么拨拨，小船歪歪咧咧，走向淀心。张嘉庆也跟在老山头后边上了房，看他划船走了，憋粗了声音，学着守夜人喊："淀里是谁？"老山头弯下腰咳嗽着，咳嗽了又咳嗽，结巴着嘴说："咳！天不早了，我要下淀去起虾篓子！"说着又把桨在船帮上磕了几下，像是磕烟锅。离远听着，像是有个老人，下淀治鱼去了。张嘉庆看老山头逃走了，才走下扶梯，悄悄回到屋子里躺在炕上睡下。

第二天早晨，枪声一响，张嘉庆睁眼一看，天快亮了，想不透这么早的时刻，在响什么枪。他爬起身来，往窗外看了看，清晨的风，从窗外刮进来，枪声还在一声声响着。

他掏出手绢，擦了一下眼睛走出来。走过静静的院落，一上台阶，看见芝儿一个人在北屋里打枪。芝儿回过头看见张嘉庆，笑眯眯地问："叔叔！起得这么早？爸叫我每天早起打枪，他说，冷练'三九'，热练'三伏'。眼下正是三伏天里，要下苦功夫练练！"张嘉庆问："净练什么？"芝儿说："一练腕劲儿，二练身劲儿。”说着话，她手儿一甩，打出一枪，手儿一甩，打出一枪。

张嘉庆说：“你也用我的法子打枪了？”芝儿笑着说：“当然啊！你的法子‘科学’嘛。”她抿嘴笑着，看着张嘉庆。

张嘉庆早就看出，这姑娘多么天真，多么开朗。他站在一边看着，姑娘叉开腿，左手撑着腰，用全身的力气练枪。打一会枪，嘴上还暗暗喘息。张嘉庆看了一会，迈步走下台阶，芝儿见他要走，停住手儿问：“叔叔！你上哪儿去？”张嘉庆说：“我想到淀边上去散散步。”芝儿说：“门儿锁着，我去拿钥匙给你开门。”说着，叽里呱嗒跑回上房，铃儿一响，取出一串钥匙来。张嘉庆问：“钥匙都是你母亲拿着？”

芝儿说：“唔，她防备夜里出去糟害人，从不叫他们夜里出门。”响着铃儿把锁开了，搬开顶木开了门，叫张嘉庆出去。她也走出来，又回身把门带上。

清晨淀上幽静，淀水蓝蓝，风在苇丛上溜过，水拍着岸边，涌起股股浪花。芝儿找不见她家的船，跑到树这边看看，又跑到树那边看看。她说：“唔！晚上一定风大，把船漂跑了。”张嘉庆一下子笑了说：“还不定漂多么远呢！”芝儿说：“不要紧，淀上人家认得俺家船，一定会有人送回来。”她划过一只别人家的船，叫张嘉庆坐上去。她站在船头上，划呀划呀地摇着桨。她问：“叔叔！上哪儿玩去？”张嘉庆说：“咱还上点将台上去。”船走着，张嘉庆又问：“聪明的孩子！把你送到保定读书去不好？”芝儿摇摇头，叹口长气说：“咳！叔叔不知道，俺家有仇人，不能在大地方露面。仇家都是有钱有势的，要是落在他们手里还了得？”说着话，眼睑向下垂着，又长出一口气，心里像有说不尽的哀怨：“咳！成天价提心吊胆，过不了安生日子！”

张嘉庆说：“不上学，你将来怎么办？”芝儿说：“就和爸爸过这山林生活呗！谁要给我一刀，我就给他一枪！”

张嘉庆心里说：想不到小小姑娘会有这样泼辣的性格！他开个玩笑说：“过山林生活，你将找不到一个温存的好女婿！”话刚脱口，他又后悔，霜泗不在跟前，要是招恼了她怎么办？他想芝儿一定会羞红了脸，跟他闹性子。相反，姑娘一点不在意，哈哈笑了，说：“温存有什么用？我妈说，要给我挑个能干的人儿。只要能骑马，能打枪，有一马三箭的本事，就一辈子有前程了。”真的，你在这姑娘身上，找不出一丝柔情，浑身带着挺拔的气色。

张嘉庆见她没有生气，一时放下心，仔细问了她们的家世和日常生活，问了她父亲的脾气和嗜好。问到她母亲，芝儿说：“我妈年幼的时候，是一个女学生，上过大学文科。她说，她上学的那时候，信仰过‘无政府主义’，因为‘共案’的牵连住了监狱，那些军阀们什么都不懂。在狱里听到我爸爸的故事，知道我爸爸是个硬汉子，很是崇拜。出狱以后，托人认识了我爸爸。脸儿一横，下嫁了我爸爸！”张嘉庆慑着眼睛听完芝儿一阵话，说：“看起来，你妈妈是个有政治思想的人，可惜走错了道儿。”芝儿说：“她说，她那时候正是年轻的脾气，宁自嫁了我爸爸，也不归顺封建，一定要和黑暗势力斗争到底！”

张嘉庆半信半疑，想也有道理，一个有着狂热的革命思想的青年，宁自下嫁“土匪”，也要和旧社会为敌。这也就是李霜泗“杀富济贫”“扶危救困”的思想根源。他说：“我倒想跟你妈谈谈！”芝儿撇嘴说：“她向来不轻易见人，只是一个人在屋子里写字画画。有时教父亲和我读书，常对我说：‘作为一个女人，要硬气点，我就是吃了怕死的亏！’”张嘉庆又问：“那，她为什么不叫你去上学读书呢？”芝儿说：“她读书读寒心了。她说读书人能说不能做，软弱无能。即便心硬手软，又值得什么？再说城里不是俺去的地方，官面儿逮住我们了，就要送上断头台，绞杀！”张嘉庆问：“你说的官面儿是谁？”芝儿说：“就是那些官衙里的人们。”张嘉庆说：“姑娘！告诉你说吧！就是那些国民党反动派，那些白军，那些特务，那些法西斯们，知道吗？”

芝儿点点头，不说什么。张嘉庆了解到李霜泗的妻子，曾经是一个反对封建军阀主张无政府主义的人，心上一时轻松起来。又问了她们的亲戚、朋友，一些有来往的邻居。芝儿一边答着话，慢慢摇着桨。淀水清澈，看得清楚水里有银色的鱼儿，剪着尾巴绕着水草穿行。船走着走着，一条扁平细长的鱼儿浮上水面。张嘉庆冷手一抓，鱼儿没有抓住，船儿一趔趄，差一点没掉到水里去，湿了半截袖子。姑娘噗嗤地笑了一下，在船头上仄了两下身子又站住。她的影子映在水面上，像一串粉红色的碧桃花。芝儿问：“叔！你叫我爸爸去干什么？”张嘉庆说：“叫他去打日本鬼子，要打到东北的山林去。”姑娘说：“我爸爸常说要回到长白山去。要是打日本，我也跟你们去，挎上我的枪，骑上我的马……”张嘉庆笑着，摇摇头说：“不行！”芝儿问：“怎么不行？”张嘉庆说：“我们还没有女战士！”芝儿翘起嘴唇说：“那有什么关系？看你们还找不到我这样的枪手呢！”

船快到点将台，她问：“你想骑马吗？”张嘉庆说：“好，我就是爱骑马。”

他们下了船，走上坡去，芝儿打了个尖锐的口哨，叫出马匹。一匹菊花青、一匹红花马，响着铃声跑出来，身上都没有鞍鞒，看马老人还在睡着。姑娘问：“你能骑没有鞍镫的马吗？”张嘉庆迟疑一下，哧地笑了，说：“凑合办吧！”心想，她成心叫我输给她！芝儿走近菊花青，手攀长鬃跳上马背，从腰里抽出枪来。张嘉庆骑上红花马，问：“怎么？还想跟我比枪？”说着，也从腰里抽出枪来。芝儿说："跟你比一马三箭！"话一出口，觉得失了言，顿时羞得两颊绯红了。张嘉庆听得姑娘说，看她颊上晕红，一时心惊耳热，脸也红起来，低下头问："怎么叫一马三箭？"姑娘噗嗤地笑了，说："就是在一定骑程里，连发三枪打中一个目标。咱就打那个歪巴柳树，打树杈上那个疤吧。"张嘉庆仔细一看，那个树疤，只有烧饼那么大。芝儿把马鬃一勒，使劲在马肋上擂了两拳。菊花青知道姑娘性子烈，不愿多吃苦头，伏下腰，一阵急骤的铃声，唰地一下子跑下去，好活脱的马！离那棵树约有一百多米，砰！砰！砰！连发三枪。马儿噌地一下子跑过去，跑到台的尽头，又拨马回来。

张嘉庆打马跑到树下，看了看那个树疤，果然中了三弹。又打马跑回来，跟上姑娘，姑娘问他："中了吗？"张嘉庆笑了说："都中了！"芝姑娘说："看你的！"

张嘉庆提起枪，镇静了精神，左手叉在腰里，脚跟磕着马肋，马儿把耳朵一抿，飞跑出去。他对准了树疤，连发三枪，芝儿打马过去一看，三颗子弹，在树疤上打成一溜三星母。她心里一喜，打马跟上张嘉庆，一个眼不眨，腿儿一纵，蹬上马背，又两脚一跳，跳到张嘉庆的马上，哈哈笑了说："真真是一把好手！"张嘉庆说："还能骗你？"又反过身儿，扶着芝儿的手说："坐下，摔着了！"姑娘说："哪能？"说着，两脚一滑，骑在张嘉庆的背后。

张嘉庆让马在葵花地里漫步，铃声叮叮响着。芝儿问："你还走吗？"张嘉庆说："走呀！有更重要的事情在等着我。"芝儿说："住在我们家里养伤吧，跟我爸在一块，叫我妈给你做好吃的。"张嘉庆问："你叫我落草？不能！我还要去打日本鬼子。喂，姑娘！我倒有一件事情求你帮助。"芝儿问："什么事情，你说吧，能办的尽可能地办。”张嘉庆说：“我想请你爸爸和你妈妈出山，跟我们一块去抗日。”芝儿说：“我叫妈妈跟他说说。”

两个人一答一理儿说着，马蹄轻扬漫步，穿过葵花地，走过木槿树丛。霜泗正在苇坨那边耍剑，听见芝儿和张嘉庆在一起谈话，探出头来，看他们谈得那么和美，好像跟老朋友谈话一样，心里暗暗高兴。见他们走过来，喊着：“张飞同志！你怎么起得那么早，也不歇歇？”

芝儿听得爸爸的声音，用力一纵，跳过自己马来，站在马背上，大喊：“爸爸！”

李霜泗说：“早晨我到淀边上看了看，见没了咱的船，想一定是你们划出来了。我另找了一只船，划到这儿一看，你们俩在比枪呢！”说着，哈哈大笑，又说：“好啊！张飞同志来了，也许我们李家就要升发了！”他一面说着，手上比画着太极剑的式子。芝儿问：“你看出什么？”李霜泗问：“什么看出什么？你想叫爸爸怎么说吧？”他这么一问，倒把姑娘问怔了。

张嘉庆跳下马，芝儿也跳下马来。她像一下子想起了什么事情，晃了一下头，说：“可是，我们也没划出咱的船来呀，咱的船许是被大风漂跑了。”她一抬头，看见爸爸瞅着她笑，就又低下头去，羞红了脸，再也不抬起来。张嘉庆说：“你们的船呀！还不知道漂到什么地方去了呢！”

17

他们回到大柳树底下，坐在石头上歇了一会。看看太阳升起，霜泗说：“走，回去吃饭！”芝儿走下坡，解下船缆，摇着船等张嘉庆上船，霜泗也自己摇着一只船，木桨搅动淀水，澄明的水上，涌起一缕缕的波纹，映着天上一片片褪了色的云霞。船到岸边，姑娘拴上船，跳上岸来。

霜泗到家里一看，老山头不见了。立刻打发人村前村后找了个遍，还是找不见踪影。霜泗愣了一刻，说："嗯？他走了？"张嘉庆噗地一下子笑了说："他早就走了呢！"霜泗一时抓起头皮，说："也许，咱的船是他划跑了。"张嘉庆问："他是个什么样人？"霜泗说："是冯贵堂的打手！"张嘉庆一听，猛地站起来追问一句："怎么？是冯贵堂的人，好危险的人物！"随着，他谈了昨天晚上，老山头怎样想偷枪，怎样偷听他们夫妇的谈话，怎样偷船逃走。谈到这里，霜泗一时气愤，恼怒地说："这是什么世道？知人知面不知心！"

说话中间，有人端上酒菜。芝儿摆上椅子，请张嘉庆坐下。张嘉庆顺手拎起酒壶给霜泗满上酒，笑问："这样的人，还是你的好朋友？"霜泗说："早先同伙呆过，前些日子找了我来，叙了叙旧交情。"张嘉庆冷笑一声，说："哼哼！看你这朋友，不辞而别了。"

张嘉庆这么一说，霜泗立时涨红了脖子脸，暴跳起来，把长头发一甩，攥起拳头在桌子上一擂，说："什么东西？忘恩负义的家伙！这一下子就掰了一辈子的交情！"一拳下去，桌上的碟儿、碗儿、盅儿、盏儿、酒壶、饭筷……一桌子家伙颠得叮当乱响。他圆睁起眼睛，张开大嘴发怒："再回来，非得枪毙他！"喊得震天价响，震得厅里起了嗡嗡的共鸣。这时有女人的声音，在窗外说："霜泗！你又发什么威哩？又撒没好气？上我屋里撒来，陪着客人吃饭嘛，也发脾气！"芝儿娘今天穿着天蓝色小褂、白绸长裙，在窗外葡萄架底下站着。

霜泗像是没有听见，咬着牙齿，又在桌上连擂两拳。张嘉庆只好张开两只手，罩着桌上的瓷器家伙，芝儿娘在窗外又连连说："你看！没说着你哩，更加闹得欢了，没的不叫别人说说你？"

话把儿没落，芝儿匆匆走进来，看着父亲的神色，噘起小嘴说："也值得闹这么大脾气？怪谁？妈妈没说过，不管什么样人就往家里引，再来了枪毙他就是了！"她拿绢子掸去霜泗身上的汤星菜末，又说："息息气儿，好好儿陪着叔叔吃饭嘛！"芝儿说着，又扭头背着父亲，向张嘉庆噘起嘴一笑。张嘉庆看霜泗要消气，又加添了一句，说："张福奎和冯贵堂也是吃人肉喝人血的家伙！"霜泗说："不瞒兄弟说，老山头就是张福奎和冯贵堂派来的，要逼着我加入民团，加入七县联合'肃反'总队，逼着我要枪要子弹！"张嘉庆问："他又来了，这不是压服人？八哥！你可是怎么跟老山头说的？你到底是去呀不去？"张嘉庆还没说完，霜泗猛地又向桌子上擂了一拳，说："去！我去杀他们鸡犬不留！"他这一拳下去，咔嚓一声，砸裂了桌板。张嘉庆没顾得伸手拦住，满桌子家伙飞起来。酒壶飞到炕头上，酒盅飞上房梁，又掉下来摔碎。碟儿碗儿都长了翅膀，在半空里打着忽闪。鱼肉蔬菜溅了满世界，溅得两人满身汤水横流。芝儿连忙用绢子擦去张嘉庆脸上的汤菜，向李霜泗尖声细气儿说："这是干什么？还吃饭不吃？把家伙都打碎，和碗碟有什么仇恨？有劲头把人拉出去，跟他们干去！"芝儿娘也在窗外说："你去跟他们拼一下子吧，横竖也得受他们的欺侮！"听声音像是流出酸楚的眼泪。霜泗气冲冲地说："我没交过这么不义气的朋友！他们明着一套，暗着一套，两面三刀，一个个都是满腹阴谋的家伙！"他肚子胀得圆圆，直气得不行。

张嘉庆看着他这样子，觉得李霜泗这个人，实在可以交成共产党的好朋友。他人儿生得虽面善，性子可是倔强得厉害。刚才还是清风明月，眨眼之间就是一个殛雷，顿时闹起粗风暴雨来。张嘉庆说：“好朋友！不要生气了，你好好跟舅舅在一起，跟着共产党走，我保证你能把这个黑暗的旧社会打个粉碎！”在当时来说，这些人对旧社会破坏性是很强的。

霜泗还是垂着脸庞生闷气，气得吭吭哧哧的。芝儿叫人来拾了桌子，扫净地上的瓷瓦碎片，另端上一桌饭菜，摆上碗筷，说：“爸爸！叔叔！来，吃饭吧！”她垂着眼睑，咯就了眉泉，显得更加忧伤了。

李霜泗在地上走来走去，停了一刻，晃了一下臂膀，一下子对着芝儿笑起来，说：“来，吃饭。你看，爸爸成了什么了？”他嘻嘻笑着，让酒让菜，谈笑风生，又谈起他的山林生活。他谈到这种生活极不稳定，永是把人头掖在腰里过日子，所以喜怒无常，脾气变得更加暴躁。可是在“财”“色”两字上，他是一点不沾。结婚只这一次，有了钱谁愿花谁花，从不计较。有人劝他把钱存在银行里，准备将来一时运仄，打下马来的时候用。他说：“这钱原本是花的，存在银行里会搭死。”又说：“凡是跑这条道的人，奸人妻女，横掠财物，都不得好死。我心里没有这个毛病，所以睡觉坦然，吃饭香甜。”说着话，筷子不闲，有滋有味地吃着。

李霜泗闲暇时候，常和他的随从人们在堤上骑马，有时骑上他的飞鹰自行车，去赶高阳集。要是有穷苦人，趴在地上磕个头说：“八爷！我没有钱买粮食了！”他就扔给他钱买粮食吃。有酒徒趴在地下磕个头说：“八爷！我没钱买酒吃！”他就给他们钱买酒吃。要是有人受了欺侮，或是被人杀害了父母，奸淫了妻女姐妹，趴在地上，给他磕个头说："八爷！你得给我报仇！"这样一来，就成了他自己的事情，他会带上人去和劣绅土棍们打一场大仗。

吃着饭，张嘉庆又问："八哥！你要是不答应他们，你这山林生活，可还过得下去？"霜泗说："看样子，要是不给他枪械子弹，不去参加民团和'肃反'总队，张福奎和冯贵堂要不饶我。"张嘉庆腾地从椅子上站起来说："八哥！赶快跟我走吧！"李霜泗也腾地站起来说："走！说走就走！一不做二不休，扳倒葫芦洒了油！昨天夜里我就打定主意，先进得城去，杀了张福奎，出了我这口气，替我盟兄报了仇再说！"

张嘉庆看李霜泗主意已定，心上思忖一刻，说："八哥！持枪行凶不是我们共产党的政策，我们所依靠的，是发动群众，武装群众，依靠群众起来解放自己。"他说着，又满满地给李霜泗斟上一杯酒。李霜泗听了，仰起头哈哈大笑，说："张飞同志，好朋友！你说别的我听，你说这个，我主意已定！请你给我撑一下子腰吧，我就要进城去。"

张嘉庆和李霜泗一家人吃着饭的时候，老山头跑出了水淀。到了岸边，两脚跳着船头滴溜一转，啪的一声把船叩在水淀里。提桨一拄跳上堤岸。回头把桨往淀心里一扔，说："去你娘那呱嗒嗒！"撒腿就跑。跑得热了，把褂子脱下来，披在肩上，使草帽子扇着身上的汗。跑到一个小村庄，他不走正路，转着村边偷偷地溜过去。走到街口上，才想三步两步跨过去，不料想向东一望，从十字街上跑过一群人，呐着喊："截住，截住，别让它跑了！"老山头以为那群人来追他，心上一惊，拿起腿又跑。那群人还在后头呼噜喊叫："追呀！""截着啊！""咬坏人了，可别叫它跑了！”

老山头放慢脚步回头一看，跑过一只大黑狗来，扫着尾巴，支绷着耳朵，张着大嘴，眼睛血红血红的，是一只大疯狗。他拿起腿来，一直跑下去。

本来他觉得挺败兴，看看把疯狗拉远，经过急跑以后，这会儿心上又觉得意起来，迈开大步，唱唱喝喝奔回锁井镇。掌灯时分，老山头进了冯家大院，连口气没喘，就去见冯贵堂。一进槅扇门，冯贵堂正在吃饭。看见老山头闯进里院，想一定带回好消息，立时放下碗筷，问："你回来了？”老山头坐在炕沿上，说："回来了！”冯贵堂说："怎么回来得这么快？一定把事情办妥了！”

他这一问，把老山头问住。怔了一刻，把手在膝盖上一拍，叹了口气说："咳！破鞋，提不起来了！”冯贵堂问："怎么？拉不过李霜泗来？”老山头摇摇头说："他不来。”冯贵堂又问："嗯？张队长要的十支大枪、一千粒子弹，他可是送呀不送？”老山头掂着手，冷笑说："哼哼！他不给，咱要是硬要，像咱压服他！”说到这里，他又觉得和以前说的话合不上辙，又加添一句，说："赶了我个野鸡不下蛋！”冯贵堂立刻撅起两撇黑胡子，瞪起眼睛问："他还赶你？这算什么盟兄把弟？”老山头说："这就拔了香头子。我把二爷的意思跟他说了，将来剿共有功，一定闹个一官半职。他把两眼一瞪，说：‘我为什么剿共？共产党与我有什么仇？’我说：‘他们杀人放火，共产共妻，和土匪一样。’他立时翻了脸，把桌子一拍，说：‘你才杀人放火哩！’我看他变貌失色，就往外溜，一出门撒开脚丫子跑回来！”冯贵堂看他说话慌张，紧插了一句，问："那么深的水淀，船能走得那么快？”老山头咧起嘴角说："我那二爷！还顾得坐船？就说坐船吧，有谁给摆？”说到这里，他云山雾罩，随编随说："我往淀里一跳，一个猛子扎过来，钻进苇塘，一出苇塘，撒腿往回跑。"他又掂起衣裳襟说："你看！衣裳还湿着！"其实，衣服是被汗水浸湿的，他不过瞎话连篇，越编越热闹罢了。

冯贵堂一听就冒火了，说："好狗日的！一个小毛贼子罢了，有什么了不起？不识抬举的东西！我写信，叫张队长剿他，叫他知道我冯家大院的厉害！"老山头也随话答腔："对！他通共，剿他！"

话说到这里，冯贵堂又问："那个事儿，他也不干？"他这一问又把老山头问怔。老山头伸起脖子，想了半天才说："还有什么事情？"冯贵堂看他迟疑，又说："打贾湘农和张嘉庆的黑枪呀！"

问到这里，老山头才想起他忘了说这句话，手心里可是抓了花椒，心上长了长劲，说："他不干，一口咬定，他和共产党没有冤仇，说什么也不干。"他想把这个话头岔开，扯到别的事情上去。他说："你不是早把严江涛治到监狱里去了？"可是冯贵堂不理他，定是打破砂锅问到底："你没跟他说，派人打死一个人给他一百块洋钱？打死贾湘农给他五百？"老山头把嘴一撇，说："我那二爷！你不知道李霜泗的势派？一百块、五百块，他哪里看到眼里？"说到这里，冯贵堂吊起眼珠，摇着头说："好小子！你别觉得天高皇帝远！"又吸一口冷气说："莫非他也要赤化？我说治他就治他死罪！"说着又连连拍着桌子。老山头也随话答腔："我看也像，他想上共产党那边去！"其实他并不知道，只是蒙说罢了。

说到这话头上，冯贵堂立刻打发老婆添酒添菜，叫老山头喝酒吃饭。老山头笑着说："我是个什么身子骨儿，敢在这地方吃东西？我快上牲口棚里去吃吧！”脸上笑眯悠悠，心上滋润起来，美得说不出话。冯贵堂说：“喝吧！喝得足足的，我还有话说……”他拿了个小茶碗倒上酒，放在老山头面前，说：“酒盅还得一下下斟，这有多当伙？”

老山头哪里享受过这个？大碗喝酒，大块吃肉，连嚼也不嚼一下，把脖子一伸就囫囵地吞进去。大碗的酒，咕嘟咕嘟地喝下去。抽棵烟的工夫，酒足饭饱。酒气红到脖子上，连胸脯都烧红了。眼珠子红得像血铃铛，放射出可怕的光芒。他打着饱嗝，说：“二爷！你说罢，只要我老山头办得到的，一定不辞劳苦！”冯贵堂说：“没有别的，就是剿灭共匪的事。自从共产党在这地方扎下根，他们干的事情没有一件不是对付我冯家大院的，不相连的事情，也强拉硬扯。大斧子砍了，还用小刀子磨蹭，叫你不得安生。他们说我冯家大院是封建势力，说要反帝、反封建，说我老人家是土豪劣绅，要杀俺父子，要弄得我家败人亡……”一行说着，两手打抖，浑身哆嗦起来，鼻涕眼泪顺着鼻子往下流。老山头一见，心上反倒轻松了许多，长了长精神说：“二爷怎么这样胆小？可没见过你老人家到这个地步，打土豪也不一定打在你的头上。”冯贵堂跺起脚说：“你还不知道？我爹，老人家就是个大土豪呀！我是土豪儿子。锁井镇以下四十八村嚷明了，大嚷着开展游击战争，就地筹粮、筹枪、筹款、捐富户。咳呀！你说，这可怎么办……”老山头一看，笑得弯下腰去，拍拍膝盖说：“我的二爷！吹吹罢了，哪有这么厉害的共产党……”

冯贵堂和老山头在屋里说着话，冯老兰在窗户外头听着，说到这坎上，推门进去，皱起眉头，撅起白胡子说：“上这么大愁干什么？说你们年幼的人们办事不牢就在这地方。事情不来，吧啦啦一套，吧啦啦一套；事情来了，伸着手儿拿不定主意。自从你老爷爷的时候就是：事情不来，他闷着嘴儿不吭声；事情来了，啪哧地给他一家伙。咬人的狗不露齿嘛！”老山头说：“你看老当家的这个，真是行！你吩咐吧，你说怎么办？”冯老兰说：“你拿上一千块大洋，上城里去，在马快头张福奎炕头上一蹾，就往外走。他要是问你，你就跟他说，叫他先抓朱老忠，再剿李霜泗的老窝。你就说贾湘农到了锁井镇，共产党要起事，要杀人放火，共产共妻，说得越厉害越好。”老山头和冯贵堂瞪着两只大眼睛听着，看着白了尾巴梢的老狼讲述了半天处世的经验。最后冯老兰指着老山头说：“去！打狗日的黑枪！一个不剩！”

第二天清早，李霜泗起得很早，洗完脸刷完牙，吩咐芝儿去告诉看马老人，加草加料，备好鞍镫，说今天下晚要骑，就坐在芝儿娘枕前，伸手在她肩上推了两把，说：“芝儿娘！醒醒！”

芝儿娘正在熟睡，听得有人叫，慢慢睁开眼来，看看天刚发亮，李霜泗坐在她的头前。她用手拉了一下花布夹被，盖住胸部，伸手打个舒展，哈欠说：“天还这么早，你就起来？”说着，伸出胳膊攥住霜泗的手，拉在脸颊上亲着。霜泗紧紧握住她的手说：“我吩咐芝儿备马去了！”芝儿娘问：“你主意已定？”

霜泗说：“昨儿晚上，我思量了半夜，常言说得好，先下手的为强，后下手的遭殃。今天不先下手，将来也得吃他们的苦。我自己吃苦倒不要紧，我已经打过几场官司，坐过几次监牢。可是，我不愿把灾殃落在芝儿和你的身上，这样我心里难受。我在这个世界上，感觉不到一点温暖，只有你和芝儿，是我的亲人，会可怜我，体贴我。为了你母女，我也要先下手……”说着，又想起他打第一次官司，那时候他还年轻，走到离公堂十几步远的地方，他看见一堆铁链上露出一支锋利的锥芒，这时他心里明白在所难免了。于是，他憋足了气力，大踏步跑上去，看准锥锋，啪的一下子，把膝盖跪上去，把锥锋挫折，全堂的人没有不惊奇的。这样一来，“李霜泗”这个名字就出了名了。

不等霜泗说完，芝儿娘伸起胳膊搂住他，呜呜地大哭起来，说：“亲人！我的亲人！我这一生不能在政治舞台上站住脚了，才落到这个地步！如今他们连这点生活的道路都不留给我们，你既然有这个决心，你就去吧！带上你的枪，骑上你的马，勇敢地去吧！你杀他们个鸡犬不留，不能让他们看着我们绵软可欺，也要给他们个好看儿！”说着，她慢慢从炕上坐起来，穿上丝织短褂，绉绸长裙，穿上一双平底皮鞋。洗了脸，照着镜子梳了一下头发。从炕边上拿起那卷陆放翁诗集，慢步走出来。天已经大亮了，天空上现出粉红色的云霞。她拉着霜泗的手在院子里走来走去，两个人细细谈着。

早饭时分，李霜泗吩咐摆上酒食，大家一块吃饭。吃着饭，芝儿也回来了，说：“马儿喂上了，鞍镫也准备好了。”霜泗问：“备的哪匹马？”芝儿说：“一匹菊花青，一匹小乌头。”霜泗眼角瞰着芝儿问：“怎么？备两匹马干什么？”芝儿说：“我也要出淀去玩儿，在这苇塘里，整天价怪闷人的。”霜泗说：“傻孩子！这不是闹着玩儿的，要是玩的事情，爸爸巴不得带你出去。要动真刀真枪，白刀子进去，红刀子出来。”张嘉庆也放下筷子，拍着芝儿肩膀说：“你年纪还小，又是闺女家，没见过阵仗儿！”芝儿把筷子一放，噘起嘴来，说：“那，成天价叫我练功干吗？又不能放着自个儿用，我一定要去，也试试我练的武艺高低。”李霜泗抿嘴笑了说：“好！莫要噘嘴，愿意去还不好吗？”他一说，芝儿又嘻嘻地笑起来，捡起筷子吃饭。

吃着饭，张嘉庆又谈了一会子报纸上的新闻。关于“九一八”事变，“一·二八”上海战争，日军进占东北，北平、天津的学生抗日救亡运动……这些事，霜泗和芝儿也都知道。霜泗长叹一声，说：“咳！兄弟！我再闹几年，也快老了，以后要看你们的了。如果你看芝儿有用，能为国家出一点力，就请你将来多照看一下！”说着，看看芝儿，由不得笑了。

吃完了饭，霜泗和芝儿回到北屋，和芝儿娘商量了会子走后的事情。直到下午，太阳平西时分，李霜泗穿着雪白裤褂，蓝布长衫，戴着洋草帽，穿上新鞋子，手里提着马鞭走进来，后面跟着芝儿。张嘉庆见了芝儿，大吃一惊。她穿着紫花布裤褂，宝蓝长衫，把大襟掖进腰带里，脚上穿着白布袜子，皂布靸鞋。把辫子盘在头顶上，戴上一顶宽檐大草帽，洗去脸上脂粉，手里拿着马鞭，大踏步走进来。她完全不像一个女孩子，倒像一个男孩子的模样。张嘉庆一下子笑出来，说：“八哥！什么时候引了个令郎？”李霜泗笑了说：“这是她母亲的巧打扮，简直是开玩笑！”张嘉庆拍着芝儿肩膀说：“真的要唱木兰从军了！”芝儿听了，腼腆地一笑。

看看太阳快落山了，霜泗叫了芝儿，父女两个走出大门。十几个随从人，都挎着枪走出来，看马老人已经牵过马来，站在门口等着，李霜泗才接过马缰，眼不眨芝儿早已跨上马去，照马肋上擂了两鞭子，小乌头马箭儿似的飞出去。马脖子里那串铜铃，唧唧响着。不一刻，她又拨转马头跑回来，伸腿跳下鞍韂，好像向爸爸示威一样，嘴上不住地嘻嘻笑着。

李霜泗对看马老人说：“还是把马脖子上那串铜铃摘了吧！走夜道儿，咣啷响着，多么招风。”芝儿说：“不！在夜黑天，马儿走在野地里，铃声响着，慢慢走去，有多好！”看马老人也说："是嘛！说真的，这是咱祖辈传流的老规矩。马上戴着铃铛有多火爆？现在城里正在唱大戏，人们听见马铃声，就以为是有官宦大人进城看戏了。是吗？"芝儿说："还是爷爷说的是！"霜泗笑了说："好！那就依着你们。"

李霜泗和芝儿牵马走在头里，张嘉庆和他的随从人们跟在后头，转过村后，顺着一条小堤走出去。小堤两旁净是柳树和芦苇，鸟儿在树上、在芦苇丛中叽叽喳喳叫个不停。堤上一条干滑小径，小径上柳荫满地。他们顺着这条小径走到大堤上，在大柳树底下站住。李霜泗说："弟兄们！回去吧！我这次出去，多则三五天，少则两三天就回来。干得好了，从今以后跟张飞同志找个出头之日。干得不好，血溅沙尘也不后悔。咱这一生是这个脾气，没有说的！"说着，父女两个翻身上马，霜泗手持马鞭拱了一下手说："后会有期！"

这时，太阳已经下去，余晖映在天上，霞光像织锦一样绮丽。父女二人轻扬马鞭，一阵马铃声，奔上博陵古道。不一会工夫，两匹马的影子隐没在绿林丛里。

18

李霜泗和芝儿扬鞭打马在庄稼道上走着，他看芝儿出了满脸汗珠，说："芝儿！你热吗？脱脱长衣裳吧！"芝儿看了爸爸一眼，悄悄地说："我走忘记了，真的热了呢！"说着，她将马鞭挂在鞍鞒上，把大褂脱下，只穿紫花裤褂。把大草帽掀到脖子后头，头上蒙块羊肚毛巾，笑着对爸爸说："这就好了。"李霜泗说："再过去几天，就该凉快了。"父女两个说着话儿，天已黑下来。芝儿轻扬马鞭，遥看蓝色的天上星斗闪亮，路上越安静下来，偶尔村上传出一两声犬吠。一直走到三星母正南，村上传出鸡啼，走到城外一个小庄上。村边一带矮树林，林下有一条干硬小路，他们在矮树林中跳下马来。林边有一道土墙头，因年久失修，一段颓塌了，他们从断墙处牵马走过。进了墙圈又是一片林木，隔着树林，看得见靠北有几间土坯小屋。他们牵马走过去，李霜泗用鞭把敲着窗棂，屋里有个老人懵懂地问："是谁？"听声音还未起炕。霜泗说："是我，大伯！你听不出来？"隔了一会，从小屋里走出个白发老人，瘦瘦的脸，扬起头看了半天，还是认不出是谁。等李霜泗走到跟前，他也走过几步，抬起腰从上到下看了个遍，又弯下腰喷地笑了，说："你看！这么几年不见，就认不出你来了。"李霜泗说："高跃大伯！到什么时候，我可也认得出你来。"白发老人说："我老了，没有什么改变了。"说着，他抬起腰望着屋里喊："快起来！烧水做饭，霜泗来了！"说着，老大娘也从屋里走出来，惊讶地说："霜泗！可有这么几年不来了！"她走到霜泗跟前，从上到下看了看，又叹了一声说："咳！人去楼空呀！怀志死了这么几年，也没有朋友来往了。"霜泗和芝儿把马拴在树上，老大娘伸手拉了芝儿走进小屋，笑了说："孙子也有这么大了，看是叫人高兴不高兴？"李霜泗猫下腰走进小屋，一下子笑出来，说："大娘！你看错了，不是孙子，是个孙女儿！"

老大娘一听，重又上下左右看了看，大声笑了说："打扮得活像！咳呀！差一点骗了我。咳呀！霜泗养了这么个好闺女！"白发老人走进槅扇门一看，也笑得什么儿似的。老大娘动手烧水做饭，凄惨地说："俺儿在世的时候，你们也常来走动，俺儿不在了，俺俩也老了，你们把俺也忘在脖子后头了。"老大娘的儿子叫高怀志，是霜泗的绿林朋友，后来被张福奎拿住杀死了。

李霜泗说："大娘！不要刁罪我吧！我们都是在马下的人，这不是来看你们吗？"又问："大嫂呢？"老大娘一下子哭出来说："常说，无儿不使妇么！怀志死了，媳妇也嫁人了。闺女不常住家，只剩下两个老人，孤苦伶仃过日子。"她掂起衣襟擦去眼上的泪滴说："如今没了动用，日子越过也越急窄了！"李霜泗看看屋里，只剩几件破烂家具，炕上的被子破得露出棉花套子，炕席都烂成一片一片的。他不言声儿从腰里掏出一把洋钱，走过去，用手托起高跃大伯的手，放在他的手心里，高跃大伯眯细了眼睛看了看，问："这是干什么？"李霜泗说："称几斤面吃！"老人用手握了一下洋钱，说："也好！我正缺钱花呢！有钱多给我放下几块。有怀志的时候，各路朋友都到我家，如今没有他了，门庭也冷落了。过去有他活着，几块钱不算什么事，自从他被马快班治死了，如今也知道银钱值重了。"老人说到这里，弯下腰走过来，放低了声音说："侄子！你知道吗？我们的对头可大大地升发了，他当上马快头，如今发了大财，开了当铺，今天开张，唱大戏呢！"霜泗听得说，吐了一口气说："好，天公作美，我父女两个正来看戏了！"老人说："怎么？你来有什么勾当吗？"老人一问，霜泗腾地从炕沿上站起来，他心上像怒潮汹涌，冲红了脸颊，走过去拉住老人的手，扑通地跪了下去，说："大伯！你要成全我，我给我大哥报仇来了！"

老人听得说，慌忙扶起霜泗，跺脚大哭，说："好！好！你来了，我们也有今天了。有什么作难的事情，尽管跟我说。过去我跟了你们几年，如今虽然老了，也还跑踏得动。你既然有这个心胸，我把马牵到屋里来，掩蔽一下，万一叫人看出山高水低，也是我一辈子的心病！"说着，他走出去，把马牵进小屋那一头，拴在窗棂上，说："你既然有这个心思，我给你的马多加草料。"高跃老头一面说着，心里实在高兴。相好的朋友们久不来了，今天李霜泗来到他家，而且要为儿子报仇，他心里慌得不行。

李霜泗和芝儿吃过早饭，霜泗说："大伯！我们先到城里走一趟，观观风光。"老人说："也好，今天天气好，先去看看市面，走走道路，看看出水，好办事情。"他送出李霜泗，拍拍芝儿肩膀说："咳！带这么小的孩子出来走动，还是个姑娘家！"李霜泗说："不叫她出来吧，她哭哭啼啼，叫她出来，我心里实在不忍。"说着，走出小门，老人又嘱咐说："要谨慎小心，不能老是觉得艺高人胆大。一时疏忽大意，就会招来杀身之祸，明白吗？"李霜泗点头说："侄儿记下就是了！"说着，父女二人离开这座茅草小院，顺着一条道沟向南走。一边走着，霜泗说："芝儿！你知道吗？这就是你盟伯家里，有他的时候，身劲特大，武艺出群。自从张福奎当了马快头，把他骗到宴宾楼喝酒，喝着酒，把他活拿了，禁在监牢里五六年。因为他逃狱没有走脱，被逮住绞死了。"他说着眼角上发酸，滴出泪来。父女两个，一边说着，一边走着。芝儿听了，眼里也不禁掉下几个泪珠。霜泗又说："一路走着，你能记清回路吗！"芝儿说："记得住！"李霜泗说："只要一出门，就要记清道路，辨明方向。要认识路旁的房屋树木，认清路旁的石碑坟地。这虽是小事，日子久了，对一辈子的事业都有很大的好处。"

他们慢慢走着，路上人来往不多，只有一些从戏台底下回来的孩子和妇女们。见他两个都是穿着新衣服，不住地回过头来看。他们紧走几步进了城门。芝儿看见大街上热热闹闹，街旁店铺，五光十色，心里说：这比淀里好多了，可惜我们不能在这里安家。想着，走到戏楼跟前，台上锣鼓敲得正响，戏棚底下，人们拥拥挤挤，吵吵闹闹，在那里站着，拔着脖子看戏。戏楼两边摆着一些摊子，有吹糖人的，卖凉粉的，卖糖的，卖馒头的。一群群小孩子们，围着摊子玩。芝儿看了很是高兴，挤在孩子群里不想走，霜泗说："走吧，孩子！这不是咱们玩的地方。"他叫过芝儿，走到戏楼西边，猛抬头看见一座看台上坐着几个青年妇女，脸上抹着浓厚的脂粉。妇女旁边坐着一个黑脸大汉，正在瞪着两只黑眼睛看戏。仔细一看，正是张福奎。李霜泗扯了一下芝儿的衣襟，说："看见了吗？那就是咱的仇人！"

芝儿抬头一看，那家伙穿着浅色绸大褂，推着大背头，乍着两撇黑胡子。芝儿由不得伸手掏枪，正在这里，张福奎一下子转过头来，芝儿紧忙低下头来，用草帽子遮住脸走开了。父女两个围着戏楼转了几遭。李霜泗又领她向南走过一段小街，越走越觉荒凉，一片荒坟地接着一片坟地，一塘芦苇接着一塘芦苇。远远看到一带古老的城堡，城堡上有连绵的雉堞。城头远处，是深远湛蓝的天空。芝儿很是高兴，自小以来，她还没见过城堡。他们转过一湾水洼和芦塘，芦塘后面是上城的盘道。城墙用古老的砖石造成，背阴处长满了绿色的霉苔。城墙年久失修，一段段地颓塌了。父女们走上城墙一看，城内万家庭院，高的楼房，低的瓦房，都在眼里，市井多么热闹。向城外一看，大秋庄稼，一片碧油油，望不到边际。芝儿伸起手来，仰头望着高空，深深吐了一口长气，像是把多少年的愁闷，都吐了出来。霜泗问："芝儿！这地方好吗？"芝儿笑了说："真好的地方。"霜泗说："可惜我们不能住在这里，只能住在偏僻的苇塘和山林里。咳！人间多少不平事，打破酒杯问英雄！"说着，由不得心下气愤不平。

芝儿听着，觉得父亲感慨很深，她说："爸！不要难过吧！听张飞同志说，我们会好起来！"她说着，睁起又黑又大的眸子，呆呆地看着父亲。父女二人说话答理儿，走到城楼底下，城楼有三层高。楼顶上的黄绿琉璃瓦闪烁发光。梁柱都很粗壮，可是经过千百年风雨的淋洒，油漆完全脱落了，木材上露出一条条古老的年轮。城楼前立着一筒石碑，碑上刻着“博陵古郡”四个大字，笔体遒劲。因为经历多少寒暑的淘渌，小的字迹已经模糊，看不清楚了。一群群野鸽，在城楼上往返飞舞。走到西城角上，在城墙的拐角处，有一座很大的炮垒。因为多年雨水的冲刷，古砖风化破损了。霜泗问：“孩子！你能从这地方下得城去？”芝儿趴着垛口向下望了望，抬头看着爸爸说：“下得去。”霜泗又问：“上得来吗？”芝儿点头说：“上得来！”霜泗叫她试试，从这里爬下去再爬上来。芝儿摇摇头说：“用不着。”

父女两个在城墙上走了一周，芝儿看了很多没有见过的风景人物。天快过午，两个人出城走回来。老人又安排他们吃午饭，午饭比早饭更加丰盛，有鸡、有肉、有酒。李霜泗说：“大伯！费这么大事干吗？又不是待客。”老人说：“你来到我家非同小可，孙女到我家来更不平常，说不清我心里有多么高兴。一说给怀志报仇，恨不得把我的心掏给你们。我知道你们的饥饱劳碌，没酒不饱，没肉不肥，这就是你们的生活。”

吃完了饭，霜泗从腰里抽出枪，取出子弹，对芝儿说：“你把它擦擦，上上油，把子弹检查检查，谎一个子弹，都会误了大事。”芝儿趴在炕上，把爸爸的枪拆开，用布擦过，上了油，重又安装上。把每一颗子弹都用布揩光，看看能用不能用。然后也把自己用的枪擦过，检查了子弹。这时，太阳平西了，老人和爸爸还在睡着，老婆婆在院子里端着簸箕剥豆。屋子很静，只听得马吃草的声音。芝儿伸起胳膊打了一个哈欠，觉得浑身闷倦，走出来到树林里散步。踢了两趟腿，又打了几个旋子，拽动一下手脚。看天上晴得蓝蓝，高空里有几束白色的游丝，闪着阳光，很是美丽。她又走进树林，两手叉在腰里，走了一遭快步。这时有黄莺儿在树上呖呖啭着，她抬起头儿看着，心里纳罕：乡村光景，真是美丽。她心上异常高兴，禁不住突突跳着，好像有一件什么了不起的事情在等待她。

第二天，吃过早饭，父女两个把枪插在腰里，走进城去，在一家酒楼上坐下。楼下过往行人挺多，多是进城看戏的，卖菜的，卖柴的。霜泗叫了几碟菜，一壶酒来，叫芝儿吃喝。芝儿说："爸爸！我不学喝酒。"霜泗说："学会喝酒也有好处，可以当个样子。你在这里等着，我要去拜访张福奎，到小晌午回来找你。"芝儿一听，怔着眼睛问："我一个人在这里？"霜泗说："没有关系！等一会我就回来。"说着，扶了扶腰里的枪，匆匆走下楼梯。单身一人走到马快班门口，对站岗的说："你向里头传禀一声，就说李八爷到了。"说着，不等传达，走进院子。马快们见有人进来，一个个提上枪从屋里跑出来。有认得的，跑上来握手说："八爷你好？久不进城了！"李霜泗说："落魄了，抬不起头，见不得人了，这次是不得已而来。"

说着，听得内院有人大声传达："八爷到了！"张福奎听得李霜泗来了，慌忙把小手枪擒在手心里走出来。走到二门，大声喊道："老八！怎么也不进城来看看我？"李霜泗走上几步，打了个躬说："兄弟越过越寒碜了，进不来城呀！"张福奎挽了李霜泗的手，二人并肩走进上房，姨太太们沏茶倒水忙活了一阵子，张福奎问："兄弟！你来看戏来了？"李霜泗说："听说今天你的宝号开张，唱一台好戏。一来看戏，二来贺喜。"张福奎一下子笑出来说："有几个臭钱，放在家里也没有什么用，不如开个买卖，倒能生息。"李霜泗喷地一下子笑了，问："这是谁给你出的好主意？”张福奎说：“大财主冯贵堂呀！”李霜泗点头说：“老兄真是发福，生财有道！”张福奎问：“你来贺喜，带了什么礼物来？”李霜泗把拇指一伸，说：“十支大枪。”又把小指一伸，说：“一千粒子弹。”张福奎一听，哗哗大笑说：“这点礼物不太少吗？”李霜泗皱了一下眉头说：“大哥占据一方，在这一方人口里，有的是金钱，有的是美女，伸手就来，何必劳动小弟？”张福奎又大笑说：“兄弟真是聪明。”

两个人大说大笑，青年妇女端上酒菜点心，两个人一块吃着。李霜泗把一块羊肚手巾铺在膝上，看张福奎吃哪个菜，他也吃哪个菜。看张福奎动什么地方，他也动什么地方。张福奎劝他喝酒，他只偷偷洒在毛巾上。吃完了酒菜，李霜泗要告辞，张福奎说：“你既然来了，怎么不搬进来住几天？”李霜泗说：“家里事忙，玩两天就回去了。”霜泗才说起身要走，张福奎走过去，手疾眼快，一把掳住他的袖子，说：“兄弟！民团成立了，我的团长，冯贵堂的团副，打算叫你来当个营长，你的人什么时候拉过来？”当张福奎掳住他袖子的时候，他心上曾经怔了一下，但脸上并没有显出来，他一下子笑出来说：“好嘛！我光等着当你的营长哩！说来就来，枪、人、子弹一齐带过来，这还用着费事？”张福奎一听，把手一推，仰头哈哈大笑了说：“好聪明的家伙，一点不吃眼前亏。”霜泗也哈哈大笑，指着鼻子问：“你看老八是干什么吃的？”张福奎说：“早就知道你这两下子！”李霜泗听出是双关的语气，也不在意，迈动脚步走出来。一出二门，张福奎问：“枪和子弹什么时候送进来？”李霜泗似乎不在意地说：“明天吧！”张福奎说：“兄弟！下午一块看戏吧！我在戏楼西边搭了一个看台，可得看哩！”李霜泗说：“你们一家子大男小女，我怎么挤上去？再说我今天才来，一路上马颠得不行，下午我要洗洗澡，休息一下。”张福奎说：“今天晚上我点了一出好戏，大武生唱《天霸拜山》，你不来看看？”李霜泗心上一怔，笑了说：“明天一定奉陪。”说着，李霜泗快步离开张福奎。

走回酒楼，芝儿一个人在趴着楼窗向下望着。看见爸爸走回来，打了个招呼说：“爸！你可回来了！”李霜泗抬头看着芝儿，笑了说：“孩子！爸爸回来得好不易呀！”说着，抬脚走上酒楼。芝儿噘起小嘴说：“说去一刻就回来，叫人等了这大半天！”霜泗说：“这还是慌忙赶回来，这家伙一见了我，恨不得一口吞下去，哪里肯放。”芝儿说：“爸！要小心他。”霜泗说：“是呀！人在矮檐下，怎敢不低头？”

父女二人说着，随便吃了点便饭，下了酒楼，走出城来。这天下午，他们不进城，也不看戏，和两位老人谈天说地，玩了半天。看太阳下去，霜泗说：“大伯！今天晚饭，得叫我们吃饱一点。”老人说：“早就准备好了，有鱼有肉，叫你们吃得足足的。”

霜泗吃了晚饭，又对老人说：“大伯！我要进城了，你把马喂饱，等天黑下来，备好鞍镫，牵到城外树林里等着。芝儿和爷爷在一起，等我回来，咱们就回家了。”芝儿一听，放下碗筷，瞪起眼睛问：“你一个人去？”霜泗说：“你年纪还轻，我不忍带你去。今天把话说在这里，如果我能回来，咱父女们还能团聚，一同回到白洋淀去。如果是我不能回来，到天将黎明时候，你和爷爷骑上马跑回家去，告诉妈妈快把家搬进苇塘，那时张福奎的人马可就到了，迟误不得。如若三天以后，我仍不能回去，你和妈妈就跟张飞同志去，他是有根底的人，舅爷爷也能看顾你们。以后的日子由舅爷爷和张飞同志看着你们过……”霜泗说着，由不得流下泪来。

两位老人，也不禁流下眼泪。芝儿擦去脸上的泪，说："爸！不！还是你在这里等着，我进城去。爸爸妈妈经心用意教养我十几年，满心希望我能长大成人，如今也看看我的本事！"说着，她抽枪在手，两道黑眉倒竖起来。霜泗摆摆头说："不能！"芝儿一下子噘起嘴来，跺跺脚说："这也不能，那也不能，还像什么话！"说着，脸庞一下子拉下来，拍掌跺脚暴躁起来。

白发老人看父女两个争执不下，笑了说："我看你们父女两人都去，办事更方便些。我把马喂好，备好鞍镫，在这里等着。"

说到这里，李霜泗长叹一声，说："好！一同去吧！"说着，走出栅门，这时天已黑下来，星星还不亮。父女两人走进城去，李霜泗说："芝儿！你到西城角上那个炮台上等我，听得枪声一响，我就回来了。"芝儿一听，又怔了一刻，摇头说："不！还是你在那里等着，我去。"芝儿性子执拗惯了，她认住一个理儿，你一时也难说转，动不动还闹性子。李霜泗看劝她不听，就说："这也由你！今天晚上张福奎要陪太太们去看戏，你在那看台边等着，等他来了，看方便行事，千万冒失不得！"芝儿点头说："是！听爸爸的话。"李霜泗又说："响枪以后，你把这洋钱往天上一扔，趁人群一乱，快步离开戏楼。"说完，把一把洋钱放在芝儿衣兜里。芝儿点头说："是！"李霜泗又说："你离开戏楼，就向炮台跑来，我在那里等你。"芝儿低头说："是！爸爸，我一定照你的吩咐行事。"霜泗又说："如果响枪以后，老是不见你回来，我就到县公署或马快队去找你。如果是遇上一长二短，你也不要害怕，要沉住气应付他们。像咱这样人家，把打官司住监狱当作家常便饭，是一辈子免不了的。你去吧！”说着，父女两个就分手了。

芝儿离开父亲，单身一人走进大街。这时铺家已经上了灯了，正在吃晚饭。她一个人慢慢走到戏楼底下，看戏的人们还没有来，搭着席棚的饭摊上和包子铺里正在忙着。她围着戏楼转了几遭，看好了张福奎的看台，座位，看准了出水，就坐在一个扒糕担子上买扒糕吃。卖扒糕的人把糕切在小碟里，用一个小碗舀上醋蒜，放在她面前，又递给她一只小竹叉。她用小叉叉起糕，蘸上醋蒜慢慢吃着。酸酸的辣辣的，真是可口。她吃完了糕，等不一刻，看戏的人们，一行行一缕缕地走进来，不大的工夫，站满了戏棚。芝儿从人群里钻进去，走到看台前面看了看。别的大车上，看台上，都坐满了人，有小孩子，有妇女，有老婆婆。张福奎家看台上还是冷冷清清，不见一个人来。她把脊梁靠在看台上等了一刻，戏楼上响起两通锣鼓，开了戏了。她耐住性子看完了一出《铁公鸡》，张福奎还不见来，她心里很是急痒，可是这出戏也为她壮了胆子。她又看完了一出《关云长单刀赴会》。当这出戏快完的时候，有几个穿紧身短褂的人走过来，手里提着枪呼喊："闪开！闪开！闲人闪开！"人们听得喊叫，一下子闪开条胡同，让他们走过。她向前一看，是张福奎带着几个青年妇女走进来。一群挎枪的打手们紧紧尾随。等张福奎上了看台，打手们手里擒着枪在看台四周站上岗哨。芝儿怕他们看出形迹，向旁边跨开几步。

这时，戏楼上锣鼓敲得镇天价响，窦尔敦出场，《天霸拜山》开始了。她知道这出戏并不长，这出戏完了，再唱一出，夜戏就算完了。人们为了看这出名剧，拥挤得特别厉害，像是大海里的波涛，一波未平，一波又起。正在人群拥挤的时候，她伸手抽出枪来，想动手打过去。当她一看到那些打手们，手里拿着枪，气势汹汹地站在眼前，一个女孩子，到底不是他们的对手，她只好又把枪插进腰里。当她看到有几个打手走开了，她要下手的时候，从角度上看，这一枪打过去，能打中张福奎，可是也要打伤一个小孩子。她又换了一个角度看了看，也要打伤一个老太太。她想：老太太和小孩子有什么罪？她不忍伤害他们。有好几次，不是看不对角度，就是被别人挡住，等到这出戏快唱完了，张福奎就要回去，她心里又后悔起来：千不该万不该自己讨着要来，爸爸答应来了，结果什么事情也干不成，拿什么脸面回去见爸爸呢？这时，她咬紧牙关，下定决心，抽出枪来，才要勾动枪机，她又想到：人山人海，拥挤在一起，她将怎样走出人群？她又把枪放回腰里，眼看第四出戏开场，她心上实在不安。她想：急也无用，时机不对，又有什么办法呢？等到第四出戏唱完，台上敲起散戏的锣鼓。芝儿身上凉下来，心里突突跳着。正在这散戏的时刻，台下一阵混乱，人群疏散开了。张福奎从看台上爬下来，带着太太们回家。打手们簇拥着走出戏棚，芝儿悄悄跟在后面。这时有人打起一盏纱灯，给张福奎照着路。可以看得出张福奎肥头大耳，两撇黑胡子，两只大眼睛。嘴里絮絮说着："拜山唱得好！你看黄天霸有多大的胆量！多么英雄！"随从人们也说："黄家父子，在乾隆朝，是出了名的御马快！"

张福奎带起一家太太小姐，嘻嘻哈哈，一边走着，一边说着，并不在意。这时，芝儿手疾眼快，伸手抽枪，照准张福奎连发三枪，随手把洋钱往天上一撒，飞步走出戏棚。看戏的人们，只顾挤得斤斗骨碌地拾洋钱，那些随从人们只顾营救张福奎，顾不得找寻打枪的人。趁这当儿，芝儿已经走出南街，在没有人的地方，急急忙忙跑过一片荒凉坟地。在夜暗里，看得见前面是一片水洼，她也顾不得转个弯，跳进水塘，三步两步踏过去，一上岸就是炮台地方。她把枪插在腰里，伸开两手爬上城去。爬到城头时，有一段直墙，她觉得身上实在乏力了，爬也爬不上去。翻过身子，背靠着城墙歇了一刻。她用两手扒紧砖棱，猛一用劲，一个金钩钓鱼，把两腿跷了上去。她想用脚尖钩住城墙垛口，休息一刻。这时，不提防有人把她的两腿一抓，提上城去。她心上寒噤了一阵，睁眼一看，正是爸爸在那里等着。霜泗低下头，在星光下看了看芝儿的脸，拍拍她的肩膀，低声说："好，不愧是李家后代！"说着，把芝儿往脊梁上一背，扔蹦几步跑下城墙。一手提枪，一手拉了芝儿，走进青纱帐里。这时听得见城里一片混乱，响起枪声，四城犬声吠得厉害。城头上点起灯笼火把，人喊马嘶。有人大声喊叫："小心！不要走了凶手！"

李霜泗和芝儿在一片高粱地里走着，低声问："怎么？这半天才回来？"芝儿说："他带的人特多呀，我怕脱不了身，不敢下手。再说，看戏的人多，伤着老太太和小孩们多么不好！"霜泗笑了，说："你母亲没白教导了你，为人万般是个厚道，不能学那些机灵猴儿，只顾自己，不顾别人，自私自利，谁去跟他交朋友！"

父女两人飞步走回来，进了矮树林，老人牵着两匹马在那里等着。看见李霜泗，一把抓住他的胳膊，说："咳呀！孩子！你们可回来了，我听到清脆的枪声了……"说着，睁圆两只盼望的眼睛，嘻嘻笑着。

李霜泗一下子跪下去说："大伯！你成全了小侄，那小子已经倒在你这小孙女的面前了。"老人拍拍芝儿，觑着眼睛笑了笑，说："真是！老子英雄儿好汉，名不虚传！有话以后再说，脱身要紧，赶快走吧！"

听得说，父女两人扳鞍上马。霜泗两手捧起马鞭说："大伯！过些日子再来看你！”芝儿坐在马上说：“爷爷！不要忘了我，后会有期！”老人摇摇手说：“这不是说话的时候，赶快走吧，一路平安！”

李霜泗不待说什么，摘下马上铜铃扔给老人，照马肋上急擂了两鞭，那匹马擎起头颈，撒开蹄子跑了下去。芝儿打着马紧紧跟上。一片蹄声，把墨一样黑的、深沉的夜晚，抛在脑后。

卷　二

19

一九三二年夏天不缺雨水，时令一入秋季，庄稼长得特别出色。白高粱和红高粱都长得有一房多高，秫秸梢上崭绿崭绿，根上包着白色的包皮，包皮上长着枣红色的斑点，甩着大穗头，迎着风摇摇摆摆，飘着大宽叶子哗哗响着。高粱地里的黑豆和黄豆，也都长了有半人深，开着一串串紫色的小花。大玉蜀黍也长了一房高，棵棵都长上两三个大棒子。棉花长了冒腰深，桃子长得金铃吊挂，开着黄色的白色的花朵。挂锄期间，庄稼人们没有别的事情做，就背上粪筐从这块地头走到那块地头，抽着烟，笑眯眯地欣赏他们的劳动成果——用手掂着谷穗儿，抚摩着高粱穗儿和玉蜀棒。

大秋就要降临人间，秋高气爽，大色是蓝蓝的，经常飘着白色的云片。中午时分，太阳照得五谷的叶子油亮油亮的，知了儿在树上，蝈蝈儿在庄稼上，振着翅膀叫着。空中流荡着一种芝麻花的香味，甜蜜蜜的，沁人心脾。站在远处，经常是看不见村庄，只看到一簇一簇的柳树，柳树尖上升起一缕缕的炊烟。

贾湘农手里拿着一本小书，是《游击战术》。他看着这本小书，在大柏树林里走来走去，他的心情，像大河里的波浪奔腾汹涌。看着，他的心上渐渐平静下来，仔细考虑着游击战争里的问题。可是，书上谈的，都是南方山地的游击战术，在平原上建立革命根据地，在中国、在世界上还没有创造出成功的经验。再说，他是学生出身，一生来还未受过军事工作上的锻炼。但是一想到可以在军队上抽调一批军事干部来帮助，心上就平伏下来。

那天，他正坐在朱老明的小屋子里读着书，镇上一阵铜锣声，把他惊醒过来，抬起头看着天上，说："嗯？锣声又响了！"朱老明说："一年到头，这面铜锣就是催命鬼，不是要伕，就是要钱！"

他们正念叨着苛捐杂税的事，朱老忠两手叉在腰里，迈着大步，气呼呼地走进来说："统治阶级要成立民团了，村公所派了民团捐，一亩地要摊派八毛九分钱。"

朱老忠说完这句话，朱老明慢慢地扬起头，似乎看着远方，作难地咂着嘴沉默下来。他虽然没有土地，拿不着捐税，可是也在考虑，这一项捐款摊派在农民头上，要付出多少血汗，这笔钱怎么筹措法……这时，小屋子里的空气沉寂下来，没有声音了。他为着庄稼人们的生活，心上抱不平，焦急地用拐杖戳着地说："他娘的！走得快了赶上穷，走得慢了穷赶上。狗日的闹吧，糟得狠死得快！"

贾湘农在地上走来走去，半天没有说话。他看着人们痛苦的表情，心上起伏不平，很觉难过。他们做了一辈子庄稼，饥一顿饱一顿地活过来，如今捐税奇重，谷贱伤农，农村经济面临着破产，生活就更煎熬了。他的心上由不得颤抖了两下，打破了沉寂说："不要心疼，有多少羊也得赶到山里！"

朱老忠听得说，一下子站起来，说："他们还大喊着要'剿灭共匪'！"

贾湘农说："他们'剿'我们，我们还要组织红军剿他们呢！"

这时，严志和、朱老星、伍老拔气势汹汹，一齐走进来说："对，剿他们狗日的！"一个个气得呼呼的，端起胳膊，攥紧拳头，逞着斗争的架势。

贾湘农看人们斗争情绪高涨起来，一个个心上敲起战鼓，他激动地抖着两只手说：“我们要组织红军剿他们，你们敢不敢？”

朱老星、严志和、伍老拔、朱老明一齐站起来，说：“日本法西斯占据关东，就快到我们脚下，蒋介石还不让我们抗日。这就好比强盗来敲门抢东西，还不许我们拿起切菜刀抵抗！”朱老忠弯下腰，拍着膝盖说：“我们当然敢，也该拿起枪来了！”

贾湘农看着朱老忠气势汹汹的样子，笑了说：“滹沱河上的阶级斗争又到了热火头上，朱老忠同志，你敢暴动吗？”朱老忠说：“我怎么不敢暴动？”贾湘农说：“你敢当头领导暴动吗？”朱老忠说：“当然敢！”贾湘农说：“你们知道什么叫暴动吗？”大家抿嘴笑着，谁也说不上来。朱老忠说：“我心思是暴动起来，七手八脚夺取政权！”贾湘农说：“是呀！你一夺取政权，起兵抗日，有胜有败，你想过没有？”朱老忠说：“胜了，起兵抗日，那就解决问题了；败了也无非是砍了我的脑袋！”贾湘农再问：“老婆孩子们呢？”朱老忠说：“革命嘛，那就管不了那么许多了！”贾湘农把两掌一拍，说：“好！叫朱老忠同志当滹沱河上的红军大队长，你们赞成不赞成？”

朱老忠一听，心上一股血潮飞腾起来，像有火烧着身子。暴动不比平常事情，在农民来说，他们要把脑袋掖在腰里，撇下老婆孩子土地家产，走上战场拼死活。朱老忠把两只手叉在腰里，拍拍胸膛，伸出大拇指头，撒开铜嗓子说：“我朱老忠是个粗人，不会说细话。我这半辈子只是做了点子粗活，付了些个牛马辛苦。几年以来，党给我撑腰做主，教给我怎样做斗争，才干起国家大事来。今天叫我在军事上显显身手，没有别的，我朱老忠为了无产阶级事业，为了子子孙孙的饭碗，不惜把我这罐子鲜血倒给他们。为了把日本鬼子打出去，我朱老忠粉身碎骨万死不辞！”朱老忠说着，脸上一时枣红起来，他的声音震动了小屋，发出嗡嗡的回响。他粗犷的语音，震撼得天摇地动。

贾湘农看着朱老忠英勇的气概，很受感动，他说：“好！党念你年岁大了，要给你一匹好马骑着，去冲锋陷阵。叫大贵背上机关枪跟着你，一面卫护着你，一面给你当参谋。”朱老忠说：“不！我还不老，我的身子骨儿壮实着呢！只要同志们愿意叫我领导，这点工作我还干得了。可是一样，人们要是不同意我做这个工作，我说什么也不干！”贾湘农问严志和、朱老星、伍老拔说：“你们愿意服从朱老忠同志的指挥吗？”朱老星、伍老拔、严志和同时跳起来，哈哈大笑，说：“服从透了！要是他带着我们，叫我们打到哪里，我们就打到哪里。叫我们怎么打，我们就怎么打。”

朱老忠一听，也仰起头哈哈大笑了，说：“好！过去我们是一伙子老百姓，一伙子庄稼人，今天拿起枪来，我们就是一伙子红军了。红旗就是我们党的号令：这红旗向东指，我们就向东杀，这红旗向西指，我们就向西杀，我们完全听从党的领导！”

贾湘农看着面前这一伙农民群里的英雄好汉，都是这样有心胸、有肝胆、有热血的，这时他觉得实在高兴。多少年来，滹沱河上的工作，没有白做了。为了开辟这一带地区的工作，不知有多少同志丢了头颅，洒了鲜血。今天轮到这班同志身上，他们是这样慷慨地接受了党的任务。他说：“好！从此看来，锁井地区的党员，阶级觉悟很高，工作也很积极，你们提前开始游击战争吧！”

朱老忠说：“你还得指示清楚怎样干法。”

贾湘农笑模悠悠在地上走来走去，说：“我们想想过去吧，反割头税运动是怎样发动起来的？而且今天党的基础比过去更加深厚了，我们要以党团员为骨干，组织串连发动群众，起来抗日救亡。过去组织串连是为了搞好群众运动，今天组织串连是为了搞好军事运动，要拿起刀枪，一刀一枪地干。要在每个农村支部的领导下，组织起一个游击小队，练习刀枪剑戟，练习放枪放炮，武装起来打游击。”

不等贾湘农说完，朱老忠鼓掌大笑，说：“好！我们盼了多少年，才盼到这个份上！日本鬼子一来，更给了我们发动群众的题目。”他说着，觉得身上滚热起来，把小褂脱下来团在手里，走出小门。太阳在空中高照着，蓝色的天上晴得没有一丝云片，河风吹着千里堤上大杨树上的叶子闪闪发光。当他一走上门前的小道时，恍恍惚惚觉得两只脚像是离开土地，像是驾起云头。觉得身子骨儿茁壮起来。血还在身上激荡地流着，头上热热烘烘的。一边走着，嘴上喃喃自语：“我这一辈子算是没有白过了，经过多少群众运动，经过多少政治斗争，如今又当上红军大队长，挽救国家民族的危亡！”走到大路上，他不想回家，拐个弯走上千里堤，想在大堤上吹吹风凉。他顺着堤上的小路，走上土牛[①]，站在高处，向南一望：庄稼一片油绿，万顷良田尽收眼底。太阳照在庄稼叶子上，泛着一点一点的闪光。他深深呼吸了一口新鲜空气，说：“我的家乡，有多么好啊，有多么美气呀！不打倒日本鬼子誓不甘休！”说着，走下土牛，顺着长堤走到锁井村南。站在河神庙台上，把两只手叉在腰里，顺着河流向上一望，从远远太行山的山峦中，曲曲流下这条明亮的河水，河水越是流得近了，波浪越是显著。一直带着汹涌澎湃的声势，滚滚流到堤坝的脚下，呼啦一声，涌起一堆堆雪白的浪潮，又慢慢隐没在深蓝色的旋涡里。看到这时，那一股股的浪潮，就像流进他的胸

① 堆在堤坝上以备抢修用的土堆。

中，像有一股波涛，流滚在心头上。这时，他禁不住伸起臂膊，对着河流大叫一声：“好！我朱老忠要带起千军万马，向日本鬼子进攻了！”

他猛醒了一下，觉得失口了。立时提心在口，回过头向左右看了看，见并没有别人，才放下心来。他又想起游击战争的事，那是一件伟大的事业，就像这条长河一样：它在山涧里，受尽了山峡的辖制，经过了多少婉转曲折，遇到了多少阻碍，可是，一旦冲出山峡就一泻千里，从此便所向无敌了。

这天下午，朱老忠心情激动。他不下地做活，一个人坐在捶布石上抽着烟喂牛。等吃过晚饭，天黑下来的时候，他又去叫了严志和、朱老星、伍老拔和大贵、二贵、小顺、小囤、庆儿……一班子年幼的人们。也叫了春兰，春兰又去叫了严萍来，在大柏树林里练习棍棒刀枪。伍顺问：“大伯！练这干吗？又要反割头税呀？”朱老忠说：“傻孩子！已经不是那个年月了，我们不能光是反割头税，我们要前进一步，打日本救中国。”听得说，庆儿也赶上来问：“好！我也打日本了？”朱老忠镇起脸来，郑重其事地说：“孩子们，不要多问。叫你们练，你们就练，叫你们打，你们就打。时刻一到，自然就知道了。”自此以后，孩子们再不多问，天天吃过晚饭以后，在这大柏树坟里练习棍棒刀枪。

对大暴动的事，朱老星有不同的看法，可是一看到人人赞成，他有话也说不出，只是在心里闷着。朱老忠看他在会场上不爱说话，在会下情绪上有了变化，把他拉到梨园里，坐在树底下，打着火抽着烟，问：“大哥！这几天你心里有什么事吗？”朱老星把烟袋衔在嘴上，慢搭搭地说：“这是咱们老哥俩说话，我心上可真正有了事了！”朱老忠说：“有什么事你说说，别老是在心里闷着。咱老哥们，向来是无事不说，无话不道，有什么事不能说呢？”谈到这里，朱老星眯眯笑着，唔唔哝哝说：“暴动的事，我心里嘀咕不定。”朱老忠说：“暴动是大事，你说说吧！”

朱老星低下头呆了老半天，长出一口气说：“说说就说说。”停了一刻，他又说：“要说暴动起来打日本，众口同声赞成，可是我心上还不符实儿。依我看革命虽然闹了这么些年了，革命势力还是小，万一起来了，下不来可是怎么办？我们前几年跟冯老兰打了三场官司，输了个稀里哗啦，闹得揭不开锅了。暴动不比平常，一拿起枪刀，统治阶级就要说我们是‘反叛’……”

朱老忠不等他说完，说：“当然是‘反叛’。”

朱老星说：“我们硬要抗日，他不叫我们抗，就又是一场流血惨案！”

朱老忠说：“你说得也对，脚下离长城这么近，长城内外尽是义勇军了，大敌当前，我们能不动？打起日本免不了要流血！”

朱老星说：“大哥说得也是。”这句话没说完，也不想再说了。他感觉没有理论，讲不出他的心情，说了一声：“看看再说吧！”提起烟袋就回去了。

这一天晚上，老山头从冯贵堂屋里走出来，跑回牲口棚，伙计们都睡着，连槽上的牲口也都眯上眼睛打盹。他摸到草墀旁小炕上，抖开油腻的被子睡觉。陈年被套不知吸收了多少汗血，被子和枕头发散出满屋子霉臭气。夏日回潮，一着身子，被上的盐性腌得皮肉刺痒，像有无数臭虫叮着。实际上臭虫也真不少，一闻到人肉的香味，斤斗骨碌从巢穴里爬出来。

天气闷热，臭虫又咬，老山头实在睡不着觉。心里烦躁，说：“真叫人纳闷，到底农民暴动是个什么玩意，也值得这么大惊小怪。惹得冯老兰四体不安，打死一个人出这么大的赏格。”他又想到钱，打死贾湘农要给五百块钱。五百块钱有多么一大堆？……想着，他再也睡不下去。爬起身来，走到槽头上去拿灯来捉臭虫。一揭枕头，跳蚤乱蹦，臭虫像蚂蚁群，头对头，脚对脚，一大片。一见灯明，急急慌慌往巢里爬。老山头一看就生了气，把灯在炕沿上一戳，立眉竖眼，跳上炕用脚踩，东一踩，西一踩，踩了半天，并未踩死一个。又跳下炕来用手去抓，抓也抓不到，伸开两只手掌乱搓。那些臭虫都吃饱了，撑得肚子鼓溜溜的，像透明的珠子。他把手掌一按上去，啪啪乱响，像爆豆儿，直搓了两手血，手指上几乎滴下血珠来。

他不想再睡觉，本来他的起居也没有一定时间，只要冯贵堂用不着他，青天白日尽可睡去。可是一用着他了，不管早晨晚晌，叫他去干什么，他就得去干。老山头披上褂子，从大门道门闩窟窿眼里掏出一把匕首，攥在手里，开门走出来。这时天才半夜，满村子静静的，没有一点声音。他走到东边围墙下，跷腿翻过去，沿着苇塘往北走，一直走到朱家老坟，可是他不敢上去，怕有人在坡上巡逻。就站在下洼高粱地里，呆了一刻，果然有人从东边走过来，在坡上站住。抬起下巴向村里望了望，又瞪着眼睛瞅着这洼高粱地，弯腰拾起块土坷垃，往高粱地里投，投得高粱叶子哗哗乱响，像是知道有人在高粱地里藏着，吓得老山头身上乱颤。从豆棵底下伸出头去一看，那人胳膊底下还夹着一支长枪。

呆了一刻，那人踱着步走过去。看走远了，他才咕哝地说：“去你娘那呱嗒嗒！你没看见我，你胳肢里夹的也不是枪，有枪不会用，不如烧火棍！”弯起腰，才说往坡上跑，跑了两步，一下子绊倒在地下。觉得脚底下肉乎乎的，像是一只狗。用脚一蹬，还穿着衣裳。猛地反回身，伸出手去抓，一下子抓起两个肩膀，才说用匕首去刺，拉近一看，是李德才。在黑暗中，两个人瞪着四个眼珠，你看着我，我看着你，同时噗地笑了。老山头问："你怎么来了？"李德才说："冯二爷叫我来，我敢不来！你怎么也来了？"老山头说："冯二爷叫我来，我敢不来！"老山头又把牙齿一龇，说："嘿！一颗人头五百块大洋嘛！你在这儿看见什么了？"李德才说："这里能看见什么？得爬到小屋跟前。可是今儿来的人挺多，一会儿过去一个，一会儿过去一个。"

两人吐吐哧哧地谈了一会，李德才拉起老山头的手，弯下腰跑过大道，一直跑上坡去。坡上是蓖麻地，钻进蓖麻棵走了一截地，在麻叶夹隙里看见朱老明的小屋，小窗上显着灯亮。李德才抱起老山头的脑袋，咬着耳朵说："点灯的小屋里，可能住着贾湘农！"他们顺着麻垄向北走，走到离小窗有二三十步远。老山头拽起李德才说："走！冲进去！"李德才说："来，冲吧！"才说向里冲，那边大树底下，朱老忠在喊："打！打！打！这么打！"喊着，有刀枪金属击碰的声音，乒乓乱响。

李德才伸长了脖子，耷拉下瘦脸，说："咳呀！他们人好多呀！还有枪，这可不是玩儿的！"他们不敢冲进去，看见小屋西头，大杨树底下，朱老忠两手叉在腰里，在教青年人们耍枪。

天已经不早，夜风在大柏树林子里，在大杨树上刮着，叶子呱啦啦地响。露水很重，滴在身上，把衣裳都溻湿了。人们还在喊着、练着。朱老忠看着人们耍了会子枪，一个人手里拿着枪走过来。走到小窗户底下，他又站住，仰头看看天上星河，星群繁密。他又看着眼前那块蓖麻地很茂密。这时他已经想到，在这晚晌，要是有人钻在蓖麻地里爬近小屋，就很难防御！

老山头和李德才看见朱老忠走过来，连忙匍匐在地上，抬起头，支起脖子向上望着。朱老忠站在他们面前，把两只手叉在腰里，看着天上，像是一个顶天立地的巨人，那样高大！他的精神是那样充沛，是那样的威武不可侵犯。看着，老山头和李德才杀人的心胸怕下来，两个人趴在蓖麻棵底下，屏住气，也不敢动一动，只怕被朱老忠发觉。蚊子挺多，叮了满脸，叮得手脚又痛又痒。李德才正在闹气管炎，像猫打呼噜，气得老山头伸出手去捏他的胳膊，拧他的脊梁。李德才实在忍不住，想咳嗽一下痛快。才想伸开脖子咳嗽，老山头伸手卡住，直卡得脖子出不来气。这时，朱老忠像是听到什么动静，腾地跳起来，大喊："麻地里有人！"

伍老拔一下子跑过来，问："有人？在哪里？"喊着，贾湘农、严志和、朱大贵，一齐跑过来。贾湘农问："有什么人？"朱老忠说："有人顺着麻垄向南跑了，来！大伙一齐追！"朱老忠一声号令，人们拿枪动棒，齐大伙儿顺着地垄追下去。追到地头上，看见有两个人影从麻地里跑出去，钻到坡下高粱地里去了，他们又一齐呐喊着赶进高粱地，一直追到村头上。

贾湘农看人们呐喊着跑远，一个人站在门外，抬头看了看远方的天色，他想：要提高警惕。工作已经布置下去，波及这样大的地区，这么多的人口，难免不暴露秘密。又叫二贵和小囤到坟场周围去巡逻。他在屋前屋后看了看，站在大杨树底下静了一刻，听得千里堤外滹沱河水哗哗流着，像是在鼓动人们的斗志。他又走进小屋，挑了挑灯芯，坐下来眯着眼睛假寐了一刻，又猛地醒过来，端起那个陶制灯台，到墙上去看地图。这幅用白布画成的地图，是在城里时，请学堂里的图画教员比着几张破烂的军用地图画的。他每天晚上，把地图挂在墙上，端着灯盏看：从京汉铁路，看到保定市，看到小清河、大清河、白洋淀，看到津浦路。这是一片平原地带，没有丘岗，没有树林。从这里往北去，有一片湖淀港汊，是一个很好的游击地区。从这儿一直向西去，是太行山脉，那里有很高的山，很密的林。他静静考虑着游击战争的全盘计划，又走回来把灯放在桌上，拿起那本小书，慢慢翻着。看得久了，他的眼睛感到干涩，有些疼痛。又走过去，握起拳头，在地图上量着，估计从这个地方到那个地方，有多少路程。看得累了，放下灯盏，坐在那张旧圈椅上，眯着眼睛休息一会。这时，他才感到旁边有换息的声音，抬头一看，是朱老忠站在他的身旁。把两只手叉在腰里，悄悄地看着。当贾湘农回过头来看他的时候，他也微微笑了。贾湘农问："你什么时候回来的？"

朱老忠说："回来半天了，听得屋里鸦雀无声，隔着窗户一看，你在用着地理图上的功夫。我蹑手蹑脚地走进来，不敢惊动你。"

贾湘农说："过去我没搞过武装斗争，要领导农民暴动了，这地图就有用了。指挥责任在我的肩头上，就感到有些沉重了！"

朱老忠也拍着自己两个肩膀说："我更觉得沉重，今天下午，我心里不平了半天。这颗心老是装不到肚子里，我们要依靠武装行动打天下，是水得去蹚，是火也得去踏，是刀子山也得上！"说着，他的气魄是那样雄伟，两只眼睛里射出犀利的光辉，显得那么挺拔、倔强。

贾湘农上下打量了一下朱老忠，絮絮地说："好！在这个地区，我们有三千五百党团员，要组织三千红军。当然，不能连根拔掉，还要留下一部分人做地方工作和后方工作，要吸收一部分赤色群众参加暴动。"

谈起农民暴动，朱老忠又兴奋起来，颧顶上冲得喷红，两只眼神光辉四射，他拍拍胸膛说："好！我想一个人的一生，足说也不过是一百年吧！在这一百年里，有二十年不脱孩稚习气，有三十年是衰迈的年月，中间五十年最为可贵。要说他轻，就比鹅毛还轻，可以一生碌碌无能，锅台底下走遍天下，不能做出一点什么事业；要说他重，就比泰山还要重，他可以提起枪，跨上马，奔跑在沙场上……”谈着，他的嗓音是那样洪亮，一边说着，一股股纯洁的、无产阶级的热血在血管中奔流，周身像有烈火在烧着。

贾湘农听到这里，不等朱老忠再说下去，腾地一步跨过来，拽住朱老忠的手说：“老忠同志！你有这样鲜明的思想，你就是一个好的共产党员了！一个中国农民，既投身到无产阶级队伍里，他就准备下全副的精力去参加武装斗争，准备用自己的鲜血去争取广大人民群众的自由和解放，这是一个共产党员的人生哲学，是一生为斗争，一生为革命的哲理。一个共产党员，从旧有的农民思想里解脱出来，走上工人阶级的宽坦大道，要经过长期的锻炼。你经过这么多年的斗争生活，经过党的培养，你的思想提高了。真是千锤才能打出好铁，不炼成不了钢啊！”

朱老忠听到这里，一时激动，一步跨过去，张开两只手用力握住贾湘农两只手，急切地喘息，说：“咳！不用说了，我的老上级！我的性命是从老虎嘴里跳出来的，遇上了党，才活了过来。党教给我怎样和敌人作斗争，一个老农民才登上了政治舞台。今天上午，心上老是跳动不安，咳呀！我受了一辈子屈辱，如今要挺起腰站起来了！”说着，一股热泪，洒在贾湘农的手上。

贾湘农受了深沉的感动，说：“好！我的老同志！我们不能忘了过去，也不要为过去伤心，向前看，让我们手牵手地走上抗日的战场，为我们后一代创造幸福吧！”他把朱老忠扶在椅子上坐下，这时，他也深沉地感到：从中国历史上看，农民暴动不是一件简单的事情。李自成起义，金田起义，宋景诗也起过义，他们都失败了。有南方苏区胜利的榜样，今天就不同了，真的，你看人们有多么样的高兴呀！有多少人盼望着这个可喜的日子呀！

它像一个高大的武士，不慌不忙，一步一步地走来了。

朱老忠从椅子上站起来，说：“你这一说，我就明白了，可是，我觉得实在缺乏经验！”

贾湘农从上到下看了看朱老忠，笑了说：“是！我们在战斗中学习，你们做个准备吧。过几天我们要在这里开个会，围绕暴动问题做个研究。”停了一刻，他又说：“可也要注意，目前敌人还是强大的，他不允许我们有抗日的自由，也许我们要遭到失败。可是，我们一定要勇敢地举起火把！”

朱老忠听了他最后几句话，用力把两只脚踏在地上，颤了颤身子，攥起两个拳头说：“是呀！你说的一点不错！”贾湘农又说：“我们要勇敢地举起这个火把，即便我们失败，也算在滹沱河上插起我们的红旗了。即便我们失败，把我们的血流在这平原上，到底撒下了火种。将来到了春风化雨的时候，这些火种就会烧起来。”说着，他的脸上喷红了，又哈哈大笑，说：“烧啊！烧啊！烧掉一切统治阶级的枷锁吧！我们的后一代也会知道，是我们用血为他们撒下了幸福的种子！”

两个人在小屋子里谈来谈去，谈了半天，谈得很是高兴。贾湘农看站在他面前的朱老忠，他的精神面貌，他的内心生活，真的壮大了很多，充实了很多。两个人又抽着烟谈了一会话，朱老忠煞了煞腰带，拿起枪走出去。

贾湘农一个人在地上走来走去，林子里起了大风，滹沱河里的水在遥远的地方哗哗地流着。他睡在朱老明的小炕上，眯上眼睛歇憩。其实，他的心灵并未真的歇憩，像是在梦游一样，从唐河沿岸到潴龙河沿岸、到滹沱河沿岸。这是他出生的地方，是他的故乡，是他一生最熟悉的地方。他是多么样地热爱他的故乡呀，只要一闭上眼睛，就会看到河流曲曲弯弯地流过眼前。岸上农村的小屋和庭院，院里的老树，老太太在树下打谷、簸豆儿。不管春天冬天，不管早晨晚上，他和农民们在一起，和他们攀谈家常琐事，谈生活，谈他们的困难和要求……坐在农民的小屋子里，坐在热炕头上，喝着农民的豆儿稀粥。只要一闭上眼睛，就会听见他们的声音，看见他们的笑貌。从这家看到那家，从这一个人想到那一个人。他虽然离开过滹沱河流域，到过天津，到过北京，可是他的精神，他的思想，永远不能离开他们，永远和他们生活在一起，他们也会从他的身上得到支撑的力量。他呢，会从他们身上吸吮着生活的血浆，像吸吮母亲的奶汁。他想：我作为一个领导者，只要不离开广大群众，不脱离群众的哺养，就会永远生活在人们心里，不被广大群众所遗忘！一想到这里，他的脸上就微笑了。如今，日本法西斯的军队就要来到脚下，人们的希望是把侵略者赶出去，不做亡国奴。他就应该拿起枪来，领导广大人民群众抗日救亡。

不一会工夫，听到村落上公鸡叫了，这就是他结束睡眠的时候。每天听得鸡声一叫，他就起身。也有人问过他："你为什么每天起得这样早？"他说："这是习惯，左不过是睡不着，在被窝里躺着，不如起来去散散步，呼吸呼吸新鲜空气。"于是，每天早晨鸡声一叫，他就起床了。在屋前屋后走走，吸吸朝气，听听鸟叫，考虑考虑问题，那才美气呢！

20

开会的那天早晨，贾湘农早早起了炕，连脸也顾不得洗，就趴在炕桌上，翻阅文件，准备报告。看得累了，就在大柏树林里走走，为了要开会，他心上有一种急躁难耐的情绪。在他来说，这是一种新的工作，他的心上老是感到不安。

午饭以后，朱老忠叫了大贵和小顺来，把西头屋里的芦苇和白麻搬出去，打扫干净，找了几件桌椅板凳来，布置好会场。黄昏时分，各县的党代表都陆续赶到了。屋子里热，都在大柏树底下休息。一边休息，争取时间向贾湘农汇报工作。朱老忠叫了小顺、小囤、庆儿等一班子年幼的人们来，分派他们严加岗哨，说："如今好日子就要来了，贾老师住在这里，各县的负责同志都来了，要开重要会议，他们要好好地站岗放哨监视敌人，走漏一个奸细都是有罪的，我们无产阶级要以党法从事，听见了吗？"一群年幼人们低下头听着，说："听见了！"朱老忠又说："有个一差二错，我要打你们的屁股！"又叫大贵带上一起子人，拿上碾棍禾杈，到九龙口上、摆渡口上、木桥上和各个交通要道上去放流动步哨。一班子年幼的人们手持武器，又说又笑，高兴地走了。

朱老明给人们烧了茶，又做了饭。严志和打了豆油来，搓好灯捻，点上几盏灯。拿朱老明的破被子，把窗户遮上。朱老忠叫贾湘农看看这会场布置得怎么样，贾湘农点头说："很好！老明同志、志和同志、老星同志，你们都不要远去，就在这屋子周围巡逻，要是有个风吹草动，你们还得动动手脚。"

朱老明说："那是当然，要是特务们来了，打掉了脑袋也得干！"

正是八月天气，立秋的日子，天气还是热得厉害。早庄稼开花的开花，结实的结实。晚庄稼正在拔节生长。蝈蝈在豆棵上叫个不停，知了儿也在大杨树上唧唧叫着。傍晚时分，天空还是没有一点风，树尖上的叶子纹丝不动。太阳落下去了，天上映出一片片紫色的、粉色的、赭色的霞云。贾湘农拿把芭蕉扇，在柏树林里走来走去。夜暗降临的时候，人们蹲在大杨树底下，吃了明大伯亲手煮的稀粥，会议就开始了。朱老忠、宋洛曙和各县代表们都走进小屋。小屋北墙上挂起党旗，旗下挂着地图，桌上点着几盏油灯，灯焰烧得很旺，照得人们的脸橙红橙红，照得屋子墙上亮澄澄的。大家高兴地抽着烟，谈着话，交换着工作上的意见。屋子小，显得很是燠热。贾湘农走进来的时候，小屋子慢慢静下来。他走到桌子前面，停住脚向周围看了一遍，说："今天好热闹，我们要开个群英会！"

今天开的会，是贾湘农负责召开的决策的会议，人并不多。一说要开会，人们都郑重其事地直起腰，静静听着，屋子里像潮水一样的谈笑声，一时低沉下来。贾湘农站在红旗下面，睁起黝黑的眼睛，向会场巡视一周。又慢慢收回视线，眼睑向下垂着，呆着眼瞳停了一刻，他在深思。他对于召开这个会议，是十分慎重的。中国共产党领导农民在南方建立了十几个根据地，进行了土地革命。目前为了迎击日寇，开展游击战争的问题，在他脑子里转了一两个月，今天到了成熟的日子，要和广大群众见面了，他的精神头显得特别饱满。呆了一会，才慢慢抬起头来，用着轻微的声音，说："同志们！今天开的是党的活动分子会议，要在这个会议上研究一些政策问题。"说着，他坐在一张破圈椅上，就着油灯，低下头去，从小包袱里拿出一个小本子看了看，又仰起头思索一刻，说："为着我们党的事业，为着中华民族的解放，有很多同志牺牲了。今天，我们先来向他们致敬吧！"在这时，他微微觉得心头酸痛，因为心气的低沉，脉搏有异常的跳动。脑子里映动着一幅幅同志们被砍头、枪毙、下狱的图景。他回转头，对着党旗深深地弯下腰去，静默着。人们都不约而同地站起来，低下头向死去的同志们志哀。小屋子里的空气是那样的沉静，每个人互相听得见心跳。真的！多少年来，他们是在阶级敌人的压力之下，过着不见太阳的日子，今天他们要直起腰来了！

朱老忠站在党旗前面，为了重大的责任要落在他的肩头，心情也不平常。听得说“死去的同志们”，立时想起“七六”惨案，想起那些关在监狱里的英勇的同志们，无数面影出现在他的眼前。运涛、江涛……虽然他和蒋良图、杨鹤声、曹金月、刘光宗他们，只是在一刹那中见过面，也想起他们的面影。默默念着：我们要为你们报仇了！你们没做完的事情我们要来做了！为了我们和我们的子子孙孙要活下去，不做亡国奴，我们要拿起枪来了！这时，他的热血在周身奔流，心头突突跳动。屋子里和屋子周围，异常寂静，从遥远的千里堤外，传来了哗哗的水流声。

经过一刻工夫，贾湘农回转头来，抬起黑黝黝的眼瞳，向人们看了一下。自从当了特派员，负起军事责任，他觉得精神异常充沛。用着响亮的声音说：“同志们！我们来开会吧！今天主要是研究目前的军事行动。第一个问题，我首先谈谈政治形势……”他从日本帝国主义进攻东北谈起，谈到目前国际上三个阵营几个主要矛盾。谈到日本帝国主义侵占东北以后，德意两国在军事上将采取怎样的行动。再谈到英、美、法及其他帝国主义的动向。他说：“虽然日本帝国主义在我国的东北燃起了战火，但是蒋介石仍不改变‘攘外必先安内’的政策，加紧进攻苏区……”谈到这里，他又抬高了声音，说：“反动派二次‘围剿’中央苏区以后，在去年七月，蒋介石亲自出马，带上德、日、意三国顾问，集中三十万兵力，分三路向苏区进攻，长驱直入，非常猛烈，想一下子消灭红军主力。当时红军苦战之后没有得到休息，但在毛泽东同志正确领导下，诱敌深入，利用革命根据地的有利条件疲困敌人，采取‘避敌实力，打其虚弱，乘退追歼’的方针，运用‘磨盘战术’，使敌人‘肥的拖疲，瘦的拖死’，造成敌人的弱点，然后歼灭了他……”谈到这里，他举起两只胳膊，抖了一下，脸上泛出笑容，眼瞳上放出犀利的光辉，用着刚毅的嗓音说：“红军三战三捷，歼灭了敌人三万多人，缴获长短枪二万五千多支，扩大了队伍。同时，在红军胜利的影响下，去年十二月间，进攻苏区的国民党第二十六路军一万余人，在赵博生、董振堂等同志的领导下，在宁都起义了。”他谈到这里，感到异常兴奋，由不得绷紧了脸，把厚厚的手掌在桌子上一放，说：“中国红军在世界上的声誉更加提高了！我们有了十万正规红军，十多万赤卫队，南方各个革命根据地进一步扩大了，巩固了！”他一行说着，举起右手，挥着拳头，心上像有波涛汹涌，鼓荡着他战斗的意志。

朱老忠听到这里，实在按捺不住内心的兴奋，一下子站起来，拍着桌子，说：“好！真是痛快！”这时人们也都站立起来，你看看我，我看看你，不顾贾湘农在做着报告，一时有说有笑，互相谈论起来。有的举起手，做出用力鼓掌的姿势，可是并没有真的鼓响，看得出来，他们对党在军事上的胜利表示兴奋。他们觉得，那更高更迫切的希望：暴动成功，举起抗日的旗帜，收回祖国失地，挽救铁蹄之下的东北同胞，就是他们的责任了。

人们话声将阑，贾湘农继续报告了“一·二八”上海抗战，说反动派继续“不抵抗政策”，不给抗战军队以弹药军需的供给，勾结帝国主义，出卖了上海，允许日寇在上海驻兵。当他谈到，反动派从今年六月开始，调集了九十个师，五十万大军，向中央苏区发动第四次“围剿”的时候，小屋子里立时没有一点声音。大家都明白，九十个师，五十万大军，不是一股平常的军事力量，看样子反动派要下决心，消灭苏区了。灯盏上冒出深蓝色的火焰，袅袅地颤抖。颤抖的光亮，鼓荡着人们的情绪。光亮的墙壁上，映着一个个黑色的人影，一动也不动。有一个人听到这里，实在憋不住满心的愤恨，一下子站起来，叉开两条腿举起拳头大喊："干！干！拉起红军剿他们的后路！"这个人正是高蠡中心县委书记宋洛曙同志，他中等身材，古铜色的背膀和古铜色的脸，由于一生沉重的田间劳动，背有点驼了，头发长得长了，还没有剃，胡子不多，长得很硬很黑。听到说中央苏区强敌压境，就像敌人到了他的眼前，由不得大声疾呼起来。

贾湘农看到宋洛曙愤愤的样子，点点头请他坐下，继续谈了反动派的军事部署，又说："但是，同志们不要担心！红军采取了声东击西，集中优势兵力围歼敌人的方针……"他更加详尽地叙述了红军的游击战术、十六字诀："敌进我退，敌驻我扰，敌疲我打，敌退我追"，"分兵以发动群众，集中以应付敌人"。好像针对实例，给人们上军事课一样细细讲解。他看到人们斗志高昂，更加愉快地说："敌人进攻上海得逞之后，还要继续进攻，反动派投降政策不变，加紧'围剿'苏区，日寇也到了长城一线，对我们形成夹击的形势，这样一来，就给我们肩膀上搁上了重大的任务。我们要发动广大农民举行暴动，开展抗日游击战争。搞得好，可以在冀中平原上组织红军，树立工农民主政权，建立冀中抗日游击根据地，迎接红军北上，团结各抗日阶级阶层迎击日寇。如果是站不住脚，就西征太行山，或是深入白洋淀地区，进行休整，然后再打回来。这个地区地方党的历史，和北方党一样长远，有雄厚的党的工作基础。经过了一系列大规模的农民运动，积蓄了坚强的群众力量。党与群众的优越条件，对于建设一个根据地甚为有利！当然，也要估计到：我们还缺乏开展平原游击战争的经验……”贾湘农一壁谈着，觉得心情舒畅，因为工作重要，由不得话也就说得多了。

朱老忠听到这里，弯了一下腰，吐了一口长气，又挺起胸膛，提高金属般的声音，说：“好！时刻到了……”他的声音浑厚有力，听起来使人感觉到说话的人是那样的高大，那样的雄壮。这时，人们由不得举起拳头，张开大嘴高声喊着：“中国共产党万岁！”“打倒日本帝国主义！”喊声高昂又响亮。会议开始的时候，人们还小心谨慎，压低了嗓音说话。现在任务已经放在他们的肩头上，一个个生龙活虎地跳跃起来，好像暴动的日子已经到来，就什么也不怕了，敞开嗓子喊个痛快。平原上的夜晚，是安谧的，是宁静的。人们在睡梦里，谁也想不到在这座小屋里开着这样的会议。此地距保定及定县一百余里。距北京五百余里，在平汉、北宁、津浦三大铁路之间，他们下决心在这里建立抗日的前哨阵地。

贾湘农看人们欢腾的情绪，不能一时平静下来，笑了说：“同志们！不要只顾高兴，打仗是要流血的！”

宋洛曙听了，拍了拍胸膛，说：“人生一世，也不过就是三万六千天吧，过了一天少一天，最后还是要过鬼门关，反正谁也开不了小差！”这个人说话幽默而愉快，他和别的农民干部经历差不多，小孩子的时候扛小活儿，大了扛长工，受了些个风吹日晒，吃了些个糠糠菜菜，参加了反割头税，参加了秋收斗争，成了共产党员，经过多年的党的教育，成了有名的县委书记了。

说着，满屋子人们哈哈大笑，有的笑得弯下腰去，笑得前仰后合。觉得宋洛曙实在是个有风趣的人。贾湘农一下子笑了说：“好！那就休息一下再说！”

屋子小，人多，人们已经热得不行了，头上、脸上都流下汗来。在心情激动之下，并不觉得热，可是听说要休会，一个个要尽快走出小屋，呼吸一下新鲜空气。人们听了政治报告，激动的心情久久不能平静。像是有喜事临门，又像是有什么不可预测的事故到了眼前。各自怀着又兴奋又沉重的心情，考虑着事件的发展，将怎样支付全部精力，争取大暴动的胜利。但是大暴动起来究竟是个什么样子，谁也不能想象。

朱老忠最后一个走出小屋，一阵风顺着蓖麻地边上的小路吹过来，立时觉得浑身凉爽，索性把褂子脱下，搭在肩膀上。可是，他的胸膛里老是在热着。一个有着政治热情，身子骨还强壮的人，开了这样的会议，革命的热情就像一团烈火。党的任务一落在他的肩头上，立刻引起心血的奔腾，像海潮翻滚，汹涌澎湃。他独自一人，走到小屋后面，大柏树林里，走来走去，仰头对着天上长啸一声："好！我们也有今天了！"这时，他才看到南半天上迎头涌起黑云，掣起金色的闪电，从遥远的天际传来隐隐的雷声。

人们三三两两谈论着会议的精神，看得出来，对贾湘农提出的报告，对于打日本鬼子很感兴趣。处在阶级斗争和民族斗争夹击的情况下，"有了枪杆子，才能把革命继续下去！"是他们共同的信念。朱老忠看着人们高兴的劲头，更加强了自己的信心。他找了个石桌坐下休息。

在闪电的照明之下，离朱老忠不远的地方，贾湘农碰上了宋洛曙，他连走几步，迎上去说："洛曙同志！我们早就等着你，在起手之前想多跟你谈谈，怎么你天黑才来？"

宋洛曙一见贾湘农，慌忙跨上几步，攥住贾湘农的手，笑了说："我从昨天早上起身，紧走慢走，才走到了。"他穿一身紫花裤褂，手上提着个大草帽。蹚着水草走路，草上露水挺多，鞋子和两只裤角子，都蹚得湿漉漉的。他说着话，连连抖着贾湘农的胳膊，满脸浮着笑容，觉得今天能在这里见到贾湘农无比的高兴。

贾湘农拍了拍宋洛曙的肩膀，说："左等你也不来，右等你也不来，叫我好着急！"宋洛曙两手互相扭结着搂在怀里，激动地说："咳呀！接到通知，说要开这么要紧的会，革命的好日子就要到了，叫我心里慌得不行！"他一行说着，眨巴眨巴眼睛，嘻嘻笑着。一个农民做到中心县委书记，也实在不平常，他觉得党比母亲还亲，党的同志比亲弟兄还近。每次见到党的负责同志，都感激得不行。他常说："没有共产党，老长工哪里能登上政治舞台，和阶级敌人打对台仗？"贾湘农握紧宋洛曙的手说："怎么？按你们那几个县来讲，这次行动，看得出人心向背吗？"

宋洛曙说："当然呀！日本鬼子快要打到家门上了，反动派还不让我们还手！再说，农村经济破产，正南巴北的庄稼人都要闯关东了，我们不来领导，他们自己也要干起来！指示上谈到开展游击战争的问题，我就觉出党的领导是英明的。不然敌人一来，我们手里还没有当硬的家伙，就要落在群众后头了！"他看见贾湘农同志关切的样子，恨不得一口气把广大群众的心情，向党说出来。可是，革命问题哪里是几句话说完的事情？

贾湘农说："好！难得的是人心！"说着，两个人扯起手走过来，看见朱老忠，贾湘农说："来，老忠同志！我给你们俩介绍介绍，这是高蠡中心县委书记宋洛曙同志，你们两个是枣木棒棰，一对！"朱老忠不等说完，就说："宋洛曙同志！听见你的名字就像打个霹雷。"连忙走上去，用力攥起宋洛曙的手，还不住地哈哈笑着。宋洛曙也笑了说："你不用说了，方圆百里哪个不知道你朱老忠？”看样子宋洛曙有四十多岁年纪，身上不胖，腿脚挺结实。

正说着话，朱老虎走过来，他和宋洛曙差不多同样的装束，道路远，来得晚了，衣服都被露水打湿了。贾湘农连忙走上去握住他的手说：“好！老虎同志也赶到了，你们三个人到了一块，就够了一台戏了。一个滹沱河大队，一个潴龙河大队，一个唐河大队，游击战争的骨干到了一半。”他又问：“你的那位‘御’外甥怎么着呢？”朱老虎说：“你也许早就知道了，他还做了一件好事情，算是给咱这一方除了一大害。”又对着贾湘农说：“你又做了一篇好文章！”贾湘农说：“文章虽好，就是不是咱家手笔！”朱老忠一听，也哈哈大笑了，说：“好嘛！不论怎么的吧，他到底是为党出了力。”朱老虎说：“算了吧！糊涂汉子一条，他懂得什么党不党？不过是报自己私仇罢了。”宋洛曙不以为然，说：“私仇也罢，公仇也罢，能符合广大群众的要求，就算是走在党的道路上了。”

停了一刻，贾湘农又问：“张嘉庆在那里工作得怎么样？”朱老虎鼓掌大笑说：“别看他年纪轻，可有一套，他能骑马打枪，在外甥眼里成了了不起的人物，拜他为军师了，工作做得不错。不过要真正解决霜泗的思想问题，叫他跟着共产党走，还要费很大的劲！”贾湘农又张开大嘴笑着说：“啊呀！真是妙人妙事！”

李霜泗的女儿击毙张福奎的事情是鼓舞人心的，他们谈得津津有味。笑了一会子，朱老忠又走过去问宋洛曙：“老宋同志！你看今天会议上的精神怎么样？”宋洛曙笑悠悠地走过来，一把抓住朱老忠的手说：“正中下怀！建设武装，建设政权，建设革命根据地，才能迎接红军北上，打退日本鬼子的进攻。”他说着，又哈哈笑着，两条腿圪蹴在坟堆上。

朱老忠说："还说叫我当大队长呢！论起闹群众运动，我倒是天不怕地不怕的。闹起暴动，咱还是大姑娘坐轿——头一遭。可是，我觉得前半辈子是爬在地下过日子，暴动一起手，咱就从地下站起来了。抗日的旗帜就插起来了！"他又走过去紧紧握着宋洛曙的手，说："让我们在抗日的战场上相见吧！"

宋洛曙也说："听到暴动的军事计划，实在高兴，心上不停地打着鼓。群众运动，什么都搞过了，就是没有闹过这暴动。"他一面说着，龇开白牙嘿嘿地笑着。

几个人在大柏树底下说说笑笑，这时夜已深了，露水凉下来，远处千里堤外，滹沱河里的水流声，响得森人。有青蛙在河边上咕咕叫着，粟谷花的香味，一阵阵流淌过来，喷着人的鼻子。

会议继续开下去，贾湘农叫人们对暴动的问题发表意见。朱老虎说："我看还是叫朱老忠同志先发言。"朱老忠说："我哪里懂得军事运动？"宋洛曙说："你东西南北闯荡惯了，虽然不懂军事，你心里路数多。"朱老忠说："我心里路数多，耕、耩、锄、耪，路路精通，要是闯关东，我领着你。讲起军事行动，咱是一点不沾。"

谈到这里，宋洛曙抽着烟站起来，把右脚踏在板凳上，说："老忠同志！你不要客气了，二九年反割头税的时候，你在县衙门前头闹的那几下子，比闹过军事的人还棒！"

朱老忠一下子站起来，仰头大笑说："依我看咱得先从下边干起，叫每一个党团员同志都知道军事斗争的重要，每个村支部都要掌握一些枪支武器，每个村里也要有我们的一个秘密的村公所，不然红军到了，没人支应，吃什么喝什么哩？再说村支部要研究一下村里的阶级情况，闹清楚哪家地主有多少枪支。分出哪是团结的人，哪是打击的人。把那些土豪汉奸们的名字写在村北或村南的小庙上，红军一到，就把他们打下马来，村里的组织也不必暴露目标……”

宋洛曙不等朱老忠说完，也站起来，揎起袖子说：“好！好！别看老忠同志是个粗人，他比细人还细。我也想起一桩事情，我们也要分清，把没有目标的同志留在村里，叫那些色太红的同志去打游击。留在村里的，就不要轻易暴露，暴动以后，村里的工作也要很好地配合。再说，咱这游击运动，应该是从零星的行动，到大规模的军事运动，再全面地暴动。不能一下子轰起来，一下子又散了，水过地皮湿。”说着，他又向朱老忠走了几步，说：“你说呢？是这样子吗？”他一边说着，伸拳动脚，连说带笑。他是这个脾气，就是再大的事情，放在他的心上也不觉得沉重，他的一生是这样过来的。

朱老虎说：“我们老农民们还不会放枪呀！有枪不会放不如烧火棍！不是老早就叫我们开办军事教练所吗？再说，在我们队伍里还得要有军事干部，他好教给我们行军打仗呀！……”

不等朱老虎说完，人们又乱哄哄地谈论起来，从暴动后的地方工作谈到军事行动，又说又笑，谈个不休。贾湘农看着人们高兴的样子，暗暗点头。几年来的地下工作，锻炼了这批干部，他们都是从土地上生长起来，他们把党的军事行动和人们抗日救亡运动的愿望结合起来。他根据大家的意见，把这几个问题做了结论。一行说着，他又想起暴动之后，农村党团员及赤色群众怎么办？白军到来的时候，那些革命的人们，就不得不拉起老娘，抱起孩子，流落到外乡……一想到这里，他的心上由不得颤动起来。这也是阶级斗争的规律：阶级敌人越是残忍，革命的人们越是精神奋发。可是这个问题，不到一定关头，不能说出来，免得在暴动以前增加人们思想上的负担。他又谈了几项关于征粮征款、筹枪等具体问题。接着，他又不紧不慢地谈了“游击战争中对各阶级阶层的待遇”。看得出来，一个有着长期革命修养的人，在政策精神上表现了高度的准确性和高度的灵活性。

会开得长了，可是人们一点不显得疲倦。随后各县党代表又提出几个问题。贾湘农根据大家的意见做了概括性的结论。最后对“游击战争期间的政权问题”、“没收汉奸和反动地主的土地问题”、“开仓济贫问题”及“没收汉奸、卖国贼的枪支子弹武装工农群众问题”，做了详细、明白的说明。贾湘农做着结论的时候，小屋子里没有一点声音，大家连鼻子气儿都不出，静静听着。当他谈到政权和土地问题的时候，人们又鼓起掌，大说大笑地活跃起来。他们都会明白，政权和土地才是农民的命根子！最后，宋洛曙提出一个问题：“这地主有不反动的不？怎么才算反动地主？”贾湘农把手掌一翻，说：“好！你问得好。赞成抗日的，就不算反动地主。叫他送枪，他不送。叫他送粮食，他不送……这就算是反动地主……”不等说完，大家鼓掌大笑。

贾湘农拉着朱老忠的手走出来，到房后头大柏树底下。贾湘农反回身笑了笑，轻声问：“老忠同志！你看咱谈的这个精神怎么样？”

朱老忠说：“行！用咱农民的话说，就是‘你这话，说得正是点儿上’，‘你这雨，下得正是时候’！”

贾湘农就近拉起朱老忠的手，把脸挨得近近的，仔细瞧着他脸上的表情，像是要在他的鼻子、眼睛、嘴上读出“游击战争期间各种政策措施”在广大群众里的反响。朱老忠哈哈笑了，说：“我觉得很满意，要闹游击战争，就得发动广大群众。要发动广大群众，就得有发动广大群众的政策。没收反动地主的土地，分给没地少地的农民；没收反革命的财物、粮食，除了做军饷，还分给贫苦农民们……这样就可以鼓励广大群众反封建，打倒土豪劣绅、贪官污吏，鼓励人们抗日的斗争情绪……哈哈！好！”他说着，由不得笑了。又连连咂着嘴，拍着膝盖，响亮地说：“好！真好！”

贾湘农又说：“老忠同志！你看我们的斗争面宽不宽？”

朱老忠摇摇头说：“不算宽，按你说的，主要打击汉奸卖国贼消灭反动地主。一般地主，还没提到，我猜乎这是因为日本鬼子打到关东的原因。”

实际上，贾湘农在做报告的时候，并没有涉及这些道理，是被朱老忠体会到了。谈到这里，贾湘农左手握了朱老忠的手掌，右手拍着朱老忠的后心说：“老同志！你算摸透我的心思了。这问题我没敢提出来，因为日本鬼子还在关东，谈出来怕束缚群众革命的行动，可是日本鬼子要不侵入祖国的国土呢？我们就要提出消灭全部地主阶级了。要是日本鬼子打进关内，我们就只提出消灭汉奸卖国贼了。”说着，又拍着朱老忠的肩头哈哈大笑。

朱老忠也拍着贾湘农的胸脯说：“我的老上级！我佩服你这两下子！你的领导，早在我心里扎下根了，到了战场上，不折不扣，你说怎么打，咱就怎么打。”

正在说着，宋洛曙走过来。贾湘农说：“这次行动，虽然由我来领导，可是你是中心县委书记兼大队长，这次行动计划，你看怎么样？”说着，他不住地拍着宋洛曙的肩膀，眯眯笑着。

宋洛曙说：“算了，我的老上级！我年纪不小了，可是在党的工作上比起你来，还是小孩子，你怎么领导，咱就怎么干。看我的计划吧！在我这几个县里，我打算这么办：预先调查好反动地主和汉奸卖国贼们的枪支、粮食、地亩……等好日子一来，到处点火，四面开花，只要没有大批白军队伍开来，光是县里那些保安队、马快班们，也不过是给咱送几支枪使。隐蔽在村里的人们，只要把土豪劣绅、汉奸卖国贼的姓名，枪支子弹多少，粮食多少，调查得清清楚楚，等游击队一过来，开仓济贫，平分土地。广大群众，一下子就发动起来！”

说到这里，贾湘农啪地抓住宋洛曙的胳膊，说：“时候未到之先，无论如何要绝对保守秘密！”

宋洛曙说：“那是不用说，暴密等于投降！”宋洛曙同志，实在是个出色的领导人，自从反割头税运动开始，每次运动都是积极分子。每次游行示威，他就是打红旗的旗手。个子不大，喊起口号来，麻沙着嗓子，劲头可足哩!

贾湘农听了宋洛曙到处点火、四面开花的计划，拍着膝盖说：“哎！这才是游击运动哩！”又找了定县县委来，说：“你们把定县车站上的力量准备好，到了游击战争起手的日子，我们这里一打响，你们就指挥他们哗变，和农民队伍会合起来，占领车站截断交通，阻止国民党从南方调来的援军。”又告诉安新县委，把会议精神传达给张嘉庆。

全面布置大致妥当，就散会了。各县代表摸着黑路，急急忙忙走回去。贾湘农也要收拾东西起身，他要跟宋洛曙到高阳蠡县一带去，亲自指挥那里的农民暴动。当他走出小屋的时候，朱老忠、朱老明、朱老星、伍老拔、朱大贵都送出来。这时天上阴沉沉的，没有星星，也没有月亮，像黑锅底，对面不见人影。雷声隆隆响着，震得窗纸呼嗒呼嗒地抖颤。闪电就像火蛇，在漆黑的天空里曲连闪耀。可是天还热着，天上没有一丝风，树尖巍巍不动，窒息得人透不过气来。朱老忠说：“大风大雨就要来了，贾老师还是不要走吧，等风雨过去，我们派人送你。”

贾湘农说：“我不怕风雨，我们向来就是迎着风雨前进的。雷雨一来，地里连一个人芽也没有，才好走路呢！行动的日子是统一规定的，它并不等雨，光是我等雨哪里能行？”

朱老忠说：“天这么黑，哪里看得见路，遇上粗风暴雨又怎么办呢？”

贾湘农说：“天黑不要紧，这几步路我摸熟了，合着眼也能走到。碰上雷雨，咱呐着喊儿，走得才欢哩！大家都在等着好日子，风雨无阻！”

21

张福奎被刺的消息，像东风细雨，下遍了滹沱河的两岸，随着阵风飘落在冀中平原的田野上和道路上，降在村庄，降在庄稼人的茅草院里。庄稼人们听到这个消息，扬眉吐气，挺起胸膛微微笑着，觉得身上轻松了很多。他们从这个小屋走到那个小屋，奔走相告：“好聪明的刺客啊！来无影去无踪，一转身儿就不见了！”

李德才和老山头，听到张福奎被刺的消息，慌慌忙忙走进账房，向冯贵堂学说了一遍。冯贵堂正在藤椅上躺着吸烟。李德才以为他的老朋友死了，一定要咧开大嘴恸哭一番。不料想，冯贵堂等不得李德才把话说完，猛地站起身来，倒背起手儿，仰起头哈哈大笑了。老山头以为他着了魔，睖起大眼睛问：“二爷！你笑什么？”

冯贵堂得意地说：“人，哪有不死之理？”这时他心上立刻想道："他死了，也许民团团长会落在我的头上！"转念一想，他前几年为反割头税的事，和王县长有过一场纠纷，也许张福奎死了还另有人在，团长不一定落在他的头上。可是张福奎一死，保定行营这条路就算断了。如今张福奎总算是他的好朋友，张福奎死了，他少了一条膀臂。想到这里，只好走进内宅去请教他的老一辈。冯贵堂把不幸的消息告诉他的老爹。冯老兰一听，脸庞立刻垂下来，他觉得脊椎骨发冷，浑身哆嗦起来。心上一时急躁，摇摇头，麻沙着嗓子说："完了！完了！我可以断定，大祸就要临头。张福奎一定是被共产党刺死的，张福奎一死，再没有有本事的人去压制他们，他们会闹得更欢起来。他们成天价嚷'打日本！''打日本！'人家日本人远在关东，日本人来了，也不过是占个地盘，人家怎么你们了，你们打日本！"他一时气愤，又回过头对冯贵堂说："你老是觉着学了几天法律，就不知道天有多高地有多厚，你初生之犊不怕虎！你天不怕地不怕，连我也不看在眼里。道眼儿越走越窄，窄到挤不过身子去了。张福奎死了，你还仗着谁？"一阵话说了冯贵堂满脸火，他说："这不是问你老人家？有什么话你吩咐吧！"冯老兰说："咳！到了这个节骨眼上，再也没有别的办法。一条路是去找'黑旋风'，他是咱的老世交，向来肯出力的。把他请来给咱镇压共产党，保家护院。再就是拿洋钱去打通一条道路，你想想，谁跟洋钱有仇？那洋钱是金银之物，投在谁的脑袋上不起个大疙瘩？"冯贵堂一听，扭过身子不高兴，说："这个办法，我完全是内行，你交给我办去吧！无论什么事情，你老是不放手，自己兜揽着。"冯老兰看冯贵堂气色言语不对，拍起大腿说："咳！你木头心眼，钻也钻不透！你上学花的那洋钱摞起来比你人还高，白花了老爷爷的心血！你就不想想，洋钱送到当官的手里，你能光明正大的？就得偷偷摸摸的。他拿到这笔钱，能养家肥己，能供养姑娘儿子们念书上进，能不高兴？能不给咱出力？你放心，他绝不两手托着两千块白花花的洋钱到大街上去嚷：‘嘿哟！我贪了污了！我使了冯贵堂的赃钱了！’绝不！他还要斯斯文文的，戴着白金丝眼镜，正正直直坐在大堂上，对他的僚属们说：‘要公正廉明！不能贪赃枉法！’‘我们是国家的公仆，要为民兴利除弊！’……装出父母青天胸怀渊博的样子。即使他把这笔钱给他儿子，给他姑娘们花的时候，也绝不会说：‘儿啊！你花去吧！这是爸爸贪污来的呀！亲人！你花去吧！这是我受了贿赂呀……’绝不！……”他又把从古至今处世接物的大道理说了半天。冯贵堂越听心里越烦，实在听不到耳朵里去。他把脚一跺说：“你说的那个我都知道……”

说到这里，父子二人吵家务，算是又崩了。冯老兰不再往下说，把脚一跺，放下冯贵堂走出来，咚咚咚地走下阶台，生着满肚子闷气出了二门。提着大烟袋，在外院怔了半天。他抬起头看着那古老瓦房上飞檐斗拱、飞禽走兽的影子。想到：自从明朝时代，老辈爷爷们建下了基业，子子孙孙丰衣足食，都是老人们的阴德。传到他这一代，就说什么也不行了，共产党领导人们“抗租抗债”“抗捐抗税”，不叫财主们生发。他又走进内宅，看看古老的宅院，叹口气说：“咳！呆不多久了，就快要坍塌了！”他的心上热火燎乱，像在油锅里煎着，转着墙根看了一遭，就又走出来，在场院里走来走去。走到马棚窗外，隔着窗户听见骡马在槽上吃草的声音，牙齿嚼得料豆子咯嘣嘣响着。他心里又麻烦起来：“咳！我不叫置骡马，偏要置骡马，咳！这是一大注洋钱呀！”走到碾棚和磨棚旁边，那副碾子磨在黑影里呆着，那是他爹老人家亲自从山里买来的，一律都是青钢石，使上几辈子也使不坏。走到猪圈旁，几只肥猪在窝里睡着，他又想到：这些肥猪，将来也不知道叫什么人吃了去！走到围墙边，一眼看到围墙外头那四十八亩官地，他费尽心思，用了半辈子的心血，才抠到手里，养起芦苇，栽起柳林。子子孙孙盖房垒屋，将有使不尽的苇材和木材……他这里看看，那里看看，没有一块砖石、一块木料上不记着他的心思。自从他老辈爷爷就是争强赌气过来的，他们的两只手上，也不知染上多少人的鲜血，坑害了多少人。如今，气也争够了，强也争成了。张福奎一死，这块地方共产党就要领导红军起手。他意识到，富贵的日子，快要终结了。他心上明白，共产党在南方闹了几个苏区，在北方，这块地方农民也要起来抗日。他越想就越害怕起来。

他站在围墙边，对着那苇塘、柳林，发了半天呆。一下子，心上像又想起什么，转身走回家去，站在冯贵堂的窗前，说："贵堂！贵堂！去！去！到衙门里去，宁自把家业花在衙门口里，也不能叫他们'共'了去！"冯贵堂正在炕上睡着，在梦里懵懵懂懂地说："当然要去……"

冯老兰眨巴眨巴眼睛，不再说下去，他怕冯贵堂抢白他，说他老了，老糊涂了！闭了嘴，再也不想说什么，可是他心上还是急躁不安。慢吞吞地一步一步走回上房，开开座柜拿出那把二把盒子枪，那是他花了三百块洋钱买来的，德国造、插梭、二十响，能当小机关枪使。他在手里摩弄着，在灯下觑着眼睛看着，是一支全新的枪，满身烧蓝，黝黑黝黑的，发着蓝色的光亮。这时，他的愤恨就依托在这支枪上，血管里奔流着祖辈传统的狂妄的血液。他提着这支枪，走来走去，在屋子里练了练手脚。两只脚一跳，把右手里的枪抛上天去，再用左手接住。两脚再一跳，再把左手里的枪抛上天去，又用右手接住。觉得他的手脚还灵便，身体也还结实，心上由不得高兴起来，哈哈地笑了。这时，他怀疑还没有这么大的年岁，又回复到年轻的性格。

冯老兰在屋子里练了一会手脚，觉得身上热烘起来。就又走到院子里，抬头看着那棵老藤萝。在他的记忆里，这棵藤萝，在有他老父亲的时候就有的。如今蔓延了一院子，叶子厚厚的，遮得院子荫荫的。那棵老红荆树，几乎被它缠死。前几年树上还长出一些嫩枝条，开着一串串紫色的小花。这几年，只剩那么几根老桄，树尖上长出零零落落的花朵。到不了秋天，就又萎黄了。看着，他不住地摇头叹气，说："咳！这棵老树也被藤萝缠坏了！缠死了！"又仰起头，看看天上阴得灰沉沉的，天气还是闷闷的，才一步一步迈上台阶，走回阴暗的屋子，坐在椅子上怔了老半天。忽然心上一动，想起一些什么，把油灯端近，拿起笔来，在老账簿的皮上写着："出门看见藤缠树，进门看见树缠藤，树老藤青缠到老，树死藤生死也缠！"写完了，把笔摔在桌子上，叹了一口气说："咳！不知道共产党的势力到底有多大？怎么也不行，缠磨死人了！"他心里实在烦乱不堪。

冯老兰睡在炕上，躺了一会，睡不着，又趴在枕上，抬起头瞪着眼珠子看着无边的黑暗。他在黑暗里睁圆眼瞳，这么转转，那么转转，一直趴了大半夜，还是睡不着觉。伸起脖子呆了一刻，听得笼里第一声公鸡叫，又穿上衣服走出来。走到场院里，敲敲马棚的门，叫："大有！大有！"冯大有正趴着木槽喂牲口，听得有人叫，开了门问："干什么？老当家的！"冯老兰说："快套小车子，贵堂进城。"冯大有说："那好说，他那里穿上衣裳，我这里车就套好了。"冯老兰又慢吞吞地走回家去，趴着冯贵堂的窗户叫："贵堂！贵堂！车套好了，你起身吧！"冯贵堂正在屋子里散步，听得老爹叫，走过来说："我哪里睡觉来，我还睡得着觉？”听着他的声音，像是极不高兴的样子。像是鼻子不是鼻子，脸不是脸地说出来。

冯老兰一听，又怔住。他怕冯贵堂不高兴，可是他肚子里一时又有些火气，想把脚一跺闹起脾气。可是，又觉得处在紧急情况下，也不是办法。他说：“你也没有睡觉？咳！你快去吧！进城吧！去给张福奎吊吊孝，不论他的出身怎样，还是给咱保护过生命财产，保护过地方治安的。”冯贵堂说：“那是当然之理！”说着，提上手杖走出来。冯大有套好牲口，怀里搂着鞭子，站在车前等着。在清晨的薄明里，看见冯贵堂穿着白绸大褂，戴着洋草帽，提着手杖走出来，把后襟一撩，跨上外辕。说声：“走啊！”

冯大有右手抓起扯掳，左手举起红缨鞭子摇了一摇。铃铛响着，小轿车走出去了。一路铃铛响，上了城里大道。冯大有跳上里辕，把鞭子搂在怀里，眼上还在惺忪地温着睡不醒的旧梦。今天云彩低垂垂的，阴阴沉沉，像是有雨。也看不出太阳到了什么时刻，车子走到城门口，城楼上飞起几只野鸽子，在雾蒙蒙的天上，噗啦噗啦翅膀飞跑了。冯大有跳下车来，一手撩起大褂襟，一手举起红缨鞭子，打着响鞭进了城门。轿车走到宴宾楼门口，冯贵堂从车上跳下来，走进宴宾楼。伙计们立刻走上来打洗脸水，泡茶，点烟。

冯贵堂洗完脸，喝着茶，吸着烟，躺在睡铺上眯上眼睛歇了一刻。他倒没有真的歇着，他在捉摸着今天走进衙门的路数。猛地，他又从床上爬起来，坐在椅子上写了一封便信，叫伙计送进衙门去。抽棵烟的工夫，伙计拿回信来，他没有想到，今天条子飞出来得这样快，胡乱吃了一些饭，掸掸鞋上的尘土，装得斯模大样，迈起方步子，捋着八字胡进了衙门。真的，他连传达室也没有招呼一声，扬长走进大堂，王县长隔着花厅的玻璃窗，远远看见他走进来，笑眯悠悠地迎出来，一把扯住冯贵堂的长袖子，若有其事地说："咳！你才几天不进城，张大队长就被刺了！"冯贵堂也抖搂着手说："谁知道呢？像这样有本事的人，我们才有几个？黑白两道他都能通，青红帮也有一套，想不到他也会遇上这意外的事。刺客捉到了吗？"王县长说："哪里？一听得枪响，我就打电话问，立刻吩咐公安局长，把所有的警察保安队拉出去，在城墙上放上岗哨，围得水泄不通，搜了四城四关，从前半夜开始，一直搜查到大天亮……"冯贵堂截断了话头说："我想刺客一定是跑不了的！"王县长说："哪里，搜住的人倒是不少，都是一些个庄稼百姓，来看戏的，不像是刺客。"冯贵堂问："搜住的人呢？"王县长说："取保释放了。"冯贵堂把袖子一甩，说："屎了！庄稼人们尽是共产党！蒋委员长说的，宁错杀一千，也不漏走一个。你没有时间，我给你问问，我还当过几天军法官呢！"王县长听到这里，仰起头眯上眼睛，把两只手伸到天上乱摇，说："咳！好贼鬼的刺客！你不知道他是从什么地方来的，也不知道他是从什么地方走的。"冯贵堂说："哪里？依我看，刺客就在这城里，也许就在你这县公署里、公安局里、县党部里……"王县长一听，心里就焦躁起来，哆嗦着手说："嘿！你说的？那还了得！那还了得！"说着，不住地摇头否认。冯贵堂说："你就不知道，无家鬼送不了家人？"当他看到王县长着急的样子，又气愤起来，故意吓唬说："告诉你说吧！贾湘农又到了锁井镇，要和朱老忠、朱老明他们闹起红军来，要打土豪分田地，起兵抗日。"

王县长不等冯贵堂说完，就拍着膝盖说："咳！我算倒霉透了，地方上的事情，越来越麻烦了。好！我们下决心吧，快去请军队。”这是真的，在那个时代，守疆的官吏都是喜欢听人家说是“天官赐福”，不喜欢听人家说是“男盗女娼”，想安安稳稳坐几年官，挣几个钱，好养家肥己，以娱晚年。谁愿意把脑袋钻到故事篓子里去？他说：“我是个武人出身，没研究过政治经济，不懂得社会科学。可是我知道他们的党徽是红旗，是镰刀斧头。当检查书报的时候，只要书报上有红旗的，有镰刀斧头的，就把它烧了。有这种书报的人，就把他杀了。共产党就爱闹请愿，只要逮住了，就判他危害民国罪！”冯贵堂越听越顺耳，听到这里，弯起腰，拍着屁股说：“我看咱们还是一边请兵，一边成立民团。”王县长说：“好吧！就是这么办。咱一块到保定行营去，见见保定行营主任钱大钧，他是蒋委员长的亲信。”冯贵堂也从椅子上站起来说：“好！我还有个门路，咱去找陈旅长，叫他给咱引进一下，也许他要好好接待我们。”说着，他从沙发上站起来，做出要走的样子。王县长也从椅子上站起来，迟疑说：“谁知道呢？他是南方人，是代表委员长驻保定的。我们都是北方人，国民党虽是一家，自从委员长掌权以来，成立了复兴社、CC 系什么的，就特别的复杂了！”

第二天早晨，王楷第和冯贵堂坐上汽车到了保定，住在第一春饭店。洗了个澡，吃了早饭，休息了一下，就到朱家菜园陈家公馆去拜访陈贯群。在会客室里坐了一会，传达把他们领了进去。两层大院静悄悄的，当他们走进贴金的圆门，看见有几个卫兵在廊庑下站着，打起竹帘，请他们进去。屋子里并没有人，他们在花地毯上站了一刻，才说坐在沙发上等候，有人踏着沉重的脚步走出内室，正是陈贯群。他今天新理了发，剃得短短的日本式小胡子，穿着黑色马靴，用花色的吊带系着马裤，绸子衬衣闪着光亮。他站在桶扇门下，闪开大眼睛看着，一下子笑出来，说："哟！贵堂老兄，你好久不进城了！"说着，跨上两步，握住冯贵堂的手，又扭过头看着王楷第。冯贵堂介绍说："这是我们县里的县长，王老。"陈贯群又走过去握住王楷第的手说："原来是父母青天到了，请坐！"他把王楷第和冯贵堂让在沙发上，立刻喊了勤务兵来沏茶点烟。他说："你们二位一块进城，一定有重要的公事。"王楷第恭恭敬敬坐在沙发上，慢慢摘下礼帽，用力吸了一口烟（他是很喜欢吸烟的，烟气把手指都熏黄了），缓缓地说："要说事情重要，倒也很重要，敝县特务队长张福奎被刺身死了！"陈贯群一听，吊起眼睛停了一刻，说："张福奎？就是行营新任的那个肃反总队的队长？"王楷第说："是的！"陈贯群说："哟！听说那个人倒是很能干的！"王楷第说："是嘛，我们县里治安就是凭他一人，办案缉匪很有一套办法，公安局不过是个摆设。"陈贯群又说："好在地方上也没有什么特别的事情。"冯贵堂一下子站起来说："不，听说贾湘农到了锁井镇，他们要闹暴动！"说着，他撅起胡子，瞪起眼睛。陈贯群紧跟着问了一句："真的吗？有什么征候？"陈贯群一问，冯贵堂又迟疑住，其实他不是真的知道，又迟迟地说："可不是吗？日本军到了长城一线，他们今天嚷抗日，明天嚷抗日，可不是要拿起枪来暴动吗？"陈贯群睁圆两只眼睛，看着冯贵堂那个拘谨的样子，喷地笑了说："你是十年前见过一条蛇，如今看见井绳都打哆嗦，不要草木皆兵！他们暴动也不要紧，我这里还有他们的人。二师学潮的时候，我逮捕了他们三十多个人押在监狱里，他们竟敢在那里暴动起来打土豪分田地，我这里就敢从监狱里提出几个来开刀镇压！"说着，气喘吁吁。

说到这里，大家又哈哈大笑，抽起烟，喝起茶来。冯贵堂端着茶杯在宽广的大厅里来回踱着，屋子墙是新粉刷的，杨木槅扇也新油漆了，墙上换上新的字画。

陈贯群说："这是我在解决了二师学潮以后新悟出来的哲学：他要请愿，你就叫他请，他有请愿的自由，我有放机关枪的自由。他要暴动，你就叫他暴，他有暴动的自由，我有派大兵去剿的自由。"冯贵堂说："其实等他暴动起来也就晚了，不如防患于未然！暴动起来，他要把人们的粮食财物都分给穷人们，要受很大的损失。"陈贯群听到这里，又猛地想起什么，他说："那可怎么办？"王楷第慢慢从椅子上站起来，说："我们想去见见行营钱主任。"

陈贯群说："想见钱大钧？可以。他是委座的亲信，也许更有办法，可也不一定。他是南方人，不了解北方情况。他一半时间住在南京，一半时间住在保定，都是飞机来飞机去。"王楷第问："那！我们什么时候能见到他？"陈贯群说："我先跟他联系一下，听我的信吧！"

一边说着，王楷第和冯贵堂挪动脚步走出来。走到贴金圆门前，陈贯群站在阶台上，向王楷第和冯贵堂一一握手告别。第二天上午，陈贯群带了王楷第和冯贵堂到保定行营去。汽车开到县前街，在一个立有双斗旗杆的辕门前站了下来。那是一个很大的门，油漆都脱落了，门前有十数级高石阶。石阶上站着两排宪兵，穿着绿呢军装，披着紫红色皮武装带，穿着黑色马靴，挎着新木套盒子枪。当陈贯群和王楷第、冯贵堂走到门前，有人响亮地喊了一声："立正——稍息。"立刻从传达室里走出一个副官来。陈贯群说："我带了一位县长和一位有名士绅来见钱主任。"副官把他们让进传达室里坐下，通了一个电话，才说："好！在里院办公室会见，你们进去吧，有人出来接。"陈贯群带了王楷第和冯贵堂走进去。脚下一条笔直的甬路，两旁有很多古老的柏树和槐树。经过几层大院，都是古式瓦房，窗棂很密，糊着白纸。看来那些房子年代很老了，相传是旧时的抚台衙门，后来道尹衙门也在这里，曹锟做直隶都督时，这里是都督府。当他们走进第四层院落，有一个穿绿呢军装的侍卫长走出来，后边跟着一个手提盒子枪的卫兵。见了陈贯群打了个敬礼，说："陈旅长来了？钱主任在办公室等你们。"陈贯群点头笑了一下说："是，来了。"说着，侍卫长又小跑了两步走在前头，进了门端端正正站着，等陈贯群走进大厅的时候，他喊了一声："立正！"陈贯群两目正视，两腿并拢，把皮马靴一磕，啪的一声，恭恭敬敬打了一个敬礼，钱大钧才从办公桌后面的椅子上慢慢站起来。是个长条个子、黄脸皮、瘦眉窄骨的人，看见陈贯群带着两个人走进，两只眼睛盯着陈贯群，伸开右手，请他们坐在沙发上。

那是一个很大的厅堂，墙壁灰灰的，还来不及粉刷，门窗都是暗红的酡呢色，地上铺着旧地毯。屋顶上吊着日光灯，发着惨白的光亮，屋子里显得很是阴暗。钱大钧背后放着一座虎豹屏风，他身上穿着很整齐的深绿色华达呢制服，脖子上露出白衬领的边沿。他的面皮像是病黄的样子，带有草绿色。等侍卫长给三位客人斟上茶点上烟，陈贯群从沙发上站起来，打了一个立正，端端正正站在地上，说："报告钱主任！这位是王县长，这位是保南名士绅冯贵堂，他们有重要的事情跟主任面禀。"钱大钧听得说"县长"还不怎么的，听说到是有名的"士绅"，微微开了一下口，笑了一下，斜起右手，表示了一下尊敬。冯贵堂也从沙发上弯着腰站起来，微微一笑。钱大钧说："好！我们从南方来到北方，就是尊重地方士绅，我们愿意和你们共同合作！"王楷第说："我们向钱主任报告一件重要的案件，我县特务队长张福奎被奸人刺杀了！”钱大钧听了，像是无动于衷，闭着嘴唇说：“这个情报，我们这里有了。张福奎是有才干的人，我们很器重他，委他做七县联合肃反总队的队长，可惜还未及上任就为党国牺牲了，可惜！”王楷第也缓缓地说：“张队长一死，地方治安就不保了！”冯贵堂也跟着说：“张队长一死，共产党就更加猖獗，他们兴风作浪，大有山雨欲来风满楼之势！”钱大钧一听，似乎震惊了一下，但表面上并看不出来，他问：“事情有那样严重？”王楷第说：“是的！”冯贵堂也跟着说：“是的！”钱大钧又问：“那么，有名的共匪都是谁？”这时，王楷第一时答复不上来，用眼睛斜了一下冯贵堂，冯贵堂弯着腰从沙发上站起来，说：“有了名的共匪贾湘农。还有朱老忠、朱老明……”停了一刻又说：“还有严志和。”钱大钧说：“贾湘农这个名字，我们这里有，朱老忠以下还未听得说过。他们都是些什么人？在共产党内担任些什么重要职务？”钱大钧一问，冯贵堂一时怔住，回答不上来，支吾地说：“朱老忠是个庄稼人，担任党员。朱老明卖烧饼，也是担任党员。严志和是个泥瓦匠，也是担任党员。”钱大钧一听，微启口唇，冷笑了一下，说：“你知道的人物太小了！我们的对手是中共中央。目前委座……”当他说到最后两个字的时候，腾地从椅子上站起来，啪地一个立正，又坐下来说：“委座亲任剿匪总司令，驻节南昌，调动几十万大军围剿苏区，眼看就要奏捷。”王楷第听到这里，两手一合，说：“深望党国平安，不过目前日寇已经占领东北，这里一闹起暴动来，就要扰乱后方，牵扯兵力了。”钱大钧听到这里，微微点头说：“也有一些道理，委座的决策是‘攘外必先安内’，目前主要大祸是共产党，我们要大力镇压平津学生抗日运动。也有人菲薄我们不支援前线将士，他们不明白目前的前线是南昌，是武汉，不是上海和东北。假如你们那里有共党暴动的话，前线就在保定。你们明白吗？”王楷第说：“过去我糊涂，主任一说，我洞若观火。”钱大钧继续说：“既然这样，”他转过头对陈贯群说：“他们那里属于你这个卫戍区，你就得要管管了！”陈贯群点头说：“是！主任。”钱大钧又说：“一旦有事，这里驻有十四旅，安国定县一带驻有白凤祥骑兵十七旅。我还要电呈北平华北军政委员会何主席，请调驻在山海关的关麟征部队前来支援。这样部署可以吧？你们还有什么话说？”

谈到这里，王楷第和冯贵堂满意地微笑了，点头告辞出来。钱大钧从椅子上站立起来，点头送客，等他们出了门，才转到屏风后面，回到内宅去了。

22

暴动的日子一天天临近，人们心里都存在一种不安，睡觉睡不着，吃饭落不到肚里，心上慌得不行，就成天价坐在朱老明的小屋子里谈论着暴动的事。那天，朱老忠正在朱老明屋里坐着，听得外面有人悄悄走进来，走到槅扇门又站住。朱老忠探头一看，是顺儿他娘，把手扶在槅扇门上，茶着黑豆核儿似的俩眼珠，噙着泪水，看着他。朱老忠问：“顺儿他娘！你想干什么？”朱老忠一问，顺儿他娘立时哭出来，说：“他爹口口声声说要走，去抗日，撂下我们孩子谁管？我想跟大哥说说，留下他吧！”朱老忠听着，心往下一沉，昂起头吊起眼珠，眨巴眨巴眼睛。心里说：嗯，又要出事，莫不是伍老拔同志变了卦？他从炕上坐起来，笑着迎上去说：“告诉你说吧，顺他娘！我们革了多少年的命，流了多少血汗，如今日本鬼子到了家门上，养兵千日，用兵一时，得大家伙儿卖把子力气，把它打跑！”顺他娘摇摇头，抽泣说：“大哥！孩子们还小，看俺们娘儿不可怜？”说着，两手扶在墙上哭起来。朱老忠一时摸不着头脑，心上想：可能是老拔蹭了！他说：“顺他娘！不要难受，老拔兄弟要去，我们欢迎，他要是不愿去，我们也不勉强，看他的！”顺他娘耸动胸脯大哭，说：“我是说叫你把他劝住。”一句话没说完，伍老拔走进来，红着脖子，耷拉着脸，看见顺儿他娘，满心没好气，说：“快家去吧！女人见识，懂得什么？像你这样，日本鬼子一辈子打不出去！”伍老拔一说，顺儿他娘悄悄走出去。朱老忠说：“兄弟！我看你甭去了！”伍老拔把手一摇说：“哪里事！暴动的事，不知她怎么知道了，成天价哝哝唧唧。他娘的，这家不要了我也得去！”正说着，朱老星、严志和、朱大贵走进来，他们为了暴动的事，要开个党的会议，研究研究。看人们到齐了，朱老忠说：“这几天我到县委去了两趟，形势没有什么新的变化，眼看暴动的日子就要到了。”严志和说：“光说好日子快到了，可是咱手里还没有应手的家伙，这枪支子弹，可是怎么筹措法儿？村游击小队也该起手了……”伍老拔听到这里，不等说完，打断话头，指手画脚地说：“那是当然！打仗就得要枪，没枪怎么打仗？这枪从哪里来？”他拿出拉大锯的硬架子，把一只脚踏在凳子上，一只手举着烟袋抽烟。几天以来，他就为这枪支子弹发着愁。朱老忠说：“无论怎么说，反正枪身上没有腿，它不会走到咱手里来，巴不得就得劳动劳动手脚。”

朱老明坐在板凳上，脊梁靠着墙，把两只脚跷在椅子上，用手扳着膝盖，转了话题说：“说也只是一个原则，光说没收反动地主武装武装工农，可是怎样没收法儿？也该下手了，不然时刻一到，叫大伙拿着什么去杀？拿着什么去砍？责任都在我们身上。”朱老忠听到这里，伸开两只手，把屋子里的声息平了平，说：“咱就谈谈这个吧，咱先没收谁的枪？按咱村情况，净是谁有枪？”朱大贵听到这里，腾地站起来，说：“那还用讨论？咱村里左不过就是这么几家恶霸！”朱老忠不等大贵说下去，两手把桌子一按站起来，说：“大贵！你不能光是这么粗鲁，你得粗中有细。树叶本来是一样的，可是各有不同。人本来是一样的，也各人有各人的面相。一个个研究才能想出办法，光是囫囵吞枣哪里能行？”

大贵一看父亲脸上变了颜色，又笑笑嘻嘻地坐下去。几天以来，朱老忠总是心气不平，暴动的日子越来越近，应该办的事情老是办不完，起心眼里急痒。朱老忠这么一说，大家把思想集中在这个问题上，深思熟虑起来。这时已是黄昏，窗外渐渐黑下来，有无数萤火虫在窗外树间乱飞，秋虫在窗前庄稼地里叫着。朱老明破除了寂寞，笑咧咧地说：“嗯？怎么谁也不吭声了？”朱老星说：“锁井镇上三大家，是自古出名的，不要看冯老锡成天价摆着穷架子，装出穷样子，说他打官司打输了，没有粮食吃，没有钱花了，把那支老套筒也卖了，不过是放了个烟幕弹，其实他的枪并没有卖。那天我看见他偷偷地从夹壁墙里拿出来，擦枪上油。他说是要对付冯贵堂，谁知道他要对付谁呢！”朱老忠说：“你光知道他有枪，你能用什么办法叫他拿出来？”朱老星说：“当然有办法！这个问题我已经想了好几天了。”他一边说着，嘴唇上微微笑着，人们都笑默默地看着他那个得意的样子，等他说完，满屋子人们又哗哗地大笑起来。朱老忠把一只手搭在桌子上，笑着说：“你得说说，咱要用什么办法把他的枪起出来？”朱老忠这么一问，朱老星又怔住，他一时也说不上来，移动着厚嘴唇嚅嚅地说："等他一家人围桌子吃饭的时候，我走进二门去。他一定要问我：'朱老星你来有什么事情？'我就说：'咱们老街老邻的，父一辈子一辈的都不错，也用不着费事，今天我们有事，要借你的枪使使。'……"

不等他说完，伍老拔走上去拿烟袋杵着他的脑门子说："不行，不行，一点也不行！他要问你，庄稼百姓，平白无故拿刀动枪干什么？他要疑忌你，不是想去路劫，就是去砸明火……"严志和不等伍老拔说完，一下子从墙角里站起来说："你要缴他的枪，还说和他是老街老邻，还和他讲交情？讲交情跟他要枪？你要知道，一支枪要值一百多块洋钱哪，他能平白扔了一百多块洋钱？这不是驴唇不对马嘴？"

朱老忠听到这里，又哈哈大笑说："归总一句话，你还没闹清楚这农民暴动是怎么回子事！"说着，他从椅子上站起来，两手攥紧拳头，逞着硬架子说："阶级！阶级！要闹清楚，阶级是什么，阶级斗争是什么，暴动是什么。他破落了，也还是地主，不是贫雇农。地主要压迫我们，我们就不让他压迫，才有暴动。我们要抗日，他不叫抗，也要暴动。他有枪是为了统治农民，我们要枪是为了打日本。你还要认清，这暴动是为了什么，是为了建立抗日政权，迎接红军北上抗日。"他连说带笑，实在高兴。这时，谁也不再说什么，只是抬起头，眨巴着两只眼睛，看着朱老忠。他又说："暴动不是作揖求情，也不是请他吃火锅。不能轻拿轻放。依我看来，要用这种办法：回去，你把菜刀磨快了，等到吃晚饭的时候，你把菜刀插在腰里，挺起胸膛，大大方方地走进二门，大喊一声：'冯老锡可在屋里？'也不等他答话，你三步两步闯进上房。顺手把菜刀一抽，拿在手里，说：'今天，我们农民要暴动起来，去打日本鬼子了，快把枪拿出来，要是拿出来，咱是好乡亲，好邻居。要是不拿出来，就得请问问我这把刀答应不答应！’说着，你就一个箭步跳上去，掠住他的领口子，把刀搁在他的脖子上。刀刃在他脖子上一凉，立刻吓得他拉一裤兜子屎，他就老老实实把枪拿出来了，没有错儿！”

这时，屋子里除了朱老忠说话，再没有别的声音了。人们大眼瞪着小眼儿，一心专注地听朱老忠讲话。朱老星问：“他要嚷呢？”朱老忠啧了一下嘴说：“不，刀刃在脖子上凉着，他一定不嚷，还要老老实实把枪拿出来，恭恭敬敬端到你的手里。”讲到这里，人们又仰起头哈哈大笑了，可是他的脸上一点不笑，还是一本正经地说：“暴动，这就叫作暴动。革命，这就叫作革命……”朱老星一下子叫起来，说：“不行，这不成了土匪吗？和明火、路劫有什么两样？”说着，忙用手捂上嘴，合紧眼睛，缩着脖子，不再说什么。朱老忠一下子镇起脸来说：“不，绝不！土匪打劫了财物，掖自己腰包。我们要枪是暴动，建立红军，建立抗日政权，绝不相同！”

他讲到这里，人们心上轻松下来，纷纷议论起来，不再让他讲下去，就打火抽烟。朱老忠坐在椅子上，装上一锅烟，两只手趴在桌子上，对着灯抽起烟来，还不住地眯眯笑着。灯光照在他的脸上，亮煌煌的。朱老星走过去，笑眯虎儿似的对着朱老忠的脸看了看，再拍拍朱老忠的肩膀说：“怎么你的脑筋那么开通，自从闹暴动以来，精神头儿也不一样了！”朱老忠说：“怎么？不过是肩膀头上担子重了点儿，多开了些党的会议，就觉得心眼灵通了。”朱老星两只眼珠笑得鞴到眉毛里，伸出大拇指头说：“行，好样的！”

这个问题讨论到这里，就算完结。开完了会，大家还是聚在一起说说笑笑，不愿离开这个小屋，觉得这个小屋里温暖又光明。朱老星又慢慢走到朱老忠跟前，笑眯眯地拍拍朱老忠的肩膀说："大哥！光说不练是嘴把戏，光练不说是真把戏，连说带练才是全把戏哩！"

朱老忠一听，立刻心上沉了下来，呆了一会，左思右想：这些年来，在阶级斗争里，动过眼、嘴、手、脚，还未真的动过刀枪。如今事到临头，朱老星的话激动了他，无论如何也得干了，俗语说："人无头不走，鸟无头不飞。"这暴动收缴枪支，只有他走在头里，人们才会跟上……想到这里，他挺起胸膛，梗起脖颈，盯着朱老星说："兄弟！你说这个是什么意思？你看哥哥我是卖嘴的人吗？"说着心血上升，身上滚热起来。朱老星笑了说："这么着吧！咱先去擒冯老锡这支枪来。耳听为虚，眼见才为实呢！"朱老忠下定了决心，说："好！咱说干就干！走，咱先去操练操练！可是有一样，谁也不能害怕，我在前你们在后，天大的事情有我顶着，要听我的！"朱老星、伍老拔、严志和、朱大贵一齐同意，说："好！说干就干起来，完全听从你的指挥。"

朱老忠提了提鞋子，把裤带煞得紧紧，两手卡着腰，站稳脚步，颤了颤身子，伸手拿起案板上那把菜刀，朱老星拿起一把大斧子。伍老拔、朱大贵、严志和没的可拿，拿了一条棍子，跟着朱老忠走出来。朱老明送到坟坡上，笑笑说："好！兴家立业全看这一遭。"朱老忠说："你在家里等着吧！"朱老明说："我仄起耳朵听着你们的声音。"

黄昏以后时分，天渐黑下来，锄地的、浇园的，都回家吃饭了，村郊连一点点声音都没有。朱老忠在前头走，人们憋住一口气，在后头跟着，连鼻子气儿都不敢出大了，空气低沉，压得人们胸膛透不过气来。进了村，一过春兰家门口，蓦地惊起一阵狗咬。朱老星和严志和惊得张开口停下步，朱老忠推了他们一把，说："走，怕什么？"

几个人急忙走到冯老锡家房后头，攀着大树爬上屋顶。这时，冯老锡一家子，正坐在炕上围桌吃饭，听得房顶上有人，吓得冯老锡把碗掉在桌子上，大叫一声："什么人在房上走动？"

朱老忠不顾他喊叫，腾身一跃，咚的一声，跳下天井。伍老拔、严志和、朱老星、大贵，一齐跳了下去。这时，有一只大黄狗，张牙舞爪，汪汪汪地摇着尾巴追上来。朱老忠手疾眼快，抡起菜刀，咔嚓一声，片下半个脑袋，那只狗连地方未动，一下子倒在地上，伸了伸头腿就完了。这时，朱老忠浑身火热，像有火在身上呼呼烧着，一下子跳上台阶，人们跟着一齐拥进冯老锡的屋子，他家人们也来不及防御。冯老锡一看这群人的架势，睁大了眼睛，伸起两只手，喊："哎呀！你们想干什么？"这时，他以为是砸明火的来了，浑身哆嗦打抖。

朱老忠忍不住心血的激动，伸起手把菜刀在他的眼前晃了一下，闪着光亮说："喊？要你的命！下来说话。"伸手从炕上提下冯老锡，蹾在地上。

冯老锡和冯老洪打了几年官司，家败人亡了。他被马快班捉拿过，搜过家，住过监牢，再也经不起事故。浑身打颤，心上打抖，像筛糠一样，浑身哆嗦圆了，抖着嘴唇说："雅红他娘！老爷们到了。"当他看清是朱老忠和朱老星他们，又忽地冷笑了，说："我以为是谁呢？原来是你们几位！"他知道朱老忠是不轻易伤害人命的，可是当他看到朱老忠手里提着菜刀，心上又寒颤了一阵子。朱老忠镇起脸说："你起来说话！"冯老锡哆嗦着手脚，从地上爬起来，说："老忠！咱们老街老坊你想干什么？"冯老锡家的说："咱们父一辈子一辈都不错，你们可……"朱老忠说："可什么！你们是地主，俺们给你们扛长工嘛，暴动先从你这儿起手！"冯老锡说："你们想要什么？说吧！"

朱老忠坐在椅子上，镇静了一下心情，镇着脸微微点头说："唔！告诉你说，今天红军要起手，请你把那支枪借给我们使使。值钱多少，将来抗日政权照价还你。看你和冯贵堂为敌，我们也不伤害你性命。如有二话，就同这桌子一样命运！"他说着，扬起菜刀，咔嚓一声，砍下一只桌角。又啪的一声，把菜刀插在桌子上，声音震得屋子里的铜器嗡嗡乱响。他呼呼地喘着气，晃了一下脑袋，瞪着眼珠子，伸出两个指头，指着冯老锡的脑门。

冯老锡吓得黄了脸，哆嗦着嘴唇说："兄弟！你不用着急，我给你们拿！我给你们拿！"说着，从席边底下扯出一支大枪，正是一支老套筒。弯下腰，两只手恭恭敬敬送到朱老忠的手里，皮笑肉不笑地说："老忠兄弟！你们缺什么？用得着这个！你们要是打冯老兰的土豪，我才高兴呢。要说抗日，咱走在前头，咱已经是家败人亡了，不和贫雇农一样？"

朱老忠把大枪接在手里，瞪着冯老锡冷笑一声，说："哼哼！不用卖嘴，还有子弹呢？"

冯老锡连连说："有，有，有。"说着，又拿出一挂子弹。

朱大贵说："你还有什么枪没有？"

冯老锡笑着说："哎！我哪厢屋子哪厢炕，你还不知道？"

朱老忠又盯着冯老锡说："量你也不敢说瞎话！告诉你说，你贡献出这一支枪，我们起手了，留你一家性命。可是，你要保守秘密，不要声张，如若走漏一点消息，这家伙就是你的对头！"说着，气势汹汹，顺过大枪去。

冯老锡哆嗦着伸出手去，遮住枪口说："用不着，用不着，我跟你们一个鼻窟窿里出气儿。”

朱老忠把枪拿在手里，叫大贵拿起菜刀，说：“你们睡觉吧！我们要走了。”说着，抬起脚咵咵咵地走出屋门。

冯老锡哆哆嗦嗦送到门口，一看门口还有人撑着架势等着，又倒退了一步说：“我那天爷！”冯老锡家的，也在屋里呻吟说：“天爷！吓死人了！”

朱老忠端起大枪，怒气冲冲走下阶台，叫人开了二门走出来。带了朱老星、伍老拔、严志和、朱大贵，一同走出冯家宅院。开始时，村里狗又大咬了一阵，才慢慢安静下来。他们一齐走出村庄。

朱老忠带着人们回到朱家老坟，一上坟坡，朱老明还在坡上站着。他昂起头，翻着无光的眼睛，站在那里悄悄听着村里的动静。朱老忠说：“大哥！你还在这里站着？”朱老明说：“我虽然没跟你们去，我的心可是跟了你们去了。事情不大，关系到游击战争的成败！”停了一会，又说：“你们可回来了，自从你们进村去了，我就在这里站着，一直站到这早晚，听得一阵狗咬，好像撕裂我的肚肠一样，只怕你们犯了事，遇上个好和歹儿。”

朱老忠搀起朱老明的手来说：“人们回来了，你就放心了！”说着，他们一起走回朱老明的小屋。

大家拍打拍打身上的泥土，坐下来，嘴里还不住地喘息。朱老星把脖颈一缩，嘿嘿笑着说：“还是老忠哥行，怎么说就怎么干！”朱老明哈哈笑了说：“那是自然！说得到做得到，才是领导人的样子！”朱老忠长出一口气，轩然大笑说：“反正日本鬼子占了关东，你只要敢抗，早晚就有胜利的一天！”这时，他的心血才平静下来，身上慢慢凉下来。

伍老拔哈哈笑着说：“过去我们只知道大哥能说能行，还不知道有这么大的本事！”

朱老忠拿起那支枪，这么看看，那么看看，心上实在喜欢，一直不想放手。又用破褂子擦着子弹，擦得锃明彻亮。伍老拔乐得两只长腿直想跳起来，拍着朱老忠的肩膀说：“大哥，真是过瘾！咱再来一手看看！”朱老忠问：“你说打下冯老兰的马来？那可不是容易，得要开仗。起手的日子还没有到，不能打草惊蛇，也不能为个虱子烧袄。”朱老忠虽然没读过书，可是他走南闯北惯了，经得多见得广，在目前来说，这些见识还是有用的。朱大贵说：“咱拿保定城外那个警察所。”朱老忠得了这支枪，心上也直痒痒，他问：“怎么拿法儿？”伍老拔说：“瞅个冷不防儿！”朱老明说：“给他个措手不及！”朱老忠手上拿着烟袋抽着烟，眯起眼睛，缓缓地说：“这在游击战术上叫作‘出其不意，攻其不备’。”又问，“你们肯流这点血汗？”伍老拔说：“当然肯，咱既起了手，就一不做二不休，今天闹了个空手夺枪，明儿咱再闹个大闹警察局！”

大家议定：决心拿下大竹镇警察局，收缴枪支，扩大游击队。

23

这天晚上，朱老忠搬了个软床，在院子里躺着。得到第一支枪，是他一生难忘的事情，使他心情兴奋，不能入睡。仰望满天星斗，交辉闪亮，他的思想再也停不住了。他的一生，是与旧社会斗争过来的，一生的道路坎坷不平，如今到了这个节骨眼儿上——武装斗争，这是他这一辈子没有走过的道路。“大队长”

落在他的肩头上，有多大的困难也得去克服了。建立红军，建设抗日政权，是中国人民的伟大事业，他将付出一生的力气，去完成这个任务……直到深夜，他才呼呼地入睡，直到黎明才醒来，又带着人们走上征途。

大贵出探回来的第二天中午，朱老忠的游击队到了大竹镇。大竹镇是个大镇子，有上千户人家。正中一条大街，有二三里长，街市上有骡马大店、杂货铺子，有木器铁货、茶铺饭馆，样样俱全。今天是个大集，两旁摆着很多买卖摊子。赶集的人们很多，哄哄嚷嚷，摩肩接踵。朱大贵担着柴担，走到柴草市上，放在南墙阴里，掀起大襟扇汗。朱老忠也把铡刀靠在墙上，说："好！先摆开摊子，抽袋烟再说。"他蹲在地上，打火抽烟，仔细考虑着今天的战斗，该怎样开始，又该怎样结束。

朱老星放下刀床，敞开粗嗓子喊着："有草的来铡！"伍老拔把镐头戳在地上，伸开又细又长的脖子，喊："钢镐劈柴哟！"喊着，严志和也走上来，放下家伙斗子说："好！咱像做大买卖一样。"伍老拔说："咱这幅子买卖本来就不小嘛！"朱老星说："可不要赔了本钱！"伍老拔瞪了他一眼说："你怎么净说些个泄气话？"

正是挂锄期间，农闲季节，大集上常有铡草班子和劈柴的匠人上市。他们喊了几声，说说笑笑，蹲在地上抽着烟休息。朱老忠说："你们在这里看着摊子，我先去踩踩地步，看看地形出水。"朱大贵说："你往东一走，过了那个尖顶教堂，向北甩弯里一拐，那个光亮大门里说要铡草。"

朱老忠笑哈哈地说："好！我先去兜揽这份买卖，看看怎么样？"说着，他扛起铡刀往东走，他一定要亲自去察看阵地。走到集梢尽头，路北有一座大教堂，洋式建筑，尖顶上的楼窗玻璃闪着光亮。过了教堂，往北有个甩弯，弯里有个新盖成的瓦楼大门，黑漆油亮。门楼上白底黑字，亮着“大竹镇警察分局”几个大字。朱老忠在门前喊了两声，抬脚走进大门。门里是广场大院，靠北一溜七间大北房，两厢三间配房，南墙下拴着几匹坐马。屋前搭起苇席凉棚，棚下放着几只方桌，桌上有碗筷食具，看是要吃午饭的样子。朱老忠东瞰瞰西看看，看得清清楚楚。抬起头来问：“当家的，可要铡草吗？”

听得说，从北屋东头走出个警察，穿着黑色制服，头上的长头发黑亮。他上下看了看朱老忠，身上打了个愣怔，说：“老头！不扬名不道姓，扛着铡刀来我们院里干吗？”他看朱老忠这人很不平常。朱老忠说：“我们是庄稼百姓，铡草班子，打问打问你们是不是铡马草。”那个警察呆呆地站在那里，不错眼珠儿盯了朱老忠一会，说：“看你老头精神头儿不对！”朱老忠一下子笑出来说：“有什么不对？我们收秋拔麦一年到头没个空闲，身子骨儿摔打得硬朗一些罢了。”实际上是憋足了浑身的力气，准备应付这场不平常的战斗。

那个警察朝厨房里喊了一声：“老刘！铡草班子来了，快给马铡草！”听得喊，从西厢房走出个人来，腰里束着白围裙，是做饭的刘师傅，他用围裙搓着面手，走过来说：“铡草的来了？好！我们正要铡草，要多少钱一天？”说着，睁起眼睛，左巴瞍[①]右巴瞍，目不转睛地盯着朱老忠。朱老忠说：“你老是看我干吗？”刘师傅说：“我看你老头浑身带着横劲，不同凡人。”朱老忠笑咧咧地说：“饥荒年头，出来铡铡草混碗饭吃。”刘师傅又问：“你要多少钱一天？”朱老忠说：“挂锄期间，钱不钱的给碗饭吃就行。”刘师傅瞪了他两眼，说：“看你老头倒好说

① 看。

话，其中一定有个缘由。”他说着，又从上到下巴瞅朱老忠。朱老忠笑咧咧地说：“有什么缘由？二哥！说老实话，我们出来打短工，已经两天不吃正时饭，叫俺吃顿饭行行好！”刘师傅又盯了朱老忠一会，说：“这年头，兵荒马乱，隔着肚皮看不见心眼。”他蹒跚着走过去，开了柴棚门，叫朱老忠看了看，说：“你们来吧！铡着草，到了吃饭时，给你们一碗饭吃。可是有一件，俺可要扣下饭钱。”朱老忠笑着说：“那个好说，你只要叫我们铡草就行。”他又指着墙角里那堆木头骨碌子说：“这堆柴，俺也给你劈劈。”刘师傅一下子笑出来说：“我盼不到的！这都是四乡的穷百姓送来的。好柴不给送，光是送些个盘丝头、榆树根，钢镐劈不开的东西。我哪里有劲头对付它们？你们快来给我劈劈！”

朱老忠听得说，心上实在高兴，颧骨上红红的，笑笑哈哈地出了警察局走回来。伍老拔离远看见朱老忠笑模悠儿的样子，就喊：“大哥！看样子买卖讲好了！”朱老忠摆着手儿说：“没错！好一宗大买卖，快来吧！”说着笑着，走到跟前，挤巴了一下眼睛，说：“咱这两宗买卖讲好了，有草可铡，有柴可劈，大贵这宗买卖还得另说。你先在这里等等，我们头里去。”这时，他心上确定下来，新起的红军，还没有经过阵仗儿，要“智取”不能“硬斗”。他带了朱老星、伍老拔、严志和，走进警察分局，指着墙角里的柴堆说：“看看！还不够你们劈半天的？”

刘师傅一听，得意地说：“劈半天？好，给你们一天的钱！”伍老拔说：“干别的咱不行，要说劈柴咱是内行。”

一边说着，严志和放下家伙斗子，搬过木头劈柴。朱老星从草棚里搬出谷草。朱老忠说：“别小看了劈柴这宗手艺，看准了丝纹，插对了楔，一劈两开。看不准丝纹，插不对楔，费死老劲也劈不开。”伍老拔说：“这倒是一句真理，这就叫作看机行事。时机不对，你费死老劲，想做的事情还是做不成。时机对了，手到擒来。”刘师傅仄耳听着，笑笑说：“看你们都是老经验，老行家。”

几个人铡草的铡草，劈柴的劈柴。刘师傅拾掇碗筷，安排警察们吃饭。朱老忠抬起腰来格立起眼睛看了看天色，说：“咳！天还不开，还是闷热，大贵怎么还不来？”这时，他心上有点急躁。伍老拔笑哈哈地说：“不用忙！等到吃起饭来的时候，再来也不迟。”朱老星唔唔哝哝地说：“到底不如早点来了好，叫别人心上发焦！”他说着，心上不住地打抖，手上哆嗦起来，两手抱着草，想入也入不到刀口里，但他并不是害怕。朱老忠说：“你沉住点气，有多少羊也得轰到山上去！”伍老拔也说：“你也不能把咱大贵低估了，别看他汉大心实，肚子里可有路数儿！”

几个人手里做着活，嘴里讲着笑话。不提防做饭的老刘从背后走过来，弯下腰巴睃巴睃朱老忠，又巴睃巴睃伍老拔说：“看你们两个人像在打番语。”朱老忠一下子笑了说：“看什么？打什么番语？都是一些个庄稼百姓们，谁又懂得什么？”做饭的老刘说：“这个年头，四乡不靖，可得经点心，局长早就说过，共产党要暴动！”说着，擦去眼上的眵目糊，仔细看着朱老忠，朱老忠低下头，不再说什么。伍老拔放下钢镐，拍拍两手说：“你看我这两只手，长满了硬茧子。整个儿是老实百姓。”

刘师傅又斜起眼睛看了伍老拔一会，说：“看你们也是一些个庄稼人，没有那些洋学生们难斗。”一边说着，走回凉棚底下，拿起一根筷子敲着饭碗叮咚乱响，大喊：“开饭了！开饭了！”

警察们听得喊声，从北屋里叽里咕噜跑出来，高喉咙喊叫：

“老刘！今天叫我们吃什么饭？”

刘师傅说：“这年头，还想吃什么？不是饺子就是面。你们这班子老爷，谁斗得了，一年到头旱涝都收。”

十几个警察，个个穿着黑制服裤子、白汗衫，脸上又白又胖。其中有一个人问：“怎么局长不来吃饭？”刘师傅说：“他不是到保定开会去了吗？”“又开什么会？”“说要剿共了！”你一言我一语，碗筷乱响，吃起饭来。

朱老忠在一旁听着，压低声音对伍老拔说：“大贵也该来了？”伍老拔说：“不用着急，他这就快来了！”朱老忠心上正在焦急，大贵来到大门口，伸头探脑向院里窥着，不提防又被做饭的刘师傅看见，大声喊叫：“干什么的？偷偷摸摸，一定不是好东西！”朱大贵听得喊声，一步迈进来，说：“我来看看你们买柴不？”刘师傅说：“天气返潮，正要买些干柴！”朱大贵说：“正南巴北的好干秫秸！”老刘说：“好，你来得正是时候。”说着，朱大贵担进柴来，放在凉棚底下，说：“你看！正南巴北白高粱秫秸。”刘师傅说：“好，这个季节，阴阴云云，一直十几天不开天，百物回潮，真该做饭的作难了。”警察们开玩笑说：“湿柴无潮饭，干柴无干水。”刘师傅咧了一下子嘴，说：“我那大爷！你们是什么身子骨儿，肥皂胰子大片碱，不见开水不洗脸。钱来了伸手，肉来了张口，有什么难的？光自一顿不按时开饭，你们就混骂十七！”

一院子人正在乱乱哄哄，一个眼不眨，朱大贵把小褂子一脱，伸手从柴捆里抽出大枪来，拉了一下栓，把子弹推上枪膛，憋粗了嗓子，大声吼叫：“站住！不要动！”朱老忠看着大贵动了手，也跑过去扬起铡刀，伍老拔举起钢镐。朱老忠瞪起大眼珠子，铜声铜气地喊着：“谁敢吱声，砍下你们的脑袋！”

这时，那群警察目瞪口呆，张着嘴的、端着碗的，逞着硬架子举着筷子吃饭的，一个个僵得像木头人儿一般。他们向前一看，朱大贵蹲着十字步，两手端着枪，瞪着两只大眼珠子、怒气冲冲，只要勾动一下枪机，他们的性命就算完了。向右一看，朱老忠举起铡刀，铡刀的锋刃锋利光亮，只要一落在谁的脖子上，他的脑袋就会骨碌碌地滚在地上。向左一看，伍老拔举起劈柴的大镐，只要一落在谁的头上，就会满面开花，流出白脑红血来。这时，这一群警察们才明白，共产党“暴动”是怎么一回事。一个个心神发抖，哆哆嗦嗦地站在那里，吓得心魂离壳了。朱老忠命令说：“大贵！你摆置他们！”朱大贵把右手一举，喊：“集合！”那起子警察像驯服了的猴子一样，立时放下碗筷，跑着步站起队来。做饭的老刘，耷拉下手儿，瞪起大眼看着，也不敢动弹一下。朱老忠说：“老刘！快去站队！”他才悄悄地走过去，站在排尾。

朱大贵又喊：“报数！”警察们从一、二，报数到第十二，就停住了。朱老忠说：“不行！缺少一个！”伍老拔问：“老刘！怎么缺少一个人？”刘师傅说：“不是说过了吗？局长上保定开会去了。”

朱老忠又指挥说：“先收他们的枪！”

严志和跟朱老星走到西头北屋，把墙上挂的枪拿下来，又走到东头北屋把墙上的枪拿下来，抱到凉棚底下，见了数，一共十二支大枪，一支也不多，一支也不少。朱老忠瞪起大眼睛说：“不行！少了一支短枪。”

伍老拔又问：“老刘！怎么少了一支枪？”

刘师傅又咧起大嘴说：“不是说过了吗？局长带走了一支盒子。”

朱老忠又说："搜出他们的子弹！"朱老星和严志和又走进屋子里，拿出一挂挂的子弹，共是十二条子弹袋，放在地上。朱老忠又叫警察们脱下外衣，摘下他们的帽子，说："大贵！发命令！"

朱大贵喊着："立正！向左转！开步走！"

十二个警察和一个做饭的，端端正正，甩开手儿向前走，走到东头屋门口，大贵又喊："左转弯走！"警察们迈上台阶走到北屋。大贵又喊："向左转……踏步走！""立定！向右转！"警察们脚下啪的一声，站在那里。朱老忠使着响亮的嗓音讲话："明人不做暗事！今天告诉你们，我们是红军，来借你们的枪械子弹使用。是朋友的行个方便，不要声张。有愿意跟着我们走的，也可以跟着我们去抗日。不愿跟我们去的，也不勉强。"其中有一个警察站得久了，身上有些发痒，才想抬起手来抓一抓，朱大贵走过去，猛地就是一捶，说："我看你这小子想不老实！"朱老忠提高嗓子说："早就知道你们这一班子人，不是流氓，就是酒鬼，抢男霸女，无所不为。要是老老实实，留你们一条性命。谁要是有一点含糊，就要在你的脑袋上钻窟窿！"那些警察们听着，直吓得浑身发抖，站得正正直直，鸦雀无声。朱老忠走出门来，指挥朱老星、伍老拔、严志和穿好警察的衣裳，戴上警察的帽子，挎上子弹袋。他们已经两顿没吃饭了，看见桌子上摆的冬瓜羊肉饺子，甩开腮帮吃了个饱。朱老忠又走进屋里说："好好站着，哪个敢吱声，将来我要你们的命！"说着，和大贵走出门来，返身把门关上，一把锁锁了。匆匆走下阶台，吩咐伍老拔、朱老星、严志和扛上枪，摇了一下手，一齐往外走。一出大门，房后有一条小胡同，他们合紧了嘴巴，不声不响，一溜风儿向北走。正是午饭时刻，家家户户停止了炊烟，胡同里连一个人芽儿也没有。几个人迈开利落的脚步，匆匆走出村外。眨眼之间，走进青纱帐里。走得远了，才拐弯往南，顺了锁井大路。可是他们并不走大路，只是在青纱帐里走着。

这里，他们也不知道大竹镇上有没有人发觉，也不知道那些个警察们什么时候才敢走出屋来。一直走到太阳西斜，才回到锁井镇。掌灯时分，回到朱家老坟。朱老明正站在大杨树底下，支绷起耳朵，这里听听那里听听，直到听得一阵熟稔的脚步声走上坟坡，猛地抬起下颏问："是谁？"

朱老忠哈哈笑着说："是新起的红军得胜回营了！"

朱老明一下子笑出来，问："胜败如何？"

朱老忠、朱大贵、朱老星、伍老拔、严志和，一齐骄傲地笑了说："新起的红军，有胜无败！"

朱老明乐地用拐棍戳着地说："好汉们！有这心气儿，就能为咱无产阶级建立下万世不灭的基业了！"

人们走进小屋里，你一言我一语，谈论着这次军事行动。朱老明走到大杨树底下，点起火，做好饭，又拉上拐杖到西锁井打了一壶酒，买了肉来，说："暴动的好日子这就要到了，咱先来庆贺庆贺。一来庆贺咱得了这批武器，二来盼望再来一次新的胜利。"说着，他搬了个小桌来，放在炕上，把小砂壶放在炕桌上。

伍老拔一见酒壶，说："老明同志！黑灯瞎火了，你这是干什么？"

朱老明笑咧咧地说："我要犒赏三军！"说着，去炒了一碗豆腐来，放在桌子上。朱老星肚子饿极了，一见油炒豆腐，筷子不闲，连连吃着。口齿之间，啧啧咂咂响着。伍老拔问："老星哥！你怎么老是吃豆腐？"朱老星嘿嘿笑着，说："豆腐是命！"等了一刻，朱老明又端上一大盘熟肉，朱老星又举起筷子吃起肉来。伍老拔一下子笑了，问："老星哥！你怎么老是吃肉？”朱老星笑眯眯地说：“嘿嘿！见了肉！就不要命了！”朱老星一说，人们停止喝酒，一齐仰起头哈哈大笑，直笑得肚子痛得不行。这时，朱老明又端来一大盆稀粥说：“今天菜粥里多搁上点盐，叫你们吃得筋骨强壮，好有劲去打仗。”

伍老拔说：“饥荒年头，吃一顿没一顿的，还老是糟销你。”

朱老明执拗地摇摇头说：“不！只要咱手里有了武器，日本鬼子一来，我们就可以叮当两下子了！”又笑嘻嘻地说：“年幼的红军，长途奇袭不是容易！”

24

他们守着新缴来的枪，说了一会子有关暴动的话，直到夜深了，朱老忠叫他们每人带两支枪回去睡觉，这才松了一口气，为了完成这个工作，他已经一天一夜提心在口，没有好好睡觉了。如今工作做完，枪也到手，心才踏实下来。他躺在那只破圈椅上，头一靠在椅背上，就齁齁地打起鼾声。朱大贵还是不想家去，翻来覆去看着那几支枪，说不出心上有多么高兴，直到天快亮了，才背起一支枪，走出朱家老坟。东半边天上，已经从浓厚的云雾下面，透出几线白色的光亮，他一边走着，觉得头上有些沉重，像要睡着，强挣扎走回家去，金华已经起来，打扫院子挑水了。看见大贵回来，说：“看你！天亮才回来，连觉也不想睡了！”

大贵说：“工作还做不完，睡什么觉！”

金华看出，这几天公公和大贵整天忙着工作上的事。园该浇了，地里也长满了草，婆婆照顾地里的活，在黑影里就扛起锄头下地了，她照顾大贵睡下，抱柴火做好了饭，把盖帘盖好，等大贵睡醒了吃。这几天小黄牛拴在家里，没有人去放，饿得哞哞直叫。看它饥又饥渴又渴的，金华又牵出牛去，放了半天，直到小晌午才回来。

天还是不开，闷闷的，像是要下雨，远处还有隐隐的雷声。大柳树上的蝉声，据不折扯不断地叫着，聒噪得人耳朵慌。她把牛拴在小枣树上，觉得肚子饿，揭开锅拿了块饼子，抹上点酱，坐在台阶上，掀起褂子襟扇着汗吃着。吃完了饼子，又喝了口水，觉得身上凉下来。走回自己房屋一看，大贵还在睡着。她坐在炕沿上，歇了一刻，从房梁上摘下笼子，放出小鸡。一群毛茸茸的小鸡娃在炕席上跑着，她把饼子嚼烂了喂它们。小鸡半天没人喂，一见食儿，扑棱着翅膀跑过来抢。那只草黄小鸡，一嘴吞住块饼子就往嗓子眼儿里咽，饼子块儿大，吞也吞不下，吐也吐不出，卡在嗓子里，直翻白眼睛。吓得金华出了一身汗，扔下饼子捧起小鸡儿，用手指捋着它的嗓子说："乖乖！你就慢着点儿吃！没的一会儿就饿死你了怎么的？卡得嗓子多难受？"她用手指揉着小鸡的脖子，那只小鸡还是翻着白眼睛。她连忙拿碗舀了点水来，说："乖乖！喝点儿水吧！"可是那只小鸡儿蔫头耷脑，水也不想喝了。

金华心里慌得不行，这是她最心爱的一只小鸡：干草黄色的羽毛，短嘴巴，盆骨儿挺宽，婆婆说将来一定是只大草鸡，可是叫它喝点水都不喝了。她把小鸡托在手掌上，摁着它的嘴伸进碗里。半天，它才张了一下嘴，喝了一点水。嗯？冷不丁，眼睛睁得圆圆，看着金华的脸儿，这么看看，那么看看，看得金华怪不好意思。金华拍着巴掌哈哈笑了，说："你好啦？小东西！差一点吓死娘呢……"一句话没说完，脸上腾地红起来。趴着窗台向外望了望，看院里没人听见，才静下心来。

大贵还是呼啊呼地，一股劲儿睡。金华伸手推了他一把，说："起来，嗯？该起啦，你做了多么沉重的活呀，你看！快睡死了！"大贵还是醒不来，她又伸出手推了一下，说："起呀，该吃饭啦，你又想睡下几天的？"

大贵猛地抬起胳膊，攥起拳头，张开大嘴喊："打倒日本帝国主义！"他在做着梦。

一下子吓得金华打了个愣怔，由不得哈哈笑起来，心上一闪，说："没的抗日抗成迷了！"她走出去，把灶里烧上一把火，把饭盛好，端在桌子上，又去叫大贵："你可起来吃饭呀！"大贵打了个舒展，慢慢悠悠地说："我困得不行，懒怠吃。"金华说："怎么？又不吃了？你可该下我几顿的。"大贵说："该下几顿，十顿不吃我也不饿。"金华笑了说："哎哟！你有了多少高兴的事呀！"

大贵又打个舒展坐起来，抽着烟，懒怠吃饭。金华说："我非叫你吃饭不行！"她把小桌端进来，放在炕上，拿抹布擦干净。又去端来两碗饭，一碟儿咸菜，拿了几个窝头来，说："快吃吧！吃饱了好去跑工作。"两个人坐在炕沿上吃着。大贵说："我们就要起手了，要开展游击战争，打日本鬼子了。"金华一听，心上笑出来，说："那可好！什么时候动手？"大贵说："这不能告诉你。"又把大腿一拍，竖起大拇指头，说："我们要建立红军，开仓济贫，打土豪分田地，发动农民起来抗日救亡！"金华看着大贵那得意的劲头，撇起嘴儿笑着说："看！美得你！"

吃了饭，大贵说："我要和爸爸上县里去！"就走了。直到天黑下来的时候才回来。金华又早早把饭做好，背土给牛上好垫脚[①]，牵牛到水坑边上饮了水回来。喂了鸡，把鸡轰到架上，婆婆

① 铺垫牲畜棚、圈的干土、碎草等。

也回家吃饭了。

晚晌金华吊起窗户，轰了蚊子，吹熄灯。大贵睡在金华身边说："等爸爸号令一下，红旗一展，红军就起手了！"自从贾湘农在锁井镇开了会，他的心里光是想着闹暴动的事。到底暴动是个什么劲头，这是人们多少年来没有经过的。吃着饭也在想，睡着觉也在想。

金华也问："到底暴动起来是个什么样？"

大贵说："你就等着看吧！湘农司令员派爸爸当大队长，他要领兵打仗，打倒土豪劣绅，打败日本鬼子。我要去给他当参谋，扛机关枪了。"

金华一听，立刻笑了说："当参谋？那你就做了大官了，可别忘了俺，记着俺对你的恩情重。我也跟你去吧，给你去当押印夫人。"

大贵一下子冷笑了说："嘿嘿！你别闹封建了，押印夫人，戏里才有。红军里官兵一律平等，不能打，不能骂。要成立革命士兵大会，当官的得接受大家伙的意见。带家眷，那是封建。你可以当女兵，一刀一枪地干！"

金华把嘴儿一撇，说："嘿！谁去给你当家眷，俺也去参加革命嘛。当女兵也行，当女兵也得在你们那个队上。"

大贵说："那不行！我脸儿热，叫人们说你围着男人转，多不好！"

金华说："那怕什么？我要是到了当权主事的份儿，比你职位大了，你还得围着我转呢！嗯？出兵打仗，不是一天两天的事，你有个头痛脑热，我不放心！"

大贵一听，心上抖颤了一下，他觉得金华对他太好了，自从结了婚，给他做衣裳鞋袜不用说，光是吃的水，替他担了多少，上垫脚，喂牲口，放下叉笆拿扫帚，两手不闲。再说，她还伺候爹娘，一天天围着婆婆转。金华一个人做了半家子人的活。大贵受到金华热情的鼓荡，激动得心上一曲连一曲连的。他微微闭上眼睛，倾听着突突的心跳，伸开粗壮的臂膀，把金华紧紧揽在怀里，这时候他已经说不出话来，青春的热血，在全身激流，爱情就像蜂蜜一样甜蜜。

金华闭着眼睛，一句话也不说，胸脯微微起伏，均匀地呼吸着。有吃顿饭工夫，才慢慢醒过来，脱开大贵滚热的身子，搬起他的脸，这么看看，那么看看。她把嘴巴就近大贵耳根，微微笑着，慢声细语儿说："你可要记住，吭！将来闹好了，可不能忘了我！"

大贵猛地捉住金华的两只手，搂在怀里说："你净瞎说！天崩了，地裂了，我也忘不了你。"

小两口儿说说笑笑，心眼里想着红旗，想着枪，想着抗日政权，想着将来抗日自由的日子，喜盈盈地睡不着觉。金华伸出小手，摸着大贵的胸口，感觉到他心血的鼓荡，脉搏弹动得那样有力。革命的热情像纯青的炉火，在燃烧。她又悄悄地把嘴唇挨在大贵的脸上，两个人响着均匀的鼾睡声，呼儿呼儿地睡着了。

第二天吃过早饭，金华正在婆婆屋里打叠铺衬，给父子几个做鞋子，涛他娘一步一步走进大门，悄悄地隔着窗棂问："嫂子在屋吗？"

贵他娘听得涛他娘的声音，一下子笑出来，说："在屋，他婶子！这么几天不见了，快屋里来坐坐！"

说着，江涛他娘开了门，扭扭搭搭走进来，把两只巴掌一拍，喷地一下子眉开眼笑，说："可了不得了，出了一桩大喜事。”说着，慢慢坐在炕沿上。

贵他娘连忙走上去，问：“出了什么喜事？看你这么高兴！”

涛他娘说：“昨儿晚晌，我做了一个吉庆的梦。”

贵他娘问：“什么好梦？你说说，我给你圆圆。”

涛他娘伸出右手指划着，又说又笑：“昨儿晚晌，志和办工作，大半夜才回来。我睡得挺晚，躺在炕上，左也睡不着，右也睡不着。刚一眯眼儿，半天空里咕隆隆的一声响。从西半天响到东半天，震得天摇地动，震得屋子墙晃晃悠悠，震得窗棂上的纸呱嗒呱嗒地响。吓得我浑身打了个激灵，呵呀地叫了一声。志和连忙叫我：‘涛他娘！涛他娘！你怎么了？你怎么了？’这时我才醒过来，才知道是个梦。”

贵他娘问：“你怎么知道是个可喜的梦？”

涛他娘说：“当天上一响起来的时候，我看见天门开了，飞出一只大凤凰，身上飘着长长的红羽毛，放着光彩，在这锁井镇上飞了一周遭，才又飞回去了。大嫂！你看这梦境不是个吉兆？”

金华听到这里，也走上去说：“凤凰是红色的？是朱红的，还是粉红的？”

涛他娘说：“长毛梢，朱红朱红的。”

贵他娘把两只手合在怀里，抬起头左想想右想想，怎么也想不出这个梦境象征着什么。扭转头对金华说：“他嫂子！你年纪轻，脑筋灵，你圆圆这个梦是个什么吉兆？”

金华吊起黑眼瞳，微微笑着，抬起头想了半天，哗地笑了，拍着巴掌说：“想出来了，依我看要有一件喜事临门了！”

贵他娘和涛他娘连忙走上去，说：“什么喜事临门？”

金华翘起小嘴说：“第一件，先说这‘红’，红的颜色主贵，共产党就爱用红的颜色，他们的旗就是通红通红的。”

贵他娘又问："那么，这个凤凰呢？"

贵他娘一问，金华羞答答地说："依我说，这是个影射的意思，凤凰是吉祥的鸟儿，要出来一个有本事的人，带领兵将，来解救咱这一方生灵逃出苦难，红军就要起手了！"她一边说着，瞟起黑眼仁，摇着头笑着，脸上一下子通红起来。因为这是从她心里想出来的，年幼的人们心盛，她怕人们听了不悦服。

涛他娘一听，又拍手大笑，说："可不是！你小小年纪，说的一点也不错，志和就是这么说的。他说毛泽东要带领红军下井冈山了，他打了一通电报给蒋该死的，要停止刀兵，一齐抗日。他要派一员大将，带着红军飞渡长江黄河，开到抗日前线！"

贵他娘问："那么，这只神凤为什么来到咱锁井镇上转了一周遭呢？"

涛他娘一听，又拍起掌轻轻笑了，说："你还不知道吗？咱锁井四十八村也要起红军了，像井冈山上一样，要打起红旗，打土豪分田地，建设抗日政权。神凤在锁井镇上转了一周遭，就是要唤醒四十八村的人赶快起来，迎接毛泽东的红军北上啊。"

贵他娘听到这里，弯下腰呱呱大笑，说："你们想得真好，虽然是个梦吧，它是从人们心里想出来的，是人们心里的希望。"

几个人正在屋里说说笑笑，朱老忠肩上扛着一个大包袱，迈着大步，嗵嗵嗵地走进来。他这几天工作虽然忙，可是身子骨儿显得更加壮实了。走起路来总是晃着肩膀子，挺起胸膛，迈开大步往前走，好像心里有多么要紧的事情。说起话来声音洪亮，简单干脆。两只眼睛精神得滴溜乱转，发出炯炯的光辉。他三步两步迈进门来，看了看涛他娘和金华都在屋里，闪开身把包袱在炕上一放，嗵的一声，说："好！我也给你们女将们找了一项工作。"

贵他娘说："我看看，什么工作？"她走上去打开包袱一看，是几匹红布。颜色是那样鲜艳，崭红崭红的，像五月的榴花照眼明，叫人一看心里就高兴。贵他娘一下子笑出来说：“咳哟！大红大喜，这是干什么？”

朱老忠抽出烟袋指点着说：“不告诉你们闷死你们，告诉你们就怕吓死你们！红军就要起手了，要打土豪分田地，要到保定去反牢劫狱，把江涛他们从监狱里抢出来。”

涛他娘一听，喷地笑出来，说：“天爷！那可就好多了！是真的是假的？这是谁的好主意？”

朱老忠一只手叉在腰里，一只手指划着，气愤愤地说：“那还有假话！闹红军是一件风火事儿，还能随便说？”

贵他娘问：“这红布干什么用？”

朱老忠说：“要你们女将们做几面大红旗，几面小红旗，这就是我们红军的军旗。还要做下很多红袖章，每个红军战士臂上缠上一个。”说着，他扯起红布，搭在胳膊上，说：“看看！鲜气不鲜气！”

贵他娘和涛他娘一听，弯下腰拍着膝盖大笑，连忙去叫了春兰、严萍、庆儿他娘、巧姑、顺儿他娘……大大小小走进屋来，笑笑嘻嘻，像过新年，像盼搭戏台，像过喜事儿娶媳妇一样。

朱老忠找了一块炭屑来，在夹纸上画了个红旗的图形，画好镰刀斧头的样式，说：“看！这面红旗，就是我们共产党的党旗，我们就凭着这面红旗指挥千军万马，向日本鬼子进攻，杀尽那些汉奸卖国贼们，打退日本鬼子。这面红旗带领我们全家男女老少走向光明，走向幸福。打败日本鬼子以后，我们要有房住，有衣穿，有田种，不再过着那黑暗无边的日子了！这面红旗要出在你们妇女之手，看看你们光荣不光荣？你们要好好把你们的革命的心思，和抗日的要求缝在这红旗上，要一针针一线线缝得结结实实，每个针脚都缝上你们的心血和希望，是吗？”他说着笑着，指挥着妇女们做红旗。

贵他娘拿起红布，裁了一面大红旗，又裁了几面小红旗，还裁了很多红袖章，手上裁剪着红旗，笑着说：“盼着吧！红军一起手，就是工农人们的天下。将来人们有吃有穿，扛长活的，能吃到白面；新春节下，也能吃顿过年的饺子；十冬腊月里能穿上棉衣裳；咱女人家，生孩子坐月子，也能吃套烧饼果子，喝碗红糖水了……”

贵他娘一说，满屋子的人们都哗哗大笑了。庆儿娘说：“那可好多了，我苦巴苦曳了一辈子，都为了不受压迫……”

朱老忠不等她说完，两只手叉在腰里，仰头哈哈大笑了说：“你们的提头太小了，我们不能光是想吃烧饼果子、喝红糖水的事。是为了我们的子子孙孙不当亡国奴。”说着，他又趋着脚走过去，仄起头向着贵他娘笑。

说着，江涛他娘、顺儿他娘、春兰、严泮……一屋子的人又哈哈大笑了一会子。

朱老忠说：“你们知道，我也要给你们说说。我们闹起红军，我们也就有了村公所了，我们也要成立法庭，审判那些反动地主和汉奸卖国贼们。要成立监狱，把他们关起来。这就叫作抗日政权！”

严萍听朱老忠话说得这样好，一句句说到人们心眼里去，也噗地笑出来，说：“抗日也要给咱妇女们带来幸福！”春兰又出了一口长气说：“当然是，封建势力打倒，民主政权建立，就要男女平等了。男人做的事情，女人也能做，女人不能叫男人们压服一辈子了！”

庆儿他娘一听，呱呱大笑了，两只大手拍起巴掌说：“等着吧！将来咱还要压服他们呢！”

朱老忠听到这里，不由得笑了，说：“这就不对了，男女平等嘛，你要压服男人？”

一句话没说完，人们又张开大嘴，叽叽呱呱笑个不停。

朱老忠接着说：“妇女们，盼着吧！将来红军领导广大群众打跑日本鬼子，还要建设社会主义。不受压迫，不受剥削了！”

贵他娘听到这里，昂起头来长思，缓缓地，一句一句说“俗话说得好，‘树老焦梢叶儿稀，人老猫腰把头低’。到了那个时候呀，孩子们！爹娘们可就要老了，要白了头发，白了胡子了，活该你们这青年一代享幸福。不要忘记这群白头发老人们，东荡西杀、南征北战，跑踏一辈子，打落天下，创家立业不是容易……”

严萍听到这里很受感动，把泪揞[①]在眼边上，说：“当然是饮水思源嘛！吃水哪能忘了掘井的人呢！老人一代辛苦了一辈子，青年一代享受。我们不能忘了老一代创立事业的辛苦。这是人生大道理，哪能忘本！”

朱老忠听到这里，把手一拍，哈哈笑了说：“着啊！听了你们的话，我的勇气更加百倍，我们要带领千军万马，去冲锋陷阵，把我的尸骨扔在沙场上！”

春兰用黄布剪着镰刀斧头，剪得整整齐齐，缝在红旗上。她小心谨慎，密针细线地缝着。每个针脚上，缝着她对革命的热情，缝着她对抗日的希望，也缝着千头万绪，缝着她的痛苦和愁闷。她手上缝着红旗，又想起运涛，想起她和运涛相处的日子。觉得胸膛里实在沉重，好像有多少年的愁苦郁积在心里。她挺了一下身子，出了口长气，说：“婶子大娘们！咱穷人也有了今天！运涛在家闹革命的时候，多么样的艰难呀？为了这面红旗，

① （眼里）含、噙。

我们受了什么样的凌辱呀？为了这面红旗，有多少人丢了脑袋，住了监狱呀？”她一想起运涛，想起革命的艰难，她的心血就又翻腾起来。

朱老忠听到这里，伸手把胸膛一拍说：“好样的！好闺女！你这一句话，算是把我肺腑里的话掏出来了。你懂得这个道理，敌人总归是敌人，他想永远把一块大石头压在我们身上，那是万万不能的，我们硬是要把这块石头掀下来，我们为了要把日本鬼子打出去，才暴动！”他一壁说着，两手叉在腰里，在地上走来走去。真的，这几天来，才觉得真正是当家做主了。

春兰问：“蒋该死！他要是不让我们抗日呢？”

朱老忠气愤愤地说：“他不叫我们抗，我们也得要抗。国家兴亡，人人有份。毛泽东给蒋该死打了一通电报，叫他悔过自新，一同抗日。他要是执迷不悟，一心卖国，他要是给我们一刀，我们就要给他一枪。以牙还牙，以眼还眼。孩子们，你们要记住了！”

严萍和春兰听到这里，一齐低下头说：“记住了，大伯！”

朱老忠看着妇女们火爆的情绪，更加高兴起来，挺起胸膛，响亮地说：“好！从今以后，我们要挺起胸膛，直起腰来了……”正在说着，有人迈着沉重的脚步，咕咚咕咚地走进来，一面走着，一面哭哭啼啼。朱老忠怕有生人闯进屋来，连忙迎出去，站在阶台上一看，是冯大狗家里的。抽抽搭搭哭个不停，用袖子抹着眼泪。朱老忠问她：“你哭哭啼啼的，这是干什么？”冯大狗家里的说：“你看他这些年来不回家，回家来也不做一点活，把那支枪也卖了，成天价在大街上喝酒，喝得醉醉醺醺的。”朱老忠听说冯大狗把从保定带回来的那支枪卖了，由不得火气上升。停了一刻，又哈哈笑了，说：“他把枪卖了？卖了就卖了吧，反正我们也不指望他。”冯大狗家里的说：“不，他还说要跟你们闹暴动去抗日呢。”朱老忠说：“也好！他愿意当红军还不好吗？你就成了红军家属，有多么光荣？”冯大狗家里的扭了两下身子说：“不，他去了，我们一家子靠着谁呢？这些年都是我一个人收秋拔麦，辛辛苦苦过日子。”朱老忠说：“他当了红军，自然就有人帮助你们。”冯大狗家里的眼泪流了满怀襟，说：“不，他要是死在外头呢？”朱老忠听到这里，又说：“哦！原来是这么回子事。告诉你说吧！怕死的人不来抗日，抗日的人不会怕死！依我看来，人，要是死在抗日上，算是为抗日牺牲了，留芳百代，子子孙孙都有光荣。要是死在白军里，给白军、给反革命当了炮灰，就要做一辈子无名鬼了。”朱老忠这么一说，冯大狗家里的又噗地笑了，说：“你老真会说！也好，叫他跟你去吧，我就放心了。你走南闯北惯了，一定有条明路指给他，叫他少喝酒，别一天价像醉鬼似的。可是他要跟你走了，你可得给俺留下点安家费。”朱老忠不等她说完，就问：“什么？”冯大狗家的笑了说：“安家费！要不，俺一家人可吃什么，喝什么哩！”朱老忠又仰起头哈哈大笑了，说：“好！安家费？这是白军里的说法，红军里还没有这么一句话。给你安家费！”冯大狗家里的张起两只手，说：“什么时候给？拿来！”朱老忠说：“你等着吧，暴动起来就有大囤的粮食，大垛的衣裳，任凭你要多少就要多少。”

25

自从贾湘农到过锁井镇，开了政策会议，布置了农民暴动，从滹沱河到潴龙河，从潴龙河到唐河，凡是有中共支部的村庄，都开始了农民游击运动。闹红军的风声，慢慢传出去了，在那广阔的平原上，从这个村庄到那个村庄，人们传颂着南方苏区红军英勇战斗的故事，传颂着中共中央呼吁全国人民："停止内战，一致抗日……"传说着：在北方也将有苏区出现，会有红军从井冈山上开下来，阻止日本鬼子的进攻。可是，他们并不确实知道农民暴动的日子，只是一种希望，一种幻想罢了。

朱老忠、朱老明、伍老拔、严志和、朱老星、朱大贵，经常聚会在朱老明的小屋子里，抽着烟说话，应付目前的事故。秋初季节，气候还是闷热。这几天有些回潮，身上又热又潮湿，还不断出汗。严志和心里不耐烦地说："天道也该凉快了，还是这么溽的慌！"朱老明说："热，也不过是这么几天了。"伍老拔探头到门外看了看，说："天上云彩太厚，阴阴沉沉的。"

他们的心情，就像目前的天气。农民暴动是一种新的行动，自从他们参加革命以来，还没有干过。在暴动的过程里，将要发生什么样的波折，在暴动以后，将要发生什么样的后果，是很难预料的。但是，谁也要去考虑、忖度，反复地思量，做着这样那样的打算。

这是八月最后的几天，革命的人们，像是过大年除夕。明天暴动的日子就要到了，一个个怀着异样的心情，盼望着她的到来。朱老忠伸起胳膊打了个哈欠说："哎呀！盼来盼去，明天我们就要起手了，各路同志们就要来了。"接着，他们又谈了一会子红军起手的话，各人谈着自己对农民暴动的想象，谈了一会子暴动以后可能出现的问题。看看时间不早了，才冒着黑暗走回去。天上蒙蒙星星地下着牛毛细雨。

第二天早晨，朱老忠早早起来，在大杨树底下站着。手里拿着烟袋，指挥人们做这样那样的事情，做着应该做的准备工作。

他胸膛里像架着一团火，是那样的兴奋，几天来他都是睡不着觉，吃不下饭。脑子里在不停地考虑着这样那样的问题，可是这没有预料到的问题就都来了。他叫了大贵、伍顺、小囤、庆儿、春兰、严萍……这班子年幼的人们来，说："好，孩子们！我们的好日子来到了，从今天开始，我们不在人的矮檐之下了，要站起身来，顶破天了。你们人儿虽小，不论男女老少，都要为革命费一点心血。"朱老忠今天的精神，不像往日一样的满带风趣，而是郑重其事，带着命令的语气。

大贵把两手叉在腰里，笑笑说："爹！我们早就等着这一天哩，有什么工作你吩咐吧！"朱老忠说："不，从今天开始，我不是你爹了，我是咱滹沱河上的红军大队长，我要执行军令了！"

伍顺说："叫我们干什么，你快吩咐吧！"说着，一群青年人笑笑嘻嘻，实在高兴。

朱老忠说："不，你们不要笑，这是工作，是军情行动，有个一差二错不是玩儿的。今天锁井大集，各路参加红军的英雄们，都到这里来集合。大贵、伍顺、小囤、庆儿，你们分别到九龙口上，到摆渡口上，到木桥上，到各个岔路口上去等着。见来了人，你们就半开玩笑地说：'老乡！你来赶东锁井集啦？'你这么一问，要是红军同志，他就悄悄走到你的跟前，现出手心里贴着的一张小小的红旗。你们见到这红旗，就把他们领到我这里来，要神不知鬼不觉的，不要叫人知道。"他一面说着，小顺、小囤、庆儿一班子年幼的人们，就瞪起眼睛仔细听着。朱老忠又讲了一些青年人们应该怎样为抗日尽力的话，他说："要少言少语，言多语失，走漏了消息不是玩儿的，虎要取食，必先蹲一下势子。猫要捕鼠，必先伏下身子。懂得了吗？"

一切分派停当，那班子年幼的人们，就走回家去，扛上锄头，背上草筐出发了。严萍在一旁站着，见分配了好些人的工作，就是不分配她的工作，心里有些焦急，她问："忠大伯！叫我干什么？"

朱老忠说："你和他们不一样，你是知识分子，动笔杆儿的，革命离开笔杆不行。你去找了纸墨笔砚来，等着写写什么东西。"

这一天，滹沱河沿岸四十八村，勇于革命、勇于抗日的人们，就像黑天里的星星，从阴暗里亮出来。打扮成做小买卖的，打扮成出外做短工的，扛着锄头，挑着菜担，从四面八方，沿着堤岸、沿着河流、沿着无数条大小道路，走向东锁井。来参加暴动的人们，都带着暗号——一面用红纸剪成的小小的红旗。大贵他们见到这面小红旗，就领他们来见朱老忠。朱老忠叫严萍把他们的姓名住址，写在册子上，然后分拨他们藏在伍顺家里，庆儿家里，自己家里，后来又住到朱全富家里。凡是同情革命，同情抗日的人家，都住上了红军。人还是一批一批地走进东锁井。

朱老忠站在大杨树底下，面颊通红，满心高兴。看看天刚乍午，伍老拔走进朱家老坟。朱老忠一见了他就问："人来的不少了吧？"伍老拔嘻嘻笑着说："人倒是来的不少了，可是这一样咱还没有讨论到，一下子来了这么多人，这饭怎么吃法？"说着，吧咂着嘴唇，觉得没有办法。朱老忠挺起胸膛，昂起头，摇了一下手，说："不要作难！过去吃一顿没一顿的日子还没有难倒我们，今天我们更是不怕了。湘农司令员早就说过，就地征粮！"伍老拔迈起长腿向前走了两步，摆摆手说："我们还没有村公所，叫谁下命令去征粮？再说，不显山不显水的，你要，人家村公所也不给呀！"朱老忠一听，觉得果然如此，又愣了一刻，镇起脸来说："这么着吧，红军住在谁家，谁家就在邻家借上，红军一起手，什么都有了，你尽管放心。"伍老拔哈哈笑了说："这倒是一个好办法，你下命令吧！"说着，两个人走进屋里，叫严萍动笔写命令。

一九三二年九月一日，朱老忠下了第一号命令：命令各路红军，暂在住处借粮造饭，起手以后由村公所偿还，叫伍老拔去传达。伍老拔走了不久，朱老星又走进朱家老坟，他睁大了眼睛，两手拍着膝盖说："光有了吃的了，这油呢？盐呢？柴呢？菜呢？这个咱们也没有讨论。"他哆嗦着两只手，作难地说："车到山前了，怎么也得打开一条路啊！"朱老忠一听，心上立时打了一下颤，抬起头来，眯上眼睛想着，他觉得湘农司令员什么都谈过了，就是这点小事没有谈。红军住的地方，不是贫农就是雇农，生活是困难的，直到目前，油盐柴菜又成了问题。他左思右想，猛地，把烟袋向上一扬，说："好！车到山前必有路。好日子来了，还有什么你的我的，都是老伙里的东西。凡是革命的人家、抗日的人家、同情抗日的人家，他们园里的菜都可以吃！"朱老星猫下腰，一下子笑了说："我还迷糊着理儿，你这么一说，莫不是'共产'生活这就到了？还有什么你的我的，你下命令吧！"

朱老忠叫严萍下了第二号命令：油、盐、柴、菜，暂时借上，红军起手，一并还清。又打发严萍叫了庆儿的娘、顺儿的娘、大贵的娘、朱全富老奶奶……所有参加暴动人家的妇女，去碾米磨面，帮助红军筹备给养。又打发金华、巧姑她们，到各家园里去割菜、摘北瓜。摘来大篮大篮的茄子，大篮大篮的豆角子，妇女们齐打伙儿给红军操持吃喝。

朱老明在大杨树底下坐着，听着朱老忠处理问题，心上多么高兴。他走南闯北惯了，又聪明又智慧，简直成了三军的指挥官了。好日子来了，四面八方的好汉们都来东锁井聚首。虽然有好多问题事先没有商量，有朱老忠在，也就迎刃而解了。他合着眼絮絮说着："不当家不知柴米贵，创家立业不是容易，朱老忠一锤定音。"

朱老忠说："这条道我们还没走过，一遭生两遭熟嘛！"红军一起手，"军事共产生活"，紧跟着走到他们面前了。这件事情，虽然没有人跟朱老忠说过，可是他按着自然法则去处理问题。他围着朱老明的小屋子转来转去，一道命令一道命令地下着。直到中午，又打发严萍下了一道命令，说："凡是来送红军的人都该回去了，不然大集一散，就要暴露目标了，与革命无益。凡是来参加红军的，都要编制起来：每个村编一个班，五个人到十个人一班。五个到十个村的人编成一个小队，三个小队编成一个中队。要绝对保守秘密，不许在街上乱串，不许吵吵嚷嚷，不许破坏东西。夜晚开会，要用棉被把窗户遮上，不到吃饭的时候，灶筒里不许冒烟，免得被人猜疑。有犯法的，一定要受到军事处分……"

朱老忠和朱老明在小屋子里商量着各种各样的问题，朱老星和伍老拔走出走进，传达命令，观察形势。严萍在屋里写命令，造花名册，大队部就这样成立起来了，有早晨有晚上，这是暴动的第一天。

风声一紧，冯老兰急得像热锅上的蚂蚁，坐不稳立不安。他从屋里走到院里，又从院里走进屋里，忧心忡忡。他虽然听得说过农民暴动的事，他还不真的知道暴动是个什么样子。他想和往常年头对付战乱一样，召集个上排户的会议，商量商量对付红军的办法。可是近几年来，在锁井镇上发生了一个新的问题。他不能忘了前几年在冯氏家族中，发生过的一场纠纷，产生了新的矛盾和裂痕：冯老洪和冯老锡因为一个浪荡娘们的事，把冯老锡打下马来。冯老锡打了二年官司，判了徒刑，罚了款，还是不肯放下老架子，只好使大账过日子。眼看利钱要吃去他的全部家产的时候，才报估还了账。原先种着两顷多地，这咱只剩下四五十亩地了。冯老锡吞了气，不再在大街上出头露面了。日子落了魄，妯娌们各奔娘家，去找饭吃。冯裕仁跑到南方当了兵，冯登龙也不再读书，冯树义离开学堂种庄稼，姑娘冯雅红读不起书，在家里学起针线来。

直到目前，冯老兰回忆起冯氏族中发生的纠纷，觉得实在不幸。尤其，当时冯贵堂帮助冯老洪打赢了官司，这样一来，冯老兰就和冯老锡结成世仇了。

冯老锡破了产，冯老洪不住在锁井镇上，冯老兰也就失去左右臂，缺少帮手了，他时常感到孤独和寂寞。乡村里传说共产党要领导农民暴动，要打土豪分田地，要推翻当权派，建立工农政权，他实在感到空虚和无奈。成天价呆瞪瞪地坐在他那间黑屋子里，盘算着用一种什么办法去击败朱老忠，灭绝共产党，才解消他心头上的愤恨。

冯老兰面对着棂格很密的窗子站着，呆了很长很长时间，自言自语：“哼！我冯家大院完不了，我一定要和他们干到底，是狗改不了吃屎！”他说着，提起大烟袋走出来，到大集上去。大集上人很多，买卖人哄哄嚷嚷。他一步一步地走到粮市里、菜市里、牲口市里……都看了一遍。这是他的老习惯，每逢集日，他要到各市场上打听物价。他走到棉花市里，看见冯焕堂在市上收花。当他听到棉花市价暴落，心里说：“棉价落了，这不是好现象，不是有战事，就是闹共党。”于是他心上更加不安。他仔细观察了每一个做生意的人，每一个赶集人的面色，都是急急慌慌，更加提心吊胆起来。他一步跨进集源号的柜房，小刘庄村长刘老万，正在那里等着他。

刘老万是个小老头，圆脑袋，小砚窝脸，两撇小黑胡髭，是个有名的棉花商人。一见冯老兰，睁开惶惧的眼睛走上来，说：“近来乡村里不静，他们青天白日喊起红军万岁来！”一边说着，屈膝向前踱着步，咧起嘴角，连拍着大腿。

冯老兰看见刘老万害怕的样子，沉下脸来说：“不要害怕！兵来了将挡，水来了土屯。共产主义不能在中国实行，成不了事。”

刘老万心情一时紧张，把鼻子眼睛皱成一堆，说：“这算什么年头？兵荒马乱，盗匪横行，这咱又闹共党，棉花生意做不成了！”

正说着，大严村村长严老松，大刘庄村长刘老士两个人一齐走进来。严老松是个大胖老头，脑袋大得出奇。大胖脸上安着两绺黑胡子，走起路来，下身动上身不动，说起话来憨声憨气，像戏台上的花脸。一进门把草帽摔在桌子上，麻沙着嗓子说：“他妈的！朝廷爷没有王法了，朱老忠和朱老明他们也喊抗日？一个是亡命徒，一个是双眼瞎，带着满脑袋高粱花子，满腿上都是泥巴，他们也抗日！”

刘老士一边跺跶着脚，吹胡子瞪眼睛，摆着又宽又肥的大褂袖子说：“贵堂说得好，以抗日其名，而共产其实也！”

他这么一说，冯老兰更加急躁起来，瞪起眼睛大叫：“我是个说直理的人，今天我还是这么说。他们放着太平日子不过，成天价喊叫：‘打倒日本’，‘打倒帝国主义’。日本兵远在关东，远在上海，人家并没有动他们一根毫毛，也去打人家？日本出兵不过是帮助蒋介石剿共，与你们老百姓有什么关系？帝国主义远在外洋，它到中国来传教、放账，拯救生灵，办学校给中国培养人才。人家办的都是好事，他们也打倒人家，也不怕惹起国际交涉，这不是无事生非？”他越说越气，拍桌子打板凳，五官都挪了位置。

刘老万又拍着长袖子，咧起嘴说：“就是嘛！他们不是抗捐，就是抗税，对中国人抗得不过瘾了，又抗到人家外国身上去，天底下有这么不说理的不？要是动起国际交涉，由谁负责？”

说着，冯老兰胸膛里的血液滚热起来，心上像绞着辘轳，急躁的情绪实在按捺不下去。几天以来，他动不动就是发脾气，两只脚一蹦三尺高，说：“共产党成不了气候，朱老忠他们起不了高调！”

刘老万额上皱纹蹙得更深了，像西山里的核桃，他说：“我那天爷！红军就要起手了，人家急得要命，你光说共产党起不了高调，你有什么好办法？”

冯老兰说：“几百年来，俺冯家大院没怕过这个！经过长毛造反、捻匪作乱，我冯家大院还是巍巍不动。共产党也怎么不了我，我把梢门一闩，看家护院的拿枪上房，看他有什么办法？”

刘老万说：“我那天爷！谁也知道你的墙高门紧。可是共产党不管你那个，他一暴动就是兴师动众，先把你杀了，再把我绑了。”他又指着严老松和刘老士说：“把他杀了，也把他剐了。看咱这些老财主们，一个个都活不成！”

严老松一听，从嘴上拿下大烟袋，像在坛子里咳嗽了两声，说：“已经成了这个世道，又有什么办法？蒋委员长调动了几十万大军，亲自当起剿匪总司令，还没有办法，我们有什么办法？留钱的买卖，听天由命算了。再说那些当官的们，那些警察保安队们，光是成天价逛窑子打麻将。共产党今天在这里暴动，明天在那里暴动，他们连狗撕猫咬也管不住，还管农民暴动呢！”他瞪起两只大眼睛，恶狠狠地越说越有气。

刘老万说：“闹红军，闹吧！他们越闹，我越是吃好的。前天我才杀了一口猪，昨儿吃了炖肉，今天我又要吃一个肉丸的饺子！”

严老松说：“你要是那么说，我饺子炖肉是常吃，又能顶了什么事？光是伸开脖子等着？”

刘老万说：“赶快去请兵，请一连人来驻在锁井镇上，叫他们好好保护着咱们。”

冯老兰一听，又跺跺脚说：“请兵，请兵，你老是说请兵！县里还不请兵呢，咱锁井镇上去请兵？你没听得说吗？你不请他还想要来呢，你请一个连，他二话不说，给你拨一个团来。别的不用说，人吃马嚼，这一路糟销，咱就受不了啊！你想，国民党的军队有什么好纪律？他们不吃小米，光是吃白面吃肉。兵是活人，不是串暗门子就是打麻将。咳！他们会把这锁井镇上闹得乌烟瘴气，见鸡吃鸡，见狗打狗。这一阵子奸淫妇女，你就受不了。请了兵来，为什么不住在你们村里，你说吧！你要是希望派兵来剿，我一个禀帖上去，不出一个礼拜，一个团的兵力就开到你们村上了，你说吧！”

刘老士听着冯老兰的话，觉得蒋介石的兵好像一条镀金的鱼。你要说好看吧，是金色鲤鱼，满身都是美国装备。你要说好吃吧，都是肥肥的，胖胖的，就是刺儿太多。驻在自己村上，那可真的给村长找下麻烦，可是也比闹红军强多哩！他说：“你说吧！你说怎么办？”

冯老兰说：“我说咱们赶快买枪、买子弹。他们武装工农，咱们武装地主；咱们都带起枪来，看家护院的们，长短工们，都背起枪来。农民一暴动，咱们就打。”

严老松、刘老万都说：“对！下多大本钱也得这么干！不要咱这老命了，豁出去了，咱亲身出马。”

说到这里，像是把话说绝，好像给这个问题找到了归宿，不再说什么。掌柜的打发伙计打了酒买了肉来，要请众位绅士们喝酒。喝着酒，谈了一会子东北前线上的战况。不过，对于日寇进攻，他们还不过于担心，认为那是远在天边的事情。在锁井镇上，这样的会谈，照例每集有一次，这实际是一个统治阶级当权派的会议。但是，过去他们谈的不是“农民暴动”，只是谈一些个街市上的人是人非，谈棉粮市价和家庭口舌之类。太阳一歪，就各自胳肢窝里夹起钱褡，走回家去。

冯老兰走到家里，心上更加焦虑，脚不沾地，不住地走出走进，吩咐冯大奶奶，支拨妯娌们打开夹壁墙藏东西。他把十几支大枪，一字儿摆在炕上，把文书匣子搬在账桌子上，把冲锋枪也架在桌子上。在目前来说，这些东西成了他的主心骨，给他撑腰壮胆。他倒背起手，在地上走来走去，活像三军统帅在检阅他的队伍。

冯贵堂慌里慌张走进来，说：“今天大集上形势不好，来了好些不三不四的人，朱家老坟里有人走出走进，我看你老人家趁早走吧！躲躲吧！”一壁说着，呼哧呼哧地喘着气。

冯老兰一听，立刻沉下脸来不吭声。情况突然地变化，是他意想不到的。他生着气咕咚地坐在椅子上，瞪直眼睛，大发雷霆：“我不躲！你们怕红军，我不怕！”他把手掌放在文书匣子上，下意识地抚摩着。文书匣子是樟木做成，用红漆漆了，有一尺见方那么大，里边盛着他祖爷置下的地亩文书。到了紧急关头，或是心气不舒的时候，他常用手掌来回抚摩着，就会得到无上的安慰。

冯贵堂急得跺起脚来说："你为什么不走？这是到了什么时候，你不走！你老人家辛苦了一辈子，给子孙们挣下了这么大的家业，要是遇上个好和歹儿，可不叫子子孙孙后悔死！"

冯老兰瓷着眼珠，摇摇头说："我不走，祖爷置下的家业，我要用我这身老骨头卫护它。我要'封建'到底，死不回头。我要提起我的枪，和朱老忠打对台仗！"说着，老土豪板起铁青脸，腰里抽上皮转带，转带上插满子弹。低头看了看身上，自觉像是待机上阵的将军。又拉开抽屉，拿出他的二把盒子，放在桌上。把手巾铺在掌上，搓着子弹，一颗颗搓得锃明彻亮。

冯贵堂看是说不转冯老兰，眼角里噙着泪珠，咧起嘴说："老人家还是走吧！即使破费了万贯家财，东西是身外之物，有去就有来。共产党要打土豪分田地，人走了，他打不着。地分了，中央军一来就又是咱的！"

冯老兰说："还说中央军中央军的，蒋介石给咱干了什么？几年里剿不完共产党，光是要枪要人，要骡要马。光说是剿匪，我看他是装了腰包，运到美国去了。"他满脸怒容，气得吭吭哧哧，又长叹一声说："咳！我冯家大院几百年来丁口兴旺，享不尽的荣华，受不尽的富贵，想不到到了我这一代就完了！"他把头一仰，躺在圈椅上，合上眼睛，静听老年的心搏在急骤地跳动。把头垂在肩膀上，眼泪斜淌过面庞，滴在地上。

这时，院子里很静，冯大奶奶把二门关上，指挥媳妇们搬动家财细软，藏到没人瞧没人见的地方。冯贵堂急得在外屋走走转转，又猛地走进来，厉言厉色地问："农民暴动了，你不走，想是怎么办？"冯老兰慢慢睁开眼来，手里掂着那把盒子枪，说："唔！你怕死，我不怕死。你走吧，你们都走。"他不满意冯贵堂这种蒸不熟煮不烂的态度，他认为冯贵堂没有血性，心里说："咳！连一股小小的农民军也怕起来！"

他又叫了冯焕堂来，去把梢门闩好，赶散了家里人们，把文书匣子夹在腋窝底下，走到外院。叫冯焕堂把麦秸垛掏了个洞，把文书匣子藏进去，又用麦秸把洞堵好，嘟嘟囔囔地说："不论什么人分了我的田地，只要有我的红契文书在手，就是我子子孙孙万年打不破的饭碗！"在他认为并没有别人看见，其实珍儿藏在屋里，隔着门缝偷偷看着。冯老兰藏好了文书，又跑到二门上，喊："冯大有！冯大有！"

冯大有正在槽上筛草喂牲口，听得老当家的喊叫，弯着腰，摇摆着两只胳膊跑过来，问："干什么，当家的？"

冯老兰说："咳！干什么？你们耳窟窿里都塞上驴毛了，一个个巴不得盼着当家的家败人亡。"

冯大有慑起眼睛说："哪里？我也姓冯，靠着大河有水吃，靠着大树有柴烧，冯家大院里有个财主，我冯大有吃了什么亏了？"

冯老兰不听他解释，丧气地说："咳！甭说了，到了此刻，还有什么话说？"转回头又对冯焕堂说："快去！叫人们把后院子墙拆开！"

冯焕堂明白了老爹的意思，打发长工们把后边院墙拆开个豁口，吩咐说："把牲口都牵出来！"冯焕堂带着冯大有他们，把骡马牵出围墙，钻进高粱地里，顺着地垄，不显山不显水地溜到大洼里去了。冯老兰又撅起胡子吹了冯贵堂一顿："光说买大骡子大马，光自遇上事儿就耷拉下手不管了，这是一大洼洋钱呀！”他又走到内宅，把一家大男小女叫出来，喊：“走！走！你们都走！”冯大奶奶带上姑娘媳妇们，背着被子的，抱着包袱的，走出豁口，溜进高粱地里。冯老兰又转过头走到二门上，嘶开嗓子喊：“老山头！老山头！”

老山头喘吁吁地跑来，连声说：“我在牲口棚里磨我那把攮刀子，叫我干什么？当家的！”

冯老兰说：“快！把咱的人都叫过来，还有长工们！”

老山头说了声是，掉头跑回场院，喊：“伙计们！长工头子们！快来，都进内宅！”护院的都是膘膘楞楞的小伙子，光着脊梁，露着紫红的肉疙瘩。长工们穿着破裤子，破褂子。老拴也从厨房里走出来，吐舌头挤眼儿，在一旁偷偷看着。

冯老兰心上躁得不行，头上冒着大汗珠子。索性脱个大光膀子，脊梁上的肉又白又胖。他哆嗦着右手，拍着奶膀，撅起花白胡子，喘着气说：“伙计们！我养兵千日用兵一时，平日喝酒吃肉没有断过你们，如今要闹共产党了，该着你们为我冯家出把子力气了！共产党要集群结众闹红军，打日本。他们要我交出枪、交出钱、交出粮食。我说什么也不干。”说到这里，老家伙肝火上升，提起二把盒子在空中一抡说：“我要开仗打共产党，你们怕不怕？”

老山头拍着胸膛说：“不怕！”护院的人们齐打伙儿说：“不怕。”其实他们都在看着这个老家伙暗笑。老家伙把大枪发给他的家丁们，转回身对冯贵堂说：“你怕死！你走吧！你走开吧！我不怕死。我的老命豁出去了，也要保护我的万贯家财。”

冯贵堂一下子生起气来，说：“我，我更不怕死，我要和你老人家一块打仗，要活活在一块，要死死在一块。”

冯老兰听冯贵堂说出心里话来，走过去拍拍冯贵堂的肩膀说：“好！你是冯家大院的子孙，在共产党的面前，你不能软下来，要给我们的祖宗争口气。我冯家大院几百年了，没有衰落下来，今天有我冯老兰在世，也不能衰落在共产党手里。人活百岁也是死，与其败在共产党手里，还不如早死早超生！”他说完了这一阵话，把长工们、看家护院的人们带到场院里，教给他们如何放枪，如何作战。他说：“只要有我一口气，就要跟朱老忠打到底！”

26

朱老忠看天过午了，人们来得渐渐稀少，告诉严萍在这里支持着，他想回家去。回到家里一看，红军们睡了两屋子两炕，他们走了夜道儿，走得累了，直睡得齁齁的。一个个是老实巴交的庄稼汉，也有能说会道的，有的带着长枪短棍，有的带着钢枪，他心里说不出的高兴。有一个年轻的农民，见朱老忠走进来，急忙从炕上坐起来说：“老忠大伯！看你朱家门里向来没来过这些个朋友，从今以后，谁也不敢再拿白眼看你们了，走起路来，也敢挺起腰了！”朱老忠笑哈哈地说：“你说这话一点不假，这是农民大众给的光荣。”

两个人在屋子里说着话，人们在睡梦里听得朱老忠的声音，腾地从炕上跳下来，说：“老忠大伯来了，我去看看他。”连眵目糊没有擦干净，三步两步走过来，说：“老忠大伯！我们是来打日本鬼子的！”朱老忠说：“好！打日本鬼子，千里有缘来相会嘛！今天来的，都是革命的同志，抗日的英雄。”说着，人们都从屋子里走过来，围着朱老忠，说："我们一是来打仗，二是来看看你，听你讲讲老巩爷爷大闹柳树林。"朱老忠响亮地笑了，说："愿意听？那还不现成，走，院里去谈。"说着，人们尾随上来。朱老忠走到院子里，坐在捶布石上，打火抽烟。他抽着烟，眯眯着眼睛回想了一刻，说："同志们！请仔细地听吧！"他又开始讲起冯老兰砸古钟，朱老巩大闹柳树林的事。人们有的坐在台阶上，有的坐在门槛上、蹲在地上，睁着两只大眼睛，雅静不动地听着。讲到老巩爷爷吐血身亡，年轻人只身出走，人们眼里都掉下泪来。他说："同志们！现在已经不是那个黑暗的时代了。今天，我们有了党的领导，要暴动起来打日本鬼子了。"说着，他精神抖擞，又说："看我们把日本法西斯打它个稀里哗啦！"

人们你看着我，我看着你，由不得笑着。他们不讲客气，住在谁家，和人们在一条炕上睡觉，在一张桌子上吃饭。人们跟他们叫同志，他们对青年人都称弟兄，跟老人们都叫大爹大娘。

人们正在院里说着话，二贵唱唱喝喝走进来。朱老忠一见就问他："你什么时候回来的？"二贵说："刚回来，还没落脚儿。"朱老忠问："你回来干什么？嘉庆他们怎么着哩？"二贵说："他们昨日晚上打响了。"朱老忠诧异说："怎么？时刻还没有到，他们倒先打响了？"二贵说："咳！人多势众，哪里顾得？昨日晚上开始动手，先解决了一个区警察局。好家伙！李霜泗和他的闺女都能骑在马上，双手使两把盒子炮，一下子把个警察分局解决了，缴了十几条枪。在村边大柳树上立上一杆大红旗，写上'天下第一团'。张嘉庆叫我给你送了信来。"朱老忠觉得不对头，时刻未到，李霜泗倒先动了手。他问："还有什么事情？嘉庆叫你送这么简单的口信？"二贵说："军情紧急呀，说话都来不及了。”

朱老忠抬起头，思来想去，觉得心上有些沉重，可是贾老师并没有来什么指示，他也半信半疑。目前，他还不能判断明白，到底出了什么事情。他问：“李霜泗他们干得那么红火？”二贵咂了一下嘴，说：“哎呀！真是了不起呀！他把红旗一展，就把土豪劣绅们吓酥了筋了。他开了条子，跟他们要枪、要钱、要粮食，要多少就给多少。”朱老忠问：“土豪们要是不给呢？”二贵说：“那！他就和他女儿骑上马，拿上枪去打仗，一直打下那个村寨。”朱老忠说：“好！我都知道了，你回去吧！”真的，听到张嘉庆和李霜泗领导农民暴动的情况，他得到很大的启示。二贵说：“不，我不回去了，我回来暴动。”朱老忠说：“几天不见，看你小孩子也懂得道理了。”他一步步走过去，摸着二贵的头顶，笑嘻嘻地说：“好孩子！你是贫农门里出身，家生子儿，你背得动枪吗？”二贵把胸脯一拍，说：“嘿！这不是在你面前吹，浇园推磨，扬场打垛，什么都干过。打起仗来要是孬了种，不算是朱老巩的后代！”朱老忠说：“你怕枪响吗？”二贵说：“他不响枪，我还要抱起胳膊往枪口里钻呢！”一句话，把朱老忠激乐了，说：“你扬场打垛行，打仗可未必……跟你娘商量商量去，她答应了我没意见。参加红军的人，越多越好，要是有了成千个像你这样的孩子，开展华北游击战争算是不成问题了。”

听得说，二贵扭回头往外跑，说：“我去看看我明大伯！”叽里呱嗒跑到朱家老坟，跟明大伯谈了一会子张嘉庆和李霜泗领导农民暴动的话，朱老明笑笑嘻嘻，很是高兴。二贵要求明大伯跟父亲讲讲情，叫他去当红军，朱老明一口答应下来。二贵拿起脚来向外走，朱老明又把他叫回去。二贵停住脚问：“叫我干什么？大伯！”朱老明笑着从腰里掏出一条麻绳，说：“没有别的，来，我给你把舌头结上点儿。”二贵咧起嘴来说：“干吗结上舌头？”朱老明说：“结上舌头，叫你被捕以后不要乱说，走漏了消息不是玩儿的！”二贵知道明大伯跟他逗着玩儿，说：“我不是小孩子！看着吧，到了公堂以上，掰了脖子上了吊，二贵嘴里掏不出二话。”朱老明龇开牙笑了，说：“好孩子，要是到了公堂上能这样，那就好了！”严萍在一旁看着，心里实在高兴，笑了说：“革起命来老人们都年轻了，小孩子们更加懂事了。”

二贵跑回家去，一家大小又为参加红军的事犯了争吵，二贵叫大贵留在家里，大贵不干。大贵叫二贵留在家里，二贵也不干。二贵说：“爹！你上了几岁年纪，在家里看家吧。”朱老忠嘻嘻笑着说：“好！叫我看家？得先去请示贾老师。告诉你们说，孩子们！我的老伙计们都出兵打仗去了，我去当红军大队长，领兵打仗。”他把两只脚圪蹴在捶布石上，又得意地笑着说：“革命的好日子来了，家庭有了民主，青年人什么事都抢先儿。”又说：“红军一起手，前后方都是一样，村里建立起咱的村公所，筹柴、筹米、跑交通，事情多着呢！”朱大贵说：“依我看，二贵看家，小孩子家，会打什么仗？革起命来，日子还得过呀！”二贵说：“我看还是你在家里！”大贵甩了甩袖子，笑了说：“谁去给爹当参谋，谁去扛机关枪？”金华走过来，拍拍二贵脊梁说：“兄弟！别撒没好气了，我要说不叫你哥哥去，打仗是个风火事儿，叫外人知道了，还要说你嫂子不近情理呢。我看，我和你哥哥去，咱爹、咱娘、你们都留在家里，等天下打落平了，谁愿出去，谁再出去工作。”二贵听嫂子说得好听，一下子笑出来说：“我看出来了，爹去当红军，娘去当红军，哥哥去当红军，嫂子去当红军，我朱二贵也去当红军，咱朱家门里闹个

‘满门红’吧！”他说着，从小布袋里掏出一个红袖章，戴在胳膊上，抬起手这么看看，那么看看，笑笑嘻嘻，实在高兴。

一句话说得满院子人们呱呱大笑，那个年老的红军说：“老忠同志！你是怎么教育的，一家子人这么进步，合该共产党领导工农群众打天下了！”朱老忠说：“这是党的教育。什么土自然长出什么粮食！”他说到这里，转了下眼睛，觉得说得不够妥当，又说，“党的教育好比打铁炉，回回炉，加加钢，就更加锋快了。”

太阳西下，锁井大集散完了，参加红军的人们来得不少，东锁井家家户户都住上红军。住不开了，移到村北大柏树坟里。贵他娘叫了庆儿他娘、江涛他娘、顺儿他娘，烧茶送水，做了饭往大坟上送。红军们都在大柏树底下休息，单等命令一发，游击战争就打响了。朱老忠走回朱家老坟，叫严萍拿了名册，从小屋子里走出来。他们转过小屋，见人们在大柏树底下坐着，有的鼓捣枪支，有的在石桌上磨着刀矛。见了朱老忠，一齐站起来向他微笑，打着招呼。朱老忠也微微笑着，不住地向他们招手。

部队按地区编起，把西乡、南乡、北乡编成四个中队。就是东乡——锁井中队，还没有编起来，因为朱老星和伍老拔他们今天都很忙，还没有时间管队伍上的事。

说着，人们又围上来看朱老忠，有认识的，也有不认识的。拿着鸟枪土炮，拿着长枪，也有拿钢枪的，围得里三层外三层。朱老忠一个个抖着他们的手，微微笑着。走到小屋跟前，吩咐大贵说：“不能只顾高兴，快把锁井中队编起来！对西锁井要严加警戒，冯老兰不会和咱们善罢甘休，不肯轻易缴械，要派队伍监视他们！派人侦察城里情况，有一点疏忽大意都会造成损失。”有了人，有了队伍，朱老忠的精神格外不同；好像人长得更高了，思想也更加高了。一场群众性的、大规模的武装行动就要起来了。他由不得高兴，脸庞红红的，两目炯炯，射出雪亮的光辉。

这天的锁井镇，和往日一样：千里堤上大杨树的叶子，更加葱郁，柳行子上吐着细长的黄尖。烟囱上冒出晚烟，人们扛着锄的，背着筐的，顺着村道走回来。车道上腾起滚滚轻尘，飞尘和轻烟糅在一起，腾到锁井上空，流动到村郊，如同灰色的纱缕，绕在树上。晚风顺着白净的河水吹过来，满带着谷子花、高粱花的香气，漫散在村落上，把一些烟尘的气息冲淡了。河边鸭群在浅水里吃饱了肚子，蹒蹒跚跚走回家来。两只白鹅，走上千里堤，又回过头，冲天咯啦咯啦地叫着。水鸡儿在蒲丛底下，垂下眼皮睡着，一受惊吓，拍起翅膀飞上天去，又落在远处的水面上。长脖子鹭鸶把眼睛睁得圆圆，在苇丛边上站着。可是河水清澄，鱼儿再也不敢游近它。等得不耐烦了，就迈起长腿，无可奈何的、一步一步走着。呱嗒呱嗒长嘴，插进水里。一群牛走到河边饮水，喝饱了水，扬起头朝着天空哞哞地叫。

夜暗降临的时候，小屋子里燃起灯盏，朱老忠又叫了朱大贵、朱老星、严志和、伍老拔，组织起河北红军游击队锁井中队。按着上级的命令，朱大贵当了大队参谋，兼任锁井中队长。

朱大贵说："我哪里能行？有这些个叔叔大伯们，我能当领导？"伍老拔说："叫你小子干，你小子干就是了，这又不是吃东西，还尽尽让让的？你这叔叔大伯们，光是拿过锄杆，哪个拿过枪杆？"朱老星说："在反割头税的时候，我早就说过了，大贵学会放机关枪，是大闺女裁尿布，闲时预备忙时用，光自这咱就用上了。"说着，又张开厚嘴唇，哈哈大笑。朱老忠也挺起胸膛，仰头大笑，说："一句话说绝了，大贵去当兵，当时冯老兰认为是给咱降了祸，我总认为是给咱降了福了。要不是咱培养了一文一武，到这早晚咱连个指挥军事的人都没有。”朱老忠这么一说，伍老拔、朱老星、严志和都赞成朱老忠眼光远，朱老星说：“不是老忠哥，谁有这个气魄，谁有这个眼劲儿。”说着，朱老忠从屋里走出来，看看天上还是阴霾得厉害，天气闷闷的。

这天晚上，夜色很黑，县委派曹局长和张校长赶着大车送了轻机枪来。还带来一批现款，托他们带到前方去。朱老明、伍老拔、朱老星，都挺高兴，赶快烧茶弄水招待客人。大贵听说有了机枪，心上腾地跳起来，一步蹦过去，把机枪端在手上，跑进小屋，在灯下一看，机枪是新的，满带烧蓝，亮闪闪的，大家一齐拥上来看。朱大贵用手摸着说：“我娘！真好的机关枪，合该共产党起家了！”曹局长说：“可惜，我冒着性命危险弄来这挺轻机枪，有了枪还没有放枪的人呢！”朱大贵一听，噗地笑了，指了指远处，说：“你远看，哼哼！无人！”又指着自己的鼻子尖说：“近看！就是我朱大贵。莫说是这种常用的机枪，就是什么牌号的，咱也能使它两下子。”曹局长一听，眯着眼睛走过来看朱大贵。当他看到是一个五大三粗的小伙子，浑身上下是紫铜色的肉疙瘩，他说：“唔！你这个头儿倒是行，兴许和机枪有缘法！”朱大贵说：“不瞒你说，咱干了几年军队，扛了几年机关枪，后来学会了放机关枪，成了有名的机枪射手。”他又把机枪从炕上搬下来，趴在地上，格立起眼睛，摆开卧射的姿势，说：“既然有了机关枪，我朱大贵就英雄有用武之地了！就是死在战场上，也得和敌人对打到底！”

27

朱老忠送走了曹局长，抬头想到：明天就要起手了，回家去换换衣裳，剃剃头。当他走回家，一进屋门，贵他娘找出他的两身单衣裳，两双鞋，包了个小包袱，正坐在炕沿上愁眉不展。朱老忠问："你呆什么？"贵他娘说："这是你的衣裳和鞋，明儿你们要走了，不知道什么时候才能回来，你拿去吧！"说着，由不得脸上泛热，眼眶酸酸的。朱老忠说："那是真的，听说打起游击来，要打到太行山上，也可能打到白洋淀去。"贵他娘听说红军要打游击到远方去，抬起头眨巴眨巴眼睛，沉默下来。她又想起家乡：家乡的山野，家乡的草原，家乡的村庄，现在都在日本鬼子的铁蹄之下。想着，心中由不得翻上倒下，像在油锅里煎着。低下头说："我也跟你们一块去吧！"朱老忠说："那可不行！这是出兵打仗，又不是串亲戚。"他拿起小包袱，在手上掂了掂，说："打起仗来，手脚不闲，哪能带这么多东西？"贵他娘说："背上！"她扯起两个包袱角，走过去给朱老忠绑在脊梁上，说："要是有刀砍在这个地方，管保砍不进去。"朱老忠说："那不行！这有多么累赘？"说着，他摇晃摇晃肩膀，伸手又把小包袱解下来说："这，长短不行。"贵他娘说："系在腰里。"说着，又走过去把小包袱绑在朱老忠的腰上。朱老忠垂下手来看看，说："太多太多……"

贵他娘又打开包袱，取出一双鞋子、一身单衣裳，重又包上，说："不知怎么的，一说你要走啊，我心里火烧火燎，空落落的！"她把两手紧紧握在胸前，觉得心火缭乱，又说："常说的话：‘金窝，银窝，不如自己的穷窝呀！’自个儿身上流出的血汗，难离难舍呀！”

贵他娘自言自语地说着，眼上由不得滴下两点泪。朱老忠可是没有听清，倒背起手走出门来，在台阶上站了一刻。抬头看看天上，罩着花霾云彩，从薄纱一样的云彩里，透出几点星光。风摇树梢，柳树的枝条，在夜影中微微摆动。他衔起烟袋，走到南墙根下，拨拉拨拉破铁锅里的草，小黄牛嗅了嗅，哺哺囔囔地吃着。他拍着小黄牛的脑袋说："吃吧！吃吧！我要走了，去出兵打仗了！"他摸着牛脊梁上的细毛，说："好好等着，等我打仗回来，那时候咱们可就好多了！"一下子，他又想到暴动以后，一定有一场兵乱。白军来了，不会放松我朱老忠家！他又走回去对贵他娘说："白军来了，对我们红军人家，一定不会善罢甘休，要把家安排安排，把小黄牛牵到一个严密的地方去。"一想到白军来了，一阵子杀人放火，他心上实在不安。

贵他娘说："我也是这么想，红军起手，白军一定要来，可是牵到什么地方去呢？"金华听得说，从堂屋里走进来说："我看牵到春兰姐家去，那地方严密，不通大路。"她说着手疾脚快，走出去解下缰绳，把牛牵出来。贵他娘也跟出来，说："把这改畦的小铁锨也背上，这是你公公心上的家具，要是给白军抢了去，老头子也会心疼。"

金华牵着牛走出大门，贵他娘扛起铁锨，在后头跟着，踩着房荫，走到春兰家门口。金华叫开门，把牛牵进去。老驴头因为村里不静，一个人站在台阶上琢磨事儿。见有人敲门，也走出去看。一眼看见金华牵着牛，贵他娘背着铁锨走进来，不像串亲的样子，他想一定是出了什么事情，迎上去一把攥住牛鼻圈，皱起长眉毛，说："亲家！这是干什么？"贵他娘说："这里说不详细，家去说吧！”金华把牛牵到里院，拴在树上。贵他娘走到台阶上，找了个板凳坐下，老驴头坐在台阶上。贵他娘拍着老驴头肩膀，压低嗓音说：“亲家！咱乡里农民要暴动呀，红军要起手了！”

老驴头愣怔了一下，点了点长胡子，捋到一边去，把嘴唇就在贵他娘耳根上，说：“听得说了，街上人们都嚷动了，说贾湘农到了锁井镇，老忠兄弟要竖起大拇手指头了！”说着，他又高耸起眉峰，咕嘟着嘴，若有其事地说：“这可是一桩大事呀！自古以来，顶天立地的大汉子才敢做这样的大事情。你想，没有金刚钻，谁敢揽这个大瓷缸。干好了，给咱庄稼人挣下个饭碗，可是干不好呢，要担多么大的凶险呀！”一壁说着，蹙皱眉头，摇动着脑袋发抖。贵他娘看他心情沉重，问：“大哥！你怕？”老驴头摇摇头说：“我不怕！我怕什么？咱又不是贪官污吏，又不是土豪劣绅，碍着咱什么了？人们听说要打土豪分田地，分粮食，都逞着架势想分点粮食吃。眼下正是青黄不接，喝着菜汤过日子哩！”贵他娘说：“那倒办得到，咱村三大家的粮食厚着呢，一个锁井镇上的人也吃不清。”老驴头唔唔哝哝地说：“冯老兰和冯老洪肉厚，冯老锡可未必。”贵他娘又伸起脖子问：“大哥！你参加不？”老驴头说：“看人们参加，咱也参加；人们要是不参加，咱也趁早躲远一点。”贵他娘问：“你不想分点粮食吃？”她这一问，老驴头又哈哈笑了，点点头说：“唔！就是！可是，看人家分，咱也分；人家要是不分，咱可不敢动人家一颗粮食粒儿。”贵他娘说：“红军给人们撑腰做主，还怕什么？”老驴头怔了一下子，说：“嘿嘿！杀头之罪！”说到这里，贵他娘合紧嘴，再也不说什么，“杀头之罪”这几个字刺激了她。老驴头又问：“这农民暴动，到底干些个什么事？”

贵他娘说："从近处说，就要惩治那些土豪劣绅、反动地主们。从远处说，就是起兵抗日。"老驴头说："依我看，冯老兰就是一个。那家伙锅里吃，锅里屙，好不是东西！"

金华在屋里和春兰说了一会子农民暴动的话，又去拾掇出牛棚子里的柴火，把牛牵进去，和春兰家小牛拴在一起，棚门上用高粱秫秸挡上。走过来对贵他娘说："娘！你来看看，怎么样？"

贵他娘走过去看了看，搭致得不显山不显水，蛮好。又叫了金华悄悄地走回来，走过街道的时候，街上静静的，没有一点声音。走回家来一进屋，朱老忠还坐在小包袱一边，守着灯呆呆出神。小小的灯火，冒得又细又长，腾起一股黑红色的烟缕，冲上屋顶。她自从嫁了朱老忠，两个人在一起，这些个年来没有分离过。如今，朱老忠要离开她，离开家乡，游击战争还不知打到什么时候，打到什么地方去。左思右想，牵肠挂肚，思想像一团乱麻，再也择不出头绪。一时身上发起热，心上跳动起来，把泪滴揩在眼边上，说："好！一切安排停当了，家里的东西，我和他嫂子再拾掇吧！你不要管了，痛痛快快地去吧！"

朱老忠说："那当然是，别看我上了几岁年纪，咱受了一辈子颠连困苦，挨了一辈子欺侮，我舍不了这口气。被压迫的人们，翻身抬头就靠这暴动，建立抗日政权！咱的人坐进衙门，就什么话也好说了。没有政权，掌不住印把子，就说什么也不灵。我还要嘱咐你和他嫂子，我们走了，你们在老明哥领导下，要努力斗争。当然啊，在过去，你是女人，又上了年纪，能干得了什么？可是如今这抗日是大家伙的事，多一分力量，是一分力量。"

贵他娘心里还是纠缠得厉害，像刀子剐心。想过来，想过去，还是抗日事业为重。她说："贵他爹！你忍下心，放下家去吧！去铲除那些贪官污吏，打倒那些土豪劣绅们，那些反对抗日的家伙们。不的话，即便有这点血汗财帛，也是给他们守着。他们像吸血鬼一样，瞪着两只大眼看着咱的饭碗！再说日本鬼子一来，……咳！那就什么也不是咱的了！”她沉思默想，好像有多么重大的事情就要落在他们头上。

朱老忠说：“当然是！一不做，二不休，我主意已定，要干到底！”

贵他娘说：“去吧，干去吧！把家交给我，你们都去，怕什么？咱从北到南，受了一辈子困苦，到头来还不过是个穷！”

朱老忠挺了挺胸膛说：“不，将来我们就要把穷日子丢到脑袋后头去了！”

朱大贵送了曹局长一程才走回来，一过窗口，听得父亲和母亲的谈话，他在窗台下站了一会，深深受了感动，好像在自己血液里注上了一把劲。革命到了高潮上，中心县委决定了暴动，游击战争明天就要打响。他一想起来，胸膛里的血，就翻腾起来。这时，他又想起运涛，陷在监狱里几年了，江涛又陷在狱里……想着，复仇的心情，在激动着他。又想起冯老兰抓了他的兵，在白军的兵营里度过的几年痛苦日子，他攥紧了拳头，抬起鼓溜溜的胳膊，在眼前摇了一下。迈起沉重的脚步，走进屋里，憨声憨气地说：“明天就要打响，要离开这家了，再回来看看！”

贵他娘忙回头看了他一下说：“看看来吧！你是这家里生的、这家里养的，能忘了这家？”

朱大贵说：“明儿红旗一举，要拉起竿儿，打起游击来。可是，我心里老是空落落的！”他把枪搂在怀里，坐在小柜上，低下头拿着小烟袋抽烟。

贵他娘说：“空落落的什么？立着的房子，躺着的地，谁能背着走了、扛着走了？说干就是干，不入深山能逮住老虎喽？去吧！甭犹疑！”

朱大贵说：“我不是说的那个。”

贵他娘问：“你说什么？”

大贵说：“我说的是，我要离开娘了，心里有点热糊。”

贵他娘一下子笑了说：“甭热，热的什么？抗日要紧……”

一阵话把大贵说动，他抬起身子，伸手抡起烟荷包，把荷包绳缠在烟袋杆上，插进腰里，说：“娘这一说，我心里就亮了。像在身上打上了精神劲儿，腰里挺实多了。土豪劣绅们，能把政权双手捧给咱劳苦大众？政权是打来的。”

朱老忠点头笑了说：“好话，一点不错！饭碗也是打来的，衣裳也是打来的。到了干的时候，把脑袋一扎就是干，干了再说。”

这时，朱大贵想起美好的未来的远景，由不得眉飞色舞说：“是呀！将来村有村政权，区有区政权，县有县政权，净让咱这背锄赶车的人们当家做主。把贪官污吏、土豪劣绅们都宰了，看美气不美气！”

朱老忠说：“美气多了！”说着，心上的血液像开起锅来，伸手解开怀襟，露出胸膛，张开带胡子的大嘴，一阵阵笑着。

一家子人正在说说笑笑，二贵打着口哨走进来，把枪咕咚地扔在炕头里，说：“我去放哨来，转悠了半天……这哨怎么放法？黑更半夜、青草秣棵的，一会碰上一群，一会碰上一群。你问‘红’，他答‘旗’。红旗、红旗……乱乱腾腾，四面八方的人都朝这里走，盘问半天，都是咱的人。今天晚上可乱了套了。”

朱老忠说：“可得好生盘问盘问，混进奸细来，不是玩儿的。”

二贵说：“我看哪，一个也混不进来，大路旁小道边，站岗放哨的人可多了。娘！快给我摊个鸡蛋吃吧，不的话，我要是走了，可别想我！”

娘一听就乐了，说：“你父儿们要走了，给你们摊个鸡蛋吃！”说着，喊了一声：“他嫂子！明儿他父子们要走了，给他们做点好吃的！”

金华听得说，迈着灵活的脚步走进来。一掀门帘，见大贵在屋里，一下子笑了，说：“娘，做什么吃？”

贵他娘说：“烙秫面饼，炒鸡蛋。”

二贵说：“不行，包饺子，我去割菜。”说着，跑出去找割菜刀，拿篮子。

贵他娘说：“你别……黑灯瞎火的，弄到什么时候才能吃上？”

二贵说：“大暴动的年月，还分什么黑大白大？”说着，他提起篮子向外走。

贵他娘紧走了两步，把身子横在门口挡着，说：“你别去！能吃到大天亮？”

二贵说：“吃到太阳出来要什么紧？”

贵他娘使劲在二贵脊梁上捶了一拳，说：“傻东西！不叫你哥哥和你嫂子说个话儿？”说着，挤了一下眼睛。

二贵瞪出两只斗鸡眼，说：“哟！娘想得真是周到！”他又跑过去，在金华身上抓了一把，说：“娘都是为你！”

金华说：“看看你！成天价不着三不着两的。毛手毛脚，活像个兔俏子！”说着，抱柴火做饭。

朱老忠叫二贵烧了一大锅热水，大贵二贵洗了脚剃了头，穿上新浆洗了的衣裳，新鞋新袜子。贵他娘烙好了秫面饼，金华摊好了鸡蛋，父儿三个围着炕桌吃起来。金华在一边笑眯眯地看着不走。贵他娘赶快裹了几张饼，拨上满下子鸡蛋，塞到大贵怀里说："快去！你两口子到你们屋里吃去，她等着你哩！"说着，把大贵和金华推出门来。

一出门，大贵扯起金华的手，小夫妻俩走到自己屋里。金华在炕上铺块手巾，把饼放在手巾上，把灯端到炕沿上。两个人对着脸儿坐下，边说边笑，慢慢吃着。大贵吃着饼，牙口之间啧啧咂咂响着。金华说："怎么吃得那么香？"大贵说："我高兴，等到天明，好日子就要来了，比过年三十晚上还高兴哩！"吃完饼，两个人又说说笑笑，玩了一会子，才铺炕睡觉。金华吹熄灯躺在炕上，眼睫毛老是呱嗒呱嗒的，兴奋得不行，说什么也睡不着。又翻过身点上灯，看了看大贵，也没睡着。她叹口气说："你走吧，好日子是你的，难受的日子是我的！"

大贵问："怎么？"

金华拉住大贵的手，放在自己小肚上，说："来！你摸摸他！你摸摸他！"

大贵伸出手摸着，笑了问："怎么了？"

金华一下子羞红了脸，热辣辣的。把胳膊搭在眼睛上，唔唔哝哝说："才两个月！"说着满脸羞红，眯眯笑着，紧拉了一下被头，把脸遮上。

小两口儿刚把头放在枕上，嗯？笼里的公鸡打了第一声长鸣。大贵说："看，该起了吧！"金华拉紧了大贵，忸怩说："你起吧！"嘴里轻轻说着，一下子把大贵紧紧搂在怀里，轻轻喘息说："咳！好日子到了，你也要离开我了，你什么时候才能回来？"朱大贵紧紧握住金华的手，把厚嘴唇揿在金华的脸庞上吻着，说：“唔！打胜了仗，就回来了！”

朱大贵猛地翻身起炕，跑过去开门一看，乌云散开了。天上晴得蓝蓝，豁亮新鲜的，天角上还有几颗大明星。大贵心里说：“怎么今天晴得这么干净！”蓝色的天上，已经泛起白光，天快亮了。他背起枪，顾不得提上鞋，就匆匆地往外跑。跑出锁井村头，离远看见一面血红的大旗，插在朱老明的屋角上，迎着风，呼啦啦地飘着。红旗照耀着天空，上写：“河北红军游击队第四大队”。红军已经在大柏树林里排上队伍，大红旗小红旗飘了一大片，每人身上带着长枪短棍和快枪，还有打兔子的鸟枪，个个臂上缠着红袖章。这时天上飘起了云彩，它们来为好日子欢呼，为好日子庆祝了！

28

朱老忠手里拿着烟袋，在大杨树底下站着。为了迎接好日子，穿上了才浆洗过的紫花裤褂，穿上新靸鞋，背着大草帽。昨日晚上回到大队部，和伍老拔、朱老星、严志和，也互相剃了头，刮了脸。脸上红通通的，嘴巴上留下三绺黑胡子。

朱老忠叫严萍开了条子，叫反动地主们送枪送米。说：早送的留下一条性命，顽强抵抗的，杀头问罪。反动地主们接到朱老忠的通知，聪明点的，立刻把枪送来：有送一支的，也有送两支的。冯老兰连理睬也不理睬，还气得胡子一乍一乍地说：“我不能给你们送枪送米，你们是农民暴动，千古不容的，我要和你们对打到底！”朱老忠一听就气愤起来，说：“老拔同志！你亲自带着人去，他要再说个‘不’字，我这里就要响枪了。”伍老拔带上几支大枪，跑到西锁井，冯老兰把四门紧闭，怎么也进不去。伍老拔站在门前大喊：“冯老兰！赶快送枪送米，不然就要杀你的头，问你的罪！”冯老兰大吼了一声，从门楼上站起来，瞪出大眼睛，耷拉下两撇灰白胡子，嘶哑着嗓子说：“叫我送枪，要了我的命我也不送。闲人闪开，看枪！”说着，他拿起二把盒子，哗啦就是一梭子，伍老拔机灵地闪在墙角后头。他看冯老兰顽固不化，带着人一溜烟跑回来。

朱老忠一听就冒火了，跺跺脚，提高嗓门说：“老霸道死不回头，好！我们就要打响第一枪！”朱老忠背叉着手，气愤地在窗前走来走去。在他们斗争的道路上，真正拿起枪来做武装斗争，这还是第一次。他走南闯北，克服了各种各样的艰难困苦，和统治阶级做过各种各样的斗争，如今到了武装斗争的阵前，更加聪明智慧，更加奋勇百倍。他考虑：冯家大院护院的打手们都能打枪，冯贵堂也可能请了警察保安队来，宜早不宜迟。他说：“红军游击队第一次打仗，一定要打胜，不能打败！好！先振作振作士气再说！”红军们听说要打仗了，在大柏树林子里举动刀矛，呐喊着：“红军万岁！”“中国共产党万岁！”喊得雷动。

伍老拔也笑笑哈哈说：“那是一定，我们的气势正旺着哩，你看，人们喊是多响！冯老兰骨碌包堆才有十几支枪。”

朱大贵把两只袖子向上一撸，瓮声瓮气地说：“他是个兔子也滚不了网！”

虽然人们都急着打仗，朱老忠还是沉住气，左思右想，说：“眼下城里并没有多少敌人，白军要是从保定、从安国开下来，还得要两天多的时间。”又对朱大贵说：“放几个侦探出去，要注意保定和安国敌人出动的模样。”朱大贵打发两个人骑上自行车，去打探敌情。朱老忠戴上他的大草帽，把袖子卷到胳膊肘上，对朱大贵说："大贵！时候到了，打起你们的队旗，指挥锁井区的农民向土豪劣绅们进攻吧！"朱老忠一说，朱大贵、伍老拔、朱老星，转过屋子后头，走进大柏树林里。

好日子到来的这天早晨，人们从黑咕隆咚里早早起身，穿好衣服，绑好鞋子，胳臂上缠上红袖章，扛着鸟枪火炮，扛起快枪，扛起红缨枪，红军的队伍好不威势！朱大贵一步跳上高坟头，把红旗一摇，粗声喊着："同志们！我们的好日子到了，站好队伍，大队长要讲话了！"

朱老忠笑模悠悠地跑上坟顶一看，人们站满了队伍。他抬起手捋了捋胡子笑了，提高了铜嗓子说："同志们！红军游击队的小伙子们，老乡亲们！以前，贾老师领导我们闹了几年抗捐抗税，抗租抗债。闹过几场宏大的农民运动。今天，要领导咱们党团员、红色农民、有觉悟的知识分子们、广大农民群众，打起游击战争来……

"中国共产党，在南方闹起来中央苏区、湘赣、鄂豫……十四五个革命根据地，成立了中华苏维埃共和国。我们为了配合全国革命形势的发展，要在滹沱河上，在潴龙河上，在唐河上，建立起红色的冀中抗日游击根据地了……

"同志们！我们有的是多年的老党员、共青团员，有的是久经锻炼的农民积极分子，和封建势力做过棋逢对手的斗争。我们为了劳苦大众的利益，为了党的利益，为了广大群众的利益，要离开我们的家，离开我们的妻儿老小，跟随着党，跟随着红色游击队，打起游击战争来了。你们看！年幼的红军多么英雄呀，多么威势呀！为了我们的国家，为了我们的民族……"说到这里，他更加兴奋起来，举起右手，攥起拳头，学着贾湘农讲话的姿势，颤抖着说："我们要和蒋介石反动派进行拳对拳、脚对脚的斗争！他们不许我们保家卫国，不许我们抗日，我们要斗争！斗争到底！我们要建立起工农红军，建立起抗日民主政权，把日本鬼子打出去……”

朱老忠讲着，头顶上流下汗珠，脸上越发地枣红起来，他是那样地兴奋。真的，他觉得今天和昨天像是两个人，今天的朱老忠越发地能干了。伍老拔一下子跳起来说：“你看咱大哥多棒！”朱老星张开厚嘴唇说：“哼哼！红军大队长了嘛！”朱大贵摇着红旗，鼓起掌来。人们一齐鼓掌，像春雷暴响，震撼柏林。朱大贵伸起粗胳膊大拳头，张开簸箕大嘴，喊着：

“无产阶级万岁！”

“中国共产党万岁！”

“打倒日本帝国主义！”

红军一齐跳起脚喊起来，喊得天摇地动、回音缭绕，喊得云雀高飞，喊得云片坠地，喊得秋高气爽，天上更加晴朗了。

朱老忠听着响亮的喊声，看着红军欢腾跳跃，不住地搓着手微微笑着。心里说：我们闹腾了多少年，今天才显出来了！他又宣布了河北红军游击队第四大队负责人的名单，四十八村的人们，听得说叫朱大贵做锁井区中队长兼大队参谋，人们一齐鼓掌。朱老忠在掌声里说：“叫他带领你们杀反动地主和日本鬼子的脑袋，像切西瓜一样，你们高兴不高兴？”大家一声吼叫，说：“高兴！高兴透了！”人们一齐摇起红旗，举起双手跳起来，拍起巴掌，在太阳光下，像是惊涛骇浪。

朱老忠把两只手叉在腰里，笑眯眯地，梗起脖子，看着大柏树林里攒动的人群，看着人们欢腾的笑脸。蓦地，他身上一时火热起来，眼睛有些迷离，眼前红旗招展，红军的队伍，无边无际。他打发二贵把各中队长叫了来，见了面一一握手，说：“各路同志们！今天我们在锁井起义了，四十八村的农民，多少辈子都是爬在泥土里生活，今天见着天日了……”他猛地抬起头一看，太阳钻出云霞，透出无数条金色的光带，照着柏林，照着红军队伍。他又笑着说：“湘农司令员有命令：红军不许乱杀人，不许乱点火，不许糟蹋老百姓的庄稼，只要打土豪分田地。共产党给我们撑腰做主，我们才有了今天，四十八村的人们，要翻身抬头，要直起腰来了。游击战争就在这锁井镇上打响第一枪。吃鱼先拿头，我们就先打冯老兰这个老封建疙瘩！”不等他说完，朱大贵跑上大坟顶，伸起拳头在空中一播，说：“嗨！大队长有命令，兵发西锁井！”

游击队员们，伸起脖子，睁着大眼睛听着。不等听完朱大贵的命令，一嗯噜地向南冲。大红旗、小红旗、红袖章，像一条花龙，向前飞奔。朱老忠急红了脸，赶上去大声喊着：“不要乱跑！不要乱跑！”人们还是一股劲向南冲，一齐喊着：“打倒冯老兰！”

朱大贵扛着机关枪，跟在朱老忠后头，一时无法制止这样庞大的人群。高跃老头走过来说：“这样不行呀！”冯大狗也生气跺脚，说：“这么打仗不行呀！碰上国民党兵，一下子就被消灭了！”朱老忠咂咂嘴，说：“你说的哪里话，群众游击战争嘛，新起的队伍，当然不能和正规队伍一样！”人群冲到了锁井村边，一出庄稼地，不提防哗啦啦地一排子枪打过来，像是无数飞蝗落在庄稼叶子上，噼啪乱响。人群又呜地兜回来。红军第一次作战，敌人打枪，他们还站着。朱大贵跑上去，着急说：“快快趴下！趴在豆棵底下！”严志和跟朱老星眼睛睁得圆圆，你看看我，我瞧瞧你，龇开牙默默笑着。他们今天第一次打仗，又是惊喜，又是害怕。听到第一声枪响，很觉稀罕。枪声不够清脆，但是很响，震得人心上突突跳着。不一会工夫，有火硝的气味顺着风飘过来。严志和心上一慌，脸上冒出汗来，几年以来，自从运涛坐了狱，江涛又入了狱，他就老是想着拿起一杆枪，向阶级敌人开火。今天一听到阶级敌人的枪声，他的心血不住地滚动，脸上青色的血管胀起来，斗争的血液，在身上兴奋地流动。两只眼睛闪出雪白的光亮，咬着牙关，恨恨地说："好狗日的！他先打了我们一家伙！"他趴在地上，右手拿着枪，左手拔起一棵青草放在嘴里嚼着，说："你反正打不着我！"

朱老忠听到枪声，从后面赶上来，二贵在后头紧跟着。朱老忠说："同志们！不要乱跑，要听我的指挥，枪子是不留情的！"

伍老拔擦了一下脸上的汗说："狗日的真个打我们！"说着，眨着眼睛看着朱老忠，嘻嘻笑着。

朱老忠踮起脚尖，向前看了看，点了一下头说："唔，伙计们！不要害怕。冯贵堂是个学生出身，财主士绅，并没多少军事经验。看家护院的，也不过是一些地痞流氓，谁给他死心打仗？没有什么了不起！"他又歪起头问朱大贵："你看这仗怎么打法？"

朱大贵把机关枪戳在地上，侧着头想了想，说："我说给他个硬攻，三下两下子把它拿下来！"他把手遮在眉梢上，这边望望，那边望望，看不见目标。敌人都在村边上，秋天时节，青纱帐正深，庄稼叶子正密，一点人影也看不见。他绷紧酱色的脸，两只大眼珠子，骨骨碌碌地转着，想不出办法。正在迟疑，朱老忠又问："怎么样？敌人在什么地方？"

朱大贵说："听枪声像在前面村边上，黄土墙圈里。我们不能冒失前进，怕吃亏哩！"

朱老忠拈着胡子，看着大贵说："可是，粘时间长了也不行啊！”他想到：这里一响枪，敌人就会出动！打发二贵去叫了大小严村的小队长来，他说：“你带一个小队，绕到锁井村西，蹚水过河，到离镇附近，钻在高粱地里，监视敌人的行动。不见敌人，莫要响枪！”又对冯大狗说：“这会用着你了，你是老手，懂得军事。你背上枪到前头去，看看敌人到底在什么地方，看准了，我们好揍他。”

冯大狗一下子笑出来说：“看你也用着我了！”他背上枪，钻着高粱地往前走，走完高粱地，又爬过一片谷子地。当他刚刚爬进玉蜀黍地的时候，抬头一看，冯家护院的，正趴在土墙头上瞄着枪。冯大狗冲他们瞄准了，打了一枪说：“揍你妈妈的！”猛地枪声响起来，打得庄稼叶子哗哗乱响。土坯墙圈里腾起一片烟云，阵风送过火药的气息。冯大狗闹清楚了敌人的阵地，连爬带滚跑回来说：“朱大队长！冯贵堂的人，就在小珠子他们墙圈里。”

朱老忠点了点头，也不说什么。一个农民，经过了阶级斗争，经过多年群众斗争的锻炼，到了此刻，带起一百多人，成了红军大队长，就像很有经验的指挥官一样，指挥战斗了。他判明敌人密集火力的所在，又左思右想了一会，派了冯大狗领着两个游动步哨，钻着庄稼地上前边去，监视正面的敌人。他蹲在地上，用小木棍在地上画了一个图形，和朱大贵商量了一会。朱大贵弯下腰，转着大眼珠子，笑了说：“好爸！你也成了诸葛亮了！”

朱老忠伸出两只手，把图形一划拉，拍拍手上的泥土，从地上站起来说：“就这么干！”

锁井中队，迎着敌人打着枪，枪声忽急忽缓，朱老忠高声大喊：“老乡亲们！多少年来，我们祖祖辈辈把血汗流在冯家土地上，他霸产霸财霸人，人事不干，还阻拦抗日。今天我们要起手了，向他进攻！”人们在战阵中，举起枪，举起刀矛大喊：“打倒他个老封建疙瘩！”喊声像雷鸣。

朱老星一时激动，脱下小褂，缠在腰里，哆嗦起脸庞说：“他喝得我们的血太多了，放大利钱收高租，压迫得我们出不来气，打他个狗日的，我先打头阵！”说着，他不顾敌人的射击，腾地从庄稼地里站起来，瞪出大眼珠子向前冲，红军们一群群紧紧跟着，齐大伙儿冲上去。

朱老忠赶上去，命令拿快枪的人，集中起来，站到前边，走过去拍拍他们的肩膀，笑了说：“来！我在头里，你们在我后边跟着，说个冲，咱们一齐冲。”他端起枪，把大草帽子掀在脊梁上，挺起胸膛，扯开铜嗓子大喊：“同志们！跟我来，我们要冲到西锁井，活捉冯老兰，分了他的粮食，谁愿要多少就要多少。冲呀！”这时，他已经忘记是在战阵中，只记恚[①]着冯老兰就在前面，他要去活捉他。一边喊着，挺起胸膛向前跑。这时枪声一阵阵乱响。

朱大贵扛起机枪在后头紧跟着，撒开粗嗓子大喊：“目标！正前方！墙圈里……冲呀！”

游击队员们跟着一齐呐喊，喊声震动田野。随着喊声，跟着朱老忠冲上去。伍老拔也带着锁井中队向前冲，扛枪的、持矛的，齐打伙儿呐着喊，碰得庄稼叶子嗯嗯哗哗一阵乱响。朱老忠带着队伍冲到锁井村头，看见土墙圈上有人露着头打枪。他举起手，指给大贵看，说：“大贵！快发命令！”

朱大贵敞开嗓子大喊：“正前方，墙头后边发现敌人，开枪！”随着喊声，鸟枪火炮一齐响起来，大贵又带着队伍冲到前

---

① 记恨。

面去了。

冯贵堂见红军来势凶猛，像万马奔腾，从庄稼地里攻上来。枪炮声中，硝烟缭绕，也不知到底有多少人。他一时慌乱，命令："红军冲上来了！撤退！"说着，反回身拿腿就跑。朱老忠听敌人枪声不响了，带起队伍追上去，跳过墙圈。一过小门，春兰和严萍隔着门缝看着，她们冒着战火，跑到西锁井探听消息去了，见红军过来，开开门跳出来，说："冯贵堂带着人跑过去了，快追他们！"

朱老忠带着红军追到大街上，婶子大娘们、庄稼汉子们、小孩子们，从家里走出来，跑上去跟他说话儿。大街上一时热闹起来，提着壶的，端着碗的，喊红军歇歇喘喘，喝口热水。朱全富老奶奶也拄着拐杖赶了出来，睁起小眼睛说："老忠！你们猛打猛冲，真真是咱穷人群里出了战将！"

朱老忠拍拍老奶奶的肩膀，笑了说："立着的房子，躺着的地都不管了，性命都不要了，还怕什么！"老奶奶自言自语："好样的！好样的！"朱老忠跟着老奶奶走进小门，把大队部安在小门楼底下。老奶奶搬出个小桌，叫朱老忠喝着水。红军陆续开进锁井大街，隐蔽在门楼底下，隐蔽在小胡同里，开始和冯老兰的家丁们作战。

冯贵堂带着护院的人们，退回冯家大院，登上高房，凭着垛口作战，一阵枪炮声又响起来。冯老兰站在屋顶上，楞眉竖眼，耷拉下白胡子，手里提着盒子枪。他指挥护院的人们关紧大门，把冲锋枪架在屋顶上。红军队伍一露目标，冲锋枪就哗哗地打起来。冯老兰看见大街小巷里，到处是拿红旗缠红袖章的，浑身打起哆嗦，敞开嗓子大喊："闲人闪开！共产党要杀我的人，放我的火，要共产共妻……今天要较量高低！"说着，他气狠狠地举起盒子枪，哗啦就是一梭子。接着，冲锋枪的子弹密密层层地打下来。朱老忠指挥红军闪在屋檐下隐蔽地方，向冯家大院开起枪来。枪声炮声一齐响起，不一会工夫，打了满街筒子硝烟云雾。

村里人看见朱老忠带领红军打仗，也和红军站在一起。也有的躲在门洞里，隔着门缝悄悄望着。老太太们、妇女们，拉起风箱给红军做饭。朱老忠站在墙檐下，看着冯家大院的墙垣，像城墙一样高，梢门关得紧紧。冯老兰指挥护院的人们打得枪声山响，加上村里的回音，响得更是森人。朱老忠一时气愤，把朱大贵、高跃老头和伍老拔、朱老星叫在一起，说："我们做了多少年的工作，开了多少日子会，就是为的打倒冯老兰。如今，我们有这些个人也打不开冯家大院，看是怎么办？"高跃老头从肩上摘下枪来说："依我看，要想打他还不费难！"以他们为首，带领农民们一齐开火，一阵枪声之后，把敌人的火力压住，可是还解决不了战斗。伍老拔想来想去，猛地把小褂抻开，脱了个大光膀子，喊着："同志们！要打倒贪官污吏，铲除土豪劣绅，先在冯老兰身上开刀！"喊着，红军游击队员们的鸟枪火炮一齐响起来，一直打了半天。一边打着，伍老拔带着锁井中队爬上去，接近冯家场院。院墙不高，一纵身就能跳过，可是一上围墙，就会被敌人发现。他又回到小门楼底下，找朱老忠说："我们还是攻不进去。"朱老忠一时气愤，脱下小褂在地上一摔，光着膀子说："我要上去！"朱大贵说："爹！你还是不能去，你是大队长！"朱老忠说："大队长才要上阵哩！"伍老拔带着朱老忠，通过苇塘，接近冯家场院。朱老忠趴在墙根底下，忽闪着眼睛想："这墙是土的，并不厚。"他说："同志们！来，推倒它！"

伍老拔鼓足了劲，说："同志！来，伸一膀子！"

朱大贵、严志和、朱老星、高跃老头、二贵……一起子游击队员们，把脊梁靠在墙上。朱老忠叫着号子，喊：“一、二、三……四！”一齐伸开脊梁向后撞，围墙咕咚地倒下一大段。可是一阵枪声，朝这个方向打过来，朱老忠大喊道：“打倒土豪劣绅冯老兰！冲呀！”一边喊着，带着中队，弯下腰冒着弹雨溜进场院。隐在麦秸垛后头。朱老忠歪过头瞧了瞧，场院里没有人，敌人都在房顶上。大门紧闭着，门扇用铁皮包裹，钉着密密的泡钉。他擦去脸上的汗珠子，喘着气说：“攻进了一层！”

伍老拔喘着气，看了看高高的墙垣说：“好！攻进了一层，再攻一层！”

游击队员们，初次打仗，一个个心上扑通乱跳，又是喜欢又是害怕。大街上，枪声还在响着，离远听来，有清脆的快枪声，粗暴的土炮声，夹杂在喊声里，这就是中国农民在古老农村里，一场剿除土豪劣绅的战争。

伍老拔越打越觉得有趣起来，他扯起衣襟擦着汗，把脖子向后一鞘，说：“唉呀！像过年放爆竹！”

朱老星龇开牙笑着，说：“拿爆竹崩也得崩倒老封建疙瘩！”

严志和笑眯着眼睛说：“有这些个人给他烧炕，一会就烧热了！”

朱二贵也龇开牙笑，说：“这么好烧的炕呀？还得担着点凶险。”

朱老忠看场院挺大，静静的，他说：“我先去看看棚子里的牲口，弄几匹骡子驮子弹，弄两匹好马骑着。”他从乱柴堆里爬过去，刚一爬过柴堆，就有子弹打过来。他慌忙爬到牲口棚门口，隔门缝一看，大骡子大马一个也不见了。他跺脚大骂：“好歹毒家伙，偷偷地把骡马遛走了！”站在牲口棚门口，左看看，右看看，冯家的宅院，像铁筒一般。吧咂吧咂嘴唇，喊：“老拔同志！咱用什么办法攻？”

朱老星爬在伍老拔后头，从麦秸垛底下伸出脖子看了看，说：“唔！……”

朱老星一听就火了，说：“红军不能被困难吓倒，来！用火攻！”

朱老忠摇摇头说：“红军的政策，不能点火！”

伍老拔也说：“当然不能违犯政策，刮民党又该宣传咱们杀人放火了！”

朱老星牙间打着咯咯，说：“那可怎么办？”

朱大贵说：“只得暴露咱的重武器了！”

朱老忠摇摇头说：“不！叫敌人知道咱有了机关枪，与咱将来作战不利！”他看了看冯家的房檐，摇摇头，这才明白财主家修高房的用意了。朱大贵看朱老忠不表示态度，着急说：“那可怎么办？火枪土炮攻不进这么高的宅院。”

朱老忠急得折了一截湿柳棍，搁在嘴里嚼着，尝着甜甜的苦味，眨巴着眼睛不说什么。朱大贵也闷着头儿想主意，着急说：“爸爸队长！只有这么办了！”他一喊，红军们轰的一下子笑起来。笑着，爸爸队长、爸爸队长地喊着。朱老忠叫过伍老拔来，商量好了战斗方案。朱大贵煞了煞裤腰带，把机关枪支在麦秸垛后头，叫过二贵供着子弹。对准冯老兰的屋檐阵地，喊起阵雷般的声音，说：“冯老兰你听着，缴枪不杀头！”喊着，焦脆的机枪声咯咯地响起来。在鸟枪火炮中，机关枪的声音是那样悦耳，那样清脆，红军们支绷着耳朵，一齐听着，几乎忘了打枪。

冯老兰听得朱大贵的喊声，把头掩在垛口后面，说：“土匪暴民，你上不了我的房……国军来了够你们一呛！”

朱大贵说：“老土豪看家伙吧，够你一呛！”说着，机关枪声阵阵响起来，子弹像泼水似的打在房垛口上。枪声是那样的连理响亮，直打得砖碴乱崩，硝烟飘起，黄尘烟气冲上天去。直打得冯老兰趴在房墀里，再也不敢抬起头，睁不开眼睛。他想不到红军会有机关枪，由不得心上寒颤起来，但还没有撤退的意思。机关枪的声音，是那样兴奋人心，红军们一齐呐喊起来，鸟枪火炮响个不停。朱老星抬起头看看天上，笑了笑，他怀疑机枪的声音是从太阳上发出来的，好像太阳在笑。朱大贵打着机枪，牵扯住冯老兰的炮火，伍老拔叫了严志和、朱老星他们，抬了一根大木头来，放在大门前，两头拴上绳子。四个人拽紧绳子，晃起大木头，喊着："一、二、三……四！"大木头撞在门板上，哐！哐！哐地一家伙，咔嚓一声，门板炸裂，咕咚地倒在地上。朱老忠一时兴奋，大喊："红军同志们！老乡亲们！冯老兰的大门打开了，向里攻！"

朱大贵端起机关枪冲上去，朱老忠带上队伍，一直往里院子里冲。大贵和二贵一进大门，啪地一个土造炸弹从房上抛下来。吓得二贵跳溜地躲到墙角里去，说："我娘！这是个什么家伙！"朱大贵手疾眼快，弯腰拾起炸弹，扔回屋顶上去。立时听得轰隆一声巨响，炸弹在屋顶上爆炸，一条粗大的烟柱冲上天空。

朱老忠心情激动，觉得浑身火热，脸上不住地流下汗来，嘴里实在焦渴。他匍匐在墙根下，把胸脯趴在潮湿的土地上，休息了一刻。朱大贵端起机枪在头里冲，二贵背着子弹箱紧跟着，冲进外院。朱大贵瞅个冷不防，两步跳过去，钻进东屋，二贵也跟进去。大贵举起机枪，隔着窗棂，朝北房屋顶上打了一梭子弹，接着就有密集的枪弹跟过来，不提防有一粒子弹从二贵腋窝下穿过去。他一愣怔，瞪出大眼珠子一看，有敌人站在二门的门楼上。他点了一下下巴说："哥！快打！"大贵立刻端起机枪，擂了一梭子弹。两个护院的，噗嚓地滚下墙来。朱大贵连忙上好子弹，就势赶上去，抬起脚踹开二门，向中院打了一梭子弹。这时，伍老拔带着队伍冲上来，振着嗓子大喊："同志们！冲呀！"红军一齐呐喊着，呼啦啦地冲进去。

朱大贵冲进中院，护院的人们又从里院冲出来。大贵二贵退到阶台后面，上好了子弹，向里院射击。房上又投下炸弹来，嗵嗵地响着，炸得泥土横飞，几乎把大贵和二贵埋住。这时，已经把冯老兰的人压缩到中院和里院。朱老忠看非占领高房不行，占领了最高点就压住敌人火力了。于是，他带着红军从场院上了屋顶，大声喊着："同志们！上房压顶！"又对敌人喊话："冯老兰缴枪不杀！"在全村里，冯老兰的房子最高，站在屋顶上一看，全村房屋树木都在眼前，他又大声叫着："大贵！大贵！你们在哪里？"

大贵和二贵隐蔽在中院柴火棚子里，眼看着敌人在屋顶上慌张的活动，也不敢声张，恐怕被敌人发觉。听到朱老忠的喊声，也大喊起来："我们在中院里，敌人要逃走啦，人们快上房呀！"

29

当冯贵堂带领家丁们在村边作战的时候，冯老兰早就在家里做好了准备：穿上送终的绸缎衣裳，穿上一双缎子靴，戴上送终的缎子帽盔，红疙瘩。把两条子弹带挎在身上，手里提了盒子，踩着扶梯上了屋顶。冯家大院，平时就有作战的准备，屋檐都修上掩体和枪眼，房与房之间，修上天桥，冯老兰从这座屋顶走到那座屋顶，查看工事。当他看到这样高的房屋，这样厚实的墙壁，这样好的工事，心中纳罕说："好！满可以抵挡一阵了，量他红军一天两天也难攻进，一两天之后，国军就开到了……"

当他看到锁井村北，庄稼地里红旗招展，人头攒动，风声响着，有千军万马之势。但听枪声，人也不算太多，而且枪声并不那么焦脆；红军也许没有多少好枪，只是一些鸟枪土炮，解决不了战斗；当他仔细听出枪声里快枪也并不少，他耸了耸肩头，没有信心了，只好给自己壮壮胆。

冯贵堂带领家丁们从村边退回来，拉他退走，他坚持不退。趴在屋檐上，施展他那把德国造、二把、插梭、二十响盒子的威力，向红军射击。后来他看到大街上真的有那么多红军，万弹齐发，一齐向屋檐射击，他由不得愤怒起来。两手抖着，哆嗦着脸庞，血充红了眼睛，匍匐在屋顶上，瞄准红军连连射击，大声呐喊："兄弟们，打啊！我养兵千日用兵一时呀！打退了红军叫你们喝人坛的酒，吃大块的肉，打啊！"

在冯老兰的监督之下，冯家的院丁们从早晨打到天小晌午，看看红军越来越多，枪声越来越密。冯贵堂站在高房顶上，看到街坊邻舍都接待红军，给红军烧水做饭。他咂着嘴，觉得为难了，感慨地说："咳！大势已去！"弯起腰走到冯老兰面前，说："爹！你看！红军来势凶猛，枪声一阵紧似一阵，依我看你先退走吧！你离开这里，我们好放心大胆地作战。"冯老兰听了，连理睬也不理睬，一直合眉攒眼地打着枪。冯贵堂又说："爹！你一辈子成家立业不是容易，走吧！你走开吧！我在这里顶着。"

冯老兰听冯贵堂嘴上絮叨不清，回过头瞪了一眼，说："不，我不能走，我的粮食撤不走！"

冯贵堂恳切地说："爹！粮食是倘来之物，一年有两次收成，算不了什么……"

冯老兰不等冯贵堂说完，急得跺脚，皱起眉头说："仓房里有你祖爷几代收下的粮食，传给子孙，万世不受饥饿。丢了，再也见不到，我心疼！"说着，两只手不住地打着枪，阵前枪声炸弹阵阵响着。

冯贵堂弯起腰走到各处工事上看着，家丁们身上的子弹剩得不多了。他又着急地走过来，咕咚地跪下去，流下泪来说："我的亲爹！红军就要攻进来，你老人家一辈子不是容易，还是走吧！"

冯老兰两手不停地打着枪，气红了脸说："没血没肉的东西！我不能走，你成天价喊着经营商业，这里有我们苦心经营的杂货庄、轧花房、花庄、粉坊……一年有好多收入，不能丢给红军……"

冯贵堂不等他说完，气得立起来说："咳！你的脑筋僵化了，过时了。你是大里不见小里见，你看那杂货铺院里，那粉坊、轧花房院里，不是都有了红军吗？大势已去，走吧！你快逃活命吧！"

冯老兰听阵阵枪声，向后爬了几步，站起身来，向大街上看了看，摇摇头，更加焦躁地说："不！不走！我不能走，你祖爷给我置下的房产田亩都在这里，我不能走！这都是老爷爷的心血！"

冯贵堂急得直跺脚，实在等不及了，红军已经攻进大院。他一下子红了脸，命令李德才和老山头说："来，架着他！快跑！"冯老兰见老山头和李德才伸起胳膊来架他，他把两只脚一跷，咕咚地躺在地上，打起滚来，咧开嘴大声号哭："不走，我决不走，家财值万贯！"

老山头气得摆头跺脚，睁开两只三角眼唬着："你老人家怎么这么死羊眼？是财帛要紧还是人命要紧？嗯？”

冯老兰说：“财帛要紧！财帛要紧！财帛要紧定了！”他躺在屋顶上乱滚，鼻涕眼泪顺着鼻梁流下来，手脚四肢在地上打着拨拉，说：“不，不走。我还有两颗子弹，一颗打死朱老忠，一颗留着打死我自己……”他心里也明白，今天他这十几支枪抵不过红军的威力，但是他在思想上还是不肯认输：冯家大院几百年来，并未经过失败；反割头税以后，他还告了贾湘农他们几状，一直撵得贾湘农在滹沱河岸上站不住脚，只好转入地下。如今，他还是不服输，死也不走。

这时，朱老忠已经带着红军从场院房顶上冲过来，撒开铜嗓子大声喊叫：“冯老兰！赶快缴枪，缴枪不杀！”

冯贵堂看着红军来势不善，实在抵挡不过，他不得不下命令：“退却！冲出村外去！”老山头听了冯贵堂的命令，睖着眉眼看了看冯老兰，冷孤丁扔下他说：“去你娘那呱嗒嗒，你爱怎么就怎么的。”他头也不回，跟着冯贵堂和护院的家丁们，扛起冲锋枪，房串房逃走了。

这时，朱大贵听得敌人枪声渐渐稀少，伸开脖子喊着：“大队长，你在哪儿！”朱老忠在屋顶上说：“我在房顶上，快快进攻！”朱大贵猛地从阶台下站起来，端起机枪，横起腰冲进里院。院里方砖砌地，藤树叶子撒了满世界，鸡在满院子横飞，鹅群咯啦咯啦地叫个不停。朱大贵端着机枪，走遍了每一间宽大的住房，大男小女，一个也不见了，静悄悄没有人影。二贵跺跺脚说：“狗日的！都逃跑了！”

朱老忠带着红军，在屋顶上仔细搜寻。刚一登上正房的高大屋顶，砰的一声枪响，子弹从朱老忠下巴底下哧溜溜地穿过去。一下子打了朱老忠个大愣怔，立刻趴在房上，红军们紧跟着一齐趴下。朱老忠一时精神紧张，顾不得知觉，用手在浑身摸了摸，不见潮湿，并未受伤，又带起红军匍匐前进。才爬了一间房那么远，砰地又是一枪打过来。他把胸脯紧紧贴在房顶上，抬起头看了看，发现有人藏在灶筒后头打枪。当他看出那并不是别人，正是冯老兰的时候，他祖辈几代的仇恨，一下子从心里涌上来，冲红了脖子脸。仇人见面，分外眼红，这时像有一颗炸弹在心房里炸裂，从心里发出一股热力辐射全身，浑身的血管都要炸开了。他不顾危险，腾身站起来，端起枪冲上去。冯老兰见朱老忠冲上来，砘子碰碌碡[①]，敌人见了敌人，瞪开血红的眼睛，举起手枪扑过来，两个人开始交手。冯老兰伸枪打过来，可是枪声未响，他的两颗子弹已经用完。这时他心上馁下来，把枪往旁边一扔，一个饿虎扑食，抢过来抓朱老忠。朱老忠为了要活捉冯老兰，把枪扔给红军，撑起虎式子，瞪起眼睛，张开两只手，向冯老兰扑过去。冯老兰哪里是朱老忠的对手！朱老忠一个箭步跳过去，抓住冯老兰的领口子。按理说，朱老忠要想叫冯老兰立时死在他的面前，并不费难。只要两手抓起冯老兰向高处一举，向房下一扔，管保他摔在院里，脑浆迸裂，老命就完了。可是他不，他下定决心，要捉活的。两手抓住冯老兰，想把他扳倒在房上。冯老兰也不示弱，下死力挣扎，两只手搂住朱老忠的胳膊不放。朱老忠东一摇西一摆，怎么也按不倒冯老兰。他一时怒火冲头，握起拳头，在冯老兰身上没头没脑地乱捶。多少年的冤屈一下子冒出来，大声叫着："冯老兰哪，冯老兰！你还我们祖辈几代的命来！"喊着，一个飞腿，把冯老兰拨倒在地。

冯老兰倒在房上还是不认输，又挣扎起来，直奔朱老忠。朱老忠伸开两只胳膊，抢上去夹住冯老兰的脖子，一下子背在脊

---

① 指硬碰硬。

梁上，用力一背，啪的一声，把冯老兰像一只死猪一样摔在房顶上。朱老忠就地卡住冯老兰的头，向腿上窝过去，直窝得冯老兰的脑袋夹在两只腿上。红军们一齐赶上去，手打脚踢，没一会工夫，就把冯老兰鼓捣得蔫下来，躺在房顶上，只有出的气，没有入的气。想动弹一下手脚也动弹不了了。朱老忠又抬起腿，飞了他一脚，见他不再还击，用指头点着冯老兰，感慨地说："冯兰池呀，冯兰池！想不到你今天做了我的阶下囚！"说到这里，他又生起气来，抬起腿连连飞了冯老兰几脚，说："你还我四十八村人的老账！"红军们有知道朱老忠的经历的，也有被冯老兰吊打过的，被他逼过账的，被他霸占过土地人口的，一齐上去，要把冯老兰砸成肉泥烂酱。朱老忠说："同志们！这不是打他的时候，打仗、搜索敌人要紧！"

严志和也擦干了眼泪说："不用难过，他已经落在我们手里，这就报了一万辈子血仇了！"

朱老忠把枪提在手里，吩咐朱老星说："先把他老狗日的押下去，锁在小黑屋里！"朱老星和几个红军，架着冯老兰从扶梯上走下来，送进珍儿住的小套间里，一把锁把门锁上。那小屋又潮湿又黑暗。

朱老忠带着红军在房顶上搜索，他们从高房跳到低房，又从低房爬上高房，找不见一个人影。从被踩坏的瓦脊上，可以看出敌人是从那里逃走的。他生气说："好狗日的！都逃跑了，就剩下一个冯老兰。"他明白冯老兰这个倔强的家伙，死也不会逃走，今天把他捉住，是一件兴奋人心的事。走着走着，看见小房墀里溜出一个人，他弯着腰走过去一看，是珍儿。手里好像是拿着一个什么东西，呆呆地蹲着。他瞪起眼睛说："不是珍儿吗？手里拿的是什么？"珍儿看见了亲人，一下子扑过来，说："干爹，给你！”说着，慢慢站起身，把一支勃朗宁小手枪递过来。

朱老忠亲热地抚摸着她的头，把枪抓在手里，说：“珍儿！你哪儿来的枪？”珍儿仰起小脸，说：“是我拾的。”朱老忠又问：“你一个人藏在这里干什么？”珍儿皱起眉峰说：“他家里人们都逃走了，留下我侍候老霸道，烧茶做饭。”她一边说着，眼睛湿润润的。朱老忠说：“冯家的大仓房在什么地方，你知道吗？”

珍儿一下子笑出来，说：“来！我净等着干爹问我这一样哩，我的身上没有一点财主血，自从到了冯家，专门注意这些个事。”珍儿领着朱老忠他们从屋顶下来，走到西房夹道里。夹道里堆了些个烂稿荐、破鸡笼、叉、耙、扫帚，把门堵住。珍儿领着红军们拾开一条路，走进去一看，是一座四四方方的院子。院里长着一棵老香椿树，树下尽长着草。院子虽小，房子却很大，房门用一把大铁锁锁着。朱老忠吩咐红军搬来一块大石头，砸开铁锁，进去一看，是一个很大的仓房。朱老忠一看就笑了，说：“真的！没有家鬼送不了家人，没有珍儿在冯家，谁能知道这里有个大仓房！”珍儿一下子笑了，说：“干爹算说对了，这个老仓，除了做饭的，再也没有别人知道，老霸道一年四季尽在内宅转悠。”朱老忠探头到仓房里一看：窗户用苇席遮住，屋里黑洞洞的，什么也看不见。尽是一些个顶房梁高的大谷囤。珍儿把嘴头对在朱老忠的耳朵上说：“这里还有一个夹壁墙！”朱老忠走过去，伸出拳头敲着墙壁，咚咚响着。珍儿接着说：“金银财宝，好衣好裳，净等着红军哩！我亲眼看见他们藏的。”说着，她把一个破席篓子拿开，露出夹壁墙的小门。珍儿瞅瞅那个小门，又瞅瞅朱老忠，两只眼睛眯眯笑着。

朱老忠拍拍珍儿肩膀，说：“咳！孩子虽小，也顶用了，活该我们红军打落天下！”

珍儿笑了说：“当然！干娘教我的，有多大力气，出多大本事！”

朱老忠叫红军们锁上仓房门，叫了严萍来，把门上加上封条，才从后院走出来。一出夹道，大贵在院子里等着，看见父亲，他说：“爹！这么些天了，你还没好好休息过，冯家大院打开了，大队部也安排好了，你也该去歇息歇息了。”

朱老忠随着朱大贵走进冯老兰的房屋一看，屋子虽是宽大，可是又阴暗又潮湿，黑咕隆咚的，屋子里尽是红漆家具。朱老忠冷笑了一声，说：“哼哼！叫我住在这里？”

朱大贵说：“这有多么阔气！炕上放着闪缎被褥，铺着大花毯子。桌子上有纸墨笔砚，你住在这里，办公开会，要多威风有多威风！”

朱老忠摇摇头说：“不，冯老兰的屋子缺乏阳气，我一进去就觉浑身阴凉，我不能住在这么黑的屋子里。”他又瞪了大贵一眼，说：“这有多么封建？你就不想想，难道我们暴动是为了封建吗？我讨厌！”

朱大贵看爹爹脸上变了颜色，蹑悄悄地走出来，把那杆大红旗从门角上拿下来。朱老忠又走到冯贵堂的屋子里，那屋子墙粉刷得雪白干净，墙上挂着字画，炕上铺着竹席，都是红木家具，桌子上的钟表嗒嗒响着。朱老忠摇摇头走出来，说：“这屋子也不行，这是他娘的资本主义。”又走进冯焕堂的房子，那房子里是黄泥抹墙，老辈子红油橱柜，橱子上放着早熟的玉蜀黍种子，高粱穗子，还有小孩们的棉裤袄。他又摇摇头走出来，走到外院李德才住的账房里。朱大贵说：“这个房子可就行了，桌椅板凳什么都有，开会也方便。”

朱老忠走进那三间账房一看，窗前有张大账桌子，桌子上放着笔砚算盘和要账的褡裢。房子另一头放着手夹子、木狗子，一些刑具。朱老忠一进这个房子，浑身寒颤，连汗毛都竖起来。见了这些刑具，由不得火气上冲，伸手扯起算盘，照准那些刑具打过去。哗啦一声，珠算子儿滚了满屋满地。朱老忠厉声说："我们不能住这房子！这间房子盛气凌人，是统治劳苦农民的！"朱大贵也不敢说什么，悄悄跟着父亲走出来，走到长工屋里。那四间房子，一头是一只大木槽，槽后尽是马粪尿。一头是一条大土炕，铺着破苇席，放着长工们的破烂被褥。房里充满了马尿味，还有槽里的豆腥气。墙上烟熏得漆黑，屋角上挂着蛛网，窗棂上不知糊着多少层旧字纸，遮得屋里实在黑暗。朱老忠坐在炕上歇了一刻，笑笑说："大贵！这才是我们住的地方，你把大旗插在屋门上，我在这里一坐就浑身舒服，我要在这里安上大队部，才是咱无产阶级的本色。"

朱大贵上下看了看那间房子，摇摇头说："这也不像个大队部的来派呀！"

朱老忠一听，镇起脸来说："什么来派？"停了一刻，他才明白过来，说："哦！你在白军里呆过，你要按白军的势派安排红军大队部，是吧？你错了，我们红军，是无产阶级队伍。我们用不着那些老势派，一切要创办新的。"说着，他兴奋得脸上红起来，斩钉截铁说："你把那杆大红旗插在门口！"

大贵把大红旗插在牲口棚的门上。朱老忠又打发大贵叫了二贵和严萍来，在大土炕上放上一张小炕桌，叫严萍在小桌上办公。战斗虽然过去，他还是歇不下心来，又走到院子里去，在大槐树底下走来走去，先派出人去，在村子四面警戒。红军结束了战斗，有的烧水洗脸、洗脚，有的在大树底下休息，擦着枪，磨着刀。他们连走了几天路程，才赶到这里。在朱家老坟上露宿了几天，经过一天的战斗，都有些疲累了。把冯家大院的房子都住满，躺在炕上睡起觉来。朱大贵看不惯，走过来说："他们连冯家闺女们的绣房都住上了。"

朱老忠说："他们住可以，我不能住那样的房子，我是大队长，我要打仗在前，吃住在后。"

朱大贵说："要是着上女人的脂粉气哩？"

朱老忠说："他们着不上，他们是红军，是无产阶级，无产阶级不信鬼神，不怕邪祟，能克五毒。"

说着，他坐在大场院里碌碡上休息，冯大狗从里院抓了两只母鸡来。朱老忠见了，瞪起眼睛问："大狗！你拿那个干什么？"

大狗见朱老忠问，嗫嚅地说："你看！你一天不吃饭了，脸上瘦下来，眼睛也凹进去。我想给你熬碗鸡汤喝……"

朱老忠不等大狗说完，一下子跳起来，大发脾气，叫起来说："你是什么思想？红军才起，不一心专注地发展红军，发动群众。光是弄起这些事来，这是国民党作风，你要好好改了，不然我要把你赶出红军去……"人们听得朱老忠大发雷霆，一齐跑出来，安慰着他，劝走了冯大狗，这才了事。朱老忠叫了中队长们来开会，初次打胜仗，脸上都笑嘻嘻的，非常高兴。朱老忠把他们让到牲口棚里，坐在炕上，坐在草墀上、槽头上。朱老忠坐在炕沿上桌子一边，说："今天，我们红军打了第一个胜仗，活捉了冯老兰，打跑了冯贵堂，鼓起人们的士气。我们商量商量，当前还要做些什么对劳苦群众有益的事情？"

大家听了，一时无有话说。想了半天，大小严村的小队长说："当然要先分了反动地主们的土地，脚蹬地头顶天，农民有了土地，算是有了立脚之地了！"

随后也有人跟着说："按我们种地人来说，土地算是根本。"说到这里，这人像是犯了思量，又说："可是，不知道反动派给不给咱这个时间？"

朱老忠一听，坚定地说："可也就是，保定和安国都有国军。"

也有人说："红军才打了半天仗，不用说是保定的敌人，就是城里来了敌人，也够咱们一呛！"

这时，伍老拔从炕头上站起来，两手叉在腰里说："众位同志们！依我看，为了广大群众利益，咱们还是先开仓济贫，如今正是青黄不接，粮食为贵！"伍老拔一说，大家都赞成。一九三二年春天，冀中春荒严重，米珠薪桂，粮柴甚是缺少。

朱大贵坐在槽帮上抽烟，听到这里，他把巴掌一拍，说："着啊！也把衣裳分了，叫人们过冬的时候冻不着。"

说到这里，一齐纷纷议论，中队长们对于分配反动地主的土地、粮食、财物，感到无上的兴趣。朱老忠一时决定不下，从热闹场合中走出来，站在大树底下想来想去。看那场院里放着大车、小车、拖车、犁耙……好多种地的家什。账房西头有一间小屋，他推开门一看，屋里搭着木架子，架子上放着大车上的绳套：有皮套、麻套、铁丝套，有长套，有短套。有各种圜子：铜圜子、铁圜子、长方圜子、椭圆圜子。有各种鞭子：大鞭、二截鞭、三截鞭。架上放着一大捆鞭梢：有牛皮鞭梢，有狗皮鞭梢……哎呀呀！可多着哩！小屋里还有一个小套间，套间里盛的各种农具，有各种的锄：有小锄，有大锄。有各种的镰：有柳叶镰，有鱼头镰，有割苜蓿用的大镰。有各种铁锨：有小铁锨，有大铁锨。墙上还挂着渔网：有三指眼、二指眼、一指眼、半指眼，有抬网，有旋网，有罾，有鱼叉。场院里放着大小碌碡，还有碾子，有磨，有水筲，有担杖……数也数不清。老财主们虽然有这些生产工具，不一定都用得着，平时置下，以备将来子子孙孙不作难。

朱老忠越看越高兴，拈着胡子走回来，自言自语："咳呀！明朝手里的老地主，该分的财富可就多了！"他走回去，坐在炕沿上说："同志们！敌情紧急，咱们还是先分粮食、财物、家具，先发动群众，群众发动起来，就什么也不怕了。至于土地，谁也背不了走，也扛不了走，敌人给我们空隙，我们再分。目前分不了，也不要紧，常言说得好：'立着的房子，躺着的地，跑了和尚，跑不了寺。'什么时候能分，什么时候再分，你们看怎么样？"这时，他感觉到发动群众是一件大事。

朱老忠一说，大家哈哈笑了，说："大队长的话，一点不错。"

朱老忠说："好！敌人不会给咱太多的时间，说分就分，赶早不赶迟。"朱大贵又对中队长们谈了谈放警戒、放流动步哨、监视敌人的事情。朱老忠拿起腿走出来，人们在后头跟着。

猛地他又想到，全军人马，自从早晨，水米不打牙。他说："赶快叫人们点火做饭。"

一壁说着，走到猪圈跟前。朱大贵一脚跳到猪圈里，拍着肥大的猪脊梁说："爹！你看，放着这玩意干什么？"

朱老忠听得说又停住步，笑嘻嘻地看着圈里一群肥猪。猪一见了人，走上来哼哼叫着要食儿吃。朱老忠看了看朱大贵，笑眯了眼睛说："好！你们想吃地主的肉，是吗？你要明白，那是冯老兰的，冯老兰是封建。"

朱大贵留恋不舍，弯下腰去，捋着猪脊梁上又黑又亮的鬃毛，说："不，他人封建，猪不封建。无产阶级的肠胃，吃下去就把它消化了。"

朱老忠哈哈笑着说："好！你们想吃猪肉，先杀它几头，叫红军壮壮身体，好打仗。”

朱老忠叫了珍儿，带着中队长们，走到冯家内宅。一路走着，看着那些高大厚实的房屋，都是经过多少年代，年积月累，由劳苦大众的血汗造成的。因为作战，那架老藤萝的叶子，也被打得七零八落了，风一吹，飘了满天满地。朱老忠叫了珍儿，走进仓房，仔细一看，谷囤可多哩！大的是席囤，小的是荆囤，囤前摆着神桌香炉，囤上贴着红签，写着各种年号：有明朝时的谷囤，也有清朝的谷囤。老财主们历年积下粮食，夸他们的豪富。就是饥馑最严重的崇祯朝代，还留下一囤粟谷，作为子孙们的纪念。朱老忠愤怒地说：“怪不得咱穷人们没有饭吃。同志们！来，先分粮食，大秤分粮食，小秤分金银。”

伍老拔走上去说：“这些个粮食，还分得过来？我看发动群众亲自下手吧！”

朱老忠一时高兴，走出来登上扶梯，到屋顶上敲起铜盆，大喊：“街坊四邻！穷苦老乡亲们！红军打开了冯家大院，没收了他的粮食财物，分给贫苦农民。东西可多哩，谁愿拿多少，就拿多少，快快来吧！”

锁井镇上的劳苦大众们，听得朱老忠敲动铜盆，当当响着，听说红军赶跑了冯贵堂，逮住了冯老兰，给人们出了气，两手打着哈哈，快乐得不行。东锁井的人们，早就敲起大锣大鼓，好像庆祝新年，听得朱老忠喊，一群群一伙伙地背着口袋，拿着箩筐，奔向冯家大院。在大街上拥拥挤挤，灌满了街筒子，呼噜喊叫，像滹沱河里的流水。贵他娘，顺他娘，庆儿他娘，春兰他娘，也跟人们一块跑了来。朱全富老奶奶，背着布袋走过来，看见朱老忠，慌着眼睛问：“分粮食吗？我是大份小份？”

朱老忠捋着胡子，仰起头哈哈大笑了，说：“什么大份小份？你随意拿吧！什么分东西？这是咱们自个儿的，今天要拿回家去。”

朱老忠站在台阶上，两手叉在腰里，笑笑哈哈，指挥红军们给群众装粮食。看穷苦农民们把成口袋的粮食背回家去，把成包袱的棉花抬回家去，指挥人们把单、夹、皮、棉，好衣好裳，闪缎被褥，金银首饰……把各种各样的好东西都分了，又分了各种农具。春兰看见朱老忠今天这么高兴，闪开乌溜溜的大眼睛，说：“大叔！咱穷人可有今天了，开仓济贫，饿不死人了！”

朱老忠拍拍胸膛，说：“走着瞧吧！毛泽东同志和朱德同志还要派一支劲兵北上抗日，不久就到咱的脚下，好日子还在后头呢！”说着，他在人群里认出老驴头，走过去拍拍他的肩膀，把嘴唇就在他的耳根上，问：“老哥！你也来了？”

老驴头拍拍布袋，停住拿簸箕的手，龇开牙齿笑着，说：“好呢！我为什么不来？农民暴动起来，我还怕什么？”

朱老忠看见冯大狗家里的，也在人群里装粮食，挤过去拍拍她肩膀问：“怎么样？这安家费算是有了，你要多少？”

冯大狗家里的看见朱老忠，慌着两只眼睛说：“神人！看见你们打仗，吓得我身上直打激灵。俺受了这些年的苦，今天可吃顿饱饭吧，我要磕头谢你们哩！”说着，跪在地上，咚咚地磕了几个响头。冯大狗在外头当兵的时候，她抱着小的，拉着大的，沿着门赶饭吃，穷得不行。遇上打土豪分田地，心上实在高兴，像是从天上掉下来的。

人们挤挤攘攘，翻箱倒柜，鼓捣仓库，仓尘卷着粮虫，飞腾到天上。朱老忠看见冯大狗从夹壁墙里背出一口袋洋钱，走上去说：“农民暴动，有饭大家吃，有钱大家花，金银财宝不能自个儿要！”立刻叫了朱大贵来，把口袋背在脊梁上，敞开个小口，让洋钱哗啦哗啦地流出来。朱大贵在头里跑，朱老忠在后头喊着："老乡亲们！快来拿吧！冯老兰的钱是穷人的血汗，人人可花！"他们顺着大街，边跑边喊，洋钱滚了满车道。一大群老太太、老头、大人、孩子，在后头跟着拾，跪蹴马趴地乱抢，说："真是！活了一辈子了，还没遇上过这个年月，高兴死人了！"

朱大贵在头里跑，金华也跟在后头拾，拾满了沉甸甸的一褂子包。一边拾着，哈哈笑着说："看你！真会闹着玩儿！"

朱大贵说："有多少这个年头？看这有多么热闹？领着大家伙儿取个乐儿吧，吐吐肚子里的冤气！"

伍老拔、朱老星、严志和和一些红军们，背着枪站在梢门口上看着，觉得革命多少年来，才摸着今天这个解放的日子了！

朱老忠猛地又想起一件事，说："嗯？还没有找到冯老兰的红契文书。"严志和也说："可就是！"又齐大伙儿去找冯老兰的文书匣子。冯家大院房子多，找了半天，也找不到。急得朱老忠鼻子尖上冒汗珠，搓着大腿暗想："唔！可藏到哪里去了？"发动人掏了炉膛，掏了鸡窝。又找了铁锨大镐来，翻掘院子，翻了二三尺深，还是找不到。

朱老忠等人们分完了粮食、棉花，分完了衣服，他把踩在地上的破烂衣裳拾起来，抖了抖土，说："这在饥荒年月，都是好东西，不可糟蹋！"亲自抱起来，送到附近穷苦人家去。回来又把囤底子打扫了一口袋粮食，吹簸干净，扛在肩膀上，背进一家小栅栏里。老太太没经过这个年月，正在院子里念佛，听着大街上的动静。看见朱老忠走进来，睁圆惊惶的眼睛，说："咳呀！天神！你们真敢做这样的好事？世界上还有谁们敢破着死命这样干哩？快来家里坐坐！"她伸出两只手走过去，拉住朱老忠不放。看见粮食，她一时高兴，流出眼泪哭泣。她已经几天没吃饱饭了。

朱老忠把口袋放下，走过去安慰说："老奶奶！你为什么不去分点东西？"

老太太说："唉呀！哪里走得动呀，听说农民暴动，只是心上慌，走不出门去，急死人了！"

朱老忠认出是老猪他奶奶，拍着她的肩膀说："老奶奶！红军起手了，开仓济贫，打土豪分田地，这就翻了身了！"朱老忠把谷子背到她的小屋里，又说："看看好不好？这是冯老兰喝了咱的血，今天叫他吐出来……"

奶奶说："那可好！咱自个儿的东西嘛，今日个回到老家了。你们闹腾了半天，一直打了半天仗，快来炕上坐坐！唉呀！穷人有了今天，是一辈子也想不到的。"

朱老忠说："老奶奶！从今以后，红军要给你们撑腰做主，再也不作难了。"

老奶奶见了粮食，心里高兴，连推带搡，把朱老忠按在炕头上，又跪下磕头，说："天神！天神！天神下界了！"朱老忠笑笑嘻嘻，赶快弯下腰扶起老奶奶说："不是天神，是农民暴动，地主阶级剥削了咱们，叫他们吐出来！"他说着，走出小栅栏。

这一天，红军们打开冯老兰的庄户，分了粮食，缴了枪；又到冯老洪院里，分了粮食，收缴了枪。这是第一个大胜利，真是鼓舞士气，振奋人心。

30

太阳平西，红军们才吃午饭。大贵从厨房里盛了一大碗肉菜，拿了一大摞白面饼来，让朱老忠吃。他把碗在炕桌上一搁，笑了说：“爹！快来吃顿肉，享享福吧！”

朱老忠斜起眼睛，看着那碗肉菜呆了半天。他已经好多年不吃肉了，可是他并不喜欢，心上发生一种厌恶的情绪，猪肉的味道使他心里发腻。自幼以来，他没给冯家大院扛过长工、做过短工，他没用冯家的碗筷吃过一次饭。他说：“享什么福，我一见就恶心，你们吃去吧，我不吃冯家的东西！”

大贵知道他的脾气，也不多说。

朱老忠说：“我不饿，我心里还架着火哩！”说着，他从大队部里出来，走进冯家内宅，红军们正在院里吃饭，一个个吃得红头涨脸。看朱老忠走过来，站起身打招呼，说：“大队长！快来吃顿好饭，这一辈子还没过过这么富的年哩！”

朱老忠笑呵呵地说：“好嘛！你们吃得饱饱的，我们就要开拔了！”

伍老拔和朱老星用筲桶给人们担肉菜，用柳条簸箩给人们抬大饼，安排红军们吃饭。冯大狗用头号大黑碗盛了岗尖一碗肉，把三张白面大饼中间咬了个大窟窿，套在脖子里，蹒跚走着，张开大嘴狼吞虎咽。看见朱老忠走过来，连忙迎上去说：“大队长！你吃我这一碗吧！”

朱老忠挺起脖颈斜了他一眼，看见他那个怪样子，由不得笑出来说：“算了吧！好好吃饱了饭再玩，你偏是连玩带吃，像个什么样子？三四十岁的人了，不怕人笑话？怎么样，这比你在白军里好多了吧？”

冯大狗一听，两腿打了个立正，举起拿筷子的手，说：“红军万岁！这里打仗比那里打得自由，这里吃饭也比那里吃得自由，自由透了！”

朱老忠仰起头，哈哈笑了说：“自由！你不要光是讲自由，我们还有红军的军纪呢！”他看红军们一个个吃得饱，喝得足，心里非常高兴，就提高了声音，问了一句：“同志们想想，咱们今天吃的是什么饭？”

二贵说：“我们今天是吃的冯老兰的心肝。”说着，抿起嘴儿笑着。

朱老星一下子从地上站起来，说：“不，今天吃的是大锅饭！”

伍老拔也说：“今天吃的是老伙里饭！”说着，满院子红军们又哈哈大笑。

朱老忠说：“不！今天吃的是抗日饭。不要忘了，日本帝国主义侵略我们，一共有六段……”

高跃老头一边吃着饭，走过来指手画脚，嘻嘻笑着说：“大队长！就请你给我们讲讲这六段吧！”红军们一齐停下筷子听着。

朱老忠说：“第一段，是甲午中日战争，大卖国贼李鸿章和日本订了《马关条约》，割去我们的台湾、澎湖列岛。第二段，是八国联军攻进北京城，日本帝国主义也参加了。第三段，是民国十四年‘五卅’惨案，日本帝国主义在上海杀死我们的工人领袖顾正红。第四段，是‘五三’惨案，日本帝国主义在济南杀死中国的外交官蔡公时。第五段，是日本强盗炮击沈阳北大营，发动了‘九一八’事变，强占了我们的东北。第六段，是今年一月二十八日，日本军进攻了我们的上海。……”他一口气说到这里，越说越觉气愤，由不得提高了嗓门说：“上级对我讲的，我一条条一段段记在心上，不能忘了，这是我们的国耻！现在日本鬼子打到我们家门上，蒋介石还不让我们抗日，我们就暴动起来了，同志们高兴不高兴？”

当他讲着话的时候，一个个鸦雀无声，瞪着眼睛听着。等他讲完，人们一齐站起来，举起手大喊："打倒日本帝国主义！""中国共产党万岁！"朱老忠又说："好！大家吃得饱饱的，明天咱们要离开家人老小，随军出征了。"说着，他慢慢走出来。秋今，正是个艳阳天气，不冷不热，太阳顺着街筒照过来，晒得满街亮煌煌的。春兰和严萍领着一群小学生，在大街上贴满了红红绿绿的标语，领导学生们喊着："红军万岁！""中国共产党万岁！""把日寇打出中国去！"今天是个吉庆日子，人们不下地，也不做活，站在大街上，说着开仓济贫的话，像是过新年唱大戏一样。见了朱老忠，走上来点头哈腰，打招呼，庆贺战斗的胜利。朱老忠也满脸带笑，点头还礼，满心高兴。他匆匆走过苇塘，进了小门，好像有一种久离家乡的感觉。金华和婆婆正在台阶上吃饭，看他走进来，一齐撂下碗筷问："你吃过饭了吗？"

朱老忠说："没，我还没有吃饭！"说着，坐在台阶上。

金华连忙盛来一碗小米菜饭，递在朱老忠手上，说："家里的饭可不如红军的饭好吃！"

朱老忠说："冯老兰家的饭虽好，我咽不下去，他是剥削人们血汗来的。家里的饭虽不好，是咱自己经春历夏，辛辛苦苦种出来的，要多香甜有多香甜！"吃着饭，他又说："红军这就算是起了手了，说不定白军什么时候就要来，土豪劣绅们不能和我们善罢甘休，我要对你们说一句话，将来要是遇上敌人，宁折不屈，才是朱老巩的后代，才是无产阶级本色，你们要记住了！"

金华低头应着："唔！听爹爹的话！"

贵他娘说："有红军住在镇上，我什么也不怕！"

朱老忠说："我们不能久住了，暴动的名声一出去，我们就要走了……”说着，抬起头看看屋檐上的阳光，看看探过屋顶的柳枝，在风前摇摆。他说：“好像这家不是我的了！”

贵他娘说：“怎么不是你的？开仓济贫，犯不了全家该斩、诛灭九族。”

朱老忠说：“我不是说的那个，红军一起手，我的心完全扑在红军上，一刻也不能离开。只要离开一会，心上就空荡荡的，我吃完饭得赶快回去。”确实如此，自从红军起手，什么家庭、房屋、土地，一切丢在脑后了，一心一意建设红军。说着，放下碗筷，拿起脚走出来。他要赶快回去审问冯老兰。

回到冯家内宅，伍老拔、朱老星、严志和、大贵、二贵，正坐在台阶上抽着烟等着。朱老忠说：“咱也该审问老霸道了，先安上公堂。”

朱老星和严志和把冯老兰的账桌子抬到堂屋里，桌子后头放上一把椅子。朱老忠开开套间的小门，在黑暗里，看见两只黄眼珠子闪闪发光，像猫头鹰一样。严志和蹙起长眉毛仔细瞅了瞅，伸手指着说：“嘿！那是什么？”朱老忠说：“是什么？那就是恶霸地主的眼睛！”说着，他提起枪，一步一步走进去。伸手向前一抓，吓得冯老兰吱哇地叫了一声。他正躺在珍儿的小炕上。朱老忠拽住冯老兰的衣领子，斤斗趔趄地拖到堂屋里，冯老兰蹲在地上，浑身索索打颤，像筛糠一样，哆嗦圆了。脸上又黄又瘦，红着眼珠子，看看朱老忠，再看看严志和，吭吭哧哧生着气。

严志和一看见冯老兰，立时心血上涌，充红了脸，呼吸也短促起来。呼呼哧哧地走上去，掠住冯老兰的衣领子，从地上把他拽起来。冯老兰说什么也不站起来，拉着后鞧坐在地上。严志和两手抓住冯老兰的肩膀，用力摇撼，直摇得冯老兰的脑袋一拨楞一拨楞的。严志和心情激动，抖颤着下巴说：“冯老兰！你甭打哆嗦，过去的日子净是你们过了；今后的日子，该让我们过。这就到了你还账的时候……”他情不自禁地喘着气，喷着唾沫星子。

周围红军们都拿着枪，气愤愤地冲着冯老兰。冯老兰脸上蜡碴一样黄下来，弯腰坐在地上，闭着眼睛不说什么。严志和又想起他的老爹，在冯老兰的压迫之下受了多少困苦，最后被迫闯到关东，直到今天没有音信；运涛和春兰的事情，受了冯老兰多少蹂躏，最后运涛被反动派下监入狱了；冯老兰在他万分窘急，磨扇压住手的时候，夺去他的宝地。他想着，心上积了多少年的苦水，一齐奔泻，噗碌碌地流下眼泪来。他又连连摇着冯老兰的肩膀说：“冯老兰呀！你也活到头了！”

伍老拔和朱老星拿了绳子来，绑上老霸道的胳膊，朱老忠端端正正坐在椅子上，说：“同志们！不要只是难受，来！过他的堂！”

严志和像是提着一篮子东西一样，把冯老兰提到堂桌前面，往地上一蹾。朱老忠拍了一下桌子，说：“冯老兰！你抬起头来，看看我是谁呀？”

冯老兰垂着头坐在地上，脸上的皱纹蹙得更加厉害，故意眯着眼睛，也不睁开。见朱老忠要审问他，立刻生了一肚子气，撑得肚皮一鼓一鼓的。冷孤丁地梗起脖子，瞪开大眼睛，嘶哑着嗓子说：“你是谁？审问我？整着个儿是红胡子！”说着，颤着下巴，抖着灰白胡子生气。

朱老忠腾地气红了脸，伸开拳头，捶着桌子，瞪圆了眼睛说：“胡说！胡说！胡说！老土豪！你老实着点，免得皮肉吃苦！”

严志和说：“老霸道！叫你把那些脏心烂肠都吐出来！”

伍老拔一时气愤，抢上去照准冯老兰的脊梁就是一拳，说："冯老兰！今天我要把你封建疙瘩里的脓血都挤出来！"

朱老星带着红军们，把账房里那些刑具：手夹子、木杠子、木狗子一齐扛了来，气愤愤地在地上一丢，说："冯老兰！这都是你收拾农民的刑具，今日给你自己使用了。你有一点不老实，这就是你的对头！"

冯老兰焦黄了脸，无可奈何地睁起眼睛，看了看朱老星，又看了看严志和。在他的一生里，并未想到过会落到这步田地，做梦也未想到会受庄稼百姓的审问。他肚子里生着闷气，却没有办法了，啐着唾沫说："啐！啐！土匪！土匪！"

严志和一时生气，走过去飞了他一脚，他又想起他的一家人，被冯老兰欺侮得东逃西散，夫妻不得团圆，父子不能见面，大声哭出来，说："冯老兰！你看俺庄稼人粪草不值，你欺压了俺家三辈子呀！"多少年的冤屈鼓动着他的胸脯，呼哧呼哧地喘着气，扬起两只手，打着哆嗦，哭得泪汪汪的。

朱老忠见严志和悲痛的情景，一时火起来，说："志和！叫你审问敌人，你哭什么？对着敌人流眼泪？来，看我的！"他又端端正正坐在椅子上，挺起胸膛，伸手拍着桌子，大吼一声："冯老兰！你！在工农政权下，没有自由，好好交代你的罪恶，还则罢了，要是死硬到底，就要把你关在监狱里！"他一边说着，胸中充满了气愤，鼓得胸脯一起一伏，又说："快说！你为什么放大利钱收高租？"

朱老星也憋不住了，头上冒出大汗珠子，摆开老虎势子，一步一步走上去，举起两只又粗又大的拳头，在冯老兰眼前晃着，说："冯老兰！民国二十年，你为什么把五千块大洋兵款都派在俺穷人身上？压得我们倾家荡产。说！"

伍老拔也气红了脸说："你还开大买卖，赚我们的钱！"

正在审问，一个眼不眨，二贵从人群里跑上阶台，说："你还霸占俺的鸟儿！破坏运涛和春兰的好事！"他伸出厚实的手掌，噼噼啪啪地连打了冯老兰几个嘴巴，打得山响，打得冯老兰的脸又红又亮。小孩儿们、红军们，在院子里哈哈大笑。冯老兰垂下头去，合上眼睛，浑身打颤，也不说什么。

朱老忠说："同志们不要笑，不要认为封建势力这就打倒了，他们还是强大的，还有很多很多的阴谋。"他又拍起桌子喊："冯老兰！你老老实实地一宗宗说个明白，要不，我叫你活不过今天去。"说着，又打发人叫了严萍来，拿了笔砚，在一旁录供。

冯老兰是有了名的讼棍，对于打官司、对簿公堂，有着充足的经验。你无论怎么问，他还是一字不吭。问得他实在没有办法了，他也火起来，挺起脖子，瞪开眼睛要无赖，说："叫我说，我就说！放大利钱收高租，是现行法律上载明了的。摊派兵款是上排户议定的。一句话抄百总，富人压迫穷人，自古的历史如此，并非我冯老兰杜撰……"

朱老忠听他越说越不在理，拍桌子截住他的话头，说："胡说！胡说！胡说！那是封建地主们的法律，不是我们的法律，我们的法律是不允许的。在无产阶级的公堂上，你不能按老理说话，你要按无产阶级的法律说话！"他一只手掩着心脏的冲动，一只手指着冯老兰的脑门子，叫他老实招供。

冯老兰腾地从地上跪起来，说："呸！你们是什么法律？你们是土匪……"

朱大贵不等他说完，跑上去照准他的脊梁就是一杠子，打得冯老兰仄歪了几下身子。朱老星和伍老拔也拳打脚踢，打了半天。在军事法庭的威力之下，在群情激愤之下，冯老兰只好匍匐在地上，缩着脖子，合紧眼睛，不再说话。按他的思想来说，也真的认为没有什么可说的，他不肯认为封建伦理是非法的，也不肯认为无产阶级的伦理是合法的。

朱老忠等得不耐烦了，从屋里走出来，猛地想起冯家的红契文书，又走回去气鼓鼓地坐在椅子上，歪起头来问："冯老兰！老实说，你的红契文书藏在什么地方？"

冯老兰听朱老忠要追问他的红契文书，越发倔强起来。他知道朱老忠走过南闯过北，经得多见得广，说得出来就做得出来。他偷眼看着朱老忠，心里想：唉！狭路逢冤家，最后的日子到了！眼上滴下两点无可奈何的泪珠，抬起头愤愤地说："我不告诉你！我不告诉你！我要封建到底……"

严志和听得说，叉开腿，横起腰，伸出拳头，照准冯老兰的胸膛，嗵地杵了他一家伙，说："在红军老爷的公堂上，老土豪，你的嘴要放干净着点！"一拳杵了冯老兰个侧不楞，他趔趄了一下身子，差一点没倒下。老土豪坐在地上，瓷着眼珠看着朱老忠，绷紧了嘴巴不说话。

朱老忠敞开铜嗓子，拿起墨盒子，连连敲着桌子说："冯老兰！你吃了人们多少肉，喝了人们多少血，叫你今天都吐出来！好，你交出房地文书吧！"

在封建社会里，种地要凭文书。要想叫他交出红契文书，是万万不能的。冯老兰出着长气，把脑袋垂在胸脯上，合紧了嘴巴不说话。严志和说："别的不用说，先挖出他的封建根来！"

伍老拔一步一步走过去，眯着眼儿，伸出手指头戳戳冯老兰的天灵盖，嘻嘻哈哈地说："冯老兰哪！冯老兰！你为什么不早早逃跑啊？落在俺的手里！"

冯老兰猛地抬起头来，气愤地喘息着，抬起血红血红的眼睛，瞪了伍老拔一眼，说："红胡子！我不跑，我死了也不跑，我祖爷给我置下庄田，我要守着它死去。我落在你们手里……"他又咬紧牙关，恨恨地说："你们要是落在我的手里，我要一个个扒你们的皮……"

朱老忠一听，跺得两只脚嗵嗵地响，恨恨地说："还说横话，光明世界，朗朗乾坤，你放心吧，老爷们这辈子落不到你手里了！"朱老忠涨红了脖子脸，又拍打着桌子说："冯老兰，你甭充硬骨头！我知道你要顽固到底，你一辈子做的事情，都搁不到桌子面上，你恼羞成怒，说出来也是寒碜。可是，我们也不能让你痛痛快快地死去。你收了四十八村多少租，多少利息？今年叫你给红军送粮你不送。叫你送枪，你不送。你不叫我们打日本鬼子，我们不能跟你善罢甘休。"他说到这里，猛地眼睛里冒出金星子，咬着牙齿说："你，你，你，你要还我们的血债！"他两只手连连拍着桌子，说："还，还我血债呀！"朱老忠悲愤得不行，大人孩子都为他流眼泪。朱全富老头在门外探进头来，说："老忠！志和！好人们！你们哭什么？仇人就在你们的眼前嘛！"一句话把人们提醒了，伍老拔、朱老星、朱大贵一齐走上去拳打脚踢，不多一会工夫，就把老土豪鼓捣得蔫下来，躺在地上呻吟不止。

朱老忠问不出红契文书，一个人走出来，想散散步，消消气闷。红军们已经打扫了战场，搜清了敌人，有几个护院的，被绑了胳膊，拴在场院的大槐树上。也有认识的，也有不认识的。冯大狗和一群小孩子们，弄着冯家小孩子们穿的花鞋、花帽子，在大槐树底下玩耍。

老太太们，小孩子和妇女们，站满一街两巷，指指画画，说说笑笑，传说着红军审问冯老兰，他们觉得这是一桩非常新鲜的事情，几辈子没有见过。朱老忠在大街上走了一趟，又走回来，站在场院上，倒背着手儿看着冯家高大的房屋，高大的树木，心里说：封建势力，积了人们几辈子的血汗，弄了这样大的宅院。这一砖一瓦都是劳苦大众的血汗，要不是农民暴动起来，谁敢动他一片砖瓦？想着，他愉快的情绪，把心里的悲愤濯除了，挺起胸膛，揎起袖子，出了一口长气。正在这时，严志和走过来，对准朱老忠耳根说："江涛说得不错，要夺回宝地的时候到了！"

朱老忠一下子笑了，说："这也是你的一块心病！"说着，又走回去审问了一会子冯老兰，他死也不说出红契文书藏在什么地方。地主阶级剥削农民，就靠土地；在他们的法律上，保证他们土地所有权的就是红契文书。如今，他不拿出红契文书，就挖不绝封建根……朱老忠心上一时焦虑，掂着两只手，想不出办法。朱老忠找到珍儿，拉到房后小院里没人的地方，问："孩子！冯家的红契文书藏在什么地方，你知道吗？"珍儿一下子笑了说："我早就留着这个心哩，为什么不早问我？就藏在那个麦秸垛里头。"珍儿拉着干爹走到二门上，用手指指那个藏文书匣子的地方。朱老忠悄声说："好！你去吧！要少出头露面，你还要在这大院里呆上几年，你知道吗？"珍儿点头说："是！"朱老忠走到二门上，叫严志和拿了一杆长枪来，向麦秸垛里乱戳，戳着戳着，听得咯吱一声响，像插到木匣子上的声音。他笑出来，说："戳到了，这就是冯老兰的文书匣子。"

严志和拿了挠钩来，扒出那个红漆匣子。

朱老忠见了文书匣子，笑了说："哈哈！冯老兰哪！几辈子的血汗，今日个叫你还清吧！"朱老忠高兴得张开大嘴，又笑呵呵地说："可挖出封建根来了！"他心上一时高兴，跑出去站在大门阶上喊："红军同志们！老乡亲们！快来哟！冯老兰的文书借帖找到了，快来看噢！"他一面嚷着，拍着巴掌，张开大嘴笑着。

红军们听得喊，一齐跑进来，老乡亲们也越集越多，时间不长集了一院子。朱老忠一时开不开匣子，找了一块石头来把匣子砸碎，把文书借帖撒在地上。红军们、老乡亲们一见文书借帖，跳起脚大声呐喊起来："中国共产党万岁！""红军万岁！"喊声一直冲到天上。严志和嘻嘻笑着，蹲下去翻腾那些文书，翻来翻去，一下子翻到宝地上的文书。一看纸色字迹，就会认得出来。由不得一下子心上开了花，几乎乐得疯癫了。他不言不语，悄悄地把文书藏在怀里。那些被冯老兰霸占过土地的，侵占过土地的，强买强卖过土地的，使过冯老兰的高利贷的，借过钱、借过粮食的……都激动地流出眼泪，说："农民暴动给俺身上掀去一块大石头！"

朱老忠两手抓起红契文书，跳起脚来说："红军同志们！老乡亲们！我们应该怎么办？"

大家一齐喊着："烧了，烧了它！"

伍老拔找了火柴来，把文书借帖一同烧着，一时烧起腾腾的火焰，顺着红色的火焰，有一片片古旧的纸片，像蝴蝶一样随风飘舞。人们一齐喊着："中国共产党万岁！""打倒封建势力！""打倒日本帝国主义！"喊得山摇地动。锁井镇上的人们，几千年来，从今天开始感到了自由解放的幸福了！

一切工作都告结束，朱老忠还不肯离开冯家大院，又去检查收缴来的那些枪支。红军在锁井镇上一共缴了二十五支大枪、三支盒子。当他看到那支德国造、插梭、二十响、二把盒子的时候，高兴得心上发起抖来，抖着双手说："这是老恶霸那支枪，我把它带起来吧！”他抓起这把枪，笑眯眯地挎在肩上，提高嗓门说：“来吧！冲锋陷阵有了应手的家伙了！”朱老忠亲眼看见伍老拔、朱老星、严志和、朱大贵在战场上的英勇，看到二贵跟在大贵后头，向敌人冲锋。他想到：到底是无产阶级子孙，看有多么勇敢！老人家要是活在人世，也该享享这“自由”的幸福了！当他想起群众分粮食，分衣裳，分家具的情景，他更快乐，更加高兴起来，觉得自己身上轻松了，年轻了许多，这时他真的感觉到是一个红军大队长了！

31

严志和看把一切事情安排停当，找到朱老忠说：“队长同志！我想家去看看。”朱老忠说：“家去看看吧！这里不是久驻的地方，天明咱们就要开拔了。你回去跟弟妹辞辞行，有什么该注意的事情，也嘱咐嘱咐，就赶快回来。”

严志和请了假，走过东锁井，踩着春兰和运涛踩开的那条小道，独自一人走回家去。路上碰着一群群大严村和小严村的人，来来往往，川流不息，他们到锁井镇上来看热闹。一边走着，互相谈论各村分粮食财物的情况。这里人们第一次见农民暴动，对于这翻天覆地的行动，很觉稀罕。

严志和走到小门口，停下脚步。天一直阴了多少日子，今日刚放晴，橙色的阳光，照着千里堤上的大杨树，叶子显得又黑又绿。两只黄鹂在大杨树上唱着，牛羊照常在堤旁吃草，牛脖子上的铜铃，叮叮响着。严志和心里说：“多么好的天气！多么欢乐的人心呀！”进门就喊：“涛他娘！涛他娘！你看！”他抖颤着两只手，从怀襟里掏出宝地上那张红契文书。

涛他娘正在堂屋里点火做饭，听得严志和的声音，连忙迎出来问："江涛在家的时候老是说夺回宝地，夺回宝地，打土豪分田地的年头，我们的宝地能夺回来吗？"

严志和不等涛他娘说完，笑了说："宝地回家，一辈子不愁吃穿了！"说着，他拉了涛他娘，两步并作一步，走进屋里，把红契铺在炕席上，说："涛他娘！你看看这是什么东西？"

涛他娘看见旧"成文"纸上盖着通红的朱印，心里就明白了。一时激动，掉下眼泪来说："哎呀！宝地上的老文书回家了！"她脚下踉跄了一下，扑过来，两手捧起红契文书，搂在怀里。这时她感到浑身热乎，血液在全身汩汩流动。三步两步走到堂屋，咕咚地跪在佛龛底下，抬起头看着佛像，眼里含满了泪水，说："天，天呀！宝地回家了！我们的命根子回家了！"她掬起两只手，放在地上，连连磕头，好像公鸡啄米。

严志和一下子笑出来，说："涛他娘！你这是干什么？宝地回家是农民暴动的力量，碍着神仙什么了？"涛他娘一下子笑出来说："我老糊涂了，觉得不是神仙，谁有这个力量？"志和猫下腰，扶起涛他娘，涛他娘说什么也不起来。为着一生的苦难，为着夺回失去的宝地，她伏在地上，颤着身子大哭起来。自从运涛入狱，失去了宝地，她无日无夜不在痛苦中熬煎，如今宝地还家，又不知是福是祸。她说："天呀！宝地还家，又分了粮食，我们就能活下去了！"她立起身，一步步走到门口，就着光明展开文书一看，那颗印又红又大，字儿清清楚楚。她又带着眼泪一下子笑起来，说："农民暴动了，我们什么也不怕了。"

严志和哈哈笑着说："你忙拿过来吧！一个不凑手，撕坏了呢？"

涛他娘脸上一下子红起来，说："哪里？我像宝贝一样捧着它。"

两个人说着话，不提防灶里的火烧出来，涛他娘连忙拿笤帚把火扫到灶膛里去，说："农民暴动，土地还家，分粮吃大户，今天是个好日子，人们都高兴，看我给你包饺子吃！"严志和走到屋里炕桌边，掀开碗一看，说："嘿！过新年了？"今天，农民暴动了，分粮吃大户，家家户户吃饺子。

涛他娘说："在冯家大院分粮食的时候，老星哥从冯家床底下找出一坛子腊肉，给这个一块，给那个一块。他说：'涛他娘！你也拿块家去炒炒吃吧！我给你留着，等你走的时候吃。'"她眯着眼睛，不住地笑着。严志和见有两碟腊肉供在神主前，说："迷信的人们……总是……"涛他娘抢着说："哪里？我是想咱老人家艰难困苦了一辈子，一辈子受地主的压迫，不是容易。如今剿了冯老兰，出了这口气，有了好日子，虽然远在关东，也要叫他知道！"说着，她又觉满心难过。

严志和今天回家，不像往日，觉得满屋子荡着喜气，屋里的家具都豁亮新鲜起来。看屋子地上戳着两布袋黄谷，一布袋麦子，还有青白布匹，闪缎被褥。他吸溜着嘴唇，笑着说："娶你的时候，也没舍得做这么一床好被褥。"

涛他娘说："那是什么年月？那时吃一顿没一顿的，如今农民暴动了，有了红军。今儿碰上朱全福奶奶，她说她早就知道今天红军要起手……"

严志和不等涛他娘说完，就问："她怎么知道？这是个秘密事儿。"

涛他娘说："她说，她也听到传说，有人梦见红色的凤凰下界……"

严志和笑着问："那是闹什么把戏？怎么有好些人做这相同的梦？"

涛他娘笑了说："那就是该着红军兴通了，你说，这不是应验？"

涛他娘乐得两只腿颤颤巍巍，脚不贴地，走出来走进去。端上菜，端上饽饽，安排严志和吃饭。可是严志和老是觉得心里有一团火烧着，也吃不下饭去。掏出烟袋抽着烟，说："涛他娘！红军就要出征了！"

涛他娘回过脸，眼瞳上闪着光亮，问："到哪儿去出征？"

严志和说："上蠡县去，集合大队，要打大仗了。"

涛他娘听得说，心里又犯了嘀咕。可是，一想到江涛陷在监狱里，也许红军兴通了，会把江涛从监狱里抢出来……一想到这里，她心里更觉豁亮了，说："去吧！去冲锋陷阵，夺回江涛他们，我不拦着你！"话刚吐口，又想到：志和走了，家里只剩她一个人，就又犯了思量。

两个人趴着桌子吃完饺子，又说话答理儿走到宝地上去。他们沿着门前的堤岸，走到河边，渡过船去。下了堤一看，今年宝地上耩了毛毛虫大黄谷。谷穗儿一尺长，密密稠稠，整整齐齐。严志和伸手掂起谷穗儿，由不得大声喊着说："宝地！宝地！你到底是严家的土地呀！"他看见宝地上的泥土，看见宝地上的庄稼，心里说不出的高兴。

涛他娘说："不是他们的肉，贴不到他们身上。"她一棵棵拔去地头上的草，把倒在路旁的谷棵扶起，用泥土稳好。走到这边瞧瞧，又走到那边看看，这片可心的土地，真是叫人高兴。她说："今年落个好秋景，红军势力一大，哥儿俩都出了狱，土豪劣绅们都打倒，严家门里就又兴旺起来了。"

这时天将晚了，满天云霞，太阳落在西山上，辐射出锦色的光带，是那样的鲜艳美丽！两个人牵着手儿在堤上走着，严志和说："多少日子也没开天，今天农民暴动了，也开了天了，看看是幸运不是？"说着，走回来，坐在炕沿上抽着烟，涛他娘把分来的粮食倒在囤脚里，把分来的衣裳被褥放进柜头里。不知怎么，在宝地上时那片愉快的心情，又被严志和出征的事情淹没了。她想到年月不靖，兵灾盗匪横行，要是有个三长两短，没有个支持手儿的人……心里翻上倒下，犹豫不安。于是，她一个人走到门外小井台上坐下来，抬起头看着蓝色的天空，无可奈何地说："天是这样高……搭上梯子也上不去啊！"

严志和见涛他娘走出去，他走到那头屋里，看看囤里的粮食，抓起一把，向上扬了一下，陈粮的香味冲到他的鼻孔里。又走出门来，在门前小场上站了一刻，见涛他娘不说什么，他也不想说什么。两个人在井台边站了吃顿饭的工夫，严志和看看太阳下去，说："天这咱晚了，你也该回去睡觉了。"涛他娘说："你先走吧！"她尽低着头，不抬起来。又停了一刻，严志和走了几步说："你家来呀！"涛他娘说："你先去吧！我这就进去。"严志和点头说："来！再说会话儿。"涛他娘还是不抬起头来。她觉得头脑沉重，低着头走回家里，问："你不换换衣裳？"她从柜头里拿出新浆洗过的裤褂，放在炕上。严志和换好衣裳，把两只手撑在腰上，吧咂吧咂嘴，还是不肯离开家。涛他娘坐在炕沿上，瞅了他一眼，说："你不走，还想什么？"

严志和在地上站着，红着脸，脸庞不住地抖动。

涛他娘沉着脸，乜斜着眼睛说："走吧，我也不落后了，你也不要结记我，去把土豪劣绅们都打倒，把日本鬼子打跑，回来再过安生日子！"

不知怎么，这时严志和又想起涛他娘，她自从小孩子的时候，过门来就和他在一起。那时她长得年轻又漂亮，成天价碾米磨面，做鞋做袜，伺候老人扶持孩子，生活大事都是她一人承当。父亲下了关东，母亲死了，她又要日夜想念运涛……想到这里，他才明白，那时他不应该成天价厚着脸皮跟她撒野，不给她好模样看。他后悔，青年的时候，总是对她忽冷忽热，有时也有热烈的喜爱，可是不喜欢的时候，就扔在脖子后头不管。如今两个人都老了，黑头发里夹上银丝……想着，他走上两步，搂起涛他娘的胳膊……

涛他娘睁大眼睛看着他，老半天才扭过胳膊，转过头去。她忍下心，不去看他。一会儿，又强打起笑脸，说："快去吧！队伍上事情紧，红军明天就要出发了。"

严志和放下她的手，走出门来。出门时，他又停住脚，走到窗前说："涛他娘！黑下里，你要早早关上门睡觉，吭！"

涛他娘说："你快去吧，我知道。"

严志和又说："白军来了你可要躲躲，吭！"

涛他娘听了这句话，可就愣住，说："我什么都知道，你快到队伍上去吧！"

严志和转身把小棚子门开开，看了看他长年手使的农具，老父亲给他留下的犁耙、锄头、镰刀……一件件挂在墙上。看着，他停住脚在那里呆了一刻。涛他娘站在门口看着，见他还不走出大门，又走过来说："去吧！尽愣着干什么？"

严志和不说什么，心里只是舍不得伴他劳动了半生的种地家伙。他觉得，那好像是他的手脚一样，年年旱涝都离不开他。尤其是他手使的瓦刀和托泥板，就是最荒涝的年月，也帮了他一家子人的生活，使他们没有冻死、饿死……猛地，他又想到，那是过去的事情，农民暴动了，这种老光景一去不复返了。去！去他娘的！共产党员是无产阶级，什么都不要了，都去它的！说着，他拍了拍手，表示两手干净，自从扛起枪杆，两只手里什么都没有了……

涛他娘说："走吧！走吧！说不定老忠大哥他们早就等着你哩！"

严志和走了两步，又盯着涛他娘站了一刻，才慢吞吞走出大门。他又看见门前的小井，小井台上的杨树，谷场上的小碌碡……没有一件，不牵挂他的心肠。他又想到：这农民起来暴动可不是容易，豁出性命是小事，像小儿初生，要经过几次阵痛；农民离开他的家，他的土地，就像婴儿离开母体，要用剪刀剪断联系母体的那脐带。停了一刻，他把脚一跺，说："去它的！什么都不是我的了！"才提起脚跟，踩着那条小道，走向东锁井。走了有一箭路，又回过头看看涛他娘，回忆起涛他娘年轻时候的美丽。他边走边回头看着，嘟嘟哝哝说："我什么都不要了！"

严志和回到家去的时候，伍老拔也出了东锁井，走上千里堤。明天要离开出生的故乡，也要回家去看看。这时已经日头平西，落在树梢上，夕阳的光亮射在树林上，风吹大杨树的叶子嘀嘀响着，溜溜地摇动，反射出星星点点鲜艳的色彩。他抬头看看堤里堤外的大秋庄稼，心上实在高兴。走进小栅栏，铃声一响，小黑狗撅起尾巴摇着头跑过来，匍匐在他的脚面上。伍老拔仰起头哈哈笑了，说："嘿呀！你今天也这么高兴起来！"

顺他娘听得说，连忙从小屋里走出来，把脸庞贴在墙角上，露出一只眼睛来看了看，笑着说："孩子他爹回来了！"又细声细气儿说："你忙家来，孩子们说你打起仗来，生龙活虎，我为你放心不下。”

伍老拔笑了说：“封建势力想压服咱一辈子吗？万万不能！今天农民暴动了，我们拿起枪来，拿起刀来，大剌剌地杀他个痛快！”

说着，小顺儿也走出来，说：“今日个锁井镇上一天咚咚乱响，好像娶媳妇放喜炮，叫人又惊又喜。”

小囤也说：“你说是害怕吧，可是人们都跟着，红军打到哪里，人们跟到哪里。”

真的，自从开起仗来，小顺和小囤始终站在红军的行列里。红军进攻，他们也进攻，红军退守，他们也退守。红军打开冯家大院，活捉了冯老兰，吐尽了他们的冤气，觉得身上轻松，心上愉快，要多高兴有多高兴。

顺他娘也说：“青黄不接时候，分了粮食，你说多么体人心意呀！”

伍老拔说：“说起粮食，这是用人头和鲜血换来的，暴动，你们知道吗？”

小顺说：“当然是呀！老忠大伯、老星大伯、大贵哥，哪个不是在枪林弹雨里钻来钻去呀！那会儿也说不清这场仗打下来有谁没谁，我们庄稼人能有今天，也实在不容易。”

小囤也说：“农民暴动，真是百年不遇，锁井镇上，大人小孩，哪一个人不高兴呀！”

说到这里，伍老拔镇起脸来说：“冯老兰就不高兴！”说着，一家大小哈哈大笑。

顺他娘说：“他还高兴呢，他要进农民的杀场了。”

伍老拔瞅着顺他娘，问：“怎么你也不哭哭啼啼了？”

顺他娘脸上腾地红起来，说：“羞死人哩！哪把壶不开你就提哪把壶！”说着，一家子人哗哗大笑。暴动的胜利给他们带来了光明，带来了幸福。他们共同的心愿，是黑暗的势力再也不重返人间！

一家大小走进小屋，伍老拔坐在炕沿上，吃完了饺子，又抬起头看看他的小屋，仄起眼睛，通过小窗上桃形的小玻璃，看见窗外小院周围葱郁的林木。这小屋是多少年以前，父子们用自己的双手、用自己的血汗盖起来的。宅旁的林木也是经过多少年的栽植、浇灌，才长大起来。不论赶集上店，进城下县，不管两条腿走得多么劳累，只要远远看见他的小屋，看见他手植的林木，他的心上就油油然高兴起来。于是，身上感到轻松，添了力量，两条腿就走得更有劲了。想到这里，他又拿起腿走出来，在院里走来走去，看着他四四方方的小院，小院里的碌碡、锄头、木锨和各种农具。尤其看到木作小屋里的斧锯，各种手使的木作家具，要是别人，他心上会翻腾不安：咳呀！我要走了！我要离开它们了！可是他不，他只觉得是给孩子们留下了一条生活的道路，希望小顺和小囤沿着自己的道路前进。伍老拔说：“孩子们！我们要走了，要去打游击战了。”

小顺说：“那也不过是一时，将来你还要回来，你离不开这小屋里的木作家具。”

伍老拔合紧了嘴说：“不！出兵打仗，不同平常，出生入死，难以设想。我留下这刨、凿、斧、锯，希望你将来学个木匠，接续我的手艺。我留下镰、锄、锨、镐，希望将来小囤学会耕、耩、锄、耪，就一辈子不少吃穿了。你娘一辈子过了苦日子，不容易，你们要好好孝敬她。我即便在白洋淀里，在太行的深山里，心里也是痛快的。”说着，又抬起头看了看小顺，他快是二十岁的人了，长成身个，这孩子成天价寡言少语，身上可是满带着力气。又看了看小囤，才十几岁的人，显得又结实又聪明，两只圆眼睛，又明又亮。这时他心上高兴起来，想：即使我在炮火中死去，留下这两个孩子，也够冯贵堂一呛！

这时，顺他娘正在鼓捣分来的粮食，听得说，停下手走过来问：“你嘴里又在嘟囔什么？往日成天价嘻嘻哈哈乐得不行，怎么今儿这么粘滞起来？”真的，伍老拔向来不在心上搁事儿，今天却不断地低头深思。

伍老拔猛地哈哈笑了说：“有什么粘滞的？天下穷人是一家。”

顺他娘听得说，偷偷地流出眼泪来，说：“咳！我还说哩，别看一时的红花热闹，说不定是福是祸哩！光自你们闯出祸来，就要远走高飞了！”她一面说着，眼泪唰地流下来。她自从十几岁的时候，嫁到伍老拔家里，那时她家还在河南，因为河流滚动，房基滚在河底里。她只好随了丈夫，随了公婆，带起孩子，牵起毛驴，到外乡去，过起流浪生活。后来时运好转，房基又滚到河北，她才跟着老公公，跟着丈夫走回来。婆婆死在外乡了，她和老公公，和伍老拔，用自己的双手盖起这座小屋。在屋边栽植起树林，在堤坡下开垦荒地，种出园田。日子才过得好点了，又遇上和冯老兰打官司，把几亩地输了，重过起穷苦日子来。她眼看着小顺儿和小囤儿在穷苦里长大，才盼到今天的日子了，丈夫又要离开她，随红军出征了。今天出去，说不清什么时候才能回来，她心上像有刀子搅肠刮肚，翻搅得难受。她用两只手抱起头，伏在炕席上，嘤嘤地哭起来。

伍老拔又哈哈笑着说：“女人家！没有经过什么，也值得这样？”话虽这么说，可是自从年幼时候，他们没有长期离开过。不论凶年饥岁，总是鱼帮水，水帮鱼，同甘共苦，一块闯过来。如今不告诉她吧，要出征了，说不定什么时候才能回来；要告诉她吧，她就这样哭起来，他觉得左右为难。一时感情起伏，心气不平起来，血液在身上奔流得更加急速，脖子脸上都觉热辣辣的。他慢吞吞地，一步一步走进屋去，拍着她的肩膀，强打起笑脸，说："我们革了多少年的命，丢了多少人的头，流了多少人的血，就是为的这个政权嘛！如今我们有了政权，有了红军了，从今以后，再也不受那些财主羔子们的辖制了……"

顺他娘听得说，从炕席上抬起头来，带着眼泪，一下子笑了说："哪里？我还看不见你们的政权在哪里。你走了，孩子没了爹，叫我怎么办哩？"笑着，肚子里可还在抽泣。

伍老拔又嘻嘻哈哈地说："不要紧，孩子们都长大了，他们会养活你，会孝顺你。再说，你看！这些粮食也够你们吃大半年了，秋天多少还要打点儿。"

一谈到粮食，顺他娘转悲为喜。是的，她自从下生以来，不，自从孩子时代，就是喜欢粮食的。为了一冬天半饥半饱的生活，她跟母亲在地主们收割过的田地上拾禾穗。下雨以后，她端上一只小瓢在场边、在地头上点着豆。到了秋天，她也亲自收割过自己种的那些粮食，虽然是很少，或是一点点。如今夺回几布袋粮食，说不出她心上有多么高兴。

伍老拔把一件小夹袄搭在胳膊上，手里提了一双新鞋子走出来，在门口停住脚，回头看了看小顺和小囤，看了看自己亲自用双手盖起的小屋，亲自用双手栽植的林木。一个手艺工人，一个农民，他的思想，和他亲手盖起的房屋、亲手栽植的树木、亲手使过的家具，是血肉相连的。不是经过多少年的无产阶级教育，经过多少年革命的磨炼，经过多少年农民暴动，那种藕丝血缕，即便是最利的钢刀也难斩断。今天，他却不感觉怎么的，而且在心里说："留给他们吧！他们学会木作，学会种地，就够吃穿一辈子了！”

小顺和小囤看父亲拿起衣裳，拿起鞋子要走，也送出门来。这时顺他娘只是站在台阶上，两只手扶住墙，把脸庞倚在墙角上看着。伍老拔对小顺和小囤说：“你们不要认为革命这就算成功了，只是窝在家里。冯贵堂不会跟咱们善罢甘休，阶级斗争的大风暴这就来了。红军走了，老明大伯是村公所的负责人，你们要上明大伯那里去，他吩咐你们干什么，你们就好好地干，要听话！”

小顺说：“知道了，我们只是回家来吃饭。”

说着，天已薄暮了，伍老拔一步步走出来。当他一开小栅栏，木栅上的铜铃叮叮地响了一阵，听得清脆的铃声，他又停住步，看着顺他娘的半个身姿。当他抬头看到已经是星光满天了，才拿起脚匆匆走出来。他走在长堤上，西风顺着滹沱河的河床溜过来，飘过阵阵秋禾的香味。大杨树上的叶子哗哗响着，滹沱河里的水急急地流着。他一面走着，心上感到虽然离他的家屋越来越远，可是他的两个孩子——小顺和小囤恍惚还在他面前，他们明亮的眼睛、茁壮的体魄、年轻的神情，没有一件不是他不喜欢的。朱老忠、朱老星和严志和，这些老同志们都要走了，要出征打仗去了。村里只剩下朱老明，白军要是来了，说不定朱老明也要躲一躲，孩子们还年幼，有谁来照顾他们呢？当他想到这里，猛地想起老套子。他年幼的时候，曾和老套子同棚子搭过伙计。这人在村里有个落后的名儿，兴许阶级敌人和白军们会不注意他……想着，他走进冯老锡家院子。院里住满了红军，睡满了梢门洞和柴火棚子。他悄悄走进牲口棚，老套子正在槽道里抽着烟喂牲口，见伍老拔走进来，笑嘻嘻走上去说：“好伙计！你们打的这一仗真是醒脾，又是活捉了冯老兰，又是分了粮食……”

一面说着，抹了一下鼻子，张开胡子嘴不住地笑着。伍老拔说：“过去，你不是不喜欢革命吗？”

老套子笑了说：“那时我背住理儿了，如今还怕什么？也许国军……”

伍老拔不等他说完，说：“伙计！我有件事情，想跟你说说。”

老套子说：“自己弟兄，有什么事情，你说吧！”

伍老拔拽了一下老套子的衣裳襟，老套子把烟灰磕在槽桩上，两个人一同走出来。伍老拔在头里走，老套子在后头跟着，出了梢门，沿着围墙，走到村北春兰家小园里，在井台上丝瓜架底下站住脚步。伍老拔说：“咱就在这儿谈谈吧！”说着，两个人对面坐在砖井墀上。伍老拔从腰里摘下烟袋，打着火抽着烟，说：“老伙计！我要跟你托靠托靠！”

老套子说：“有什么事情，你尽管说吧！”

伍老拔说：“我有了任务了！”

老套子看他神情，迟疑了一刻，说：“是呀！我也看出来，你当了红军了，闹了‘暴动’，开仓济了贫，打倒了冯老兰，我就赞成你们这个！”

伍老拔沉下心，思索了一刻，慢条斯理儿说：“咱们自幼伙计一场，无话不说，无话不讲。明天，我就要离开家，要出征打游击去了，还不知道打到什么地方，什么时候才能回来。这是咱穷哥们说话，少里一月两月，多里三年二年，将来要是我能回来，咱们也就有了好日子过了，有了地种，有了饭吃，今生不再受恶霸地主们的气了。要是我不能回来，也说不定这一百多斤撂在什么地方。那时白军也就来到了，封建势力可能要反攻，暴动人家又要受恶霸地主们的蹂躏。当然，我走上革命的道儿，绝不后悔。可是家里留下两个孩子，要是老明哥有个一长二短，看顾不了他们，大哥！就请你照顾孩子们一下，给他们一碗饭吃……”伍老拔说着，手上拿着的烟袋索索打抖。这时已是吃了晚饭一大后了，星光在深蓝色的天上闪着银色的光亮，秋蛩[①]在菜畦里，唧唧叫个不停。伍老拔一面谈着，两眼看着天上星群，黑黑的眼瞳上闪着点点星星的光芒。

老套子听到这里，看伍老拔有哀婉的情绪，他肚子一鼓气说：“兄弟！你放心大胆地去吧！过去我落后，对于共产党，对于咱穷人的前程，我还认识不清。今天我看见红军打仗，稀里哗啦地打了个痛快，分了个痛快，我心上也就开窍了。咱穷人们翻了身了，抬了头了。即便今后有个好和歹儿，也由他去……”

伍老拔不等老套子说完，猛地扑过去，握住老套子的手说：“好伙计！我等了你这么多年，咱可走在一条道上了！”

老套子见伍老拔这么热情，也激动地说：“我不只是走上这条道儿，我还走不到岔道上去了呢！”这时他想起年老的母亲怎样度过荒年，想起他的弟弟怎样悲惨地死去了……

伍老拔说：“当然是！我既然拿起这杆枪来，就甭想放下了。”

老套子说：“兄弟！你不要牵挂着家里，小顺和小囤，我看顾他们。我也没有三亲六故，也上了年纪了，就当他们是我的孩子一样。你能回来，咱们庄稼哥们还在一块。你要是不能回来，打到哪里，心里也要干干净净地干去。”

两个人抽着烟，说了一会子心腑话，听得远处村庄上驴子叫了。今天晚上不静，四围村上都有狗咬。两个人还是抽着烟慢慢谈着，一直谈到半夜，两个老伙计还是不忍分离。老套子又问：

① 蟋蟀。

“兄弟！你看这‘暴动’将来要落在什么底上？”

伍老拔迟疑了一刻，说：“闹得好，村村成立抗日政权，打土豪分田地，创立抗日根据地。迎接红军北上，就跟他干起来。”

老套子又问：“要是闹不好呢？”

伍老拔说：“要是闹不好，蒋介石死不回头，归顺了日本，亡国奴的前程就把咱们毁了。”

谈到这里，谈到国家民族的命运，两个人同时沉默起来，不再说什么。他们虽然都是庄稼人，没有读过书，可是对于反动派不抵抗主义，为国家民族招来的灾难，抱着深沉的忧患。两个人搬着膝盖，看着银色的星星在深蓝的天上，眨着眼睛窥测着人世间的秘密——各色各样的人和各色各样的希望。

看看天不早，伍老拔离开老套子向回走，一过朱老星家栅栏门，听得屋里有男一声女一声的喊叫。伍老拔推开栅栏走进去，隔着窗棂，看见朱老星正和庆儿他娘打架。庆儿娘披散着头发，泪流满面，跺得脚跟嗵嗵地响，说：“他娘的！闹了暴动，分了这么点粮食，你给我不要去，咱也不革那个命了！”

朱老星伸起一只胳膊，剜着庆儿娘脑门子说：“看看你那德性，分粮食是为了打土豪，出兵打仗是我自个儿的事，你管得了？”

庆儿娘听得说，两步抢上去，说：“我当然管得了，你拍拍屁股走了，把一群孩子撂给谁？嗯？你说说，你撂给谁？”说着，三步两步走上去，用食指剜着朱老星的脑瓜子。

伍老拔在窗外看着，由不得哈哈大笑了。朱老星和庆儿娘听得窗外有人，不便再吵下去。伍老拔一步走进去，说：“天不早了，你们这出戏也该唱完了。走吧，咱们也该到大队部去了。”

说着，拽起朱老星来就要走。

朱老星说："不，她拿着我的小夹袄呢！"

伍老拔又嘻嘻哈哈走过去，跟庆儿娘要那件小夹袄，庆儿娘说什么不给。伍老拔说："好嫂子！快给他吧，我们还要去出兵打仗呢。"

庆儿娘说："出兵打仗，问问他，把俺娘儿撂给谁？"

伍老拔说："撂给谁？撂给老家，红军出征了，村乡里要优待红军家属！"一面好说好劝，从庆儿娘手里把那件小夹袄夺出来，拉了朱老星，走回冯家大院。

今天，冯家大院的槐树上，挂起冯老兰过年的两盏红色宫灯，照得满院通亮，像白天一样。梢门角上站着两个岗兵，手里拿着枪，背着彩绸大刀。伍老拔和朱老星在那里走过的时候，身上激灵了一下，觉得很长精神。到了大队部，朱老忠、朱老明、严志和，正在炕沿上坐着说话。春兰和严萍背靠着木槽不吭声，槽头上放着一碗油灯，几只灯芯同时亮着，照得满屋子橙红光亮。伍老拔迈进门槛，问："你们还没有睡？"

朱老忠笑呵呵地说："天明就要开拔了，事情总也解决不完，哪里睡得下？"他精神还是那样饱满，身体还是那么硬朗。

朱老明也说："平时光是嚷，暴动呀！暴动呀！这咱闹起暴动，事情可就来了。缴枪呀，缴子弹呀，筹备给养呀，这事情可就多了！"

朱老忠说："净等着你俩哩，开个会大家谈谈吧！哪些同志留在村里执掌政权，做后方工作。哪些同志出去打游击，也该做个定规了。"他把这问题一提，人们就纷纷议论起来。朱老星伸起两只胳膊，曲着两条腿，一步步蹒跚地走过去，唔哝着嘴唇说："那还用说吗？这番该着我朱老星了，我做了一辈子庄稼活，受了一辈子苦，出去打土豪，打日本鬼子，当然有我的份。”

伍老拔哈哈笑着，说：“要说受苦我比你受的多得多，我伍老拔身强力壮，当然不能留在后方，要到抗日战场上去显显威风。”

朱大贵腾地从槽头上站起来，把大粗胳膊一伸，说：“我不能跟你们比苦，我比你们少活了几十年，我跟你们比放机关枪，我不去谁给你们放机关枪哩？”

他这么一说，人们都仰起头哈哈笑了。伍老拔说：“他小子在这儿等着哩！他出去闯荡了几年，当了几年兵，学会了放机关枪，他出兵打仗算有资本了。”

说到这里，严志和慢慢站起来，说：“就是你们有理，我没理，我的苦处不大。运涛被反动派判了无期徒刑，江涛又陷在监狱里。我爹使了冯老兰点账，年年逼得要命。我跟他打了三场官司，咱满有理的事也输了个稀里哗啦，他娘的衙门里有多么黑暗？打土豪分田地找谁去干？”他说着说着，就气火上来，憋红了脸。

朱老星和伍老拔一见严志和着起急来，哈哈笑着说：“要说使账、租地、打官司，咱们都是一样。赌住狱咱可比不了你，你有两个，咱连一个也没有。”说着，大家一齐笑了一阵。

朱老明听到人们欢腾的样子，心里实在高兴。手里拄了一下拐棍，从炕上慢慢站起来说：“好！你们都去，别为这事争竞，丢下我一个人在村里独当全面，我当村公所的主席兼各部部长，兼交通……”

朱老忠听到这里，伸开两只手，把屋子里的声音平了平，说：“我看老星哥甭去了，你不是心上有点嘀咕吗？”朱老忠一说，朱老星满脸通红起来，唔唔哝哝说：“我那时心上嘀咕，如今不嘀咕了……”真的，他在这一场胜利的战斗中壮起胆来。斗争加强了人们的革命意志！朱老忠又说：“说是说，笑是笑。大家也得想一想，出兵打仗，要在枪子群里钻来钻去，不要到了临时巴刻又卖后悔……”

伍老拔不等朱老忠说完，跳起来说：“我上刀子山都不怕！”

朱老星也狠狠地说：“是铁丝桥我都敢走……”

这倒是一句真话，论起他们的经历，他们所感受的阶级压迫，都是一样的。不论哪家的灾难，他们都当成是自己的事情，感到气愤和痛苦。朱老明对严志和说：“儿子虽说是你的，他们住了狱，比剜我的心还痛！”伍老拔也说：“那就不用说了，我恨不得叫小顺和小囤去住狱，把江涛和运涛换出来，对咱的革命有更多的好处！”朱老星也说：“那是不用说，要是有江涛和运涛，看咱这场游击战打个热闹。没有他们，就像缺了半台戏。”

朱老忠说：“那是当然之理，反动派把江涛和运涛禁在监狱里，就等于砍去咱的左右手，少了两只胳膊。江涛和运涛是咱的一文一武，咱花了多少心血，花了多少钱才培养出来？指望他们成人长大，给咱无产阶级当主心骨儿，给咱受压迫的人们卖把子力气，可是反动派又把他们从我们手里夺了去。”朱老忠每次说到这里，眼里都会掉出泪来，今天说到这里，还是不胜感慨。他看这场面不对头，仰起头哈哈笑了，说：“这是开讨论出征的紧急会，你们这是干什么？打土豪分田地，把日本鬼子赶出中国去，就是给死去的人们、给住监的人们兴兵报仇。”他这么一说，人们又抬起头高兴起来。看看人们都不说话了，伍老拔瞅着朱老星笑笑说：“我看老星哥甭去了！”

朱老星瞪起眼睛愣了一下说：“我为什么不去？”

伍老拔说：“你家里吃累多！”

这时朱老星也意会到伍老拔看见他和庆儿娘打架，嘴头上唔哝笑着说："爹死了娘嫁人，各人管各人！"说着，大家都张开大嘴哈哈笑了。

最后，他们讨论决定了，大家一齐出兵去打游击战。留下朱老明、伍顺、小囤、庆儿、春兰、严萍，在村里主持村政，做后方工作。朱老明一下子笑出来说："你们看看咱这政权，这个幼芽，不太嫩生？经得起风吹雨打吗？"

朱老明一说，严萍一下子笑出来说："暴风雨的时代嘛，幼芽能长成大树！"春兰也说："明大伯可也不能小看我们，你主事人虽上了几岁年纪，没眼没户的。可是小顺今年也年岁不小了，别看小囤和庆儿年岁小，也能做各样的工作。当然老明大伯得多遭点难，费点心指点指点。"

朱老明说："遭难我也不怕，我觉得我还不算老，还干得了。别看春兰和严萍是女同志，我还指望这两员战将，半大小子也比不了她们。"

朱老忠说："别看咱这小将们年幼，人小心大。"

问题就是这样解决了，朱老明总觉得村里留下的力量单薄，可是又有什么办法呢？人们都不愿留在后方，都愿到前方去打游击。他说："去就去吧，这也是个好现象。比着老是在家里孵窝，死啃着这块土好多了。再说才组织起来的军队，也缺乏骨干。"

春兰说："本来我们也要去当红军，给红军做做饭呀，洗洗衣服呀，补补鞋子呀，什么都能干。再说，俺们也可以做宣传工作。"

严萍说："我们可以组织宣传队，宣传红军的政策，管保把政策深入群众心里去。"

说到这时，朱老明张开胡子大嘴呵呵笑了，说："去吧！你们都去吧！你们都去吧！村里就剩我一个人就行了。”

这时伍老拔插嘴说：“不行呀！这样不合乎党的政策，等红军打过游击来，谁出来支应呢？都搅成一坑红水，怎样埋伏下力量呢？不能只顾眼前。这是党的决定，不能打折扣，决定春兰和严萍留下就得留下。再说，我看封建势力还不算打倒，谁去镇压他们呢？”接着，他们又研究了一会子村里的工作。朱老明又叫春兰和严萍打了一壶酒来，笑了说：“大家弟兄明天出征，我要给你们饯行！”又叫春兰到冯家内宅去拿了一堆酒杯来。朱老明哈哈笑着说：“孩子们！给你叔叔大伯们斟上酒，他们明天出征去了，说不定什么时候才能回来！”

春兰和严萍把酒杯擦洗干净，摆在桌上一一斟满。

说真实话，出兵打仗，说不定什么时候才能回来，也说不定能回来不能回来，这件事情是谁也要想想的，当他们一想到为了党、为了国家民族的危亡，就决心出征了。朱老忠听得朱老明说，坐在桌旁愣了一刻，猛地睁大了眼睛，放出雪亮的光辉，伸出右手，用左手掠起袖子，把中指搁进嘴里，咯吱一声，咬出血来，滴在酒杯里，立时开出鲜红的花朵。年幼的人们没有见过，睁起大眼睛看着。他伸手从桌上端起一杯酒，立在炕上，说：“谈到这里，我也有一句话说。大家弟兄！暴动是一件风火事儿，既然敢拿起这杆枪，就要敢去上阵拼死活。在这阶级斗争的风浪里，也说不定谁要遇上好和歹儿。一个敢于革命的人，他在阶级敌人的皮鞭下，在阶级敌人的公堂上，要咬定钢牙，宁死不屈，不能投敌叛党，要有哪家弟兄投敌叛党，他就成了千古的罪人，不是我们的同志了。大家弟兄有这个心志的，请喝完这盅酒！”他挺直地站在炕上，响亮地说着，抚摩着胸膛，被灯光照得满脸通红，两只眼睛里放出晶亮的光辉。人们站在地上，一齐看过去，他的相貌是那样庄严，气魄是那样浑脱，精神面貌是那样的坚定豪迈。

朱老明听到他金属一样的声音，哈哈笑了说："好！大家弟兄！有这心胸的，喝下我这一杯酒吧！"

听得说，伍老拔、朱老星、严志和、朱大贵，一齐向前端起酒杯，仰起头一饮而尽。连最小的一代，小顺、小囤、春兰、严萍、庆儿、二贵他们，也毅然地走上去喝了那杯酒，他们没有喝过酒，直喝得满脸通红，放着光亮。本来在当时的党内，并没有这样仪式。可是朱老忠想不出别的办法，只有这样，才能进行一次更深刻的阶级教育。

朱老明张开右手，说："孩子们！也给我一盅，这就是说，既然暴动了，我们这一辈子要跟日本鬼子干上了！"

红军在锁井镇上住了一天一夜，他们在四乡里张贴布告，宣布了红军政策：有愿意打日本的，尽管入伍参军。红军不能在此地久驻，目前只有开仓济贫，决定等打游击回来，再分配土地……天将黎明时分，朱老忠又下了一道命令。命令所有红军在河神庙前集合。朱老忠带了二贵，提上他的盒子枪，走上千里堤，站在河神庙台上，看着一队队的红军，挺起腰板，打着红旗，在他眼前走过，由不得捋捋胡须，哈哈笑了，说："好！这真正是无产阶级的队伍，庄稼百姓的子弟兵！"

32

今天，天上晴得更加晴明，红军在千里堤下的河滩上站好了队，大红旗就像一支引路的帆桅，在队伍前面飘着。晨风吹拂白杨树，叶片碰着叶片，像滹沱河的流水，豁朗朗地响个不停。胜利的人们心上像开了花，臂上缠着红袖章，扛着快枪，扛着红缨枪，举着长矛大刀，临着流水长河，向东方走去。四十八村的人们来送亲人出征，站满了千里堤上，像是一堵墙。响着锣鼓，吹着细乐，小孩子们跑跑跳跳，好不热闹！

忽然间，野地上跑出来一匹大黄马，垂着长鬃，东奔西撞，在河滩上跑着。朱老忠一眼看见，说："大贵！追它！"朱大贵把机枪交给二贵，带着一群红军，离开队伍追上去。追来追去，追到水套里，把马圈住。朱大贵一下子扑上去，抓住它的嚼环，拉到千里堤上。朱老忠走过去一看，正是冯老兰骑的那匹马，披着一副新鞍鞯。这马有四尺多高，前裆挺宽，后腿挺长，蹄高腕短，两只耳朵像竹管削的。黄毛梢儿，大尾巴穗儿，四蹄抓地，好结实的一匹马！冯老兰给它起个名儿叫"抓地虎"。

朱老忠拍了拍马的前额，骨碌着眼珠笑了。那马睁开大眼睛，看着朱老忠雄赳赳的样子，扇着鼻子翅儿呼呼地出着粗气。朱老忠得着这匹马，甚是高兴，用手抓住它的鼻子，嘻嘻笑着，说："你甭生气，归顺红军吧，别给地主当苦力了！"他又叫朱大贵说："大贵！来！给我骑上它！"

朱大贵听说要骑马，挤巴挤巴眼睛笑了。卷起袖子，把褂子襟掖进裤带里，喜滋滋地抓紧缰绳。才说跷起腿骑上去，手儿一着鬃毛，那马支绷起耳朵，两只眼睛瞪着大贵，"嘿耳"地叫了一声。前腿一纵，后腿打起立桩。朱大贵性子硬，看这马要乍刺[①]，就生了气。一个眼不眨，像打个闪一样，翻身跳上鞍鞒。那马见骑在它脊梁上的不是冯老兰，像爆雷一样，乒乒乓乓地连着尥了几个蹶子。大贵两腿夹住马鞍，抓紧扯掳，岿然不动地骑在

① 挑衅，故意捣乱。

马上。可是一个冷不防，那马伸起后蹄，又尥起一个蹶子，几乎把身子倒竖起来。一个措手不及，一下子把朱大贵扔了多老高，又啪哧地摔在堤上。那马瞪出红眼珠子，急得吼吼怪叫着跑远了。这时，四十八村的人们，站在大堤上，不约而同“唉哟！”地叫了一声。金华和贵他娘正立在河神庙前大石头上看着，金华见马把大贵摔在大堤上，也吓得尖叫了一声。贵他娘急回身扶住她，说：“怎么了？孩子！”可是她还在那里愣着，两只眼睛死盯着大贵，为大贵出了一身冷汗，攥紧两只拳头着急。朱老忠在一旁看着，气红了脖子脸，气得呼呼地。

朱大贵还是不服气，从地上爬起来，瓮声瓮气地说：“土豪霸道的马，也有土豪霸道性子。来！骑不上它不是朱老巩的后代！”说着，拿起脚来就去追那匹马，一群红军齐大伙儿追上去，又把马圈回来。四十八村的人们站在堤坡上，吼吼叫着，看朱大贵骑马。可是，朱大贵骑了好几次，还是骑不上它。

金华把嘴头对在贵他娘耳根上说：“娘！别叫他骑了！粗鲁性子！”

贵他娘说：“人这么多，说他也听不见。”

朱老忠气红了脸，抖着右手，说：“大贵！来，看我的，非骑它不行！”说着，一个箭步蹿过去，冷手抓住笼头，叫大贵把滚落的鞍鞯，抛在地上。两只手把长鬃一攀，扔地一下子，腾空跳上马背。那马见骑在它背上的仍然不是冯老兰，更加闹起性子，红着眼珠子，鼓动着鼻翼，把头一摆，故意抖掉了笼头，曲连了一下腰，伸开四蹄腾空跃下高高的堤坝。乍起鬃，撅起尾巴，从南跑到北，从西跑到东，像闪电一样在河堤上奔驰起来。朱老忠像一盏灯一样粘在马背上，几乎睁不开眼睛。两条大腿夹紧马背，两只手抓住长鬃，任凭马东奔西跑，跑得再快，也甩不下他来，只听得耳旁风呼呼响着。那匹马跑来跑去，还是甩不下朱老忠，反身一直跑向河边，气得喷着鼻子，跺跶着脚要跳进河潭，它想把朱老忠带进河水里，四十八村的人们，一齐高声喊着，为朱老忠担心，可是临到水边它又迟疑住。朱老忠看这马不怀好意，更加气愤，举起醋钵大的拳头，照准马的脑门，啪地擂了一拳，打蒙了它，扯起鬃毛，叫它往河里跳。唬着："你跳！你跳！跳吧！"可是它说什么也不敢跳了，只是站在水边，跺跶着两只脚着急。朱老忠伸直大腿用力夹住马背，用脚后跟磕着肋骨，赶着它往河里跳，可是它说什么也不敢跳。掉过头，又在河滩上东奔西跑起来。朱老忠嫌它跑得还慢，举起大拳头，连连捶着它的脊梁。它只要跑慢一点，就用拳头捶它，用脚后跟磕它。跑了吃顿饭的工夫，累得它出了满身大汗，那股霸道劲儿也使绝了，越跑越慢，慢慢地停了下来。朱老忠又举起拳头，捶它的脑袋，捶它的脊梁，它再也不跑，再也不动了。红军们、四十八村的人们，站在堤岸上，拍手叫好，喊得雷动。

当朱老忠一开始骑马的时候，贵他娘也为老头子担心，说："这么大年纪的人了，还骑马！"她为朱老忠攥着一把冷汗。当那匹马驮着朱老忠跃下堤岸的时候，就好像她的心跳出来，抛下堤岸去一样，浑身像打了个闪。马在河滩上东奔西跑，她的身上一直在打抖。马要跳进水去的时候，她急得几乎焦黄了脸，冒出黄豆粒大的汗珠子。金华叫了她几声，也没听见。直到马跑乏了，慢下来的时候，她的心才松下来，马停下步了，说什么也不跑了，她心上才像一块石头落了地，跟金华说："跟他在一块这些个年了，还不知道他有这么大的本事！"金华说："人，一参加了共产党，就返老还童了。"金华暗暗拍手，为老公公高兴。

朱老忠年幼的时候，在关东草原上给人家放过马群，骑过最烈性的马，练就了最好的马术，如今也用着了。这时，四十八村的人们，立在河堤上，见朱老忠驯服了地主的马，鼓掌叫喊："中国共产党万岁！""红军万岁！""打倒日本帝国主义！"喝彩不止。真的，朱老忠自从当了红军大队长，像是年轻了十岁；更会行事儿了。朱全富老头看朱老忠骑上马了，人也英武起来，更显得体魄强壮了，连忙跑回家去，拿了一条马鞭来，说："这是在冯老兰院里捡的，放在家里也没用，你拿去使吧！"

朱老忠跳下马来接了马鞭，叫大贵加上鞍韂，攀鞍上马。两脚一纵，站在马背上，挺直了腰，勒紧了马缰，向四十八村的人们深深鞠了一躬，振着铜嗓子讲话："大伯大娘、兄弟姊妹们！农民暴动了，红军是你们的子弟，他要给老子娘打平天下，打倒土豪恶霸，铲除卖国贼们，打跑日本鬼子，叫老乡亲们过安生日子。老乡亲们！今天红军要出征了，要离开家乡了。可是你们也要注意，也许白军这就要来了，他们像土匪一样，要牵我们的牛，抢我们的车马粮食。老乡亲们！你们该藏藏的藏藏，该躲躲的躲躲，免得受他们的害，白色恐怖这就要来了！"他一边说着，手上摇动着马鞭，又说："那也不要紧，红军说来就来，说走就走，给你们撑腰做主……"他豪壮的声浪，响彻了河谷，伴随着回音，轰隆隆响着。他喜欢四十八村的人们，不愿离开他们，可是红军要出征了，他也不得不离开他们了。

不等朱老忠讲完，人们一齐呐喊："打倒日本帝国主义！""红军万岁！"喊得天摇地动。贵他娘摇着手儿说："亲人们！去吧！打败了日本鬼子，是你们的功劳啊！"朱大贵扛着机枪，跟在朱老忠马后头，看着堤上人们，嘻嘻笑着，目不转睛地瞧着金华，她黑色的头发，在阳光下闪亮。金华站在河神庙前大石头上，掏出花布手巾，抬起手向亲人们招招。朱大贵看着金华乌溜溜的黑眼睛，闪着太阳的光亮。他竖起大拇指头，绷起嘴唇笑了笑，大声喊着："娘！你们回去吧！打败了日本鬼子，再回来看你们！"

金华说："去吧！你们去吧！把土豪劣绅们都征服，把日本鬼子都打跑吧！"

朱老忠骑着马，提着枪，挺起胸膛，看着红军的行列，看着送行的乡亲们，心上不由得产生一股骄矜的劲头，脸上泛出笑容，心里说：嘀！没有骑不上的马，没有征不服的土豪劣绅，没有打不倒的日本鬼子！最后的胜利属于红军，属于广大农民群众！

队伍头里走了，二贵在前头举起那杆大红旗，迎着风，呼啦啦飘着。后头跟着伍老拔，他用一条长链子牵着冯老兰，慢慢走着。红军的行列，逢丘开路，遇河涉水，走上征途。这时，红高粱正晒着红米，像红山呀似的。白高粱翻着白眼睛，玉蜀黍吐着花红线，大豆棵上长出嫩豆荚儿。知了鼓起翅膀，在大杨树上拼命地叫着。空中流荡着秋禾的气息，勤劳的人们耕耘一年，收割的季节就快到了。

朱老忠看看红军走远，两手捧起马鞭，辞别众位乡亲们，说："大伯大娘们！再见了！"他抬起两只眼睛，向着堤坡上的人们，频频致礼。众位乡亲们举起手，挥起草帽，向他致敬。出征的人们舍不得锁井镇：那长河，那高堤，那白杨的行列，那成片的梨林，没有一样不使人留恋的。可是，为了神圣的抗日战争，他们要离开了。朱老忠两脚站在马镫上，最后向他出生的故乡一瞥，眼角上含着泪滴，拨转马头，一阵蹄声，向东方跑了下去。人们远远看着朱老忠的背影，淹没在青纱帐里，一股马尘升起，漫漫地散落在河面上，才留恋不舍地走回自己村庄。

33

冯贵堂带领他的家丁们，在高房上，跟红军打了一仗。看红军摇旗呐喊地攻上屋顶，他觉得寡不敌众，无心恋战，指挥家丁们打了一阵排子枪，压了压红军的火力，撤出战斗。急急忙忙，房串房跑出村来，过了小木桥，跑到河滩上青纱帐里。这场仗从早晨一直打到晌午，他觉得身上实在乏累了。把枪搂在怀里，坐在大石头上，敞开怀襟，不住地喘息。老山头和李德才，一个个打得土眉土眼，坐在石头上，耷拉下脖子也不说什么。

冯贵堂丢了他的老爹，丢了他的家宅铺号，觉得实在焦心。倏忽之间，他又后悔起来：不该急急慌慌撤出战斗，如果传到社会上，打败仗丢人是一件事，在战斗中丢掉他的老爹，将被人们骂他是大逆不孝。想着，他猛地站了起来，说："走！打回去！"说着提起枪来就要往回走。李德才咧开大嘴，瞪起眼睛问："你说什么？打到哪儿去？"冯贵堂挺起脖颈说："打回镇上，救出我的老爹，他老人家一辈子不是容易。"老山头垂下两只脸蛋子，说："叫他出来，他不出来，看！红军占了整个村子，说不定要给他砸上手铐脚镣，装在小黑屋子里。"冯贵堂抬起头，看了看天上，出了口长气说："我后悔不听老人家的话，想不到红军一起手就打得这么硬。咳！可怜我冯家大院几百年的事业，今天落在一群暴民的手里。"老山头败兴地说："你打仗是为了保护财产，我们打仗是为了什么？是为了卖命！"说完了，扭着鼻子，咧着嘴发呆。李德才也说："一个子弹哧溜溜地从我胳肢窝里穿过去，差一点没打住我。"

冯贵堂把枪挎在肩上，在河滩上走来走去。他蔫头耷脑，皱紧眉头，搜索枯肠想来想去，实在想不出什么好办法。再说，时间过了中午，人们还没吃饭，饿得肚子咕噜乱叫。李德才丧气地说：“俺人是冯家的，肚子也是冯家的？该吃饭了也不叫吃饭！”他一说，人们都一口同音。打了败仗，家丁们讨不到奖赏，满心不高兴，饿了半天，吃不到饭，更觉丧气。正在嘟嘟囔囔絮叨不休，冯大有钻着高粱地走过来，冯贵堂一见了就问：“老太太她们呢？”冯大有说：“上河南里串亲去了。”冯贵堂又问：“咱那些骡马呢？”冯大有说：“在那边高粱地里。”

冯贵堂听得说，家里人们未遇到什么凶险，骡马也未丢失，挥起一只手，说：“快走！快把骡马遛着走，一会红军要出来搜洼！”今天一仗丢了他的老爹，丢了他所有的家财，他心思烦乱，不知怎么是好。青纱帐里牛叫马嘶，使他心上不安。正在踌躇不决，看见远处高粱穗子乱动，一阵脚步声，呐着喊赶过来：“追呀！捉活的！”

冯贵堂抬头一看，红军真的来搜洼了，他手疾眼快，把枪在肩上一扛，大喊一声：“红军来了，跑呀！”老山头和李德才也顾不得抬起头看一看，端起屁股就往南跑。护院的人们，一窝蜂似的顺着城里大道跑下去。冯贵堂身体肥胖，立秋不久，天气还是热的，直跑得满头大汗，把全身衣裳都湿透了，像泥猪疥狗一样。这群人稂不稂莠不莠的，一直跑到城门口才站下，喘了喘气。冯贵堂看了看他的人们，丢了鞋子的，丢了衣裳的，丢了枪支子弹的，丢盔甩甲实在不像样子，暗暗叹了一声，说：“咳！胜者王侯败者贼呀！政治斗争，不是玩儿的！”他觉得这样站在城门口也不像话，想带着人进城。走到城门口，保安队紧闭城门，不让他们进去。等叫了保安队长来，把城门开了个缝，一看见冯贵堂的样子，就问："冯财主！你这是怎么了？"

冯贵堂一见保安队长就有了气，头也不抬，说："叫红军打败了！你们光是在城圈里称王称霸，农民暴动了，你们把城门一闭，也不出城管一管？"他越说越有气，直想闹起脾气。

保安队长一看冯贵堂满心不高兴，嘻嘻笑着，哀求说："算了！别发没好气了，城里士绅们叫我们保护城里，四乡士绅们叫我们保护四乡，碍着我们做小官儿的什么了？快进来休息休息吧！"说着，叫保安队们大开城门。

冯贵堂带起他的人，走到城里北街上一座骡马大店里歇下。也顾不得吃饭，连一滴水也没顾得喝，径自走进衙门，一直走到花厅——县长办公室里。王县长见他满身尘土，丢靴甩帽的狼狈样子，大吃一惊，问："贵翁！你这是怎么了？"清癯的脸庞，立时沉了下来。

冯贵堂咕嘟着嘴，也不说什么，直勾着眼睛，坐在沙发上。丧气地垂下头，长叹一声，说："咳！完了，朱老忠带领农民暴动了……"他梗起脖子，瞪着眼睛，述说农民暴动的经过。当他说到冯老兰带着护院的人们顽强抵抗，眼上不由得掉下泪来。

王县长听得说，一时呆住，有抽半袋烟的工夫，他的手脚四肢也不动弹一下，只听得心在胸膛里乱跳：在他的县份里起了农民暴动，会被上级认为用人行政的问题……差役走进来斟茶的时候，他才醒转过来。一股无名的恼火从头上升起，举手在沙发背上一拍，用着荏弱的嗓音说："我才知道，冯老兰真真实实党国栋梁之材！共产党真有这样大的势力？有多少人枪？"

王县长一问，冯贵堂又停住，他觉得说得太少了，也显得丢脸。长了长精神说："有一千多人，打垮了我的家丁，包围了我的老爹……"

王县长又问："他老人家呢？也不进来坐坐？"

这时，冯贵堂把脚一跺，哭出来说："他被红军俘虏了！"

王县长一时气愤，不待多说，顿时打发差役叫了长途电话，向省政府报告，又和保定卫戍司令陈贯群通话。一面说着，急得跺起脚来："陈旅长！高蠡地区民变起了！"

在听筒里听得陈贯群还在办公室里发威。

陈贯群扯开嗓子，大声喊叫："什么？什么？老兄！什么民变？"

王县长抹了一下脸上的汗珠子，说："唬！共产党呀！朱老忠领导农民暴动啦！这些天来不断接到清苑、高阳、安新电话，有些三三五五带枪的人，夜集明散，想不到竟在我县暴发了……"

陈贯群一听，发起火来，大声喊："你说得不清不楚，农民暴动到底动了没有？"

王县长哆嗦着两只手，急躁地说："动啦！动啦！暴动啦！请你赶快派兵呀！"

陈贯群扫兴地说："球哟！今天派兵，明天派兵，兵是你老兄养着的？我还有上司哪？正在集训期间，委座催得紧呀！他还指着咱这部分人开往江南剿共哪！"

王县长简短地说："地方治安不要啦？"

陈贯群沉了一口气，说："你沉住点气！我到行营去报告钱主任，伏地乱民，乌合之众，何值劲旅一击？"

王县长冷笑一声说："哼哼！旅长！可不能轻敌。刘桂棠还跟我们转悠了几年哩！共产党神出鬼没，游击战术使你捉摸不透。"

陈贯群不以为然地说："哼哼！早就捉摸透了他……"

陈贯群不等王县长回话，哗啦地放下听筒。他板起阴森的脸孔，歪起脖子，咧起嘴皱了几下鼻头，扇着鼻翼沉思了一刻，大喊："白参谋长！白参谋长！"

白参谋长听喊得森人，慌手慌脚走进来，问："旅长！什么事？什么事？"

陈贯群揎了一下袖子，说："嗤！什么事？情报咋搞的？几个县里农民都暴动啦，事先我们还一墨不知。情报处光妈的吃饭，要拆我卫戍司令的台？"

白参谋长一听，在他们的卫戍区里起了农民暴动，不只是陈贯群一个人的事，蒋介石有连坐法，连他也有责任，脸色立刻黄下来。但还装得冷静，他说："知道，早就知道！又有什么办法？才镇压了二师学潮，把保定抗日运动镇压下去。目前乡村里又闹起农民暴动，摁倒葫芦瓢起来，又有什么办法？"他自己觉得在镇压"暴动"上已经很注意了，想不到今天又闹起农民暴动，他实在觉得无可奈何。

陈贯群一听，瞪起大眼珠子，冒火起来，说："你别跟我闹那个碎嘴子。失败情绪！我是个军人，保卫国家，保卫国民生命财产，是我的天职。老实对你说，早就防备着他们这一着。快，叫一团长来！"说完，他又咕咚地坐在沙发上，喘着气，捡起一支烟在茶几上戳着，戳着，说："他暴动，我会叫他暴不成！"

白参谋长急忙打电话，叫一团长来。陈贯群这一支烟还没抽完，一团长骑着马跑了来。他是一个瘦个子、长乎脸的青年军官，穿着整齐的新军装，扎着裹腿，披着武装带。也许，他还不知道灾祸就要降临，在他的高鼻梁下，两颗灵活的大眼睛，还是那样静穆地眨着。他走进办公室，两腿一磕打了个敬礼，规规矩矩站在一旁。

陈贯群抬头看了看，又低下头瞧着地板，半天不说话。他在考虑：一团长是本地人，学生出身，人很透脱，办事也挺强干，怎么迷上共产主义了……

一团长看陈贯群的神态，捉摸着是出了什么事情。不一刻，鼻子尖上津出几粒汗珠，身上燥起来。他安详地掏出手绢，擦着，擦着，掀开伶俐的口齿，悄声问了一句："旅长！有什么口谕？"

陈贯群把那截烟头，哧地掷进痰盂，大发雷霆，说："嗯？问我？问我？你自个儿的事情，你还不知道怎么的？"

说到这里，一团长更加小心翼翼地说："什么事，旅长？"

陈贯群喷出唾沫说："告诉你说！贾湘农领导的高蠡地区的农民，今儿早晨开始暴动了，他还等着使用你这一批力量！"

听到这里，一团长心上有些抖动，脸上惨白下来。但是，不知道的人，一点也看不出来。自从二师学潮时，陈贯群就对他执行任务上有些怀疑，他自己也开始警惕。有好几次他要求出差，或是请假回家，来回避一下白色恐怖的锋芒。可是这一次，他觉得无论如何逃不过去了，于是嘴唇上挂下笑影，说："群众暴动，那没什么关系，我带兵剿去就是了。"

陈贯群说："阁下你留步吧！咱先剿你自己，共产主义就在你的脑子里，共产党就在你的团里，你就是贾湘农的党羽……"

不等陈贯群说完，一团长跺起脚，哭出来说："哪里？哪里？我是旅长的老袍泽，是旅长的老人儿……"他想利用一下北方军人的弱点，他们都有封建的团体观念，对于自己亲手提拔起来的军官都另眼看待。于是，他连说带哭，流出眼泪。

可是，如今当官儿的接受了蒋介石的反革命思想，就对于共产党一点不敢放松了。那个时代，在旧军队里，熬成个军官，也不是容易。陈贯群瞪出大眼珠子，把手一拍，说："胡说！一营长是共产党员不是？三连长，四连长，六、七连长，是不是？还在我面前要俏，装得活像！来人！捆起来，送军法处！"话声一落，立刻走进几名弁兵，拿进绳索，噼里啪嚓地捆了一团长。到这刻上，一团长还是安详自如。也许，他预先知道早晚会有这么一天，悄悄地斜起眼睛，看了陈贯群一眼，跟着弁兵们缓步走出门去。

陈贯群又非常坚决地对白参谋长说："快！你去召集一团排以上军官会议，按名字逮捕起来，不能走漏一个！"

白参谋长唯命是从，去执行他的任务。陈贯群在办公室里走来走去，沉思着：一团长学科术科都是不错的，很有出息，怎么就成了这个样子？他还是不忍这样处分了他，他想到培养个部下不是容易。但是，共产主义把他的思想赤化了，就再也不能保卫党国，保卫国民……他下定决心，先发制敌，要从他的部队里肃清共产分子。委座的意见：宁误杀一千，也不能走漏一个！

他掀开地图看了一下河北省中部地区的地理形势：在蠡、高、肃三角地带，距蠡县六十余里，距肃宁七十余里，距高阳仅三十余里。距保定仅七十余里的地方，高阳与保定之间，有公路可通……看着，他又不住地狞笑，自言自语："如探囊取物，何足道哉！我打了一辈子仗，用了一辈子兵，就是这一点敌情，我还是不怕他！"说着，命令弁兵，叫开过汽车来，给行营侍卫室挂了个电话，他要到行营去见钱大钧。当他走到钱大钧的办公室里，钱大钧正趴在桌上批阅文件，在等着他。他行了一个军礼，恭恭敬敬站在钱大钧的面前。钱大钧慢慢从桌子上抬起头来，看了他一眼，问："陈旅长！你有什么事吗？"

陈贯群又打个敬礼，说："报告钱主任！农民暴动起来了！"

钱大钧还是若无其事，问："有多少敌人？"

陈贯群脱口而出："有一千多人。"

钱大钧又问："有多少枪支？"

问到这里，陈贯群心上可是愣怔了一下，迟迟地说："鸟枪土炮有二三百支！"

钱大钧听了，把手掌轻轻在桌上一拍，眼睛斜着陈贯群，从三角形的眼睛里，射出几条严厉的光线，说："陈旅长！你的情报也太不准确了，关于高蠡暴动的情报，我们这里早就有的。锁井地区红军，朱老忠部有一百五十余人。孙、宋、杨、马庄一带红军，宋洛曙部，约有一百七八十人。张登、王盘地区，朱老虎部约有一百三四十人。此外，在万安、北新庄地区，在荆丘、玉田地区，在南北辛庄地区，在煎盐窝、归还、河西村，在白洋淀……零星的部分还是很多，共产党的办法是到处点火，四面开花，眼看整个冀中平原，就要烽火燎原了！"他不急不慢，述说了一大串敌情，又抬起眼睛看着陈贯群。

陈贯群挺起腰直直地站在地上，在钱大钧的逼视之下，由不得脸红耳赤，紧接着问："钱主任！有这么详细的情报？"

钱大钧仰头浅笑两声，说："你们北方军人，包括国民军、东北军、西北军，一直处在极幼稚的时代，天演淘汰是逃不过的！中央这一套情报组织，是在德、日、意三国顾问帮助之下建立起来。不是有委座的努力，党国将不保了！怎么样？对目前的军事情况，你打算怎样处理？"

陈贯群说："责无旁贷，我是个军人，以保国安民为已任，我立即带队出发剿匪。"

钱大钧微笑着，把手在桌上轻轻一按说："好嘛！这几天日寇在东北进逼甚急，就要进窥关内，委座在南昌指挥陆空联合作战，打得正在紧张，这里又闹起农民暴动来。咳！党国多难呀！你今天就起身？我打电报叫驻在安国的白凤祥骑兵十七旅归你指挥，你是卫戍司令嘛！你还可以指挥高、博、蠡、肃等七县保安队。我再打电报给北平何主席，调驻在山海关的关麟征部队，星夜驰援。你看，我这样部署，你还满意吗？”

陈贯群微微笑了说：“钱主任对我的指示，我很满意。”

钱大钧也笑笑说：“好！你去吧！”

陈贯群打个敬礼退出来，钱大钧送到办公室的门口，点头微笑说：“希望你在剿共的军事上立下功勋！”这人，表面上看起来彬彬有礼，不急不慢，无动于衷；其实，农民暴动就像一柄利剑，捅到他的心尖上，内心感到痛楚难忍。

34

第二天黄昏时分，锁井游击队到了蠡县玉田村。朱老忠下了马，用鞭把掸了掸身上的尘土，命令游击队在枣树林里歇下。玉田村子很大，村边上都是一些东倒西歪的土坯小屋。村郊尽是沙土，沙土地上种着枣树、红荆和柳子。秋天了，柳子已经长成紫色的枝条，枣儿半青半红，很是好看。太阳趴在地皮上，露出紫红色的光亮。村边上，已经有一簇簇戴着红袖章的人们，坐在大树底下休息，把红旗插在树尖上，迎风飘着。朱老忠手里提着鞭子走进村去，一进大街，就有戴红袖章、挎枪的人走来走去，一个个带着紧张的神色。墙上贴着红绿标语，妇女们和小孩子们站在街上，看见红军过来，又说又笑，好像赶庙会。朱老忠走过一趟大街，进了一条小胡同里，在瓦楼门口停住脚，这就是玉田区委书记王慎志同志的家。他用鞭把敲了两下门环，走出一个小伙子，二十多岁，手里横着枪，瞪着明亮的眼睛，问："从哪儿来的？"

朱老忠点头说："从锁井来的，第四大队来报到了。"

那人从上到下看了看朱老忠，说："等一下。"就走进去，等不一会工夫，一阵脚步声，贾湘农走出来。他脸色黑红，笑容满面，一下子抄起朱老忠的手，说："好！你们可来了，我正担着心呢！"真的，他虽然没有跟着各个大队去打仗，可是每个大队的行程、时间、作战情况，他都要掐指计算，晚来一会，他都会担心。他拉起朱老忠的手，过了一层茅草小院，又走进一所大庭院，槐树底下拴着几匹战马。可以看得出来，界墙是才拆开的，那是一家大地主的庄院，四方院子，青堂瓦舍。贾湘农带他走进北屋，是三间大客厅，玻璃窗户，墙上挂着字画，靠北墙放着大八仙桌，围桌放着太师椅子。东西两头放着桌凳，都是柳木圈椅。屋子里已经坐满了人，在抽着烟，弄得满屋子烟气，见朱老忠走进来，都转过头，睁着大眼睛看。宋洛曙和朱老虎跑过来，一人拽起他一只手连连抖着，宋洛曙眯眯笑着说："老伙计！你可来了。"朱老虎也说："看，我们又到一块了，带起来多少人？"一边说着，不住地张开大嘴笑。

朱老忠说："我们领导得不好，沿途走着，只带起一百多人。"

贾湘农说："好嘛！平地里起鼓堆，一百多人就不简单了。"说着，他倒背起手，轻松地笑着。他为工作奔波了一阵子，身体更加结实，脸上也开朗了，不住地眯眯笑着。他把朱老忠让到一张太师椅上坐下，说："你走了远路，快坐下来歇歇脚吧！"

朱老忠说："哪里，我们套住了冯老兰那匹大坐马，骑上就来了，还得到冯老兰那支手枪。"说着，从木套里抽出来，给湘农看。

贾湘农接过那支枪，觑着眼一看，惊讶地说："哈！德国制……二把盒子……插梭……二十响……好枪！好枪！"他看到枪身釉黑，放着蓝光，是一支新枪，掂在手里，赞不绝口。

朱老虎和宋洛曙，人们都围上来看，众口同声，一致说是一支好枪，可顶一支小机关枪使，都为朱老忠得了这支枪高兴。朱老忠看贾湘农实在喜欢，走上去说："我想把这支枪交给司令员使着！"

贾湘农摇摇头说："不！还是你带着用。"

朱老忠说："不！还是司令员使这支好枪，我也不会用，随便有一支什么枪也就算了！"说着，他把枪装在套里，挎在贾湘农的肩上。

大家可以想象到在暴动里，在军事行动中，得到一支好枪是何等的重要，人和枪的关系是怎样的密切。可是朱老忠一定要把这支好枪交给贾湘农用，他认为司令员比他更需要。贾湘农说什么也不要，两个人你推我让，争执了半天，宋洛曙走上来说："不用争执了，打仗是用枪的时候，朱老忠同志既然有这个意思，司令员就留下吧！"最后，贾湘农才收起这支枪，把那支三把盒子交给朱老忠。他得了这支枪，起心眼里高兴，把皮转带抽在腰上，转带上装满了子弹，有一百多粒。

朱老忠当着人们汇报锁井农民暴动的经过，他谈到怎样攻下西锁井，怎样打开冯家大院，活捉了冯老兰，开仓济贫，受到广大农民的欢迎，满屋子人们，一齐鼓起掌来。暴动、行军、打仗，使朱老忠有了和以前不同的风貌：显得口齿清楚，说话流利，人儿更加机灵了。贾湘农走上来，一把抓住朱老忠的手说："哎呀！朱老忠同志！早就看中你是一个军事人才，你英勇地带起锁井四十八村的农民，把红旗插在滹沱河的岸上！"他一面说着，掂着朱老忠的手，觉得很是满意。

朱老忠一听，急忙摇头说："哪里？这算什么？锁井群众拥护的是党的政策，我朱老忠不过是一个没读过一天书的老农民。"他一边说着，谦虚得不行。一个老农民出身，当了红军大队长，今天与各路红军将领们在这里会面，也觉得格外高兴，嘴上不住地嘻嘻笑着。

朱老忠和贾湘农兴高采烈地谈着。宋洛曙走到房那一头，加入杨万林他们那一伙人里去，他们正坐在椅子上抽着烟念叨暴动的事。杨万林是织布工人出身，当过长工，推着小车卖过洋布，有四十来岁，褐色的脸，满下巴黑胡子，是一个长大汉子。他身子骨儿很是硬气，说话不多，老是闭着嘴保持沉默。他说："洛曙同志！听说你们那里闹得很热闹，这几天，你们净是怎么过来？"

宋洛曙摇头大笑说："甭提了！闹得地主家里鸡飞狗跳墙。我首先得做检讨，我们的秘密技术太差劲了。暴动以前好多日子，在我那几间小屋里开了军事教练所，穿大褂的，穿学生服的，出出进进，来来往往，成了半公开的机关。全村男女老少，都知道要农民暴动，大家瞪着眼睛想看这出热闹戏，我们也不得不起手了。那天晚晌，我提着枪到我们当家子财主家去，敲了会子门，他一开门就问：'你是谁？'我把枪一伸说：'是我！'一下子吓了他个仰巴跤，急忙问：'你要什么？'我把枪口对在他的天灵盖上，说：'我要你的枪！'一下子收了他两支盒子，三支大枪。"他一边说着一边笑着，谈到这里，又张开大嘴，不住地哈哈笑起来。

杨万林脊梁靠在椅背上，伸起两只手，也仰起头笑了，说："我们这里也是这样，光说是秘密，秘密，可群众关心这件事，他们没见过农民暴动。再说，他们光知道闹过太平天国，还不知道太平天国是什么样儿！"

宋洛曙又把一只脚踏在桌子掌上，抽着烟，耸动着胸脯说："动，动，动，你村里也动，我村里也动，看看这农民暴动热闹不热闹！"他说着，瞪出两个斗鸡眼儿，两只手指指画画的。

人们都围上来，听宋洛曙讲领导农民暴动：宋洛曙大队，以孙、宋、杨、马庄为根据地，在八月二十八日的晚间，就开出条子收缴了全村地主的枪支。二十九日，宋洛曙提着枪，带上游击队，在村里贴上布告，公布了河北红军游击队的行动纲领。又收到长短枪十二支，打了土豪，分了粮食。三十日，在林堡一带活动，林堡大地主齐墨林集合封建武装，占据高房屋顶顽强抵抗。宋洛曙带着游击队几次冲锋，才冲到村里，活捉住村长。这时才有人出面调停，拿出长短枪十四支，游击队更加扩大了。三十一日，宋洛曙大队向博野出击，打了土豪，分了粮食，收缴长短枪三十多支，游击队发展到一百七八十人。他们就开拔向玉田进发，沿途打土豪、分粮食、开仓济贫……

宋洛曙同志一边说着，周围的人们，由不得手舞足蹈，哈哈大笑，对他的战绩，表示赞扬。不等他说完，一齐鼓起掌来。这时，满屋子人们，都高兴地抽着烟，喷云吐雾。朱老忠和贾湘农他们，围着那张桌子有滋有味地谈着。朱老忠看人们谈得热闹，对贾湘农说："看！我们的士气有多么旺盛！"

贾湘农从椅子上站起来，说："农民暴动在人们一生中是百年不遇的事！"他也曾想到过，农民暴动不是一件简单事情，要解除他们很多顾虑，要鼓励他们，有必胜的信念。说着，他走到屋子的西头，朱老虎和李学敏正在那里谈着：朱老虎如何带领他的游击队在张登、王盘一带游击了三天，开仓济贫，受到广大农民的欢迎。李学敏大队如何在万安、北新庄一带活动，攻下绒家营，打开地主庄院，分了粮食财物……

朱老虎说："我们带着队伍沿途走着，耪地的农民听说日本鬼子要来了，把锄头往地里一扔就跟了我们来！"

贾湘农说："好嘛！只要把红旗一举，就有它的影响。工农弟兄们，来者不拒。红旗是被压迫的人们的号令嘛，两把菜刀起家，高粱地里打出英雄来，就是靠这杆大红旗。"

他端着碗，喝着开水，笑笑嘻嘻走回来，对朱老忠说："上级指示：'发动零星的、局部的游击战争，促成大规模的起义……'我们就是这样做过来的。目前暴露在我们面前的缺点，主要是指战员们缺乏军事经验。对于平原上的游击战争，我们还缺少具体经验！"朱老忠把手一拍，笑了说："路本来是没有的，你也走，我也走，就走通了！本来咱们都不会打游击，你也打，我也打，就都学会打游击战了！"满屋子人们正在说得高兴，贾湘农拍拍手叫人们停止说话，他清了清嗓子说："同志们！静一静，我们来研究一下全部游击战争的计划吧！"他拈起一枝紫色的细柳条，指着墙上的地图说："同志们看这里！起义部队，从高蠡地区起手，在高阳西部的南北辛庄一带集中，我们要在那里整训几天。"他又用柳条着重指出"辛庄"在地图上的部位。在地图上可以看出，部队从玉田村到达辛庄，要徒涉一道小河——潴龙河。他说："向北去，经过高阳全境，到达安新县的同口镇。路上经过煎盐窝，翟树功同志已经在那里领导附近农民暴动！"柳条在地图上滑过煎盐窝的位置，停在"同口镇"

上，同口以北是有名的白洋淀。他说：“张嘉庆和李霜泗大队在那里暴动。我们沿途开仓济贫，发动群众，扩大红军队伍，收缴枪支。同口、冯村周遭，有雄厚的群众力量，有多少年的地下党的工作基础，到了那里就算到了红军的老家了，我们预计可以在那里吸收一千条枪……”

贾湘农谈到这里，感到无比的兴奋，觉得身上热烘起来，两只又大又黑的眼眸闪着黝黑的光亮。全部游击战争的计划，是根据他多少年来革命的经验，根据地下党的分布，根据他对游击战争的理想完成的，他的心胸里对高蠡游击战争满怀信心。他想，红军已经有了这么多的人，这么多的枪支，只要稍加训练，配备上从保定调来的军事干部，红军队伍就更加巩固了。他又说：“在定县驻防的骑兵十七旅里，有我们的一个连，住在定县车站上。当我们集中在辛庄整训的时候，定县县委就指挥他们哗变，与暴动起来的农民会合，破坏铁路，占领车站，截击从石家庄以南调来的白军。在保定，十四旅里，有我们的一个团。我们可以在那里抽调一部分军事干部，来补充红军。同时，红军到了同口地区的时候，他们可以哗变起来，响应红军，在保定近郊开展游击活动，牵扯附近白军的兵力，给红军一个休息的机会。等红军从同口西进时，他们就配合红军，合击十四旅，佯攻保定城，如果得手，砸开模范监狱的铁门，反牢劫狱，搭救出多少年来陷在那里的同志们。”谈到这里，人们一齐鼓掌，欢腾起来，因为保定监狱押的政治犯太多了，这样一来，搭救他们出狱，红军里又增加一批坚强的干部。他又沉着地说：“起义红军有了正规部队的帮助，就增加了有生力量。如果不能攻下保定，也不要恋战。就向清苑、博野、安国、定县、深泽、安平、饶阳一带，展开游击战争，平分土地，发动群众，建设抗日根据地。”谈到这里，他撒开响亮的嗓音，乐观地说：“这样一来，高蠡游击战争，不只震撼全国，而且希望会改变目前中央苏区的形势，减少蒋介石对苏区的军事压力，迎接红军北上抗日。”人们不等贾湘农说完，又鼓起掌来，一时议论纷纷。分配土地、建立政权和迎接红军北上，是游击战争的一箭三雕，人们没有不佩服的。谈笑的声浪，几乎把整个屋子抬起来。

朱老忠对于佯攻保定，打开模范监狱，产生了很大的兴趣。听了贾湘农的讲话，兴奋得脸上的筋络都涨起来。他对这次武装行动很有信心，他希望能够在家乡一带进行土地革命。那样一来，有了政权，有了军队，对于迎击日寇非常有利。可是，湘农司令员也曾讲过，如果在这里站不住脚，就北去白洋淀，或是西奔太行山，对于建立抗日根据地都有好处。

虽然会场上的人们都在高兴着，可是在贾湘农心上却有一时悸动，他对抽调军事干部的事，感到特别关切。多少年来，他是做着地方工作，对于组织工农，发动群众，倒是内行。近几天来，经过农民暴动，对于军事行动也摸些规律了，所以他的精神特别活跃。他兴奋地和人们谈话，兴奋地和人们在一起开会，兴奋地指挥战斗。可是，如果军事干部不能按期赶到，将来用什么力量支撑这样庞大的部队，保证红军在战场上的胜利呢？直到目前为止，这件事情，一直在他内心活动。可是，他对全部农民暴动的计划，一直是有信心的。自从暴动的日子一到，开仓济贫的声浪从四面八方喊起来，农民们、学生们，革命的知识分子们，从各个地方组成了暴动的队伍，打起红旗来，一个惊天动地的农民大暴动，波及了广大地区，波及了这么多的人口，在华北开始了打倒日本帝国主义的伟大事业。

开完了会，他们又研究整编队伍。在一九三二年的九月四日，锁井朱老忠大队，孙、宋、杨、马庄宋洛曙大队，万安李学敏大队，北玉田杨万林大队，高阳蔡书林、王嫂大队，翟树功大队，清苑朱老虎大队，白洋淀李霜泗、张嘉庆大队，合编成河北红军第一军。这说明：在一定时机，中央要派一股红军北上抗日的时候，红色的冀中抗日游击根据地，就是有力的跳板。开完会，干部们就各自回部队去了。

天已经黑下来，王慎志同志的老母亲走进来。她有七十多岁年纪，白头发，拎进一壶开水，放在桌子上，说："湘农司令！你喝水吧，一直忙了整天，不得闲。"贾湘农拿起碗来倒开水喝，说："你老！咱红军太麻烦你们了，这么多人，又是吃饭，又是喝水。"老太太笑了说："要说饭吃得多，水喝得多，倒是真情，把井筒子都喝干了。可是打土豪分粮食，人们也出了气了！"她说着，抬起右手按着心窝。

一边说着，贾湘农仄起耳朵，听房后有敲锣动鼓的声音。他问："大娘！那是干什么？"老太太说："那是人们敲大鼓庆祝胜利呢！"老太太又点了一盏油灯来，贾湘农一手端着碗喝水，一手擎起油灯，走过去看地图。蓦地，刚才忘却的那件事情，又袭上心来。他从蠡县看到高阳，从高阳看到肃宁，又从肃宁看到蠡县。他下定决心：根据既定计划，把部队运动到高、肃、蠡三角地区。这地方便于回旋，距离敌人的县城都比较远。他又反复考虑敌我力量的对比：保定驻有国民党军十四旅，安国、定县驻着骑兵十七旅。他下定决心，要在"游击"里取胜。像"游击战术"上所说的，在不能打的时候，红军还能跑，要把"肥的拖瘦，把瘦的拖死"。于是，一团疑云就消散了。天气很热，把小褂都湿透了，他擦去身上的汗，走出来，叫人扛上枪跟着。他手上提着枪，大踏步走到大街上。虽然天黑了，大街上人还是很多，正在谈论着打土豪分粮食的事。他走出村外，要到各大队去看一看，慰问一番。锁井大队歇在枣树林里，伍老拔、朱老星、大贵、二贵，正在枣树底下睡着。微风摩着庄稼叶子沙沙作响，夜深了，天气渐渐凉下来。

贾湘农走到这里，惊醒了伍老拔。他坐起来，打火抽烟，笑了说："我还不知道司令员来了！"他到附近农民家里找了个凳子来，请司令员坐下。

贾湘农坐在凳子上问："老忠同志呢？"他把凳子移近枣树，把身子靠在树上休息。

伍老拔说："他睡在那边。"又嘻嘻笑着问："贾老师！有什么好消息？哈哈！看咱这暴动，万事俱备，只欠东风了，单看这东风怎么刮法？"人们都是这个心理，愿意及早知道这场游击战争到底怎样打下去。

贾湘农说："怎么刮法？武装斗争嘛，就是打仗开仓济贫、发动群众了。"说着，看到远远的枣树林里，有星星点点红色的火光。人们点起篝火在烧水喝，悄悄谈论着对游击战争的希望。各人对于暴动有着各种各样的希望和理想。

朱老星睡醒了一觉，见贾老师坐在身旁，腾地坐起来说："你们还没有睡？"

伍老拔说："说什么也睡不着，心上像架着一团火。困得眼上长了眵目糊，就是合不上眼，合上眼也是晕晕乎乎的。"

朱老星说："咱没经过大动乱，自从起了手，一合眼就做梦。一做起梦来，就是这里一杆红旗，那里一杆红旗，嘿！分粮食，嘿！捉土豪，脑子里乱乱哄哄、乱乱哄哄的！"他说着，瞪着两只大眼睛，叉开五指，向前一扑一扑的。

他这么一说，倒把贾湘农说笑了。伍老拔说："老忠哥倒是睡得着，一倒下头就打呼噜！”

朱老星说：“他是染房铺里的捶布石，经过大家伙的！”

人们一边说着，朱老忠躺在旁边沙上，呼呼地睡着，打着很响的鼾声，自从游击战争开始，他还没有好好睡过觉，今天睡得特别香甜，特别实着。

伍老拔说：“二贵这孩子，一摸黑，倒下头就睡到这咱。”

贾湘农说：“小孩子家，心上还不知道挂事儿。”

伍老拔沉了一会子，像是有什么深沉的思虑，他说：“好啊！离开家就算像离开愁城了，眼不见心不烦。出来的时候，把家交代给老套子，把孩子们也托付了一下，打起仗来，咱就说打仗。”

朱老星说：“我说咱这抗日……成功了，日本鬼子一来，咱就干上了。不成功，还不知道落到什么地步，反正我心上是架着桥儿！”

伍老拔一听，猛地转过头来，问：“你对暴动信心不足，是不？”他这么一问，朱老星点点头，吧咂吧咂嘴唇，晃了晃脑袋，没有说什么。可是人们听了朱老星的话，心上都动了一下。

贾湘农听了朱老星的话，脑子里也有所活动。又想：在这样短暂的时间里，组织起这样庞人的部队，思想上也很难完全一致。二贵听得话声，睁眼一看，蓝蓝的天上满天星斗，伸直腿打了个舒展，说：“唔！星星出来了？”

贾湘农拍拍他的肚子，笑了说：“星星早就出来了呢！”

二贵看见贾湘农，一下子坐起来，说：“不是太阳老高吗？”

伍老拔嘻嘻笑着说：“你睡转了轴儿，从太阳落睡到星星出。”

自从红军起手，二贵心上老是乐得不行，这时嘴里又唱着小曲儿："星星！拎着篮子烧饼，去瞧他公公！……"唱着，有两只流星从天角上溜过去。他问："嗯？这两个大贼星是谁？"

伍老拔说："是冯老兰和冯贵堂，贼星落地！"

二贵说："不！"

伍老拔问："是谁？"

二贵说："是蒋介石！是他们父子俩！"又问："正北上那几颗大银星是谁？"

伍老拔说："这我可知道，是毛泽东同志和朱德同志他们！"

贾湘农听着他们的谈话，体会到农民对暴动的希望，他们对党、对游击战争，就像初升的太阳，在他们心里显得那样鲜艳，那样暖和，把他心上刚才发生过的那种心情濯除净尽了。当他看到跟随党暴动起来的农民在言谈、行动上，对游击战争满怀信心，他自己的信心也更坚定起来。夜静下来，人们还在谈论着。远近的村庄上，断断续续吠着犬声。偶然有几声枪响，有问答口令的声音。树叶上滴着露水，啪啪地落下。庄稼受了夜露的滋润，呗呗响着，在拔节生长。

贾湘农看朱老忠还在熟睡，也不愿惊动他，又去看了几个大队，夜快深了，才慢步走回村庄，仰头迎着夜空，迎着湛蓝天上无数绚烂的星群。

35

贾湘农领导的高蠡游击战争，经过几个月的工作涌起了这个游击队伍。尤其今天见到红军干部们，一个个都是生龙活虎，使贾湘农心上高度兴奋。他回到红军司令部，还是睡不着觉，周围村庄上枪炮声还在响着，他又坐在灯下，阅了几个信件：一件是翟树功大队报告煎盐窝区农民暴动及没收地主阶级枪支的情况。一件是李学敏大队办理伤员回乡疗养的情况……猛地他又想起，游击战争打起来，还需要办一处野战病院，这座病院，最好安排在白洋淀的苇塘里。由此联想到伤员无处疗养的痛苦……这时，已经是后半夜。今天夜晚与往日不同，四乡不静，到处有人喊马嘶和断续的枪声。他想着，把头歪在椅背上睡着了。那盏油灯在他面前袅袅摇动，在昏暗的夜色里，辐射出金色的光辉。

这天夜晚，河北红军游击队在蠡县北玉田村宿营。红军们睡在村郊的树林里，睡在庄稼地里。农民们露宿惯了，他们耐过前半夜蚊群的叮咬，又耐过后半夜的寒露，露水把他们的衣服都浸得湿淋淋的。心里越是有事，越觉夜短，公鸡叫过一遍，村落上照例有一时的静寂。

黎明时分，贾湘农又早早醒来，叫人背上枪跟着走出门来。显然，昨天晚上村里人们没有睡觉，直到这早晚，还有人在屋檐下，在门洞里，抽着烟说话，谈论着农民暴动，开仓济贫的事。不用问就会明白，他们在为红军的命运担心。见了贾湘农，一个个龇开牙笑着，拱起手打个招呼："湘农司令！你起得这么早？"湘农走上去，问了他们一会子打土豪分粮食的事。

他走出村口，迈着健壮的脚步在沙地上跋涉，从这个大队走到那个大队，问问游击队员们睡得好不好，吃饭问题解决了没有。又一个一个大队看过一遍，他走回来的时候，老太太已经做好了早饭。吃着饭，他又想起："嗯，张嘉庆和李霜泗怎么还不来？"第一次领导武装暴动，还是缺乏具体经验，直到目前为止，他的脑子里还有很多问号。

今天的玉田村，是个快乐的早晨，火烧云烧得东半边天红红的。贾湘农在司令部吃过饭，下了一道命令，叫各路游击队集合在村头上。他提上一条紫柳杖，背着大草帽，走到老太太屋里告别，说："大娘！我们要走了，要开拔了。"

老太太愣着眼睛问："到哪里去？"

湘农说："也说不一定，反正总在这潴龙河两岸、滹沱河两岸、唐河两岸打游击。"

老太太走上两步，扯起湘农的袖子，说："红军什么时候才能回来？"说着，她看着贾湘农眯眯笑着。

湘农说："短里半月，长里也许半年。"

老太太又嘱咐说："可不要忘了，人们欢迎你们！一个号令下去，人们就都暴动起来，打土豪，分粮食。人们忘不了你们，就是千百年后，人们也忘不了你们。可是我不敢这么想，你们要是不回来了，人们可就受了热[①]了……"说到这里，老太太直想哭出来。这次暴动关系老太太一家：儿子是区委书记，儿媳妇和孙子、孙女们都参加了暴动，红军要是不回来，他们可是怎么办呢？

湘农不等老太太说完，问了一句："受什么热？"

老太太说："你想想，把那些土豪劣绅们杀的杀了，剐的剐了，人家会甘心吗？正逞着吃人的架子想反攻呢！"

湘农拍着老太太肩膀说："大娘！不要紧，共产党不会完，早晚会有胜利的一天！"湘农辞别了老太太走出来，走到村外柳子地里，在他眼前站着的是英勇的红军，站在红军前面的，是英勇的红军将领们。大红旗、小红旗、红袖章，红花花地在柳子地里站了一大片，像天上霞光一样鲜艳。

---

① 受了苦。

看贾湘农走出来，朱老忠、朱老虎、宋洛曙、李学敏、杨万林几个红军大队长一齐走上沙岗。朱老忠和朱老虎都是穿的紫花裤褂，粗壮的身体，紫糖色的脸。宋洛曙穿着老毛蓝粗布裤子，褪了色的毛蓝小夹袄，他的头发和胡子直到今天还没有剃，长得又黑又浓。过去都是拿着锄耪地的能手，今天拿起枪，拿起长矛大刀，带领红军打仗了。杨万林是一个五尺大汉，长大个子，枣红色的脸。只有李学敏，是个小学教员，乡村知识分子，瘦长个子，穿着雪白裤褂，戴着洋草帽。贾湘农见了他们，一一握了手。

贾湘农看队伍都来齐了，走上沙岗，睁开肃穆的眼睛，向这边看了看，又向那边看了看，伸起胳膊，撸了一下袖子，开始讲话。他宣布了各路游击队大队长的名单，不等讲完，如雷的掌声，在岗下响起来，村上碰回缭绕的回音。这是湘农司令员第一次给红军讲话，人们一时静下来，踮起脚尖，拔起脖子看着，又响起焦脆的掌声。贾湘农震起雄壮的嗓音，说："诸位同志！诸位游击队员们！今天是一个光荣的日子，是一个幸福的日子。高蠡农民暴动的队伍，今天在玉田村集合了！"不等他谈下去，人们跳起脚来欢呼："中国共产党万岁！""红军游击队万岁！""打倒日本帝国主义！"不等人们喊完，他又提高了嗓音说："自从去年九月十八日，日本帝国主义占领了我们的东北四省，还要进攻华北，占领全部中国的国土，奴役中华民族。中国共产党，为了广大人民不当亡国奴，为了保卫我们的家乡，带领革命的农民，革命的知识分子们，在高蠡地区暴动了！反动派不叫我们抗日，我们硬是要抗日。他要是打我们，我们就刀对刀，枪对枪！"他张开大嘴，抬高嗓门喊着，把每一个字都咬得那么紧，吐得那么清楚。

红军们挥动着红色的旗帜，举起枪，兴起长矛大刀，欢呼着："中华民族万岁！""打倒日本帝国主义！"

在欢呼声里，贾湘农看到这些英勇的农民，一个个欢蹦乱跳，他更加兴奋起来，说："为了保证游击战争的胜利，必须广泛发动群众。发动群众的政策是：没收反动地主及反革命的土地，分给无地少地的贫农和中农，开仓济贫，土豪劣绅剥削了他们，我们要帮助他们夺取回来。夺回反动地主的粮食和财物，分给贫民和灾民。红军领导广大工农群众，建立抗日民主政权，废除苛捐杂税，取消地租高利贷。夺取反动地主和反革命的武器，武装工农。保证农民有淋小盐、吃小盐、卖小盐的自由；取消官盐店，剿灭盐巡……为了要完成这个神圣的抗日战争，年幼的红军要学会打仗……"

红军们不等湘农司令员讲完，伸出两只手一齐鼓掌。在清晨的太阳下，伸起脖子，张开大嘴，翻动着手掌，像大河里的翻花。他们高声吼叫："工农红军万岁！""抗日民主政权万岁！"可以看得出来，所有的人们，一致拥护红军的政策和办法。

在喊声里，湘农司令员继续说："红军是工农大众的儿子，要公买公卖，不动父老们一针一线，不要践踏农民的庄稼。每个红色战斗员都是宣传员，要学会宣传政策，把党的政策变为广大工农群众自己的要求……"

最后，他咬紧牙关，伸出拳头，朝天空有力地抖着，说："你们是中国共产党领导下的赤色战士，要清醒地记住：不要破坏东西，不要乱杀人，不要乱点火……红军有铁的纪律！"

"同志们，赤色游击队员们！我们要为'四一二'政变牺牲的同志们复仇！要为第二师范'七六'学潮惨死的同志们复仇！……反动派不许我们革命，我们硬是要把革命继续下去。反动派不许我们抗日，我们硬是要抵抗日寇的进攻，把日本鬼子打出中国去！”

谈到这里，朱大贵、伍老拔、严志和、朱老星、二贵他们，不约而同地，想起运涛和江涛还在监狱里，想起敌人的刑罚无情，想起监狱的黑暗。他们从人群里跳出来，大声喊着：“蒋该死的！要他还我们的运涛来！还我们的江涛来！”

游击队员们喊着，贾湘农把手撑在腰里，问：“土豪劣绅们，把持村庄，不交出枪，不交出粮食，我们应该怎么办？”

红军们暴雷一样地齐声大喊：“向他们开火！”

在霹雳一样的掌声里，湘农司令员发布了命令：要将百里以内有名的大土豪、大恶霸、反动地主们，都打下马来。在喊声里，湘农司令员分配了任务，命令各路红军去收集枪支，收集粮食，充实红军给养。

最后，湘农司令员说：“朱老忠同志！给你一个艰难的任务：你去攻打小营镇，叫他们送枪弹、送粮食，他们不送，就把那些反动的土豪劣绅们、民团们，都活捉了来！”

朱老忠听得说，翻身跳上鞍鞒，打马跑过来，两个拳头擂着胸膛，瞪着大眼珠子说：“有！打不败民团，剿灭不了土豪劣绅，把我这罐子血倒给他们！”

湘农司令员伸出拳头，抖着说：“赤色游击队员们！赤色战士们！去！拿起长矛，拿起大刀去切断汉奸卖国贼们的脖子吧！”

人们一齐大喊：“中国共产党万岁！”挥动着红旗，挥动着长矛、大刀。各路将领们立时调动队伍，奔赴战场，出发打仗。一时尘扬遮天，几乎挡住太阳。

湘农司令员讲着话的时候，村里人们围着红军队伍听讲。他讲完了话，从沙岗上走下来，小孩子们，老太婆们，齐大伙儿围上去。王慎志同志的母亲，眯缝了两只眼睛，笑着说："亲人！看你和善的样子像个书生，把人喜欢死。讲起话来像个火炮一样，又把人吓死。你去领兵打仗吧，愿你一路平平安安！"

36

朱老忠调动好了队伍，看队伍头里走了，又和贾湘农谈了会子小营镇的地理形势和政治情况。

湘农司令员用紫柳杖在沙土上画着说：这个村子不大，封建势力却很顽强，组织了地主武装——民团，村子周围有寨墙。前几天杨万林同志写信叫他们送枪弹和粮食，反动地主们说什么也不送，看你们的大队还壮，一定能完成这个任务。他一边说着，在沙地上画着寨墙的形式。

朱老忠手持马鞭，站在旁边听着，不住地用马鞭打着马的长鬃。那匹马等得不耐烦了，急得两只脚直踩跶，嘿耳嘿耳地叫着。朱老忠歪起头笑了说："好！请你放心吧！新起的红军，无坚不摧，无攻不克！"这时，他还没有体会贾湘农的意思。几天以来，红军已经三番五次地跟反动地主们要过枪、弹、粮食，他们不送。这里又连闹了几天暴动，土豪劣绅们早有了戒备，根据目前红军的情况，攻下这座村寨不是容易。朱老忠心上憋足了一股劲，倏地跃上鞍韂，说："奔袭！来个急行军，在别路红军没有开火以前，一下子把它扑下来！"

贾湘农看朱老忠有信心，也不便多问。目前，他也闹不清楚哪一部分红军到底有多大的战斗力。朱老忠看看队伍走得远了，拿起鞭子在马屁股上擂了几下。草黄大马，昂起头支棱起耳朵，抓开四蹄，伏下腰，一阵风似的溜下去，一直跑到队伍前头。红军不走大路，不走小路，一直在青纱帐里疾走，不显山不显水地跑到小营镇村边。

朱老忠勒住马，在远处巴睃了巴睃这个村庄，周围都有寨墙和沟壕。等红军赶上来，指挥中队长们分开两支队伍，雁翎翅似的飞出去。把村子周围的地形察看了一遍。集中在村南的坟地里。民团们见来了红军，一股劲打起枪来，枪声炮声响个不停。朱老忠又打马跑上去观看地势，围着寨墙跑了一周遭。寨墙下还有一围河水，敌人拽起吊桥居高临下，守着村寨。本来他想：用兵力一威胁，一个村庄的民团就会缴械，可是看来并不那么容易。这是个落后地区，不比玉田村和锁井镇，封建势力大，人们光听过土豪劣绅们的宣传，没见过红军，没见过共产党。听说红军要来，群众牵着牛，驮着包袱，背着被窝，抱着孩子，藏在庄稼地里；见红军胳膊上缠着红袖章，手里拿着大刀和红缨枪，就东奔西跑。朱老忠看到纷乱的情景，找了块高粱地，下了马休息了一刻。他仔细考虑了一下，又猛地翻身骑在马上，打马在庄稼地里跑着，张开大嘴，满世界大喊："红军不打人不骂人，不杀人不放火，光是打土豪分田地，分粮食给穷人！"朱老星、伍老拔、严志和、朱大贵，所有的红军们，也都做起宣传工作。人们睁得眼睛像黑豆核儿，听着红军讲话，才不乱跑了。高粱地里，谷子地里，尽是黑压压的人群。小人儿哭，大人们吵吵叫叫。大姑娘和年轻的媳妇们，穿上破衣服，脸上抹了烟子灰，见了红军，愣怔着眼睛害怕得不行。

朱老忠咂着嘴想：要是叫春兰和严萍来了，做这工作有多好。他又打马跑到村头，站在高粱地里，看了看敌人阵势：听枪声，民团并不多，也不过二三十人，占住寨墙上的阵地，枪弹像雨点子打下来。红军攻不进村，又窝了回来，屯在大柏树底下，隐蔽在道沟里。敌人看见朱老忠的马，一齐射击，猛地一颗子弹打得朱老忠的袖子呼扇了一下子，他理也不理，心上一闪，豁亮了一下，对朱大贵说："去！捉两个老财来！"

朱大贵听了朱老忠的吩咐，弯下腰在庄稼地里搜寻，在人群里认出两个财主老头。他们穿的衣裳虽破，身上可是肥肥的，胖胖的。朱大贵走上去拉住他们脖领子，说："你们不要装模作样，都是一顷地以上的老财主，看你们肥头大耳的！"朱大贵忍住性子，好好跟他们说，两个财主老头吓得抱起胛子，身上簌簌打抖。朱大贵说："他娘的别装蒜了。谁说红军杀人？谁说红军放火？谁说红军'共妻'？红军光是收缴枪械，扩大红军，打土豪，分田地……"

两个老头慑着眼睛，像老鼠见了猫儿，不敢说什么。朱大贵把他们一手提起一个，来见朱老忠。朱老忠用鞭把敲着财主老头们的肩膀，笑了说："不要害怕！我们并不想杀你们，只是你们把寨门叫开，我就放了你们。如若不然，一个人给你们脑袋上钻一个窟窿，去见阎老五！"

朱大贵说："去！叫不开寨门我要枪毙你们！"

朱老忠悠搭着马鞭子，说："净他娘的胡造谣言！好好拿出点粮食分给穷苦人们，拿出枪交给红军去打日本，红军不怎么你们。"

两下里枪声响着，两个老头，浑身哆嗦圆了，像筛糠一样，脸上黄黄的，战战兢兢站在高坟顶上，叫着："别打枪了！再打枪我们就活不成了！""红军不杀人，不放火！"寨墙上的民团，还是不睬不理，枪声一直响着。朱老忠看民团们还不缴械，心上甚是急躁。伍老拔、严志和、朱老星和一些个红军们也急得没有办法。红军们在坟地里，在道沟里，在洼地里隐蔽着，不敢抬起头来。

朱老忠骑着马，在高粱地里围着寨墙，走来走去，枪声呜咽，马儿嘶鸣，看寨墙急切难下，心里气愤，一股阶级仇恨涌上心头，立时充红了脸颊，说："他妈的！民团太可恶了。大贵！来，攻它！"

朱大贵猫腰端起机枪，气呼呼地说："打狗日的！"他指挥红军们趴着坟头，瞄准射击，像闷雷一样喊着："同志们！老财们关了寨门。开枪，打！"命令一下，红军们鸟枪土炮，一迭连声响起来，硝烟升上早晨的天空，旷野上弥漫了硝磺的气味。朱大贵又粗声闷气地放开大嗓子，喊："同志们！照门楼上小窗户打！"红军们照准寨楼上的小窗户打了一阵子。朱大贵又喊："照垛口眼儿打，同志们！"土豪劣绅们早有准备，在寨墙上做了工事，听得红军枪声混乱，更是不怕了，指挥民团，隐蔽在寨墙里，枪弹从垛口眼里射出来。红军离远看不见目标，角度不对，枪弹射不进垛口，没有足够的压倒敌人的火力，解决不了战斗。土豪劣绅们在土楼上大喊："你们鸡多不下蛋，人多吃闲饭，哪个会打仗？净是一些个土里刨食儿吃的手，能打得了日本？狗走遍天下吃屎，狼走遍天下吃肉，乌合之众，成不了大事！"

朱老忠圆睁了眼睛听着，气得蹬蹬脚，提起鞭子，钻着青纱帐接近土寨，去看敌人阵地。寨墙用土打成，坡度很大，可以跑上去。墙下一道深沟，沟里有水，墙上有一座土楼。子弹一打到寨墙上，就腾起一股黄尘。他抬头看了看太阳，天快晌午，红军又饥又渴，打不开村庄，搞不到饭吃。

土豪劣绅们还在一阵阵骂着："庄稼脑袋瓜子，带着满身高粱花子，哪个会打仗？哪个会抗日？”

朱老忠听土豪劣绅们絮絮叨叨，骂个不停，脸上直冒火，猛地耸了一下肩膀说：“老土豪！欺负俺庄稼人不会打仗？”说着，红了半截脸。阶级敌人骂我们红军不会放枪，不会打仗，比骂祖宗八代还厉害。他气得嘴唇忽闪着，眼睛都红了，猛地喊起来：“红军同志们！游击队员们！在这里集合！”他右手举起马鞭，跑到高粱地里。红军们忽喇喇地紧跟着他的右手跑过来，站起队伍。朱老忠说：“同志们！为了打倒土豪劣绅，争取抗日的自由，别看咱土里刨食儿吃的手，拿起鸟枪土炮就是红军。人急造反，打着鸭子也得上架，今天拿不下小营，缴不了土豪霸道的枪，就是死在这里也吞不了这口气。来，冲他一家伙！”朱老忠命令朱大贵带着锁井中队进攻寨墙。朱大贵脱了个大光膀子，煞了煞裤腰带，鼓起肚子，挺直胸膛，两手端起机枪，瞪着大眼珠子，喊：“同志们跟我来！冲呀！”喊着，冲出大坟。伍老拔、严志和、朱老星和红军们跟着一直冲上去。敌人见红军冲锋，激烈射击。

严志和心里老是烧着一团火。阵阵铅弹从头上嗞嗞掣过，他看不见，也听不到，跟人们一起跑到墙边，越过壕堑，跳进水里。水并不深，三步两步就能跑过去。红军们一伙伙爬上寨墙，严志和把枪挎在肩上，也抓住土墙上的树丛爬上去，才说伸腿翻上垛口，一只火蝗飞到他的肩上，啄住臂肉。骤然之间，一阵疼痛传遍全身，一个气力不支，翻身滚下墙来，倒在壕沟里，鲜血染红了壕水。朱老星见严志和滚下沟去，也把手一撒滚下墙来。严志和脑瓜朝下，躺在水里，看见朱老星来救他，还瞪起眼睛说：“老星哥！甭管我了，你上！”

在枪炮声里，朱老星爬进沟水，从泥浆里拖出严志和，两手一抄，冒着弹雨，把他扛上壕来，飞跑着抱回高粱地。严志和垂了头，眯缝上眼睛，沉吟着，脸上没有一丝血色，猛地睁开眼睛看了看朱老星，问：“大哥！你们看我还行吗？”朱老星弯下腰，看了看他胳膊上的伤口，一下子流出眼泪说：“兄弟！你着了伤了！”他这么一说，严志和扭头看了看，血流在地上，泡起半截身子，心上一时慌乱，江涛、运涛和涛他娘的影子，映在他的眼前。他闭上眼睛听着急骤的枪声，泪流满了眼窝。他实在不愿离开他们，不愿离开充满战斗光明的世界！他挣扎了一下，强睁开眼睛，看了看天上，天还是蓝蓝的，摇摇头喃喃地说：“不，我不能算完！蒋介石不让我们抗日，我要和他们干到底！”猛地伸起拳头，张开大嘴，喊：“中国共产党万岁！”“打倒土豪劣绅！”“打倒日本帝国主义！”声音比平时还要响亮。

朱老忠听说严志和受了伤，打马跑过来，滚鞍下马，紧跑两步，扑到严志和跟前，跪起两条腿，两手一抄，搂起严志和，从上到下看了看，说：“兄弟！兄弟！你睁开眼，你再睁开眼看看我！”他胸中火烧火燎，实在难受，激动得心肺都要炸裂开来。自从出征的那一天，他就想：如果有哪家同志不能回去，涛他娘、顺儿他娘、庆儿他娘要问：“大哥！你兄弟怎么没有回来？”小囤儿、小庆儿也要问：“大伯！我爹怎么没有回来？”我拿什么话去答对他们……这时，严志和的血，流满了他的身上。土豪劣绅们阵阵枪声还是逼得厉害，他十分激动，万分悲切，一辈子的血仇又涌上心来。严志和使劲抬了抬头，有气无力地说：“咳！我完了！”说着，强睁起无神的眼睛，轮视一周，摇摇头，像是对这激烈战斗的场面，有极深的留恋。他举起右手，拍拍朱老忠的肩膀，缓缓地说：“大哥！记住，要干到底！要打败日本鬼子……”

朱老忠看他垂下头，不再说话，两手搂住严志和，摇摇头说："志和！志和！你不能，你不能，你不能算完！"说着，眼眶发酸，流出泪来。

红军攻不上寨墙，纷纷退下来。朱老星、伍老拔、朱大贵和他的老战友们，都围上来看着，低下头，一声不响，偷偷地饮泣。是灰比着土热，是盐比着酱咸，他们想尽可能为老战友分担一点创痛，为患难中的同志抱无限悲愤。朱老忠摇摇头，伏下身去看严志和的伤口，鲜红的血液，像泉眼一样，从臂上流出来。他抬起头看了看蓝色的天空，又深远又缥缈。猛地伏下身子，吐出舌头，吮着严志和的伤口，把血咽进肚里，伤口吮得干干净净，说："父母血肉不能丢洒！"说着，扯下块褂子襟，包扎好严志和的伤口，又一下子站起身来，两手卡住腰，抬起头看看天上，他想看到极深远的地方，消除他心上的愤恨。又忽地跳上马鞍，打马朝东方飞驰。朱大贵、朱老星、伍老拔拿起腿在后头追，一时不知所措，不知道他想去干什么。朱大贵跑上去一看，朱老忠骑着马跑到村东大窑上，正坐在马上观看寨里形势，他手遮眉毛，朝这里看看，朝那里看看。寨里房屋树木，看得清清楚楚。这个村子并不大，他想民团也不多。朱大贵喘着气跑上去说："这好危险哩！你不能叫敌人发现目标！"说着拉住嚼环，把马拉到窑后。朱老忠说："新起的红军，不能打硬仗，看看想个什么法把它打下来？"

朱大贵忽闪着大眼睛，想了半天，一下笑了说："爹！我看这个寨子打不打不吃紧，我们不能粘得时间太长了，伤人太多。"

朱老忠说："这是司令员的命令，一定要打下来，你想个好办法！"

朱大贵摇摇头说："我看没有什么好办法。"

朱老忠睁起眼睛对着朱大贵、伍老拔、朱老星嘿嘿笑了说："给他个调虎离山计！你带着一队人，到村北里，装得扬风乍毛、声势浩大，一路攻打。你看我的！"

朱大贵扛上机枪走回去，带上一队人到小营村后去佯攻。不一刻工夫，鸟枪土炮和机关枪同时响起来。民团不知所措，不得不转移阵地，去应付朱大贵的进攻。这时，朱老忠走下土窑，拉马走回阵地，跺起脚来说："同志们！土豪劣绅打伤了严志和同志，是给我们脸上抹灰，来！攻！"说着，翻身跳上马鞍，大喊："共产党员们！红军同志们！土豪劣绅打伤了严志和同志，势不两立，来！冲锋！"喊着，左手把马嚼一勒，右手持枪朝空中连发三响，两脚一磕马肋，那匹草黄大马，擎起脖子，瞪圆了眼睛，风驰一样地飞出去。红军紧跟在马后头，一齐呐喊，向寨墙进攻。一时鸟枪、土炮、快枪同时响起，直打得炮火云烟，卷上天空。

朱老忠骑着草黄大马跑到寨壕边，那马支绷起耳朵，后腿一弹，跃过沟壕，红军们紧跟着朱老忠，你拥我挤，爬上寨墙。说也奇怪，朱老忠在尘烟里，也闹不清这匹马怎样跑上寨墙，他打马在寨墙上跑着，举起枪大声喊着："打倒日本帝国主义！"红军们跟着朱老忠一齐呐喊，和着村上的回音，喊得雷动。

民团主力已经转到村后，有少数民团和看家护院的人们，见红军攻上寨墙，不是自己事情，谁也不肯送命，撒腿就跑。朱老忠打着马跑上寨楼，回头看看村郊的庄稼，黄的谷子，红的高粱，向他点头致敬。他骄傲地大喊："红军攻下小营寨！"

朱老忠骑马带起红军进村搜索，走到大街上，冷冷清清，看不见一个人影。吓得全村的狗支绷起耳朵，汪汪大叫。村外野地里，传来驴马的嘶鸣。朱老忠带着红军，配合朱大贵夹击敌人，把民团赶走。然后又指挥红军砸开几家地主的梢门，闯进院子，翻箱倒柜，开仓济贫。红军把棉花、粮食，抬到大街上，敲起锣鼓，召集农民们来开会。这时，天已过午，远近的村庄上，人喊狗叫的声音，乱作一团。枪声像漫点晨星，从四面八方响起来。这一带农民趁红军到来，也在共产党的领导下开始暴动了。

朱老忠找了个场院，坐在柴草垛上，叫大贵派人放上岗哨，命令所有人马在场院里休息下，打发人把严志和抬了来，放在谷草上歇下。红军们分完了粮食，收缴了枪，打扫了战场，集合起来吃饭。朱老忠端上一碗小米饭汤，走到严志和的跟前，单腿跪下，俯下身子看了看严志和，血凝住胳膊，把衣服都粘住了。他难过地把严志和搂起，眯缝上眼睛，摇摇头说："咳！游击战争才开始，哪里来的医药，该你受苦了。"不由得流出泪来，说："志和！你喝一碗饭汤吧！"

严志和见红军攻下小营，伤也不疼了，长了长精神，转了转眼瞳，兴奋起来，眼珠子黑得像琉璃，他说："没关系！肚子早就饿了，想吃点东西！"

朱老忠听说严志和想吃东西，心里高兴起来，疾快跑去端了饭来。严志和吃了一碗猪肉熬青菜，一块大饼，喝了饭汤，立起身来，抖擞了抖擞膀子，说："嗬！像做了一场大梦！"

朱老忠笑了问："志和！你好了？"

严志和说："筋骨未动，一点红伤，疼点就是了，怕什么？"

朱老忠拍拍他的肩膀，笑着说："老朋友！活该咱们在一块战斗！"

朱老忠看他的脸，像纸一样黄，两眼倒有精神。他说："你要觉得支撑不住，我打发人送你回去。"

严志和摇摇头，说："家里哪是保险之地？既然起了手，这红军就是家！"

红军们见严志和没有危险，一齐高兴。伍老拔走过来，说："大队长！咱粮食也分了，财物也分了，也该移动了。民团要是卷土重来，够咱一呛！"朱老忠立刻传下命令，集合出发。朱老忠骑在马上，带领红军浩浩荡荡，离开小营向东走去。

各路红军，在潴龙河西岸打了三天游击，不断和地主武装、民团作战，打土豪、分粮食、发动群众。湘农司令员传来命令："各路红军，涉过潴龙河，在高阳县的辛庄集中，整顿队伍！"朱老忠根据司令部划定的路线，带队向潴龙河东岸进发。

游击队在青纱帐里走着，九月初的太阳，还是火爆火燎。青纱帐里热得厉害，人们脱下小褂遮在头上，光脊梁上不住地冒出汗珠。太阳一树梢高时，他们到了潴龙河西岸。游击队悄悄儿沿着村边走过，一出庄稼地，接近堤岸，忽然之间，堤上响起枪声，子弹从堤柳上飞过来。红军紧退几步，卷回高粱地里。朱老忠打马走上来，看红军走不过堤岸，摸不着渡口，过不了潴龙河，他心上异常焦急。这是个危险地带，如果有敌人追来，就只有背水列阵。可是红军行军打仗已经有好几天了，都乏累了，不能再打大仗。他下了马，在地上歇了一刻，左思右想，怎样把红军带过河去。朱老忠暗暗作难，对朱大贵说："我命令你，不论死活，带领红军渡河！"朱大贵走过来，从父亲肩上摘下手枪，打了两枪。敌人还是不暴露目标，无法消灭敌人。朱大贵吃了一惊，吧咂吧咂嘴唇，说："爹！咱可不敢在这里粘时间长了，夜长梦多！"

朱老忠说："大贵！你钻着脑子想想，把红军带过河去！"

朱大贵两腿圪蹴在地上，用烟锅划着地，思摸来思摸去，说："爹！你带着队伍在这里等等，我上前边去看看！"朱老忠调动队伍，把红军隐蔽在青纱帐里。朱大贵要单身独马上前方去，朱老忠说："大贵！我给你一个中队，带着去吧！"

朱大贵说："我一个不要，我嫌累得慌！"他提上盒子枪，一个人钻着青纱帐，趴在地上，匍匐爬过堤岸，爬过一块谷子地，抬起腰一看，堤上大柳树底下有一起子民团，正趴着堤坡撅着屁股打枪。朱大贵端起枪，掩在谷叶里，瓮声瓮气说："小子们！看枪！"他连打几发子弹，民团们应着枪声，咕咚咕咚地倒下，滚下堤岸去。有的惊惶着眼睛，大眼睛瞪着小眼睛，你看看我，我看看你，只见人倒下，不见枪弹从什么地方射过来，于是，哆哆嗦嗦地抱起肩胛，拿起腿逃跑了。朱大贵又打了几发子弹，看没人回枪，才慢慢走过谷子地，上了堤坡，把民团抛下的枪支拾在一起，他立在土牛上望了望，附近再没有敌人，一个人跑到渡口上，抢了一只小船，把红军渡过河去。

一九三二年九月上旬，河北红军游击队，数路越过潴龙河。

37

队伍过了河，朱大贵带着前哨部队在头里走，二贵也在后头跟着。冯大狗扛着一支步枪，脊梁上插着一把大砍刀，在头里搜寻。他们走得很快，一连几天行军打仗，着实有些疲累了，想快走到目的地，好好地休息休息。走过堤坡，离远看见有人担着浅筐走过来。走得近了，那人见冯大狗又是插着砍刀，又是扛着枪，青天白日横冲直撞，由不得转着眼珠惊惶失色，拿起脚向庄稼地里溜。冯大狗连走几步赶上去问："你是干什么的？"那个人回过头，睁圆了眼睛，慌里慌张，两只手直打哆嗦。冯大狗一步跨上去，瞪起眼睛问："你惊慌什么？你这惊慌里就有事。"那人说："我没慌什么……"说着，两只眼睛直勾勾地看着冯大狗手里的枪。冯大狗三步两步走上去，拉住那人的领口子，摇撼了一下，说："妈的！你是白军的探子！"那人听得说，更是心不由主，战战兢兢，口吃着说："我……我……我……哪是……"冯大狗哈哈大笑了说："你一定是白军的探子……"说着，猛地伸出右手，从背后抽出那把大砍刀，说时迟那时快，伸手一抡，噗的一声，砍下那人的脑袋。

这时，朱大贵和朱二贵也走上来，朱大贵站住脚愣了一刻，说："怎么？你杀了人了！"冯大狗待理不理，在鞋底上蹭着刀，说："唔！我杀了一个白军的探子！"二贵说："怎么知道是白军的探子？他担着筐，明明是个卖香的。"说着，揭开筐上的包袱，露出一捆捆的香条。冯大狗理直气壮，说："他迎着红军走，不是白军的探子是什么？"朱二贵看他傲气凌人，生起气来，瞪着眼珠说："湘农司令不许乱杀人乱点火，你倒私自杀起人来。你说他是白军的探子，你有什么证据？"说着，伸手要证据。冯大狗一见朱大贵哥们来势汹汹，一下子翻起脸来说："老子参加了红军，打了土豪分了粮食，老子杀了多少土豪，如今杀个人算什么？"说着，跺跺脚，红起脖子脸。

朱大贵见冯大狗不服理，把机枪在地上一戳，憨气憨气说："你杀土豪劣绅行，随便杀一个好人不行！咱们得在士兵大会上说说！"冯大狗见朱大贵不客气，摇晃了一下膀子说："老子从军打仗一辈子，没有见过你们这样的队长！老子过去就是耍大刀的，杀的人多了，谁又怎么了我了？"

两个人正在分说，后续部队赶了上来，一见杀了人，大贵和冯大狗两人争执不下，也停住脚步看着。人越集越多，时间不长集了一大堆人，围起来看着。朱老忠见人们停步不前，打着马跑过来，问："怎么了？"朱大贵说："他不问青红皂白，随便砍了一个老百姓！"朱老忠勒住马缰，看着地上的尸体，愣了一刻，铁板板的面孔，腾地红起来，瞪圆了眼睛，乍起胡子说："你杀的什么人？"冯大狗一见朱老忠，立刻软了下来，唔哝说："他是白军的探子嘛！"朱老忠生起气来，狠狠追问一句："你审问了口供没有？"冯大狗知道理屈，无可奈何地说："没有。"朱老忠心上一时气愤，实在按捺不住，把鞭子一甩，说："流氓！你来破坏红军的纪律，我们饶不了你！"又大声喊着："来！捆起他来！"二贵听得说，立刻找了绳子来，下了他的枪，五花大绑，把冯大狗绑上。这时红军已经集了很多。朱老忠叫人把尸首拉开，指挥大贵说："快！带着前哨，头里探路！"

朱老忠带着红军游击队，继续前进。过了几个村庄，那些村庄已经打过土豪，分过粮食。他骑在马上，转过一片高粱地，眼前就是南北辛庄。离远看去，村边站着很多人，高阳县地方起义军、高小学堂的学生们、附近村庄的农民们，排着队伍，打起红旗来欢迎。欢迎的队伍，站满了村边和树林。敲起大鼓，唱起国际歌，歌声阵阵响彻云霄。朱老忠离远看见自己人，看见这么多红军和群众来欢迎他们，由不得哈哈大笑。举起马鞭子，扬头大喊一声："好啊！我们也有了今天了！"说着打马疾走了几步，跑向前去。下了马，把马缰交给二贵，脸上微微笑着，向欢迎的人们招手。人们高声喊着："中国共产党万岁！""红军万岁！"一阵喊声，接着一阵口号，像海潮一样，一潮未平，一潮又起。上了土坡，一眼望见湘农司令员在人群里站着。他戴着一顶大草帽，穿着紫红衣裳，脸上被太阳晒得枣红枣红。贾湘农看见朱老忠远远走来，也向前走了几步，伸出粗壮的手。朱老忠握紧贾湘农的手，感到无比的亲切；他在人群前面与贾湘农握手同行，一群儿童看见朱老忠这个老红军，虽然上了几岁年纪，精神还这么健旺，一齐手舞足蹈，哈哈笑着，围上来看。朱老忠拍了拍小学生的肩膀，问："小同志！你在什么组织？"一群小学生笑了说："我们都是共产主义儿童团。"走到村口，广场上搭起戏棚，棚上插着红旗，教员领着学生们在戏台上做宣传。为了这个惊天动地的大事变，人们不下地，也不浇园，一群群站在戏棚底下。农民、妇女、老太太、小孩子们，挤满了一棚。棚上贴起河北红军游击队第三号布告，小学生用苇秆指划着讲解。

朱老忠听着，由不得伸开铜嗓子，哈哈大笑了说："大事！这是翻天覆地的大事！比政策会议上的决议具体多了。有了这些法令，不愁人们不拥护红军，不愁这抗日游击战争打不起来。"他前面站着个青年人，穿着蓝布大褂，把大襟掖进腰里，胳膊上戴着个红袖章。贾湘农介绍和他见了面，那个人一把抓住他的胳膊说："是你，朱老忠同志！看咱搞得怎么样？"他便是小学教员蔡书林，在这里开辟了几年工作，如今是红军大队长了。

朱老忠用鞭把轻轻敲着蔡大队长的肩膀，说："好呀！你们比我们闹得红火，你看这有多么大的威势！我们盼了多少年，才赶上这五谷丰登、风调雨顺的年头了！"

贾湘农领他到高小学堂去。那是一座很大的学堂，周围一带短墙围着，正南开着一个洋式大门，门楼很高。朱老忠迈上高台石阶：门里是个四方大院，东西两厢尽是教室，窗前栽着花木。中院是教职员宿舍和学校办公的地方，东大院是学生宿舍，西大院是校园、操场和伙房，都有圆门相通。全部房屋都是青砖盖起，玻璃窗户。为着配合农民暴动，学生们都停了功课。朱老忠赞不绝口，攥起马鞭拍了拍身上尘土，随湘农走进司令部。司令部安在教员休息室里。

贾湘农安排朱老忠洗了脸，倒上一大碗开水，放在朱老忠面前说："我心里正惦着你们，看样子你们这一仗打得还好。"朱老忠坐在椅子上，端起碗，仰起头咕嘟地喝完那碗开水，弯腰提起铁壶又倒上一大碗，拍拍手笑了说："差一点没打个大败仗！他娘的那些个民团，我恨不得一口吞了他！"贾湘农说："胜败是兵家常事，新起的红军胜了不要骄傲，败了也不要气馁。"朱老忠说："打仗和耪地不一样，和发动群众也不一样，一响枪就要死人，可是我们并没有死多少，就是志和受了伤。"湘农听说志和受了伤，愣了一下，很自然地想起运涛和江涛。他惊诧地问："他受了伤了？"朱老忠说："受了一点红伤，看样子还不要紧。"贾湘农抬起头思摸思摸说："这几天人们怎么样？"朱老忠说："人嘛，有的人来了几天又走了，走了几天又来了，总也闹不清楚到底有多少，估摸有个一百五六十人吧！"

贾湘农说："农民嘛！才开始参加队伍，总是这样的。他们和他们的家乡，和他们的土地房屋总是藕断丝连，时间长了，熟惯了军队生活，慢慢就正规化了。你叫他们进来，好好休息一下。要吃得饱睡得着，才能打好仗。休息以后，就要开始构筑工事，不能粗心大意，敌人是不允许我们麻痹的。"歇了一刻，又带了朱老忠走出来，到前院里，说："你的大队就住在这院里，要把机关枪安在要紧的地方，在西南边河堤上放上个排哨。在这大门楼上，隔着瓦檐，可以看见前面的河堤和大路，可以看到前边的村子。这个地势，我已研究过了。在西南墙角上，厕所里可以安上咱的机关枪。"说着，又眯眯地笑了，拍拍朱老忠的肩膀说："谈起机关枪，要小心使用，只这一架宝贝！"又用手指点着说："这是个顶重要的阵地，要警戒好！"

朱老忠把人带进来，把冯大狗拴在小树上，把冯老兰关进一间小屋子里。人们都住在东西两厢的教室里。他们太困乏了，一进教室就想睡觉，有的睡在桌子上，有的睡在墙角里。伍老拔和朱老星坐在讲台上，把枪搂在怀里睡着，鼾声就像雷鸣。那匹草黄大马，拴在门楼底下，闭上眼睛，打起瞌睡；见有人走近来，撩起眼皮看了看，又眯缝下眼皮睡着了。他们自从暴动以来，连着几天几夜行军、打仗，人困马乏。

朱老忠找了干草和高粱穗子来，把马喂上。走过去拍拍大贵的肩膀，说："醒醒！人们几天几夜行军打仗，吃也吃不下，睡也睡不好，眼睛也红了，长了眵目糊。人们千堙百里地跟着咱们出来打游击，不是容易；人们睡可以，我们不能睡。我去找点米面来，做点水饭叫人们润润肚肠。"

朱大贵腾地站起来，没待睁开眼睛，就说："天气热，人们心里都窝了火，我去找点绿豆来，煮点汤，叫人们清清火！"

朱老忠说："还是我去吧！"说着走到大伙房里看了看，伙房里有很多人在做饭，七手八脚，锅勺乱动。这里同志们给准备下了米面，可是没准备那么多，一下子就用完了。他又叫了几个人背上枪跟着，到村里去找。出了学堂门口，有一条大路通到前村，那就是南辛庄。南北辛庄，相距三里路。他到南辛庄地主家里找了粮食来，熬了一大锅绿豆汤，焖了两大锅小米干饭，切了一大盆咸菜，叫人们吃得饱饱的、喝得足足的。

贾湘农站在门口，看着各路游击队陆续赶到，每队人多的不过二百，人少的也不过七八十人。把宋洛曙大队安排在东院，警戒东半边。把朱老忠大队安排在西院，警戒西半边。叫杨万林大队住在北辛庄，李学敏大队住在南辛庄，别的大队再来了，就在周围各村住上。湘农司令员走到前院，爬着梯子走上房顶，见红军们拿着长枪大刀，在屋顶上放着瞭望哨。周围村庄上不断有枪声传来，那些村庄上的农民们，还在进行打土豪分粮食的工作。围墙外边，柳行子前面，有一片早熟的高粱，在太阳下闪着通红的光亮，像五月的榴花一样红艳。湘农正在看得出神，伍老拔爬梯子上来，湘农说："我看前面堤坡上有座小屋，要是有个小队在那里放上哨，守在那儿，对着渡口，有什么风吹草动，早早报信，有多好！"

伍老拔哈哈笑了说："这事难不住！把这个任务交给我吧，我带一个小队去。"说着，他爬下梯子，带队出发。严志和也要去，伍老拔说："你才受了伤，还是在家里歇歇。"严志和说："这点红伤怕什么，再说，我也离不开队。"说着，拿起枪跟着走了。

湘农又叫大贵带着几个红军找了铁锨大镐来，在墙角厕所里挖机枪掩体，把墙角拆开个窟窿。湘农趴着房檐向下看着，用手指划说："这地方很好，敌人从这边来，你们可以从那边打；敌人从那边来，你们就可以从这边打，一挺机枪能打三面！"朱大贵说："要能挖个掩体就好，可惜这地方正是个尿池。"湘农轻轻笑着，说："打起仗来，你就该趴着尿池作战了！"朱大贵笑嘻嘻地说："也说不定，吭！"

湘农司令员倒背起手，在屋顶上走来走去，看周围的地势。大秋来了，庄稼正深，他发愁要是有敌人隐蔽在庄稼地里接近红军阵地，就连一点也看不见，可是考虑了很长时间，还是不忍心割去农民的庄稼，他觉得依靠群众比什么都要紧。他又爬着梯子走下来，回到司令部。蓦地，他觉得像是忘记一桩什么事情，又低下头，来回寻思，想起张嘉庆和李霜泗怎么还不来。猛地，他又想起："嗯？保定那个团，为什么还没有哗变的消息？"他下意识地想到：哪一个环节，出了问题，都与全部游击战争不利！可是，只是这点事情，还不足动摇他的信心，已经集中这么多的队伍，一直打了几天仗，士气很是旺盛。

正在这时，伍老拔和二贵押进一个人来，有四十多岁，满身煤黑，一看就知道不是铁道工人就是采煤工人。二贵把他倒剪了胳膊，五花大绑牵进来。那人额上冒出黄豆粒大的汗珠子，见了湘农睁开大眼睛望着。湘农走上去，拍拍他的肩膀笑了，问："你是工人？从什么地方来的？"后来才弄清，他是保定的铁路工人。伍老拔和二贵由不得哈哈笑了说："对不起，委屈了你。"

湘农叫人们走开，好叫这位奇怪的客人休息吃饭。铁路工人脱下鞋子，要了一把斧子来，把鞋底剁开，取出一片纸来，交给湘农。湘农司令员又连连拍着他的肩膀说："同志！委屈了你，受累了！"

铁路工人为了完成政治任务，拿了信就一直往这里跑。路上又遇上白军，说他是红军探子，麻烦了好几天，才跑了来。

湘农司令员把信纸打开，用药水湿过，聚精会神地看。当他看到"……十四旅一团出了紧急事故，原计划抽调的军事干部，不能按期送到，望你们就地取材，从广大工农干部中培养……"由不得从脚底升起一股凉气，好像是一种什么力量撼动了他一下，心上微微抖动。他努力镇静自己，可是心上由不得唤起一个念头：培养，是可以的，那是将来的事，目前就要打仗……这是一个可以动摇信心的想法，但他还是从容不迫，把信放回衣袋，脸上不显山不显水，满有信心地考虑全部游击战争的计划。在这个关键上，作为一个军事指挥员，应该如此。这个问题，他也早已想到过，万一军事干部不能送到，或者其他工作不能按期完成，还是可以按预定计划把部队运动到同口、白洋淀去。他对全部游击战争，有充分考虑。是不是修订这个计划？他还不那样想，北方革命自从“九一八”以来，一直是上升的局面。他对冀中区广大人民抗日救亡事业，是负有全部责任的。他的一举一动，一句话，都有千斤的沉重。想着，伸起手打了个舒展，跳了一下，说：“干！”

十四旅出了紧急事故，实际上这里面包含着两个问题：一个是军事干部不能送来，再一个是十四旅的“兵暴”搞不成，这就给高蠡游击战造成了困难。贾湘农想到这里，心里有些烦躁，一个人从屋子里走出来。周围枪声还在响着，他摇了一下头，感到革命工作的艰辛。但他并不失望，部队力量不能依靠，他要全部依靠地方力量。走到外院，朱老忠正在召开士兵大会，审判冯大狗。

游击队员们停止了构筑工事，抱着枪聚集在院里，站在廊檐下开会。朱老忠又叫大贵从村里请了村公所里的主席来，旁听会议。主席是个四十多岁的农民，胡子很黑很浓，头发很长，紫褐色的脸。

朱大贵搬了一个小桌放在院子里，又搬了几个小凳子，放在桌子周围。朱老忠走过来说：“众位同志们！诸位游击队员们！大家行军打仗几天了，本来应该休息休息，可是又遇上了这个啰嗦事，冯大狗无故杀人，杀的不是土豪，也不是劣绅，只是一个做小买卖的……”游击队员们听到这里，一齐吼起来：“我们打土豪分田地，他倒随便杀起人来，要和他算算账！”

朱老忠说：“现在叫他自己先说说吧！”

朱大贵给冯大狗松了绑，冯大狗低着头抚了抚手腕，说：“我正扛着枪在队伍前头搜索探路，看见前面来了一个人，担着挑子，见了红军就往庄稼地里钻，我就认为他是白军的探子，抽刀把他砍了……”

朱老忠问：“他姓什么？”

冯大狗低下头说：“我不知道。”

朱老忠问：“他叫什么？”

冯大狗说：“我也不知道。”

朱老忠问：“他是哪村人？”

冯大狗又说：“我也不知道。”

朱老忠一下子站起来，气得红了脸，哆嗦着手指，指着冯大狗说：“你这不是胡乱杀人呀！”

游击队员们一齐大喊：“杀个人不能就这么简单，叫他老老实实说！”

冯大狗在群众的威力下，唔哝说：“那是呢，就是这样！”

朱老忠见他不再说下去，一下子气起来，啪的一声把手拍在桌子上，说：“你，你破坏红军的名誉啊！”

伍老拔一下子从人群里跳出来，说：“你不分青红皂白，无故杀人，你想想对我们新起的红军，是个什么影响？”

严志和也举了一下手说：“先叫我说吧！这是个什么影响呢？无非说我们红军乱杀人乱放火！”

朱老星听到这里，怀里抱着枪，蹒跚着从人群里走出来，说：“他、他、他，冯大狗本来是个白军，后来跟了咱们红军，可是他的白军性子还没有改，他过去就拿杀人当饭吃！”

朱老星一壁说着，冯大狗看着朱老星的嘴听着，他倒生起气来，挺了一下脖颈说：“他本来是个探子嘛！”

朱老星又走上一步问：“你怎么知道他是个探子？”

冯大狗说：“他烧香拜佛！”

朱大贵看着冯大狗那个尴尬样子，也生起气来说：“烧香拜佛就是白军探子吗？这是怎么说的？”

冯大狗说：“当然是呀，我们红军是不信神佛的！”

朱老忠在一旁听着，由不得又气起来，说：“咳呀！你扯哪里去了，卖香的人，也不过是个做小买卖的罢了，你没有证据说明他是个探子，抽刀就把他杀了！”

冯大狗看朱老忠气呼呼的，猛地说：“嗯？我还要给他偿命吗？”

朱大贵迈上两步，两只手拍着冯大狗的肩胛，说：“当然是，你要是拿不出证据，就要叫你给他偿命……”

村公所主席听到这里，他也听明白了，站起身来，仰起头“哟”了一声说：“原来如此，你们说的这个无头鬼，我们也知道了，他就是我们村里的。一辈子凭着做小生意，养着他的老娘。他房无一间，地无一垄，是个汉大心实的人，还是个无产阶级、受压迫的人呢！”游击队员们不等他说完，一齐喊起来：“不用说了，捆起他来，叫他偿命吧！”村公所主席又介绍了这个人的家世，绝非白军探子，要求红军救济他的老娘。村公所主席说着，游击队员们又议论纷纷。这时，湘农才挤过去，把朱老忠拉到司令部，说：“冯大狗这个人我也听得说过的，原本是白军的一个刽子手，是带着满手血腥的人。后来失了势，才跟了我们来。”

朱老忠说：“我看红军里不应该要这样的人，他违反了红军的军纪！我们的队伍，老是乱乱哄哄，我心里真是着急！”他害怕败坏了红军名誉，使革命受到损失。

湘农司令员说：“本来嘛！流氓无产阶级，有奶就是娘，说不定以后怎么样。这也不要紧，开上几个大会，整整就好了。”

朱老忠：“我看给他一枪算了。”

贾湘农说："也不必要，新起的红军，动手就杀人也不好。我们的队伍里像冯大狗这样的人还有，团结是必要的，我们要改造他。要往大队着想，不要只看到这一件事情。"

今天是个晴朗的日子，秋高气爽。红军们根据湘农司令员的命令，吃过饭便在院子里、在操场上打靶、瞄准、拆擦枪支。

伍老拔和严志和带上二贵等十几个红军，在渡口上放着哨。今天与往日不同，田间没有人锄地，园里歇着辘轳。远远看去，堤柳条条，土牛起伏，离开不远就有一间看堤的小屋。年年河水涨发，村里人就在这里守候。二贵站在土牛上，手搭凉棚，这里瞧瞧，那里看看，搜寻可疑的踪迹。岸边有一棵大柳树，歪在河里，柳枝垂在水面上，一群群的鱼儿叼着柳叶打不甩。他刚跑到河边，鱼群一见人影就惊散了。严志和坐在大柳树底下，看他的伤口。天气热，伤口发了炎，觉得疼痛难忍，他龇开牙齿忍着疼痛揭开裹布，露出白脓红肉。二贵从背后走过来一看，瞪出两大眼，说："我娘！志和叔！你该找个地方关系去歇几天！"严志和心里不耐烦，猛地说："这要什么紧？"二贵说："要是得了破伤风呢？"严志和抬起头来，斜起大眼睛，说："他娘的！是打日本鬼子要紧，还是破伤风要紧？"又自言自语："他娘的！革了几十年的命，叫我得了破伤风，我日他八辈子姥姥！"话是这么说，自从暴动以来，他连日跑踏工作，出了极大的力气。一个上了年纪的庄稼人，虽然身子骨强壮，也不胜了。他把头靠在树上，叹了一口气，说："啊！头晕口渴，想喝点凉水！"二贵问："你觉得不好？"严志和说："恶心得慌，想吐，又吐不出来！"他中了暑了。

二贵见他脸色渐渐黄下来，也不敢再说什么。忽然间，在远处玉蜀黍尖上看见个小窝铺顶，像是一个瓜园窝铺。他想找个水井，给严志和打口清水来喝，就一个人往小窝铺走去。田里农民睁开怀疑的眼睛看着他，不知道这个膘膘楞楞的小伙子想干什么。他走到窝铺跟前一看，果然是个瓜园，窝铺底下很是凉爽，有一群毛茸茸的小鸡，吱吱叫着。二贵又跑回来，架着严志和走到瓜园里，睡在高窝铺上。

二贵说："掌园儿的！摘个西瓜来！"

掌园的是个黑黝黝的山东人，睁开两只圆眼睛看着二贵，从地窖里搬出个大"黑盔"，扛到窝铺上，说："吃吧！不够咱再搬来！"他的两只大眼睛尽巴睃着二贵，认不透这些戴红袖章的是什么人。说是军队，不像军队，说是老百姓，又不是老百姓。他想：八成是"土匪"，不由得身上打起抖来。

二贵说："甭害怕！红军打土豪分田地，公买公卖，不祸害老百姓！"他从衣袋里掏出一把铜圆，哗啷地扔在窝铺底下，说："你们山东买卖人，都把我们的钱赚跑了！"

山东老人笑笑说："哪里，哪里，咱不过是卖把子苦力，赚的钱都在东家手里。"说着，又搬上一个大西瓜，说："哎！我给你们支起窝铺，叫四面八方的风都吹进来！"

二贵问："你是受苦人，也不参加暴动，还是守着瓜园赚钱！"

山东老人说："俺外省外县的，想参加也参加不进去。"

二贵说："革命还分地区？没听得说过，天下穷人是一家！"

山东老人又说："是一家，倒是。也没有个人儿来叫咱。"

二贵说："革命嘛，你不知道土豪霸道剥削人？你不愿分点地种种，还用人叫？这就是阶级觉悟不高！"

山东老人，身体长得很壮，脸上、脊梁上，晒得黑油油的，只一张开嘴才露出白牙齿，抬起手背抹了鼻子上的汗珠，吸溜着嘴唇说：“唉呀！俺们今年在这里种瓜，明年在那里种瓜，挣碗饭吃算了，懂得什么阶级觉悟？”

二贵盘腿坐在窝铺上，吃着西瓜，说：“你比方说，当家的雇咱种瓜，赚了钱装在他的腰包里。你比方说，咱受苦人就老是给人家扛长工、打短工，风吹日晒，一年价受罪。他就是剥削阶级，咱就是受剥削阶级……你懂吗？嗯？”他的眼睛，像黑豆核儿一样滚动，看着山东人，一籽一瓣儿讲着。

山东人咂着嘴儿听，无可无不可的，两只泥脚丫子，一会儿这只脚弄弄那只脚上的泥土，一会儿那只脚又弄弄这只脚上的泥土。严志和吃着西瓜，吹着风，头脑清醒了。

他们在窝铺上说着，那边有一个胖老头，戴着大草帽，穿着破裤衩，在收拾瓜蔓。二贵问山东人：“他是谁？”

山东老人说：“是俺伙计！”

二贵摇摇头，沉下脸来说：“你这就是站不住阶级立场。红军和穷人是一家，说出来是好朋友，不说，要你的命！”说着伸手抄起枪来。

山东老人脸上唰地黄下来，说：“红军老爷！俺说！”

二贵说：“什么老爷不老爷，整着个是满脑瓜子封建，叫同志！”

山东老人浑身抖着，把嘴撴在二贵耳根上，说：“是俺东家！……”

二贵笑了说：“哦！我说呢，东家在这里！”他走下窝铺，悄悄走到老头跟前，说：“掌园儿的！今年西瓜长得可不错呀！”

财主老头唔唔哝哝地说：“不错是不错！就是狗獾子太多，净想吃不花钱儿的瓜！”嘴里嘻嘻笑着，可是不敢直起腰、抬起头来。慢慢腾腾地动手在地上掘坑，把蔓尖埋进土里。

二贵不声不响，悄悄走过去，在他脊梁后头吭哧就是一捶，伸手拧过胳膊来，说：“走！拿出枪来！”

财主老头疼得弯下腰，颤颤巍巍，流下鼻涕说：“红军老爷！小人家小主儿，就是有一根鸟枪，在窝铺上挂着哩！”

二贵说：“知道你不吃好粮食！”说着，把老头拉到窝铺底下，拿绳子捆上胳膊，系在窝铺柱上。攥紧拳头，捶着他的脊梁说：“不要鸟枪，要快枪，不拿出来，军法从事！”

严志和见二贵小人儿能办大事，也从窝铺底下抽出条大扛子，搁在老头脖子上说：“来！上刑！”

二贵说：“快拿出来吧，要受热呀！”

山东老人偷偷地说：“老东家！拿出来吧，都是老实庄稼人，拿出来不受折掇！”

老头儿看不伤他性命，叫山东人从被窝底下抽出一杆大枪来。二贵沉着脸说：“还有子弹！”睃着眼睛，也不瞅他一下。

山东老人又拿出一条子弹袋，有五十粒子弹。

二贵给他松了绑，笑了说：“嘿嘿！我算捉摸透了，老财主们看瓜园净带着枪！”

二贵和严志和吃了西瓜，收了枪，两个慢慢走回大堤。二贵嘴里轻轻唱着：

好花开满树，
将门出英雄。
…………
…………

38

河北红军，集中在高阳辛庄一带休息整顿的时候，陈贯群的保定卫戍司令部，也移到蠡县。冯贵堂听到这个消息，转悲为喜，心上一块石头落了地，像是有了主心骨。自从锁井战败出来，他多少日子睡不着觉，吃不下饭，愁眉不展。昨天晚上从县公署回来，觉得浑身松快，放翻身睡到太阳平西。睡得身上瘫软了，心里还明明白白，可是他几次想要挣扎起来，说什么也起不来。当他想到昨天和四大城绅约定，今天下晚城商会和地方士绅要在宴宾楼摆席请客，为陈贯群洗尘接风，他下定决心要起床。于是咬紧牙关，用两只胳膊支撑着身子，从床上爬起来。洗了一把脸，穿好衣服，提上手杖走出来。今天，他穿上才做好的白罗大褂，左胳膊缠上一条青纱，表示对冯老兰的哀悼。这时天已黄昏，夕阳没进暗淡的云影，买卖家开始上灯了。他穿过一条胡同，拐弯抹角，走到县衙前街，离远看见宴宾楼前站着一群军警，他心上很觉不安：主人未到，客人早就来到了！他放快脚步，走过楼下时，有人在楼窗上探出头来，喊了他一声：“贵堂老兄！给我洗尘也不早来！”

冯贵堂怔了一下，站住脚仰头一看，陈贯群正探出肥胖的头，悠闲地笑着。他举起手招了一下，说：“对不起，昨天晚上谈得太久了，放下头睡到这咱！”

陈贯群说：“心宽体胖的人，到什么时候都是这样，有再大的事情也压不住他。”

冯贵堂一下子笑出来说：“哪里？只有贵军到了小县，我睡觉才有这么香甜呢！”

陈贯群说：“算了，快上楼来，叫你大大地高兴一下子。”

冯贵堂说：“又出了什么稀罕事儿？”

陈贯群说：“你快上楼来，管保叫你笑得肚子痛。”

冯贵堂说：“好！我已经有好久没有笑过了，你今天叫我笑够了才好呢！”说着，走进宴宾楼，跑堂的伙计敞开嗓子，用着尖亮的嗓音高叫了一声：“冯二爷到啦！”冯贵堂也不理睬，喜气洋洋，抬起脚嗵嗵地扬长走上楼梯。今天大餐厅里挂起三保险的泡子明灯，灯口上冒出袅袅的蓝焰，照得满屋子蓝蓝的。当他一进门时，看见陈贯群、王楷第和另外一个人坐在椅子上喝茶。这时好像有一种什么恶性刺激传到他的大脑神经，惊得他一下子举起两只手，睁大眼睛吼叫了一声，身上不由得连连发抖。经过几分钟的审视，他才看清，那个人实在不像个人样子：胖得像个老母猪，左耳朵没有了，可着半个头部，长着一块大疤，还少了一只右臂，那是张福奎。冯贵堂虽然受过高等教育，还是迷信，他神志不清，一时也难辨明，到底是人是鬼，是醒着还是梦里，一时目瞪口呆，抬起两只胳膊，嗦嗦抖着，脸色立时苍白下来，露出惊惶的神色。

陈贯群和王楷第看冯贵堂精神失常，脸上也变了颜色。王楷第慢慢走过去，抬起手杖捅了冯贵堂一下，说：“贵翁！你这是怎么了？”又用手杖指着张福奎说：“看看！这不是你的难兄难弟？老熟人嘛，你怕什么？”

这时，张福奎也呆呆地怔着，不吭一声，他觉得无话可说。几个月来，他严重的枪伤，经过复杂的治疗，才保住这条命。长期的养病生活，使他变得少言寡语，因为吃尽了人间的好东西，身体发得又蠢又胖。

冯贵堂还是一动不动，浑身抖着，摇摆着脑袋，瞪圆两只眼睛，看着张福奎。张福奎也瞪直两只眼睛看着冯贵堂，反觉得冯贵堂好笑起来，移动笨重的身体，一步步走过去，用仅有的左臂去拉冯贵堂。冯贵堂看见这个好像隔了半世的人向他走过来，又惊又怕，又羞又愧，等不得抬起腰，一手提起大褂襟，一手拿起手杖，一阵风跑下楼梯。陈贯群以为他疯了，大声喊着："人哪！截着，不要叫他跑出去！"

楼下的护兵马弁们，听得陈贯群一声喝，呼噜地跑上去，搂腰的搂腰，抱胳膊的抱胳膊，三手两脚把他抬上楼来。饭店的伙计们、厨师们，以为出了什么了不起的大事情，也一齐跑过来看，拥挤在楼梯门口，静听着楼上的动静，一时议论纷纷。

冯贵堂坐在椅子上，安定了一下神志，呆了半天，才从梦里惊醒过来，伸长了脖子，哆嗦着嘴唇，屈声哀哉地说："是真的？我不是在梦里？"他心上还是犹疑不安，眼里流出泪来。

这时，张福奎还是不言不笑，也不动弹，鼓起腮帮，默默笑着。过去那满身的霸气，减退了很多。王楷第走过去拉了冯贵堂的袖子说："你装什么蒜！这不是梦，真的是张大队长养好了伤，今天我们叫他出来给陈旅长接风了！"

冯贵堂听完这句话，才恍然大悟，说："是吗？真的吗？我记得他下世了！"这时，他当民团团长，当"肃反"总队长的梦，才算做完。回想几天前的心境，也觉得对老朋友有愧。他一面说着，回忆了一下这几天的经过：几天前，他接到过陈贯群的电话，要来县"剿匪"；昨天，他和绅商各界，走出十里以外，接陈旅长进城；今天，为了表示欢迎十四旅来县的热忱，在这里摆席接风……想到这里，他才明白过来，今天的确不是在梦里，这是一个现实的境界，由不得嘴上喷地笑出来，弯下腰拍打着膝盖说："咳！我糊涂死了！"说着猛地三步两脚跨过去，拉张福奎的袖子，当他向后一拉，拉错了张福奎那只空袖筒，一个侧巴楞，咕咚的一声，倒在地下。陈贯群、王楷第、张福奎看他这个半疯半俏的样子，由不得抱起肚子哈哈大笑。冯贵堂还不就起来，只是仰在地上，抬起腰来，眯瞪眯瞪眼睛，看看这个，再看看那个。

王楷第骄傲地哈哈大笑，梳着胡子走上去，说："老实对你说吧！当时张大队长被刺，伤势很重，我知道共产党和他的仇家们不是好惹的，神出鬼没也得要了他的命，才放了一个烟幕弹，说他已经被刺去世。吩咐一面发丧吊孝，把他藏在一个秘密地方，不使走漏一点风声，叫他好好养息，直到如今，才算痊愈。刺客虽然打了他三枪，他只是缺少了一只耳朵和一只胳膊！"他又连连笑着说："也真是危险，有一颗子弹，正正打在他的心脏一边，差一点没打断心系儿……"他鼓起肚子，拍拍他的心窝，说："开了膛，才从他的心窝里把子弹取出来……"他又连连沙哑地笑着，说："咳呀！真真便宜死人了！"

陈贯群一听，鼓掌大笑，说："妙！真是老行家，一个烟幕弹，把我和钱主任都迷糊住了，活该够贾湘农和朱老忠他们一呛！"

张福奎听到这里，也咬牙切齿说："我要杀他们鸡犬不留！"

几个达官贵人正在餐厅里谈着这个喜剧性的灾难，胡老云、王老讲等四大城绅，带着锁井乡绅刘老万、严老松、刘老士鱼贯而行，走进餐厅，一齐走到陈贯群的面前敬礼，道了烦劳，又走到王楷第和张福奎面前垂手问安。不用细说，今天这些绅士的打扮也各有特色：胡老云才剃了胡子，穿着胡色丝罗大褂，黑纱帽盔，大红疙瘩，粉底缎子皂鞋。王老讲穿着灰纱马褂，紫花夏布长衫。严老松穿着灰洋布长衫，刘老万和刘老士都是穿的新毛蓝粗布大衫，白布袜子，家做鞋。虽然到了秋季，天还热着，城乡士绅们也还是夏季打扮。他们行完了礼，问完了安，又走到张福奎的面前，问了病情，道了烦劳。说也奇怪，张福奎自从经过这次枪伤，又经过几次抢救治疗，如今好像丢了魂灵，不再像过去那样飞扬跋扈了。再说，因为经过精神失常，口眼歪斜了，只是呆瞪瞪地坐着，睁着两只大眼珠子，考虑着他将怎样带起全县的保安队开展“剿匪”运动：只要他还活着，民团团长和“肃反”总队长的职位还是他的。他要向红军复仇，心腹中的阶级仇恨，像火焰一样，烧红了眼睛。

绅商各界都来到的时候，宴会就开始了。跑堂的伙计，腰里束上白布围裙，在楼上楼下团团转着。把餐厅里的保险灯捻亮，支起四个朱漆圆桌，擦洗得油红透亮。商会会长王老讲，今天的精神很是旺盛，拍了拍长袖子，微微笑着走到陈贯群的面前，慢慢弯下腰去，用着沙哑的嗓音说：“宴会开始！请陈旅长上坐！”再走到王楷第面前、张福奎面前，一一行礼，请他们入席。可是陈贯群不就座主席的座位，十分谦虚地让王县长就位。王县长两手搂起陈旅长的胳膊说：“哪里，贵军足踏贱地，如久旱而望甘霖，贵军到此，解民倒悬。请陈旅长上座，接受小民的祝福！”

陈贯群一听，仰起头，扎煞起小日本式胡子，响亮地笑了，说：“岂有此理！我是地方卫戍司令嘛！与你这做父母青天的负有同样的责任，剿匪，安民，责无旁贷……”他一行说着，一行笑着，在他的笑声里充满骄傲和自满。不等说完，冯贵堂和城乡士绅们一齐走上去，弯腰行礼，把这位地方兵权的首脑拥上宴会的首席。

王楷第、张福奎坐在陈贯群的身旁，在城商会和城乡士绅一个个走过去，端端正正坐上席位，把餐巾摊在膝头上，用雪白的纸片擦动食碟和汤匙。在小城市里，没有讲究的餐具，桌上摆的尽是一些花色的江西瓷器和白铜用具。众位乡绅们在酒菜还未上席的时候，也没有什么话说，只是谈论些个天时气候，以及入城的见闻。

灶上的厨师，在一个小城镇里，平时很难施展自己的本领，今天准备好好地卖弄一下手艺。提前理了发，束上白围裙，站在灶前经心用意地调制各色的菜肴，小勺碰着大勺嘎嘎响着。跑堂的伙计用着尖厉的嗓音叫着，油炒的香味腾满了半条街。不时有几条狗垂着尾巴，吐着长舌头跑了来，在门外瞄了瞄，看看闻香难到口，就又咧起赤红的大嘴走开了。跑堂的伙计端上菜来，王老讲手把银壶，轮流把盏，最后举起一杯酒，用着宽亮的麻沙嗓子说："我们尊敬的长官！我们尊敬的城乡士绅们！今天，请你们允许我代表在城商会，向我们的军事长官致敬！向我们的地方行政长官们致敬！"他喘息着，又垂下头去，闭上眼睛，定了定神，把拿着酒杯的手轻轻放在心窝，紧紧按住心脏的跳动，说："华夏之邦，自古以来就有他自己的传统：劳心者治人，劳力者治于人，三纲五常是维系社会的传统观念；仁、义、礼、智、信是人生哲学的根本。我们不需要什么共产主义，我们需要的是社会安宁，平民康乐，经商自由。只有经商自由才能富国强兵。自从那个小学教员来到这个小小的县城，发展了共产党，今天闹起反割头税，明天闹起抵制日货，咳！学生罢课，商民罢市。这学生罢课则还可以，商民罢市，还成什么体统，是自古以来没有的！今天又闹起暴动来。真的！他们想要动摇我们古老社会的根本，他们要……"他说到这里，把两只胳膊抬到胸前喘息着，眼里流下两行热泪，每一根白色的头发和胡须都在颤抖，几乎不能继续说下去，出了口长气，又抬高了嗓音说："只有，只有我们的军事长官，陈旅长到了这里，才能保障我们生命财产的安全，才能保障城乡商铺的正常营业……"他一谈到这个问题，谈到保障私有财产，由不得又噗噜噜落下泪来，他在担心着"共产"。这时，在场士绅们也一齐纷纷议论，他们对于"红军打进城来怎么办？"这个问题十分关切，一个个谈得红头涨耳。一直等到人声渐稀，王老讲才端起一杯酒，离开座位，举起艰难的脚步，走向主席。在泪光中，他又微微笑着，举着酒杯说："陈旅长！王县长！张大队长！众位父母青天！我们的保护者，来，请你们满饮这一杯酒吧！"

陈贯群对王老讲的演说词，并不感兴趣，因为那也是他每天想到的。可是看到他那诚惶诚恐的样子，却发生了怜悯之情。猛地从椅子上站起来，伸手托住王老讲的酒杯，说："好！会长！我知道你的一片诚心。将委员长他老人家会给我们撑腰做主。保定卫戍区现有两个旅的兵力，万一不能济事也不要紧，钱主任一个电报，驻在山海关的关师长就带着部队来到了，他的部队从上到下都是美国装备，别看对付不住日本鬼子，对付这小小的红军游击队还绰绰有余……"他一壁说着，一壁笑着，弯下腰去，装出敬老惜民的样子，用两只手扶着王老讲，一步一步送他走回座位。

冯贵堂也确实没有看见过一个国民党的高级军官，对待一个小小城镇的商会会长竟然这样客气，这种形象在雪亮的泡子明灯之下，实在显得太鲜明了。谈到打败红军，保障他们生命财产的安全，对于他这个新丧考妣的人，尤其觉得感激不尽，由不得一股热力，从心胸里发出来，传遍全身，使他流下两点热泪。偷眼看见王老讲归到原位的时候，他猛地从椅子上站起来，左手端起一杯酒，右手下垂，头向前侧，微微笑着，翘起两撇短须，两只又黑又亮的圆眼球，向下直视着，过了一刻，才用着抑扬顿挫的声音说："是的，一点不错！共产党趁着国难当头，浑水摸鱼，颠覆国家，为害甚烈！甚烈！"谈到这里，他不知不觉地兴奋起来，左手高举酒杯，右手举过头顶，连连摇晃，说："诸位官长！诸位城乡士绅们！我们所需要的，不是共产主义，是三民主义，不，不，不，我们所需要的是蒋委员长，是蒋委员长那个主义。我敢断定，共产主义在中国不能实行，因为它是穷民主义，不是富民主义；它是舶来品，不合乎中国的国情。我们需要的是振兴实业，发展工商，富国强兵。因此我们要下定决心，消灭共党……"他讲到这里，已经甚为激动，红了脸颊，几乎喘不上气来。在座的诸位士绅，也觉兴高采烈，轰轰然鼓起掌来，使他不能再继续说下去。

张福奎听到这里，也兴奋起来，摇了摇缺了耳朵的大个头颅，把左手在桌上一拍，站起身说："嘿！一点不错！我虽然缺了一只手，缺了一只耳朵，并不妨害我左手拿枪，也不妨害我听到共匪的情报，不杀他个鸡犬不留决不甘休！"他说着，端起酒杯，走到冯贵堂的面前说："老兄！请你满饮这一杯！我们饮酒为盟，共同建立七县肃反总队，建立全县民团，充实剿匪武装！"

冯贵堂见张福奎走过来敬酒，也诚惶诚恐，离开座位，左手扶住张福奎的酒杯，右手端起一杯酒，流下眼泪说："好！同病相怜！为了消灭共匪，打败贾湘农和朱老忠，我失去我的老爹，你失去一条膀臂。来！我们同饮这一杯，让我们在这一条道路上并驾齐驱！"说着，两个人用眼睛互相打个招呼，挺起胸膛饮下一杯酒，又仰起头狂笑。冯贵堂报告了锁井战斗的经过，但是他谈的只是冯老兰领导他的家丁们如何对抗红军，如何牺牲。谈了半天，并不涉及他自己怎样在战场上失败之后，狼狈逃窜。

在灯影杯光里，王楷第看着众位乡绅们斯斯文文坐在席上，从每个人的脸上，都可以看出他们对“剿共”问题的关切。可是他们谈来谈去，也谈不到抗日问题，他们感到那事远在天边，至少在目前还威胁不到他们的私有财产。王县长听到这里，也举起一杯酒说：“说得好！说得好！我县目前的重大问题，就在这剿匪问题上，因为日本鬼子还远在关东。目前火烧眉毛的事情，是有共无我，有我无共！我虽然是外来人作地方官，可是我为全县人民的生命财产的安全担心。这个重大问题，就系于陈旅长一身，因此我祝陈旅长身体健康！祝全军将士身体健康！”说着，他把酒杯举到眉宇之间，微微笑着，两眼看着杯中涟漪在灯光之下轻轻颤动。

这时，在座的士绅们一齐站立起来，离开座位，哈哈笑着，说：“祝我们最高军事长官的身体健康！蒋委员长万岁！”

陈贯群和张福奎一齐起座致敬，举起酒杯，立正行礼，说：“万岁！蒋委员长健康！”说着挺起胸膛饮下一杯酒，又说：“尧舜之世，也无非与民同乐！”满堂哈哈大笑，开怀畅饮。

跑堂的伙计，上上下下，跳动楼梯。今天所上的菜点，不是一般菜点：除了四干、四鲜、四甜、四酸，还有四咸、四辣，接着上了四冷四热，山珍海味……小碟大碗，上了一桌子。一面饮着酒，吃着菜，互相倾吐心肠。

王楷第说：“陈旅长！说实在话，我们已经动手晚了，如今大火烧到眉毛了！”他捏起一支烟，戳着，戳着，拼命在桌子上戳着。

陈贯群说："哪是一句话的事？军事行动，兴师动众，得经委座批准，我哪里有这个权力？咳！日本人占了东北四省，东北军眼看就要失势了！目前一切只好听中央的命令！"陈贯群仰起头，像有深沉的思考，又说："当然，共党过去在这一带的工作不算，自从来了贾湘农，在滹沱河与潴龙河上工作了七八年，在农民、在学生里有他深厚的社会基础，可以带起千八百人进行暴动。可是，谈到军事科学，谈到用兵，说不了大瞎话，他还不过是个三岁孩提而已！用不着唉声叹气，我绝对有把握，三天之内，三天之内把他消灭在我的脚下！"说着，陈贯群拍拍王楷第的肩膀说："你也不是闹了半辈子'军'，才改行治'政'吗？"王县长摇摇头不以为然。陈贯群撅起黑胡髭说："不！贾湘农，我琢磨透了他！"

王县长说："贾湘农虽然学生出身，这人苦读，不但懂政治，而且懂军事。你知道吗？共产党有很多人既懂政治，也懂军事。他们想以马克思主义为号召，兴起一代王朝！"

陈贯群摇摇头，轻蔑地一笑，投过一股犀利的视线，说："老兄！谈到这个，你就是外行了！马克思主义的主要问题是民主，是无产阶级专政。他要颠覆中华民国！不过，毛泽东在南方号称十万之众，我们还不怕，蒋委员长正在前线对付他。比较起来，贾湘农不过小丑跳梁而已，何足道哉！我陈贯群没有金刚钻就不敢揽这个大瓷缸……"说着把筷子在桌上一拍，口吻之间，似乎胸有成竹。其实，凡是军阀，一是维持地盘，二是保存实力，谁肯牺牲自己。

话未说完，门外有人喊："报告。"陈贯群说："进来。"参谋处送进情报来，陈贯群起座，走近灯前去看："一、……二、贾湘农股匪窜扰潴龙河东岸高阳辛庄一带，沿途裹胁农夫甚多。

匪军六个大队，一千余人，大部皆饥民、逃兵、土痞。枪支占四分之一，鸟枪、土炮，间有快枪，附有机枪一挺，正在乡村搜索枪支，分配食粮，有窜扰安新模样。三、李霜泗股匪与共匪张嘉庆，带领匪伙二百余人，由白洋淀向南移动，高举红旗，到处张贴匪共标语，有与贾湘农会师模样……”

陈贯群看到这里，大吃一惊，说：“唔！一个惯匪，也赤化起来……快！截击李霜泗，不让他与贾湘农会合一处！”吩咐完了，又吹胡子瞪眼，坐在椅子上，仰头想了一刻，猛地又从椅子上跳起来，喊：“给高阳县长打电话，叫他们带保安队向李霜泗出击！完不成任务，委员长要削他的脑袋！”

当他起座去看电报的时候，所有的士绅都颦蹙额头，停止吃饭喝酒。冯贵堂也睁大眼睛，张开大嘴听着有什么出乎意料的好消息，当他听到红军的声势浩大，李霜泗也和共产党搞在一起了，好像有一个秤锤系在心上，向下垂着。

陈贯群再也坐不住了，两手一拱，笑了说：“诸位！在下公事繁忙，小弟失陪了！”说着，匆匆走下楼梯，护兵马弁们听得旅长的皮靴马刺叮叮的声音，一齐起座，停止喝酒，提起枪跟了出来。

陈贯群退席，众位士绅们也无心酒饭，不约而同纷纷离开座位，怀着沉重的心情走出宴宾楼。

陈贯群走回司令部，二话不说，拿起电话听筒，给高阳县长打电话。打不通，又叫肃宁和安新。这时，他才发现电线被割断了。他生气地把听筒向桌子上一丢，说：“乌哟！妈拉巴子，电话局干什么吃的！”又喊进白参谋长，说：“去，骑马送信，风雨无阻，命令高阳和肃宁的保安队，明日黎明，一律集中在离辛庄十里的村庄！写上：跑了匪首贾湘农和朱老忠，委员长要削他们的脑袋！”又倒背起手，耷拉下脸庞，不耐烦地走来走去，说：“唔！妈的巴子！把个卫戍区闹得乌烟瘴气！”又把桌子一拍，说：“再派一连骑兵去，在辛庄村东南大堤上待命！”

39

宴宾楼的宴会灯红酒绿的时候，庆儿正背着粪筐在大街上出探。他在太阳压树梢的时候走进城里，城郊的村庄，都住满了灰色兵。他从北城走到南城，又从南城走到西城，庄户人家和店铺里也住满了灰色的兵。大街上卸下一溜子大车，车上装着给养和子弹箱。一群群骡马在大车上吃着草，马粪成堆，一下子就装满了筐。当他走过宴宾楼的时候，看见有军马在门前拴着，门上站着岗兵，楼下的伙计，忙得滴溜乱转，楼上灯光明亮。他仄起耳朵细听，楼上有人讲话，隐约之间也会明白，他们是在议论着怎样“剿灭”红军。他想听个详细，再说馆里油炒的香味也吸引着他。他把粪筐放在街旁，不知不觉凑到门口，想去看看馆里的热闹，看看他们吃的都是一些什么好东西。他正睁着两只圆圆的小眼睛向里窥着，不提防背后走过一个人，举起马鞭朝他脊背上冷抽了几下。但他并不立刻走开，骄矜地抬起头，两颗黑亮的眼瞳不动地看着那个灰色兵，黑红色的脸上，皱起两条眉峰，表示对几条鞭痕的抵抗。那个凶恶的家伙见他还不立刻走开，又恶狠狠地向他脊梁上抽了几鞭，大声吼着：“红军的奸细，把他捆起来！”在喊声里，陈贯群响着靴声走出来。他手疾眼快，机警地把筐里的马粪在门前一洒，一溜烟儿离开宴宾楼。走到县衙前街的尽头，向南去，走过一个洋式大门，老明大伯曾详细地告诉他，那就是财政局。过了财政局向西去，路北有一座红油小门，他悄悄站在门前，捏起吊吊儿，敲了三下门。听得从院里走出一个人来，迈着轻倩的脚步，悄声问道："是谁敲门？"是一个女孩子的声音。他觉得符合明大伯所谈的，心上开始放平，停止了惊慌，说："从锁井来的！"

门里人儿说："客人到了，请进来！"说着，门呱嗒地开了。在星光月影里，看得出那是一个十六七岁的女学生，虽然季节过了，上身还穿着一件小红衫。他觉得完全和明大伯说的相符，才放下心来。女学生集中精神，上下打量了一下这位年轻的客人，躲开道路让庆儿走进。

庆儿转过墙角，有个穿着黑色公务员制服的人在院子里站着，他看见庆儿，一手摩着头顶，一手把筐从他小小的肩头上拿下来，牵了他的手，走进屋里，在灯影下端详了一下，问："你今年多大年岁？"庆儿说："十五岁了！"那个人点了一下头，看看没有差错，问道："红军起兵了？"隐约之间，在他的脑子里想着："怎么派这么小的孩子来取情报？"庆儿今年才十五岁，只因年月紧窄，营养不足，个儿长得又矮又瘦，瘦眉窄骨，脸上黑黑的。庆儿机灵地答道："起兵了。"那个人又问："有多少人？"

庆儿又说："有一百五六十人。"

那人听了喜悦现于形色，见庆儿不胆怯，也不多答一个字，像是受过训练的，悠然笑了，说："好！把这件东西交给你！"那是一柄割谷的镰刀，"到了家，见了老明大伯，你把这镰柄磕开，里面有你们需要的东西。好！随我走吧！"那人说着，穿上一件黑布长衫，又说："天明出城，不如夜间出城稳妥！"他提起手枪，匆匆走出来，庆儿紧紧跟着。

两人匆匆走过一条小街，这条小街上很静，因为多是土坯小房，也没住上军队。走过一片草地，是一大片苇塘。芦苇丛生，里面有鸟儿在叫。他们在苇丛里走着，走出苇塘时，又蹲下去看看城头上没有巡哨的士兵，才上了城坡，走到炮台地方，在城墙拐角处爬过城去，走在庄稼地里，并没有人知晓。离城远了，那人伏下身问：“你害怕吗？孩子！”庆儿笑了说：“不怕！”那人说：“好！你去吧，不要丢了手里的镰刀！”庆儿说：“好，我知道！”那人又问：“你认路吗？”庆儿说：“认路，早就踩熟了！”为了准备这个工作，明大伯叫他在这里走了好几趟，探熟了道路。

庆儿离开护送他的人，钻着庄稼地向东走，直到东方发亮的时候，才辨明方向，走到滹沱河岸，脱下衣服游过水去。钻过一片高粱地，到了临时村公所办公处。自从红军出征，朱老明叫孩子们在这河滩地上搭起一座窝铺，就算是他们居留的地方。这地方很严密，不通大路，也不通小路，有人要想找到他们是很难的。他分配庆儿的娘、顺儿的娘、涛他娘、贵他娘，在村里巡风瞭哨，察看阶级敌人的动静。就带上顺儿、囤儿、春兰、严萍、庆儿这群青年人来工作指挥所，开始了村公所的工作。这个老人，自从红军出征，夜间一直没有睡过觉。他坐在一片席头上，指导孩子们站岗放哨，商量工作。听得庆儿从城里安全地回来，眯瞪眯瞪眼睛，笑了说：“庆儿，你可回来了！你这次出探，没把大伯的心磨坏了，叫你去还不如我自己去，心里更安生些。说吧！看见什么了？”

庆儿喘着气报告军情，说：“咳呀！城里成了兵山了！骑兵、步兵、大钢炮、小钢炮、轻机枪、重机枪……说不完呀！”说着，他又黑又瘦的脸上，冒出黄豆粒大的汗珠子，不住地用破袖头擦着，把镰柄抛在地上，抬起脚咔嚓一声踩断了，取出一片纸来，交给严萍。纸片不大，雪白柔韧，写着蝇头小字，严萍读着：“城里来了步兵一团，骑兵一连，附有大炮小炮，及轻重机枪……速作准备。”念完，她长喘一口气，吓得目瞪口呆。伍顺和孩子们都大眼瞪了小眼儿，不说什么。

朱老明脸朝天上听完情报，用力挤了两下眼睛，说：“孩子们！情况来了，看看我们怎么应付它！”春兰说：“情况紧急，我们得赶快把这情报送到红军去。”朱老明说：“一点不错，这是一个紧急的情报，红军要是早接到它，该是多么得利！”严萍睖着乌黑的大眼睛呆了一刻，扭头问朱老明：“大伯！这么重要的情报，叫谁去送？”

朱老明仰起头，对着天想了老半天。天上星光稀了，曙色降临，庄稼叶子都浴着露水，鸟儿开始在大柳树林子里叫了。他倒不是想看天色，天是蓝色的，有时会浮出白色的云彩。这是过去的经验，今天他已经享受不到这样的幸福了。可是，他养成这个习惯，一遇着大事临头，遇着窘迫的事情，就仰起头来，看着天上，心里立时会感到明快、鲜亮。他缓缓地摇着头叹口气说：“咳！”他心上足了足劲，并不就说下去，只是合紧嘴巴静默着。春兰说：“要紧的是，用什么办法把这件情报送到红军司令部！”

年轻的、革命的孩子们，虽然没有多少军事斗争的经验，他们也会想到：目前还不知道红军走到什么地方，脚下离辛庄有一百多里路，老明大伯没有眼，要是有眼，他会自己跑了去的。别人去，他还不放心，这件情报关系红军的存亡，关系高蠡地区广大劳苦群众抗日革命的前途！

春兰看看朱老明为难的样子，腾地从地上站起来，说：“用不着作难，叫我去吧！我要连夜把情报送到湘农司令员的手里。”朱老明摇摇头，笑了说：“不能！不能！要是青天白日，你走个三里五里，我还放心，也愿叫你去，因为你是久经锻炼的。赶上黑天半夜，又是青草秫稞[①]时节……”他连连摇头说，“有个好和歹儿，将来我对不起运涛侄子。”春兰一听，感激地说：“我看百不怎么的！人们都出兵打仗去了，咱们付付辛苦，走走路，又不是在枪子群里穿来穿去。”她不等说完，从朱老明手上扯过那件情报，拿起脚就要走。朱老明听得脚步移动，把手一摇，止住她说：“不行，你回来！你一个人去，我不放心，叫小顺跟你一块去吧！”小顺说：“那还不如我一个人去，倒利索些。”他这么一说，严萍也想到：兵荒马乱时节，青年男女一块走动，更惹人注目……她想了一刻，说：“还不如我跟春兰去！”春兰说：“那倒好，咱就说是去瞧姐姐坐月子。”朱老明说：“小女嫩妇，你们俩去，我不放心。再说，你们去了，光剩下我和庆儿、小囤、小顺，看看咱们这个政权！”春兰说：“甭迟疑了，眼看日头出来了，咱就趁凉快出发吧！”

朱老明说：“再等一下，我还得想想！”他揉着眼睛想来想去，他想到：自己去，三里五乡，这支拐棍还能摸到。路途远了，连这支拐棍都成了瞎子。春兰和严萍都能办事，可是都是女孩，正在青春年少……他想着，像在滚油里煎心，两个手掌拍着心窝；一想到白军到了眼前，威胁到革命，威胁到红军，把牙一咬，说：“大侄女儿！你们去吧，我朱老明担了这个不是，果然路上有个一差二错，也是为了开展华北游击战争，为了抗日、革命的大事！”老人说着，难过地摇摇头，迟疑一刻，又说：“来，我再摸摸你们，这个年头，今天离开，说不定什么时候才能见面！”春兰和严萍接受了老人的要求，走到朱老明跟前。他

① 草木茂盛。

摸摸春兰壮实的臂膀，又摸摸严萍的胳膊，说："去吧！去吧！你们好好完成任务，才能回来见我！"春兰说："那不用说，为革命流血牺牲，我们也有一份。"一行说着，她牵起严萍的手，撒开腿钻进高粱地走了。

朱老明又摇了一下手说："孩子们！你们要紧记，目前世界还不是我们的。红军虽然起来，村子里政权还嫩小，不足依靠。兵荒马乱年月，闺女家年轻轻的，出这么远门，我实在不放心。要是碰上土匪流氓，惹祸烧身不是玩儿的。咳！"又打发庆儿和小囤说："去！告诉你忠大娘和你志和婶子，是凡暴动人家，都下通知：白军来了，把衣裳粮食搬动搬动，埋藏埋藏，土豪劣绅们要卷土重来，和我们势不两立！"停了一刻，又说："下了通知，你俩就到小木桥上放哨，瞄见白军影儿的，就敲锣动鼓告诉村上人，嗯？"

人暴动的日子，锁井镇上的情景另有不同：地主人家都惊惶不定，在暗地里守着寂寞，包藏祸心；革命人家和参加暴动的农民，分得了粮食和财物，心上记挂着白军来了，还要有一场严重的斗争。这时，村上显出异常的宁静，鸦群浴在秋日的阳光里，在大杨树上呱呱叫着。春兰和严萍走过静寂的街道，径直回到家里，拢了拢头发，穿上件才浆洗过的素蓝褂子，找了个小竹篮，拿上几块饼子，卡上把小葱，蒙上个红包袱，打扮成串亲的女客。春兰说："饿了，这就是咱的干粮。"她从小棚子里牵出朱老忠家的小黄牛，到门外头套上车，拿条褥子铺在车上，对严萍说："上去！"严萍坐上车，说："谁给咱赶着？"春兰说："这还用谁呢，自个儿赶吧！你坐在车上，忽忽悠悠，一会就到了。这头牛，可不比俺家的牛。"说着，她身儿一纵，跨上外辕，不用鞭子，叉开五指在牛尾巴根上一抓，小黄牛抵不过奇痒，摇头晃脑跑起来，直颠得车子咯咯啦啦响着。严萍两只手紧紧扒住车厢，说："慢一点儿，快要颠起我来！"

春兰不听她说，伸手又在牛尾巴上抓了一把，小黄牛尥起蹶子遛起来。一出村碰上老拴，他两只手上架着个虎不拉鸟儿，站在大堤上，看见春兰和严萍坐着车走出村来，龇开嘴嘻嘻笑着说："嘿嘿！离远看来了辆牛车，以为是谁呢，是俩小媳妇。"春兰噘起嘴斜了他一眼，啐了一口说："胡说！我们都是姑娘！"春兰不再理他，尽赶着车往东走。回个头儿问："老拴！你怎么有空儿歇着？"老拴说："农民暴动了，老长工们，还不悠闲悠闲，自在自在。冯家大院的人们都逃光了，老长工们成了灶王爷。"老拴两眼睁得圆溜溜的，尽盯着严萍，又说："兵荒马乱，你们花枝呀似的去引逗人，小心叫白军抢了去！"春兰赶车走远，又回头举起鞭杆，说："胡吣！家去吃白条条吧！"老拴说："暴动起来了，看乐得你们什么儿似的！"春兰说："村孩子，贫气得不行。"扭回头瞧了瞧严萍，从鼻子里哼了一声。

两个人赶着车出了村，车声隆隆，走在秋日干硬的道路上。太阳从薄云彩缝里钻出来，晒得不太厉害，风从庄稼尖上滴溜溜地吹过来，有些秋天的凉意了。红的高粱穗，黄的谷子穗，在风前微微摇动，叶片摩着叶片，簌簌响着。未成熟的粮食，在旷野上放散着青苍的香味。田野上人很少，只有三三两两的人们，有锄地、打花尖。棉花顶上开满黄的白的花朵，底下吊了白棉朵朵儿。野兔子偷偷蹿出地垄，溜溜鞧鞧走在道旁，偷吃粮食。听见车声，支绷起耳朵逃跑了，它们是田野上警惕性最高的动物。严萍背靠着车厢，胳膊向两边摊开，仰起头来看着秋田上的景色。虽然坐在车上，她的心情是出征的心情。春兰晃着鞭杆，轰赶黄牛，心里急，车行慢，牛怎么能走得比人的思想还快呢？年轻人，沉在革命的狂热里，想办的事情就要一下子办成。她额上流下汗珠，湿得头发打成绺。严萍两手扳起膝盖出神，经过二师学潮，经过农民暴动，经过这样大的社会动荡，美好的日子总算来到了，愉快的影子，在她心上闪映着。但是江涛不在她的面前，她心里又记起那个黑眉毛、又长又黑的睫毛、黑白分明的大眼睛……她在想着红军的胜利，想到革命的前景，美好的未来，于是，她的脸上就豁然开朗了！

春兰把车放慢，走入一条道沟，跳下车去，在漫坡上采了一把喇叭花儿——“黑老鸹喝喜酒”。这种小花朵，边缘上是绛红色的，花柄是白色的，小孩子们最喜欢玩这种花。又采了两把“米布袋”，用褂子襟包着，追了两步，跳上车辕，说：“嘿！醒醒！喝一盅喜酒吧！”她把“黑老鸹喝喜酒”和“米布袋”洒在车上，又晃起鞭子，把牛轰快，拿起一朵花儿，摘去花托，把花柄儿放进嘴里吸吮。

严萍缓缓睁开眼睛，也拿起一朵“黑老鸹喝喜酒”，搁进嘴里吸着。花心里津出一小滴津液，甜甜的，可以解一点儿渴。

春兰问：“饿吗？你在想什么？请你吃一袋米！”她拿起一个“米布袋”，放在牙上咬了一下，青色的籽粒，流进嘴里。她用手指抹出几粒来看，是圆圆的，有小米粒那么大，有清香的味道。

严萍喝了“喜酒”，吃了“米布袋”，思想还是离不开江涛：他还在监狱里，不知受刑成了什么样子？想到这里，她心上不安起来。仰头看看天上，天是桃青色的，深远的空中悬着白色的游丝，心里说：“这样高的天……”几天来，她总是把一切希望寄托在红军的胜利上。好像游击战争一成功，一切乌云都会烟消云散了。一面想着，微微睡着，任凭牛车摇摇摆摆走向前去。

这时春兰什么也不想，心里充满了暴动的兴奋，跨在车辕上，摆着腿儿唱起小曲。唱着，眼前浮出运涛的影子。立刻，她的思想又掠过一团暗影，像黑云掠过月亮。但时间很短，感情就又明朗起来。小黄牛身上汗流冲起绒毛，她还是挥起鞭子紧赶，赶得小黄牛慌慌张张往前跑，她想尽早把情报送到湘农司令员的手里。

太阳平西，也不知走了多少路，走到什么地方，只觉得那地方异常荒凉。园里歇着辘轳，田里无人耪地，连一只鸡狗也很少看见。有几个小姑娘，躲藏在青纱帐里割草。春兰跳下车，走过去问："大姐！这儿离河边有多远？"一个年纪大点的姑娘，两手搂起镰柄，蹲在地上眨起眼睛看了半天，才说："你问的是潴龙河？唔！还有个六七里！"她看眼前是两个大姐，又走过来两步，闪开明亮的眼睛，笑了问："大姐！你们要过河？"春兰说："唔！到姐家走亲戚！"那姑娘睁开惊慌的大眼，摇头说："大姐！我劝你们甭去了，河东正闹红军哩。在这里闹了好几天，打土豪，分粮食，闹得好厉害！唉！在这个节骨眼儿上，去碰那个危险？"春兰听了小姑娘的话，知道红军就在前面，身上立时增加了勇气，笑出来说："俺去瞧姐姐坐月子，赶在这时候，又有什么办法！"说着，看看车走远了，她放开脚步赶上去。那姑娘眨着眼睛怔了一刻，又摇手大喊："大姐！回来！回来！"春兰停住车，又跑回来，问："妹子！有什么话说？"那姑娘说："看你们也是咱小户人家，虽不是我的亲戚，也不肯叫你们去闯祸。说真的，红军倒不怎么的，都是咱们老百姓，要是碰上土匪流氓，可了不得。我看你们别去了吧！"

春兰又怔了一刻，她觉得左右为难：不去吧，完不成这重要任务，再说，已经走了一天的路程，回去也不是容易。去吧，夕阳压了树梢，还没找到红军的踪影，可是已经来到混乱地区。停了一刻，她把心一横，说："赶在这个节骨眼儿上，即便遇上什么事故也得去了！"又跑了几步，跟上车去。

这辆车，一直走到夜色昏茫时分，离河还有几里路。春兰心里实在焦急，小黄牛显出来走得腿乏了，轰也轰不出步儿。荒乱年头，年轻女人走夜道，也实在不方便。她心急行慢，连连扬动鞭杆，小黄牛抢了几步，又慢下来。春兰看看天色，出口长气，说："咳！天又黑下来！"严萍也扭动身子说："怎么，这个地方这么凄风苦雨的？"

看看前边一个村庄，暮烟笼罩了村落，人家燃起灯火，听有人在唤人吃饭哩。春兰走到井台边，想借个桶饮饮牛。停下车，隔着小篱笆喊："大娘！借个筲桶使使！"一个老太太走出来，站在门旁说："使吧！你是哪里来的？"她看春兰人才和打扮，挺不平常，心里说：一般人家在这时候谁敢走动？春兰接过筲桶，说："串亲去，姐姐坐月子，送鸡蛋和小人儿衣裳去！"老太太说："怪不得！黑灯瞎火，荒乱年头，这样年轻的人儿出门……"

春兰打水饮牛，走过一个人来：五十多岁年纪，长得富态相，长脸子，疙瘩眉，两撇黑胡子，手里拿着条绿玉嘴长烟袋。一看见春兰和严萍，怔住眼睛愣了老半天，他问："年轻轻的走夜道，去干什么？"春兰说："瞧俺姐姐坐月子。"那家伙皱了皱眉头说："不像！不像！河东正闹红军，你们迎着红军走……"说着垂下脸庞，摇摇头不说什么。春兰搬动口唇，辩驳说："红军怎么的？能怎么俺女人家？"那人又冷笑说："哼哼！要说不怎么，也不怎么；要说怎么，谁也避不了。前边河汊挺多，你们摸不到渡口，过不了河。”那人像心上有股拧劲儿，拿起烟袋，反身往街里走。

春兰赶上去说：“老爷爷！不能找个人儿送俺一程？救人急难的！”那人听了，又怔了一刻，说：“救人急难也行……”他又抬起头说：“我看你们像是女共产？”春兰一下子笑出来，说：“嘿嘿！女人家，晓得什么共产？”

严萍越看那个人越有恶相，由不得心上突突跳起来。那人说：“女人闹共产的多着哩！南方红区里，有个女的叫什么贺三姑，专能领女兵打仗。共产党智谋多，什么奇人都有。”正说着，从街那头走过一个年幼的小伙子，歪戴草帽头，嘴上唱唱喝喝，穿件黑布短衫，脸上黑黝黝的。那人说：“二疤瘌！来！送她们到河口上！”

春兰扭头一看，二疤瘌有二十多岁，长得黑黑实实，鬓角上有块疮疤，又红又亮。他离远瞰了严萍一眼，冷笑了说：“送去也行，走吧！”

二疤瘌头里走，不住地回过头来看，春兰赶车后头跟着。这时严萍心上埋怨：为什么叫这样不三不四的人送俺？走出村不多远，就看见堤坡了，猛然听得马蹄声嗒嗒地响过来，回头一看，赶来一队骑兵，打头的走到车前，盯了盯春兰，又盯盯严萍，勒住马问：“此地离辛庄多远？”

二疤瘌望了望那个骑兵，说：“从脚下说，还有个六七里！”

那个骑兵不听二句，鞭打马背，嗒嗒地走过去。严萍心上敲起小鼓儿，身上寒颤了几下，心里说：“白军过去了……”天黑下来，月亮还未升起，牛实在走乏了，走不出步了，还要过渡口，敌人追过去，她们却落在后头。春兰心上急得出了一把冷汗，她怕红军受到袭击。走了吃顿饭工夫，那队骑兵又折回来，打头的骑兵跑了两步又站住，上下看了看，问："干什么的？"

春兰心上一怔，保持镇静，打起精神说："看俺姐姐坐月子，送鸡蛋和小人儿衣裳去，想不到牛走得这样慢，晚了！"

骑兵睖眉竖眼，说："甭甜言蜜语，准是红军的侦探！"说着，打马奔到村庄上去。

春兰心里说："快找到红军吧！把宝贵的消息送给他们！"

牛车走过堤坡，到了渡口，找不到船。二疤痢硬拧着她们转回去，说："天晚了，过不去渡口，回去住在俺家里，明天我再送你们。"一面说着瞪出白眼睛，瞰着严萍。春兰说："不！荒乱年头，俺不在外头宿夜。"二疤痢说："嘿！你看大深的庄稼，兵荒马乱，有多危险？"春兰说："不，串亲要紧！"严萍说："俺过了河就到了！"她们坚持一定要过河。春兰用鞭杆试试，水并不深，叫二疤痢坐在车尾巴上，打着牛蹚过河去。在夜影里，春兰看见二疤痢偷偷凑近严萍，眼里射出色情的光芒，直勾勾地看着她。在黑影里还看得见，严萍羞红了脸颊，生着气猛地扭过身去。春兰越看越生气，心里说："妈的！几辈子没娶过媳妇的丑汉子！"见二疤痢还是死盯着严萍，春兰心里一急，抽出鞭子说："你回去吧！前边的路程，我们完全知道了！"

二疤痢说："路儿曲曲弯弯，还要过一个河汊。"

春兰想：路儿曲曲弯弯倒不怕，过河汊倒费难。她心上真的烦躁起来，河身里地形复杂，大深的庄稼，心里暗祝：湘农司令员！睁睁眼睛，看着俺们姊妹吧！

天上星星密了，寒露下来，河边青蛙叫着。春兰仰起头，心里说："月亮上来才好呢！"猛地一回头，看见后头赶上一个人来，是个穿灰衣裳的兵，扛着枪跑到跟前，横起身子拦住去路，说："卸下牛来！"

春兰跳下车来说："卸俺牛干吗？"

灰色兵说："叫你卸下来就卸下来！"

严萍也跳下车说："我知道你是十四旅，俺爹和陈贯群……"这时，她天不怕地不怕，拿出这面调动思想的金牌。灰色兵不管三七二十一，手疾眼快，用刺刀割断绳套，拉起牛就走。

春兰见他拉牛，牛是老忠叔叔的，她不能让他拉走，两手扣紧笼头，死也不放，大声喊着："坏了！拉我的牛！"

严萍跑上去，搂住灰色兵的胳臂，说："想拉俺牛？说什么也不行！"

灰色兵停住脚怔住，扬起刺刀，吓唬说："看刀！"

刺刀在春兰眼前闪亮，她伸出脖子，一下子向刺刀撞过去，敞开嗓子大喊："杀吧！杀死我们吧！想拉俺牛万万不能！"

灰色兵不理她，举起枪，照空中嘎咕一声。在春兰听到枪声打了一颤的时刻，灰色兵噌地飞起一只脚，踢倒春兰，拉起牛就跑，严萍就在后头赶，喊着："有人了！截道了！"

灰色兵又照空中打了两枪，钻入青纱帐里，再也听不见声音了。

春兰从地上爬起来，又追了一程，看看追不上，又急忙跑回来，她心里结记着严萍。丢了牛，只好连车也不要了，她们在车前默默地站了一刻，才提起竹筐，蹑悄悄地走开，离远还看见那辆车的影子，在黑暗里站着。春兰心上翻上倒下，像刀剜一样。她想：不管怎么，及早把消息送到司令部，红军不受损失，一条牛，一辆车，又值得什么？丢下这个念头，心上就豁亮起来，喊严萍说："妹子！快走！咱什么也不要了！"

春兰和严萍头里走，二疤痢溜溜鞴鞴在后头跟着。春兰斜了他一眼，说："你回去吧！俺也用不着你了！"

二疤痢放快脚步紧跟着，狠狠地说："前边还住着兵！"

春兰一怔，问："什么兵？红军？白军？"

二疤痢听她口吻，明白了她们的来历，恫吓说："你们是红军侦探！是打探消息的女共产，哼！"他横了心，眼睛瞰着严萍，紧傍着严萍匆匆走着，严萍走多快，他也走多快。

严萍心上怦怦跳着，撇开脚步躲开。二疤痢更加放快脚步，紧紧跟上。走到堤岸下头，到了河湾里，二疤痢摇着脑袋，看周围静寂无人，憋粗了嗓子说："站住！"

春兰一听，横过身子问："你想干吗？"

严萍回头攥紧拳头，瞪开眼睛看着那个凶恶的家伙，说："老实着点，我们要嚷！"

二疤痢捽足了劲，说："在这地方，要嚷也没人听见！"说着，一个饿虎扑食跑上去，搂住严萍，扑倒在地上。

春兰撇开尖嗓子喊起来："来人哟！截道了！来人哟！"在秋天的野外，喊得瘆人。

二疤痢狠劲搂住严萍的腰，严萍心里火急，不住声地骂着，高声叫喊，两手勒住他的耳朵，死命挣扎。一下子挣脱了二疤痢的手，站起身来就要跑，二疤痢又赶上去，一把拉住严萍的手。严萍拼命支架，憋足了气力尖声骂着："流氓！土豪儿子！"

二疤痢也狠狠骂着："女共产！我要把你送给白军！"

春兰一步跳过来，叉开手掌劈脖子盖脸地打着二疤痢。可是他的脑袋比石头还硬，她的手嫩，打也打不怎么的。又用脚踢，用拳头捶，河湾里土地潮湿，连一块坚硬的坷垃也找不到。两个人还不是二疤痢的对手。春兰急得发蒙，转个遭，还是找不到应手的家伙，拿起那只篮子，往二疤痢头上扣，直把篮子扣进二疤瘌的脑袋。大喊："截了人了！有贼哟！"

正在危急时刻，一声枪响，走过两个人来。枪声击起村落上的犬吠，沿着曲折的河岸，沿着水波传来。春兰一时闹不清是什么人，心上想：是白军，我俩就完了！是民团，也难躲过。要是遇上护院的地痞流氓，就更加难堪了！

这时刻又连响两声枪，随着脚步声，走过人来，问："干什么的？"

春兰听那声音好耳熟，她大声喊起来："截道啦！有贼哟！"喊着跳上去，举起拳头，在二疤瘌身上乱打，她怕他逃走。二疤瘌不得不放开手，把身一挺，将春兰摔在地上，拿腿就跑。春兰拔脚就追，追到水边，二疤瘌双腿跃起，跳进河水，一个猛子不见了。春兰跺了一会子脚，急得一下子蹲在地上，把头垂在膝盖上，茫茫然对着河流，将长发盖住面孔，流起眼泪，哭啼起来。严萍也蹲在地上，衣服被扯碎了，低声呻吟着，只有喘息的份儿。

40

两个人迈着急剧的脚步走到跟前，严萍抬起惊惶的眼睛一看，在黑暗中看出是伍老拔和二贵，猛地站起来，扑在伍老拔的怀里，放声大哭起来。二贵走到春兰跟前，春兰知道是二贵走来，也不抬起头。二贵低下头看了看，说："怎么了？你们怎么到了这里？兵荒马乱的，在这荒郊野外有多危险！"春兰两手抱了头，放在膝盖上，哭出来说："危险就不用说了，还受了很大的侮辱！"二贵一听，愣住问："受了什么侮辱？"春兰抽咽着，把二疤瘌想欺侮严萍的事说了，二贵生气说：“好兔崽子们！趁人遭难的时候欺侮人，早晚把他们宰了！”说着，一手从肩头摘下枪来，噼啪地拉开枪栓问：“他跑到哪里去了？”春兰指着河水说：“他跳在这水里逃走了。”二贵一句话未说，向二疤瘌逃走的地方，连放了一阵枪。伍老拔听得枪声，飞跑过来问：“放什么枪？”二贵说：“妈的！有土匪从这里逃走了！”春兰说：“打枪也不济事了，匪徒早就逃跑了！”二贵说：“他跑了和尚跑不了寺，逃走了也打得他们四体不安！”

说着，严萍也赶上来。伍老拔在夜暗中看这两个女同志披头散发的样子，说：“走吧！先送你们上司令部去，土匪已经跑了，又有什么办法？”

春兰和严萍拍拍身上的泥土，提起竹篮，跟伍老拔和二贵走向村里。远近村落上还是人喊马嘶的，这时月亮出来了，很不安静。月亮周遭显出一个很大的风轮，天色浑暗不清，稀疏的星子像显在灰色的毡上。

这天黄昏时分，湘农掌上灯吃完了晚饭。猛地西北风透过暮霭送来了呜咽的枪声，事先没有情报，突然的枪声响得惊奇。他派人叫了朱老忠和宋洛曙来，命令说：“加紧岗哨，准备战斗！”朱老忠和宋洛曙同时说：“是！”说着，朱老忠和宋洛曙匆匆走出，李学敏、杨万林、蔡书林陆续赶到司令部。湘农说：“西北上传来几声枪响，听到了吗？”

杨万林不等他说完，腾地挺起胸膛说：“是呀！这几天人们已经安定下来，自从司令部下了命令，四乡农民并没有乱放枪的……”

湘农司令员对夜晚的枪声，有三个估计：一个可能，是保定士兵哗变了，赶到这里，正在渡河；第二个可能，是李霜泗部队来到了；第三个可能，是白军来到了。想到这里，他心上又惊又喜，响亮地说："快派出侦察员，侦察确实情况，准备战斗！如果要是敌人，就要像饿虎扑食一样，把他消灭在脚下！"说着，在灯光之下，他的脸上泛出黑红色的光亮，睁起又圆又亮的眼瞳，扬起两只袖子，抖了抖风凉，斩钉截铁说："按时间估计，敌人就要来了，我们要结束休整，开始游击！"

李学敏、蔡书林、杨万林在湘农一旁站着，看他精神奋发，沉着有力，也觉精神百倍。杨万林走上去，拍了一下胸脯说："就是吧，司令员！我们既然跟随党暴动起来，就是说，家人父子我们都不要了，决不趴在反动派的面前，叫他把一只脚踏在我们的脊梁上！"

贾湘农一听，简洁地说："好！各归营地！"

杨万林、李学敏、蔡书林看着湘农司令员坚决的表情，一齐迈开大步走出来，回到大队去。湘农也走出司令部，在院子里走了一遭，仔细听听周围的动静：朱老忠和宋洛曙正在跟战士们开会，讲明形势，设计战斗方案；有的战士一面听着，在门口石头上磨着刺刀，擦着枪支。他又走出大门，在石阶上站了一刻，抬起头仰视夜空，蓝色的天空悬得很高，星星很稀，月亮出来了，有微风从河坡上吹过来，刮得庄稼叶子哗哗响着，使人有一种紧张的感觉。夜！战斗的夜晚啊！他走下石阶，在门前站了一刻，门前和周遭都增加了警卫，有几个侦察员携着短枪出发了。又在门前空地上站了一刻，他的心上像是轻松下来。偶尔听到身后有换息的声音，猛回头，背后站着一个五大三粗的人，仔细一看是大贵，他问："大贵！不去准备，在这里站着干什么？"

大贵瓮声瓮气地说："紧急时期，司令员不能轻易出门，才编起的部队，人员复杂。再说，才打了土豪，分了粮食，阶级斗争正激烈！”大贵在开着会的时候，看湘农走出大门，也悄悄地跟出来，提着枪，在一旁保卫他。

湘农在夜暗中打量了一下大贵，他绷紧了脸，瞪出大眼珠子，显得神气庄严。大贵又说：“阶级敌人还没被打得匍匐在地，我们不能不警惕！”湘农司令员说：“对，大贵！应该这样看问题，阶级斗争是长期的。像我们，需要打几次仗，锻炼锻炼，才闯得过去，敌人才会怕了我们，地主阶级才会听到红军的名字就吓酥骨头。”

正在说着，正南大道上来了几个人影，他放大了嗓音，喊了一声：“站住！干什么的？”说着伸过枪去，把子弹推上枪膛。

前面遥远地答了回声，说：“是放哨的回来了！”

听声音知道是二贵，为了很好地辨明情况，大贵又拉了一下枪栓，迈快脚步走上去，问：“是二贵回来了？”

伍老拔听得大贵的声音，说：“是我们回来了，还来了春兰和严萍！”

湘农司令员听得说春兰和严萍来了，下意识地想到，一定是送了重要情报来了。迈动脚步迎上去，扯住春兰和严萍的手走回司令部。在灯光下，看见春兰和严萍满身泥土，头发披在肩上。他问：“你们这是怎么了？”他想，她们可能是逃难出来了，也可能是被白军裹胁来到这里，又从白军里逃了出来。春兰坐在凳子上，提起水壶想喝水。他问：“你们渴了？”又对二贵说：“去！先给她们做饭吃！”

春兰说：“饥也饥了，渴也渴了，可是都不是要紧的事情，先看情报吧！”

湘农听说送了情报来，打动了他的心怀，青年妇女在兵荒马乱里送情报，不是一件容易事情。他拿过情报来，在灯下看着。看着情报，心上一时沉下来，他觉得情况在意料之中，但还没有想到，敌人会对这一股小小的抗日起义军这样重视。他问：“明大伯怎么着呢？”

春兰说：“他安安稳稳地坐在村公所里！”

湘农一听，惊了一下，问：“在村公所？”

春兰不慌不忙地说：“自从红军出征了，明大伯打发小顺和小囤把家具搬到河滩上大洼里，搭上个小窝铺，这就是我们的村公所办公处，那地方很严密。明大伯在小窝铺里一坐，先打发庆儿到城里去出探、取情报，再打发老星婶子、老忠婶子、志和婶子到村里监视地主阶级的行动。小顺和小囤挎上枪在村里走来走去镇压着，还和别的村上的暴动武装取上联系。”

春兰说着，湘农点点头说：“好！多么能干，多么有经验的村公所主席！”他又问：“你们在路上看见什么了？”

春兰说：“路上很少见到人，很荒凉。再，就是白军已经到了河东。”

湘农听到这里，心上由不得抽动了一下，可是脸上并没有显出来，却很带风趣地说：“哦！敌人来得好快呀！离河堤有多么远？”

春兰说：“有多么远，有四五里路，村上已经住上马队。”

这时，湘农才明白，白军来到了，战斗就要开始！他见严萍不言不语，走过去摩着她的头顶，笑笑说：“你累了！是不？”看了看，她还哭着。

春兰不等严萍说话，她说：“累了还不用说，我们把忠大伯的牛也丢了，把俺家车也丢了。”

二贵听说丢了牛和车，庄稼人一条牛顶半个家，着急地问：

“牛呢？”

春兰说：“被白军拉跑了，车扔在路上。还遇上个不三不四的东西，要侮辱我们……”

湘农听到这里，他完全明白了，不忍听那些难堪的话从姑娘们嘴里说出来，他皱了一下眉头，说：“不用谈了，我都知道了！”又对伍老拔说：“去吧！带她们到厨房里去，吃得饱饱的，好好睡上一大觉，准备应付情况。”

伍老拔答应着，领春兰和严萍到厨房去吃饭。夜已深了，贾湘农临着昏黄的灯光，看着春兰和严萍的背影，在黑暗中消逝。这时在他胸中有一股激奋，他用手紧紧按住胸襟，眼睛对着月光，射出一种焦躁的光芒。停了一刻，又打发人去叫朱老忠。当朱老忠走进来的时候，他正背着身看地图，听得脚步声才回过身来，说：“敌人已经来到河西。”

朱老忠说：“来到高阳？还是来到蠡县？”

湘农说：“不！来到隔河四五里路的地方，他们的司令部就在蠡县。”

朱老忠听说敌人来叩红军的门户，沉默了一刻，响亮地说：“来者不善，善者不来，我们的对头到了！”

湘农气愤愤地说：“是的！敌人总归是敌人，新起的红军……”正在谈着，定县县委送了情报来：敌人已经发觉了我们的军事企图，立时把车站上那个连调开了……湘农司令员看着情报，身上打了个愣怔，像是才从炉膛里烧红的生铁，放在冷水里。他明白这是个关键，脸上立时出了一层油汗。他缓缓地出了一口长气，感到革命的不易，军事行动不是玩儿的。他坚决地说：“好！战争就要开始了！”虽然如此，他想：我们不是孤军，张嘉庆和李霜泗是两员战将，还有翟树功同志，博野和安新的暴动队伍还未赶到，他们一定能带起一些人……他把这个意思对朱老忠说了。

朱老忠在一旁看着，虽然湘农脸上还平静，但也会明白他的心情。朱老忠说："好！该我们老农民们在战场上显显身手了，不要过虑，人们既然敢跟着党举起红旗，打了土豪，分了粮食，也就敢跟着党去冲锋陷阵。我们先打到白洋淀去……白洋淀的苇塘深处，可以掩护我们的队伍……"

湘农看着地图，宁静地说："不，目前我们还不是拉着走的问题，我估计敌人并不只一路，他会从高阳、肃宁，从几个方面向我们冲击，这是最不会用兵的人也会想到的。那么，今天黎明，我们就可能遇到一场战斗，果然如此，我们要坚决向北冲……"说着，他又走到地图跟前，用手比画着，说："向北冲过敌人的阵地，按既定方针，急行军到达白洋淀，去会合李霜泗，在那里发动农民收缴枪支。依靠苇塘和河湖港汊打起游击，白洋淀周围，是安新地区，有雄厚的党的基础。把敌人吸引过来，我们再回到潴龙河上打土豪，分田地。敌人行动没有我们灵便，我们是轻装，地垄道沟都能行动。敌人有汽车马匹，是笨重的！"

朱老忠听到这里，沉重的心情，立刻轻松起来，一下子笑了说："我的老上级！我算佩服透了你，你叫我上东，我不能上西，你说要怎么打，咱就怎么打！"

湘农听得说，一步步走过来，睁着乌黑的眼睛，看着朱老忠，缓缓地说，"是，我们就这样干！"

朱老忠看着湘农郑重其事的样子，他说："是呀！人活百岁也是死！可是活着也有几样不同：在黑暗社会里，在土豪恶霸们脚下活个百八十年，那是黑暗的湮心生活。暴动起来，打翻土豪恶霸的统治，那是自由、民主的生活。自从暴动以来，几天里，我就觉得像是过了几十年，觉得心情豁亮，浑身有用不完的力量。”

不等说完，贾湘农和朱老忠一齐仰起头，哈哈大笑了。真的，自从暴动以来，他们浑身带着力量，忘了吃饭，忘了睡觉。但是今天的笑声中并不含有多少愉快的情绪，相反，他们感到大事临头，准备用尽一切力量去克服困难。朱老忠说：“好！我要回去了，要回去安排安排。”说着，他走出屋来，在院子里踢了两趟腿，活动了一下筋骨。

贾湘农也跟出来，说：“你去吧！要和同志们好好讲一讲，准备长期打游击，和家里过庄稼日子不一样，不要散漫，要随时准备战斗！”说着，朱老忠走出来，贾湘农送到门口。月亮已经升起，又有稀疏的枪声响起，他在门口站了片刻，看天上的星星，又稀疏又昏暗，他面对着不安的夜晚出了一会儿神。

无论多么动乱的日子，黎明照例有一时安静。天边上发出乳白色的晨光，“喳喳唧”鸟儿，在大柳树上叫起来。伍老拔在看堤的小屋里，指挥红军们到各处巡逻，几日几夜没有睡觉，想把身子靠在墙上，闭闭眼睛休息一刻。二贵站在土牛上，巴巴着两只眼睛，手遮眉毛向南边看看，向北边看看，猛地看见对岸河滩上，有一溜军帽显在玉蜀黍尖上，跑着的马匹，像河上漂起一溜子下水的渔船，疾快地跑来。这时，他下意识地惊了一下：白军来了！喊了一声：“同志们！敌人来了！”喊着，从土牛上跑下来，到小屋跟前，叫：“老拔叔！老拔叔！敌人来了！”

伍老拔在睡梦里听到二贵的喊声，像是木槌击动了战鼓，猛地打了个愣怔，两腿一戳站起身来，问：“哪里？哪里？”说着，走出小屋。这时，那溜子军帽又被庄稼影住。伍老拔跑上土牛，把手搭在眉梢上，这么看看，那么看看，怎么也看不见，急躁地说："哪里？哪里？妈的！长着眼尿尿哩！"

二贵执拗地说："是！一定是！"

伍老拔看不见敌人，暴躁地说："瞎说八道！哪里有个踪影？"

二贵跺跺脚，喷出唾沫星子，说："要是说一句瞎话，算我不得好死！"

说着，伍老拔也看到敌人的骑兵跑到河岸，立刻下定决心说："要是这样，我们就要发警号了！"他把枪朝天连发三枪，枪声在水面上引起回声，惊起两行白鹭，一直飞到蓝色的天上。枪声一响，二贵迈开大步向回跑，他要去报告司令部。敌人的骑兵听得枪声，又扔地跑回去，钻进青纱帐里，朝外打起枪来。

伍老拔看敌人开了火，急红了脸，大声喊着："同志们！集合！"喊着，放哨的红军们一齐跑过来，趴在土牛后头，瞄准敌人，准备射击。敌人的骑兵又上了河堤。伍老拔突出两只眼珠子，说："打人先打马，着伙！"命令一发，十几杆大枪同时响起来，一阵猛打，把一个骑兵连从河岸打回去。

敌人从枪声里察知红军排哨的战斗力，又打马重来，从肩头摘下枪来还击。二百多匹火红色的马，扇子面儿似的跑到水边，要冲过河来。伍老拔脑子里一闪，想：马比人快，骑兵一过河，红军小队挡不住敌人进攻，一群骑兵唰地冲到司令部，红军就要吃亏了！他猛地从土牛后头蹿出来，端起枪喊："不许敌人过河，同志们冲上去！就是我们死了，也不能叫白军过河。"他们一直冲下堤坝，冲过一个河汊，跑到最前面的绿洲上，趴在草丛里，瞄准敌人连连射击。枪声沿着河水传散开去。

贾湘农听了二贵的报告，听得河边阵阵枪声响起，他眨起黑眼睛，考虑着战斗方案，下定决心，按预定计划进行游击战争。

他要把红军运动到安新地区，再从那里向北去，到白洋淀和李霜泗的部队会合起来，进入广阔的苇塘。这样一来，红军在那里可以得到补充和休整。方案考虑妥当，他叫蔡书林立刻通知四乡农会：红军要开拔了，白军就要来到，要各村农会快快做好准备。然后，请各大队长来开会，朱老忠和宋洛曙首先走进司令部。湘农说："敌人来了，我们要立刻出发。洛曙同志！你做先锋，路上可能遭遇敌人，随时准备战斗！"宋洛曙一听，鼓出大眼珠子说："好！要是那样，我们就打冲锋了！"他又命令杨万林大队向西去，截住潴龙河对岸从蠡县来的敌人。李学敏大队做后御。他要自己抓住朱老忠大队和蔡书林大队，作为预备力量。红军要走过高阳县境，路过煎盐窝的时候，可能和翟树功同志领导的农民起义军会合。把部队部署妥当，又把随身衣服拾掇了一下，把地图从墙上摘下来，折叠整齐装在衣袋里。走出外院，提鞭上马，跟随队伍离开宿营地。经过北辛庄的时候，暴动的人们，大人、孩子、老太太们站在街上，怀着惶惑的心情欢送红军。可是他们已经听到敌人的枪声。起义的欢欣，从他们脸上消逝了。贾湘农下了马，向他们道了烦劳，走出村外，看几个村干部还恋恋不舍地跟在后头，他站住脚步拉起他们的手说："同志们！你们不能跟着我们走，你们做地方工作，要留在这里，领导群众向敌人做斗争！"

红军为了隐蔽目标，四路纵队走进青纱帐里，飞速前进。贾湘农走进青纱帐的时候，又停住马，倾听着西方河岸上的枪声，他想：敌人要抢渡潴龙河了！想着，睁起雪亮的眼睛，对那几个村干部说："一定要站定脚跟，和敌人斗争到底！"看他们悄悄地走回去，才骑上马跟随队伍走开。

河岸上枪声正紧的时候，杨万林已经将大队带上河堤，大喊："同志们！往河口冲过去！"他煞紧了腰带，端起枪在前面跑。这人身量高大，体格强壮，两脚跑得飞快。红军们在青纱帐里，紧跟着他跑上去。枪声一阵紧似一阵，一直跑到河岸，铅弹从他们头上嗞嗞掠过。杨万林又紧退几步，命令红军掩避在青纱帐里，向准备渡河的白军射击。命令火枪队，在敌人抢上河岸以前，在有效的射程里消灭敌人。命令红缨枪手们，在白军冲上河岸的时候开始冲杀。这都是湘农司令员一一安排好的，他都依照执行了。在青纱帐的左前方，伍老拔带着小队守住渡口，阻住敌人骑兵抢渡河流东进，用土炮和排枪打退敌人两次冲锋。敌人退了回去，在对岸的村边下了马，把马拴在树林里，徒步钻过青纱帐接近河道的时候，又被杨万林发现了。他指挥红军，爬过一条土垄，在庄稼地里前进，弯腰走过一段青纱帐，眼前是一段起了麦茬的留耕地。杨万林趴在地上，带着队伍匍匐爬过这段开阔地，又钻进一片低矮的禾苗。禾苗挺密，叶子挺稠，可以掩护红军。

眼看敌人弯腰冲到水边，要下水过河，伍老拔小队用密集火力阻止敌人前进。猛地隔河对岸又有敌人从豆地里跳出来，端起刺刀，瞪出大眼珠子喊着，呀呀地冲上来，不顾眼前河水，扑通通跳进河里，凫水冲过河来，向伍老拔小队猛冲。迎着红军的火力，不断有敌人倒在河里，随着水流，把尸体冲了下去。

杨万林是一个不怕艰难、不怕危险的人。他和别的贫农一样，经过饥荒的年月。在革命里，克服几次严重的困难。如今，敌人站在他的面前。他怀着愤恨，瞪开大眼睛，透过禾叶夹隙看着，敌人要越过伍老拔小队的阵地，向杨万林阵地冲过来，他身上血液像沸水一样滚动，胸膛里小鼓咚咚敲着，压低嗓音，坚决地说："同志们！准备好长枪、刺刀，我们要冲锋了！"他仰翻了身，抬起脚，把刺刀在鞋底上擦了擦，说："来，先打个排子枪！"当敌人冲过河水的时候，杨万林猛地大喊："同志们！开枪！"于是枪声炮声一齐响起。杨万林大队用最大的可能喷着火力，把敌人打了个愣怔。这样一来，强迫敌人背水作战。杨万林看时机已到，腾地站了起来，两手抓紧了枪，枪头上上着刺刀，张开大嘴，喊着："长枪队，刺刀队，来呀！冲呀！……"杨万林带队乘胜追击，齐大伙儿喊着，枪声炮声应着两岸的回声，像雷声隆隆响彻河谷。杨万林腾身冲向前去，红军紧紧跟上，举起刺刀、大刀、红缨枪，一直追到一条河汊。敌人看红军猛不可当，只好跳进河水游过河去，慌忙躲进青纱帐，跑回对岸村庄去了。

杨万林才说带队追过河去，伍老拔赶上来，摆着手儿喊："万林同志！还是不追的好，冲过河去，就被动了！"

杨万林睁圆了两只大眼睛，回过头迟疑了一下，喘着气说："也好！我们的任务，就是不让敌军过河。"说话间，听得北方传来枪声，他愣住说："你听，枪声有多么紧！"

伍老拔背着风，遮起耳朵一听，果然北方向响起枪声。他说："一定是我们的主力和白军交锋了！"

杨万林擦着脸上的汗，把红军召集起来，开始在河边构筑工事。他吩咐伍老拔带着小队回到本队去。伍老拔带上小队向响枪的方向疾走。经过村庄的时候，人们惊惶着眼睛在屋檐下看着。见了伍老拔，着急地说："同志！快走！北边的敌人上来了！"

伍老拔感激地点了点头，说："不要紧！大伯大娘们，快躲避一时吧！白军来了，杀人放火，不是玩儿的。"说着话，人们越来越多，慑着眼睛，看小队经过村庄迎着枪声走去。伍老拔带着小队出了村，站住脚反回身，摆摆手说："大伯大娘们！快把东西掩藏掩藏，敌人要来了！"

伍老拔听北方枪声越来越急，命令说："同志们！跑步！"于是小队燕儿飞似的跑到前面村庄。见有红军在村边树下休息，看了看正是锁井大队。有人领他走进一个小篱笆，在一家农民的小北屋里见到贾湘农。他精神饱满，两眼发出火亮的光辉，把地图挂在墙上，倒背起手，在屋子里走来走去。见有人进来，立刻打断了沉思，问："敌人怎么样？"

伍老拔用褂子襟擦去脸上的汗，说："是一群马队，眼看要过河，杨万林同志一阵好打，又把狗日的打回去了。"说着话，还在喘气。

贾湘农点点头，不慌不忙，说："好！这算减少了一点后顾之忧。希望他能把敌人顶住，我们好专心一致对付高阳来的敌人。"又问："有损失没有？"

伍老拔喘气说："损失不大！"

贾湘农又说了一声："好！"他又走到地图前面，仔细看着。屋里很静，早晨的阳光射在窗纸上，发出昏红的光亮。他用手指敲着地图说："河西是陈贯群的骑兵连，正北方向发现的敌人，是高阳县保安队，有这股敌人阻住去路，我们不能向北挺进，也许还有正规军在路上等待截击……"这时他又想起：唔？李霜泗大队是不是出动了？昨日下午的枪声，也许是他们和白军作战？他立时伏在桌子上写了两封信，一封送给张嘉庆，一封送给翟树功，约他们带队赶来，合击高阳来的敌人。吩咐完了，又伸出指头，有力地戳着地图，自言自语说："唔！敌人已经布置下合击的形势，我们要甩脱敌人，一直向北方插过去，插到白洋淀的河湖港汊地区。在那里有我们多年的地下党的工作基础，红军可以依靠雄厚的群众条件和复杂的地形。"他说着，还在想着山林对红军多么有利。朱大贵从群众家里找了两碗热粥来，他也不想吃，提起水壶斟满一碗白水，仰起头咕嘟地喝下去。顺手敞开胸襟，拍拍胸膛，扭过身问朱老忠："你看怎么样？"

朱老忠坐在炕沿上抽烟，低着头考虑，听前方枪声一阵紧似一阵，他的心好像飞到了前方，爬在宋洛曙的一旁，和他并肩作战。听得问，才抬起头来看。多少年来，他还没有见过贾老师有过急躁的神色，今天为了与敌人战斗，显得慷慨激昂。他说："是呀！你在多少年来，领导我们做了多少次斗争，都胜利了。我相信，你今天会带领红军冲破敌人的合击，完成游击战争的任务。"

一面说着，前方枪声骤紧，贾湘农抬起头仔细听着，笑笑说："没有说的，只要举起红旗，我们就要战斗到底！"他猛地走出了小屋，在小院里呼吸一下早晨的空气。又走到篱边小立，摘下一朵蓝色的牵牛花，在手里捻着，抬起头看着深远的天空。篱笆上的牵牛花，带着露珠，支棱地开着：红的紫红，蓝的天蓝，很有生意。可是枪声还在响着，宋洛曙还不派人送报告来，他想也许无大问题，又对朱老忠说："老忠同志！你派一个坚强的小队去增援宋洛曙同志！快把敌人顶下去，在这里粘久了不好！"朱老忠应着声走出小院。他还是不回到屋里去，只是在小枣树下站着，听着北方的枪声更加紧急，又对朱大贵说："你骑马到前方去看看，到底有多少敌人，企图怎样？"

朱大贵听了司令员的吩咐，翻身上马，疾驰而去。湘农回到小屋里，坐在炕上休息一刻，枪声响着，刺激他的神经中枢，想休息也休息不下去。他又走到地图跟前，仔细看着，如果宋洛曙大队实在不能向北挺进，他想向东迂回到敌人背后，急行军突到白洋淀去。想着，他又叫了朱老忠来，叫他派人向东方搜索一下。

正在这时，大贵回来，喊了一声报告，走进门来，汗水把他身上的衣服都湿透了，用褂子襟擦着宽大的胸脯，说：“报告司令员！一点不错，敌人是高阳的保安队，穿着黄衣裳，武器并不怎么好。宋洛曙大队的阵地，在前村村北边的墙圈里。敌人阵地，在村前坟地和低洼处，相互打了一点多钟了，敌人不肯退，我们也不肯退。”

贾湘农听完朱大贵的报告，下定决心向东迂回。可是他想到：敌人打不退，依然有后顾之忧。最好一鼓作气，把敌人打退，追击一下，趁势向东迂回，把敌人甩在后头，急行军到达白洋淀。这时，在西南方向，杨万林的阵地上，枪声又紧急起来。他又派了人去，命令杨万林：“一定要顶住河西的敌人！”叫朱大贵牵过马，抓紧缰绳，跃上鞍韂。朱老忠问：“司令员去干什么？”湘农说：“我上前方去看看！”朱老忠说：“不，还是我去吧，那里有危险！”贾湘农说：“不，危险我也得去！”说着，扬鞭打马疾驰而去，朱大贵在后面骑马紧紧跟上，跑到前边村上，一出道沟，敌人枪弹立刻跟了上来，子弹在头上嗤嗤响着。朱大贵急喊：“司令员下马！”说着，贾湘农急勒缰绳，拐进一个大墙圈里，红军们正凭墙作战，墙上都戳了窟窿，见湘农司令员走进来，一齐喊着：“今天不打退白军，死不甘休。”

贾湘农走到他们跟前，和游击队员们一一握手，笑着说：“没错儿，一定能打退敌人。”他问宋洛曙同志在哪里，红军们说在右前方那个小墙圈里。他和朱大贵把马拴在树上，弯腰走到墙圈里。宋洛曙一见贾湘农，立刻飞跑过来，睁大眼睛哈哈笑了，说：“司令员来了，有什么重要吩咐！”他想不到会在战火中见到贾湘农。

贾湘农说：“我想我们要甩开前面敌人，迂回一下，急行军冲到白洋淀。”迟疑一刻又问：“就是这点保安队吧？”

宋洛曙说：“是呀！看样子也没有多大战斗力，就是解决不了！”

贾湘农把脚一跺说：“豁出来，一鼓作气，扑上去吃了他！”

宋洛曙心上打了个愣怔，笑了说：“好！接受司令员的命令！”说完，立刻派通讯员调动队伍，把各个中队都集中在这个墙圈里。宋洛曙种了一辈子庄稼，服了一辈子苦，这是第一次领兵打仗，可是他并不胆小，他在阶级斗争中经受过最严重的考验。如今一听说要上阵冲锋，全身的神经系统都兴奋起来，心里说：虽然说才组织起来的红军，战斗力不够强，但凭着他们阶级斗争的心气儿，打败百八十个保安队，还能行！

贾湘农看他带起队伍要走，赶紧说：“你这是干什么？”

宋洛曙气愤愤地说：“冲上去，杀他一干二净！”

贾湘农弯下腰哈哈笑了，说：“事情没有这样简单。我看这样：你派一个小队向西迂回，沿着那一带高粱地，去包围他的西北面。再派一个小队向东迂回，沿着那一带玉米地，去包围他的东北面。然后，你再带着所有的人冲锋。”说着，贾湘农走上去，伸手攥住他的手腕子，说：“敌人包围了我们，我们也要包围敌人。”

宋洛曙听了司令员的意见，睖着眼睛想了一刻，说：“是，就这么办吧！”

今天天色明朗，天上晴得蓝蓝的。太阳升起来，火热地照着大地上的庄稼，发出油绿的颜色，知了在树上吱吱叫着，噪得聒耳。宋洛曙任务压在身上，心上发急，急得两手发抖。他按照贾湘农的意见分配了任务，打发两个中队去了。约有吃半顿饭工夫，前方枪声响起，贾湘农撒开手来说：“去吧！冲上去杀他一个不留！”

宋洛曙眯瞪了一下大眼睛，拿起枪在墙角上蹭了蹭刺刀，说：“好！杀他个囚攮[①]的！”他转过身，扬起右手大喊：“同志们！在这里集合！”等人们集合起来，他说：“司令员的命令，叫咱们消灭前方敌人，我一马当先，大家随后跟上。”说着，两手端起枪，走出墙圈，大声喊着：“同志们！跟上来，冲！”说着，浑身肉疙瘩紫涨起来，瞪出大眼珠子，向前飞跑。人们一齐跟上，呼噜喊着。前面净是开阔地，种着小苗。

由于东西两翼的牵扯，敌人火力不怎么强。跑到前面一个土岗后面，卧倒开始射击，鸟枪火炮一齐响起来，阻止了敌人的前进。这时，贾湘农和大贵也弯腰走上来，说：“打得好！打得好！”

正在打着，敌人受不住三面夹击，开始撤退，向北跑了。宋洛曙带队跑上去，抢占了坟群，又向东肃清了洼地上的敌人。宋洛曙哈哈笑了说：“还是司令员行，不然我们怎么打退敌人哩！”

宋洛曙大队，开始在坟堢里休息。猛地有敌人冲上来。宋洛曙大声叫着，说：“司令员你看！”

贾湘农看见敌人冲上来，立刻发出命令说：“向东迂回前进！”他叫一个中队在这里顶住，展开密集火力向敌人射击。带起大队进入青纱帐里，向东疾走。走了两节地，一出青纱帐，又有一股敌人从东方冲上来，敌人并不多，是穿黑军装的。宋洛曙拉了贾湘农一下，说：“退！”他们急忙退回几十步，在一个小坟群里。坟群里有不少小榆树，他们隐蔽在榆树林中，向敌人射击。敌人在棉花地里匍匐前进，枪声阵阵响起，宋洛曙鼓起眼珠子，大喊：“同志们！打！打……”说着，密集的枪声响了起来。

---

① 骂人的粗话。

敌人听红军枪声更紧，猛地冲上来。宋洛曙见敌人攻上来，一阵火气冲红了眼睛，他下意识地想抬起头看看敌人，不提防一个飞弹打在他的头上，噗地仰翻身倒在地上，满脸血水流下来。贾湘农一时激动，说："大贵！打！"一下子扑在宋洛曙身上，说："洛曙同志！洛曙同志！"宋洛曙连眼睛也没睁一睁，脸上像纸一样黄下来。贾湘农说："洛曙同志！你不和我们在一块战斗了？……"

一个雇工出身的、经过多次斗争锻炼的红色战士，为着抗日，为着革命，为着祖国人民的解放事业，与世长辞了！贾湘农很是难过，这个干部是他亲手培养起来的，他也很了解他。目前游击战争未见胜败，先损折了一员战将！

所有大队的人们听到这个消息，像霹雳一样震惊，睁大了眼睛看着敌人，两手握紧了枪，连连射击。朱大贵暂时代替了宋洛曙的工作，可是他痛苦，他悲愤，他失去一个勇敢的战友，张开簸箕大嘴，伸开嗓子连连喊着："同志们！我来带大家干一场！"

贾湘农看看阵地稳定下来，一个人从青纱帐里退回来，骑马急驰，在小篱笆前下了马，手提马鞭走进小屋。把朱老忠、蔡书林和李学敏叫了来，说："宋洛曙同志在前方牺牲了，看样子，我们闯不过敌人阵地。我们要向南去，急行军回到滹沱河流域，回到锁井一带，那里有优良的群众条件。我们可以在那里打土豪分田地。如果把敌人吸引到滹沱河一带，我们再反回身挺进白洋淀，你们看怎么样？"因为宋洛曙的阵亡，他不得不改变已订的计划。

朱老忠、蔡书林、李学敏，都同意这个方案。贾湘农叫蔡书林大队开上去，代替宋洛曙大队。叫朱大贵把宋洛曙大队带下来休息。他背身看着地图，说："好！李学敏大队做先头部队，蔡书林大队做后卫，朱老忠同志把宋洛曙同志的大队抓起来，快快行动！”说着，他摘下地图塞进衣袋里，提起水壶，喝了一气温开水，手提马鞭走出小屋。

正在这时，有人喊着“报告”进来，杨万林派人送了报告来。说：敌人火力太猛，企图冲过河来！贾湘农瞪开眼睛，斩钉截铁，响亮地说：“我命令杨万林大队！守住堤防，不许敌人冲过河来！”敌情紧急，可是他还是按部就班、有条不紊地安排他的工作。他沉下脸来，对着太阳站了一刻。这时，他应该保持镇静，司令员的一举一动，都会影响全军。可是，李霜泗和翟树功大队迟迟不来。他明白正北方向一定有不小的一股敌人，挡住他们的来路。这时，北方的枪声又响起来，更加近了。他命令朱老虎大队去增援杨万林。

41

各队红军立时执行湘农司令员的命令，有向南去的，也有向北去的，一时尘土飞扬，遮蔽天空。蔡书林大队开上去，顶住敌人，让宋洛曙大队撤出战斗。朱大贵把宋洛曙大队带下来，和朱老忠大队合编在一起。李学敏带起大队，反回身向南闯。湘农司令员牵马站在路旁，命令说：“快走！摆脱敌人，前进！”这时，一阵风吹过来，西南方向潴龙河上，杨万林阵地上的枪声又紧急起来。湘农司令员侧耳听着枪声，默默地站了片刻。

李学敏手上提了枪，在队前走着，命令前哨部队，飞步向前，搜索敌人，又回过头命令他的大队：“快跑！跟上！”敌情紧急，他心上也有些急。

红军在青纱帐里，沿着地垄，一溜风似的向南走。枪声阵阵，时间急迫，贾湘农右手提着枪，骑在马上。朱老忠在后面骑马跟着，他一步不离，抓紧大队。朱大贵扛上机枪，带领大队跟随司令部前进。严志和、朱老星、伍老拔、二贵、春兰、严萍……锁井大队，一人不缺，急急忙忙跑步前进。

贾湘农和朱老忠带领锁井大队，通过南北辛庄的时候，大街上冷冷清清，人们牵了牛，提了包袱，藏到青纱帐里去了。只有几个上年岁的老人，在远处悄悄看着。中午了，太阳晒得厉害，知了在树上死命地叫着。自从早晨开始作战，直到晌午，红军还没吃饭，一个个又饥又渴，没有停脚的工夫。

队伍离开南辛庄，一直向南去，走了十几里路的时候，李学敏大队停止了前进，两个大队又碰在一起。贾湘农问朱老忠："为什么队伍不能前进了？"朱老忠打马跑到前头看了看，跑回来说："又和敌人遭遇了！"这时贾湘农心上愣了一下，眉宇之间立时皱起，卜意识地说："怎么，又遇上敌人了？"说着，从马上跳了下来。

朱老忠也下了马，说："看样子，今天敌情不善！"

贾湘农闭住嘴不说什么，到了此刻，他已经明白红军的处境。但是，他的心情一点也不现干颜色，两个人拉了马，走到路旁大柳树底下，把马拴在树上，把地图铺在地上看着，划个火柴抽着烟，谈笑自如。他说："我们要坚决向南插过去，回到锁井地区，红军一到那里，如鱼得水，回旋区就大了。……"目前，他越感到强敌压境，不同平常，他想应该带起游击队，到山林地区去开辟一块根据地，这是游击战术上载明了的。离这里较近的，就是太行山脉。

朱老忠不等他说完，点头微微笑着，表示同意。贾湘农掀起褂子襟，扇着脸上的汗。他要用尽平生之力，想尽办法，把红军从危难中带出去。他命令朱大贵："走！跟我到前方去看看！"他想闹清楚前方敌人的详细情况，好来部署战斗。

贾湘农抓过马来，腾身跃上马鞍，飞奔前方。大贵把机枪交给二贵，骑马跟上，经过一块高粱地，又是一块谷子地，经过一块谷子地，又是一块玉蜀黍地。在青纱帐里找来找去，直到离前村不远，才找到了李学敏。李学敏停在一块大苘麻地里，苘麻结了实，还开着细小的黄花，蜜蜂在花丛上嗡嗡叫着。贾湘农翻身下了马，走近李学敏问："怎么样？"

李学敏走过来，不慌不忙，牵住贾湘农的手蹲在地上，用手指点着说："前面村上发现敌人，派小队侦察去了，还没消息！"说着话，村里响了枪，不一刻工夫，侦察员跑回来，说侦察队和敌人接了火了。敌人占据高房顶，居高临下，红军走不过去。

时间不久，侦察队又送了信来：前方敌人，是穿黄衣裳和黑衣裳的，可能是肃宁县的保安队和警察队。这时贾湘农沉静下来，说："保安队和警察队，我们还是不怕他，打！坚决插过去！"李学敏吐了一口唾沫在手心里，搓了搓手掌，说："对，这，我们还能打他一家伙！"立刻带着大队开上去，接近敌人阵地。前方枪声开始响起来。

贾湘农绷紧了嘴，听着枪声，怔了一刻，也不说什么，觉得今天情况严重。他坐在地上，两手攀住大腿，休息了一会，两耳听着四面八方的枪声，忽急忽缓，忽大忽小……

朱大贵在一旁牵马站着，迟疑了一刻，说："坚决打垮他！敌人不多，光是些地方武装，火力不足，战斗力不强。我们这里还有两个大队，一齐开上去……"

贾湘农侧起头想了一刻：时间已经过午，人们都饿了，也疲乏了。他说："这里不能久留，甩下敌人，迂回前进！"太阳晒得正厉害，把土地都晒热了。人们又饥又渴，在啃着生红薯和生玉米。

朱大贵热得浑身流着汗，把衣服都湿透了。说了一声"是"，连脸上的汗珠子也不擦一擦，翻身上马，跑到前方。李学敏大队已经向前移动了，正在和敌人激战，枪声炮声应着村上回声，像在山谷中放枪一样响。朱大贵传达了司令员的命令，李学敏皱紧眉头，迟疑了一刻，说："也好，赶快插回锁井，队伍也好休息一下。"他留下一个快枪小队，对敌佯攻，亲自带起大队，钻着青纱帐向西方迂回。约摸走出四五里路的光景，先头部队一出青纱帐，看见有穿灰军装的马队在树林里休息，立刻缩了回来，停在玉蜀黍地里。李学敏看到这个情况，停住步站了老半天，嘴上抽着一棵烟，咂着嘴说："啧！啧！今天算是碰上了！"

朱大贵说："你看我们怎么办？"

李学敏皱皱眉头不说什么，立刻打发大贵回去报告司令员。朱大贵骑上马，反身顺着高粱地跑了回来，见了红军就打听司令员在哪里。他在一个小柏树坟里下了马，向贾湘农报告了前方情况。贾湘农坐在石桌上，半晌也没说话，连连用袖子襟擦去脸上的汗水，脖子脸都擦红了。最后，摇摇头，咬紧牙关说："快！摆脱敌人，改变方向，一直向西北插过去，越过潴龙河，到蠡县去，蠡县地下党的基础雄厚，可以掩护红军！"

朱大贵听了湘农司令员的命令，不说二话，翻身上马，一溜烟顺着地垄遛回去，找到李学敏，传达了司令员的命令。李学敏格立起眼睛，看太阳已经偏西，提上鞋子，一下子从地上站起来，说："正中下怀！"立刻命令大队说："要伪装好，不能暴露一点目标，向西去，寻找渡口，涉水过河！”

先头部队开始移动，一直向河岸走去，走了六七里路，可以看见河堤上的土牛了。李学敏说：“快！跑步前进，先夺下河堤！”部队顺着青纱帐，跑上河堤，河堤上静静的，没有一个人，战士们弯下腰越过堤坝。河身里地形复杂，红军在青纱帐里疾速前进。李学敏到了河岸，打发人试探河水深浅的时候，发现对岸堤上有敌人在活动，武器和刺刀，在日光下闪闪发光。李学敏打了个手势，红军疾速缩回青纱帐。他又找到朱大贵说：“坏了，我们今天走不出去了。”

朱大贵提了马鞭，眯瞪眯瞪眼睛说：“有这个苗头！”立刻骑马跑回司令部，向贾湘农报告：“潴龙河西岸发现敌人，我们过不去潴龙河！”

贾湘农听了朱大贵的报告，黝黑的脸上，并未显出什么。眨着又黑又大的眼睛，掂着马鞭，说：“只有打垮一方面的敌人，才能跳出去！”

朱大贵通红了脸，满颊流着汗，大眼睛里射出湿润的光芒，焦急地说：“司令员！敌人就在眼前，你说句话吧，你说一句话，我们就去拼！”他拿起刺刀，不住地在鞋底上蹭着，磨得锃明彻亮。

贾湘农一下子从地上站起来，仰起头，格立起明亮的眼睛，冲着火热的太阳看了看，笑了说：“不要惊惶，先回宿营地，吃饱了饭，休息一下再说。不要看四围敌人没有动静，他在摸我们的活动规律……”从今天早晨开始，行军打仗，直到红日西斜了，红军水米不打牙，他想找个地方休息一下，吃点东西，打个硬仗冲出去。他对朱大贵说：“命令李学敏，快找个村庄，打火造饭！”敌情又有新的变化，他口吻之间似乎有些急躁情绪。

李学敏留下一个小队，在青纱帐里监视敌人，把部队带回附近村庄，打尖休息，准备着战斗。

贾湘农带着朱老忠大队回到辛庄小学，学生们、教员们、村上农民们，在大敌临境的威胁之下，一齐下手给红军烧水做饭，操持吃喝。湘农司令员心上歇不下来，在院里走来走去，指挥游击队员构筑工事。叫大贵二贵把机枪架在门楼顶上，监视周围敌人的行动。

贾湘农和朱老忠走进教员休息室，坐下来休息一刻。见窗台上还放着几瓶白酒，那是农民们在打土豪的时候，在恶霸家里找到的。贾湘农打开一瓶，倒在茶杯里，说："喝几口吧！解解饥渴。"说着，端起杯子喝下一气酒。吧咂着嘴唇，考虑着今天的敌情。

朱老忠也喝下一气酒，说："咦呀！敌人不叫我们喘一口气，我们到了困难的时候。"说着，抬起头看着贾湘农脸色的变化。

贾湘农谈笑自若，说："不一定，打起仗来，总是有困难的，不是这样困难，就是那样困难，我们要克服。"话虽这么说，他的心上似有阵阵隐痛：这些年来，他开辟了工作，经过无数次群众运动，如今到了武装斗争的阶段，就觉得经验不足了，这也是实际问题。

朱老忠喝着酒，吧咂吧咂嘴唇，摇摇头说："我看今天敌情，很不平常。"

贾湘农端起杯喝了长长一气酒，意味深长地说："看吧！"

朱老忠见贾湘农很想喝酒，想到外头找点菜来，一出门看见海棠红了，他掠了两把拿回来，撒在桌子上，说："果子就酒！"

贾湘农拿起大个海棠，喝过酒吃过饭，在院子里走来走去，察看地形，这时，周围枪声更加紧了。他觉得今天敌情严重，已经从四面八方包围上来，他想要用一个什么办法，把红军带出重围……这时，他的心上，还是念念不忘李霜泗和翟树功两个大队。正在想着，西南上有几声枪响，他匆匆爬上梯子，走上屋顶。这时，日头西斜，晒得庄稼叶子闪闪发光。他仄起耳朵，仔细听着，枪声更加近了。他下定决心，挥起手大喊："同志们，各就各位！"

朱老忠听得司令员不寻常的声音，浑身一下子滚热起来，跑到前院大喊："第四大队！第四大队！放下碗！拿起枪来！"又喊："大贵！二贵！快快上房！"湘农司令员和朱老忠响亮的喊声响彻了天空。

朱大贵扔下碗筷，爬上屋顶，匍匐下身子，伸开拳头，咔嚓一声，把瓦垄捅了个大窟窿，把枪铳伸出去，伸直脖子，看着远处堤岸，找寻目标。秋天，庄稼很深，在森森的青纱帐里，只能看见堤上土牛起伏，看不见敌人的踪影。朱大贵皱紧眉头，这么看看那么看看，他没有望远镜，只是用肉眼看见李学敏大队的战士们爬上长堤，开始隔河作战。一簇簇的红缨枪手，掩蔽在堤线以内，准备向敌人冲锋。

红军们听得枪声，纷纷放下碗筷，拿起枪走上阵地。贾湘农站在屋顶上，说："同志们！不要惊慌！"可是，话虽这样说，游击队员都是农民，种了一辈子庄稼，对于打仗还是生疏的。今天，在战斗气氛中，过了多半天，虽然还没有完全和敌人交锋，却像过了一年一样，一颗心像是在半空里悬着。但是，对党的信仰，对贾湘农的信仰，坚强地维系了他们，直到目前，他们还坚信暴动不会失败。

朱二贵把子弹箱扛上屋顶，伍老拔、朱老星、严志和、高跃老头，一个个快枪手们，也各自走到岗位。严志和心上突突跳着，一生来他还没面对面地和敌人动过刀枪。如今，时候到了，他心上等得烦躁，嘴上还嘻嘻笑着："嘿！坐花轿的时候到了！"

贾湘农站在屋顶上，听着周围远近的枪声，看着敌人活动的迹象。他把朱老忠喊上屋顶，说："老同志！自从我们起义以来，打了土豪，分了粮食，发动了群众。广大群众见我们公开插起红旗号召抗日，都来拥护我们，可是反动派不放弃不抵抗政策，要先安内后攘外，他们不容我们拉起军队抗日，目前合击的形势已经形成……"他又指着东北方向说："蔡书林在距离这里十多里的地方作战。"语言之间，尚听得有急骤的枪声。又指着西北方向说："杨万林和朱老虎在距离这里六七里路的河堤上作战，目前没有枪声，可能是敌人攻不过河来，移到另一个方向去了。"又说："李学敏大队就在这前面，与敌人开始接火！"他说着掀起褂子襟擦去脸上的汗珠说："目前形势，你看怎么办？"

朱老忠把两只手倚在房垛口上，迟疑了一刻。他明白，红军起义以来，打了很多胜仗，剿了多少土豪劣绅的家，分了多少粮食，受尽广大人民的歌颂，可是今天遇到困难的境地。敌人已对红军形成合击形势，突不出敌人的合击圈，红军就要被消灭在这里。他说："干吧！我们一定要突出去！突回到白洋淀，突回蠡县，突回滹沱河，那里都是红军的老家。"就在谈话之间，红军们都吃饱了饭，布置好了阵地，用铁锨大镐在墙头上戳着窟窿，准备打仗。贾湘农看大家精神奋发，心上又壮起胆来，说："干！"正在这刻上，朱大贵突然之间，在南辛庄的树林子里，发现了骑兵。有敌人下了马，把马拴在树林里。他头脑猛孤丁地晕涨了一下，说："司令员！敌人来了，打！"说着，伸开腿趴在屋顶上，准备瞄准射击。又对二贵说："快！准备好子弹！"

二贵听得说，一时焦急，趴在地上，眨巴着两只眼睛，这里看看，那里看看，说："嗯，哪里？我还看不见！"他第一次上阵，有些慌。

朱大贵用眼睛瞄准，绷起嘴唇说："你慌什么？那不是，就在近处林子里……"说着，看见敌人离开马群徒走前进。朱大贵勾动枪机，射出第一枪，应着枪声，倒下一个敌人。

二贵说："好！单放！瞄准！"

朱大贵勾动枪机，焦脆的机枪声，嗒……嗒……嗒……地响起来。应着枪声，敌人倒下几个。顷刻之间，乱成一团，纷纷钻进庄稼地里。

二贵人儿小，眼光尖，用手指点说："快！点放！"

朱大贵勾动枪机，"嗒嗒！嗒嗒！嗒嗒！"点放着，敌人纷纷卷回村去，又不见了。不一会工夫，敌人的机枪，也对准朱大贵的机枪阵地响起来。子弹瞄准瓦檐，打得砖碴横飞。朱大贵一面勾动枪机，大声喊着："司令员快快下去，敌人来了！"

这时，敌人已经越过李学敏的阵地，插进了南辛庄，战斗形势十分紧急。贾湘农和朱老忠走下屋顶，回到司令部。朱老忠摇摇头说："我的老上级，我们的困难真的来了！"作为一个农民，他自己感到：在劳动中，他不怕流汗；在工作上，他不怕费尽心力；在群众运动中，他不怕一切危难；可是到了战场上，虽然有十足的心气，也无法施展，今天，敌人就在他的面前……

贾湘农绷紧嘴，摇摇头说："沉住气！我们不是孤军。同生死共患难，我一定把同志们带出去，放心打仗！"这时，他完全知道朱老忠的思想活动，面容沉了下来，没有笑意，心情也有些沉重。可是，他还保持镇静，考虑战斗方案。

两个人在屋里谈着，休息了一刻。

二贵看准敌人的机枪阵地，说："那边，葫芦架底下，一座小屋。小屋底下，敌人成堆，连发！"

朱大贵瞄准敌人机枪阵地，勾动枪机连连发射，二贵一下子被尘土迷糊了眼睛，供不上子弹。大贵着急地跺着脚尖说："快点！快点！你误了差使！"

双方机枪一齐射击，腾起一阵硝烟云雾，呛得二贵嗓子出不来气，睁不开眼睛。朱大贵说："你合上眼睛也行，用衣裳捂上鼻子嘴！"

紧急的枪声，从四面响起，辨不清哪里是敌人，哪里是自己。在前方葫芦架底下，小屋一边，有两挺敌人机枪，同时向朱大贵阵地射击，枪声响成一片，像飓风一样。吃顿饭的工夫，房上瓦檐和垛口，被敌人枪弹摧垮，要失去掩蔽物，朱大贵和二贵要在极其困难的情况下作战。大贵抱起机枪，放身一滚，转移了阵地，继续作战。

贾湘农手里提了枪，在院里走来走去。布置好后院的阵地，又沿着走廊走到前院，伍老拔小队正趴着墙头作战。听得湘农走到跟前，眼睁睁看见有敌人爬过大道，他喊起来："司令员！敌人近了！"

湘农司令员走过去一看，心里说："果然是！"他心上并不惊慌，因为这是意想到的事情，敌人就要合围，大战就要开始。这时，他用肉眼看得见，敌人弯着腰，越过大道冲上来。他撒开嗓子，高声呐喊："正前方！敌人，爬过大道！"喊声高入云霄。战士们听到贾湘农的喊声，一个个精神焕发，一齐进入战斗。朱老星把眼睛眯缝成两条直线，这么看看，那么看看，就是看不见敌人。司令员一喊，他也看见几个穿灰军衣的敌人爬过大道，又不见了。高跃老头，不慌不忙，端着枪站在檐下看着，他说："不用着急，有多少羊也能轰到山上！"可是，农民未经过战斗，哪里沉得住气。严志和也看见敌人，口吃着说："朝大道上……打狗日的！"喊着，心血冲到头上。朱老星开始扳动枪机射击，烟气挺大，模模糊糊，看不清楚，他心上实在着急，不停地喊着："打狗日的！打！打！打狗日的！"

鸟枪队，装好火药铁砂，扣好铁炮，等待敌人来敲门。红缨枪队，为了隐蔽目标，掠去枪缨，瞪着眼睛看着敌人，准备向敌人冲锋。春兰和严萍也拿起枪刀，加入战斗。贾湘农在一旁看着，觉得士气还旺盛。双方枪声阵阵响着，越来越急，贾湘农叫了春兰和严萍到司令部来，烧掉所有的文件。枪炮声中，他坐在椅子上吸着一棵烟，他思想上进入深沉的考虑。春兰说："咳！我们到了危急的时候！"

贾湘农侧了侧头，笑了说："不要害怕，做一种什么事业，总会遇到坎坷，都不是一帆风顺的。"

春兰说："我们还是冲回家乡去吧！那里有多好，和敌人打起游击来，有多么熟惯……"说着，她想起家乡长长的河水，广阔的梨林，长堤和白杨，想着每个可以作战的地带。

贾湘农笑了说："好嘛！我们一定回到家乡去！"说着，他又走到阵地上，站在锁井大队后面，短促地、斩钉截铁地说："不用慌！瞄准了打！"他手里提着枪，鼓足劲指挥着。

太阳晒得厉害，朱老星也顾不得擦头上的汗。他说："嘴里说不慌，心里哪里把得住劲！"伍老拔看朱老星的手直打颤，也说："真是！你沉住气，怕什么？"说着，拉开枪栓，连连射击。高跃老头不声不响，埋下头，一下下射击着。

敌人钻动庄稼，接近红军阵地。有时露一下目标，红军就集中火力把枪弹跟上去。敌人碰得庄稼穗子乱动，红军就照那个地方一齐打枪。敌人机枪打得太猛了，朱大贵实在抬不起头来，架不起机枪。枪弹揭掉瓦檐落到墙下。在枪炮声里，贾湘农听不到大贵的机枪声了，压低嗓子喊："大贵！下来！"

朱大贵在房上喊："嗯？怕是撤不下去了！"

贾湘农说："上北滚！立刻下来！"

朱大贵抱起机枪，向北打滚。叫二贵抱起弹箱，跳下房顶。不提防把箱子摔在地上，子弹撒了满世界。在慌急里，又一粒粒把子弹拾起，装进箱子。朱大贵生气说："这是什么时候？还是这么拖泥带水的！"他用手一拄，翻身跃下门楼。

炮火更加紧急，湘农司令员，串着走廊，走到东院，察看了阵地情况，又去到北院察看阵地，东、西、北三个方向目前都看不见敌人。可是周围都有枪声，人喊马叫，乱得厉害。闹不清那些枪声，是敌人还是自己。到了此刻，湘农司令员判不清向哪个方向突围，他又提着枪走回司令部，喝了一碗冷开水，浇一浇滚热的肚肠。正在这时，朱老忠慌忙走进来，嘻嘻笑着说："我看这样打下去不是长法，我们还是突围出去！"

贾湘农听了，瞪起两只黑眼睛呆了一刻，说："好！我们要突围！"话是这样说，他还得考虑：怎样突围？

朱老忠说："突，你听四面枪声！"

贾湘农不急不慌地说："我们要打退眼前这股敌人才能突围出去！"

朱老忠一听，好像他的心立刻要爆炸了。他觉得红军到了这个地步，有多大的困难也得去克服，有多大的危险也得去闯了。这时，他满脸喷红，振着铜嗓子说："好！打退他！"说着，脱了个大光膀子，把小褂团在手里，说："为了保卫农民暴动的胜利，养兵千日，用兵一时，党培养了我多少年，今天要把我这罐子血倒在战场上！”这时好像有老爹的声音在空中叫唤，他走到西院马槽后头，扯出一把铡刀，和他老爹用的那把铡刀一样，在日光下闪闪发着金光。他提着这把铡刀走到前院，在地上一戳，大叫一声说：“同志们！今天我们叫敌人围住，打不退眼前的敌人，我们要活葬在这里！”

朱大贵一听，也把褂子脱下，露出光脊梁，说：“来吧！今天我们就在这里拼了！”

伍老拔和严志和也说：“来！消灭他狗日的！”

朱大贵手疾眼快，把机枪安在厕所里，朝着门前大道上，准备射击。敌人知道红军的机枪转移了阵地，也停止了发射。一会儿工夫，敌人扑近了，要冲上来，在庄稼地边上一露头儿，朱大贵打过一梭子弹，又把敌人卷了回去。这时，敌人猛地挺起胸膛，端起明晃晃的刺刀，呀呀地冲上来。朱大贵顾不得尿臭，趴在尿池上，发射机枪，子弹像喷水似的射出去，敌人又不得不缩回庄稼地。尿池上的砖，梗得朱大贵胸骨疼痛，仇恨堵住鼻子，连臭气也闻不到了。

敌人发现了大贵的机枪阵地，机枪又开始响起来，子弹扫着围墙，腾起一阵烟雾。朱大贵扭动枪机射击着，双方的枪声响成一片，响得像巨雷一样。

听枪声，敌人更加近了，贾湘农跑过来，站在朱大贵背后，一迭连声鼓励，说：“好！打得好！打得好！”说着，朱大贵的机枪冷不丁地停止了射击，再也放不响了。朱大贵头上立时冒出黄豆粒子大的汗珠子，紫色的筋条在额上跳动。贾湘农瞪起眼睛，跳起脚来说：“怎么？大贵！你要送红军的死命？敌人上来了！”

朱大贵一听，眼泪一下子涌出来，这么看看，那么看看，说什么也放不响了。他唔哝说："发生了故障！"真的，他心上慌促起来。这种牌号的机枪他早就摆弄熟了，在战场上多少年来并未遇上过这种情况，他心上实在痛苦难忍。

贾湘农走过去说："不要着慌，看看故障发生在什么地方！"

朱大贵回过头，无可奈何地哭出来，说："卡住壳子了。二贵，快去掰一根手指粗的柳条子来！"

倏忽之间，贾湘农觉得他的头要炸裂。这时他发觉了自己的疏失，他只找到机枪射手，没有准备下收拾机枪的人。大火烧到眉毛，再也无可奈何。到了这刻上，只有鼓励战斗情绪，他说："大贵！你能收拾好它吗！"

朱大贵跳起身来，把柳条子插进枪铳里，猛力一拔，卡住的壳子被带出来，朱大贵一下子笑出来说："好！该着敌人吃硬饽饽了！"说着，机枪又响亮地笑了，打得敌人蜷缩进青纱帐里。贾湘农哈哈笑着，喊："同志们！努力吧！我们要打退敌人冲出去！"可是吃顿饭的工夫，机枪子弹用完了，朱大贵又停止了射击。

湘农司令员命令说："没关系！破坏了它！"朱大贵跳起身来，抡起机枪，啪！啪！啪！摔在尿池上。从此，再也听不到红军的机枪声了。敌人从远处端着刺刀冲上来了。他端起大枪，大声喊着："火枪队准备射击！"听得命令，火枪队员们拿起火绳，扣好铁泡等待射击。

朱老忠又跑到东院，跑到西院，张开火盆大嘴，喊着："红缨枪队！长枪刺刀！集合！"应着喊声，赤色战士们，无产阶级的英雄们，举起长枪和刺刀，紧跟着朱老忠跑到前院。朱老忠喊着："朱大贵！你是无产阶级的子孙，你是朱老巩的后代，带起红军，冲！"朱大贵闷声闷气，憋红了脖子脸说："日蒋介石八辈子姥姥！”他端起明亮的刺刀在头里冲，后头跟着二贵、伍老拔、朱老星、严志和……锁井大队紧紧跟上。站好队伍，准备冲锋。

这时敌人冲近了，火枪队开始射击。枪声嗵嗵响着，炮火更加厉害，火砂呼呼地喷出去。湘农司令员大声喊着：“同志们！打呀！打呀！不让敌人进我们的院子！”

应着枪声，敌人又退了下去，他没想到这种落后武器会有这么大的威力。炮声不止，硝烟弥漫了院子。朱老忠走到高跃老头跟前，拍拍他的肩膀说：“打得好！打得好！”可是时间不久，敌人又卷土重来，冲近了大门，火枪的药砂快用完了，火力不如以前。朱老忠看火枪队敌不过敌人，激红了脸，大声喊着：“朱大贵！带起队伍冲出去！”

朱大贵带起红缨枪手，呼啦啦地冲出大门，一下子被敌人冲了回来。一连三次冲锋，都被敌人卷回来。这时朱老忠气急了，气得身上肌肉都颤动起来，举起铡刀大喊：“同志们！跟我来，杀不退敌人我们就要死在这里！”喊着，挺起胸膛，带队冲锋，朱老忠的喊声，鼓动了全军的士气，给战士们心上注上一股横劲。朱老忠和大贵一齐冲向敌人，朱大贵首先和敌人交手，举起刺刀和敌人招架。朱老星抢前一步，一枪穿透白军的肚皮。另一个白军举起明亮的刺刀，照准朱老星刺过来，朱老星紧退几步。伍老拔咬紧牙关蹦过去，嘴里狠狠骂着：“日你娘！”一枪刺进白军的胸膛，朱老星也照那个白军刺了一枪。顿时，四五把刺刀照他们刺过来。二贵摆脱了他的对手，来救朱老星和伍老拔，刺倒了一个，把身子一横，来招架伍老拔的对手。在刀光血影里，看见一个敌人朝朱老忠冲过去，他想：老爹上了几岁年纪！也许因为朱老忠的武器有些招摇，敌人始终不放松他。朱老忠摆个骑马蹲裆式，向后让了两步，差一点没倒下去。他瞪起眼睛，举起铡刀，等待敌人伸过刺刀来。倏忽之间，二贵看见他的刺刀从枪头上折下来，再也不能使用。但他不能不救援他的老爹，立时抛下枪跑过来，抢上一步搂住敌人的腰，说了一声，“日你爹！”啪地一家伙把敌人摔在地上。那个白军，手疾眼快，翻过身把二贵压在底下，朱老忠在一旁看着，也不敢下刀。二贵伸开胳膊，瞅冷子抄住敌人的大腿，用力一拐，把敌人滚在底下。朱老忠红着眼睛，大骂一声，“看刀！”一刀下去，砍下白军半个脑袋。另一个敌人看见这不起眼的老头子，这样勇敢，举起刺刀刺过来。二贵闹了个就地十八滚，在万分纷乱中，滚到敌人脚下，伸手搂住敌人的脚，用力一拽，拽倒了敌人。朱老忠看准了敌人，手起刀落卸下白军半个膀子……红军和白军在门前的广场上打了交手仗，刀光血影，尘沙遮天，好厉害的一场战斗！最后，都和吃醉了酒一样，刺杀没有力气了，敌人攻不进大门，只好退了回去。

湘农司令员看见红军们如此英勇，拍拍胸膛说：“好！锁井大队，个个是武装斗争的英雄！”在战斗空隙里，湘农司令员，又回到司令部喝了一大碗开水。

朱老忠提着铡刀走进来，气势汹汹，说：“司令员！我们打退了他……看目前形势，我们应该怎么办？”

湘农司令员喘息说：“不用担心，我们一定能冲出去，目前的问题，是怎样消灭这股敌人！”说着，两个人回到司令部，他打开一瓶白酒，倒在两只碗里，说：“来！老同志！让我们各饮一杯，一来是歇歇乏，二来是解解饥渴，再上前线。”

朱老忠端起那碗酒，愤愤地说：“好！喝下这杯酒……打不退敌人誓不甘休！”这时，敌人又喊着杀声冲了上来。

朱老忠又带领第四大队，和敌人在门前打起交手仗，红军一伙伙冲上去，手对手和敌人较量高低。不只是拼刺刀，是以牙还牙，以眼还眼，一腿一脚的格斗！时间长了，敌人屡次增援。湘农司令员又急忙从廊庑下跑到北院，调动队伍，陆续不断地冲上去。

在战斗空隙里，朱老忠喘着气走了来，眼睛里射出血红的光亮，说："司令员！我们不能再打下去，要受很大损失，还是保存革命力量，撤出战斗吧！"

湘农听了朱老忠的话，一时有些焦灼，但在表面上还是看不出来。敌人杀到门前，已经危在旦夕，他在地上走来走去，低头寻思了一刻，又抬起头问："谁能舍死掩护红军退却？"

朱老忠说："叫咱大贵！他身强力壮，有战斗勇气，叫他掩护红军退却，万无一失！"这时，四面墙外枪声紧急，朱老忠隔着窗户看看南北辛庄的上空，烟云蔽天，黄尘滚滚。门外一阵杀声过了，听得同志们的呻吟声，心像刀绞一般。仰起头，睁起两只眼睛，看看天上说："红军到了极端危急的时刻！我们怎么撤出战斗？"

贾湘农看朱老忠难过的样子，斩钉截铁说："不论怎么，我们一定设法把同志们带出去！"说着，他又喝完一碗酒，脸上像重枣一样红，拉了朱老忠的手，说："时候到了，来！"说着，两个人走出来，到关着反动地主的那间小屋门前。情况紧急，也再无法找到钥匙，朱老忠举起铡刀砍断锁钥，贾湘农抬起脚嗵的一声，把门踢开，冯老兰和那些地主们，见贾湘农风是风火是火地闯进来，腾地站起来，可是他们又倒下去，睁着两只黄眼珠子，戴着手铐脚镣簌簌打抖。

贾湘农一看见这些地主恶霸们，又想起红军目前的处境，一时气愤，冲红了眼睛，伸起枪，对准冯老兰，张开大嘴说：“恶霸！你们吃了农民的肉，喝了农民的血，今天你们也算到了头了。”说着，扳动枪机，砰！砰！砰！三声枪响，把他们打死在地。

朱老忠也跳过去，说：“我恨不得吃了你们的肉，喝了你们的血。”才说举起铡刀，要把他们剁成肉泥烂酱，贾湘农伸手拦住，说：“用不着！”

朱大贵指挥三个大队，继续和白军冲杀。农民们，善良、勤劳、勇于反抗。学生们，怀着无限的热情，憧憬着美好的未来。可是，长枪大刀敌不过正规部队。在刀光血影里，一直和敌人战斗。贾湘农看红军不能在战场上取得优势，猛地跑到前院，大声喊着：“朱大贵！我带你们做最后冲锋！”顺手扯起二贵的枪，脱下小褂，扔下草帽，要向外冲。就在这刻上，朱老忠跑上去，扯住他的手，说：“帅不离位，有我在，轮不到你！”正在争执不下，屋后正北方向枪声响了，枪声和着喊声冲过来。在当时，贾湘农不能判断是一种什么力量调动了白军，敌人纷纷退却。他命令朱大贵：“冲！追击！”

朱大贵带起第四大队，冲出门外去。一阵马蹄声，从东北方向冲过一伙人来，带队的正是张嘉庆、李霜泗和翟树功同志，后边跟着一个小姑娘。张嘉庆端着枪，李霜泗两手拿着两把盒子枪，翟树功两手拿着冲锋枪，骑着大马冲过来。

张嘉庆见了朱大贵，急切地问：“贾老师呢？”

朱大贵说：“在里边！”

张嘉庆骑马闯进院里，滚鞍下马，朱老忠跑上去搂住他，说：“嘉庆！你们可来了！”

张嘉庆安慰说：“大伯！我们接到你们的信，可是敌人挡住来路，直打了半天，才冲过来。”

翟树功同志也跑进来，问贾湘农：“司令员！你还好？”

说着，李霜泗和翟树功的人涌进院子，共有二百人，衣服都汗湿透了，浑身带着泥土，到处找水喝。李霜泗大队接到湘农司令员的信，一直向南闯，可是有十四旅的一个团设尽各种办法突截他，直打了半天。最后李霜泗和他女儿骑着马，手持两把盒子炮才冲过来，把敌人甩在后头。路上遇上翟树功，合兵一处，又冲了一次锋，才到了北辛庄。由于李霜泗和翟树功的冲杀，敌人也乱了阵了。

李霜泗、张嘉庆、翟树功、芝儿把马拴在院里，随着湘农司令员走进教员休息室里。朱老忠到厨房里提了几壶水来，叫他们喝水洗脸。贾湘农打开酒瓶，倒在碗里，说：“今天，红军陷在困难里，诸位！请你们喝完这碗酒吧！”

李霜泗端起那碗酒，昂起头一饮而尽，说：“今天能在这里喝这碗酒，感到十二分的高兴，不过今天大敌压境，也不能提出我的入党要求了！”李霜泗穿着漂白裤子，白背心，大背头被汗水湿得水淋淋的。愤恨衔在心头，显得眼睛特别大，目光雪亮雪亮，腋窝下挟着两把盒子枪。

贾湘农听得说，一下子走过去，握住他的手，说：“好！火线入党是常有的事，从今以后，你就是中国共产党的党员了！”说着，人们一齐高兴。

张嘉庆和翟树功也高兴地喝下一气酒，翟树功大声说：“战阵之中，也不是说话时候，请司令员发命令吧！”芝儿不喝酒，身上穿的粉红小褂，已被汗水湿透了。手持两把盒子枪，在一旁站着。

湘农司令员把右脚踏在凳子上，喝下一气白酒说：“西南的枪声，是李学敏在作战，西北枪声是杨万林和朱老虎在作战，正北方向是蔡书林大队在作战，正东方向始终没有枪声，那是陈贯群给我们留下一条走廊，定有兵把守。根据我的估计，陈贯群的司令部就在河西。如果能活捉陈贯群是最好不过的，不能捉住他也不要紧，只要能突击他的司令部一下，调动一下白军的队伍，裂出空隙，我们就可以向西北方向突围出去，出去之后，再说下步。”他一边说着，周围枪声更加紧急，敌人知道李霜泗与贾湘农会合在这里，又派重兵增援，开始合击，想把红军一举消灭在这里。

李霜泗立起身来，颤了一下身子，说：“好！我们执行司令员的命令了，来个掏心战术，涉过河去，突进他的司令部，活捉陈贯群……”说着，两手持枪走了出来，搬鞍跃上鞍韂。

翟树功、张嘉庆、芝儿一齐上马，李霜泗坐在马上，举起两支枪说：“司令员！再见了！”又伸起两只手大喊：“弟兄们跟我来！”说着，带起队伍走出门去，进入青纱帐里，直向西方冲去。

白军见有红军朝西方突围，调动队伍赶了上去，留下一个时间，叫贾湘农和红军好好休息了一下。有吃顿饭的工夫，沿河枪声响起了，越来越加急迫。

贾湘农走到外院，一手持枪，一手提了马鞭，搬鞍跳上鞍韂。这时，他绷紧嘴，瞪起眼睛，勇敢而又坚决地命令朱大贵说：“为了阶级，为了党，为了中华民族的解放事业。我命令你：带领大队冲锋！”

朱大贵听完湘农司令员的命令，把脖颈一挺，抬起头来，坚决地说：“是，我们接受命令！”说着，又牵过一匹马，叫朱老忠骑上。

湘农司令员看红军们都集合起来，大喊：“同志们勇敢点！快快跟我来，冲！”喊声震动天地。

湘农司令员带起红军，朝西北方向冲杀，红军们一齐拥过来，猛打猛冲，打开一条路。朱大贵带起队伍，瞪出血红的眼珠子，呀呀地喊着，跟随司令员冲出重围去了。

卷　三

42

贾湘农和朱老忠一手持枪、一手扬鞭打马，傍着队伍一阵疾走。

朱大贵两手端着枪，带着队伍在头里走。枪上闪着明亮的刺刀，两只大眼睛向外突着，东瞧西看，搜寻着敌踪。他气势汹汹，好像一只幼狮，恨不得敌人是只野兔，赶上去把它吃掉。二贵扛着一杆快枪，春兰和严萍，每人扛着一杆红缨枪，急急忙忙向前走。走着走着，左前方又发现枪声。马听得急骤的枪响，似乎眼前闪着战斗的烟火，“嘿耳”地尖叫了一声，抓开四蹄，伏下腰疾驰。红军队伍潜入青纱帐里，飞奔前进，时间不久，枪声落在脑后。朱老忠为了减轻马的重负，从马上跳下来，拉马前进，赶上春兰和严萍说：“孩子！你们骑上我的马吧！”春兰和严萍也实在觉得累了，昨天走了一天的路程，晚上没有睡觉，今天早晨就开始战斗，直打了一天仗。可是，她们看到朱老忠这么大的年纪了，带着队伍，不忍骑上他的马。

贾湘农想察看一下前边的道路，抓紧缰绳，脚后跟用力磕了几下马肋，马喘了两口气，把耳朵一抿，蹋蹋踏踏地走起来。他在尘扬中睁开眼睛看了看，日头平西了。阳光晒在红色的高粱穗上，晒着眼前满生杂草的长长的大路，大路上躺着路旁庄稼的影子。他坐在鞍鞒上返回身看了看，队伍像一条拉紧的链子。游击队员们，有的扛着一支快枪，有的扛着一杆红缨枪，匆匆走着，睁开大眼睛互相看着，闭紧嘴，谁也不想说什么。他怔起眼睛听了听，河的对岸，枪声更加紧急。他明白李霜泗、张嘉庆和翟树功，已经带队突过潴龙河，向白军司令部攻击了。他又举起鞭子，在马肋上擂了几下，摇摇头，看看灰色的天空。目前他的思想，集中在一个问题上：要通过空隙，避开敌人的锋芒，离开危险地带，把队伍带出去。

朱大贵两手端着步枪，迈着沉重的脚步，不时睁起两只大眼睛朝四处张望，一心专致地带着红军队伍前进。这时，他不想再派一个侦察员，自己就是侦察员。也不想再派一个前哨部队，自己就是前哨。假如有敌人杀来，他会奋不顾身，冲向前去。有枪弹飞过来，他恨不得挺起胸膛迎上去，掩护同志们前进。

贾湘农听枪声渐稀，停住马，等待后边的战友们跟上来。严志和肩上扛着一支长枪，为了避免目标，把红缨掠去，枪头在夕阳中闪着光亮。他虽然第一次打仗，可是在战场上非常英勇，一心要保卫抗日政权、为孩子们复仇。他想：只要孩子们为革命活着，我死了也高兴！自从暴动以来，一直鼓足劲干下去。他觉得：只要跟着湘农司令员，无论到什么时候，也是有办法的。他一行走着，脸上汗水珠像小雨点往下滴。

伍老拔两手擒着步枪，紧靠着胸膛，离远看见湘农司令员在看着他，他憋住一口气，跑了几步，跟上队伍。他紧紧跟上这匹马，马跑得快，他也跑得快，马跑得慢，他也慢步走着。他想：只要跟着湘农司令，到什么时候，都会有路走的！

朱老星扛着他的步枪，紧跟着朱老忠的马，马跑得快了，他也紧跟着跑起来。他想：只要和红军在一起，到了再危险的境地，胆子也是壮的。两条腿疾速地走着，队伍走多快，他也能跟得上。他右肩扛着枪，扎煞起左手，不住地前后摇摆，一股劲儿往前走。不时睁起两只眼睛往回看。总觉得耳旁像响着枪声，担心敌人会追上来。

朱老忠倒背着手，两手牵着马，一步步走着。春兰和严萍走得累了，伸出一只手攥住马尾，紧紧跟着，马跑得再快，也拉不下她们。有时马跑得太快了，带得她们像流星似的。在春兰和严萍后面，紧紧跟着二贵，他手里提着快枪，迈开大步走着。

贾湘农扭着头，看着他的战友们一个个走过去。枪声还在西南上响着，他想打马急走几步，赶快越过潴龙河，可是总也望不见那道弯弯曲曲的长堤。他心上焦急，口里干渴得厉害，打马赶了上去，眯缝起眼睛问朱大贵："这里离河道还有多么远？"

朱大贵向前望了望，说："反正不会太远了，也许就在眼前！"

他舒过耳朵听时，朱大贵不再说什么。人们都张着两只大眼睛看着，盼望他出个好主意，把人们带到一个安全地方。可是在目前的环境里，他也实在想不出什么好办法，四围敌情不明，手下的力量，也只有这么多，部队已经失掉联系，枪声还在几个地方响着。约摸走出四五里路，刚转过一片玉蜀黍地，忽然间在红色的高粱穗间，现出一溜黄色的土牛，他打马奔过土堤。走完小豆地上一条明光小道，队伍开始隐入河身里的青纱帐，贾湘农胸中才舒了一口气，心里说：也许，这就脱离危险地带了……

贾湘农刚刚想到这里，右前方堤上枪声响了，有穿黄衣裳的从堤上追下来。他大声喊道："左前方发现红军，开枪！"贾湘农挺直腰站了一刹，想集中队伍打个硬仗消灭了它，转念一想：已经人困马乏了！于是，喊了一声："敌人来了，跟我走！"喊着，拨转马头，向正西方向疾走。可是，左去是河流，右去有敌人。又打马向西北方向突去，不提防马失前蹄，扑在地上。炮火在头上响起，他顾不得马，一下子扑在豆田里，滚过一个埂坎，爬进玉蜀黍地。

朱大贵听得枪声，立时呐喊："同志们！不要慌，快跟我来！"人们听到命令，很快地跑到他的跟前。他决心摆脱敌人，涉过潴龙河，可是他心上也有些疑虑不定：是不是可以涉过河去？在一刹那间，敌人端起枪，呀呀地喊着，从堤坝上追下来，想摁窝儿把红军压垮在这里。朱大贵大声喊叫："同志们！快找隐蔽地，打狗日的！"说着，急忙伏在地上射击，枪声又响起来。

这时，日头只有一竿子高了，人困马乏，不能蛮干。朱大贵说："同志们！跟我来！"他回过头，伸手拉住贾湘农，向前飞蹿，人们像一窝蜂似的跟上去，敌人的炮火在头上响成一片，尘土飞扬。红军一阵疾跑，看看危险正要过去，啪地一颗飞弹打在严志和的腿上。他叫了一声，翻身倒了下去。

朱大贵回头一看，敌人赶了上来，队伍像惊炸了的羊群。各人钻在田野里逃走。朱大贵用手推了一下贾湘农，说："司令员！快走！"伸手握住贾湘农的胳膊，紧走了几步，把贾湘农的手送到腰里，叫他抓住自己的腰带，回过头打了一阵枪，撒腿跑起来。一会工夫，把敌人丢在后头。一出玉蜀黍地，看见明光的河流，从南方流来。焦急之下，顾不得河水深浅，拉起贾湘农，跳进河水。一时间，枪弹像雨点子落在水面上，激起无数水泡。他也顾不得贾湘农会游水不会游水，拉着他一个猛子扎了下去，泅进水里，约摸走了几十步，刚一浮出水面，枪声又响，子弹又打过来。他牵紧贾湘农的手，拨水前进。贾湘农摇摇头，顺着水流凫了下去，不一会工夫，把敌人丢在河那边。他们在一个河湾里停住，上了岸走进蓖麻地，贾湘农心上才算落实了一些，浑身的水往下滴着。他站在那里停了一刻，环顾四周，只剩下他和大贵两个人。贾湘农拍了大贵一掌，说："快走吧！"

朱大贵说："好，向前冲！"说着，两个人钻进庄稼地向前急走。这时四围寂静，危险已经过去。贾湘农多少个昼夜没有睡好觉，头有些沉重，身上发起烧来，两只脚几乎拖不动身子，实在疲乏了。他说："大贵！我们能不能歇一会再走？"

朱大贵对着他的脸看了看，说："不！不能停在这里，兴许敌人还会追上来！"又说："来，我背着你！"他猛地蹲下身去，把脊梁向着贾湘农。

贾湘农感激得不行，两手推着大贵，说："不，不能……大贵！"

朱大贵回头看了看，又站起身说："我还是背着你吧！兵荒马乱的……"

贾湘农摇摇头说："你也累了！"

朱大贵说："咱们一直朝太阳落的地方走，就会到蠡县边界！"

两个人走过一片高粱地，又走过一片谷子地。也不知走了多么远，才走进一座古坟。竖起耳朵听了听，已经听不见枪炮声，一片蝈蝈声，在谷子地里叫着。那是一片很大的古坟，坟地上光秃秃的，生满了梭草。碑碣像树林一样，坟前有架石牌坊，两排石兽。它们经受了多年风雨的剥蚀，花纹和字迹都湮灭了。枯死的老榆树上，落满了鸦粪。乱冢里放出腐木的气息，一只地鼠，偷偷地从穴中爬出来，睁开两只黑眼睛，骨碌骨碌地看了看，又诡秘地缩进洞里。贾湘农和朱大贵，两个人坐在石龟上，互相看了看。贾湘农瞪起眼睛，板起面孔沉默着，不说一句话，他在考虑下一步的工作；通信联络是困难的，他想不出杨万林、李学敏、蔡书林他们几个大队冲到哪里去了，也不知道李霜泗、张嘉庆和翟树功的作战情况；朱老忠、伍老拔、朱老星，那些老战友们落在什么下场。

他们坐在那里，眼看着太阳渐渐西沉，天地相连处一带浑茫。他们行了一天军，打了一天仗，还没有吃东西。贾湘农在乱坟上走来走去，活动了一阵。坟地很宽，坟头上长出一丛丛酸枣树，枯树上落着几只老鸦，迎着夕阳呱呱地叫着，听到动静，扑啦啦地飞上天去，又叫了两声，看不见了。贾湘农看着目前情况，觉得心里郁闷，喝了一声，说："嗬！这一仗打了个痛快！"

朱大贵跷起一只脚蹬在龟背上，两手拍着胸膛说："敌人好歹毒！从早战斗到晚，这一阵子好跑！"

贾湘农点点头说："我们想想看，用什么办法能把人们再聚集起来？"

朱大贵仰起头，对着天上，说："今天恐怕难办了，明天再说吧！"

贾湘农对着夜色出神，不知怎么，今天月亮昏暗，周围显出一匝风轮，他想：恐怕明天是个风雨的日子……一时间，老战友们的形象现在他的眼前，一场场战斗的场景，从眼前映过。想起他的家乡、街道、房屋、树木……想起锁井，想起滹沱河岸上的村庄。在夜色中，贾湘农耐不住烦闷，心情沉重，压得胸膛里透不过气来。天气热，身上出了满下子汗，口渴得厉害，他想去找点凉水来，浇浇心上的烦躁。走不多远，听到高粱叶子响，贾湘农怕再遇上意外，机警地躲在豆棵底下。在夜暗里，影影绰绰看见有几个人走过来。等走近了一看，是朱老忠、二贵、春兰和严萍。朱老忠脸上着了伤，粘着血疤。二贵光着膀子，把白布褂子缠在腰里，裤脚子撸到膝盖上，带着泥水。这时，贾湘农破愁为喜，猛地蹿起来，紧走了几步，说："好！可见到你们了！"说着，他一把抄住朱老忠的手，笑了说："唉呀！老同志，你们还活得结结实实！”他睁起两只黑亮的眼睛，看着春兰和严萍，又看看二贵。

贾湘农带着朱老忠和二贵他们，走回老坟，见着大贵，大家一齐高兴。他鼓鼓劲，笑了说：“我们不能失败！敌人打散了我们的游击队，但征服不了我们的心，我们还会集合起来。共产党员的心，是铁打成的，钢铸成的。好比是一把谷种撒进土里，几年之后，经过雨水浇淋，就又生根发芽。也好比是一颗火种，埋进柴灰里，经风一吹，就会冒出火焰……”

朱老忠说：“既是这样，咱不必等将来。这红旗既然打起来，我们还要集合起队伍再干！”

贾湘农说：“看看形势，要从远处着想！”他们谈着工作，朱大贵钻着庄稼地去找水井，他们觉得饥又饥渴又渴的，很想喝点水。离远处，忽然看到一棚瓜架，架上开满黄花，心想许是一口井，走过去一看，果然是一个菜园，井旁湿得阴阴的。朱大贵找到了水井，立刻叫了湘农他们来，在月光之下，几个人围着那口水井转了半天，可是找不到提水的家什。朱老忠站在井台上，仰着头呆了半天，守着井喝不到水，心里实在焦急。他弯下腰看了看，水上有两只青蛙，在月影里浮沉，井里冲出清凉的风。贾湘农脱下鞋子，用脚板踩着井旁阴湿的地方，笑笑说：“来吧！使脚心感受一点潮湿，心里也就少一点烦渴了！”说着，大家都脱下鞋子踩在阴湿的地方，果然心情凉爽，心里的烦躁也过去了。朱老忠采下井台上的马兰，一根根连接起来，绑上一只鞋子，好像一只小罐，试了试，就用这只鞋子提上水来。他顾不得滋味好坏，先伸起脖子喝了一口，大喊：“来吧，救命的恩人到了！”

大家一齐跑过来，弯下腰喝了清凉的井水，心上凉爽下来。

走回老坟，天渐晚了，肚子又饿起来。贾湘农看了看天边的月亮说：“如果月亮是个大烧饼就好了！”说着拍拍膝盖，哈哈笑了。

朱老忠说：“月亮虽然好，也许一敲是铜响声，就是不能充饥。不要紧，你们塌下心来歇息歇息。我想想办法，去给咱们准备点吃喝！”他叫了春兰和严萍，走到玉蜀黍地里，那是地主家一大片玉蜀黍地，每人掰了一抱青玉米来，又叫春兰和严萍跑到高粱地里，擗了两抱青叶子。他在草地上挖个土窑，把木棍搭在土窑上，铺上高粱叶，叶子上蒙了湿土，把玉米剥光，一条条摆好，盖上叶子，再蒙上湿土。把锅搭好，一切搭置停当，就是没有火种。他又转着脑子考虑，鼓着嘴唇遭了半天难，猛地心上一亮，伸手从衣袋里取出一粒子弹，把弹头扭掉，把火药倒在石桌上，用弹头研着火药。倏地闪了一下光，迸出一颗火星。虽然只是一颗火星，他心上也感到意外地高兴，立刻拿了干穰柴来，煨着火药取火。可是火星一刹那就逝灭，不能燃着柴火，他的心上顿时又凉下来，烦躁地在地上走来走去。猛地又想起一个办法，弄了一堆穰柴，放在石桌上，把铜泡叩在柴上，拿起烟锅拼命凿着泡顶，凿着凿着，啪的一声响，腾起一阵烟火，穰柴着火了，冒出通红的火光。他惊喜地喊着：“救命火来了！”春兰和严萍听得说，连忙擗了一抱干叶子来，搁在火上。就用这火，烧熟了一锅青玉米。大家吃着玉米，湘农说：“真是！老忠大伯有勇有谋，可称一员战将！”

朱老忠笑了说：“嘿嘿！红军又在这里开饭了。先说吃饭，再研究将来怎么办？”

贾湘农在黑夜中笑了笑，挺觉高兴。他说：“想不到咱们又在这里开起饭来，可见天地之大，到什么时候都是有道走的！不要愁眉不展，也不要唉声叹气！”他又叫二贵说：“越是困难时候，越是要小心，你先去站岗，我们吃过了你再来吃。”

朱老忠也说：“对！要提高警惕。”他拿了几根玉蜀黍棒交给二贵说：“孩子！你去吧！要解饥，就吃熟的，要解渴，就吃生的。”

三个人吃着饭，研究决定：明天春兰和严萍看家，四个人四路出发，去联络各路红军，到这座老坟里来集合。决心再打起红旗，继续开展游击战争。

这天晚上，他们睡在青纱帐里。几天来没睡好觉，想好好睡一宿，天明了好去跑踏工作。他们掰了高粱叶子铺在地上，两个人一块并肩睡下。贾湘农一时睡不着，从叶子夹缝中看见湛蓝的天色，天上闪着繁星。他又想起暴动的事，想起失败的后果，想起那一场悲壮的战斗……刚合上眼睛，有风从远处的树梢上响过来，北半天上掣起两道闪，雷声隆隆响着。刹那间乌黑的云头滚到头顶上，把星河遮住。刮过一阵冷风，稀疏的大雨点子，噼啦啪啦地打着叶子响过来。远的、近的、大的、小的……哗哗地响个不停。骤然之间，似有千军万马在庄稼地里奔腾，暴风雨冲过来了。地下有了水，他们只好站起身来。雨水顺着脖子脸流下来。贾湘农焦灼地抬起头来，盯着像锅底一样黑的天色，身上淋着雨，脚下雨水哗哗流着。雷声隆隆地响着，一道亮闪照在眼前，他看见朱老忠、大贵、二贵、春兰和严萍伸起脖子站在雨水里。咳！他们已经落到这个地步，遭难的事情都赶在今天了，经过一天战斗，又逢着下大雨。他又想到今天晚上，不知道有多少革命的人们，不知道有多少受伤的红军淋在雨里，刮着风下着雨，天冷下来，实在寒冷。贾湘农挺直了身子，搂紧朱老忠，觉得朱老忠的心热烘烘的，突突地跳个不停。他受了很大的感动，锁紧眉梢，合上眼睛，勇敢地仰起脸，迎着雨水的浇淋。

43

当一颗飞弹打过来的时候，伍老拔愣怔了一下，敌人追上来，子弹在头上哧哧乱响。他忙扑倒，钻进一片茂密的黑豆田里，又爬过一带留茬地，在玉蜀黍地里跑着。影影绰绰看见前边站着一个人，他又愣了一下，定睛一看，是朱老星。朱老星以为是敌人赶上来，两手端着枪，眯起眼睛瞄准。当他一看出是伍老拔，把手一挥，说："快跑！敌人上来了！"说着，两人开腿就跑。一边跑着，又回过头，咧起嘴说："好！可冲出来了！"

两个人原来还是紧紧跟着大伙，后来敌人追上来，就跑散了。他们跑了一阵，伍老拔放慢脚步说："咱们光顾自己跑，也不知道湘农司令员和老忠哥他们怎么着哩？"朱老星叹口气说："走吧，先脱出危险再说！"伍老拔用手遮住太阳，朝四处望了望，说："敌情不明，也闹不清朝哪里跑。"朱老星说："今天四面都是敌人。"他们一直钻在庄稼地里，傍着河边，弯弯曲曲地往北跑。朱老星问："还背着这枪吗？"伍老拔说："枪是不能丢啊，我要把它带回去，插在灶洞里，等土豪霸道们反攻的时候，好镇压他们。即使没了我们，也要把这件武器留给我们的子孙。以后到了社会主义，也要叫他们知道，他们的老子是闹过暴动的，是从打土豪分田地起家的。"

枪声越离越远了，朱老星站住脚，回头眯缝上眼睛，看着战场的上空，只见西风旋卷黄尘，冲入云霄，遮住蓝色的天空。他叹口气说："咦呀！一场好战！"伍老拔挺起脖颈，摇摇头，睖起眼睛说："这一仗不能算完！"

枪声歇下来的时候，两个人走到堤坡下边一片柳子地里，在沙丘旁边歇下脚。朱老星看伍老拔胳膊上还缠着红袖章，走过去说：“这玩意也该摘下来了！”伍老拔问：“摘下来干什么？”朱老星说：“叫人一看就知道咱是红军。”伍老拔把胳膊一闪，瞪起眼睛，变了脸色说：“不！我死了也不能摘下来，我要当一辈子红军！”朱老星看伍老拔那个固执的样子，嘻嘻笑着，不说什么。他抬头看看四面无人，自言自语：“庄稼人暴动一场，不是容易。一不做二不休，既然打起红旗，当了会子红军，这也是个纪念。”他慢慢地从胳膊上把红布条摘下来，折叠整齐，看了看袖子上那片石榴红色的痕迹，摇摇头觉得没有办法。他把红袖章埋进沙土里，说：“要记结实，大战过去，我还要把它拿回去，留给我们的子孙。”伍老拔点点头，也把红袖章埋进土里，说：“好！叫子孙们知道我们起过暴动，当过红军，这有多大的光荣哩！”

这时，太阳已经平西，他们肚子里又饥又渴。两个人说着话，把枪靠在柳棵上，坐在背阴处休息。朱老星伸手在口袋里一摸，还有几块洋钱，他说：“湘农司令员只准咱们带三块钱。我想万一遇上什么事情呢，多带上几块吧，果然遇上了这么大的灾难。”又咧起嘴说：“咦呀！一场好战，今天我才知道打仗不是容易，比拔麦子还费劲！”伍老拔说：“可是也出了一大口气，我们到底杀了土豪，分了他们的粮食！”

他们把几块洋钱合在一处，在柳棵底下刨坑埋上，又走到河边上。他们打了一天仗，跑了一天路，浑身尽是尘垢，汗腻腌渍得身上奇痒。看周围没有人，跑到河里洗了个大澡，把身上泥土洗得干干净净。上岸穿上衣服，才说走回柳子地，从南方来了一只大篷船。伍老拔站住脚，笑笑说：“大哥！我看咱下天津卫逛逛去吧，先离开这地方再说。”朱老星说：“也好！”伍老拔走到河边，向船上打个招呼，说：“请问，咱这只船是上哪儿去的？”摇船的说：“上白洋淀去，是下天津卫的！”伍老拔一听，觉得挺对事儿，打起精神问：“我跟你这船行不行？”摇船的说：“怎么不行？你是买的，我是卖的！”

没等伍老拔答话，从篷下探出一个人来，胖大身体，穿着月白裤褂，骨碌着眼睛，摇摇头说：“掌船的！这地方正闹暴动，咱可小心红军！”说着，睁开大眼睛看看伍老拔，又看看朱老星。朱老星也说：“我也跟你这船行不行？”摇船的开始有些怀疑，睖着眼睛问：“你们两个是一事不是？”朱老星也不看一下伍老拔，唔唔哝哝说：“不，是搭伴走的，我们要上天津去付苦！”伍老拔一下子笑了说：“红军脸上也没漆着字儿！”他说着，向朱老星丢了个眼色。这时船停在岸边，伍老拔跑回去把枪埋在柳棵底下，拿着洋钱跑回来，跳上船去，坐在船头上。朱老星蹑悄悄上了船，他怕人看见袖子上红色的痕迹，把小褂团在手里，悄悄地坐在船尾。

船上的人们见停了船，都下地活动，有商人也有地主，穿着雪白裤褂，戴着洋草帽，多是下天津做生意的。抽袋烟的工夫，船才开了，下水的船，走得挺快，河风顺着堤岸刮过来，刮得岸上的庄稼叶子哗哗地响。初秋天气，还是热得厉害，商人和地主们坐在船舱里，舱里放个小桌，几个人围桌喝酒猜拳。喝着酒，念叨起农民暴动，说：“庄稼百姓就是无知，稀里糊涂地跟着红军跑，结果是一场洪杨之乱！”

伍老拔听了，像掠肠刮肚一样，心里很觉难受，合紧嘴不说什么。朱老星看他脸上变了颜色，气得哺哺的，暗暗打了个手势，叫他捺住性子，不要声张。伍老拔看看船行在水里，也无可奈何。他觉得心气不舒，把一口气窝在心里，静静听着，避开眼睛，不看他们，忍下这口气，逃出危险再说。他想到了天津卫，能做工就做工，能种菜园子就种菜园子，再设法找组织……正翻上倒下想着，大胖子商人喝得醉醉醺醺，从船舱里走出来，打了个哈欠，蒙眬地看了看伍老拔，又看了看朱老星，说："要小心，看看船上有共产党没有，杀人放火，可厉害哩！"这时，伍老拔也站起来，嘻嘻哈哈地迎上去，说："你害怕？昨天晚上做了个梦吧，梦见你的脑袋要分家！"

大胖商人听了，浑身打了个激灵，又转过头去，觉得浑身噤森森的。下水船走得很快，黄昏时分，船走到一条长堤，又穿过一片芦苇，到了白洋淀一个村庄，岸上有临时搭起席棚卖饭的。船家要在这里打尖吃饭，把船靠岸，系好了缆绳。客人上了岸，坐在席棚底下休息。大胖子商人，坐在茶桌子上，叫伙计沏上一壶好茶，买了花生瓜子，喝着茶大骂："打土豪分田地，那不是砸明火？明抢暗夺，还不和土匪一样？"他越说越气，把褂子袒开，张口大骂起来。

伍老拔蹲在地上抽烟，骂声好像锥子钻心一样疼痛，他觉着比骂老祖宗还厉害，热血一下子冲到头上，红了脖子脸，实在按捺不住性子，心头一阵急痒，他想："左不过是到了这个地步！"猛地抬起头一看，四周都是水淀，他觉得无可奈何，又忍气坐下。红军像捅了商人地主们的肺叶子，一个个骂骂咧咧，絮叨个不停。伍老拔是个红脸汉子，听到这时，实在忍不下去，心火上升，烦躁地站起身来走走转转。他悄悄走到灶旁，伸手抄起劈柴的斧子，在手里掂了掂，红着眼睛，下嘴扇打着哆嗦，鼻口里呼呼地出着粗气。大胖商人向他瞪了一眼，身上打了个冷战又坐下。也是一时疏忽，他以为伍老拔拿斧头去修理什么家什，并未想到别的，但也总没放下心来，听到背后有脚步声，猛地仰起头一看，那张雪亮的板斧已经落在他的头上，张口大喊："唉呀不好！"说时迟那时快，这句话还没说完，伍老拔攥紧斧头，照准他的大个头颅，咔嚓就是一家伙。大胖商人并没喊出第二声，顿时脑瓜迸裂，红红白白的脑浆流了出来。那个大胖身体，像一筒石碑，扑通一声倒在地上，扎煞起手，抖动了几下，蹬蹬腿就算完了。

一个地主吓得扎煞起手，大声喊着："不好！砍了人！"人们还不知道是怎么回子事，顿时间乱成一片，吓得变貌失色，有的拿起腿就跑，有的人把脑袋钻在桌子底下。这时才有人撒开嗓子大喊："捉凶手！"一句话把人们提醒，不约而同，齐大伙儿向伍老拔扑过来。伍老拔手持大斧，瞪圆了眼睛，摆个骑马蹲裆式，拉开架子挡住，大声喊道："明人不做暗事，好汉做事好汉当！"他左手把胸膛一拍，伸出大拇指头，哈哈笑了说："老子就是红军，老子就是共产党。地主阶级，谁不服气站出来！"说着向那些人们扑过去。

商人地主们看他红头涨脸，圆睁着大眼，举起板斧赶上来，围着饭桌叽里咕咚乱跑。伍老拔瞪起眼睛，端着斧子追赶。这场仗正打得热闹，猛地一声警笛响，从村里跑出人来。伍老拔抬头一看，是局子里的警察，提了枪，弯着腰跑出街口，大声喊着："不要跑了凶手！"

伍老拔回头一看，心上抖颤了一下，说："呀，不好！"一个箭步跳出圈子，又伸开腿扫倒几个人，开腿跑上长堤。这时，长堤上也跑过一群人，呼噜喊叫："捉凶手！"伍老拔一时情急，前进无路，后退无门，就地转了几个圈子，大喊一声："伍老拔！你这一百多斤算撂在这里了！"腾身一纵，跃下堤坝，跑到河身里。警察、民团和看家护院的人们，一齐赶下堤岸。伍老拔向左跑了一阵，又转回身向右跑了一阵，看实在跑不出圈子，把小褂一脱，扑通一声，跃进河潭，连打了几个旋涡，泅着水，顺着河流漂下去了。这时岸上枪声连续响起，回声在堤套里响着。伍老拔举起大斧，抹了一下脸上的水，喊："你们打不着我，下水来大战一场！不然，爷儿们就顺着水下了天津卫了。"

警察和民团，顺着河岸往下追。一个黑长条汉子，像锅底一样黑，提着裤子跑下堤来，喊着："甭打枪了，看我捉活的！"他把裤子一扔，跳进水里，鱼儿似的顶着水溜奔了伍老拔。伍老拔生在滹沱河岸上，自幼水式高强，可是打了一天仗，跑了一天路，饭也没吃饱，有些疲劳，失了手，把大斧也丢了。

那个黑大汉，显然是水上的能手，两只手连拨着水，到了伍老拔的跟前。伍老拔见他赶过来，一个猛子扎进水里，踏着河底走下去。不提防一露头，看见那个黑长汉子早已站在他的前面，伸手就要扑他。伍老拔笑咧咧地说："看家伙！"伸手甩过一块青泥，糊在对手的脸上，回转身一个猛子又钻下去。还没扎到河底，觉得有人抱住他的小腿。他用力弹了几下，因为是在水里，说什么也摆脱不了那两只有力的胳膊。又回过身，伸手摸了两把，一手摸住那个人的脑袋。他想用手抠住对方的眼睛，不巧，抠进嘴里，被对方咬住指头。伍老拔情急生智，伸手下取，摸住那个人的下体。那人咬紧牙关，咧起嘴角，疼痛难忍，一下子松了嘴。时间久了，他要急于上浮，伍老拔在水里时间长了，也急于出水换口气。一露头，看见又赶上一个人来，是个小粗胖子。这时伍老拔连战一个长人和一个胖人，岸上看热闹的人们，连声呐喊："好样的！多好的水性！"喊得雷动。伍老拔只好一个猛子扎下去，歇息一会，在河底上摸不着应手的工具，好容易摸住一块石头，实在喜出望外。浮出水面一看，两个对手一齐扑上来。伍老拔一手拿着石头，一手拨着水，左闪闪，右闪闪，摆脱他的对手。正在这刻上，两个对手一齐赶上来，腾身朝伍老拔扑过来。伍老拔拨着水，在水花四溅里，照粗胖子面门猛击一石，迎头开了满面花，染红了一大片河水。一转身，不提防黑汉子已经泅到他的背后，他照准了黑大汉的脑袋，咔嚓又是一家伙，直打得脑浆迸裂。伍老拔看看两个对手都不见了，仰翻身，顺着河水溜了下去。

血红的夕阳，落在西山上，光带像霜后的柿色一样鲜红，映着满天上的云彩，照着红色的高粱，黄色的谷子，满滩的稻田，也照着伍老拔的脸。照得河水通红火亮。这时，伍老拔的斗志并不衰退，盛怒和仇恨深深种在他的心上，四顾无人，他张嘴大喊："中国共产党万岁！""打倒日本帝国主义！"看了看，依然无人，悄悄地上得岸去，身上没有衣服，他也不敢进村，悄悄钻进大路旁的高粱地里，手里还擒着那块石头，等待有人过来，他好借两件衣服穿。

朱老星在远远的树林下，慑起眼睛看着这场水战结束，才喜滋滋地走开了。

当时，严志和被打倒，腿上受了伤。眼看敌人追了上来，在危急里，他对朱大贵喊："大贵！大贵！你们走开吧！敌人来了，快走开吧！"那时他的脑筋还清醒，从腿上抓了一把血，往脸上一抹，扑通地躺在地下，闭紧了眼睛，一动不动，像是晕过去了。敌人赶了上来，用脚踢了他一下，说："嘿！红脑壳！装死？"这时，他闭住了气，已经没有知觉了，连动弹一下也不能。当他一觉醒来的时候，睁眼一看，太阳像一个赤红的血球，落在西山。白军走了，连一个人芽儿也没有。他嗅了嗅，还有硝磺的气息。野外很静，死寂寂的，没有一点声音。偶然有只纺线虫飞过，拉开粗笨的长声，嗡嗡地从头上飞过去了。他用两手支着地，垂下头呆了一刻，觉得浑身无力，觉得腿上有点儿疼痛。他又趴在地上闭着眼睛歇了一刻，掸掉身上的泥土，从褂子上撕下一块布，缠在腿上，裹紧伤口，两手用力一支，想站起身来往前走。当他迈起右腿，又迈起左腿的时候，一个侧不楞，好不容易，才站定了，脸上立时冒出冷汗。他用力压住血管的跳动，摇摇头说："唉呀！我严志和好不容易！"一时心头摇动，跳得心慌。他伸手摸了摸腿上，膝髁疼痛，兴许又脱了臼了。他用力扳了一下，咯吱一声响，忽地好了，心上喜兴不尽。

他冷静了一下头脑，抬起头看看天上，还是蓝蓝的，辨明了方向，站起身来往家走。他下定决心要回家，他说："就是死了，也要死在家里！"说着，迈开脚步，向西方走去。走过一片高粱，又走过一片谷子，走过一片谷子，又走过一片高粱地。这时两只手上、两条腿上都是泥土。才走的时候，他还不觉怎么的，爬过一二里路，就觉得实在乏累了，肚子又饿得慌。他停下来，抬起腰，伸起两只手，看看夕阳西斜了，他又顺着路慢慢走去。走呀！走呀！可是肚里又饥又渴，难以忍受。猛地看到车辙沟里有一洼水，他弯下腰，把草拨开，摁下头喝了一口。可是那太少了，只有一点点，喝在嘴里，有一股酸马尿的味道，并解不了什么渴。他继续往前走，走着走着，抬头一看，眼前是条河，河水在月光下闪着光亮。他才想起，当时被敌人打倒，是在堤套里。当他走到河边，摇摇头又遭难了：他不知河水深浅，蹚不过河水，又怎样回到家乡？这时他又觉得肚子饿了，悄悄走到河边，用两手捧起河水，猛喝了几口。河水是温暖的，喝到肚子里挺觉受用，解了一些饥渴，也减了一些疲劳。他想：要是能吃到一条鱼有多好呀！他睁起眼睛，愣在水边，老半天也看不见游过一条鱼来。有一群小鱼游过来，那就太小了，只有半寸那么长。鱼身是透明的，肚子里有条黑色的细丝，眼睛有米粒那么大。看那群小鱼，游到一个脚窝里，他悄悄地伸出手去，猛地一把，抓住了两尾。两尾小鱼，在水里游着的时候，像点东西。可是拿到手里，就显得太细微了，搁到牙上一咬，只是一股水，有一种清泥的味道，连一点腥味也够不上，像是没有东西，倒引起了肠胃的食欲。他急切想吃一点东西，撑撑肚肠。见水边草儿青青，他拔下一把草，拧去根，在水里涮下泥土，用手攥得紧紧，送到嘴上咬了一口，倒是不难吃，于是他紧咬了几口。吃一口草，喝一口水，把草蘸着水吃。肚子饥了，只要能吃的东西，吃点什么也是香甜的。

吃了草，又喝了一点水，撑起肚子来，觉得身上也有了劲。他又顺着河边走去，心想：兴许会有个渡口，渡口上有只船，就可以过河了！心里想着，真的眼前有个渡口，有一条小船在河边停着，心上由不得暗喜。

走着，走着，看见河边上有个小村庄，渡口就在村边上。这时，他眼前一亮，好像看到锁井村旁的长堤，堤上的白杨，白杨树上有黄鹂在叫，那一大片梨林……睁开眼来，看到渡口上有人来来往往，脸上带着惊慌的神色。这时，他心上又害起怕来，恐怕被人发觉，他再也不敢向前走了，很快钻进一片苘麻地里歇下。黄色的苘麻花，又引起他的食欲，吃起来有甜甜的味道，有一点胶质可以充饥。吃着，他觉得困倦，侧卧在麻棵底下，伛偻了身子，枕着胳膊睡了一觉。

当他醒来的时候，太阳已经没了，月亮升起，麻棵上挂上昏黑的纱影。天地相接处，像是一条紫薇色的带子。他从麻棵下寻着暗影走出来，看了看堤旁的小村，小屋的窗上射出一格格的灯光。他放慢手脚向渡口走去，走一会歇一会，他想：天黑了再过河，更方便些！不一会，天更黑了，村上的灯更加明亮起来。天上星河闪烁，路径照得明明的。

走着走着，到了渡口上。渡口上停着那只小船。他心上猛地笑起来，自言自语说："还有我严志和活命的路，只要有船，就可以渡过河去，走回我的老家！"他想到：虽然这一仗打败了，我严志和还活着，而且活得很结实……希望就在眼前，他用力朝那只船走过去。又想：反正走了一步，就离家乡近一步。他一直向小船走去，将要把那只手扒上船帮的时候，有一个老人喝了一声："站住！干什么的！"

严志和心上一惊，他睁圆两只眼睛，看着那个人，将继续有怎么样的动作。他站在那里，虽然时间不长，却想到很多事情：我严志和一辈子没做过坏事，怎么这样命苦呀？不知怎么，他的思想又回到宿命论上去……顷刻之间，他又想到：活！我一定要活下去，两个儿子为了革命陷在狱里，他们还要回来。于是，他又想起他的家乡，他的房院，门前的谷场，谷场上的小碌碡……只涛他娘一个人在家里，他又想起涛他娘……于是，又增加了他的勇气，回去！一定要回去！到了这刻上，家乡的温暖，家乡的长河流水，成片的梨林……使他的心上又充满了勇气，找到了最后的途径，就是"挣扎"。他要拿出斗争的勇气，回到家乡。家乡的斗争，还在等着他。

他走着走着，眨眼之间，仿佛有人走过来，是朱老忠。那是一个英勇豪迈的人，睁圆两只眼睛看着他，鼓了鼓嘴唇说："志和！志和！我们是把脑袋掖在腰里革命呀……你是一个共产党员，可不是一个白人儿呀！”

朱老忠是他一生的好朋友，好同志。他们是世代生死至交，两个人同时参加了反割头税运动，又同时入了党，同时参加了农民暴动……两个人手牵手儿，走过生死场。今天他又听到他的呼唤，就增加了他的勇气。作为一个赤色战士，一个共产党员，他要克服一切走向共产主义道路上的坎坷不平，去寻求广大人民幸福的道路。他想到这里，又自言自语：“日本鬼子占领关东了，游击战争还没有完，革命还没有成功，我要战斗下去！”

这时，在月光之下，看出走过来的是一个老人，驼着背，长着白胡子，肩上扛着一支柳篙，是一个老水手。他用手遮住月光，这么瞧瞧，那么瞧瞧，看到严志和，又吓得跳起来，后退了几步，说：“呵！你，你是谁？嗯？怎么你也不吭一声，兵荒马乱，你到这里来干什么？”

严志和仔细一看，是位面善的老人，拱起双手说：“老大伯！我是过路的，一时不经心，摔坏了腿脚，我想过河，回到家去！”老水手说：“你是什么地方人？”严志和说他是玉田村人，到河东去卖布，碰上强盗贼人，抢了他的布匹，在和贼人格斗的时候，摔坏了手脚。老人连连摇头，说：“不像！不像！口音不对。在我小的时候，曾经到过玉田村，那是织好洋布的地方，那里人不是你这样口音。不要紧，说真实话吧！你是红……”严志和不等老人说完，慷慨地说：“老伯不用说吧！人，干什么也要交朋友，救我这一条性命，一辈子不能忘了你老人家的好处！”他这么一说，老人哗哗笑了，又放低声音说：“不用害怕！你是红军，在战场上打仗打伤了。”严志和唔哝地说：“一点不错，正是！”老人连连摆手说：“快上船，快上船！为了这件事情，我才等在这里，今天不知道从这条船上过去了多少红军。咳！大战过后，土豪劣绅们到处逞强，捉拿红军。如今，革命的人们都逃光了，村里成立起‘和平会’，见了农会里人，见了参加暴动的人们，就抓起来。为了这个，我才等在这里，快！快来上船！”

严志和听着，身上直打激灵。听说叫他上船，不管三七二十一，迈动脚步走上船去，老人一时愣住，说：“真的？你真的受了伤？咳，可怜的人们，走！快走！”老人拿篙点水，船往前移动了。当这只小船慢慢悠悠撑过河去，老人又作了难，他说：“村里实在没有可靠的人了，革命的人们都藏躲起来……”说着，船到彼岸，他又说：“你虽然过来河了，可怎么走回家去？”严志和从船上走下来说：“你送我回去吧，老伯！我不能亏负你！”老人说：“河口上只我一个人，还得等人过河，我老了，今年七十二岁，出在年幼的时候，我一伸脊梁把你扛回去。”说着，老人为难地连连摇头。严志和说：“那就让我自己走吧！”老人说：“咳，你已经成了这个样子，要是叫你一个人走，我实在心上不忍，不吧，再也找不到人了。不说瞎话，连我的儿子和儿媳妇也都躲开了。咳！好一场大战呀！”说着，老人横着脊梁蹲在严志和的前面，他要背起严志和，送他回家。严志和说：“大伯，不吧，你是有工作的人，不能离开这里，叫我自己走吧！”

朱老星看完伍老拔打赢了一场水战往青纱帐里一钻就逃走了，在庄稼地里淋着雨水度过了风雨的秋夜。黎明时分，小雨还在蒙蒙星星。他打算到天津去，可是他又想到没有见到贾湘农和朱老忠，没有得到组织上的许可，他舍不得离开党，舍不得离开组织，也不忍离开老婆孩子，叫他们冻死饿死，他下定决心要回到家去。

那天早晨，天还阴着，下着筛糠细雨。他一个人悄悄走出青纱帐，迈开飞快的脚步往家走。看见前边有两个人，一个穿着紫花衣裳，举着伞，一个穿着雪白裤褂，戴着草帽。他想一定是土豪劣绅，向玉蜀黍地里一钻，就藏起来。谁知不钻则已，那两个人见他一钻，迈开脚步追过来。他听到脚步声近，急忙钻在豆棵底下。那两个人寻不见踪迹，在玉蜀黍地里拨着豆棵找起来。穿白褂的说："唔！一定是个红军，没错！"穿紫花褂的说："可能是！"两个人东翻一遍，西翻一遍，找来找去，把他从黑豆地里找出来。

穿白褂的伸开拳头，照他脊梁上一杵，问："你是什么地方人？"朱老星想说是别处人，口音又不对，他说："我是锁井人！"那个穿紫花褂的人，长着两撇黑胡子，拿着"七星子"手枪走上来，气呼呼地绷起嘴唇问："你是干什么的？"朱老星说："我，我是找人的！"

听说是找人的，两个土豪劣绅不住地大笑。白军打垮了红军，他们就满世界逮捕红军，逮住红军就往白军里送。穿白褂的又问："你找谁？"朱老星说："找我兄弟，被人骗出来闹'暴动'，小孩子家知道什么？"穿紫花褂的土豪劣绅，歪戴着草帽，举起"七星子"，恶狠狠地走过来，贼眉鼠眼地说："你也是共产党吧？"

朱老星想：真是冤家路窄，躲开那一场，又碰上了这一场。宽绰的眉泉里，一下子打起疙皱，说："我是受苦人！"朱老星本来想引起人的同情，可是他这么一说，穿紫花褂的土豪劣绅伸出手枪，对准他的脑门说："受苦人就是爱闹暴动，捆他！"到了这刻上，朱老星只好装着哀求的样子，败着步儿要走。两个土豪劣绅，一齐抢上去，用手点着他胳膊上的红颜色，说："看你这红军！”

朱老星在几天里，没有吃饱饭，没有睡好觉，经过了一场大战，又碰上伍老拔那会子事，目前他身上没有气力了。两个土豪劣绅把他摁在地上，倒剪了胳膊，五花大绑捆起来。朱老星心上一气，憋红了脖子脸，鲤鱼打挺躺在地上，瞪出两个血红的眼珠子，盯着土豪劣绅们。土豪劣绅们绑上朱老星，留个绳头牵在手里。见朱老星摆出愤恨的样子，穿白褂的走上去，抬起脚照准他的鼻子脸说："你妈的！还要死狗？"一脚踢破了他的鼻子，流了满地血。朱老星喷着血水说："妈的！你们踢我吧！打我吧！我左不过是活不过去了！"到了这个份上，朱老星才想：咳！暴动失败，我朱老星也算到了老家了！

穿白褂的土豪劣绅，猛力一拽，把朱老星从地上兜起来。朱老星一时站不住脚，流星拨拉地转了几个圈才站住。只觉天旋地转，眼目昏花，头脑沉重得抬不起来。

土豪劣绅们把朱老星牵到村边，村里人们听说逮住红军了，争先恐后地从街口上拥出来看。朱老星眯瞪了眼睛，看看这个，看看那个，一个也不认识，心里骂着：我犯了什么罪，像看什么一样！穿白褂的土豪劣绅，走上来啪地打了他一拳，打了朱老星个侧不楞，说："跪下！"

朱老星瞪了他一眼，摆摆头，什么也不说。那家伙生着气走上去，两只手左右开弓，打起朱老星的脸。朱老星往这边躲，他往这边打；往那边躲，他又往那边打。直打得朱老星脸上红红的，火烧火燎，可是他还是不跪。两个土豪劣绅，卡住朱老星的脖子摁在地上，他挺着胸膛，一下子又站起来。穿白褂的用手杖敲着朱老星的脑袋，问："说！你是共产党不是？"朱老星低下头，睁圆眼睛看着地上，把头一摆，说："不是！"

穿白褂的举起手杖，风雨不透地打起来。他拧着身子，还是不吭一声。不一会工夫，窝着脖子瘫在地上，鼻子里没有一点气息了。土豪劣绅们抬了桶水来，往朱老星身上泼。等朱老星缓醒过来，叫人牵了绳子，两个土豪劣绅在后头跟着，送到白军去。在路上又遇着一阵雨，把衣裳都淋湿了。朱老星实在拖不动那两只泥脚，浑身麻木得厉害，他在盘算着怎样逃走。有几次经过茂密的青纱帐，或是蓖麻地的时候，他心上曾经鼓过劲。看那个穿紫花褂的拿着手枪跟着他，他想：跑也是死，不跑也是死！

走来走去，又走到一段堤岸上，他认识那段堤。走到渡口，还是那个渡口。走到村边，他才醒悟过来，这就是那个村，和白军会战的那个村。看街口大树上挂起人头，淋着雨，滴着血水。他心上蓦地激动起来，狠狠地咬着牙，眼泪直向肚子里流进去。

大街上穿灰军装的大兵走来走去，军马在村边柳林里吼叫。人们看见朱老星，暗下里议论："又送了一个来！"走到一个牌坊门口，那里有站岗的，土豪劣绅问："司令部在这里吗？"

岗兵点了点头，见是送"犯人"来的，就领他们进去。陈贯群坐在过厅里椅子上，胖胖的，扎煞着两撇黑胡子，见土豪劣绅送了红军来，点点头笑了说："坐下喝茶！"又上下打量朱老星说："先押在和平会里！"

两个大兵把他送进里院一个黑暗的房子里，那是一个花店的仓库，房子很大，没有窗户。到了仓库里，给他解下绳子，连裤带也抽了去。那个大兵斜了他一眼，说："满脑袋高粱花子，还闹暴动！"说着，向里一搡，朱老星趔趄了两步，倒在地下，朝那两个大兵蔑视地看了两眼，暗暗骂着："妈的！如今老子算是落在你们手里了，你们要是落在老子的手里，还不知道要怎么办你们！"

哐啷一响，门子锁上了。他又站起身，在黑暗里沿着墙根走了一遭。屋里很潮湿，还有下雨漏的水。屋角里堆着一些破轧花车、弹花弓什么的。走着走着，差一点没绊倒，伸脚摸了一下，好像是个人，可是又没有动静。弯下腰伸手一摸，果然是个人，可是他身上早就没了热气，死了。他想：一定是个红军同志，打过了，骂过了，折磨死了！他伸开两只手，顺墙根摸着，想找个缝隙向外看看，到了夜晚他能挖个窟窿跑出去。找了半天，只有一个很小的缝口，小得可怜，只有一点点微弱的光线，从外边射进来，连一个手指头都突不出去。摸到门口，光线能够看得见东西。可是门用铁链锁着，用力推拉一下，摇得铁链哐啷地响。外面岗兵唬着："推门干什么？不知死的东西！"

门前有几块砖，他坐在砖上歇了一下，顺着光线看得见房梁上吊着粗粗的绳子，墙上挂着马鞭和其他刑具。这时他才明白，这是个临时的监狱，下意识地想道：这是一家地主的刑房，农民在交不起租、打不上利息的时候，地主们把他关在这里。过去想，闹起革命，会把它烧掉。暴动失败，这一下子又完了！想着，外面雨声很大，他躺在阴湿的土地上睡着了。

醒来的时候，心上有些糊涂，也不知道是早晨还是晚上，门外风声雨声还在响着，柱头上挂着一盏破马灯，袅起黑红色的光焰。眼前站着几个灰色兵，踢了他一脚，说："起来！过堂去！"弯腰在朱老星身上绑了绳子，牵起来。

灰色兵们把他从监狱里拉出来，天上还下着雨，走到过厅里，陈贯群坐在椅子上等着。在宴宾楼洗尘宴会的第二天，他移防在潴龙河岸上，亲自指挥高、肃、蠡三县保安队和警察，进行了辛庄会战，打垮了红军。当李霜泗、张嘉庆和翟树功带着红军袭击司令部的时候，差一点活捉了他，由于骑兵十四旅的冲锋，才救下他来，如今他亲身出马，审判红军了。两旁站着两列卫队，扛着枪，枪上闪着明亮的刺刀。

陈贯群从嘴上拿下白玉烟嘴，吸溜了一口烟，问了姓名、年岁、籍贯之后，又问："你是共产党员不是？"朱老星睖着眼睛，摇摇头说："不是！"陈贯群瞪起眼睛问："你为什么参加暴乱？"朱老星说："这不是暴乱，日本鬼子打到家门上，还不叫我们抗日？"陈贯群猛地火起来，暴跳如雷，说："妈的！不许你们抗日，怎么的？这是委员长的命令：言抗日者杀勿赦！"朱老星不等他说完，猛地回过头，狠狠地说："卖国贼们，只剿共，不抗日！"陈贯群瞪开两只大眼珠子，说："共匪！"

卫兵们强迫朱老星跪在地上，举起两只手，把一根高粱秸搁在他的虎口上。开始他还不觉怎么的，不过抽袋烟的工夫，两条胳膊索索地抖颤，酸痛起来。当他两只胳膊稍向下一斜，大兵们就瞪着眼珠子吼叫："打！"顿时之间，皮鞭像雨点子落在他的身上。这时雨声还在门外响着，也分不出鞭声或是雨声。皮鞭抽得他身上火烧火燎，心神缭乱。皮鞭停下，又吼着："举起手来！"

也不知道是什么人发明了这种"巧妙"的刑罚，秫秸虽轻，时间长了，也会夺去全身的力气。朱老星额上落下大粒子汗珠，两只胳膊哆哆嗦嗦举过头顶，可是忽上忽下，再也举不平那根秫秸。

陈贯群侧起头狞笑着，又问："说！谁介绍你参加了共产党？"朱老星抬起头，休息了一下，喃喃地说："谁也没介绍我参加共产党，是我见人们在街上嚷嚷打土豪分粮食，才跟上来的。"陈贯群又问："跟谁来的？"朱老星说："那！人多了，拥拥挤挤，说不清是谁。"

陈贯群眯上眼睛，哈哈地狂笑了一阵，说："你好坚决！"

从此以后，又是一场鞭挞，一场刑罚。其实硬刑好挨，打就打死，也就算了。软刑难忍，直到两手酸软近于麻痹，胸膛里开始隐隐作痛的时候，他额上汗似雨点一般滴在地上。恍惚之间，他想：我至死不屈！这时，朱老忠、朱老明、贾湘农……一个个老战友们的形象现在他的眼前，他又摇摇头，心里说：招认也是死，不招认也是死，死也要死在党内，不能死在党外！他又咬了一下牙根，瞪起眼睛，咧开大嘴，喊出来："打倒日本帝国主义！中国共产党万岁！"

他还没有喊完，陈贯群又哈哈大笑了，说："不用问了，自己招认了！"

也不知道是在什么时候，他又一瘸一拐地从过厅走回监狱。走到门前，有人在背后踢了他一脚，说："去你的！"他又跌倒在地上，嘴啃着泥土。他又晕过去了，再也觉不到身上有麻木和疼痛的感觉。

44

在失败后的几天里，贾湘农和朱老忠、大贵、二贵，四面出去联络，可是几天里风雨不停，各路红军都失了联系，村里革命的人们也躲开了。只收集到溃散的红军五六十人，一同住在这座古坟里。白天藏在青纱帐里，派人出去，到大道边上，等待过路的红军；晚间就在高粱地里，用叶子搭起帐篷睡觉。饿了烧玉米、红薯和毛豆吃；渴了，把茄子北瓜挖空，在井里提水喝。起义的人们，无家可归，也无安身的地方。秋天了，白天气候还热，夜晚露水寒冷，乍冷乍热，一个个闹起病来。他们也实在不愿离开，只要彼此在一起，就会感到温暖，离开了就觉得心上冷漠，古坟成了革命人们的家。

不几天工夫，贾湘农很快瘦下来，显得胡子长了，眼睛大了，脸上清瘦下来。傍晚以后，月亮上升，他在坟地里走来走去。病人们躺在石桌上，一声声呻吟。也有的三三两两坐在坟堆上，念叨今后的工作。贾湘农对着一只石狮出神。他的一生，是兢兢业业活过来的：小的时候，跟父亲母亲忙碌一家人的生活，大了忙碌学习，参加了革命、入了党，又是忙忙碌碌地做工作。日以继夜、夜以继日地在滹沱河两岸工作了七八年，才有了比较雄厚的群众基础，如今面临着失败……想到这里，他的心上像刀割一样疼痛。这时，他又想到，必须振作精神，重新干起……想到这里，一大堆难以解决的问题，袭上心来。猛地，北半天又升起黑云，响起隆隆的雷声。贾湘农下定了最后决心，从怀里掏出那面红旗，挂在树枝上。叫大贵把人们召集起来，他站在红旗的前面，说："同志们！今天我们失败了，我们不能承认这不是失败，可是我们不会永远失败，胜利就在后头哩！我们不是孤军，中央苏区红军，正以浩大的声势，展开四次反'围剿'；北平、天津的学生救亡运动正在轰轰烈烈……在这刻上，我们举行了起义，进行了游击战争，由于组织工作没有做好，又缺乏暴动的经验，对敌人的力量估计不足，在强大敌人的四面合击之下，红军被打散了。我犯了严重的错误。在目前来说，假若日寇进关，我们还没有阻住它前进的军事力量，迫切希望红军北上，继续领导这一方革命的人民，进行游击战争，迎击日寇，挽救国家民族的危亡。冀中区数百万革命的人民，目前正陷于水深火热之中啊！"说着，他为了灾难深重的广大人民，为了国家和民族的灾难，流下了眼泪。他又说："我们要向西去，到太行山上去！那里有森林，有厚雪，那里的冬天是寒冷的。可以在山岭和森林里，创建抗日救国的根据地。这就是说，在那里抗日的行动是公开合法的，但也可能受到敌人的袭击。"

朱大贵听到这里，猛地愣了一下，心想：光荣的任务，就要落到我的身上！不等贾湘农说完，朱老忠拉着二贵走上去，说："司令员！我在长白山上寻过参，在黑河里打过鱼，在金场里淘过金，我走过那些稀落的村庄，我熟悉那一方人们的生活习惯。我带着我们的游击队到那里去吧！"

贾湘农不等朱老忠说完，摇了一下手，打断他的话头，说："不，朱老忠同志！我们不能扔下这一方革命的人们，我们要就地坚持。我们不能离开这里！你要带领地方同志，带领你的弟兄和孩子们隐蔽在地下，克服一切困难，隐忍一切苦痛，站定脚跟，坚持阵地。能够做一星星一点点的工作，也是好的。你要用尽一切能力和智慧，为党保存下革命的火种！等时机一到，这星星之火，就能烧掉反革命的巢穴。你要睁开晶亮的眼睛，看着敌人怎样破坏我们的地下组织。也要看清，在大敌当前的时候，革命阵营里起了什么样的变化。你不能和别的党组织发生横的关系，将来有我活着，你向我报告工作，要是我不在人间，你向江涛和嘉庆报告工作。退一步想，江涛和嘉庆都不在人间了……"他又指着树上的红旗说："你要设法保存下这面红旗，保存下我的手枪，这就是你的党证！将来你可以向任何党的组织说明情况，取得党的信任。"他说着，把手枪交给朱老忠，又对大贵说："剩下的人，编成一个小游击部队，就在你的家乡，在滹沱河的两岸进行游击活动。滹沱河两岸革命的人民，一定肯支持你们渡过艰难。朱大贵你就拉起这短小的武装部队向西去，走上太行山。在太行山上休整一阵，再回到平原上，配合地方工作。这条道路是长远的，不过到了那刻上，到了敌人已经十分注意了的时候，非忍受十分的痛苦，就不能保存下这批革命的种子。也尽可能不要离开这个地区，你们是这一带革命人民的唯一保护者。到了紧要的关头，党允许你们用特殊手段取得生活资料……”

朱老忠等不得贾湘农说完，走上去说：“我接受司令员的命令，我保证带着地方同志，在这平原地区坚持斗争！”

最后，贾湘农从树上摘下那面红旗，交给朱老忠。这时，他的嗓子喑哑得实在说不出话，勉强继续说：“今天我对你们的谈话，是党对一个党员的要求。党之所以把这个艰苦的工作放在你们的肩头，是因为党信任你们，坚信你们是好党员，不会辜负党的使命！”他把人们按地区编成小组，定好联系办法，打发他们回到自己的家乡去。

朱老忠拿起手枪和红旗，呆呆地出了一会儿神。这时风声起了，刮得大地上的庄稼叶子哗哗响着。人们要离开了，走过来拍拍朱老忠的肩膀，说：“忠大伯！你好好活着，把身子骨养得结结实实。我们回到本地方干去，干好了再回来看你，别灰心！”

朱老忠听得说，眼睛一亮，笑了说：“同志们！你们去吧，干去吧，朱老忠死不了就灰不了心！”

二贵还是觉得恋恋不舍，实在不忍分离。向贾湘农说：“你呢？也要走吗？”

贾湘农说：“同志们！我要找上级去，到了上级机关，要把失败的教训，汇报给领导并作深刻检讨。我还要给毛主席写信，他在农民运动讲习所讲到的，老张同志都告诉我了，我们按他的话办了，开展了农村的大革命。我们接受了秋收起义的教训，举行了农民暴动，建立抗日根据地，迎接红军北上，可是我们失败了。因为组织得不够周密，缺乏游击战争的经验，造成了失败！这件事情在我一生里，到什么时候想起来，也是我内心的惭愧！告诉那些革命的同志们，恐怖一来，不能坚持的时候，你们有亲的投亲，有友的投友。无亲无友的，去远方找个安身的地方，做个小买卖，扛个长工，隐蔽一时。为了广大人民的利益，要站稳立场，坚持斗争，坚守党的阵地！你们要记住，我还要回来，我们还要在平原上燃起抗日的烈火。”

谈到这里，人们都觉心上难过，朱老忠说：“贾老师！不能，你还是不要走，咱们在这一块地方干了多少年，同生死，共患难，还是闯过来了。你在这一方人当中有很高的威信，请你跟我们一块回去，即便舍着我的身家性命、老婆孩子，也要保护你。反动派破坏了我们的起义，我们还是可以重新组织。我们把这个小小的游击队扩大起来，再和敌人斗争！”

这时，贾湘农环视一周，看了看亲爱的战友们，点点头说：“是的，一点不错，我一定要回来。可是，我们不能用破本钱，拔老根的办法！眼下我们人少势孤，吞下这口气，秘密地埋藏在地下，积蓄力量，积极工作，等待一时，我们再打起红旗，建设抗日政权！”他抬起头，拍拍头顶，看看伙伴们，实在撑不住苦重的心情，他想：自从在这个地区建党，开辟工作，经过多次农民运动和学潮斗争，团结了农民，教育了青年一代。多年积蓄起来的革命力量，虽然损失一些，但总有发挥力量的一天。他想着，看看月亮西沉，果断地说：“同志们！你们去吧，各奔前程！”

朱大贵把剩下的人们召集起来，点了点人数，不多不少，正是三十五个人。二十支大枪，两支火枪，一支盒子。他把这个小游击队交给朱老忠，亲自护送贾老师到白洋淀。他要在那里上船，到保定去。

朱老忠看人们各自东西，要走了。他沉下脸来，站在那里，看着人们一伙伙地离开住了几天的古坟。他心里难过，乍起小胡子，眼看着离别的人们说：“你们放下心去吧，要好好完成任务！等日本鬼子一来，我们就在抗日战场上相见了。我朱老忠死不了就灰不了心！”

贾湘农说：“英勇的战士们！向党、向红旗敬礼吧！”他们沉痛地低下头去，静默了一刻。行完了礼，贾湘农迈着沉重的脚步，一步一步走出古坟，心上含着革命的辛酸，走上长远的征途。朱大贵看了看小小队伍在月亮地上的影子，人虽然少了，但还不失为雄壮。贾湘农走出庄稼地的时候，又回头站住，抖动着下颏，对朱老忠说：“老同志，祝你健康，不久的将来，我们后会有期！”朱老忠没有什么说的，只向他招招手。看他们走远，被庄稼叶子挡住了，他长叹了一声，说：“这辈子没个完了，蒋介石不让我们抗日，我们坚决要报这份血仇！”月亮下去，天道黑下来，朱老忠和这个游击小队，圪蹴在大坟顶上，看着北方贾湘农走去的地方，呆呆地出神。

朱老忠看湘农司令员走远，走到枯树底下，挖了一个坑，把湘农司令员的那支手枪和红旗用高粱叶子裹好，深深地埋在地下，他想等白色恐怖过去，再把它取回去。站起身来，伸手在老树上拍了拍，仰起头看了看说：“兴许老树还会开花！”

朱大贵提上枪在头里走，贾湘农在后头跟着，出了青纱帐。几天来他们都是住在这座老坟里，刮风下雨，不敢见人，今天一出高粱地，觉得心神豁亮，天也晴了。贾湘农抬起两只手，呼吸了一下新鲜空气说：“好豁亮的天！”大贵说：“这几天困死人了，真是！天快亮了，我还想明天再走。”贾湘农催促说：

“不，还是今天走吧！快去汇报工作。”两个人说着话，脚下匆匆走着。贾湘农又说：“好几天没有喝到热汤，肚子里成了病块，痛得厉害，要是能喝到碗热汤就好了。”朱大贵说：“好！到了前边，叫你喝上热汤。”一边说着，两个人迈开腿脚，走得飞快。大贵又说：“我在头里走，你在后头跟着，碰上什么风吹草动，我先打招呼。”

已经是深秋了，黎明时的天空，悬得特别高，颜色特别蓝，一颗颗银亮的星子眨着眼睛。月亮挂在西方，像是一片褪了色的水银镜子。天已破晓，东方已经射出晶亮的光线。两个人走了一程，看看天快亮了，贾湘农紧走了几步，赶上朱大贵说：“天快明了，看咱住在什么地方，还是睡在高粱地里？”大贵住下脚，说：“我想紧走几步，早点走出这个地方，送你出去，我就放心了！”贾湘农说：“天明了，目标大，你看咱这打扮……”

朱大贵低头看了看，两只鞋子和两只裤脚都被露水浸湿了，跺了一下脚说：“好！咱就住下。”说着，掉转头向附近村庄走去。贾湘农在后头跟着，他问：“也不知道这个村庄怎么样？”朱大贵说：“这就难说了，反正咱找个穷人家住下再说。”说着，停了一下脚，抬起手掂了掂盒子枪，说：“有这玩意儿在手里，保你万无一失！”

两个人说着话，走上一条明光小道，走过一片柳树林子，到了一所小院。主人还在沉睡，门儿紧紧闭着，朱大贵掀起大腿迈过篱垣，弓身走到窗前，敲了一下窗棂，悄声问：“大奶奶！大奶奶！这是什么村庄？”屋里人听得生人气，有个老汉从枕上抬起头来，蒙蒙眬眬问：“嗯？是谁呀？你问的什么事？”听声音，他像没有睡着。朱大贵弯下腰，把嘴对在窗棂上，低声说：“俺是走路的，请问一声这是什么村？”老汉听得说是过路的，从炕上坐起来，说："小村，张各庄呀！你们是哪块儿？"说着，披上衣裳下了炕，开了门说："你们是……"一看大贵五大三粗的样子，手里提着枪，手疾眼快，把门一关，呱嗒一声又把门插上，再也不吭声。

朱大贵一看老汉惶惶的神色，噗嗤地笑了，走到门前说："老爷爷！请你放心，俺们不是小道上来的。"老汉哆嗦着嘴唇说："你，你们是干什么的？想牵我的驴走？说什么也不行，赶快走开，不然，我这里有菜刀也有禾叉！"朱大贵又笑了说："不，俺绝不是黑白两道子的人。痛快地告诉你吧，俺是红军……"老汉不等说完，就说："你们是县上的，来捉红军？俺家没有当红军的！"

朱大贵看一时也难分辨清楚，而且这样嚷起来，要是被人听见，要出大事。一时肝火上升，要抬起脚来踹门。贾湘农一眼看见朱大贵变了颜色，跃过篱垣走过去，从后面抓住大贵的手，说："不，不能！"他两步跨过去，一手攀住门环，低声说："大伯！俺们是才从阵上败下来的红军，天快明了，请你开开门，叫我们进去歇一歇，解解乏，我们就走了。"

老人这时还是半信半疑，隔着门缝看看也不像马快。他心上又想开门又不想开门。不开门吧，怕是红军来了，慢待不得。要是开门，又怕是县上的特务队，实在为难。这时大贵也实在等不得，头上发起热，几乎爆出火星子，一手抓住门环，抬起脚又要踹门。天明了，他怕有人看见。贾湘农看他这个火性暴溜的样子，用手拉住他的肩膀，睁开眼睛瞪了他一眼，说："怎么你这么毛头火性的？"朱大贵用手拍着膝盖，喷着唾沫星子说："太阳要出来了，人们要出来挑水饮牛，叫人家看见，我们怎么办？"一边说着，两只脚直想跳起来。

老人在门里静听着两个人的谈话，又隔着门缝看了看两个人的神色，倒像是红军，又走过去对老伴说："看样子没有错，咱就给他们开门吧！"老太太也从炕上起来，摇了摇头，驼着背走过来，隔着门缝仔细看了半天，噗地笑了，呱嗒地把门开开，说："老爷！红军来了！"两个老人连连哈了几下腰，请他们走进小屋。老人让老伴去门外瞭哨，又去拍着东屋窗棂叫起媳妇，烧水做饭。老人走进来，巴巴着眼睛看了看贾湘农，又看看朱大贵，说："脱了鞋，上炕坐坐，暖和暖和。"他把炕上的破衣烂衫推在一边，铺上了一条棉被，说："秋天了，夜风凉了，快上去暖暖身子！"看他们脱了鞋子上了炕，亲切地把两只手掌趴在炕上，伸起头，放低了声音，问贾湘农："红军败了？"贾湘农点点头，默默地说："败了！"老人难过地摇摇头说："咳呀！白色恐怖来了。他们不抗日，也不叫老百姓抗日，日本鬼子进了长城呀……你们知道吗？他们把逮住的红军砍了头，挂在树梢上，血糊淋漓了好几天，真是吓人呀！"老人说着，脱了鞋，盘腿坐在炕上，用大拇指头摸着烟荷包，装上一袋烟，捧给贾湘农说："白军打扫战场的时候，土豪劣绅们也到战场上去搜寻，有一个受了重伤的红军，正痛得咬牙切齿，见有人走过来，他急忙喊：'老乡亲！老乡亲们！快来救救我！'土豪劣绅们走过来，一看是个红军，有十七八岁年纪，是个黑黑实实的小伙子，问：'你是哪里人？'他说：'我是河西里高佐人，俺爹和俺伯伯哥儿俩守着我一个，央求你们送我回去，我爹要重重地谢承你们！'土豪劣绅们说声：'好，你在这里等等吧！'立时抬了门板来，把小伙子放在门板上。这时，那个土豪劣绅一下子变了脸，说：'我送你，我送你小子忤逆不孝！'立时打发人把他送到白军去，叫人看了，真是惨呀！"说着，不住地摇着头。贾湘农看老人眼眶酸得要掉下泪来，忙安慰说：“大伯！不要难过，军事斗争，有胜有败！”老人又抬起头，亲切地说：“你们到了我这草窝里，好好歇歇心吧！是先吃饭，还是先喝水？”说着，媳妇端进一铜盆洗脸水，说：“来！先洗洗脸！”

贾湘农和朱大贵下地洗了手脸。媳妇又提进一大壶开水，在炕上放个小桌，把壶碗放在小桌上，叫他们喝着开水。接着媳妇又端进一大盆米粥，粥里放上大麻豇豆，还切来一大碗老腌咸菜。两人吃得饱饱的，请老人们在门外看着，撂下头睡了一大觉，睡得呼呼的。贾湘农醒过来的时候，伸起头一看，窗棂东边，只剩下窄窄的一溜斜阳，伸手揉揉眼睛，推着大贵说：“快起！”

老人听得响动，走进屋来，笑嘻嘻地说：“看你们睡得多么香甜！”贾湘农说：“不瞒你老人家说，我们已经有多少日子没有好好睡觉了，今天才睡透！”

老人说着，坐在炕沿上，吸着烟长叹一声，说：“咳！盼天盼地，盼着红军过来，领导我们抗日，不当亡国奴。正在热火头上，半空里一声轰雷：红军失败了！咳！乍听到这话，真好像一根铁杠子敲在我的光头上，脑子一炸。”老人说着，双手递过旱烟袋，叫贾湘农吸烟。

贾湘农接过烟袋，趴着枕头吸了长长一口烟，又鼓起嘴唇，吐出浓浓的一股烟气，絮絮地说：“好心人，老大爷！我们失败了，我们应该向你们、向劳苦人们请罪，我们不应该失败。可是，我们第一次搞暴动，组织工作做得不好，没有军事经验，失败了！失败了……”贾湘农说着，心里实在难过，把两颗热泪滴在枕头上，睁开两只泪眼看了看，又伸出右手说：“失败了，红军北上还没有站脚的地方。日本鬼子来了，还没有抗击的力量。

我们犯了错误，是对高蠡地区的人们有责任的，可是，我们不会永远失败。我们要继续干，时刻不久，要重新打起红旗！”老人仄起耳朵，听完他最后一句话，猛地返回身，握住贾湘农的两只手，索索抖着，流出眼泪说：“你说的是真话？”贾湘农说：“绝不说谎，我就是红军司令员湘农。”老人听得说，睁开泪眼点点头说：“真的？真的？”说着，出溜下炕去，向北跪下，磕了三个头，说：“天哪！苍天！你睁开眼吧！要保护湘农司令员福体健康，就算是给俺庄稼人们降下吉星了！”贾湘农看着老人诚恳的样子，赶紧披衣起炕，大贵也从炕上起来。贾湘农说：“老大爷！你是怎么信仰红军的？”老人说：“我早就听得说，我们这块的人们早就嚷动了，等着参加红军，去打日本鬼子。我的孩子也去当红军了，至今还没回来，不知是吉是凶，好不叫人提心吊胆！”贾湘农说：“也许缓缓就回来了！”

说着话，贾湘农和朱大贵吃了饭，老太太也把衣服鞋子给他们烤干了。湘农辞别老人说：“老人爷！不瞒你说，我们要到白洋淀，从白洋淀取道保定……”老人不等他说完，说：“依我看你们在我这小窝窝里多住几天，养养身子再走。小屋虽然茅草，可是在这大村外，也没人瞧见。”湘农向前攥住老人两只手说：“老大爷！我们这就够麻烦你老人家的了，白军知道了，要不依你呀！”

老人摇摇头说：“说句真话，早就豁出去了！我看他们早晚要出卖全国老百姓，当了汉奸卖国贼。”

说着，看看太阳下去，媳妇掌上灯来。朱大贵提了枪，两个人走出小屋。老太太和媳妇都站在外屋黑暗里睁开明亮的眼睛看着，三个人一同走出小院。老人送他们走上一条明光小道，说：“黑天行路，我细说，你们也听不明白，你们一直向正北走下去，就到白洋淀了。那里好，地方深，是藏龙卧虎之地！”贾湘农说：“好！谢谢你老……”老人说：“好！祝你们一路平安，希望你们不要忘了，在这兵荒马乱之下，来我的小屋里睡了一夜，坐在我的热炕头上，喝我的豆儿稀粥。”湘农说：“一定忘不了你，咱们后会有期！”说着，他又紧紧握了一下老人的手。

他们别了老人，夜行晓住，走了三四天工夫。那天晚上，两人正在走路，月光之下，听得前方有响动，大贵提着盒子枪，打个手势，叫湘农闪在路旁庄稼地里。朱大贵蹲在路旁，静静听着，是一辆独轮小车咕噜噜地走过来。等走近了，仔细一看，只是一个人推着一辆小平车，默默无言地向前走。朱大贵等小车走到跟前，把脚一跺，大喝一声：“站住！”推车人只是在月明中看着前面，并没想到脚下有人，一个不提防，扑通地蹲在地上。朱大贵站起身来，仰起胸膛，哈哈大笑。推车人在夜暗里慑起眼睛看了看，从地上爬起来，说：“我的亲娘！你毛手毛脚，像旱天雷一样吼了我一声，差一点吓断我的筋！”朱大贵走上去说：“对不起，你推的什么东西？”推车人说：“是熟马肉。”朱大贵说：“正想吃点熟肉。”推车人说：“黑下里，也看不见个秤星儿。”朱大贵问：“你推的这是多少？”推车人说：“有个一二十斤。”

朱大贵二话不说，伸手从腰里掏出一把洋钱，咣啷一声，往小车上一扔，说：“都买了你的！”推车人说：“你倒是个痛快人，干什么用着这些个钱？”朱大贵说：“我们拿这不当事！”说着，叫出贾湘农，两人守着马肉吃了一会子。朱大贵脱下褂子包了马肉，扯起两只袖子，横背在脊梁上，就往前走。

推车人越看这两个人越不平凡，想来想去，停住不走，他怕是在梦里。朱大贵回头喊了一声，说：“喂！赶快回家吧！”推车人以为是在梦里遇着关老爷，怔了一会才醒过来，推起小车走回去。两个人手里拿块马肉，一行吃着一行走着，贾湘农说："大贵！毛头火性的，看你这股劲！"朱大贵说："闹暴动闹的！不把脑袋掖在腰里谁敢起来暴动？命都不要了，立着房子躺着的地都不要了，还怕什么？"

两个人一直走到天明时分，看看东方发白，离远看见前面一条长堤，堤上有两行垂柳，垂柳下面，有黄色的土牛起伏，这就是白洋淀上的围堤。两个人走进堤旁苇塘里歇下脚。等中午以后，朱大贵才走出苇塘，在淀边码头上寻了一只大船，打好交道，叫贾湘农上船，这时他又迟疑住，说："我不应该离开这里，正在青纱帐季节，再把人集合起来，打起游击多好！"朱大贵说："你说应该继续干，我们也说应该，眼看日本鬼子就要进关……既然到了此刻，你就先去吧！我们等着你，等你回来。你放心去吧，还有什么吩咐？"贾湘农用手拍着大贵肩膀，睁开黑亮的眼睛，从上到下看了看，摇撼着他的肩膀，心里说：多么结实的小伙子！他对大贵说："我没有别的嘱咐，党正在困难关头，希望你能执行党的任务，渡过这白色恐怖。"这么些日子，他们都是在一块行军打仗，朱大贵看贾老师要离开他，不知什么时候才能见面，心上也有些不忍分离。他说："贾老师！不用说了，我心里难受死了，我回去一定保着老爹和明大伯渡过这道难关，为了完成党的任务，不怕粉身碎骨！"贾湘农又拍拍大贵的肩膀，说："好同志，你浑身是胆！去吧，这边是平原，一马平川，任你奔驰；那面是山岳，有崇山峻岭，任你腾空飞跃。以后重相见，那时当彼此不同了！"说着，手拍大贵肩膀，哈哈笑着，送他出舱上岸。

朱大贵站在岸边，看着那一艘大船起了锚，移动前行，走到淀心，又扯起一面白帆。他站在土牛上，看着那面白帆，在油绿的水面上顺风驶去。

45

朱老忠带着游击队，夜行晓住，走了几天几夜。在一个秋天的清晨，雾气未散，二贵一出青纱帐，远远看见千里堤上的白杨树，树上有群鸦噪早。他打了个愣怔，眨巴眨巴眼睛，笑了说："莫不是，这就到了锁井老家？"春兰扛着红缨枪走上几步，停住脚看了看，说："也说不一定，在我小的时候，看见过的村边上相同的地方多着呢！"严萍说："不，你看大堤上那几棵杨树尖，活像长在千里堤上的。村边那面墙，土黄的颜色，正是春兰家小屋。"

三个人正在高兴地争论不休，朱老忠带队走上来，向他们巴睃了一下，说："可不是到了锁井是什么？这几步路，合着眼睛也能摸到！"

游击队员们用袖头子抹了一下眉毛上的露水，挤巴挤巴眼睛笑了，说："到了锁井？到了老家就好办了！"说着，大家一齐站住，对着村庄发笑。那长堤，那白杨，那村边的梨林、老柳垂杨、小屋、烟囱……越看，没有一点是不熟悉的。一说回到了故乡，回到锁井，他们的鼻孔里立时闻到了乡土的气息，感到身上暖烘烘的。大家正在那里看望，二贵一下子拉开枪栓，叉开脚步说："回到老家了，啊呀！我们可不怕了！"正在这时，村庄的上空忽然升起军马的嘶鸣。二贵又板起面孔，缩了一下脖子，说："嘿呀！兴许有白军驻在村上！"

说着，朱老忠命令游击队回到青纱帐，叫过春兰问：“我们的村公所在什么地方，你知道吗？”春兰侧起头想了一下，说：“村公所？我知道！”她说着，不假思索，迈动脚步就朝南走。游击队员们在后头跟着，走到千里堤下。看看堤上没有人，他们弯下腰，加快速度跃过长堤，向西南方向插过去，在一片高粱地里找到了小窝铺。庆儿、小囤、小顺听得有频繁的脚步声，忽地从小窝铺里跑出来，手里拿着长枪、禾叉，凶狠狠地摆出战斗姿势。当他们一看见朱老忠，由不得笑了，庆儿和小顺不约而同地喊起：“忠大伯他们回来了！”这时，小窝铺里发出一阵微颤的声音，是朱老明问：“忠兄弟回来了？”

朱老忠走到窝铺口上，说：“是呀！我们回来了。”说着，提起枪走进小窝铺。这时，朱老明盘着腿端端正正坐在小窝铺里，面朝东南，向着升起的阳光，听得朱老忠的脚步声，立时伸出两只手，抬起头来说：“大兄弟！大兄弟！你可回来了，你可回来了！”朱老忠长出一口气，说：“唉！回来得好不容易呀！”说着，他坐在朱老明的一旁，见朱老明伸出两只手，忙把头伸过去，叫他摸着。朱老明笑着说：“兄弟！你可整着个儿回来了？”他眨巴眨巴无光的眼睛，想看一看朱老忠的面容，可是一想到他已经失去光明有好多年了，又摇摇头失望了。才几天过去，他的眼眶陷得更深了，胡子长得更长了，两只胳膊瘦得更细了。可是他还是微微笑着，凑近朱老忠，颤着细声问：“大兄弟！游击战争打得怎么样？”在关切的语声中，可以感觉到他对游击战争胜利的希望多么迫切。朱老忠一听，闭紧嘴停了一刻，也不说什么，觉得眼眶发酸，低下头去，手上摸着朱老明的烟荷包，缓缓地说：“游击战争，打了多少土豪，分了多少粮食，最后游击战争——失——败——了！”当说完这句话的时候，几颗大泪珠子，噗噜噜地滚在铺席上。朱老明紧跟着问了一句：“什么？”缓缓地摇着头，脸颊由不得抽动了两下。朱老忠说：“游击战争失败了！”

朱老明听完这句话，左手支在大腿上，右手拄着拐棍，低下头，半天没有说话。只听得滹沱河里的水流声，千里堤上大杨树的叶子哗哗响着，树声和着水声响得瘆人。

庆儿、二贵、小顺、小囤和游击队员们，集在窝铺口上看着，没有一个不为游击战争的失败难过的。朱老忠拍拍朱老明的肩膀，伸开两只手，把他扶住，说：“大哥！大哥！用不着难过。这游击战争是长期的，不是一天两天的事，也不是一年两年的事。日本鬼子侵略我们，蒋介石不让我们抗日，我们就闹暴动。日本鬼子到了我们的家乡，我们为了保卫家乡，我们就闹游击战争。过去冯老兰是咱的老对头，今天冯贵堂是咱的老对头，一代接一代，长长的工夫跟他磨吧！”朱老忠的一番话，又把朱老明说开了。在政治问题上，他向来是信服朱老忠的，他说：“听得这几天风声不好，土豪劣绅们卷土重来，就知道是战事打得不好。”朱老忠一听，由不得气从心上来，问：“冯贵堂又回来了？”朱老明说：“冯贵堂家人们都回来了；十四旅开到锁井镇；县上的特务队安在冯家大院。这一下子就压得我们抬不起头来了……”他扬起脖颈，眨巴眨巴眼睛，又无可奈何地低下头去，问：“大兄弟！你给我说说，这游击战争可是怎样失败的？”

朱老忠从出征开始，谈到玉田起义，谈到辛庄会战，谈到最后，他猛地抬起头来，把手掌一拍，笑了说：“我们没白工作了多少年，红军到底打了很多胜仗，打了很多土豪，分给穷人们很多粮食，插起了我们的红旗。今天虽然失败，可是庄稼人们祖祖辈辈再也忘不了红军了！”当谈到严志和受了伤，朱老星和伍老拔死活不明，辛庄的树林上挂起了人头的时候，他痛苦地低下头去，抽着烟长时间地沉默。游击队员们都暗暗抽泣，滹沱河里的流水在呜咽，千里堤上的乌鸦凄凉地悲鸣，西风在大柳树林子里响着。朱老忠受不住窒息的悲痛，觉得胸膛里压得厉害。他走出来，在小窝铺周围走来走去，心里有说不出的戚切。太阳已经露了头，在东方的地平线上显出一点鲜红的影子。河水中波涟颤动，似曲曲的万道金蛇。庄稼上露水很重，庄稼都黄熟了，人们快开镰收割了。游击队员们还是围着小窝铺呆着。这是一个不大的小窝铺，是朱老明打发伍顺和庆儿用苇箔和席子搭起来的，棚顶上伪装着瓜蔓和野草。棚旁有个小锅台，朱老忠掀开锅帘看了看，锅里还泡着碗筷。他对小顺说："快想法子做饭吧！人们已经有好几天没有吃饱饭了。"又问："你娘和你大娘她们呢？"小顺儿说："就在这村外大敞洼里，有时也到这里来看看，给人们做点饭吃，就又走了。"顺儿从窝铺里取出米布袋，刷锅点火，熬起粥来，说："只这一点米了。白军来了，进不去村，米面也作难了！"朱老忠一听，气愤愤地把机头一扳，咯吱的一声，说："有枪在手，便什么也不怕了！"

朱老忠叫庆儿和小囤放好了哨，吩咐人们安排休息下，好准备应付战斗。他蹲在地上喝了两碗稀粥，躺在小窝铺里睡了一大觉，一直睡到月亮出来。他提上枪走出来，想回家去看看，虽然离开家才十几天，却像有好多日子一样。他沿着河岸走到村边，村里有马嘶狗咬，不像平常的光景。他爬过堤岸，围村走着，看看白军岗哨并不严密，便悄悄向村里走去，穿过一片庄稼地，绕过冯老锡家房后头的土坡，走到大街上。大街上冷冷清清，没有一点声音，清灯儿似的。他三步两步就跨过去，一推小门开着，走进去一看，房门落着锁，小院里没有一个人。他长出一口气，想：毕竟又回到我的老家了！家屋还是完整的，和出去的时候一样，直觉得身上舒贴。他提着枪在阶台上站了一刻，仄起耳朵听听，一点声音也听不到，似乎这东锁井村上连一个人芽也没有。他对着这一片寂静，出了一会神。不知不觉喊了两声："贵他娘！贵他娘！"屋里也没有人答话，静得耳朵嗡嗡地响。他明知道贵他娘不在家里，可是他很愿意像往常一样叫一叫，心上才痛快。他把枪夹在胳肢窝底下，坐在阶台上，直到天色黎明，树上有野鸽子在叫，才又提了枪走出来，随手把门带上。这次回家，他没有见到家里人，觉得心上实在空落落的。

他趁着黎明前的黑暗，走出村庄。经过岗哨的时候，有哨兵喊了一声："口令？"他也没有理睬，只是把身子一闪，钻进青纱帐里。走到朱家老坟，朱老明的小屋门敞开着，屋子里四壁空空，什么东西也没有了。朱老明已经把做饭的家具、被褥、灯台，都搬到村公所里去了。他坐在炕沿上歇了一刻，抽了一袋烟，就又走出来。走到柏树底下，猛地听到前边高粱地里有人碰得高粱叶子哗哗乱响，吓了他一跳，生怕碰上白军和冯贵堂家的打手们。他慌忙钻进密密的青纱帐，藏在豆棵底下，伸起头瞪起眼睛听着。有人迈着沉重的脚步，一步一步走过来。到了跟前一看，不是什么人，正是他家那一头小黄牛。几天不见，这头小牛身上乍起毛，拖泥带水，瘦得露出肋骨，瞪着红眼睛，蹀蹀躞躞地走过来。

朱老忠看见他的牛，像一块石头落了地，三步两步跑上去。小黄牛一眼看见朱老忠，撑开四蹄怔住，瞪出血红的眼珠子看，当他认出是朱老忠，缓缓地翘起尾巴，摇晃几个圈，从大眼睛里，滚出几颗黄豆粒子大的泪珠子，把脑袋摇了一下，张开大嘴，哞哞地叫着，叫得那么凄凉。当它认出确实是离开已久的老主人，呼呼地出着粗气，抖动了一下心肝，冷不丁地朝朱老忠跑过来，前腿向上一纵，打起立桩，张开大嘴，哞哞地叫着，向朱老忠扑过来。朱老忠看这小牛虎虎势势的样子，由不得倒退几步。小黄牛打着立桩向前走，又慢慢地把脖子搭在朱老忠的肩膀上，哞哞地叫着，像是哭诉它痛苦的仇恨。朱老忠见小黄牛委屈的样子，搂住它的脖颈，拍着脑门问："小犊啊！你受了什么样的困苦啊？"

小黄牛好像懂得他的语言，点点头，呱嗒呱嗒嘴扇，也不吭声，两只前蹄向上蹭着，想要爬上朱老忠的肩膀。

自从游击战争开始，小黄牛也有着不平常的灾难：那天晚上，白军从春兰手里夺走了它，偷偷地牵到汤锅上，卖给屠户。屠户不知道其中的缘故，也没立刻宰杀。在那天深夜，它挣断了缰绳，从屠家的破墙垣里跳出来，逃脱了屠刀，顺着走过去的道路跑回家来。村上驻了兵，它不敢进村，只是在河滩上走来走去，又遇到几起白军在河滩上追逐它，直追得它筋疲力尽。如今一看见朱老忠，好像小孩子受了冤屈，想躺在母亲怀里，得到一些温暖。

朱老忠看见他的牛成了这种光景，心上很是难受。拍了拍牛脊梁，又用手掌抚着小牛的头顶，说："牛啊！牛啊！白色恐怖就要落在我们头上呀！"

朱老忠搂着小牛，在那里站了半天。才说牵起牛回到村公所去，贵他娘从高粱地里走出来，一眼看见朱老忠，三步两步走过来，抓住他的袖头子说："我那亲人！你打哪儿来？"她从上到下看了看朱老忠，看他焦黄的脸上，小胡子翘起来，凹着眼睛，眼珠上网着血丝，连忙掏出毛巾，给他擦去眼屎，眼泪不由得流下来，说："亲人！才出去了几天，就成了这个样子！"

朱老忠一手牵了牛，一手牵着贵他娘的衣襟，一腔热血翻上倒下，鼓动着他的胸脯。他又想起暴动失败，日本鬼子就要来了……想到战友们一个个死亡逃散，心头上酸溜溜的，实在难受。他说："贵他娘！别哭！哭什么？已经到了这步家业，走吧，先回明大伯那里去。"贵他娘睁起惶悚的眼睛，说："咳！有家也回不得了，连家门也不敢进。听说张福奎带着马快班来了，要抓人哪！三番五次在家里出出进进，找你父子！"朱老忠冷笑两声说："哼哼！卖国贼们，要赶尽杀绝呀！"这时，他心头的愤恨，直想决口而出。贵他娘说："可不是，我直怕孩子们给他抓了去。"她心上又在纳着闷：唔？大贵二贵呢？他为什么不说到大贵二贵？就问："大贵呢？"朱老忠说："他单枪匹马去送贾老师，过几天就回来；二贵回来了。"贵他娘听说大贵没有回来，她心上有些嘀咕。听说贾湘农离开这里，由不得心里发急，说："咳！日本鬼子要打过来了，他又离开我们！"说着，又皱起脸来，说："春兰和严萍，两个孩子，小女嫩妇的，走这么远去送信，要是遇上好和歹儿……"当她听到朱老忠说，她俩经过严重的考验，已经平平安安地回来了，才破涕为笑说："那就好了，少了我一块心病。"又走过去摸抚着牛的头顶说："你怎么遇着它的？"朱老忠把刚才遇上小黄牛的经过告诉贵他娘，贵他娘由不得呱呱地笑起来，又拍拍小黄牛的犄角说："说实在话，自从春兰和严萍赶它出去，我吃饭睡觉都结记它，像结记大贵二贵一样。"说着，又微微笑着，牵起鼻圈说："走吧，咱上村公所去！"

说着话儿，走到伍顺家庄户下头，贵他娘叫朱老忠站下，一个人悄悄地弯腰走上堤去，向西看了看又向东看了看，看没有来往行人，向朱老忠摆了一下手，朱老忠牵牛走过堤去，他问："顺儿他娘在家吗？"贵他娘叹声说："嘿哟！凡是暴动人家，谁还敢呆在家里？”说着，走到河身里，又曲曲折折走了几节庄稼地，到了小窝铺跟前。顺儿他娘、庆儿他娘都围着窝铺坐着。游击队员们正在擦枪上油，准备战斗。顺儿他娘和庆儿他娘一见了朱老忠，破开愁苦的脸容走上来。顺儿他娘问：“大哥！你也不知道他哥们的下落吗？”她们正在谈论朱老星和伍老拔的事。小囤儿也说：“自从昨日晚晌，我也想问问，这个回来了，那个回来了，怎么不见我爹？”庆儿也说：“是呀！志和叔呢？我爹也没回来……”

朱老忠听孩子们问起他们的父亲，耳朵里嗡地叫起来。一看见亲人，看见孩子们，就想起几天以来，你们的父亲们，为着跟随党去进行游击战争，受了什么样的磨难。如今孩子们的父亲，没有跟他一块回来，他只觉得满脸羞愧难忍，脸庞上禁不住地哆嗦了一阵。他怔住眼睛呆了一会，鼓起精神说：“不久，他们总要回来的。”这时，他又想到：恐怖当前，凶多吉少，如果他们回不来，又怎么向孩子们交代？他又说：“不，也许他们要打着游击闯到山林里去！”他倒不是想欺骗孩子们，可是大敌当前，不鼓足勇气，又该怎么战斗下去呢？

囤儿他娘听说伍老拔他们要下关东，瞪起眼睛问：“咳呀！已经是这个年岁了，又闯到哪里去了！”朱老明听说各家同志下落不明，拍着铺席说：“他们要是拉着竿子跑到山林里，那就算烧了高香了。山场草原地方大，拉得开手脚，他们能在那里保存下来，将来和日本鬼子刀对刀枪对枪，那才好呢！”

朱老忠把缰绳搭在牛背上，慢吞吞地走到小窝铺底下，坐在朱老明的跟前，抽着烟，又慢声细语地讲说了辛庄会战。讲到伍老拔、严志和、朱老星在战场上的英勇，朱老明猛地抬起头来，笑了说：“哈哈！无论怎么说，这才不愧是老同志！”

贵他娘、顺儿他娘、庆儿他娘，小顺、小囤、庆儿、春兰、严萍和所有的游击队员们，听到朱老明说，又转悲为喜。可是到目前为止，游击战争失败，日本鬼子来了，将无法抵御。人们的一切希望，美丽的幻想，革命的欢乐，都悄悄地掩藏在悲愁的后面去了。朱老忠又说："贾老师叫我们坚守阵地，和阶级敌人斗争到底。他还留给我们这个小小的游击队。"

正在说着，全富奶奶旋风似的跑了来，说："可是了不得了！马快班在村里明抢暗夺，把人们家里都抢光了！"朱老明一听，愣怔了一下，说："大兄弟！这又是一个新的情况，你捉摸捉摸，马快班过去几天，只是抓人打人，还没抢过东西，从此以后他们要下手了！"朱老忠说："贾老师说过了，为了镇压抗日，保定来了宪兵第三团，来了一帮子特务，恐怖的年月这就开始了。他还说这一方革命的人们可能受到灾难，叫我们小心注意！"朱老明仰起头，摇着下巴说："咳呀！白色恐怖就要来了，我们咬紧牙关，撑过这长年的黑暗吧！今天谁去摸摸敌情？"他说着又抬起头来，无可奈何地看着天上，痛苦地摇着头。

朱老忠听到这里，看看朱老明难过的样子，直气得心尖发抖，浑身的血管都要爆炸开来。他脸上一时紫涨，身上立时发起烧来，猛地从窝铺里跑出来，伸起右胳膊，攥紧拳头，大喊一声："红色游击队，快快集合！"喊着，游击队员们立刻挎上枪支，跑到朱老忠的跟前，一个个瞪直眼睛，等候命令，准备战斗！

46

朱老明听说村里马快们开始动手，暴动人家要受灾殃，朱老忠集合人要出发打仗，他心里打了一下颤，摇摇手，走过去说：

"大兄弟不行！剩下这点武装，就像咱的眼珠子一样。有灯掌在暗处，有钢使在刃上，不能轻举妄动，咱先弄清情况再说！"朱老忠听了这话，心情略微平息一下。他擦去脸上的汗珠，问："叫谁去出探？"贵他娘睁开惊慌的大眼睛，看了看朱老明，笑嘻嘻地说："大哥！叫我去吧！"朱老明说："你不行，谁不知道你是红军大队长的家里，要是叫马快们逮住，非同小可！"贵他娘说："那就叫小囤去，孩子小，又聪明伶俐！"朱老明说："他去倒是可以，年纪虽小，心里能走事儿。"小囤眨巴眨巴明灯儿似的眼睛，绷起嘴，笑默默地走过来说："唔，我去吧！"他穿着白粗布小裤衩，毛蓝布小褂子，袖头上都破了，绽出一条条的线缕。这孩子才十三四岁，身子壮壮的，又聪明又活泼。他穿上鞋子，背上粪筐，顺着地垄往村里走。走了几步，朱老明又把他叫回来，说："小囤，你回来，光是闷着头往村里走，你知道去干什么？"小囤呆了一刻，又慢慢走回来，睃着眼睛说："唔！我还不知道，不是去打探消息吗？"朱老明伸手摸住小囤头顶，说："我给你说说吧！第一，你打探村里军队有没有调动，现有多少？第二，你打探今天又来了多少马快，住在什么地方？第三，你打探冯贵堂他们今天有什么行动？三桩事情打探清楚，快来报告。"

小囤听完了话，转身往村里走，走了几步，朱老明又赶上去说："小囤！你站住，我再嘱咐你几句：千万别叫马快逮住你，要是他们知道了你是伍老拔的儿子，可不是玩儿的！"小囤听了这句话，眨巴着眼睛怔了大半天，可是，孩子年岁小，他还不晓得阶级斗争的厉害。朱老明又说："唔！你要知道，你爸爸是红军，你和白军、马快们势不两立。"

小囤又站在那里呆了一刻，这时心里倒是觉得有些沉重了。

一边应着声，走出高粱地，上了堤坡，摸索着往村里走去。自从白军住了锁井镇，镇上成天价鸡飞狗跳，鸽子炸窝，连树上的鸟雀都惊一阵乍一阵的。大柳树林子里的黄鹂，也不再鸣啭。小囤沿着堤坡下边的小道，走进东锁井。走到小十字街上，街上没有人。参加暴动的人家，牵着牛驴，背着全家的衣裳被褥，藏到大洼里去了。没有参加暴动的人家，男人们上西锁井去支应军队，铡草喂马，不得安闲；女人家把门关得紧紧，藏在家里，不敢在街上抛头露面。自从镇上住上白军，就像来了一群土匪，见鸡捉鸡，见狗打狗，赶得小猪崽吱吱喽喽满街乱跑，闹得实在不像个样。走过苇塘，只见西锁井大街上槐树底下拴着很多军马，他在那里拾了满满一筐马粪。马快班就住在鸿兴荤馆里，掌勺的把式把大勺碰得小勺嘎嘎乱响，马快班的头目们在那里吃着上好的饭，躺在炕上抽大烟。马快们正在大街上抓人，看见小囤，离远摆着手儿喊："来！过来！过来！"小囤走过去，马快递给他两根缰绳，叫他去遛马，小囤心里想：遛马就遛马，更好在大街上走走。

当小囤背着筐牵着马走到花庄门口，从院里走出一个戴黑眼镜的人，见了小囤就问："小孩儿！你知道谁家是共产党？"

这时小囤已经懂得世故，他说："什么样的人是共产党，脑瓜上又没贴着条儿！"他眨巴眨巴眼睛，摇着头说："我不知道！"

戴黑眼镜的人把他拉到村边，蹲在树底下，从衣袋里掏出一个洋烟盒子，嘻嘻笑着，软言细语问："谁家有闹暴动的？"

小囤不稀罕那个东西，摇摇头说："闹暴动的时候，在村北大柏树坟里。"

戴黑眼镜的人又问："谁参加来？"

小囤说："人可多了，成千成万！"

戴黑眼镜的人斜了他一眼，急躁地喷出唾沫星子，抓住小囤的脊梁，摇了一下说："他们的名字是谁？"他恨不得叫小囤张嘴说出红军姓名，一股劲地追问，追得小囤倒不过思想，不知说什么好。他说："参加'暴动'的人都是带着枪。"

戴黑眼镜的人笑了笑，点头说："对呀！带枪的人在哪儿？"

实在追得小囤的思想没处躲闪，他说："去吧！苇塘边上的青堂瓦舍，净是有枪的主儿，要多少就有多少。"

到了这刻，戴黑眼镜的人才知道他有意瞒哄，一下子生起气来，把帽子向后脑勺上一推，拧起眉毛，照准小囤的屁股，啪地就是一脚，说："净他娘的满嘴胡吣，不说一句实话！"这家伙是个吃生米的，想找点外快花花。

小囤抱起脑袋，牵起马，哭哭啼啼走回来。他看戴黑眼镜的人晃搭着身子走远了，用手指头挖着他的后脑勺儿骂："我日马快们八辈子祖奶奶！"他把马交到队部，才说扭身走回东锁井，一阵脚步声，冯贵堂带着一群马快们走过来。后头跟着一个奇怪的大汉：胖大个子，一只臂膀，大个头颅上满脸伤疤，那就是大马快张福奎。后面跟着李德才、刘二卯和一群看家护院的人们，顺着胡同走过来。老山头看见小囤，用马鞭子一指，瞪出锥子眼，咬牙切齿喊："那就是伍老拔家小崽子，追他，劈死他个小狗日的！"冯贵堂一听，顿时心火上升，杀父之仇，毁家之恨，像一把尖刀插在他的心上。小囤扭头一看，冯贵堂要捉他，拿起腿就跑。老山头带着冯家护院的人们就追，一直追到苇坑边上。

在辛庄会战的前一天晚上，冯贵堂和张福奎，带着全城的马快移防到锁井镇，在冯家大院账房里安上特务大队部。他们发动所有地主武装、保卫团、反动地主们，带着看家护院的人们到处捉拿红军。他们逮住红军了，就绑起来，拉他们到千里堤上，冯贵堂立眉横眼说声："给我打！"于是，看家护院的人们，就拳打脚踢，棍子像雨点子一样落在红军们脊梁上。打够了，骂够了，拉去交给白军。今天，冯贵堂像咬人的疯狗，红着眼睛，龇着牙齿，嘴上挂着血丝，到处捉人。可是暴动的人们早就躲开了，谁也捉不到。于是他就捉起红军家属和小孩子们来。

冯贵堂手里拿着枪，带着老山头追了小囤一程，看小囤跑远，也就渐渐慢下步来，气愤愤地瞪了老山头一眼，说："妈的！光是会吃饭，连个小孩子也逮不住！"老山头睖着眼睛说："日子长着哩，今天逮不住，还有明天，明天逮不住，还有后天。孙悟空一个斤斗十万八千里，还能打得出老佛爷的手心去？"

老山头这么一说，冯贵堂心上的气愤慢慢平下来，说："走！"他摆着两只胳膊，走过苇塘。一进朱老忠家小门，小院里静寂无声。他带着张福奎，踹开屋门，到朱老忠屋里看了看，又到大贵屋里看了看，都是一些破烂家具，破衣裳烂套子。走到牛棚里一看，牛也没有了，他顿时生起气来，心里说：连一件值钱东西也没有！想着，跺得两只脚后跟嗵嗵乱响，又吩咐老山头说："去！把咱的几辆大车都套过来！"

冯贵堂家护院的人们，要把朱老忠家的粮食、箱柜、锅碗盆瓢……凡是成用的东西，都装上大车。冯贵堂把手一摇，说："不用，听我的！"他们在朱老忠家里闹了半天，闹得猪崽乱叫，赶得鸡满院子横飞。张福奎站在台阶上哈哈大笑，说："看这闹红军的好下场，就欠抄家灭门！"冯贵堂摇了一下手枪，说："不，我自有主意！"张福奎从阶台上走下来，在院子里走来走去，说："咳！小户人家……"不等张福奎说完，冯贵堂放大了声嗓，说："怎么？张队长！你好了疮忘了疼了？红军伤了我的老爹，这是不共戴天之仇！我得想个特别的办法治他！"

冯贵堂这么一说，张福奎也想起他的一只胳膊，看冯贵堂火气上来，也就不再说什么。冯贵堂见有几个小孩子，在破布衬烂套子里捡些破瓶瓶小罐罐玩儿，喝呼了一声："呔！滚出去，你们在这里捡什么洋落儿？"冯贵堂一喊，几个小孩子吓得哇哇哭着，叽里咕咚跑出去。他又走到北屋看了看，走到西屋看了看，见没有什么成用的东西，又蒙走到厕所里，一进到厕所门，立刻用白绸子手绢捂上鼻子，骂："呔！妈的！什么味气！"合着眼睛从厕所里走出来。见面前横躺着一只破煤油桶，他丧气地抬起脚，嗵的一声踢开去，嘟嘟囔囔说："他妈的！没一件值钱的东西！"

冯贵堂和张福奎带着马快，从朱老忠家里走出来，才说走进冯老锡家大梢门，到朱老星家去，看见冯老锡叼着大烟袋在门口上站着。他拐个弯儿走到小栅栏门口，用手一推，木栅栏锁着，对老山头说："拿脚踹开！"老山头和几个护院的三脚两脚把木栅踹开，走了进去，推开屋门探头一看，屋里烟熏火燎，尽是破坛烂罐，用脚踢开盖帘，说："铁锅还是一口囫囵的，拿上！"老山头拔下那口铁锅，背出去放在大车上，把破衣烂衫、柜头、炕席、农器、家具，都装在车上。老山头莫名其妙，说："放着朱老忠家的东西不要，这满打满算也值不了几个铜钱，要那干什么？"冯贵堂说："你大字不识，懂得什么谋略？我拿回去当柴烧，扔在猪圈里沤了粪，也不给他们留下。"

他们从场院里走出来，又抄了几家红军的家。沿街走着，一只狗垂着脖子，耷拉着尾巴从后头跑过来，冯贵堂伸手砰的一枪打在头上，那条狗连叫一声也没叫，躺在地上打了个扑拉儿，就没气了。大街上冷冷清清，只听得满村子鸡飞猪叫，哼一声骂一声。大街上来来往往的尽是穿灰色军装的大兵。他们从小十字街往北去，走进春兰家小门。老驴头正在院子里晒红高粱，他从地里捡了一筐早熟的高粱穗回来，看见冯贵堂走进来，呱嗒地垂下脸，心上扑通直跳，又霍地打起笑脸，举起一个又红又大的高粱穗，说："你看我这高粱穗长得有多大！"老山头睁开三角眼睛瞪了他一下，说："谁管你高粱穗大不大，你家春兰呢？"老驴头听问春兰，立时蒙头转向，对冯贵堂说："他问你妹子？"冯贵堂一下子变了脸说："他妈的！什么妹子不妹子，整着个是女红军！"一下子吓得老驴头一身骨架乱颤，得得着牙齿说："俺，俺，俺可不是，俺是正经八百的好庄稼主儿。"冯贵堂说："等她回来，叫她老老实实到我那儿去，叫张队长教训教训她！"老驴头一听，看了看旁边站的那个胖大个子，满脸红疤，口眼歪斜，实在不像个人样子，心里想：春兰要是落在他们手里，还不知道成个什么样子！他说："小闺女家，不要跟她一般见识！"冯贵堂说："什么？她比半大小子闹得还欢！"又招呼老山头："来！拾掇他！"

他这么一说，老驴头两手拍打着膝盖，咧起厚嘴唇，鼻涕眼泪一齐流下来，伸开两只手拦住说："不行不行，那可不行，我没'共'你们的'产'，你们可不能抄我的家！"又扑通地给跪下磕头，说："大人！大人！可怜可怜我老头子吧，一辈子讨吃要吃不是容易。"老山头仄歪仄歪脑袋，说："净他娘的装穷卖傻，来！先搬他的粮食！"老驴头听得说，跪趋马爬赶过去，拽住老山头的裤脚，说："老爷！老爷！可不能，可不能，春兰可不是共产党！"老山头一下子躲开老驴头说："你知道？你糊涂到底了，她生俩私孩子你都不知道！"

张福奎满院子看了看，见也没有多少值钱的东西；再说他们重男轻女惯了，觉得春兰即便是个共产党也怎么不了谁。他说：“算了，快死的老头子，跟他一样干什么！”说着，扭头向外走，马快们也跟着走出来。可是，冯贵堂并不就出来，走到小棚子里看了看，有一个牛槽，两堆牛粪，就是没有牛。他想一定是给朱老忠藏牛的，他问：“你这个老窝主，朱老忠那牛呢？”老驴头哭哭啼啼说：“春兰套车出去了！”冯贵堂紧跟着问：“到哪儿去了？”老山头也趋遛过去，手里拿起半截柳竿子，气势汹汹说：“她到哪儿去了，快说！”老驴头眼泪鼻涕挂在长胡子上，说：“她上哪儿去，我哪里知道？”

说到这刻上，春兰娘也从屋子里走出来，扎煞着两只胳膊，连连抖索说：“可是的！她上哪儿去了，多咱也不跟俺们说声。”不等春兰娘说完，老山头拿起半截柳竿子赶上去，说：“妈的！你又出来帮腔，我揍死你这个老梆子！”春兰娘往后一躲，一个侧不楞倒在地上，撒开声嗓大叫：“你们想干什么？吓死人了！吓死人了！”老山头又走上去说：“你要赖？我要带你走！”立刻吩咐护院的人们说：“带她！”

这时，护院的人们嗡地跑上去，要拿绳子捆春兰娘。老驴头跑上去说：“不行，那可不行！”正闹得乱乱哄哄，老套子一下子从门外头跑进来，对老驴头说：“跪下！跪下！你还不跪下向老爷们求情！”他拉着老驴头跪，老驴头说什么也不跪。老套子着急败打地说：“你满脑袋高粱花子，还随共产！分了人家粮食、棉花，还不快跪！”老驴头见老套子一股劲翻他的老底子，曲起腿，跺脚连声：“哪里！哪里！暴动那天，我连门都没出，谁分粮食来？谁分棉花来？你干吗拿屎盆子往自己人脑袋上扣？”一行说着，向老套子丢眼色。老套子不听他，曲起腿跺起脚，说："我干什么给你扣屎盆子？你亲口跟我说的，叫我随，我不随。"老套子一说，老驴头腾地粗了脖子红了脸，把膝盖一拍，说："好！好！你要倒我的戈？"这时冯贵堂也生气了，拿起手杖朝老套子胸膛上一杵，说："你说！他抢了我多少棉花？多少粮食？藏在哪儿？"

老套子浑身打着哆嗦，口口吃吃，什么也说不上来。本来他在门外听着，看闹得不可开交，马快们要带春兰娘走，他想讨个好儿说说情，好叫冯贵堂饶了她。可是，他口角不灵，越说越出了边儿了，直到无话可说。老驴头村村势势，跑前两步说："你可说呀，锁井镇上分棉花、分粮食的不只我一个，我不怕。你说我分了，我就分了。"又走上几步，指着老套子对冯贵堂说："就藏在他那小屋里，他是窝主！"老山头跑上去，捽住老套子的领口子，用柳竿子敲着他的脑袋说："你也分了吧？"老套子拍着胸膛说："我，我是正枝正派，你白给我，我都不要。"又指着老驴头说："他窝里反！"冯贵堂说："甭问他了，他没分也算窝藏赃物！"

护院的人们拿来一根长绳，这一头拴上老驴头，那一头拴上老套子。两个老头，倒背着手儿互相看了看，又扭过头去，吭吭哧哧地生着气，不说什么。出了门也没人牵着，叫他们自个儿走。走到老套子小屋里一看，棉花垛在炕头上，粮食盛在席篓子里，衣裳包袱放在破柜头里。冯贵堂说："好！人证物证俱在，无可争辩，你们哪个也跑不了！"

老套子慑着眼睛不说什么，耷拉下脖子出神，直到如今，他才明白过来，心与愿违，不该装这个大人吃瓜，后悔冒冒失失地出头露面，惹火烧身，到了此刻，也无话可说了。走过大槐树冯家门口的时候，冯老锡坐在门口木头碍碌子上抽烟，看见冯贵堂捆了老套子，一下子冒起火来，拿起大烟袋走上去，说："你们绑我长工干什么？"

冯贵堂看他气色不对，过去两家为金莺的事情结下过仇恨，到这刻上，他不得不退后几步。老山头走上去，指点说："他，窝藏赃物，随同共匪！"冯老锡喷着唾沫说："没那么八宗子事！暴动的那天，他连门也没出。"说着，新仇旧恨一齐涌上来，气愤愤的，心里不平。老山头指着那些棉花、粮食说："现有人证物证，又有什么说的？"冯老锡说："什么也不是，你们户大人多，又要压服我大槐树冯家。你们就不想想，打狗还看主子哩，你们绑我的长工，就等于在我脸上抹屎！"

冯贵堂不理他的碴儿，护院的人们围随着几辆大车，走回西锁井。一进账房，严老松、刘老万、刘老士在屋子里等着他。冯老兰死了，冯贵堂就成了锁井镇上主事的人了。严老松见冯贵堂带着几辆大车走进来，带着满脸的秽气，浑身的衣裳都打着哆嗦，从椅子上站起来说："贵堂来了，咱就说说吧，关于人们受的损失可是怎么办法。"说着，拿起大烟袋，指了一下大槐树底下那几辆大车。车上载满了抄来的那些家家伙伙。严老松今天穿了一身长长的紫花裤褂，缠着黑腿带，手里拿着他那条大烟袋，划着根洋火插在烟锅上才能抽着烟。

冯贵堂看架势，话中有话，他破开怒容，笑了说："诸位村长，有什么事情，请商量吧！"说着，刘老万也从椅子上站起来。他身材短小，说起话来一耸动一耸动的，说："夜猫子进宅，无事不来。咱祖祖辈辈都是老交情，打开天窗说亮话吧，农民暴动，抢了人们的粮食、衣裳、农器、家具……咳！几乎抢了个一干二净，咱可是用什么法子叫他们归还？"刘老士也皱着长脸说："咳！那就不用提了，就是差一点没放火烧了庄户，咱可不能跟他们善罢甘休！”冯贵堂一听，笑了说：“我以为是什么大事，原来如此。好嘛！要吃饭的自己下手，这不是……”他指着院子里那些东西说：“看吧！锅、碗、盆、瓢，衣衣裳裳，连个破布片儿都拾掇了来。”严老松捋着他的花白胡子，听到这里，又从椅子上站起来，把两只大袖子一拍说：“是呀！你抄来的东西不少，可是俺们无的可抄了，怎么办？”冯贵堂一听，话中又有话，他说：“各村抄各村，你去抄呀！”严老松哈哈笑了说：“哎！事情就在这儿，附近几个村庄上的东西，都叫锁井出去的红军共了来了；俺村里也有几家，都是穷得拾不起个儿来，把他们撕撕拆骨肉也没有半盘子。听说朱老忠的家还没有抄，就让给我们吧！”刘老士也探出吊弓腰说：“羊毛出在羊身上，我们就抄了朱老忠吧！”刘老士这么一说，刘老万仰起小砚窝脸儿响亮地笑了，说：“哎！一句话抄百总，财帛归了那儿，还得从那儿拿出去！你既然不抄朱老忠的家，就让我们抄。”冯贵堂一听，两手把膝盖一拍，哈哈笑了说：“真是！这人可别上了年纪，你们知道吗？朱老忠是个什么人物？你们把他的家抄了，将来共产党兴时了，我们怎么办？四十八村参加暴动的多了，你们去抄吧！”严老松把脖子一伸，瞪起眼睛说：“这共产党也能兴时？你不是说共产主义不合乎中国的国情吗？”冯贵堂说：“我还说共产党‘共产共妻’呢，可你无论怎么说，这老农民们还是跟着他们跑。这共产主义是世界上一门学问，是德国人马克思发明的，苏联的列宁就实行了，把地主和资本家都打倒了，你挡得住。”严老松说：“哟！原来你要留后手！你懂，我们不懂，你上过大学法科……我们老了，净等吃干饭了！”冯贵堂说：“你们老了，世道人情把你们拉下了，人无远虑，必有近忧！”冯贵堂说：“不会干不行，新世道了！”刘老士说：“你年轻，懂文化，深通谋略！”冯贵堂一听，坐在藤椅上，捋着小黑胡子，瓷着黑眼珠动了深思：事情不大，不要伤了老世交们的和气……他说：“这么办吧！共产党成立红军，咱成立和平会，凡是被害户都参加，一定要暴动户赔偿损失……”不等冯贵堂说完，严老松、刘老万、刘老士，一齐鼓掌大笑，说：“着啊！好话！好话！少赔咱一点也饶不了他们！”刘老万接着说：“咱成立乡团，带上枪，见了暴动的人就绑起来，搁在小黑屋里，叫他们拿钱来赎。”几个老地主正说得高兴，张福奎走进来，众位绅士一齐起立让座。张福奎点了一下头，坐在中间的太师椅上，巴巴着眼睛看了看众位绅士，他问：“诸位怎么今天这么高兴，谈笑风生？”冯贵堂、严老松、刘老士、刘老万，一齐点头哈腰。冯贵堂说：“我们正商量这成立和平会的事，共产党依靠贫雇农，咱要依靠富农地主。联合起来，叫暴动户赔偿损失！”张福奎一下子笑了说：“是呀！过去得了意了，以后得叫他们受受灾才行。可是我也有一桩心事和诸位商量，据十四旅的弟兄们报告，自从来在贵村，生活异常清苦。再说，正是这秋巴月里，一连打了几天仗，也卖了力气，要求大抢三天，撒脱撒脱！”

冯贵堂一听，他的一颗心立时吊了起来，想：大抢三天，可不是玩儿的！共产党只是分了几家财主的粮食和衣服，要是一个团的兵大抢三天，那可用不着说，锁井镇就成一片焦土了！严老松、刘老士、刘老万，也吓得闭口无言，不知道说句什么话好。整个屋子里立时沉静下来，鸦雀无声。张福奎睁着两只大傻眼看看这个，再看看那个，憨声憨气地说：“是呀！弟兄们为诸位打了一场仗，死伤也不少，需要犒赏犒赏。重赏之下才有勇夫，农民再暴动的时候，好有劲打，你们说对吗？”他说着，探起脖子，挤巴着两只眼睛向前看着。

在冯贵堂、严老松、刘老士和刘老万看来，这是一个难堪的僵局。这时各人有各人的心思。张福奎一定要大抢三天，满足弟兄们在酒、色、财、物上的要求，也想带着马快队趁火打劫，塞满腰包。冯贵堂觉得这样一来，还不如叫共产党“共”一下。严老松、刘老士、刘老万心上扑通乱跳，他们已经有了这种经验：在多少年的军阀混战里，在奉直作战的时候，锁井镇一带村庄，都受了浩劫，光是青年妇女被强奸、被抢走的就不少。如今蒋委员长部下的大军又来洗劫他们，这实在是个大大的灾难……大家只是闭口无言，觉得有话说不出口来。

张福奎睁开圆眼睛看了看冯贵堂和严老松，仰起头哈哈大笑了，说：“问题不大，吓得你们不敢开口了，不速之客要对主人们有些不敬了！我对大家有这样一个保证，把你们几位的门上都贴上布告：有敢入内者，斩首示众！你看怎么样？”

对这几位绅士来说，这倒是一个很好的缓解的办法，可是，有点油水的不是富农就是地主，亲戚朋友们受了害也不好啊！冯贵堂想到这里，他的脸上一下子笑了，乍起小黑胡子，说：“我看还是这样吧！用不着客人们亲自动手，我们把弟兄们需要的东西：鞋啦，袜啦，零用钱啦，亲自送到客人手里，你看好不好？”冯贵堂一说，严老松、刘老士、刘老万，一齐仰起头哈哈大笑了，严老松麻沙着嗓子说：“对嘛！何必劳动客人，鸡、鸭、鱼、肉，一样也少不了！”张福奎也笑着站起来，走到冯贵堂的身边，用手指指说：“好聪明的家伙！你脑子有多么灵！不愧是研究法学的，哪个斗得了你！”说着，哈哈笑着走出来。

冯贵堂看了看严老松、刘老万和刘老士，互相用眼色打了个招呼，也禁不住仰起头哈哈大笑了，在笑声中结束了这一场谈判。

47

冯贵堂和张福奎一边笑着，从账房里走出来。张福奎站在大槐树底下，抬起头轮视了一下场院，见院落宽阔，树木阴森，觉得这保南名门名不虚传，他说：“将来我要是有这么一所庄院养老就好了。”冯贵堂笑了说：“那还不好说，你要是愿意在这里落户，你小钱儿不花，五年之内我给你打造一所庄院，管保比这还好。这算什么，十七世纪的建筑，简直封建得老掉了牙了！”张福奎不等冯贵堂说完，又说：“是呀！我还闹不清楚，你为什么还住着这么古老的房子？和这个时代，和你的气运，太不相称！”冯贵堂两手拍着屁股，咧起嘴来说：“可谁说不是？要不是有我老爹，我早就盖上洋房了，你看这破房烂屋，哪里是发家起业的样子！”他又指着旁边的大车说：“要不是有我老爹挡着，我早就买上汽车了，拉土送粪，运个庄稼什么的，有多么灵便？用这死头大车，又是铡草喂牲口，又是拉土上垫脚，有多么麻烦？要是用上汽车，每月弄两桶汽油，也就够了……”两个人一壁说着，走进内宅。冯贵堂看那破落的檐瓦上长着草，房角上的砖，卤碱得像狼牙山一样，住着这么破烂的房子，在张福奎面前很觉羞愧，寒碜得不行！回到屋里穿上他的白布孝衣，戴上白麻孝帽，倒背了手儿，鞍着鞋子走出来。他走了几步又愣住，紧皱眉头，格立起眼睛，瓷着眼儿琢磨。他闹了半天，也没逮住朱家一个人，心里还窝着那口气，就又去找李德才。李德才正在马棚炕上打算盘，老山头也在炕沿上坐着抽烟。冯贵堂一迈进门槛，李德才就从炕上坐起来。冯贵堂生气地说：“我非逮住他们不行，一个坑儿埋了才算解气！”李德才放下笔管，撇起薄薄的嘴唇，哼哼唧唧地说：“依我说不能那么办，越是贪多越是嚼不烂，逮住老驴头，这算有了门儿了！逮住老驴头，就追出春兰。逮住春兰，就追出朱大贵。有了朱大贵就有了朱老忠。只要弄住朱老忠，这条瓜蔓儿算扯开了。依我看，这朱大贵正和春兰打得火热，弄住春兰，朱老忠和大贵要是不来，咱就杀她，看小子们心疼不心疼！”

冯贵堂听得有道理，就又到小黑屋里问了一会子老驴头，连问带吓唬。问了老驴头，又问老套子，可是，问了半天也没问出个究竟，他又丧气地走回来。在他走过三层大院的时候，又看到满院子破衣裳烂套子，粮食粒子撒在地上出了芽儿，柴柴火火，踏脚不下，一看见这劫后的惨相，心里又觉懊丧。冯家大院，此刻与过去不同：冯老兰死了以后，长工们端着糨糊锅，用白纸封了门上的红对联；里院成天价有女人的哭声，不哭了就寂寞得厉害，几乎连蚊子扇翅儿的声音都听得出来；外院里拴满了军马，一洼马粪接连着一洼马尿，机关枪和小枪摆列满了大槐树底下，满院子臭气难闻。冯贵堂喊过长工们打扫院子，整理仓房，他自己也拿起扫帚，扫扫这儿，扫扫那儿，想把农民暴动的痕迹一股脑儿刷净。可是他一看见这古老的宅院，檐瓦颓塌，墙壁倾斜，心上就禁不住寒噤。阴森的家院，几乎连他的心上都遮得阴暗了。他下定决心，重整家园。这时，隐约之间，又听得灵堂里的哭声。他对着缥缈的天空，出了一会神，觉得心上空虚得厉害，自言自语：“大仇不报，实无天理！”说着，又匆匆走进内宅。

大战过去，冯贵堂打发老山头和刘二卯把冯老兰的尸身找回来。灵堂设在堂屋里，一具又厚又大的棺木，前面供桌上摆满了贵重的菜肴。可是，尽管是上好的吃食，冯老兰也吃不进去了，他已经张不开嘴，没有气儿了。他活着的时候，吃人们的肉、喝人们的血太多了。冯大奶奶一只手扒在灵棺上，把头埋在胳膊里。她过去是个胖壮个子，经过一场战乱，如今身体疲弱了，弱得一丝没两气儿，一声声哭着。珍儿把黄表纸烧在灰墀里，灵前的高脚豆油灯，照得满屋子蓝油油的。这时在冯家内宅走动的，除了做饭的老拴，都是穿白戴孝的女人和女孩儿们，一个个膀眉肿眼，哑巴着嗓子说话。也不知道那些男人和男孩子们都到哪里去了。冯大奶奶听得有男人的脚步声，才慢悠悠地扬起眼睫，看了一眼。她哭得眼泡儿像铃铛，脸上也黄肿不堪，见冯贵堂走进来，说："你们一个个像没着人儿，灵柩在屋里停着，是停灵还是出殡，这么大的事由，没人吭声，一个个装鼓鼻子相公儿！"本来冯贵堂想走过去，她这么一说，才停住脚，随手拉过椅子，坐在灵棺旁边，手拄着膝盖说："哪里？凶手一个捉不着，连他们个孩子芽儿也逮不住。村上住着军队，人吃马喂，哪样不得我操持？哪样事情离得开我？今天又来了县上的马快，这个要'鞋钱'，那个要'酒钱'，没的我成了摇钱树？不吧，家里停着灵，这么大的事由，不维持谁能行？"冯大奶奶一听就带了气，猛地抬起头，说："老三也该管管家里的事情！"冯焕堂穿着重孝在地上卧草，听得说才慢慢抬起头来，说："你老人家还不知道？地里还撂着一地棉花，一地粮食，'当大事'要紧，棉花粮食也一样要紧。我一个人掰不开两半子，顾得外头，顾不得家里。"冯贵堂也说："咳！我的心里麻茬茬地乱成一片。听说剿共部队就要回师锁井，卫戍司令也要回来了，咳！怎么办呢？"说着跺跺脚，拍起膝盖。要是在别的时候，官宦往来，他还觉得很体面。如今农民暴动给了他沉重的打击，他的思想，一在复仇，一在重振家园。目前对于农民，他倒是不害怕。可是，要想剪草除根灭绝赤色运动，倒是一件艰难的事情，他是有政治思想的人，这一点他完全明白。

冯大奶奶听冯贵堂讲了满口道理，猛地呛起来，鼓出滚满泪水的大眼珠子说："再忙，死了人也得埋殡，老头子一辈子省吃俭用，不是容易，不承望落个这样结局。人一死就说什么也不如人了，尸首停着，没有单等乌鸦飞进来把他叼出去？"冯贵堂一听冯大奶奶讲到这话上，好像捅了他的肺叶子，猛地从椅子上站起来，指手画脚说："娘！甭那么说吧！这会儿偌大的家产都是你老人家的，你说怎么埋殡咱就怎么埋殡。我跟李德才和刘二卯商量了，咱开七天的灵，三斤肉的席，灵棚从家里搭到坟上。四班子吹鼓手，四坛经，姑子道士都有，你看好不好？"他说着，嘴头上倒显出笑来。冯焕堂在中间插了一句说："咳！人咽了气了，什么也没有用了。人死如灯灭，铺金盖银，能当得了什么？你拉着民团跑了一溜遭，剩下老人，生叫人家活捉了！"他越说越觉难过，又拉开长声，爹一声娘一声地号哭起来。冯贵堂听到这里，不等说完，难过地摇摇头走过去，说："三兄弟！你别哭了，咱给老人家报仇还不行？放快枪当祭炮，砍下红军的头来祭灵，你看行不行？"一边说着，他也觉得，当与红军作战最危急的时候，丢了冯老兰，拉起民团出了锁井，这件事情，在他心上成了内疚，多咱想起来，就是一块心病。

到这刻上，冯大奶奶就什么也不说了，两手捂住脸，浓涕鼻子哭个不停。月堂家的、贵堂家的、焕堂家的，还有一群小孩儿，个个穿着漂亮的白衣裳，听得奶奶哭，袅袅婷婷，走进灵堂，央恳奶奶止哀。可是，谁说什么她也不听。就是二雁，女孩儿不大，细眉窄骨儿，长得乖巧，丢丢秀秀地走到奶奶跟前说："奶！一会再哭，哭坏身子，又该老人家受罪哩！"二雁说着，冯大奶奶才止住哭，端详了一下二雁，挽起她的手儿走进屋里。冯贵堂在背后跺了一下脚，悻悻然走下砖阶，到自己屋里，躺在炕上，瞅着房梁出神。不一会工夫，妇女们又吵午灵，阖家大小在灵堂里一齐哭起来。冯贵堂皱起眉峰，摇了摇头，杀父之仇，在胸中煽动。

说实在话，冯老兰活在世界上与不活在世界上，对于冯贵堂来说，早就是旁枝末节。好比是鸡蛋的硬壳一样，它在过去曾经是保护鸡雏的成长，可是，一到孵育成熟，小鸡娃在蛋壳里嗞嗞叫着蠕动的时候，不啄碎蛋壳就很难成长起来。一家人在灵堂里，一把浓涕两把泪地哭得正悲切的时候，冯贵堂正躺在炕上，骨碌着两只大眼珠，考虑他发展家业的计划：他经过很大的努力才走上“改良”的道路；在目前来说，他觉得冯老兰要是早死几年，冯家大院早就发达起来了。有老人在世，他总是兢兢业业，提心吊胆。如今冯老兰一死，他就决心翻盖宅院，把这些霉朽的房屋都拆掉，一道线儿盖起几百间磨砖对缝、白灰灌浆、洋灰抹顶的洋房。把杂货铺子、花庄，开得更大。再开一座机器榨油坊，把地里都打上洋井，买更多的水车灌溉土地。说句实话，他这些计划，已经不像冯老兰想的那样，认为是可想而不可即的空中楼阁。他下定决心，把那些封建残余一扫而光，要从一个土地经营者，用洋办法，走上实业家的道路。他认为只有振兴实业，才能富国强兵。想到得意时，他又喷地笑出来，腾地从炕上坐起，急急忙忙走到外院马棚里，看着他心上的骡马吃草。他想：红军共了我的家财，可是没有共了我的大骡子大马。他又想：要喂更多的牲口，要喂更多的猪，攒更多的肥，用科学的办法，把庄稼种得更加茁壮！

他正在猪圈旁边愣着，村东里一阵军号声，时间不久，从东边开过大兵来，四路纵队，可着街口子往村里灌。刘二卯跑过来大喊："剿匪军队开回锁井了。"冯贵堂立刻到内宅脱了孝衣，穿上白夏布大褂，戴上洋草帽，到学堂里叫了刘老万、刘老士、严老松一班子土豪劣绅们，去迎接白军。他上了千里堤，走到伍老拔小屋子东边，看见大兵们在堤上走着，蹬起的尘土弥漫了天空。冯贵堂打开白绸子手绢蒙住脸，遮住飞扬的尘土，等步兵过去，又过马队。马队里押着一起子红军们走过去。忽地长堤尽头扬起一股子黄尘，陈贯群骑着马，带着卫队走过来。他挺身坐在马背上，心情悠闲，放松了马缰，看到大堤、长河、堤上笔直的乔杨、堤侧的柳行和梨园，心上暗暗称奇：好个锁井镇！真是富足之乡！

冯贵堂带着土豪劣绅们，簇拥着走上去，弯腰施礼说："司令亲试鞍马之劳，扫灭红军，为一方黎民除了大害，小民得以安居乐业，以免倒悬之苦实深感谢！"陈贯群两腿一跷，跳下鞍韂，和土豪劣绅们一一握手，说："保卫地方治安，保卫生命财产，是军人的天职！"说着，土豪劣绅们围随着他向锁井镇上走去。陈贯群身量高大，皮靴踩在坚硬的堤坝上，踏得吱吱乱响。冯贵堂拱手说："不是贵军踏贱地，则一方人口、房屋、柴米，尽成灰烬矣！"刘老万、刘老士、严老松，皆拱手唯唯称是。陈贯群扬扬得意地说："兄弟是军人，我决心不让这个卫戍区里出现一股土匪、一伙盗贼，则民人庆乐矣！但是，今天却出现了大批匪共，据说匪共的巢穴就在这锁井镇上，阁下可就有责任了！"说着，拿起马鞭，向村上点了几下。他这么一说，冯贵堂心上猛地惊了一下，心上觉得沉重起来，用手绢抹了一下额角上的汗珠，说："说老实话，我的责任，就在于改良思想，在过去我总认为无知小民，如鸡犬反齿，还是怀柔一点好。不料平地起风波，一拃拃柴草，扇起这么大的火焰！”说着，他们在河神庙前下了堤坝，走到学堂里。

警卫兵蹿房盖顶，满世界搜寻敌情。勤务兵小心谨慎地给陈贯群卸下武装，扒下马靴。他散装便服，捋着两撇黑胡子，坐在椅子上。刘老万和严老松毕恭毕敬地倒上茶来，捧到他的手里。陈贯群舒掌接过茶杯说：“这一场暴乱，阁下可受惊不小啊！”冯贵堂摇摇头说：“受惊不小，损失巨大，却是小事；老父年迈，也因此仙逝了！”陈贯群盯着冯贵堂，哀婉地摇摇头说：“改良也得看在什么时机，什么问题上，火焰燃起的时候，你就该以迅雷不及掩耳之势扑灭它，何至蔓延至此？”冯贵堂扎煞起两只胳膊，哆嗦着两掌手指说：“谁说不是，它一下子就哄起来了……”陈贯群拍着桌子说：“岂有此理！竟敢有人煽动火焰，我就要连起火的柴草都消灭它，否则年久月深，则‘野火烧不尽，春风吹又生’矣！”

严老松、刘老万、刘老士听到这里，点头哈腰说：“一点不差，真是金玉良言！”他们在学堂里，就“剿灭共匪”的论题，之乎者也地谈说得高兴。

到了中午，陈贯群和张福奎把几位团长请到冯家大院；冯贵堂也请众位乡绅们来陪席。冯焕堂带着老山头摆上饭来。今天，锁井镇上，特别从宴宾楼聘来厨师，奇珍异味是乡下人见不到的。

冯家大院里正在摆席请客的时候，小囤也跑回了村公所，向朱老明和朱老忠报告：马快班抢劫了红军的家；冯贵堂带着马快满街抓人。正说着，猛然间听得村上响锣，老山头大喊着叫人们送回棉花、送回粮食，赔偿损失。朱老明说：“唔！别的先不用说，万一叫敌人知道了，不是玩儿的，咱们先搬搬家！”

人们听了朱老明的号令，游击队员们、小囤、庆儿、小顺儿、春兰、严萍他们，一齐收拾东西，拔锅卷席，向下梢走了一二里路，又找了一个严密的青纱帐，安下营来。人们又一齐动手搭窝铺，盘锅台，忙了一阵子。一切安排停当，大家坐下来，默默地休息。

朱老忠愣了一刻，说："人们分的棉花，分的粮食，可是送呀不送？"朱老明把头沉下去呆了半天，他觉得实在为难。要说送吧，暴动的气势一下子就完了；要说不送吧，眼看人们要受热。他把头一摆说："左不过这么回子事了，不送！先抗他一下子！"

伍顺、小囤、庆儿也说不送。这时，朱老忠睖着眼睛蹲在地上老半天，慢吞吞地说："也得估摸革命形势，看看怎么办对革命有利。"朱老明说："你的意见呢？"朱老忠说："暴动失败，革命到了低潮。高潮进攻，低潮就得退守。如今就到了退却的时候，退却也不能乱退，得看敌我形势，掌握火候。退却是为了进攻……"

朱老明不等朱老忠说完，长叹了一声，就什么也不说了。他抬起头，用力看着天上，露出赤烂的眼瞳。近来，他为抗日焦愁，红军失败，日本鬼子就要来了，脸上更加黄了瘦了。平素他们只谈过革命的胜利，准备胜利的局面，没有谈过失败，没有准备应付失败的方案。今天一听到说暴动失败，由不得心上打颤，脊梁上冒出一丝冷气。心上愤恨，一腔怒火在胸膛里烧着。这时，朱老忠咬紧牙关，狠狠地说："失败了，得了教训。流了血，种下仇恨，出水才看两腿泥！白区工作不比红区，一个手伸出去，得能屈能伸。"

朱老明听到这里，把两只手搁在膝盖上，低下头怔了老半天。秋天了，五谷都秋黄了，西风刮得庄稼叶子嚓嚓响着，夕阳压在西山上，泛出鲜红的光亮。深蓝色的高空里，逐渐变了颜色，形成一团团浑黄色的云影，在天空流过。

48

春兰看朱老忠和朱老明为革命作难，也觉心上难过，心里闷得实在不行，悄悄对严萍说："白军和马快在村上闹得鸡飞狗跳，还不知道街坊四邻、婶子大娘们怎么着哩！"严萍说："咱看看去吧！"说着，两个人离开小窝铺，蹑悄悄地向村上走去。离远望着，黄昏的锁井镇，正被炊烟笼罩。炊烟和着尘扬，飞腾在锁井镇的上空，显得乌烟瘴气。白军们牵出一群群军马，在河边饮水，千里堤上响起了军号声。西北风刮着大杨树上的叶子，一大群乌鸦，在大杨树上空盘旋飞舞，呱啦呱啦地叫个不停。

春兰和严萍，钻着庄稼垄向村里走去。离开家这么多日子，春兰一看到村上的房屋树木，就觉得高兴。这是她出生的村落，在这里度过了她的童年时代。童年生活，是她一生难忘的。她们过了几天战斗生活，行了几天军，两个人都累瘦了。两个人说着话儿，在堤下乱草里走着，刚刚走到村头，猛地从大杨树后头转过一个灰色兵，两手横着枪，冲她们走过来，突出大眼睛问："干什么的？"一看到是两个年轻姑娘，二话不说，撒腿赶上来。她们经过了多少年的革命生活，经过打土豪分粮食，经过战斗，在革命气氛里，警惕性都提高了。春兰扯了严萍一把，撒腿就跑。灰色兵跳下堤坝，就在后头追，砰砰两枪，朝她们头上盖过来，子弹从耳朵边上咻的一声穿过去。两个人扯起手一股劲儿跑，直跑得喘不上气来。灰色兵怕她们跑掉，一行打枪，一行喊着："两个花姑娘，截着哟！"

春兰和严萍几天以来，连日行军，没好生吃饭，没好生睡觉，身子骨儿弱了。跑了几步，春兰猛地想起：还不如藏起来！跑到一块黑豆地，趴在豆棵底下。那是密密实实的一块黑豆，长得很是茂盛，枝蔓长得很长，把垡背遮住了。她们隔着豆叶夹隙，看见那个灰色兵跑过去，不一会，又走回来。他眼看着她们藏在这块黑豆地里，一步步拨着豆棵找，嘴里连连嘟哝："嗯？眼看着两个漂亮的小妞子，藏到哪里去了？"

这时严萍心上一股劲乱跳，连大气儿也不敢出，耳朵里嗡嗡直叫。她紧紧搂住春兰。春兰睁圆眼睛，看着那个白军的行动。严萍连看也不敢看，合紧眼睛呆着，等待时间来判决她们的命运。一会儿，灰色兵摸到她们跟前，差一点没踩住严萍的脚。这时她身上的血液好像停止了流动，也像停止了呼吸，身上索索颤抖。

灰色兵又走到豆地中央，大声喊着："我早就看见你们了，女红军！还不出来跟我去见司令！"

严萍以为灰色兵真的看见她们，可是她下定决心，只要不来拉她，决不出去。她想：说什么也不能出去，错非他一枪把我打死。春兰咬紧牙关，心里说："臭大兵，拼了吧！"两个人慑起眼睛互相看着，周围并没有别的人。

其实灰色兵并没有看见她们，又向她们近处走了两步。春兰看他又要走到跟前，想挺起身子，去和他拼。严萍抬起大眼瞅着她，一把拉住，摇摇头说："不，不能，咱不能出去！"灰色兵站在那里，愣了一刻，踢了踢豆棵，骂着："妈的！真是败兴！"说着，背起枪走了。灰色兵走远，两个人额上还滴着汗珠。严萍垂下黑黑的睫毛，合紧眼睛，拍拍胸前，说："我娘！要是被他们拉住，就难堪了！”春兰长出一口气，说：“差一点儿！”

太阳没了，天上显出几个明星，地下是阴森森的青纱帐。一阵风吹过来，叶尖磨着叶尖，沙沙响着。在这辽阔的平原上，像是洒起阵雨，叫人觉得身上很凉，像到了秋末时节。直到定夜时分，路上断了行人，两个人才从青纱帐里钻出来，站在堤上看着春兰家小屋，看了老半天。离远看着锁井镇上的灯火，感到熟稔的家乡，实在温暖，可是她们不敢走进村去。春兰拉了严萍，在堤岸上站了一刻，悄悄地向小严村走去，走到堤坡拐角地方，看见江涛家门缝里闪着火光，想家里一定有人。她们从堤上走下来，到江涛家门前小场上。有人开门悄悄向外张望，在黑影里看见是江涛他娘。她们白天都是藏在青纱帐里，等敌人出村走了，才敢偷偷走回家来做点饭吃。听得门外有脚步声，她生怕是敌人。当她看见两个熟悉的影子，踉踉跄跄奔出来，一把拽住春兰的手，说：“好闺女，你们可回来了！”又蹙皱起眉峰，看了看严萍，走过来搂住严萍说：“好闺女们！你们打哪儿来？”说着，把她们拉进小屋。点个灯亮儿一看，两个人满身泥土，披散着头发。涛他娘把她们搂在怀里，说：“咳！你们还活着，我可看见你们了！”

涛他娘叫她俩坐在炕沿上，放上小桌，端上新做熟的饭菜。到这时候，她们才放下心来吃碗饭。吃着饭，涛他娘又问：“你志和叔叔呢？”春兰听得问，睁开大眼睛看了看严萍，停了半天不说话，觉得不说又不好，才说：“他们？红军败了！”

涛他娘听得说，睁大了眼睛又问：“败了？红军败了？”她真的不相信红军会失败，自从暴动以来，她没有想到过暴动会失败。她睁大眼睛怔着，两手索索打抖，一个不提防，咵的一下子，把碗掉在地上。她还逞着吃饭的架子，呆了半天，猛地跑到堂屋里，咕咚地跪在神龛底下，掬起双手说：“神灵保佑红军吧！”在她，并不真的相信神会保佑红军，不过到了这刻上，好像只有这样做才会心安。

春兰和严萍慌忙跑过去，要扶起她，她说什么也不起来，磕着头说：“宝地！你才回到严家几天，又要回去！”她想到红军失败，宝地又要改换主人。一想到这里，好像有人伸进一只铁手，要掏出她的心肝一样疼痛。她匍匐在地上，呜呜地大哭起来。正在这时，外面有人拍着门喊：“涛他娘！涛他娘！”

自从那天，严志和过了渡口，那个老人送了他一程，不得不放下他，自己走回去。他夜晚在路上走着，白天藏进青纱帐里休息。有时他想起：只有涛他娘一个人在家里，她在等着我，盼我回去！就走得更快。有时伤口疼痛，关节不能屈伸，就走得很慢。虽然走得慢，可是他并没有停止前进，眼前的希望，在等待他。他还在想：游击战争不会失败，红军有本事转败为胜，要重新组织力量，进行斗争！这天晚晌，他走到锁井近郊，离远听到滹沱河里的水流声，千里堤上的大杨树迎风响着，心里想：到了家可就好了！

他坐在地上呆了一刻，继续向前走。夜间冷了，露水滴在身上。露珠虽小，滴在身上多了，也像通身淋着水。当他用力走上堤坝，锁井全镇和小严村就出现在他的眼前。镇上黑暗，只有星星点点灯光，没有声音，死寂得怕人。疏落的木梆儿声，在西锁井的街头一声声响着，打更人在喊着：“防火防盗！”仔细看时，他家小屋的窗上，有灯光亮着。他心里乐了，不由得一口喊出来：“涛他娘！”才喊了半句，他又想起，恐怖里，万一有敌人住在街上，又停住口走下堤岸，走到了小门前，伸手一摸，大门关着。他舒开手掌，拍打着门板。他太疲乏了，拍不出声音。

他折转了身子，拾起一块砖头，在门上敲着，嘶哑地喊：“涛他娘！涛他娘！”

涛他娘眼里含着泪，仄起耳朵仔细听着，像有声音，怎么声音这么耳熟？一下子从地上爬起来，就往外跑。刚从灯影里跑出来，一出门，一片漆黑。她深一脚浅一脚地走到大门前，抖着嘴唇问：“是谁？”那人在她眼前站着，喑哑地说了一句：“我！”她听得是志和的声音，门儿哗啦地开了，用手掌遮住眼睛去看……涛他娘看不清严志和，严志和可是看得清楚涛他娘。她显得是那样的吃惊，眼里立时涌出泪来。严志和仰起头来说：“涛他娘！涛他娘！我回来了！”说着，他哈哈笑了。涛他娘仔细看了看，真的是志和，一点没有错。她扯起志和的胳膊，说：“志和！你可回来了！你可回来了！”严志和说：“我回来了！”涛他娘听得是严志和，伸手拉住他说：“亲人！亲人！你可回来了！”又回过头喊：“姑娘们！快来！”

春兰和严萍听得喊声，慌忙跑出来，三个人一齐下手，把严志和抬到屋里，放在炕上。涛他娘一下子扑过去，趴在严志和的身上，呜噜呜噜地大哭起来。春兰和严萍见涛他娘哭得悲切，也难过地摇头。两个姑娘又想到江涛和运涛：他们为了革命，陷在监狱里，父亲又在游击战争里受伤了，这叫什么样的命运？涛他娘哭着，严志和也趴在炕上哭，他想：反动派杀人不眨眼啊！

春兰说：“光是哭又有什么用，在家里久了，怕白军再来，咱们快走吧！”涛他娘止住哭，猛拉了一下志和，说：“是呀！咱们快走吧！”

春兰和严萍，两个人一人架着严志和一只胳膊，一步一步走出来。涛他娘吹了灯，把门锁上，在后头跟着。两个姑娘的身劲，哪里架得动严志和？走几步歇一歇，才走到大堤上。严志和看着两个姑娘说："用不着，叫我自己走吧！"春兰和严萍一下子哭出来，说："不，我们架着你，不轻生一点？"

正在说着，看见堤岸东头来了两个人。严志和手疾眼快，放身一蹲，从大堤上出溜下去。春兰和严萍也倒退了几步，跑到大堤下头。春兰壮起胆量，用着粗壮的声音，大喊一声："站住！干什么的？"

那两个人听得春兰的声音，说："是我！"声音那样熟悉，原来是大贵和金华回来了。朱大贵从白洋淀回来，先到金华娘家换了换衣服，吃了两天饱饭，才和金华走回家来。朱大贵一听到春兰的声音，和金华走过来问："你们在这里干什么？"涛他娘见朱大贵手里提着枪，抢上两步说："你还提着枪哩！锁井住满了白军！"朱大贵掂着手里的枪，说："镇上住着白军，我才提着枪呢！"

严志和听得朱大贵的声音，觉得身上立时增加了热力，心血向上涌着，喊："大贵！大贵！"他好像觉得一切都有希望了。

朱大贵听得严志和的声音，立时，战场上那幕凄凉景象显在他的眼前。如今，一听到严志和的声音，他愁苦了几天的心情，一下子放平了。他几步跑到严志和的跟前，扑通地跪下去，把严志和的腿紧紧搂在怀里，说："叔！叔！你可回来了！"严志和一感到朱大贵身上的温暖，两手拍着他的脊梁说："大贵！我回来了！我回来了！活该父儿们在一块战斗，我没喂了统治阶级的狗！"

说着，两个人哈哈大笑了。涛他娘、春兰、严萍、金华，也由不得笑了。这时天已经半夜了，锁井镇上，冯贵堂家的大叫驴已经叫过两遍。天上星光闪烁，露水落在庄稼百草上，西北风在大杨树上响起来了，滹沱河里的水流声哗哗响着。严志和、朱大贵和春兰、严萍，在长堤上走着，朱大贵问："老明大伯他们呢？"春兰说："在村公所里，忠大叔也带着游击队回来了！"

朱大贵听得说父亲已经带着游击队回来，好像一块石头落了地。严志和也说："游击队回来了，我们就好了！"朱大贵就地拉起严志和，说："走吧！咱们先到村公所去。"

春兰和严萍领着路，在头里走，朱大贵背着严志和在后头跟着，一直向河身里走去。朱大贵以为村公所在一间什么屋子里，他问："村公所在谁家？"春兰说："这个年月，还在谁家哩？在河套里，高粱地里。"

他们走啊走啊，一直走到小顺家小屋跟前，在庄稼地里歇了一刻，看堤上没有行人，没有巡逻的哨兵，才走过长堤，循着堤坡再向东去，走到小窝铺那里。听得响动，有人抱着枪从那面跑过来，看见有这么多人走来，哗啦地拉开枪栓，喊了一声："口令！"春兰连忙答："警！"哨兵回答了一声："惕！"走过来觑着眼睛，一个个看过，看到是朱大贵，笑默默地说："队长回来了！"听得说，游击队员们腾地从四面八方庄稼地里站起来，说："队长回来了！""队长回来了！"游击队员们都从睡梦里醒过来，朱老明和朱老忠也从小窝铺里钻出来，大家都高兴得不行。朱老忠看大贵把严志和架到小窝铺里，禁不住地高兴，朱老明知道严志和中了伤，在黑暗中抬起头来，又为难地摇摇头说："天地底下的灾难，都落在志和一家人身上啊！"

严志和在战斗里是英勇的，无论是打土豪分粮食，还是在战场上。受了伤，他咬紧牙关支撑下来，没有离开队伍，没有离开火线。战争失败，他还能忍住疼痛，咬紧牙关走回来。如今，又和他的老战友们团聚了，这是多么样高兴的事情！当朱老明把他搂在怀里的时候，他哈哈大笑起来，觉得多少日子的游击战争生活，并没有什么，受伤也只是有些疼痛就完了。回家的路上，实在受尽了折磨，他是忍着劳累一步步蹭回来的。路上不敢见人，几天里水米不打牙，饿了吃生粮食，渴了喝些车辙沟里的水，困了就睡在路旁的庄稼地里。最痛苦的事，是他白天不敢走动，等到夜晚才敢行动。道路不熟，又不敢去问人，只是一个人摸着路走。想着，他又拍着朱老明的肩膀说："哥！我可回来了，我好不容易见到你们！"

朱老忠走上去，两手一抄，把他抱在怀里，用两手拍着，咬着牙齿狠狠地说："兄弟！兄弟！莫要难过，我们还要战斗。冯老兰死了，还有冯贵堂，他比他老爹还狠十倍，他是我们的死对头，日本鬼子也要来了，我们要干下去，我们要斗争到底！"

严志和听得说，他黑暗了几天的思想，立时迸出火星，发出金子一样的亮光，抬起头来，在黑暗中睁开两只大眼睛，看着朱老忠，说："对！不到黄河不死心！"

朱老忠斩钉截铁说："世界上只要有封建主义，官僚资本，这些吃人肉喝人血的东西们，我们就要干下去！"

严志和又问了会子贾湘农的下落，知道他还和他们一块活在人间，这时他身上的火力立时生长起来，挺直身子说："好！他还活着！"又问："哥！我们还有多少人？"当他知道还有几十支枪，严志和心上抖颤了一下，说："好！过去我们连一支枪也没有，现在我们还有几十支枪，一定干下去！"

朱老忠、朱老明和游击队员们，听着严志和的话，都挺起胸膛静默着，不再说什么。看着天上繁星闪闪，他们一个个都憋足气力，要闯过这白色恐怖。这时，在他们的心上，都会想到流血的悲惨，但是为了打败日本鬼子，流血并不可怕，最可怕的是投降与屈辱！

49

几天以来，天总是阴阴的，黑色的雨云，低低垂着。乌鸦不飞，喜鹊不叫，高粱谷子披着露珠，低下头呆呆地出神。

恐怖笼罩了锁井镇。灾难像锈钝了的锉刀，生涩、迟钝地锯锉着人们的生命。老太太和中年妇女们关紧了大门，低头守在家里。姑娘、年轻的媳妇们，藏在青纱帐里，不敢回家，不敢见人。年幼的小伙子们怕抓兵，牵了牛驴，去走亲戚。锁井镇上，一片凄凉、惊慌和恐怖。磨难的日子像钟摆一样，均匀地响着，使人不想过也得过下去。

这几天里，冯家大院里要发丧了。严老松、刘老万、刘老士……一起子办大事的总理们，指挥着工匠，在冯家场院搭起两座大席棚。席棚对过搭起“内官座”，是写礼先生和执事先生们办事的地方。来吊丧的人们，先在这里写下礼份，把供品摆在桌上，才进棚吊孝。梢门外边搭起“外官座”，是执事先生们招待各方来客暂时用茶的地方。从冯家大院往西，大路两旁，尽搭起席棚。从十字街到千里堤，从千里堤到冯家老坟，每五里路搭起一座祭棚。五里一小祭，十里一大祭，大棚小棚，不知搭了多少座。千里堤上搭起一座大棚，棚里挂起帐幔，摆上桌椅。在棚下经过的人，都抬起头，咂舌惊叹：席棚搭得那么高，那么精巧。自古以来，办过大事的人家，都没在这里搭过这样的席棚。没有人知道这座席棚的用场。

在冯家大院东墙下搭起一片矮棚，是红案、白案、酒房、饽饽房。厨师们已经上灶，刀勺乱响，蒸气冲上天空，煎炒的香味，漫过一条街。

一切准备停当，这天上午，李德才、严老松、刘老万、刘老士，领着冯贵堂、陈贯群、张福奎查看大事上的设施。李德才新刮了胡子，穿上不常穿的毛蓝长衫、黑纱马褂，提上大烟袋。今天乡绅们也都穿上不常穿的长衫马褂。陈贯群今天穿上灰色华达呢军装，黑皮马靴，挎上武装带，带着他的护兵马弁们，观看这乡村的风俗。他住在城市里，还没有见过乡村财主们的排场。大家一齐走到场院里，站在高大的席棚前面。冯贵堂说："陈旅长！你看，并排搭起两座灵棚，一座盛我老人家的灵棺，一座盛阵亡将士的灵牌。将士们剿匪有功，我老人家对于剿匪也有很大贡献，这样表示我们对阵亡将士们的恭敬，也不为过吧？"

陈贯群手捋八字胡须，抬起头看看高大的灵棚，笑了说："很好！这也是为了鼓励士气。'舍生取义，杀身成仁'，是军人的本分。把阵亡将士的灵位与尊严的灵棺并列，已经能够说明锁井士绅对参战将士们的尊重了！"说着，微微一笑。他从左边走到右边，又从右边走到左边，仔细观赏这两座不平凡的席棚。

席棚并不是什么稀罕东西，左不过是用柳杆和苇席扎起来的。可是，出于中国工匠的手下，他们继承了几千年来传统的手艺，在不惜工料的情况下，也备极精致了！你看！用苇席扎成的屋脊、瓦垄、飞檐、斗拱，贴上金箔银箔，就像用砖瓦砌成的宫殿。屋脊上用苇席扎成鸟、兽、虫、鱼。左棚正面扎成两只狮子，右棚正面扎成两只凤凰。棚的前面，扎起一些花草，松、竹、梅、兰，扎得活像。陈贯群看了，响着舌尖说："好！士绅之家，不同凡响，不是保南世家，还有谁闹得起这么大的排场！"

冯贵堂说："这是个隆重的纪念，叫子孙们不能忘却阵亡将士和我的老爹。”至于他们的子孙能不能把他们忘了，时过境迁，那是将来的事。

其实无论怎样排场、奢华，这些用费，都是出在暴动户身上。冯贵堂为了他的老爹，大事铺排，并不计较花钱多少。陈贯群看了实在高兴，一来是为了冯贵堂对阵亡将士的尊重，二来他没有到过乡村，第一次见到乡村财主的风习。一时高兴，他走过去，一把抓住冯贵堂的手，说：“老弟！还有一件事情对你说，我要用红军的人头，超度阵亡将士的灵魂，祝他们早升天界。”冯贵堂一听，弯下腰哈哈笑了，说：“好，正中下怀！我还想借你的军号响响灵，借你的洋枪当礼炮！”严老松听得说，把大长袖子一甩，说：“好！这样一来，这场丧事，中西合璧，就别开生面了！”

开祭的头一天，灵棚里挂起白色的幛幔，设上祭供。冯家大院里的人们，都穿上白布孝衣，戴上孝帽。妇女们孝里的打扮，更是不同。人们出出进进，好不热闹。

第二天清早起来，文武总理们到库房查点清楚：红案、白案、酒房、饽饽房，一切准备停妥。灵棚门首放上一面大鼓。太阳三竿，李德才指挥三声鼓响，陈贯群的卫队，齐放排枪。接着，十四旅的两列号兵站在门口，鼓起肚了吹起军号，铜鼓咚咚响着。僧道两坛，吹奏唢呐、大管和海螺，呜呜响着，中西合璧的交响乐真是热闹。自古以来，还没有见过这么热闹的丧礼。

这时，灵棚里香烟缭绕，李德才带领三位礼教先生，款步走入灵堂，四角站定。李德才开口唱道：“止乐！”所有乐器，一齐停住。李德才又唱：“执事者就位！孝子出灵棚，于香案前，跪！”冯贵堂和冯焕堂，穿着孝衣，戴着麻冠，拿着丧棒，弯腰哭着，从白色的幛幔里走出来，跪在供桌前面。

严老松接着唱道："献宴金……献酒……再献酒……"

冯贵堂和冯焕堂在礼教先生们指挥之下，行了三拜九叩礼。刘老万又唱："作乐赞礼！"于是，僧道两坛，各种乐器又一齐吹奏起来。

乐声止住，刘老士接赞："祭毕，孝子归灵棚，执事者各司其事！"冯贵堂和冯焕堂在灵堂里，跪下起来的闹了多少次，已经疲累不堪了，弯腰瘸腿地走回帏幔里。礼教先生们走出灵棚。

大祭告毕的时候，各方的亲朋都来吊孝。车水马龙，男男女女，好不热闹。更有不同的，是梢门两旁站出两列荷枪的士兵，显得格外森严。第一起客人就是陈贯群和张福奎。冯老兰发丧，他们要表示老朋友们的衷肠，十二架食盒抬到"内官座"。执事先生揭开食盒一看，大馔、小馔、四甘、四酸、四冷、四热……不及细述，一时忙煞写礼先生。陈贯群和张福奎穿上崭新的军装，走进"内官座"，执事先生们连连让茶。李德才指挥三声鼓响，喊道："看客！"灵棚里的人们听得喊声，男的、女的、老的、少的，一齐哭起来，几十张供桌陆续抬进灵棚。陈贯群和张福奎随着鼓乐声走进去，垂手而言，恭恭敬敬行礼如仪。冯贵堂和冯焕堂哭着，出棚谢孝。

卫戍司令和特务队长来冯家吊孝，助长了冯家大院的威风。四十八村的人们，大人、孩子、老太太们，都来看热闹，挤得大院门口水泄不通。

陈贯群和张福奎祭毕灵位，带着卫队，走上千里堤。四十八村的人们也挤挤攘攘跟上千里堤。今天与往日不同，千里堤两旁站上了岗哨。这是个阴霾的日子，没有太阳也没有风，云雾弥漫了河岸。陈贯群和张福奎走进席棚，桌上摆了毛笔朱砚。棚前站上两列荷枪的士兵，背上插着彩绸大刀。弁兵斟上茶来，陈贯群对张福奎说："今天的戏该你老兄唱了！"张福奎歪起嘴冷笑一下，说："旅长是我们的军事长官，为了郑重起见，这出戏还是旅长唱吧！"陈贯群说："不，你是地方官，还是你主持一下。"这时，四十八村的人们，谁也不知道要唱什么戏，他们没有经过，也没有见过。张福奎浑身抖颤了一下，仇恨袭上心头，脸上不住地抽搐，疤痕一时发红发亮。他气势汹汹，三步两步跨到堂桌后面，坐在太师椅上，弯腰把手在桌上一拍，喝道："带过犯人！"

这时，席棚前后，挤得人山人海，四十八村的人们，以为要在这里演一出什么出色的好戏，都来看热闹。可是想不到首先出台的是大马快张福奎。心里正在纳着闷，拔起脖子望着。长堤那头，有一群灰色兵押过一列"犯人"，穿着破烂衣裳，沾着满身泥土，慢慢走到席棚后面。灰色兵们喝了一声："站住！"一齐站在那里。这时，灰色兵们，把所有锁井镇上的人们，挨门挨户轰出来，圈到千里堤上，老头老婆，大人孩子，挤了黑压压一群。看热闹的人们，看势不对，立时黄下脸来，睁着两只大眼睛，像鬣鸡儿一般，胸膛里敲起小鼓，可是他们再也逃不出去了。

四十八村的人们只好看着，一个个不敢喷声。咳呀！他们有的活了七八十岁的老人，还没有听得说过，没有见过，用人头祭灵的事。可是，他们并不想看，低下头去，不愿意看见这悲惨的事，不约而同地流下眼泪，泪水湿透了胸襟，静静站着，一声不响。

朱老星都看得清清楚楚。他看着这景象，仇恨涌上心头，热血在胸膛里滚上滚下。血冲红了脸庞，但他并不害怕，革命不怕死，怕死的人不抗日，他所盼望的时刻到来了！当那天白军押他走回锁井的时候，他的心上觉得非常庆幸：他到底还能见到锁井，见到家乡的人们，看见出生的村庄和树林。他的心血立时潮涌起来。见到人们用热情的眼光看着他，由不得眼上滴下泪珠，但只是一刹那，就过去了。因为他知道，既然落在白军手里，他的一生也就算结束了。今天，他觉得四十八村的乡亲们有这么多的人来，是最合心愿的。统治阶级，国民党反动派，土豪劣绅们，扑灭了高蠡游击战争，镇压了抗日运动，把他们杀害在千里堤上，四十八村的人们就是见证。他们会把这件史实，传给后一代，叫子子孙孙不会忘却。叫他们知道，他们的父兄曾有人为了把日本鬼子打出去，丢了头颅，洒尽了热血。

四十八村的人们，悲愤地垂下头去，沉默着，看着刽子手们行刑。张福奎大吼一声："搬过铡刀！"四十八村的人们，一齐抬起头，瞪起眼睛看着。他们气愤，他们发怒，因为自古以来他们还没见有人用过这些刑具。刽子手们搬过铡刀，放在大堂前面。张福奎不问姓名年岁，那些东西，在他们的法律上是多余的，那不过是几项虚伪的手续。朱老星一见到铡刀，心血立时冲动起来，瞪直眼睛，呼呼地出着粗气，脖子脸都红起来。当他看见几个刽子手向他走来，他用血红的眼睛瞅了一眼，说："狗！狗！你们是一群吃骨头的狗。……好的！你们要记住，我们共产党是不会完的！"

朱老星挺起胸膛，胸中怒火，起伏不平。他焦躁，他愤怒，但是周围尽是带枪的兵，也实在无可奈何。看看深远的天上，大喊一声："中国共产党万岁！打倒日本帝国主义！"于是，被绑着的红军们，一齐伸起脖子喊着，喊声响彻了柳林。朱老星抬起头，看看天上，看看四十八村的乡亲们，看看锁井镇上的房屋和树林。但他并不留恋，他自幼匍匐在土地上过日子，后来遇上共产党，他才开始登上政治舞台。一刹那间，他又想起庆儿娘和孩子们……如今最后的时刻到了，他合起眼睛把脚一跺，扑通的一声倒在铡刀床上。凶手们呐喊一声，把刀向下一摁，血像河水一样流出来。鲜血染透了黄沙，染红了堤岸，流下河坡，染红了水流。

西北风开始刮起来，吹遍了滹沱河的两岸，吹得天色昏黄，吹得大杨树摇着乱发，吹得芦苇萧萧。大风卷起滹沱河的波涛，滚滚流向东方。蝉声不再鸣，杜鹃鸟不再叫。从这一天起，四十八村的人们，从春到夏，从秋到冬，年年月月悲悼死去的人们。孩子们永远不能忘记他们的父兄一代，曾经有人为了美好的未来，为了打倒日本帝国主义，建设社会主义，为了光明幸福的新社会是这样死去的！

朱老明听得说冯贵堂用红军的鲜血祭灵，抬起头对着天上老半天，挺起脖颈说："同志们！你们要记住，统治阶级到底是统治阶级。敌人到底是敌人！"

朱老忠咬紧牙关恨恨地说："反动派，你们镇压了抗日，把杀人放火的事都做尽了！你们还不知道将来我们要怎么对付你们！"

50

那天晚上，朱老忠和严志和带着大贵、二贵、春兰、严萍、巧姑、伍顺、庆儿、小囤……一起子孩子们，趁夜黑埋葬了朱老星和烈士们的尸体。贵他娘、顺儿他娘、庆儿他娘，和一群革命的妇女们，在后头跟着，暗暗哭泣。他们把小窝铺从河北移到河南，找了一块密密实实的高粱地，安下营来。朱老忠先想办法安置了庆儿娘一家的生活，又特地找庆儿、巧姑安慰一番。两个孩子，人儿虽小，但经过斗争锻炼，知事明理，懂得应该怎么给爹爹报仇，一心一意地跟忠大伯、明大伯革命到底。

二贵年纪小，打了这么多日子的游击，走路多，睡觉少，吃饭喝水没有一定时候，闹起火眼来，眼珠上网满了血丝，赤烂红肿。他觉得头晕目眩，头沉得不行，睡在窝铺里，一病就是多少日子。二贵病了，朱老忠心里很是难受。那天黄昏时分，他托全富奶奶到锁井集上去买火烧夹肉。直到太阳没了，老奶奶才拄着拐杖一步一步走回来。秋后的平原上，一眼望不到边际，天黑了，夜暗从天上漫散下来，远远天地相连处，一片混茫，晚风凛凛地吹着，成群的蚊虫围绕着小窝铺乱飞，嗡嗡叫着。朱老忠拿过火烧夹肉叫二贵吃。他说什么也不吃，问父亲："爹！老拔叔叔呢？"朱老忠说："谁知道呢，这么多日子还没有消息！"二贵说："说不定也是被敌人害了。"朱老忠说："那倒不一定，我派人到辛庄战场上去察看了人头，认不出他的脸形！"说着，二贵趴在铺席上，用两只手捂上脸，哭出来说："许是被捕了。"

朱老忠也觉心酸，却笑着蹭过去，把嘴伸到二贵的耳朵边上，慢声细语地说："孩子！你婶子大娘她们要问，就说是跟着湘农司令员他们下了关东了。嗯，惹得娘儿们哭哭啼啼的，影响多不好！"

二贵睡在窝铺里，只是流泪，不想吃饭也不想喝水。朱老明整天坐在他的枕头边上，说："你忙吃饭吧，不吃饭又有什么办法？发晕当不了死，大势已去，还得过下去呀！"二贵说："游击战争失败，日本鬼子就要来！"

朱老忠在一旁听着也觉难受，可是把手叉在腰里，摇了一下肩膀，说：“失败了，再来。这暴动，本来就不是一次能成功的。这次失败，算是得了教训。下次再干，就有了经验！”二贵叹声说：“咳！见不得人呀！”朱老忠说：“什么？暴动是革命行为，自古就有的，又有什么见不得人的？”

二贵听了这话，心眼里才豁亮了。两眼直害了一个月，净使鸡蛋清和黄连水洗，才洗好了。

大屠杀以后，冯贵堂在村里成立起“和平会”，成立起乡团，逮捕红军家属，叫他们赔偿损失。冯贵堂是个聪明人，他想：在锁井镇上当红军、分东西的人很多，既不能斩草除根，把老老小小都杀了也不像话，尤其对朱老忠，还要维护，不要多树立敌人。留下他们的性命，好扛长工或是打短工。老驴头、老套子等，都被取保放回。

秋黄了，朱大贵带着红军们，在晚晌帮着红军家属收割了庄稼，送到亲戚家去。眼看着大地里庄稼一天天倒下来。人家收拾这片，他们藏到那片去。人家收拾了那片，他们又要躲到另一片去。青纱帐要倒了！

贵他娘带着金华，白天在野地里存身，在人家割过的地上拾庄稼；晚上，找个人家去摸宿。大暴动以后，她们常常是通宵不睡，一直坐到天明，苦受熬煎。不幸的消息一阵阵传来：不是这个被捕就是那个被捕，不是这个叛变就是那个叛变，她们提心吊胆过着日子。那天夜晚，朱老忠和朱老明回到他的小坟屋里，眯着眼儿出神。有人走到门前敲门，朱老忠一听，以为是特务捕人，伸手拿起小铁锨，闪在门道口，问：“你是谁？”愤怒在他心里燃烧，两手举起小铁锨，准备动手。

外面有人应声：“是我，朱老虎！”

他抬头一想：“朱老虎？他还没有牺牲？说不定是诈！”他

慷慨义气地说："老虎？甭胡诈！他已经死了。说清楚，你是什么人，来干什么？要是有一星半点含糊，你知道我朱老忠不是好惹的！"他把小铁锨在门板上一拍，当啷一声响，撕开嗓子大喊："我要你的脑袋！"

朱老虎在门外颤声说："老忠同志！大暴动才过去几天？甭说这会儿，十年，二十年，朱老虎还是我朱老虎，要是变了心，我不是人生父母养的！"

朱老忠仔细一听，煞似老虎，可是他又犯疑：也许有人冒名顶替，装着他的声音来害我。处在这个时刻，他不得不加小心。他沉思默想，考虑其中来由。有吃半顿饭的工夫，下定了决心，要考验考验朱老虎，豁啷地把门开了。

朱老虎刚把一只脚迈进门槛，猛地一只小铁锨劈过来，好像眼前打了一道亮闪，他机灵地把头一躲，当的一声，小铁锨砍在门框上。朱老虎伸手抓住锨柄，脸上唰地流下汗珠子，眼里噙着泪说："朱老忠！你的心是红的是白的？多少年来，我为党工作，跟着党进行了游击战争。那天掩护你们突围以后，我们又打了一仗，直打到弹尽粮绝，才指挥游击队员们钻在青纱帐里四散了。我一夜跑回家去，躺在野地里，一病就是一个月。老娘要着饭吃，才救活我这条性命。不想今天，要死在你朱老忠的手里。你，你，叛徒！"

这时，朱老忠还是半信半疑。朱老虎两手擒住他的锨柄，说："朱老忠！我不管你在哪一边，不管你是黑心白心。告诉你说，我朱老虎是共产党员，他的心，千年以后不变颜色！"

说到这里，朱老忠才放下心来，哈哈笑了说："好！古城相会，弟兄还是好弟兄，同志还是好同志！这里不是说话的地方！"在黑夜之间，两个人走到梨树林里，今天见到朱老虎，好像久别逢故交。他笑笑说："老虎同志！今天相见，真是不容易，你是怎么活过来的？"

朱老虎坐在梨树底下，长出一口气，说："咳呀！好一场大战呀！湘农司令员的命令，叫我们打过河去，攻击陈贯群的司令部，差一点没活捉了他，可是敌人又增援上来，要不是李霜泗和翟树功同志他们能干，我们几乎完全被白军消灭在那里。"说着，他痛苦地摇摇头，又说："咳呀！在战争里，翟树功同志也牺牲了。"

朱老忠听说翟树功同志牺牲了，沉默了好长时间。他虽然和翟树功同志只见过一面，可是他听得说过：他是农民出身，耍一手好拳脚，有十个八个人的到不了他跟前，暴动之前曾参加过上级召开的会议。朱老虎又问湘农司令员的下落，朱老忠说："失败以后，他急于到上级去汇报，我叫大贵送他到白洋淀，搭船上保定去了。临走的时候给咱们撂下了几句话：叫咱地方同志们转入地下，坚持立场，坚持斗争，守住革命的阵地。他说这场暴动还不算完，他还要回来！"

朱老虎听完，把胸脯一拍说："好，好嘛！他既是这么说了，咱们就这么办，将来咱还有一闹。可是眼下土豪劣绅们叫革命家属们认罪赔款，人们不得不去房卖地，倾家荡产。我和老娘只好又要起饭吃，过起流浪生活！"

朱老忠说："老同志！甭难受，我们忍住这口气，撑过低潮吧！等湘农司令员回来，我们再打起红旗，进行抗日战争！"

朱老虎说："老忠同志！你说得对，有你就有我，虽然到了低潮时候，我朱老虎还是一头碰南墙！从今以后，我在你这里接关系。"说着，连碗饭也没得吃，背起筐，摇晃着脑袋，用袖子捂上脸，慢慢地走去。

朱老忠又赶上去，说："老虎同志！你没处存身，就在我这儿住几天吧！"

朱老虎在夜暗中，从上到下看了看朱老忠，说："老同志！没的你有存身之处吗？"

朱老忠说："我们还有人。"

朱老虎问："人在哪里？"

朱老忠扬起手，向着远处招了一下，说："就在这漫洼野地里！"

两个人站住脚，愣了一刻，边说边走，朱老忠送他走出十里以外，猛地停住脚，说："送多远也得分离呀！"

朱老虎也说："只要是我们的人，集在一块就觉得热乎，离开了就觉得心里冷冷的。"他又握紧了朱老忠的手，停了一刻说："老同志，后会有期！"

朱老忠说："好！你去吧！有什么困难尽管来找我！"说着，他站在一丛高粱棵下，看着朱老虎的影子，在夜暗中踽踽地走去。遍地庄稼快要收割完了，草叶子都黄了，棉花叶子红了，开起白花花的朵儿。人们已经耕了地，耩上麦子了。西北风开始刮得紧起来。他由不得身上寒噤了几下，一步一步走回来，朱老明还在小屋子里等着他。朱老忠把朱老虎来取关系的话说了，朱老明扬起头，看看天上，笑了说："朱老虎至死不忘抗日，看来是个好同志！"

说着，朱老忠搀起朱老明离开小屋，回到村公所去。说是村公所，如今连一座小窝铺也搭不起来了，朱大贵他们就睡在河套里一片未割的禾子地里，游击队员们睡在周围的棉花地里。朱大贵迷迷糊糊里，听得有人走动，翻身从脑袋底下抽起枪来，疾速搬动机扭，准备射击。一看是两位老人来了，用手背擦了擦眼睛，爬起身来。朱老忠和朱老明走到大贵跟前，坐在地上。这时天已明了，太阳从地底下钻出来，天上还有几颗大银星星，朱老忠看着敞阔的洼地出神，眼看长着的庄稼剩得不多了，秋天去了。冬天就要来了。如今冯贵堂霸占了锁井镇，凡是暴动人家都进不了村，过不了安生日子。这个抗日游击队可是怎么存在法？他对朱老明说："大哥，我看咱这游击队也该走了。"

朱老明说："如今上天无路，入地无门，可上哪儿去？"

朱老忠说："贾老师临走的时候嘱咐过，到了十分不得已的时候，就叫大贵拉着游击队上太行山。"

朱老明一听，低下头老半天不说话。他想：有游击队在跟前，虽然二十多支枪，还是个不小的力量，如果游击队一走，这工作可是怎么坚持法？他说："贾老师说得对，保存武装，保存革命的种子，积蓄抗日力量等待将来，时机一到，咱还有打起红旗的一天！"

朱大贵听到这里，愣着眼睛什么也不说，他不愿离开朱老忠和朱老明，他自小跟着他们长大起来，出个主意比他自己想半天还强。他又想起在年幼的时候，怎样跟随爹娘走进关来，又想起在多少日子的游击战争里，红军怎样的受人欢迎，因为反动派兵力的袭击，河北红军，如今只剩下这么几十棵枪了。想着这些，他心上实在难受。朱老忠看出他的神色，说："大贵！你是共产党员，是游击队的队长。下级服从上级，上级既然说了，叫怎么干就得怎么干。不能感情用事，违抗上级命令！"朱老忠说到这里，不知不觉镇起脸来。

朱大贵说："我当然要执行上级决议，我在湘农司令员面前说了的。只是没有单独拉着军队干过，谁知落在什么地步？"

朱老明说："我就相信你，你当过兵打过仗。在游击战争里，生龙活虎，队员们没有一个不赞成的。一个共产党员，党说一不能二，说干就是干，没有犹豫的！”

朱大贵听得朱老明说，把胸脯一拍，说：“好！既然打起这杆红旗，一不做二不休，干！”

三个人商量好，严志和也同意这么办，游击队开始做准备，大贵他娘、顺儿他娘、江涛他娘、金华、春兰、严萍，一齐来在河套里，为红军洗衣服，缝补鞋袜。可是大贵他娘和金华一拿起大贵的衣裳，心上就千头万绪：他要去拉着杆子打游击，谁知道打到什么地方，什么时候才能回来？心里说不尽的难受。顺儿他娘想起伍老拔，春兰想起运涛，严萍想起江涛，各人有各人牵心的人儿，各人有各人的心事。再说李德才和刘二卯，一连几天在寻找“暴动户”，还没有结局，谁知将来落个什么结局？

直到天黑，人们才散了，各人找个地方去讨口饭吃。春兰跟严萍到她家去了。朱大贵拉了一下金华的手，两个人一块，悄悄地踩着河岸上的沙坂向东走，天上星光在水面上照着，形成一条条银色的小蛇。不知怎么，两个人一想到要离开，心上都热乎乎的，经过一场游击战争之后，也觉得感情上很新鲜，像新婚的夫妻一样亲密。大贵紧紧握住金华的手，睁开静穆的大眼睛，看着金华美丽的面影，把两块烧熟的红薯，送到她的怀里，金华高兴地吃着，又糊又面。

两个人并肩走着，金华看了看大贵说：“前几天起手的时候，你那股猛劲儿怎么那么大？像个小牛犊子似的。”她说着，又留恋不舍地看着大贵，自从结婚以来，他们过得多么好啊！心里多么舒畅啊！如今暴动失败，他就要离开她了！

大贵说：“那时有一口胜利的气儿吹着，心上像架着一团火儿，如今这股火儿下去了，就该歇歇劲了！”看看河边一片平净的沙地，他说，“咱就在这里歇一忽儿吧！”

朱大贵坐在河边沙坂上，沙地平整干燥，满天星斗照着，河水潺潺流着，像镜面一样明亮，微微起着涟漪。金华坐在大贵一旁，把身子打个舒展，说：“咳！你要走了，只怕见不到你了。你要上哪儿去？”她抬起大圆眼睛，仰起头看着天上繁星，看着大贵笑。大贵在星光之下，看得明白她在等待，张开滚热的嘴唇，吻着金华。金华说：“天呀！打仗的时候，没有把别人吓死，如今我又摸到你了！”她说着，觉得眼圈儿发酸。这时，她的胸怀才平坦下来，心孔像静水里的鱼鳃，在吞吐着血液。

朱大贵问：“你怕打仗？”

金华说：“我？”她说着，摇头看着大贵，一个字一个字地说：“我，不怕——打仗。怕你……”

大贵也伸起胳膊打个舒展，说：“这个仗可就打长了……贾老师说，要进行长期的游击战争呀！”他把手枪放在一旁，用手巾把它盖上，怕夜风扬起沙尘，落在枪上。自从会战那天，他从屋顶上跳下来，胸腔里像是岔了一口气，有时会感到隐隐作痛。可是，这并不妨害他作战。

这时，金华像是走过了长远沙漠的骆驼一样，伸起脖儿等待大贵把爱情的清水浇灌。看大贵老是看着她，隔着粗布衣服，觉到两个人的心同时在跳动。金华笑了一下，说：“你老是看我干吗？”

大贵说：“记得结婚的时候，你的眼睛还不会笑！”

金华说：“那时小姑娘，还不懂得人间的事儿。”

金华拉起大贵的手，低头笑了笑说：“你就要走了，不给他起个名儿？”

大贵看了她一眼，笑了说：“叫……起义！”

金华说："要是个闺女呢？也叫她去打仗？"

大贵说："要是个小闺女，就叫火儿，取个红火的意思！"

金华说："好！就按你说的，我也希望是个闺女，火儿，多么亮呀！你出去了就死心塌地干去，公婆由我一个人扶养，孩子由我一个人拉扯，日子要是过不好，算我没脸见你！"想到几天来，兵荒马乱的日子，又说："我只怕再摸不到今天的日子。"朱大贵从她的眼睛里看到天上的星星，水上也有星星。他说："怎么哩？战斗嘛，这还不好吗？日子是我们自己的，我们要怎么过就怎么过！"大贵抬起头，对着远方的天色说："呵！长长的日月，长长的抗日啊。"

金华说："咱们睡一会吧，这几天多熬人呀！"

朱大贵反回身看了看，沙坂上光光的，仰身躺下去。金华也躺在他的身旁，慢慢睡着。大贵才睡着一会，猛地惊乍了一下，又醒过来，说："金华！金华！咱可不能睡过了，我们还要开士兵大会，动员上山！"

金华并没有醒来，不，也许是没有睡着，也没动一动，说："睡不过，你睡吧，我合一合眼儿，解解乏，就叫你。"

说着，两个人同时睡着……

秋天一来，河里波涛渐渐平静，只是缓缓地流着；可是离远听来，还有哗哗的水流声。夜风吹起，大叶杨的叶子，又在响着。立秋一过，平原上的禾谷，甚至一拃拃小草也要结起籽来。这是在晚上，要是白天，会看见河滩上各色各样的花草，都结了籽。村上一阵马嘶，金华心上一怔，从梦里翻过来。看了看天上，蓝天褪了颜色，星子发了白，月亮要下去了。金华伸手抚摸了一下大贵的胳膊，还是那样茁壮，那样硬实。拍拍大贵的胸膛说："大贵！大贵！"

朱大贵摆了下头，咂咂嘴唇，唔唔哝哝地说：“可不能跑了冯老兰！”

金华一下子笑了，说：“醒醒儿！冯老兰早见了阎王爷哩！”又拍拍大贵说：“你可醒醒呀！”

这时大贵才醒过来，看了看金华，说：“唔！有什么动静儿？”

金华说：“军马叫哩！”

朱大贵说：“叫吧！让它叫去！”

金华说：“我心里挺难受，红军走了，日本鬼子来了，怎么过日子呀？”

朱大贵说：“那个不要紧，早晚还要回来。”

金华一下子笑出来，说：“真的吗？什么时候？”

朱大贵缓缓地说：“长长的工夫，耐耐的性儿，干下去吧！干到最后胜利了才算拉倒！”

金华绷起嘴儿听着，一下子又扎在大贵怀里，噘起嘴不说什么。大贵问：“怎么了？”

金华说：“没的才革了几天命，说起话来斯模大样儿，像大革命家，好像心胸有多么宽，肚肠有多么长一样。”

朱大贵笑咧咧地说：“那个又有什么办法？早想革命成功，过好日子，可是又失败了。”

当大贵说着话的时候，金华把脖颈搭在大贵胳膊上，眨巴眨巴眼睛看着东方，霍地一个闪亮，好像有个火花儿跃动，一霎时又灭了。

金华惊了一下说：“怎么有亮儿？”

大贵问：“哪儿？”

金华点着下巴说：“东边。”

大贵拔起脖子看了一会，看不见，他说：“许是萤火虫儿。”

金华说："不，萤火虫是蓝蓝的。"

说话之间，火光又在东方闪了一下。

大贵说："许是打鱼的抽烟呢！"

这时金华紧张的心情才松下来，她知道一到秋天，滹沱河里常有人捕鱼。两个人又放开心，说了一会子心里话儿。说了一会，金华又停住，她老是觉得脊梁后头有个人出气儿，摇摇头看了看，又不见了，心中着实疑影。猛地有人一个箭步蹿过来，说："站住！不要动！"

朱大贵来不及抓枪，一下子被那个人扒了个后仰跤，吓得金华大睁着眼睛，回头看了看，是小囤。大贵说："你这孩子！吓了我满脑袋头发。"

金华也说："小调皮鬼儿，促狭死！"

小囤说："好啊！吓了你满脑袋头发？还急了我满脑袋头发哩。离这儿不远，村上就驻着白军，明大伯和忠大伯心上急得冒火，等着你开士兵大会，左盼你也不来，右盼你也不来，原来在这儿扇凉翅儿，掰瓜露籽儿数落你们那痛快事儿哩！"

大贵说："小囤！你干什么？"

小囤说："我干什么，这节骨眼儿上还干什么！我放哨哩，人们都准备好了，等你去开会哩！"

大贵和金华从地上站起来，大贵给金华拍了拍身上的沙土，金华也给大贵拍了拍。大贵在头里走，金华在后头跟着，踩着沙坂往回走。金华说："你们要上太行山，去占山为王？"在金华的思想上，占山为王就和"窦尔敦"一样，平原上人们都知道这位民族英雄的行径。于是，她心上由不得高兴起来。

今天河水特别清亮，天空高高悬着。世界很静；青蛙不叫，草里的虫子也不叫了。

后记

这部书，在一九五六年完成初稿中间的一大部分，一九五七年写成前头的几章，直到一九六三年春天才完成最后的几章，结上尾。共经历了八个寒暑，在八年中，遭到疾病的折磨，但在最严重的日子，也未放下我的工作，无论是在病院里，或是在疗养期间。我感谢党与政府的支持，医务机关和大夫们的帮助，使我恢复了健康，恢复了工作能力。在八年里，有哪一天不摸摸稿纸或是想想创作问题，总是过不去。因为我在想着，当读者读着这部书的时候，就是我最幸福的日子。

八年中，经常接到读者来信，询问这样那样的问题。在这里，我想把几年的创作生活和体会，向热心的读者做个交代。

文学创作，因为作者的生活历史不同，文化政治水平不同，文学修养不同，各人走着的道路，是不尽相同的，但在创作规律上基本相同。

革命作家，由于政治责任感，在他的脑子里，对革命和建设的理想，是经常存在的。在日常生活里，在劳动里，他要耳听八面，眼观四方，以便获得人物和题材。一篇文章的开始，可能先看到一个出色的英雄人物，也可能先听到一个有意义的故事，同时印证他所熟悉的生活。

根据我个人的体会，写作初稿时要一气呵成，如江河流水，一泻千里，气势磅礴。这时，心如平原走马，笔足墨饱，气运横生，必至淋漓尽致而后快。但是，下笔以前，要有足够的酝酿；腹稿时期，要尽可能把有关人物性格的事情想想，这涉及人物的环境、思想、精神面貌、生活方式，涉及他们的嗜好、习惯和语言。这时，开始想象这篇文章的规模——主题和故事。想到的动人的情节，壮丽的场面，优美的画面，光芒闪烁，会照耀着你的眼睛，这些都是表现主题思想的手段，它们时时刻刻在冲动作者的创作欲。这是非常宝贵的，要加意保护，使她成长壮大。她会推动你，把想到的东西，更进一步发展完善，细致入微，直到鼓励你拿起笔来。

尽管如此，在设计提纲时，全书的人物、情节、场景、画面等，不见得能完全考虑周到，有些精致的情节，等你坐在书桌旁边，精神高度集中，创作欲异常兴奋的时候，你的笔上才会迸出火花，灿然放光，冲笔而出。愈写愈多，愈精愈细，使你不得不冲破腹稿和提纲，这是常有的事。但有个提纲总是好的，编制提纲，会促使对你所要写的东西，更多地考虑。

写作提纲，重要的场景和画面，都要精心设计。越是人物多，故事复杂，越要下苦心；要写几个村庄，几个城市，乡村和城市的时代面貌，村舍、树林、苇塘、河流、渡船……都要想出它们的形象、方向、样式。要因人物的性格设计出他们的住宅、院落和日常生活。设计出他们的形象、穿着、语言、生活方式和生活习惯。这些都要具体安排，否则，在写作过程中，就会矛盾百出，不好展开想象，限制你的理想力和联想力，使你的灵感长不出翅膀。

要安排好哪一章里写进什么事件，什么人物，什么景物。考虑到哪一个人物怎样出场，通过什么事件，什么细节，去表现和发展他的个性。要写事件，就要考虑到发生的年代和时间。是在一章里写几个事件，还是一个事件写上几章，事件与事件之间，要有机的联系。如传统戏《群英会》里就有“舌战群儒”“蒋干盗书”“苦肉计”“借东风”“草船借箭”“火烧战船”“芦花荡”等一系列的事件。要写景物，就要考虑到与人物性格的联系，考虑到季节变化和时间，春种秋收，有所不同。

还要考虑到，哪几章形成高潮，哪几章形成低潮。哪一章是浓密处，哪一章是疏淡处。浓密处经常是高潮，疏淡处经常是低潮。浓密处经常是步步登高，引人入胜，激人情感。疏淡处要依靠优美的境界，俏皮的对话，或者给人以幽默感。否则，只是疏淡，不能给人一点什么东西，白水煮白菜，不搁一点油盐，有什么滋味呢？一部丰富多彩的书，经常是有浓有密，有疏有淡，有激昂慷慨，也有意趣盎然。

提纲一般的从两个方面开始考虑：一方面是以人物为中心，主要人物和次要人物。人物的历史、命运、阶级、文化政治水平、人与人的关系。有的人物虽然出场很少，哪怕只露一下面，也要给读者以不能遗忘的印象。另一方面，是以故事、情节为中心，这部书有几件大事，几件小事。大事件要占用多少章节，怎样开始，怎样结束。小事件在一章里写几件，是侧面写还是正面写，也要考虑周到。

在一部书里，每一个章节、事件怎样开始，怎样结束，人物怎样出场，怎样结束，关系到艺术性的问题。

根据我个人的体会，进行写作的时候，一般的根据故事和情节的发展写文章，像河水在河床里流动，它自己会知道转弯抹角，高低不平，有时如山洪咆哮，有时如潺潺细流，任凭感情的缓流急泻。人为做作，会戕害作品。冲破提纲是好的现象，那就是有所发展。有的地方，你本来没想大写，可是有生活基础，兴之所至，写起就没个完，越写越多，云中出月，好文章就要降生了！不要担心写得多了，只要写得好，这里用不着，那里还用得着，写这个人时用不着，写那个人时还用得着。行文局促，会使你感情黯淡失色，甩不开笔头，写不出好文章。

一部作品的酝酿过程，不是几天的事情，也不一定是几个月的事情。

在打腹稿写提纲的时期，突出的人物性格，好的场景情节，鼓动着你，产生一股激情，使你跃跃欲试，不能自已。又像一个胎儿，在母亲腹中跃动，几欲破腹而出。同志！你的佳作就要出世了！如果你不是热爱你的人物、情节、场景，没有浓厚的创作欲和创作激情，请你不要动笔，那就难以坚持写下这部作品，因为一部作品需要几年时间，需要有这种毅力和恒心。也有这种情况：当你开始写初稿的时候，写着写着怎么也写不下去了，逼着你改变原计划，或重新安排那些章节，是常有的事，这主要是你打腹稿或写作提纲时，考虑得不够周到。写不下去时，也不要硬写。读读类似的书，或相反的书，读读有关政策文件，看看戏剧和电影，都有好处。生活底子厚，文章能升华处可以升华，生活不足，应该回避的地方也必须回避。作家不是万事通，没有生活基础，巧妇难为无米之炊，不能不承认生活的局限性这个问题。

在写作初稿的时候，有时是人物的成长领导故事前进，这是你熟悉人物的时候，人物的精神面貌，激发了你的激情。有时是故事的发展，领导人物前进，这是你熟悉事件的时候，事件感动了你。这也不要紧，你再回过头来，根据故事情节突出人物性格。有时你想写什么，也会写不下去，这是生活稀薄或人物性格尚未成熟，可以暂时隔过去，等待以后再写。或者暂时写下个

“希望”，以后再补充。但生活最熟悉的地方，可以深入地开拓。我觉得初稿可以不雕琢语言，沿着生活的河流泻下去。写得最顺利的地方，也是文章最好的部分，生活体会最深刻的地方。有时需要虚构，那就需要很好的安排。无论如何，写过的东西，总是个基础，有了初稿就是好的，将来可以在原基础上改写、重写，甚至可能写成相反的东西。根据我个人的经验，只要完成初稿，就不会失败，不过多修改几次罢了，就怕生活底子不厚。

当你一开始写作，你的全部身心就要进入创作境界，与人物同忧乐、共命运。写哪个人物，得赋予哪个人物以思想和感情。你感动的地方，读者也会感动，你不感动，也不会感动读者。但是，过于激动，会使你写不下去；手发抖，肚子打颤，这就是告诉你：“该休息了！”太激动了，写出的东西不够细腻，需要停下笔来，镇静一下。也有时越写越愉快，感到优美不可言状。我在写《绿林行》那几节时，感情平稳而愉快。

在腹稿时期，感情最激动的地方，无时无刻不在想它，这并不由己，这里便是最激动人心的章节。写这些章节，最厌烦事务，开会开不好，听报告听不进去，看报纸也看不下去。这是什么原因？一部书要经过多少年的生活积累，直到人物题材都完整了，创作欲最浓、激情最深的时候，你不赶快去写，它会从肚子里跳出来，向你呐喊一声。一部书就是一个社会，如果写历史小说，你的整个思想就得进入当时那个社会，把那时的社会生活阅历一番。

塑造人物形象，最好有个模特儿，它是你最熟悉的人物，在写作过程中，你无时无刻不在想着她。你所蓄积的、好的生活细节、语言、景物……像箭一样，一支一支射上去，把类型的东西积累起来，成为典型。

有时，开始写作的模特儿，写来写去，形成另外一个人，这是故事情节有了变动，故事的发展，影响到人物性格形象的变化。有些人物，一下笔就写成，这是在写作之前已经胸有成竹。有些人物，才写的时候，不一定那么形象，可是越来越突出，越来越丰满了，这是在创作过程中完成的。故事情节矛盾越突出，越繁密，人物性格形成得越快。

有个老作家把他的经验告诉我：写一部作品，好比盖一幢房子：初稿是安梁立柱，二稿是砌墙，三稿是抹粗泥，四稿是挂细泥，五稿是油漆，六稿是粉刷……直到经过成品检验——看完清样为止。初稿先把大架子支起来，题材和故事穿插大致就绪，人物性格、情节安排好，把比较主要的场景及生活场面写出来，还可以写出现成的生动的细节。

根据我个人的习惯，一部书在初稿中完成的工作，至多有三分之二，还有一部分工作在修改中完成。在《播火记》里，修改少的章节，有七八次，修改多的章节，有十几次到二十次。不只写得不好的地方需要修改，写得得意的地方也需要修改。得意的地方，往往写得快，错落之处可能多。写得快的地方，往往是生活最熟悉的，更可以大做文章。《播火记》里，辛庄会战的几章，在初稿里自己觉得是写得比较满意，因此有些放松，只修改别的章节。可是后来这几章又成为落后的，因为在若干次修改中，别的章节逐步提高了，这几章却原封不动。朱老忠这个人物，在第一部里写上去了，后来有些松劲，经过反复加工才完成。

完成初稿之后，要搁一搁，让心情沉静一下，考虑考虑，哪些章节写得好，哪些章节写得差，需要扩充什么情节、场面和景物。每一章的情调和色彩如何……搁的时间，也许是三个月、四个月，或是半年。空隙中可写些短文，读几本书，或是读读有关的政策文件，以便开阔心胸，另见一层天地。最好是找几个知心朋友，谈谈心情，谈谈人物的创作，使你想到应该修改的地方。如果能有人看看原稿，提出一些修改意见，是最好不过的。不管提得对不对，总能引起一些想法，得到一些启发。

一部初稿，在修改以前，要有计划，要想到应该解决的问题：哪些章节需要前后调动，哪些情节要加以补充，要删去哪些东西，或者把某些章节补充或加强。第一次修改，还不是太细致的，在修改过程中，要逐步塑出细致的人物性格和形象。

第二次修改时，有些章节继续加以调动，没有写上去的章节，继续加以补充，好的苗头，要加以扩充，根据需要补充上一些细节和场景。陆续想起的典型语言，好的语汇，补充上去。不合乎人物性格的语言，把它性格化。不需要的东西，继续删削。第三次修改时就要细致一些，注意每个人物思想性格的发展，该补充的陆续补充。要注意每个章节的情调怎样，景物写得怎样，与人物性格的突出有什么好处。

以后每次的修改，都要注意人物的发展，性格的突出，场景的清晰，画面的优美，章节的完整，语言的修饰，等等。

在每次修改以前，作者思想上得“裂开缝”，也就是说，必须发现应该补充的东西，或删去一些什么东西，有所改善，才是修改的目的。预先没有发现，没有一定计划，只是枝枝节节，改来改去，甚或不如不改的好，这样的劳动不如休息，也不如读几本好书有益。各次修改中间需要有个空隙，读一些必要参考的书，看些什么材料。

修改是为了提高。好的、闪光的地方，要展开来写。缺乏生活的地方，写也写不好，要逐渐压缩。删去繁文缛节，才会使好的章节更加突出。和人物故事没有关系的东西，一定把它删去。好的东西逐渐写进去，加以发展、补充、站立起来。无用的东西，加以压缩，或是删去，文章就升华提炼了。这样，一遍、二遍、三遍地修改下去，文章渐次起着蜕变，新陈代谢。每修改一次，使它褪去一层腐皮，生长着新肌。好的东西发展了，无用的东西删去了，文章更显得新鲜。人物逐步树立，文章逐步完整，减少拖累和冗杂。光愿发展，不愿删去，就不会由陈旧转向崭新。敢于删去无用的东西，也需要具备一种经验——鉴别和审慎。一时不慎，把有用的东西删去，以后又得翻箱倒箧，翻阅原稿，是常有的事。

在修改的过程中，故事情节，有时也要调动，看哪个情节搁在哪个人物身上，使人物性格更加突出。《播火记》中朱老忠攻打小营，历史上是李霜泗的事，直到今天，在那一带乡村里，人们还不能遗忘。初稿上也是写的李霜泗双手使两把盒子炮，跑着云梯攻下小营。后来我想到，这么漂亮的仗叫李霜泗去打，朱老忠这个人物怎么发展？应该叫朱老忠打个更漂亮的仗，这样一改，朱老忠这个人物就超过了李霜泗，因为朱老忠政治品质高，勇于战斗，应该写得比李霜泗更高些。朱老忠驯马的情节，初稿是写朱大贵的，修改时，感到朱老忠又怎样提高呢？才改成朱老忠驯马了。还有，在初稿中，朱大贵要娶春兰，后来修改了，又写出了个金华，这样又写出一个人物。也有时，有些好的语汇，有概括性的语言，要搁在手上掂掂，用在哪个人物身上更有力，对全书说来更有意义，这些事在初稿中很难想得周到，要在修改过程中逐次调动。牵一发而动全身，在我的修改过程中，文章的词句和标点符号，几乎每次都有所改动，即便是局部的添上几句，或抹去几句，整个文章的色彩就会逐步起着变化。几句景物的描写，几句议论，几句比喻，初稿时固然要写，有好多是在修改时才补充上去的。

文章修改的过程，也是作者进一步熟悉自己的故事和人物的过程。要熟悉到什么人物，什么情节，哪一句好的语言，在哪一页上。文章越熟悉，越容易概括升华。如果不能对全书了如指掌，几十万字，浓密之处，疏淡之处，高峰低潮，人物性格的变化，你将怎样去掌握？修改一部作品，越是能够全部掌握，越能丰富人物性格，越易于概括和提炼。只有五湖四海尽在胸中，才能调兵遣将，应对如流。一部几十万字的作品，如果不能全部掌握，你将怎样进行修改？人物性格、故事情节，甚至语汇的重复会使你烦恼。

艺术没有止境，修改必须不厌其烦。反复修改，是逐步提高的过程。艺术性一点一滴、一点一滴地逐步提高，又像画家作画，把一层层油彩涂上去，直到达到完美的境地为止。甚至排上版，还会发现有很多需要修改的地方，只有通过反复加工，才能达到完美的艺术境界。为了修改一部作品，甚至废寝忘食，像是入了迷。一部长篇，想经过一两次修改就完成，是不可思议的。根据我个人的体会，一部长篇没有缺点，是不可能的，作家的生活总会有局限，社会生活是多方面的，作者不能都那么熟悉。不过经过几个年头，多次修改，有的地方加以回避，会达到较高的水平。

在修改过程中，一次、二次、三次……也可能有些章节还不能完成，只有等待最后“攻岗楼”，岗楼攻不下来，那就证明是缺乏生活。解决的办法有二：一是补充生活素材，再就是删！删也是提高，不能写好的部分，把它删去，去芜存精。删去坏的，好的文章就突出了。有时生活基础浓厚，但表现不好，这是技巧问题，或艺术修养问题。读读书提高自己，然后再进行修改。或者做一段实际工作，读读有关政策文件，政治思想提高了，回来再写，也许有所进益。

在修改过程中，越是到了最后阶段，越费考虑，因为最困难的问题，都要放在最后才解决，克服了困难就会出现好文章。《红旗谱》里，老驴头和老套子杀猪那一章，就是最后才写上去的。那时，因为无法分别突出两个人物性格，下决心加以解决，考虑了他们的全部经历和生活，增写了这一章。生活熟悉，写起来也很快。

一部书，哪些地方写得好，哪些地方写得不好，作者自己会明白，因为他知道在哪些章节里流下了多少血汗。也有时自己不明白，那是写得脑袋太热了，需要清醒。

毛泽东同志对创作的指示是千真万确的：生活是创作的唯一的源泉。生活基础贫瘠，会使最有才能的作者棘手。生活熟悉，容易使文章写得出色。不熟悉的生活，你将付出更多的血汗，出去采访，或者重新去体验生活。不然你将怎样完成这部作品呢？有经验的读者，只要掀开书页，就会掂出作者生活基础的分量。把一定的生活压缩了，写出来的东西，会是厚实的。把一定的生活拉长了，写出来的东西，会是单薄的。

生活是丰富多彩的，作者可以根据主题的需要去撷取。作品中生活面的展开，要根据人物性格的需要，脱离人物性格的故事情节、场面、景物，即便写得天光似锦，也许在别的一部书里需要，在这部书里却是废物。

文学作品，即便写作一个短篇也好，也需要调动一生的生活，这样写出来的东西，将是醇厚的。写长篇作品之前，需做一次清仓工作，看看积蓄了多少人物性格、故事、素材等，如果不够使用，就需要临时“购料”，或是将题材加以压缩。

一部文学作品的政治水平和艺术质量，不能由“生活”去负责，也不能由“工作”、由广大群众和党的政策去负责。因为社会生活，要通过作者的头脑和手——马克思列宁主义水平和文学素养，经过作者的艺术处理，才能反映在文学作品里。

在文学作品里，典型化的过程，是一个曲折复杂的过程。服从一定的主题、人物和故事，在创作欲的鼓舞之下，笔上像嵌了磁石，笔尖着纸，立刻会调动起生活仓库里所有的积蓄，有用的东西，钢屑和铁屑会占先吸在笔上，没用的尘沙和草末会落选。如果钢屑、铁屑、尘沙和草末一齐都来，会形成自然主义的东西。在典型化的全部过程里，综合、研究、比较、概括……的过程中，我觉得综合概括的意义更突出些，也比较显著。

人物和故事，一经向作者发出信号，作者脑子里会根据要求，反映出一系列的形象化的东西，这是一种神经机能。这种机能，巴甫洛夫称为“艺术型”，是一种生理作用。这种“艺术型”的神经机能，一方面决定于先天的基础，一方面决定于后天的培养，再就是通过创作实践得到发展，这就是所谓“艺术天才”。形象化的快和慢，决定于作者的生活积累和技巧。

作者政治思想水平不同，会对相同的社会生活，有不同的看法。认识生活，需要一个过程；思想锻炼，也需要一个过程。思想认识提高了，对生活的认识才会正确。如果只是观察，不真正深入生活斗争，就很难得到思想感情的锻炼和改造。如果作者决心写农民和农村题材，就需要下决心流下一些血汗在农民问题上，真正系统地掌握农民运动的规律。打好生活基础是作家一生的大事，只是努力读书，不深入生活斗争，也可以提高一些艺术水平和创作技巧。但是缺乏生活基础，不根据自己对生活的体会去写文章，只从书本出发去写文章，会导致文学作品的概念化和一般化。

作者，从写真人真事到写出典型环境中的典型性格，是一段不短的摸索过程。作者熟悉了丰富的社会生活，取得一定的政治水平，经过实践，取得技巧之后，手里拿着的笔，才会有“典型化”的能力。

作者，经历了社会生活，洞察了社会问题，才能写出比较成熟的作品。因为作者不会写出没有见过、没有听过、没有接触过的东西。所以党教导我们：学习文学创作的人，过早地脱离工作和生活，是无益的。

作者，有了生活基础，熟悉了工作规律，走马看花也可以写出文章，因为看到的东西，可以联系到他熟悉的工作规律和生活基础。没有生活基础，不懂得工作规律，只是走马看花，写出文章来，也会是单薄的。

作者学习马克思列宁主义之后，伴着他的文学素养和创作经验进入生活，有很大好处。中国有一句谚语：“带着眼睛的人，会认识金子。不带着眼睛的人，满地黄金走也看不出金子来。”像成熟的画家一样，他会看出大自然间哪些山水花草可以入画，也看出哪些山水花草不能入画。

作者在实际工作里，在社会生活里，获得丰富的原料之后，经过沉淀、凝练，反复认识，经过肯定以后，才能写进文学作品。否则，只看到现象，没有看到本质，只看到一些幻象，没有看到现实，写出东西来，会是歪曲生活的。文学的作用，在于肯定新的现实。所以，昙花一现的东西，未经肯定的东西，不能写进文学。有人说，历史题材好写，现实题材不好写，原因就在这里。

作者，必须体验更多的政治生活，必须学习马克思列宁主义、毛泽东思想和具体政策，端正立场和态度。这样，会帮助你，在文学领域中处理问题，调整感情、色彩和角度。而十九世纪作家，只要有启蒙的革命思想——“自由”和“民主”的要求，就可以站在文学主流的前列。今天，一个作者在社会主义建设中，必须具备一定的马克思列宁主义的政治知识、政治经验，学会做工作，写出文章来，才会不犯错误。

俗语说：“什么人说什么话。”同样，什么人写出什么文章。作者会把自己的革命气魄和世界观带进文学领域。聪明的读者会从文学作品里看到作者的思想和形象。所以，作者的政治修养是非常重要的。不能写好党的领导形象，只能说明自己政治生活不够丰富，政治水平不高，不熟悉领导人物的生活规律和工作方法，不然又该怎样解释呢?

在长期创作生活里，工作与休息，要有一定安排。我过去忽略了这一点，每天工作时间在十二小时以上，在创作热潮中，不眠不休，会把身体搞坏。在长期创作生活里，必须保持身体的健康、精力的充沛。精神旺盛的时候写出来的文章才会丰满。精神疲倦的时候，写出来的文章，会是萎缩的。文章是精神的产物。古人说：“精神到处文章老。”是有道理的。

长期的创作生活，是有周期性的，写三四个礼拜，就要休息七天至十天，否则体力不济。脑系神经系统用得过多，其他部位活动过少，精神高度集中，高度兴奋，时间长了，会导致神经系统的混乱。消化神经萎缩，心脏神经的不平衡，引起心脏和消化系统的疾病。所以大夫们强调脑力劳动和体力劳动的适当结合，并要食有定量，起居有节，保持身体健康。

劳动给人坚毅，运动给人勇敢。参加劳动，参加运动，可以保持创作的青春，保证创作年龄的延长。这在托尔斯泰的历史上可以找到证明。作家年纪越大，社会经历越多，文章容易写得老练精粹，这是非常可贵的。白石老人的画就是一例，如果他在六十岁逝世，在世界上，这位老画家的艺术成就会是不存在的。

勤劳是中国人民的美德。作家坚持深入生活，坚持创作，积极参加社会活动，学会处理社会事务，接触社会生活的各个方面，对文学创作会是绝对有益的。契诃夫是医生，日常接触各个阶层、各种各样的人，才会使他获得丰富的题材，保持创作欲的旺盛。懒惰会使人无能，增加创作中的烦恼，像蜗牛一样，整天藏在壳里，不伸出触角，不了解天时气候。吃馋了，闲懒了，思想拉远了，只有改行不干了！

此外，《播火记》一书，在语言和民族化问题上，做了一些新的探索，这个途径是否正确，我殷切地等待广大读者的指正和帮助。我要继续在创作生活中进行探索，从实践中取得进步。

在病中写长篇是困难的。此书，在《新港》文学月刊连载三年，得到编辑部同志们多方面的支持。在出版过程中，百花文艺出版社及作家出版社，给我多方面的帮助。荃麟同志及侯金镜、毛星、方明等同志，都看了原稿，提出修改意见，我说不出有多么的感谢！

再版后记

《红旗谱》《播火记》所反映的历史内容，是从一九三一年九一八事变到一九三六年西安事变，这一个历史时期。虽然仅仅五、六年时间，却是翻天覆地的年头。这个时期的历史特征是，中国共产党及其领导下的人民群众，开始了保家卫国的抗日救亡运动，全国广大人民群众既要抗击日本法西斯的侵略，又要反击国民党反动派的围剿和镇压，不得不两面作战。

一九三一年九月六日，日军伪造中村失踪事件，吉林、辽宁日军构筑工事，开始备战，形势极为紧张。但是国民党反动派却通令东北驻军："遇有日军寻衅，务须慎重，避免冲突。"

九月十八日晚，日本关东军司令本庄繁下令进攻中国驻军，攻取沈阳，炮轰北大营、兵工厂。东北驻军请示南京政府，蒋介石下令："不准冲突。""……日军此举不过寻常寻衅性质，为免事件扩大，绝对抱不抵抗主义。"二十日，蒋介石在南京市党员大会上讲话："……必须上下一致，先以公理对强权，以和平对野蛮，忍辱含愤，暂取逆来顺受态度，以待国联公理之判决。"并发出《告全国军民书》，声明："……政府即将此案诉之国联，以待公理之解决。故希全国军队，对日避免冲突。"

激于义愤，上海数十万大、中、小学罢课，三万五千码头工人大罢工，十数万人民反日示威。全国各地群众抗日情绪激昂。广州、香港各地日人所办工厂中的中国工人自动辞工。国庆日全国各地举行反日大示威。广州国民党军队枪杀检查日货学生，死十余人。各地学生入京请愿，要求举国抗日。

十一月六日，马占山率部抗日，国民党不予接济。马占山通电："内无粮草，外无援军。"

东北各地广大人民群众奋起组织义勇军，自动抗日。

八日，天津日本便衣队、宪兵队炮轰华界。南京政府训令河北省政府主席与日谈判。缔结三条件：一、向日道歉。二、取缔反日言论。三、中国首先撤除防御工事。

二十二日，顾维钧就南京政府外长职。蒋介石在会上讲话："攘外必先安内，统一方能御侮。未有国不统一而能取胜于外者，故今日之对外，无论用军事方式，或外交方式解决，皆非先求国家之统一不能成功。"

十二月四日，守锦州部队代表谈话："在前线抗敌亦无不可，而饷项弹械均无接济。为国牺牲亦无不可，受伤士兵均无医药，听其呻吟！"

北平、上海、广州、济南各地学生入京请愿。国民党军警出动，纷纷向学生冲击。在中央日报门前，军警开枪，并以刺刀向学生刺杀，死伤遍地，报馆门前遗尸三十余具，一百多人被捕。中央党部发布文告说：学生是"越轨行动"，国民党军警包围学生住处，押到下关车站，强迫回校。

十日，国联行政院议决："……日军在东北有'剿匪权'。……"

太原国民党部枪杀请愿学生，死数人，伤十余人。

二十日，上海日本浪人火烧三友实业社、捣毁北四川路中国商店。

日本特务机关放火焚烧日本重光公馆，作为进攻上海之借口。

一九三二年二月二十七日，日本领事馆向南京提出最后通牒，限四十八小时答复。南京政府训令：取消抗日救国团体，封闭《民国日报》，禁止反日言论，并指定翌日午后一时答复日方。

十九路军蔡廷锴表示："日军倘敢进犯，决予抵抗。"蒋介石下令蔡廷锴撤退真茹、南翔、闸北一带防务。夜十一时，日海军陆战队向北站、江湾、吴淞等地进攻。十九路军与日军接火。上海工人、农民、学生各界爱国人士奋起抗战。

国民党反动政府迁都洛阳。

各省爱国人士向南京政府请缨抗日，自愿牺牲。三十日，蒋介石通电全国："勿轻动""枕戈待命"。

蒋介石下令中国海军："勿配合十九路军作战。"同日上午，日舰向下关开炮。中国海军奉命："不准还击"。

美、法、英、意、德五国公使照会中日两国："划上海为中立区"，为"国际共管"。南京反动政府表示同意。

南京反动政府扣留国内外人士援助十九路军之捐款，断绝接济。十九路军撤退南翔、昆山一带防线。

三月九日，伪满洲国宣布成立。

保定学生运动自"九一八"开始，开展抗日宣传，检查日本货物。一九三二年春季，保定学联成立，领导保定青年学生抗日救亡。四存中学学生驱逐反对抗日校长张澍，学潮延续数月之久。反动的河北省政府下令解散第二师范。二师学潮骤然涌起。七月六日，反动军警镇压二师抗日救亡运动，死十余人、伤四人、三十余人被捕。

四月七日，国民政府在洛阳召开"国难会议"，决议："对日交涉”“全力剿共”。

十五日，中华苏维埃共和国临时中央政府发表《对日战争宣言》，领导全国工农红军和被压迫人民，以民族革命战争驱逐日本帝国主义。

十八日，马占山、丁超、苏炳文联合吉林、黑龙江一带义勇军三路进攻日本侵略军。

北平、西安、渭北各地学生组织抗日团体，游行示威、捣毁国民党党部。二十五日，戴季陶在西安演讲，广大学生群众包围戴季陶，焚烧了他的汽车。二十六日，全市学生进行抗日驱陶运动。反动军警枪杀学生。

五月二日，上海各抗日团体联合通电，反对出卖上海。派代表四十余人，到外交部请愿，痛打郭泰祺。反动派签订了“上海停战协定”，承认上海为非武装区，不驻军警。

二十一日，蒋介石就任鄂豫皖三省“剿共”总司令，发表《告将士书》，下令：十九路军，调闽“剿共”。

六月十八日，日寇进攻热河朝阳寺。

二十三日，蒋介石在庐山召开“剿匪会议”，决议：设剿匪总部于汉口，推行保甲制、连坐法。组织保安队，开始四次“围剿”。

八月，上海反帝同盟大会被特务破坏，到会者皆遭捕杀。

九月，汉口剿共总部下令，对于苏区以及分田的农民，“应作如下处理：一、匪区壮丁一律处决。二、匪区房屋一律焚毁。三、匪区粮食分给剿共义勇队，搬出匪区之外，难运者一律焚毁。需用快刀斩乱麻之手段，否则剿灭必成徒劳。”这就是国民党的三光政策。

反动派在华北镇压高蠡暴动。辛庄一战死十余人，埋在一个坟里。落狱者不少。

十一月，国民党中央宣传部公布《宣传品查禁标准》，规定：“……凡批评国民党不抵抗政策，要求抗日者，均为‘危害中华民国’‘一律禁止’‘以免流毒’。”

十四日，义勇军苏炳文部通电：“我已弹尽粮绝，敌有增无已……将士死伤过半，实难支持。”

一九三三年一月九日，义勇军李杜部退入苏联国境。

十一日，南京工人通电全国，要求抗日。

三月，热河省主席汤丕麟与日本帝国主义相勾结，撤退滦东。四日，日军一百余人进占承德。

此时，平津与长城之间，有中国军队四十半个师，蒋介石用以监视抗战部队。对请求抗战者，蒋介石下令：“言抗日者，杀无赦。”

九日，蒋介石、张学良、何应钦会商保定，议决：张学良去职。以何应钦兼任北平军委会委员长。

十二日，蒋介石召见何应钦，“令其对关内义勇军，负责缩编。”

四月，日军进攻滦东。十四日，何应钦下令放弃滦东。

三日，何应钦下令取消河北境内义勇军、救国军等名目，不遵命改编者，皆予镇压。

四日，蒋介石赴江西“剿共”。七日对中路军训话：“国家大祸不在倭寇，而在江西的土匪……”

五月二十六日，张垣事变；吉鸿昌同志与冯玉祥合作在张家口成立抗日同盟军，各县中共县委派党、团员参加。长城各口展开激烈的抗日战争。

二十七日，蒋介石与汪精卫会商华北停战问题。二十八日汪蒋通电："救国必先剿共"。并联名通电冯玉祥，责其"妨害中央统一政令"。三十日签订《塘沽协定》，把绥东、察北、冀东划为日寇可以自由出入的地区。

……

如上历史材料抄到这里也就够了。

九一八事变时，我正在保定二师读书。回忆当时情况，报纸上都用头条大字标题报道这一事变。同学们一听到这个消息，等不及下课就都蜂拥到图书馆。这时已经有人登在桌子上大声念着，同学们由不得噗簌簌流下眼泪，一齐号啕大哭。当"亡国奴"，对于人们是个很大的刺激。回到教室，人们还议论纷纷，有人把书桌一拍，说："不念这个书了，上前线！"这时人们不约而同地想到国破家亡的惨景，痛不欲生。有一个教员，回家之后，把这个消息告诉全家，于是一家人抱头大哭。在保定南关开的一个保定学生抗日救亡大会上，有第六中学的一个国文教员登台演讲，力竭声嘶地大喊："日本鬼子来啦！要亡我们的国，灭我们的种呀！我们每人预备一把小刀子呀！割断日本鬼子的喉头呀……"但是有人却想，打日本鬼子，一把小刀子顶得了什么？你割断一个日本鬼子的喉头还能割断第二个？而一般有血气的同学，只是红着眼睛想杀"鬼子兵"，不想这么许多。对于反对蒋介石的镇压抗日，有人说："跟他干，剩下一个人也要去冲公安局。"也有人想：一个人怎么能冲公安局，冲得了吗？当时多数共产党员还是冷静的，他们考虑问题会更多一些，但是从十几岁到二十几岁的广大青年学生，虽然没有斗争经验，却有满腔热情。他们振臂一呼，愤然而起，对于国难家仇的义愤，像火山一样的爆发了。青年学生们下午完了课之后，都带着宣传品到工厂农村，开展抗日宣传、示威游行、检查日货。这就是当时的斗争生活，也是那个时代的面貌。文学作品应该正确地反映那个时代的面貌。

这个时代的突出特点，是中国共产党及广大人民群众受到日本法西斯和国民党反动派的夹击。从一九三一年九月十八日，到一九三二年的九月，仅一年，中国北方的大片国土就被蒋介石断送了，日军长驱直入，抵到长城沿线。就这样，在平津和华北，一个抗日反蒋的新局面已经形成了。有五四运动传统的北京学生界及广大爱国知识分子，首先举起抗日救亡的大旗。当年十二月，京、沪、济南、广州学生入京大请愿。长城内外义勇军揭竿而起。保定市距平津这么近，在京津学生救亡运动影响之下，从九一八事变开始，就涌起了抗日救亡运动。学生们扩大抗日宣传、检查日货、建立保定市学联、建立学生军、增加军事课、参加军事运动，并进行大规模的抗日示威。日本法西斯的入侵，激起了广大人民群众的民族民主革命的积极性。这一年的夏天就开始了高蠡暴动的准备工作。九一八事变一周年之日，“高蠡中心县委”地区，广大农民群众和革命的知识分子拿起枪，进行了农民暴动。他们开仓济贫，发动广大农民群众起来保家卫国、抗日救亡。我为了将事件与生活联系，用二师学潮和高蠡暴动概括了这个时代，表现了广大工农群众、学生和革命的知识分子如火如荼的抗日救亡运动。

当然，一九三一年的九月，到一九三二年的九月，也在“王明路线”的日程之内，但是我并未写“王明路线”。我歌颂的是广大工农群众、青年学生、革命知识分子轰轰烈烈的抗日救亡运动，歌颂他们针锋相对反对国民党反动派投降卖国政策的英勇斗争。这样庞大的群众运动，自发性很大，免不了会有缺点、有错误，但广大群众是英勇的，他们的斗争是可歌可泣的。

在当时，还可以看出这样的特点：即自从日本法西斯在东北打响第一枪起，民族矛盾就开始上升为主要矛盾。由于蒋介石的“不抵抗政策”，四个月之内整个东北沦陷了，这就引起了统治阶级内部的分化，出现了包括北方军人、东北军、西北军的第三派势力，他们愿意抗日，并向共产党领导的抗日民主阵营靠拢。然而更重要的是以爱国学生、知识分子为先锋，以广大工人、农民为主体的抗日救亡运动，汹涌澎湃形成了一股不可遏抑的激流。中国共产党英勇地领导了抗日救亡运动，并把这股激流发展为轰轰烈烈波澜壮阔的抗日武装斗争。在这股力量推动之下，广大工农群众、革命的知识分子拿起枪来，进行武装抵抗。为了表现这个内容，我写了严知孝和马老将军两个典型。

为了塑造朱老忠、严志和、江涛、张嘉庆这几个人物，我把他们放进二师学潮事件里去锻炼。我未写影响更大的北平、济南、上海、广州学生入京请愿，而写了二师学潮，主要是因为事件熟悉，情节熟悉。

为了把贾湘农、朱老忠、严志和、伍老拔、朱老星、张嘉庆、大贵、二贵、春兰、严萍等这些人物塑造得更高大一些，我把他们放进高蠡暴动这一农民的武装斗争里，使他们得到锻炼。在这两卷书里写的是不是真人真事？我说不是。事有其事，但人物是经过我几年、十几年的考虑，才完成他们的典型性格的。

我之所以要写二师学潮和高蠡暴动，一方面是由于革命经历在冲动我，另一方面是由于这两个事件，在当时的政治斗争和武装斗争上，带有鲜明的时代特点。我要在这两个典型环境中塑造代表广大农民群众和广大青年知识分子，以及站在他们的对立面的地主阶级的典型性格。我根本没有想过要从路线斗争的角度去表现和塑造人物。

我在这几卷中，写了伟大的人民群众在国民党反动派的高压之下，在艰险的环境里，进行了伟大的反蒋抗日运动。歌颂了老一辈的无产阶级革命家基于阶级仇和民族恨，为保卫祖国，挽救中华民族前仆后继、赴汤蹈火的自我牺牲精神，歌颂了他们为中国人民的彻底解放历经艰辛、坚韧不拔的战斗意志。为英雄树碑立传是应当应分的，是天经地义的。

最后谈一下李霜泗这个人物。

参加高蠡暴动的，有刘双四这样一个人，是蠡县北辛庄人，作战很英勇，曾带队攻下戎家营，双手使两把盒子炮，踩着云梯攻下寨墙。被捕之后，被反动派处以绞刑，行刑时坐在大车上，高呼："打倒蒋介石！""共产党万岁！"群众很受感动，都说："真是好样的！"在那天晚上，真可以说是万人空巷，离县城十几里的、二十几里的农民都跑去看。

刘双四确实是土匪出身，但跟了共产党，而且取得了共产党员的称号。依我的看法，他为了挽救国家民族的危亡，毅然带起他的人参加农民暴动，被捕之后，坚贞不屈。他虽然没有读过马列主义的书，但他为了无产阶级的利益牺牲自己。从主导的方面说，他的立场站在无产阶级立场上了，他的世界观已经得到改造了。

但是，小说中的李霜泗，不是刘双四。是我根据多种类型，经过综合概括，塑造了这个典型，故事情节是我虚构的。打死张福奎的不是刘双四，刘双四没有住过白洋淀，刘双四没有芝儿这么一个姑娘，也没有这样一个老婆。我这样写也许更符合艺术真实。

根据广州农民运动讲习所纪念馆的资料，高鎏地区是分配学员的重点。根据长沙秋收起义纪念馆的资料，高鎏暴动接受了秋收起义的影响。说明高鎏建党是与毛主席有历史渊源的。

以上，主要为了说明二师学潮和高鎏暴动的时代背景，以供大家研究。

梁 斌

一九七九年三月十一日